계몽과 혁명

신채호의 삶과 문학

글쓴이

김주현(金宙鉉, Kim Ju-hyeon)

밤하늘에 별이 하늘 가득 빛나는 소백산 자락 부석에서 태어났다. 자라면서 가통을 적실히 지켜나가라는 가친의 뜻에 따라 학문의 길로 접어들었다. 이상 김동리 최인훈 등에 대해 깊은 관심을 갖고 연구하였으며, 최근 신채호를 비롯한 애국계몽기 문인들에 대해 집중 연구를 하고 있다. 저서로는『이상 소설 연구』(1999),『정본 이상 문학 전집』(전3권, 2005),『신채호 문학 연구초』(2012),『김동리 소설 연구』(2013),『실험과 해체―이상 문학 연구』(2014) 등이 있으며, 편저로는『그리운 그 이름 이상』(공편, 2004),『백세 노승의 미인담』(2004),『이상 단편선―날개』(2005),『단재 신채호 전집』(2008) 등이 있다. 현재 경북대학교 국어국문학과 교수로 재직하고 있다.

계몽과 혁명 신채호의 삶과 문학

초판인쇄 2015년 4월 15일 **초판발행** 2015년 4월 25일
글쓴이 김주현 **펴낸이** 박성모 **펴낸곳** 소명출판 **출판등록** 제13-522호
주소 서울시 서초구 서초중앙로6길 15, 1층
전화 02-585-7840 **팩스** 02-585-7848 **전자우편** somyong@korea.com **홈페이지** www.somyong.co.kr

값 38,000원 ⓒ 김주현, 2015
ISBN 979-11-86356-29-6 93810

이 저서는 2010년도 정부재원(교육부)으로 한국연구재단의 지원을 받아 연구되었음(NRF-2010-812-A00125)

계몽과 혁명

신채호의 삶과 문학

김주현 지음

Enlightenment and Revolution:
Shin Chaeho's Life and Literature

소명출판

단재가 펴낸『천고(天鼓)』를 보기 위해 2006년 북경대학교 도서관을 찾았다. 출처는 알려졌지만 쉽게 접근할 수 없는 잡지였다. 당시 나는 북경대도서관과 경북대도서관의 상호 교류협정을 계기로 북경대도서관의 자료를 볼 수 있는 기회를 얻었다. 1922년경 단재가 리따차오[李大釗] 북경대 도서관장에게 자료 열람을 요청하는 편지를 쓴 것처럼, 나 역시 따이룽지[戴龍基] 도서관장에게 전할 서신 한 장을 들고 갔다. 나는 우쩐쨩[武振江] 부관장을 만나 그의 호의로『천고』의 실물을 직접 볼 수 있었다. 자료를 처음 대했을 때를 잊을 수 없다. 몇 구절 되지 않은 당시 일기가 편지와 함께 파일에 보관되어 있다.

단제는 오랫동안 서기서 나를 기다렸다는 생각이 들었다.
다른 사람의 접근이 함부로 허용되지 않는
어둡고 두터운 금고 속에 갇혀 있다가
내가『천고』를 접하는 순간 단재는 나에게 다가왔다.
떨림과 숨막힘 ……
책을 펼치자 단재는 찬연한 빛을 발했다.
나는 비로소 왜 북경대도서관에 왔는지를 알았다.

오랫동안 잃어버린 기억이 되살아나는 것처럼

한 글자 한 글자마다 단재의 숨결이 느껴졌다.

— 2006.8.13.

나는 『천고』를 받아들고 소중하게 한 장 한 장 넘겼다. 그리고 자료에 대한 복사와 촬영이 제대로 허용되지 않아 나는 손끝과 팔목이 저리도록 잡지를 베끼고 또 베꼈다. 한 글자 한 글자에서 단재가 오롯이 전해오는 듯했다. 그렇게 해서 『천고』 3호 전체를 가져올 수 있었다. 그것은 나에게 있어 가장 설레고 떨렸던, 그리고 가슴 뿌듯한 일이었다.

단재의 흔적들을 찾아 2012년 대련, 여순, 단동, 백두산 등지를 돌아다녔다. 그리고 단재가 살았던 진스팡제[錦什坊街], 챠오떠우후퉁[炒豆胡同], 따헤이후후퉁[大黑虎胡同] 등 북경 지역 요소요소를 찾았다. 나는 1921년 『천고』를 만들던 당시 단재의 흔적들을 찾아다녔다. 심훈은 "北新橋 무슨 胡同엔가에 있는" 단재의 우거(寓居)에 가서 단재가 『천고』 창간호를 집필하던 모습을 보았다고 회고했다. 이윤재는 1921년 "北城 炒豆胡同 ××號"에 살고 있던 단재를 만났다고 했다. 그리고 1921년 6월에 만든 일본 문서에서는 단재가 김창숙과 더불어 '꾸러우따제[鼓樓大街]'에 살고 있다 하였다. 나는 단재의 모습을 확인하기 위해 꾸러우따제, 베이씬챠오[北新橋] 근처, 챠오떠우후퉁 등을 맴돌았다. 그러다가 근처에 있는 북경 꾸러우[鼓樓]에 들렀다. 그곳에는 1900년 연합군이 북경을 점령했을 때 찢었다고 하는 북[更鼓]이 먼지를 덮어쓰고 있었다. 단재 역시 찢어진 북[破鼓]을 보았으리라. 나는 꾸러우에서 북소리를 들으며 또 다시 『천고』를 떠올렸다.

微微한 燈下에서 毛筆로 붉은 정간을 친 原稿紙에다가, 徹夜執筆하는 것을 目睹하엿다. 그 創刊辭인 듯 "天鼓, 天鼓여, 한번 치매 무슨 소리가 나고, 두번 뚜드리매 어디가 울린다"는 意味의 글인 듯이 朦朧하게 記憶되는데, 한 句節 쓰고는 소리높이 읊고, 몇 줄 또 써내려 가다가는 붓을 멈추고 무릎을 치며 喟然히 嘆息하는 것이, 마치 글에 失眞한 사람같이 보엿다.

심훈은 단재가 희미한 등불 아래 『천고』의 원고를 썼다고 했다. 마치 북소리를 울리듯 글을 한 자 한 자 써내려간 것이다. 그런데 하필 『천고』라니. 단재는 "한 번 울림에 그 소리가 천둥과 같고, 두 번 울림에 그 기운이 산과 같고, 세 번 네 번 울림에 의사(義士)들이 구름과 같이 모이고, 다섯 번 여섯 번 울림에 적(賊)들의 머리가 어지럽게 낙엽처럼 떨어지리라"고 하는 바람을 『천고』에 담았다. 아마도 단재는 적들에게 갈갈이 찢겨 더 이상 울릴 수 없는 북경 꾸러우의 북을 보며 하늘의 북을 생각했으리라. 함부로 찢을 수 없고, 한번 울리면 모든 적들이 놀라 달아나는 신기하고 영묘한 천고를 불러낸 것이리라. 찢어져 더 이상 울리지 못하는 북을 보면서 하늘북[天鼓]의 의미가 더욱 선명해졌다. 나는 비로소 단재 글이 울려 내는 소리를 들을 수 있었다.

내가 단재 연구에 더욱 매달리게 된 것도 『천고』의 울림과 황홀감 때문인지도 모른다. 나는 단재의 숨결과 울림을 제대로 알고, 또한 오롯이 전하고 싶었다. 그런데 곧 그것이 나에게 감당하기 힘든 짐이요, 벗어날 수 없는 굴레라는 것을 느꼈다. 힘들고 지쳐 벗어나고픈 순간들이 적지 않았다. 그러나 알 수 없었던 부분들이 조금씩 이해되고, 잊혔던 그가 내 글에서 조금씩 살아날 때 나는 충일감을 느꼈다. 물론 그것이 아직도 완료형이 되지 못했음에 여전히 고통스럽지만, 또한 다행스럽다. 내가 단재를 만나지 못했다면 나의 삶은 얼마나 하찮았을까. 단재와 더불어 삶을 고민하고 학문을 사유한다는 것은 마냥 행복하다.

　아직 단재의 모습을 온전히 드러내기에는 역부족이다. 그는 『사고전서』를 섭렵했다고 하지 않는가. 그의 글속에 숨어있는 비의들을 추적하려면 그가 읽었던 수많은 서적들을 되짚어가야 한다. 그가 언급한 중국의 서적만도 100여 권이 넘는다. 언급되지 않은 것까지 합한다면 그 수가 얼마일지 짐작조차 어렵다. 우리의 서적 가운데에도 그 전거가 밝혀지지 않아 의미를 파악하기 어려운 부분이 적지 않다. 여전히 좇아가기도 급급한데 어느 겨를에 가로질러 갈 수 있을까. 다만 지금은 상황이 이전보다 낫다. 인터넷의 발달로 말미암아 자료의 소재를 파악하기 쉽고, 앉아서도 수많은 자료를 찾아 볼 수 있다. 단재는 어려운 가운데서도 학문의 초석을 놓았다. 이제 그 위에 새로운 학문을 쌓아 올려야 한다. 단재가 바라는 것이 진정 그것인 것을 아는 바에야 달리 무슨 도리가 있으랴. 그냥 묵묵히 가야 할 따름이다. 길은 험하고, 갈 길은 멀다.

2014년 11월 14일
저자 김주현

차례

제1장 ▶

애국계몽기의 문필활동

1.『황성신문』의 활동과 정론

1) 단재와『황성신문』

단재는『황성신문』을 통해서 언론활동을 시작하였다. 그러나 단재의『황성신문』활동에 대해 제대로 알려진 것이 없다. 일반적으로 단재는 1905년부터『황성신문』에 활동한 것으로 알려져 있다. 그는『황성신문』사장이었던 장지연의 천거로『황성신문』에서 활동한 것이다. 장지연과의 관련은 이후『이태리건국삼걸전』(1907) 발간 때에도 드러난다. 장지연은 단재가 역술한 그 책에 서문을 써준다.

단재가『황성신문』에 이름을 올린 것은 세 차례이다. 1905년 4월 7일과 8일, 그리고 1908년 5월 13일이다. 1905년 4월 7일『황성신보』

관보란에 "申采浩, 柳翼熙, 權鳳集 任成均館博士 叙判任官六等 以上四月四日"이, 그리고 4월 8일에는 "成均館博士申采浩, 仝柳翼熙, 仝權鳳集 依願免本官 (…중략…) 以上四月五日"이 기록되어 있다. 단재가 4월 4일 성균관 박사에 임명되고, 판임관 6등이라는 위계를 받았으나 바로 다음날 자신의 바람에 따라 그 관직을 사면했다는 것이다. 그리고 1908년 5월 13일에 고령 신씨 재경 인사들이 계를 조직하였는데, 신채호가 각부원으로 피선되었다는 내용이 실려 있다.

이 밖에 『황성신문』에는 단재에 관한 다른 흔적들은 발견되지 않는다. 그것은 『대한매일신보』에 비할 때 의외이다. 『대한매일신보』에는 금협산인, 일편단생, 단재, 신채호 등 그의 필명과 본명이 직접 등장하고 있다. 『황성신문』에는 신채호를 지시하는 별다른 표지들이 없기에 아직까지 『황성신문』의 단재 활동이 덜 알려진 것이다. 그러나 당시 일본의 정보보고를 비롯하여 수많은 지인들의 회고에 단재의 『황성신문』 활동은 언급되어 있다.

2) 단재의 『황성신문』 참여

기존 연구에서 단재의 『황성신문』 활동은 언급만 되었지 제대로 논의된 적은 없다. 기껏해야 권오만, 박정규, 김주현의 논의 정도에 그친다. 단재의 『황성신문』 활동이 제대로 밝혀지지 않은 것은 기왕의 전집 영향이 크다. 단재전집(1977) 「연보」에 따르면, 1905년 "위암 장지연과 알게 되어 그의 초청으로 황성신문 논설위원에 위촉되어 계몽논설을 집필"하였으며, "위암 집필의 「시일야방성대곡」으로 황성신문이 폐간 됨"에 따라 『대한매일신보』 주필로 자리를 옮긴 것으로 제시되어 있다. 이 이야기를 종합하면 1905년 성균관 박사가 된 이후 『황성신문』 입사 하였으며, 『황성신문』 정간(1905.11.20) 때까지 근무한 것이 된다. 장지 연의 「시일야방성대곡」이 11월 20일 실렸고, 바로 그때 『황성신문』은 정간을 당하였으니, 「연보」에 따르면 단재는 1905년 2월 이후 『황성신 문』에 입사하여 11월 20일까지 근무한 것이 된다.[1] 그렇게 된 까닭은 이전 사람들의 불확실한 회고를 따랐기 때문이다.

二十七八歲 때부터 皇城新聞 大韓每日申報 等 主筆로 峻烈한 文章으로 一 世를 警醒하엿고[2]

二十五歲時에 皇城新聞 論說記者가 되어 當時 同紙의 幹部 張志淵 · 柳 瑾 · 南宮檍氏 等 諸先輩들과 같이 才氣 넘치는 筆鋒을 휘둘렀었다.[3]

舊韓 光武隆熙의 代에 皇城新聞, 大韓每日申報 等에 發表한 論評과 史論 傳記 等이 퍽은 많으되 皇城新聞에 執筆함은 오히려 暫時의 일이였고 每日 新報를 通하야 發表된 바 가장 많었다.[4]

二十六歲時 선생은 新聞界에 투신하여 皇城新聞社 主筆이 되어 當時 暗澹

1 임중빈, 「연보」, 『개정판 단재신채호전집』 하, 형설출판사, 1977, 496면.
2 신영우, 「조선의 역사사가―단재옥중회견기(7)」, 『조선일보』, 1931.12.30, 3면.
3 서세충, 「단재의 천재와 礙滯 없는 성격」, 『신동아』, 1936.4, 102면.
4 안재홍, 「申丹齋學說私觀」, 『조광』, 1936.4, 201면.

한 國政을 痛論하고 날로 허물어져 가는 民心을 振作시켜 言論界의 中心人物이 되었다.[5]

선생이 신문기자를 시작한 것은 1905년— 을사년 26세 때에 우리나라 지사(志士)들이 많이 모인 황성신문사에 입사한 때부터이다.[6]

단재의 『황성신문』 입사, 또는 활동 시기는 논자에 따라 1906년(신영우), 1904년 또는 1905년(서세충), 1906~1907년(안재홍), 1905년(류광렬, 신백우) 등 다양하다. 대체적으로 1905년, 늦어도 1906년에 입사하였다는 말이 된다. 그래서 김영호는 "선생이 『황성신문』에 입사한 정확한 일자가 언제인지, 물러나온 것이 정확히 언제인지는 아직 명확하지 않다"고 말했다.[7]

신채호가 어느 기간인가는 『황성신문』과 인연이 있었던 것은 사실인 것 같지만 『황성신문』에 관계한 것은 아주 단기간이었거나 아니면 소위 촉탁기자로서 타직과 겸무를 한 것이 아니었던가 한다.[8]

1905년 4월부터 지면 확대로, 논설을 담당하던 박은식의 퇴사, 장지연의 장기간 외유 등이 논설기자의 보충이 필요하였을 것이다. 『황성신문』의

---

5 「申丹齋 先生 가신 지 24주년」, 『조선일보』, 1960.2.20, 4면.
6 류광렬, 『기자 반세기』, 서문당, 1969, 232면.
7 김영호, 「단재의 생애와 활동」, 『나라사랑』 3, 외솔회, 1971, 66면.
8 천관우, 「언론인으로서의 단재 ─ 한국언론사에서 본 단재의 위치」, 『나라사랑』 3, 1971, 30면.

1905년 6월 한달 동안 논설은 몇 편이 되지 않다가 7월 이후 거의 매호 빠짐 없이 실리고 있는 점을 보면 논설기자가 보강되었을 가능성이 많다. 단재가 『황성신문』에 1905년에 입사했다면 6월 말이나 7월경이 아니었겠나 추정 해볼 수 있다.[9]

천관우는 단재가 아주 단기간 『황성신문』에 관계했을 것으로 추정 했다. 이들에 비해 박정규는 단재의 『황성신문』 입사 시점을 자료적인 면에서 추적하였다. 그의 논의는 실증을 바탕으로 하였기에 정확성과 엄밀성을 담보하고 있다. 비록 "1905년에 입사했다면"이라는 단서를 달긴 했지만, 그의 주장이 가장 신빙성이 있다. 그는 단재가 성균관 박 사가 된 시점을 문서를 통해 밝혀내기도 했으며, 또한 당시 『황성신 문』의 형편을 근거로 단재의 황성신문사 입사 시점을 추론하였다. 그 래서 그의 논의는 충분히 참고할 만한 가치가 있다. 「연보」(1977)에서 성균관 박사 이후 『황성신문』에 입사한 것으로 밝혀져 있으므로, 그것 을 새롭게 밝혀진 자료(성균관 박사 1908.4)에 대입하면 1905년 4월 이 후 입사한 것이 된다.

단재의 입사 시점이 1905년이냐, 1906년이냐 하는 것은 충분히 고구 할 필요가 있다. 만일 전자일 경우 1905년 실린 단재 글을 입증함으로 써 가능할 것이다. 「讀越南亡國史」(1906.8.28~9.5), 「讀意大利建國三傑傳」 (1906.12.18~28)의 발굴로 말미암아 1906년 4월 이후 단재가 『황성신

---

9 박정규, 「국내에서의 신채호 연보와 쓴 글에 대한 고찰」, 『단재신채호연구의 재조명』(단 재 순국 70주기 추모 학술발표대회 자료집), 단재문화예술제전추진위원회, 2006.2.17, 68면.

문』논설을 썼다는 사실은 입증된 셈이다. 박정규는 「춘우비비」(1906.2.14) 를 단재의 글로 규정하였지만 구체적 논의는 하지 않았다.[10] 그는 단재 가 『황성신문』에 입사한 시기를 1905년 6~7월경으로 내세우면서도 단재의 작품으로 1907년 1월 5일부터 9월 22일까지의 논설들을 제시 했다.[11] 1907년은 단재의 『황성신문』 활동이 가장 확실시되는 시기였 기 때문에 그렇게 한 것으로 보인다. 그 시기에 단재가 『황성신문』에 논설을 쓴 것은 논란의 여지가 없다. 중요한 것은 단재가 『황성신문』에 글을 썼다는 사실이고, 그러므로 정밀한 조사를 통해 논설을 찾아내야 한다는 사실이다. 단재의 글로 알려진 작품들이 주로 1906년 이후 작 품이고, 또한 이 시기 『황성신문』의 문체는 『대한매일신보』의 문체와 차이가 있어 그 규명이 쉽지 않다.

필자는 단재의 『황성신문』 입사 시기에 대해 박정규의 설을 대체적 으로 동의한다. 그것은 다음과 같은 이유에서이다. 우선 1906년 4월 이후에는 적지 않은 논설이 단재의 글로 보인다. 이 사실로 볼 때 1906 년 2월에 황성신문사에 근무했다는 것은 충분히 신뢰할 만하다. 그리 고 많은 사람들이 1905년 입사를 기억하고 있고, 「시일야방성대곡」 (1905.11.20)을 언급한 것으로 보아 1905년 입사설은 설득력을 갖고 있 다. 「시일야방성대곡」으로 신문이 정간되었고, 그로 말미암아 『황성신 문』을 퇴사했다면 그것은 달리 1905년 10월 이전 입사를 분명히 말해 주는 것이다. 만일 지인들의 회고를 일정 부분 신뢰한다면 「시일야방 성대곡」 이전 입사했다는 것은 분명하다.[12] 그리고 1905년 11월 21일

---

10 박정규 외편, 『단재신채호』, 단재문화예술제전추진위원회, 2006.12, 136면.
11 위의 책, 137~223면.

『황성신문』강제 정간 이전에 발표된 단재의 논설이 있다면 그것은 단재의 1905년 입사설을 증명하는 일일 터이다. 1905년에 『황성신문』 논설란에는 「독애급근세사(讀埃及近世史)」(1905.10.7)가 발표되었다. 그런데 이 글은 이후 발표된 「독월남망국사(讀越南亡國史)」(1906.8.28~9.5), 「독의대리건국삼걸전(讀意大利建國三傑傳)」(1906.12.18~28)과 제목의 측면에서도 같고, 내용의 전개방식이 단재의 다른 서문들과 대단히 유사하다.[13] 그것은 한편으론 「독법국혁신사(讀法國革新史)」(1905.8.24)와 닿아 있다.

당시 『황성신문』의 논설기자는 잘 알려져 있듯 장지연이었다. 그런데 두 글을 장지연이 썼을 가능성은 희박하다. 장지연은 1905년 7월 15일부터 9월 13일까지 60일간 일본을 방문하였다. 그러므로 「독법국혁신사」는 장지연이 부재 중에 발표된 글이다. 그렇기에 장지연의 글일 가능성이 적다. 다음으로 「독애급근세사」는 장지연이 귀국한 이후에 나온 글이다. 그런데 그의 귀국 후에 『애급근세사』(1905)가 황성신문사에서 출간된다. 이 저서에 대한 소개가 1905년 10월 4일부터 서적광고란에 실린다. 「독애급근세사」는 장지연의 책을 소개하고, 아울러

---

12 오히려 정간이 되고 다시 속간이 된 시점 이후 단재의 글이 있는가 없는가를 통해 그들의 주장의 정확성을 파악할 수 있다. 달리 그들이 말하는 입사 시점은 정확하지만, 퇴사 시점이 오류일 수 있다는 말이다. 그럴 때 황성신문에서 단재의 활동 기간이 더욱 명확해진다.

13 "嗚呼라 記者ㅣ 每讀埃及近世史하다가 未嘗不掩卷太息ㅎ며 噓唏痛恨也로다"라고 하였는데, 이는 「독의대리건국삼걸전」, 「독월남망국사」, 「이순신전」의 서두처럼 "嗚呼라", "記者", "掩卷" 등의 표기가 거의 그대로이다. 이 외에도 문두에 "嗚呼라"의 사용이나 "無他라", "讀史至此者"등의 표현, "國民上下ㅣ 擧將痛憤太息하야 激發血氣之性而免蹈埃及之覆轍然後에야 庶不爲日後讀大韓近世史者之掩卷太息矣리니 惟願愛國諸君子는 必須以一部埃及近世史로 視做明鑑良藥하야 期必洗除垢汚而醫治疾病하고 免洒掩卷太息之淚於大韓史紙之片을 血心切望也하노니 嗚乎大韓之同胞여" 등의 감성과 설유, 그리고 강개의 표현을 보면 단재 글이 확실해 보인다. 이로 볼 때 단재는 1905년부터 『황성신문』에 논설을 쓴 것으로 보인다.

그 책의 독서를 권유하는 글이다. 일반적으로 자신이 쓴 책을 직접 소개하는 일은 드물다. 그 글을 장지연이 썼다면 내용 중에 자신이 번역했음을 드러내는 표지가 있을 것이다. 그런 것이 없다는 점에서 장지연이 아닌 그 누군가 썼을 텐데, 그 문체가 단재와 가장 어울린다는 점이다.

또한 단재가 장지연의 소개로 1905년『황성신문』에 입사했다면 위암의 도일(1905.7) 이전에 입사했을 가능성이 크다.『황성신문』의 구조상 사장이자 논설기자의 역할까지 감당했던 장지연이 도일에 앞서 논설을 쓸 기자가 필요했을 것이다. 특히 1905년 10월에 발표된「경제계의 위험(經濟界之危險)」(1905.10.25~26)에서는 단재 특유의 감탄사를 연발하는 감성적 문체와 반복을 통한 강조 용법이 그대로 등장하고 있다. 이것은 달리 이 글들이 단재의 글이라는 것을 보여주는 것이며, 1905년 10월 무렵 단재가 이미『황성신문』에 근무하고 있었다는 사실을 말해준다. 박정규의 지적처럼 "1905년 6월 한 달 동안 논설은 몇 편이 되지 않다가 7월 이후 거의 매호 빠짐없이 실리고 있는 점"도 충분히 고려할 만하다. 그런 점들은 단재가 1905년 6~7월경에『황성신문』에 입사했을 가능성을 강하게 시사해준다. 그리고 그는 장지연이 퇴사한 1906년 2월부터『황성신문』주필로 활약했을 것으로 보인다.

그러나 선생의 굽힘 없는 民衆의 正筆은 그리 오래 가지 못하였다. 所謂 保護條約이 締結됨을 보자 이를 紙上에 報道하였다 하여 不得已 退社하고 말게 되었던 것이다.[14]

---

14 「申丹齋 先生 가신 지 24주년」,『조선일보』, 1960.2.20, 4면.

일본이 강요하는 5조약, 소위 일본이 말하는 보호조약 때에 선생은 장지연 선생과 함께 반대의 급선봉에 섰으므로 황성신문사가 필화로 일시 문을 닫게 되자 선생도 퇴사하였다.[15]

신채호의 『황성신문』 재직 시기에 대한 문제가 위와 같이 迷宮인 채로 남아 있는 것과 관련하여 필자는 그의 『황성신문』 재직 기간을 1907년 연초부터 연말까지의 기간이 아니었던가 추정하고자 한다.[16]

어쩌면 신채호는 1907년 중반까지 『황성신문』에 그대로 남아있었을 가능성도 있다.[17]

단재가 황성신문에서 1907년까지 주필로 재직하였으며 황성신문의 주필직을 떠난 것은 류근이 제5대 사장으로 취임하고부터인 것 같다.[18]

단재의 『황성신문』 퇴사 시점은 『조선일보』에 의해 일반화된다. 안재홍은 단재가 『황성신문』에 '집필함은 오히려 잠시의 일'로 적었다. 이후 조선일보사와 류광열은 1905년 황성신문사 입사, 그리고 을사늑약 비판에 따른 정간과 함께 단재의 퇴사를 공식화하였다. 그것은 이전 회고에서는 나오지 않았지만, 1960년 『조선일보』 기사에 의해 일반화된 것이다. 그리고 단재전집편찬위원회에서는 이를 수용하여 『단재 신

---

15 류광열, 앞의 책, 232면.
16 권오만, 『개화기시가연구』, 새문사, 1989, 308면, 주 11번.
17 정진석, 『인물한국언론사』, 나남, 1995, 130면.
18 박정규, 「국내에서의 신채호 연보와 쓴 글에 대한 고찰」, 앞의 책, 72면.

채호 전집』(개정판, 1977) 「연보」에 제시했다.

『황성신문』 퇴사 시점은 『대한매일신보』 입사 시점과 연결된다. 『대한매일신보』 입사 시점은 마루야마의 정보보고에 명확히 드러나 있다. 그것은 박은식이 어제(1907(명치 40년).11.5) 대한매일신보사를 퇴사하고, 『황성신문』의 주필기자인 신채호가 뛰어난 문장가로 박은식을 대신하여 대한매일신보사의 붓을 잡아 오늘부터 출근했다는 내용이다.[19] 그런데 이 짧은 문맥으로만 봐서는 단재가 11월 5일까지 『황성신문』에 근무했는지, 아니면 그 이전 어느 시점에 그만두었는지 알기 어렵다.

1906년 2월 12일 『황성신문』이 복간되고, 2월 17일부터 남궁훈이 사장직을 맡는다. 장지연은 「시일야방성대곡」(1905.11.20)으로 인해 구속되었다가 1906년 1월 풀려났지만, 더 이상 사장직을 수행할 수 없었다. 남궁훈은 2월 17일부터 이듬해(1907년) 5월 17일까지 1년 3개월여에 걸쳐 사장직을 수행했다. 김상천은 남궁훈의 뒤를 이어 사장이 되었다. 그는 남궁훈의 갑작스런 사임으로 사장직을 맡았는데, 불과 4개월도 못 미쳐 사면 청원을 했다. 남궁훈과 김상천이 사장으로 재임할 때 『황성신문』 논설에 제일 중심적인 역할을 한 사람은 당연히 신채호였다. 그래서 마루야마도 1907년 11월 문서에서 단재를 "『황성신문』 주필기자"라고 했던 것이다. 오늘날과 달리 주필기자 한 사람이 논설을 전담했던 당시 상황에 비추어 본다면 1907년 논설 대부분을 단재가 썼을 것이란 박정규의 주장은 상당한 일리가 있다. 그리고 류근은 1907년 9월 17일부터 『황성신문』 사장을 맡았으며, 1910년 6월 11일까지

---

19 국사편찬위원회 편, 『통감부문서』 4, 국사편찬위원회, 1999, 329면.

사장직을 수행했다. 류근은 제5대 사장을 맡으면서 1907년 9월 20일 「사설」에 취임의 변을 싣는다.

그런데 여기에 또 하나의 난점이 있다. 류근은 이전부터 『황성신문』 사장과 논설기자를 맡았던 사람이고, 새롭게 사장직을 맡으면서도 당연히 두 직을 병행했을 것으로 보인다.[20] 그래서 박정규는 2006년 2월경만 하더라도 류근이 사장으로 취임한 1907년 9월 17일경 단재가 『황성신문』을 떠났을 것으로 보았다. 그러나 이후 그는 단재가 1907년 9월 22일경까지는 『황성신문』에 논설을 쓴 것으로 보았다.[21] "『황성신문』 주필기자인 신채호"라는 마루야마의 보고로 볼 때, 단재가 11월 초까지 『황성신문』 논설기자가 아니었나 추측할 수도 있다. 또 하나는 박정규의 주장처럼 류근이 사장으로 취임하면서 『황성신문』에서 단재의 역할이 사라지고, 그래서 그가 퇴사했을 가능성을 염두에 둘 수 있다. 그러면 전자는 9월 말, 후자는 10월 말에서 11월 초로 퇴사시점에 한 달 여의 차이가 있게 된다. 단재가 11월 6일 『대한매일신보』로 옮기게 된 것도 류근이 『황성신문』 사장으로 부임하여 자신의 역할이 축소된 것과 관련이 있을 것이다.

---

20 그러한 것은 1908년 일제가 조사한 「각회사 조사」에서도 잘 드러난다. 「각회사 조사」에서는, 황성신문사 사장 · 발행 · 편집 · 기자 : 류근, 회계 : 김재완, 탐보 : 성선경 · 현석구, 사무원 : 최상집 · 김태선 · 정완구, 인쇄 : 김병주, 채자 : 류구용 등으로 제시된다. 류근은 사장이자 기자로 활동한 것으로 드러난다. 이현종, 「구한말 정치 · 사회 · 학회 · 회사 · 언론단체조사자료」, 『아세아학보』 2, 1966, 106~107면.

21 박정규 편, 『단재 신채호』, 단재신채호기념사업회, 2006.12, 134~223면. 박정규는 이 책에서 "1907년 1월부터 9월 중순까지 『황성신문』의 거의 모든 논설을 단재가 집필하여 게재했을 것"으로 주장하고, 1월 5일 「신년송축」부터 9월 22일 「초제국신문혼」까지 총 120편 정도의 논설을 단재의 작품으로 제시했다. 작품마다 저자를 확정한 것이 아니라 단재의 특성이 드러나는 작품을 우선적으로 제시한 것으로 보인다. 아마도 이들 작품들이 텍스트 확정이 이뤄져 단재의 연구에 이바지하길 바라는 마음에서 제시한 것일 것이다. 앞으로 『황성신문』 논설에 대해 전반적으로 텍스트 확정이 필요하다.

1907년 9월 류근이 사장으로 취임한 이후에도 그 이전의 논조를 여전히 보여주는 글이 있다. 9월 22일자 「초제국신문혼」이다. 이것은 일종의 초혼가의 형식을 담고 있다. 「초제국신문혼」은 8일 전인 9월 14일 논설 「독제국보유감」과 이어진 글이다. 두 글에는 단재의 문체가 아주 잘 드러난다. 박정규도 「초제국신문혼」을 단재의 글로 파악하였는데, 아마도 다음과 같은 이유 때문일 것이다. 우선 논설 속에 시가 형식이 있으며, 단재의 웅혼한 문체가 느껴진다는 점이다. 그러나 그것 외에도 더 많은 이유를 발견할 수 있다.

> 魂兮歸來些 / 金颷颯颯銀漢晶兮 / 桂子丹兮蕉黄 / 瓊醑玉醪芬盈兮
>
> 魂兮歸來些 / 榛莾雜穢難久居兮 / 虎豹兮咆哮 / 魑魅兮揶揄
>
> 魂兮歸來些 / 秋艸離離露溥溥兮 / 弧蛬兮隻鴈 / 相依兮欄之干兮
>
> 魂兮歸來些 / 蒹葭兮蒼蒼 / 故人兮在此 / 與君期兮漢之央兮
>
> 魂兮歸來些 / 月明露白澄清光兮 / 金神按節駕前驅兮 / 笙歌醉舞熙穰穰兮
>
> 魂兮歸來些 / 丹芝兮瑤艸 / 鞭霆馭風紛颮拉兮 / 魂兮歸來些[22]

단재는 「역사와 애국심」에서 "비록 宋玉의 招魂歌를 製ᄒ야 魂兮歸來ᄒ라 魂兮歸來ᄒ라 할지라도"라고 했다. 그리고 "來ᄒ라 來ᄒ라 余가 此一筆로 天堂의 門을 開ᄒ고 倀倀失路의 人을 招ᄒ나니 來ᄒ라 來ᄒ라 余所謂 天堂은 宗敎家 迷信的의 別界天堂이 아니라 我의 眞面目을 發現ᄒ는 正覺이 是니라"라고도 했다.[23] 단재가 송옥의 「초혼가」를 언급하였

---

22 「招帝國新聞魂」, 『황성신문』, 1907.9.22, 논설.
23 신채호, 「大我와 小我」, 『대한협회월보』, 1908.8, 9면.

는데, 그는 그것을 수용해 직접 작품을 썼다.[24] 이를 통해 단재는 류근이『황성신문』사장으로 근무한 이후에도 논설을 썼음을 알 수 있다.「초제국신문혼」은 1907년 12월 17일『대한매일신보』「국민대한 양신문을 위한 초혼[爲國民大韓兩新聞招魂]」이란 논설과 직결되어 있다. 이를 통해 단재는 1907년 9월 말까지『황성신문』논설주필로 글을 썼음을 확인할 수 있다. 그렇다면 단재는 언제까지『황성신문』에 근무하였는가? 류근이 사장으로 부임하면서「사설」(1907.9.20)을 발표하였다. 이후 류근도 다시 논설을 집필했을 것으로 보인다. 1907년 9월 말부터 이전과는 다른 논조의 글들이 확연하게 나타난다. 이후 단재의 문체에 가까워 보이는 글은 10월 8일「생령화액」이다.[25] 이 역시 운율을 중시하는 글의 성격상 단재의 글이 아닐까 추측된다. 이후로는 단재의 문체에 가까운 글을 찾기 어렵다.

여기에서 하나의 가정을 할 수 있다. 먼저 1907년 7월 24일 광무신문지법이 공포된 이후 언론계의 상황은 많이 달라졌다. 무엇보다 일본의 언론 검열에 민족지들이 노출될 수밖에 없었다. 그리고『제국신문』의 예에서 보듯 신문사의 경영난이 가중된다. 그런 상황에서 황성신문사에는 남궁훈, 김상천 등의 사장이 떠나고 결국 류근이 들어온다. 1908년 일본에 의해 수행된「각회사 조사」에는 류근이 사장이자 발행자, 그리고 기자로 나온다. 류근도 장지연처럼 직접 글을 썼다는 것을 확인할 수 있다. 류근이 사장을 맡기 시작한 1907년 9월 20일부터『황

---

24 더욱 흥미로운 점은 변영만도 송옥의「초혼가」를 수용해 단재를 위한 초혼가를 지었다는 점이다.
25 최근 박정규는 이 작품을『단재신채호시전집』에 넣었는데, 이는 충분히 동의할 만하다.

성신문』은 이전과는 달리 일본에 대해 다소 우호적인 모습을 보인다. 일제에 의한 광무신문지법의 여파이기도 하겠지만, 달리 류근이 1910년까지 사장을 맡은 것을 보면, 『황성신문』의 새로운 구성원들은 이전과는 다른 노선을 추구했음을 알 수 있다. 류근이 들어온 상황은 다시 두 가지 변수로 작용한다. 먼저 그가 이전에 기자였다는 사실이다. 그래서 『황성신문』에서 단재의 위치가 애매해진다. 그리고 이러한 상황에서 류근 체제의 『황성신문』은 일본에 조금 우호적 입장으로 기울게된다. 그러한 것은 1907년 9월 말 이후 게재된 논설의 논조에서 역력히 드러난다. 그러한 상황에서 단재가 계속 주필로 있기는 어려웠을 것이다. 이 시기 신문사의 어려움은 『제국신문』도 마찬가지였다. 제국신문은 1907년 9월 20일 각종 어려움으로 인해 「붓을 던져 신문 사랑하는 여러 동포에게 작별을 고함」이라는 논설을 싣고 정간을 하게 된다. 단재는 9월 22일 『황성신문』에 「초제국신문혼」을 실었다. 입장은 다르지만 『제국신문』의 상황이 단재의 상황과 크게 다르지 않았던 것으로 보인다.

다음으로 외부적 상황의 변화이다. 1907년 9월 29일 『황성신문』에는 단재의 스승이었던 이남규가 일본병에 의해 포살된 기사가 나온다. 9월 26일 온양군에서 그의 스승 이남규와 아들 충구, 그리고 4명의 하인들까지 일본군의 총에 피살되었다.[26] 단재로서는 대단히 어려운 시기였을 것이다. 그리고 이 무렵 단재는 할아버지를 여읜 것으로 보인다. 할아버지를 여읜 시기는 정확히 알 수 없지만, 어느 정도 추단할 수는 있다.

---

26 「果則悲慘」, 『황성신문』, 1907.9.29, 잡보란.

大韓每日新聞 時代로 記憶된다. 어느 하룻날 그의 焦悴튼 顏色은 더욱 焦悴하야 어느 친구를 붓들고 急錢에 몰리니 얼마간 취해내라 하엿다. 이 拒絶키 어려운 難請을 받은 분은 搔頭無策이든 중 별똥같이 바로 그 전날이 丹齋의 月給日인 것을 指摘하고 "여보게 자네 어제 月給 타지 안핫나! 한잔 내기 싫은 방색을 이리도 하는 법이 잇나?" 하니 丹齋 喪主(그때 執喪中) 어색하나 愀然한 態度로 "여보게 그리지 안하두 어제 新聞社에서 月給封套를 받어 너코 집으로 도라가든 次에 갑작이 소낙비가 쏟아저서 어느 집 簷下 끝에 비를 거려 方笠 쓴 채 들어섯드러니 웬 요망스런 油頭粉面한 계집이 갸웃이 내다보며 '아이고 상제님 빌 맞으섯네 루추하지만 暫間 드러오서서 비 뜸하거든 가세오'하기에 그럴싸 하야 드러갓다가 勸하는 술 멫 잔을 하고 困해 暫間 누엇다가 집엘 와서 보니 주머니는 텡텡 비엇데그려 원 昌皮도 하고 …" 하며 말끝을 채 매믈르지 못하엿든바 雅三俗四子는 疎漏無雙한 그의 潔白을 믿는다.[27]

점하생(변영로)은 「신단재(申丹齋)와 홍색내의(紅色內衣)」(『東亞日報』, 1936.4.12)와 「사가(史家) 신채호 선생」(『신천지』, 1954.6)에서 단재가 월급을 잃어버린 사건을 『대한매일신보』 때의 일로 기록했다. 그러나 그는 「신채호론」(『사조』, 1958.10)에 다시 '『황성신문』 시대의 일'로 기록했다. 그러면 왜 이런 오류가 일어났을까? 단재는 1908년 1월 『가정잡지』에 술을 「못 먹을 음식」이라 했다. 그렇다면 단재가 1907년에 술집 여자한테 자신의 월급을 잃었을 가능성이 있다는 말이 된다. 1907년

---

27 점하생, 「申丹齋와 紅色內衣」, 『동아일보』, 1936.4.12, 7면.

10월 초까지 『황성신문』에, 그리고 11월 초부터 『대한매일신보』에 근무했기 때문에 실제 목격자인 변영로도 헷갈렸을 수 있다. 만일 상제(喪制)였던 시기가 10월 이전이었으면 『황성신문』이었을 것이고, 11월 이후였으면 『대한매일신보』가 된다.

단재가 계집에게 돈을 빼앗긴 시기가 1907년 10월 이전이거나 11월 이후 둘 가운데 전자일 가능성이 크다. 그래서 변영로는 자신의 마지막 글에서 다시 『황성신문』으로 고친 게 아닌가 한다. 그렇다면 1907년 9월 무렵 단재는 또 하나의 상을 당했던 것으로 보인다. 변영만에 의하면 단재는 집상 중(執喪中)일 때 「영오시」를 썼다고 한다.[28] 단재의 아버지는 1886년 3월 8일, 단재의 나이 일곱 살에 타계했고, 그를 돌봐주던 할아버지 신성우는 1907년경 이승을 하직했던 것으로 보인다. 그의 조부는 1829년 태어났으니 1907년 79세로 생을 마감했을 것이다.[29] 그렇게 하여 단재는 어릴 적 한학을 가르친 스승과 성균관 스승 모두를 이 시기에 잃었다.

二十歲 前 光武年間에 成均館에 居齋하여 其後 博士의 學位를 得하시고 乙巳年에는 皇城新聞社 主筆이 되사 先生의 驚神泣鬼의 筆力으로 國內로는 頑固한 舊習을 革除하고 國外로는 世界 大勢가 駸駸然 一大變革됨을 紹介하고

---

28 변영만, 「'실루에트' 二 三」, 『중앙』, 1936.6, 117면.
29 『高靈申氏世譜 卷三』(고령신씨세보편찬위원회, 농경출판사, 1995, 50면)에 따르면, 신채호의 조부는 "星雨 字 民卿, 純祖 二十九(己丑 一八二九) 生, 丁卯 文科 正言, 卒 靑原郡 琅城面 歸來里 坐, 配安東權氏 父 瑔 祖 尙薰 卒 墓"로 기록되어 있다. 사망일이 따로 기록되어 있지 않은데, 그것은 신성우의 사망일을 족보 만드는 사람들이 몰랐기 때문인 것 같다. 단재는 조부상을 치르고 얼마 후 망명하였다가 옥사하였으므로 고령신씨세보 편찬위원회에서는 신성우의 사망일을 제대로 알지 못했을 것으로 보인다.

더욱 日本이 朝鮮을 倂呑할 野心으로 乙巳條約을 締結함을 斷乎 排擊하심에 그때의 奴顏婢膝의 爲政者는 先生의 議論을 彈壓하는지라 先生의 淸貧은 一日이라도 薪水의 費를 得하지 못하면 饑餓線上에 彷徨함을 不拘하고 憤然히 投筆하시고 退社하여 饑餓에 自甘하였다.[30]

신백우는 단재의 할아버지뻘 되는 일가친척으로 단재보다 일곱 살 어렸다. 그는 어려서 단재와 더불어 한학을 공부했을 뿐만 아니라 1907년에는 신민회에 입회하여 단재와 같이 활동하였다. 그는 단재가 을사년(1905)에『황성신문』주필이 되었으며, "乙巳條約을 締結함을 斷乎 排擊하심에 그때의 奴顏婢膝의 爲政者는 先生의 議論을 彈壓"하자『황성신문』을 퇴사하였다고 하였다. 이 부분은 여전히 서세충의 주장처럼 1905년 을사늑약으로 인해『황성신문』을 그만둔 것으로 읽힐 여지가 있다. 그러나 오히려 후자의 부분에 대한 고려도 있어야 함을 알 수 있다. 단재는 자신의 의론에 대한 탄압에 분연히 투필하고 나왔다는 말이다. 1907년 상황을 갖다 놓으면 1907년 9월 이후 벌어진『황성신문』의 변화는 그러한 모습을 설명해준다. 단재는 대내외적으로 어려움을 겪었지만, 무엇보다 1907년 9월 17일 류근 체제 이후 전개된 언론의 변화로 인해 투필하고 나온 것으로 보인다. 물론 당시 언론에 대한 탄압과 더불어 할아버지 신성우와 스승 이남규의 희생이라는 내적 어려움 등도 단재에게 적지 않은 영향을 주었을 것으로 보인다. 마루야마가 능문가라 평했듯 단재는 이미 당대 문장가로 활동하고 있었다. 단재는『황

---

30 신백우,「단재 신채호 약전」,『단재신채호전집 제9권 - 단재론 연보』, 독립기념관 한국독립운동사연구소, 2008, 150면.

성신문』을 그만두고『대한매일신보』주필로 초빙되어 간다.

그렇다면 단재가『황성신문』에 실질적으로 글을 쓸 수 있었던 기간은 1905년 4달여 남짓, 1906년 11개월, 1907년 9개월, 도합 2년 1개월여가 된다.『대한매일신보』에는 1907년 2개월, 1908년 12개월, 1909년 12개월, 1910년 5개월 도합 2년 7개월에 비하면 조금 짧지만, 단재가『황성신문』에 활동한 시기도 그렇게 짧다고만 할 수 없다. 그렇다면 왜 많은 사람들이 단재가『황성신문』에 활동한 기간을 짧다고 느꼈던 것일까? 그리고 왜 단재가『황성신문』에 쓴 논설은 제대로 밝혀지지 못했던 것일까?

단재가 널리 알려진 것은『대한매일신보』를 통해서였다. 서세충에 따르면, 단재는 「석호(惜乎)라 우용택 씨(禹龍澤氏)의 국민(國民) 대한(大韓) 양마보(兩魔報)의 응견(鷹犬) 됨이여」(『대한매일신보』, 1909.6.27)를 통해 그 이름을 떨치게 되었다고 한다. 그러나 그 이전 이미 「일본의 삼대 충노」(1908.4.2), 「여우인절교서」(1908.4.12~14) 등의『대한매일신보』소재 정론들과 「대한의 희망」(1908.4), 「역사와 애국심의 관계」(1908.6) 등『대한협회회보』소재 정론들이 알려지기 시작했고, 특히『대한매일신보』에 연재된 「수군 제일 위인 이순신」(1908.5.2~8.18), 「독사신론」(1908.8.27~12.13), 「동국거걸 최도통」(1909.12.5~1910.5.27) 등을 통해 명성을 떨쳤다. 그래서 그는『대한매일신보』기자로 널리 각인되었다. 그에 반해『황성신문』논설기자로 활동할 당시에는 널리 알려지지는 않았던 듯하다.『대한매일신보』정론들은 당시 사회에 논란이 되었기에 크게 회자되었지만,『황성신문』정론들은 그러하질 않았다는 말이다.

그러나 그렇다고 하여『황성신문』소재 그의 논설을 결코 소홀히 다루어선 안 된다. 아직까지『황성신문』논설은 제대로 밝혀지지 않았고, 또한 단재의 논설을 찾아내기 어려워 제대로 다뤄지지 못한 측면이 있다. 그러기에 우선 그의 논설을 충실히 찾아낼 필요가 있다. 이 글에서는 이왕에 단재의 글로 밝혀진 것을 대상으로 단재의『황성신문』활동과 그의 글들이 갖는 의의를 밝혀보려 한다.

3) 기존 논의에서 밝혀진『황성신문』의 단재 논설

앞에서도 언급하였거니와 단재의『황성신문』활동을 언급한 논의자로는 권오만, 박정규, 김주현을 들 수 있다.

> 필자가 丹齋의『皇城新聞』재직 기간을 이와 같이 추정하는 것은 이 시기의『皇城新聞』논설에 丹齋의 문체로 보이는 다음과 같은 글들이 포함되어 있기 때문이다.
> "湖南鐵道"—1907.1.12. "喚起二千萬民ᄒ야 築八萬二千里之獨立城"—1907.2.16. "聽布殺"—1907.4.27. "漫筆感興"—1907.5.11. "衆老人의 廳蛙劇談"—1907.6.15. "答呑炭生"—1907.7.1. "大呼國魂"—1907.7.31.[31]

> 「姑息과 時計」(1907.2.11〜12), 「喚起二千萬國民ᄒ야 築八萬二千里之獨立城」(「獨立歌」, 1907.2.16), 「聽布穀」(1907.4.27), 「漫筆感興」(1907.5.11),

---

31 권오만,『개화기시가연구』, 새문사, 1989, 308면. 이 가운데「대호국혼」은 단재의 글이 아니다.『공립신보』(1907.6.28)에 실렸던 글을 번역하여 실은 것이다.

「寧入鬼門關이언뎡 勿向墨西哥」(1907.6.12), 「熱心」(1907.6.27), 「佳節感懷」(1907.8.17)[32]

　　권오만은 1907년 1월부터 7월까지 7편의『황성신문』논설을 단재의 글로 규정했다. 박정규는『황성신문』소재 논설에서 7편의 시를『단재신채호시집』에 포함했다. 그는 권오만의 발굴 작품 3편에다 새롭게 4편을 추가했다. 그는 작품 발굴을 지속적으로 하여 「춘우비비」(1906.2.14), 「희우가」(1906.6.30) 등과 「단연보국채」(1907.2.25)를 단재의 작품으로 규정했다.[33] 게다가 "적어도 1907년 1월부터 9월 중순까지『황성신문』의 거의 모든 논설을 신채호가 집필하여 게재하였던 것으로 추정"했다. 그는 그런 입장에서『단재 신채호』(2006)라는 자료집을 발간했다. 거기에는 120여 편의『황성신문』논설이 실려 있다.[34] 비록 작가를 확정하지는 않았지만, 그 저서는『황성신문』에서 단재 논설의 존재를 분명히 일깨운 것이라는 데 의미가 있다. 이들에 의해 단재의『황성신문』집필 사실은 확인된 셈이다. 그리고 마지막으로 필자에 의해 발굴 작업이 이뤄졌다.

　　「警告律社觀者」(1906.4.18), 「詔勅已下而協律社何不革罷」(1906.4.30)

　　「讀越南亡國史」(1906.8.28~9.5), 「讀意大利建國三傑傳」(1906.12.18~28)

32　박정규 편,『단재신채호시집』, 단재문화예술제전추진위원회, 1999.
33　박정규, 「국내에서의 신채호 연보와 쓴 글에 대한 고찰」,『단재신채호연구의 재조명』, 단재문화예술추진위원회, 2006, 71면; 박정규 외편,『단재신채호』, 단재문화예술제전추진위원회, 2006, 67면.
34　이에 대해서는 김주현, 「단재 전집 간행과 문학편의 문제점 고찰」,『한국독립운동사연구』30, 독립기념관 한국운동사연구소, 2008.6, 57~58면 참조.

「斷煙報國債」(1907.2.25), 「斯巴達小志」(1907.4.5.~16), 「滅國新法論」 (1907.5.1.~4), 「新聞條例에 대한 感念」(1907.7.12), 「言論時代」(1907.8.6 ~7), 「保種策」(1907.9.18)[35]

필자에 의해 밝혀진 글을 제시하면 위와 같다. 이를 통해 단재의 글 이 1906~1907년『황성신문』에 적지 않게 발표되었다는 것을 확인할 수 있다. 사실 이것은 단재가 발표한 글 가운데 일부에 해당될 뿐이다. 이 글들을 거멀못으로 하여 그 밖의 단재 글을 밝힐 필요가 있다. 최근 박정규는『단재신채호시전집』(단재문화예술제전추진위원회, 2013)을 발 간하였는데, 거기에는 훨씬 많은 작품들이 포함되었다. 이전 주장에서 새롭게 추가한 논설 작품들을 살펴보면 아래와 같다.

「社說」(「황성신문 이천호 축시」, 1905.7.21), 「祝開國紀元慶節」(1905.8.17), 「萬壽節祝詞」(1905.8.26), 「千秋慶節頌祝」(1906.3.3), 「血碧碧竹猗猗」 (1906.7.7), 「開國紀元節慶祝」(1906.9.5), 「萬壽聖節慶祝」(1906.9.14), 「登高歌」(1906.10.26), 「祝繼天紀元慶節」(1906.11.5), 「皇太子殿下嘉禮 慶祝頌」·「皇太子殿下嘉禮慶祝歌」(1907.1.24), 「精神과 感覺」(1907.2.6 ~7), 「起舞春風」(1907.3.9), 「皇太子殿下千秋慶節慶祝」(1907.3.21), 「歎 萬物皆春」(1907.3.23), 「嘆地方民情」(1907.6.20), 「奇人奇話」(1907.7.6), 「聽雨書懷」(1907.8.10), 「新涼」(1907.8.11), 「哀地方民」(1907.8.20), 「開

---

35 김주현, 「『황성신문』 논설과 단재 신채호」, 『어문학』 101, 한국어문학회, 2008.9; 김주 현, 「『월남망국사』와 『의대리건국삼걸전』의 첫 번역자」, 『한국현대문학연구』 29, 한국 현대문학회, 2009.12; 김주현, 「계몽기 연극개량론과 단재 신채호」, 『어문학』 103, 한국 어문학회, 2009.3.

國紀元節慶祝頌」(1907.8.26), 「大皇帝陛下卽位日慶祝」(1907.8.27), 「萬壽
聖節慶祝頌」(1907.9.2), 「皇太子殿下册封慶節祝辭」(1907.9.9), 「太皇帝陛
下上号慶祝」(1907.9.10), 「招帝國新聞魂」(1907.9.22) 「生靈禍厄」(1907.10.8)[36]

박정규의 주장은 상당히 일리가 있다. 물론 여기에서 「대호국혼(大呼
國魂)」(1907.7.31)처럼 문제가 있는 작품도 있지만, 대부분은 단재의 작
품으로 추정된다. 1905년 6월경에 입사하여 1907년 10월 퇴사했을 것
으로 보이는 단재의 『황성신문』 글에 대해 아직까지 제대로 다뤄진 적
이 없다. 사실 1905년부터 1907년 10월까지 『황성신문』 논설은 적지
않다. 그렇다면 그 논설들을 논의하는 데에는 몇 가지 문제가 따른다.
우선 이 시기 논설 모두를 단재가 썼다고 하기 어려울 것인데, 그렇다
면 어떤 작품을 단재의 작품으로 간주할 것인가 하는 문제가 따른다.
박정규의 경우 1907년 1월부터 9월까지의 거의 모든 논설을 단재의 저
작으로 간주하였다. 이에 대해서는 상당 부분 동의를 하는 편이다. 물
론 일부 글에 대해서는 보다 심층적인 논의가 뒤따라야 할 것이다. 『황
성신문』 단재의 글을 크게 세 시기로 나눠 볼 수 있다. 우선 1905년의
글을 첫 시기로, 다음으로는 1906년의 글을 두 번째 시기로, 마지막으

---

36 박정규는 최근 『단재신채호시전집』을 묶었는데, 이는 앞서 『단재신채호시선집』에 새로
이 위의 작품들을 추가하여 묶은 것이다. 여기에 실린 『황성신문』 작품을 연도별로 볼
때 1905년 3편, 1906년 8편, 1907년 26편 등 모두 37편이다. 다만 이 가운데 「大呼國魂」
(1907.7.31)은 '별보란'에 실렸고, 桑港 共立報 照謄으로 되어 있어 단재의 작품이 아님을
알 수 있다. 「대호국혼」은 『공립신보』(1907.6.28)에 국문으로 실렸는데, 이를 국한문으
로 번역하여 『황성신문』(1907.7.31)에 다시 실은 것이다. 현재 이 날짜 신문은 두 가지
판본이 있는데, 하나는 일제의 검열을 받지 않고 온전하게 나온 것이고, 또 하나는 "桑港
共立報 照謄"과 후반부 "我二千萬이여 生乎아 死乎아" 이하 부분이 검열로 인해 복자 처리
된 것이다. 박정규는 후자를 보고 단재의 작품에 포함시켰다.

로 1907년의 시기를 세 번째 시기로 잡는 것이다.

첫 번째 시기에 대해서는 이미 알려진 것처럼 장지연이 사장 겸 주필을 하고 있었기에 단재의 글이 간헐적으로 발표되었을 것이다. 그리고 두 번째 시기는 단재가 본격적으로 논설을 썼을 것으로 보이는 시기이다. 세 번째 시기인 1907년대는 단재가 그해 언제까지 『황성신문』에 붓을 잡았는가 하는 것이 관건이 된다. 류근의 부임(1907.9.17)과 더불어 단재가 황성신문사를 그만두었는가, 아니면 이후에도 얼마간 글을 썼는가가 문제가 될 것이다. 그런데 비록 류근이 사장 겸 기자로 취임을 하였지만 얼마간 단재의 논설 집필은 지속된 것으로 보인다. 그러한 가능성을 「보종책」(1907.9.18), 「초제국신문혼」(1907.9.22), 「국문연구회」(1907.10.5), 「생령화액」(1907.10.8)에서 엿볼 수 있다. 여기에서는 기왕의 논의에서 단재의 저작으로 논의된 글과 새롭게 단재의 문체가 잘 드러난 글들을 제시하기로 한다.

「讀法國革新史」(1905.8.24), 「讀矣及近世史」(1905.10.7), 「經濟界之危險」(1905.10.25~26), 「國文報를 宜人讀之」(1906.9.7), 「競爭時代」(1906.11.16~19), 「義務敎育」(1906.12.5~17), 「保國論」(1907.5.6~10), 「典籍罵出의 必要」(1907.7.28), 「言論時代」(1907.8.6~7), 「讀帝國報有感」(1907.9.14), 「國文硏究會」(1907.10.5)

필자는 위의 글들도 단재의 글로 추정한다. 이 가운데에도 좀 더 구체적인 검증을 요하는 것들이 있을 수 있다. 그러나 중요한 것은 이 시기 단재는 끊임없이 『황성신문』 논설을 썼다는 사실이며, 또한 이들 외에도 단재의 논설이 무수하다는 사실이다. 그러므로 지속적으로 단재의 논설을 찾아내고 검증하는 작업이 필요하다. 여기에서는 논란이 될 만한 글들은 가능하면 배제하고 단재의 저작이 보다 확실해 보이는 작품을 대상으로 논의할 것이다.

4)『황성신문』소재 단재 글의 의미

필자는『황성신문』소재 단재 논설에 대해 몇 차례 논의한 적이 있다. 이미 몇몇 작품들은 논의에서 충분히 밝혀진 셈이다. 그러나 단재 글의 특성들이 다른 논설에서도 많이 나타나고 있다. 그것은 달리『황성신문』에 수많은 단재 논설이 있다는 사실을 말해준다. 아직도 저자가 제대로 논의되지 않은 작품들이 대부분이다. 여기에서는 위에서 언급한 논설들을 중심으로 단재 글의 의미를 살피기로 한다. 왜냐하면 텍스트의 저자 확정과 작품에 대한 논의를 동시에 하기 어렵고, 또한『황성신문』논설에 대한 저자 확정은 아직 초보적인 단계에 머물러 있어 텍스트 확정에 많은 시간과 노력이 필요하기 때문이다. 다만 단재의 문체적 사상적 특성이 뚜렷한 작품들에 대해서 우선 논의하기로 한다.

(1) 독립에 대한 염원

일본 제국은 1905년 11월 을사늑약을 통해 외교권을 박탈하고, 다음해 2월 통감부를 설치하여 한국 경략을 위한 정치를 감행했다. 외교권이 박탈된 가운데 무엇보다 필요한 것은 제국주의 세력으로부터의 독립이었다. 일찍이 권오만은 「환기 이천만민(喚起二千萬民)ᄒ야 축팔만 이천리의 독립성(築八萬二千里之獨立城)」(1907.2.15~16)을 단재의 글로 규정하였다. 박정규 역시 논설에 삽입 시가가 있는 특이한 경우를 단재의 글로 규정하였는데, 그들의 주장은 충분히 수긍할 만하다. 단재는 「영오시」를 1분 만에 쓰는 등 시 창작에 능했으며, 그래서 논설에서도 시적 형태를 추구했다.

> 一躍而不能獨立이어던 再躍而求獨立ᄒ며 再躍而不能獨立이어던 三躍而求獨立ᄒ고 一歲而不能獨立이어던 二歲而求獨立ᄒ고 二歲而不能獨立이어던 三歲而求獨立ᄒ야 漆身吞炭而可獨立이어던 卽漆身吞炭ᄒ고 披面抉目而可獨立이어던 披面抉目ᄒ고 剖胸出腸而可獨立이어던 卽剖胸出腸ᄒ고 鞠躬盡瘁而可獨立이어던 卽鞠躬盡瘁ᄒ고 或以舌로 求獨立ᄒ며 或以筆로 求獨立ᄒ며 或以劒으로 求獨立ᄒ며 或以血로 求獨立ᄒ야 歌我獨立ᄒ며 哭我獨立ᄒ며 夢我獨立ᄒ며 拜我獨立호디[37]

단재는 무엇보다 독립의 필요성을 역설했다. 온갖 수단과 방법을 동원해서라도 독립을 해야 한다는 것이다. 그는 이 논설에 독립의 염원을 담은 노래를 덧붙였다. 그것은 노래가 대중들에게 감화능력이 크다는 것을 잘 알고 있었기 때문이다. 그는 특유의 반복과 점층을 통해 논지를 강조하고 있다.

---

[37] 「喚起二千萬民ᄒ야 築八萬二千里之獨立城」, 『황성신문』, 1907.2.15, 논설.

獨立兮獨立兮여 / 大韓帝國獨立이라

二千萬同胞兄弟ㅣ / 獨立心을 忘치 마오

此心만 一忘ᄒᆞ면 / 獨立城이 遂傾이오

此城만 一傾ᄒᆞ면 / 我韓人民將何處오

東海水에 覆沒ᄒᆞᆫ달 / 獨立心을 豈忘ᄒᆞ며

萬里外에 漂泊ᄒᆞᆫ달 / 獨立心을 이질손가

此心만 勿忘ᄒᆞ면 / 風雨霜雪交拍ᄒᆞ나

必有一日陽春이오 / 此心만 勿忘ᄒᆞ면

刀鋸鼎鑊在前ᄒᆞ되 / 必有一線生路이니

二千萬同胞兄弟ㅣ / 食息에도 勿忘ᄒᆞ며

二千萬同胞兄弟ㅣ / 顚沛에도 勿忘ᄒᆞ오

同胞兄弟二千萬아 / 獨立二字勿忘ᄒᆞ오.[38]

1907년 일제의 한국 병탄은 보다 본격화된다. 일제는 7월 24일 정미
칠조약을 통해 고종을 양위시키고, 또한 광무신문지법(1907.7.24)을 통
해 언론에 재갈을 물린다. 그리고 8월 1일에는 군대를 해산하여 국가의
보위능력을 빼앗아버린다. 단재는 통감부의 탄압과 언론의 속박으로
부터 독립과 자유를 부르짖었다. 사실 「시일야방성대곡」으로 신문이
정간당한 것도 일본의 압제에 따른 것이었다. 단재는 일제의 노골적인
침략에 맞서 독립의 달성이 무엇보다 중요함을 일깨웠다. 그래서 참혹
한 상황 속에서도 한 줄기 살 길이 있으니 '독립' 두 글자를 잊지 말라고

---

38 「喚起二千萬民ᄒᆞ야 築八萬二千里之獨立城」, 『황성신문』, 1907.2.16, 논설.

당부했다. 그는 일본 제국주의 치하에서 애국 계몽 시가를 발표하여 국민의 계몽을 꾀하였다. 그리고 1907년 11월 6일 『대한매일신보』로 옮겨가 준열한 필봉을 휘두른다. 당시 영국인 베델이 경영하던 『대한매일신보』는 치외법권 지위로 인해 일제의 검열로부터 비교적 자유로웠다.

(2) 국채보상운동의 역설

「단연보국채(斷煙報國債)」는 1987년 단국대 동양학연구소에서 발간된 『장지연전서』(8권)에도 수록되어 있다. 동양학연구소는 이 논설을 장지연의 글로 간주하여 전집에 포함시켰던 것이다. 이로 인해 이동언처럼 "장지연은 『황성신문』에 「단연보국채」라는 논설을 싣고 국채보상운동에의 참여를 호소하였다"는 주장이 나온 것이다.[39] 그동안 「단연보국채」는 장지연의 글로 인식되어 왔으며, 그리하여 「독립운동가 장지연」에는 "1907년 1월 대구에서 김광제·서상돈 등을 중심으로 국채보상운동이 일어나자 이를 전국적인 운동으로 발전시키기 위해서 신문과 잡지들에 국채보상운동에 참여할 것을 촉구하는 다수의 논설을 발표했다"고 기술되었다.[40] 그런데 박정규는 『단재 신채호』를 발간하면서 「단연보국채」가 단재의 글이라고 주장했다. 이 글이 누구의 것이냐 하는 것은 국채보상운동을 이해하는 데 중요하다. 필자는 「단연보국채」를 단재의 글로 확정한 바 있다.[41]

---

39 이동언, 「김광제의 생애와 국권회복운동」, 『독립운동사연구』 12, 독립기념관 한국독립운동사연구소, 1998, 137면.
40 최근에는 이 부분이 수정되어서 사라졌다.
41 김주현, 「『황성신문』 논설과 단재 신채호」, 『어문학』 101, 한국어문학회, 2008.9.

此消息이 何處來오 此消息이 何處來오

七年大旱에 逢甘雨도 不足慶이오

千里他鄕에 遇故人도 不足喜오

普法戰爭에 巴黎城捷報도 不足稱이오

大陸探險에 喜望峰初見도 不足道라

大韓 光武 十一年 新春 第一好消息이 天來ᄒᆞᄂᆞ 福音을 叫傳ᄒᆞᄂᆞ도다

此消息이 何消息고 此消息이 何消息고

如此好消息을 我不能遽言이오 亦不敢不言이라 雙手再拜ᄒᆞ며 一聲大呼ᄒᆞ야 大韓帝國萬歲 大韓帝國同胞萬歲를 先唱ᄒᆞ고 曲踊三百ᄒᆞ며 距踊三百ᄒᆞ야 此萬古好消息을 奉獻我二千萬兄弟ᄒᆞ노니

此消息이 非他消息이라 卽大邱廣文社 副會長 徐相敦氏 等의 斷烟同盟ᄒᆞ 好消息이로다[42]

단재는 단연보국 운동이 형성된 것을 아주 기쁘게 전했다. 그것을 무엇보다도 경하하고 좋은 소식, 그래서 "萬古好消息"이라 말했다. 그는 "此消息이 何消息고 此消息이 何消息고"라고 반복해서 질문하였는데 상당히 흥분된 모습을 보여준다. 그는 국민들에게 단연보국 운동을 설득하고자 유장한 문체를 썼다. 정인보는 단재가 "文章의 俊偉함이 近世에 잇서 그 匹敵이 없는 同時, 그 중에도 辨論이 長하고 敍述에 能하고 分解에 精하야 아무리 머릿살 아픈 材料일지라도 그 붓끝이 잠간 시치기만 하면 대번에 精當明快함을 깨닷게 된다"고 하였는데 이러한 단재의 문체를 말한 것이다.[43]

---

42 「斷烟報國債」, 『황성신문』, 1907.2.25, 논설.
43 정인보, 「단재와 사학(하)」, 『동아일보』, 1936.2.28, 4면.

美哉라 靑邱山河여 果多善男信女라 全國 三百餘州에 必不獨大邱만 産此
等男子오 同胞 二千萬名에 必不獨徐氏等 幾人만 抱此等意氣니 吾敢信此機
가 一動에 擧國이 響應ᄒ야 將俾六洲列國으로 莫不敬服我大韓國ᄒ고 將俾
五種民族으로 莫不崇拜我大韓人ᄒ야 卽此二十世紀 今日 世界에 大韓國民
名譽聲價가 照耀全球ᄒ리니 壯哉라 此消息이며 奇哉라 此消息이여 吾手로
禱ᄒ고 吾頂으로 禮ᄒ고 仰天而謝ᄒ고 俯地而蹈ᄒ노니 卽後日 大韓獨立史
開卷第一章에 大書特書ᄒ야 揭之如日星者ㅣ 非此斷烟同盟會之徐相敦等 諸
氏耶아 凡我域內頂天履地之徒ᄂ 聞此好消息ᄒ고 乘此好時機ᄒ야 毋失爲國
民之義務哉어다[44]

「단연보국채」에서 신채호의 역사의식을 읽을 수 있다. 단재는 모든
국민들이 이 운동에 나서주길 바라 마지않았다. 그는 국채보상운동을
독립운동사의 서두 제1장에 기록해야 한다고 했다. 그 까닭은 무엇인
가? 그는 이 운동에서 국민들의 자발적 잠재력을 보았다. 한번 일어난
단연보국 운동은 며칠도 되지 않아 응하는 사람이 구름같았으며, "市
井商客은 獻其腦力之所得ᄒ고 勞働役夫ᄂ 獻其肢力之所得ᄒ야 蜂湧潮
沸에 猶恐或後"하였다. 그래서 그는 "我實不料我國民이 有此快悟며 我
實不意我國民이 有此毅力이로다"라고 감탄했으며, 그 운동이 대한 독립
운동의 시발이 될 것이라 여겼다. 이 글에는 앞으로 단연 운동으로 말
미암아 모든 국민이 협심 단결하여 대한 독립을 이뤄보자는 강한 웅변
을 담고 있다. 그러나 일제의 방해 책동으로 말미암아 단연보국을 통한

---

44 「단연보국채」, 『동아일보』, 1936.2.28, 4면.

국채보상운동이 좌절되고 기대했던 바의 성과를 거두지 못하고 말았다. 단재는 이후 3·1독립운동을 다시 "我國獨立史之 開卷 第一章"으로 평가했다.

(3) 보국론의 전개

단재는 「보국론(保國論)」(1907.5.6~10)에 이어 「보종책」(1907.9.18)을 썼다. 단재는 「보국론」에서 일본의 침략이 가속화되는 가운데 국가를 유지 보존해야 된다는 것을 강조하였다. 특히 이 논설은 5회 동안 연재되었다는 측면에서 저자가 다른 어떤 문제보다도 중요하게 여겼으며, 그렇기에 더욱 중요한 논설이라 할 수 있다.

> 許多權利는 盡爲有力者 所奪ᄒ고 諸般 實業은 已被疾足者 所占ᄒ야 我今所有는 只是枵然空殼이오 我今所事는 不過目前苟活이라 自頭至足을 一一束縛ᄒ고 九竅百骸가 處處俱痛ᄒ니 吁嗟乎今日이여 果是何日고 垓營黑月에 烏騅가 不逝커늘 四面楚歌에 漢軍이 三匝ᄒ니 雖有拔山丈夫나 無以皷其餘勇이오 睢陽孤城에 援兵이 路絶커늘 滿營疲臥에 賊兵이 蟻集ᄒ니 雖有回天烈士나 無以挽其敗局이라[45]

이 글에서 단재의 현실 인식을 여실히 느낄 수 있다. 단재는 국권이 사라지는 과정에서 권리는 힘 있는 자에게 **빼앗기고**, 실업도 발 빠른 사람에게 점유되어 모든 백성들이 고통 받는 현실을 묘사했다. 게다가

---

45 「保國論」, 『황성신문』, 1907.5.6, 논설.

적병들은 개미떼처럼 모여들지 않는가. 그는 국권이 침탈되어가는 현실 상황을 비유적으로 표현했다.

> 但求奮發而前進ᄒ면 便有光明之一途오 旣有光明之一途ᄒ면 便是自强之
> 法門이라 得此法門ᄒ면 可以揚國威於宇內며 垂國光於歷史오 措國家於泰山
> 盤石之安이니
> 灌自國精神於腦髓하며
> 養子孫於新學問圈裡하며
> 行自由於法律範圍內하며
> 棄破壞秩序之輕擧妄習하고
> 一步二步로 汲汲前進於實業實力之地를 三呼而頂祝ᄒ노니 民力이 充實ᄒ
> 야 國步가 大振ᄒ면 一躍而橫飛宇宙가 何有乎難哉리오 努力哉어다[46]

단재는 1907년 당시만 하더라도 자강을 통한 점진적 보국론을 외쳤다. 그는 자국 정신을 배양하고 신학문을 배우고 실업을 배양하고 민력을 충실히 하여 나라의 운명을 크게 진작시킬 것을 주문했다. 한편 그는 1907년 「보종책」(1907.9.18)에서 "人民이 有ᄒ 然後에야 國家가 成ᄒ나니 民種을 不保ᄒ면 必然 無國홀지라", 그러므로 "今日 我韓의 保種ᄒ미 急홀지로다"라고 주장했다. 그러나 1907년 12월 「보종보국(保種保國)이 원비이건(元非二件)」에서 "保種論은 本記者도 亦嘗唱道하던 者"라고 언급하며, "保種을 不思ᄒ고 保國만 是求ᄒ면 其國이 旣保에 其種이

---

46 「보국론」, 『황성신문』, 1907.5.10, 논설.

自保ᄒ려니와 만일 保國은 不思ᄒ고 保種만 是求ᄒ려다가는 其國이 不保에 其種이 隨亡ᄒ리니 二說 中에 其近是者를 求홀진ᄃᆡ 吾必 保種論을 捨ᄒ고 保國論을 從홀진져"라고 피력하였다.[47] 보종, 보국이 원래 두 가지가 아니며, 그래도 그 가운데 보국이 더욱 우선시되어야 한다는 것이다. 보국에 대한 관점이 이전과 조금 달라졌기에 그것을 일부러 언급한 것이다. 단재의 국가주의 정신을 엿볼 수 있는 대목이다.

「보종책」은 단재가 『황성신문』 기자 시절 쓴 글이며, 「보종보국이 원비이건」은 『대한매일신보』 주필 당시에 쓴 것이다. 궁극적으로 『대한매일신보』 논설 「보종보국이 원비이건」의 구절을 통해서 『황성신문』에 실린 「보종책」의 저자를 파악할 수 있다. 그리고 단재의 보종책에 대한 논지는 동일한 제목을 가진 박은식의 「보종책」(『대한매일신보』, 1907.7.31)과 확연한 차이를 드러낸다.

(4) 광무신문지법의 비판

단재는 광무신문지법이 공표되자 이에 항의하는 글을 썼다. 아래의 논설은 단재가 신문지법을 비판하여 쓴 글이다.

言論自由를 失ᄒᄂᆞᆫ 日이 卽政治自由를 失ᄒᄂᆞᆫ 日이며 卽生計自由를 失ᄒᄂᆞᆫ 日이며 卽國家의 權利, 民族의 活動 等 許多自由를 失ᄒᄂᆞᆫ 日인ᄃᆡ 新聞이란 者ᄂᆞᆫ 一人의 言論이 아니라 實一國民代表의 言論인 故로 言權上 第一位席을 占有ᄒ얏스니 (…중략…) 於是乎 正當ᄒ 法律의 範圍로 新聞의 行動를

---

47 「保種保國이 元非二件」, 『대한매일신보』, 1907.12.3, 논설.

規正홈에 新聞條例가 出ᄒᄂ니 若不然ᄒ고 偶語를 禁ᄒᄂ 秦政의 苛와 腹誹를 誅ᄒᄂ 漢網의 密로 報筆의 自由를 束縛ᄒ고ᄂ 此條例頒仰日이 國永亡民永死ᄒᄂ 慘慘 大劫運也歟ᄂ져[48]

단재는 「신문조례(新聞條例)에 대한 감념(感念)」(1907.7.12)에서 언론의 중요성에 대해 갈파하였으며, 그래서 언론의 자유는 정치의 자유를 넘어 국가의 권리, 민족의 활동 자유와 깊이 관련되어 있음을 언급했다. 그러면서 언론의 자유를 억압하는 신문조례를 강하게 비판했다. 신문조례가 언론 자유를 속박함으로써 국가를 망하고 백성을 망하게 하는 것으로 인식했다.

言論者ᄂ 發諸思想而創造事實者也니 若無思想이면 不能有言論이오 旣有事實이면 可以無言論이니 今日 我韓이 雖無事實이나 不能無思想이오 旣有思想이라 不能無言論이니 我韓今日에 言論을 又可以烏已也리오 (…중략…) 是故로 苟能善其言論ᄒ면 瑪志尼之少年伊太利新聞에 冢中之羅馬가 再蘇ᄒ며 噶蘇士之墨報에 呻吟之凶牙利가 回甦ᄒ고 不能善其言論ᄒ면 老莊破壞之說이 始不過一二窮措大의 閉門之談이로ᄃ 終乃何鄧之徒가 以此而破碎晉室之山河ᄒ고 稗官淫蕩之文이 實不過閭巷婦孺에 娛悅耳目之資로ᄃ 竟乃英國中葉에 由此而頹敗社會之道德ᄒ니 言論之際에 其可不愼乎아[49]

況吾輩ᄂ 坐此黑黑暗暗之時代ᄒ야 思以一段言論으로 振作一國之民氣ᄒ며 培養一國之民力ᄒᄂ니 不以非常之誠力으로 發揮非常之希望이면 奚可有

---

48 「新聞條例에 對ᄒ 感念」, 『황성신문』, 1907.7.12, 논설.
49 「言論時代」, 『황성신문』, 1907.8.6, 논설.

非常之事實이리오

　滄海變幻이라도 如石不轉ᄒ며 霜雪交迫이라도 如松不萎ᄒ야 其銳利之筆鈊과 慘澹之意匠이 足以寒破魔賊之奸膽ᄒ며 震驚長夜之頑夢 然後에야 庶幾乎筆下之枯談이 快現於實際之事業이니[50]

　단재는 「언론시대(言論時代)」(1907.8.6~7)에서 언론의 사명을 중시하고 언론의 역할을 분명히 제시하였다. 그리고 언론이 계몽의 도구로 기능해야 함을 역설했다. 단재가 이후 『대한매일신보』로 간 것도 어쩌면 검열로부터 보다 자유로웠기 때문이 아닌가 한다. 『황성신문』은 1907년 7월 24일 광무신문지법이 공포된 이후 검열이 심해졌다. '어둡고 어두운 시대[黑黑暗暗之時代]'라는 것도 그러한 현실을 드러내는 것이다. 그래도 단재는 "思以一段言論으로 振作一國之民氣ᄒ며 培養一國之民力ᄒᄂ니 不以非常之誠力으로 發揮非常之希望이면 奚可有非常之事實이리오"라고 했다. 그는 어떠한 상황에서도 국민의 사기를 진작하고 힘을 배양하여 희망을 심으려고 노력했다. 그것은 '예리한 필봉과 참담한 수식이 적들의 간담을 서늘하게 하고 오랜 기간의 완몽을 떨게 한'다는 구절에 충분히 표현되어 있다.

(5) 제국신문론

　애국계몽기 『황성신문』은 숫신문으로, 『제국신문』은 암신문으로 독자들의 애호를 받았다. 특히 후자는 한글로 발간되어 부녀자들이 읽기

---

50 「言論時代」, 『황성신문』, 1907.8.7, 논설.

쉬워 그렇게 불렸다. 그러나 일본의 언론탄압으로 『황성신문』도 벽돌
신문이 자주 나왔고, 『제국신문』도 자주 정간되는 상황을 맞게 된다.
『황성신문』 주필이었던 단재는 『제국신문』에 대한 관심과 애정을 보
이며, 다른 한편으론 일제의 언론 통제를 비판하였다. 그러한 사실은
아래의 논설에 여실히 드러난다.

　　夫帝國報는 純然以我國文으로 刊行ㅎ야 域內 一般 覽者가 可以培自國之
精神이오 閭巷婦孺도 都無難曉之歎이니 我韓文明之前途에 便是引路之一炬
燭이라 停帝國報一日ㅎ면 卽我韓文明이 停一日也오 閉帝國報二日ㅎ면 卽我
韓文明이 閉二日也니 嗟乎라 今者 帝國報之停閉에 實非爲帝國報下淚라 不
覺下淚於文明之前途也로다 (…중략…) 雖其遲速은 難期나 必有續刊之月日
ㅎ리니 於是日也에 須以一枝如椽之筆로 大書而特書之ㅎ되 今日之停報는 曰
某年某月某日에 某處某事로 停報라 ㅎ며 他日之續刊은 曰 某年某月某日에
續刊이라 ㅎ고 長留一紀念碑於禿筆下ㅎ야 常目而勿忘ㅎ며 銘肺而勿忘ㅎ며
今日而勿忘ㅎ며 明日而勿忘ㅎ고 並俾新聞閱覽之同胞로 相戒勿忘是日ㅎ야
愚公이 老不忘移山ㅎ고 精衛가 死不忘塡海ㅎ면 苦盡甘來ㅎ고 先眺後笑ㅎ
야 必有言論自由와 恢復之一日ㅎ리니[51]

　『제국신문』 1907년 2월 10일 자 「정간우해정(停刊又解停)」에 따르면
"본신문이 무고히 량일을 뎡지ㅎㅁ"라고 하였는데, 위 논설은 『제국신
문』 정간에 대해 쓴 것이다. 단재는 「탄제국보정간」(1907.2.9)에서 『제

51　「歎帝國報停刊」, 『황성신문』, 1907.2.9, 논설.

국신문』제11권 27호 잡보란에 '무슨 잘못한 말이 있어서 검열 도말건을 몇 글자 몇 구절이나 위배하였던지 자경무 고문부(自警務顧問部)로 갑자기 정간시키는 일이 있더니 제11권 30호『제국신문』은 한마디 말도 없이 또 다시 하루아침에 이별을 고하니 가는 사람도 눈물을 흘리고 남은 사람도 눈물을 흘린다'고 하였다. 그래서 "從今案上各報에 黯黯有少一之恨ᄒ도다"고 하였다. 당시『제국신문』에서도 "우리나라 신문이 외인에게 검열을 밧는" 것은 "나라에 권리가 업는 연고"라고 하였다. 단재는『제국신문』이 일제에 의해 검열로 도말당하고, 무시로 정간 당하는 상황을 고발한 것이다. 그래서 "더욱더욱 신문을 만이 보아 지식을 늘녀가지고 국권회복을 ᄒ야 검열 밧지 안코 신문들 하야보기 힘들 쓸지어다"로 결론을 맺고 있다.[52]

> 噫라 我韓今日에 物換星移ᄒ고 時變勢遷ᄒ야 言論의 自由를 不自由ᄒᄂ 時代를 當ᄒ얏스나 自國의 筆法으로 自國의 新報라 稱ᄒᄂ 者ㅣ 幾種에 不過ᄒ디 自國의 精神을 喚起ᄒ야 自國同胞의 耳目機關을 運轉ᄒᄂ 者ᄂ 惟是 帝國報가 幾乎第一指를 首屈홀 만ᄒ도다[53]

한편 단재는「독제국보유감(讀帝國報有感)」에서 "投筆痛哭이란 論題에 至ᄒ야 自然히 一聲長吁에 兩涕交襟흠을 不覺ᄒ겟도다"라고 하면서 "本記者도 亦是 新聞界 同業의 一人이라 同病의 憐과 同寮의 悲를 不禁ᄒ야 寸腔血一掬淚로 臨風敬告ᄒ노라"고 하였다. 그런데 제국신문사는 경제

---

52 「停刊又解停」,『제국신문』, 1907.2.10, 잡보란.
53 「讀帝國報有感」,『황성신문』, 1907.9.14, 논설.

적 사정으로 더 이상 발간이 어려워진다. 그러자 「국문을 경ᄒᆞ게 넉이는 ᄭᆞ닭에 국세가 부픠ᄒᆞᆫ 리유」(1907.9.17~18)를 연속으로 실으면서 "나라를 사랑하는 사람은 국문을 숭상하고 소중히 여길지어다"라고 하여 『제국신문』을 사랑해주길 간곡히 부탁한다. 그러나 결국 「붓을 던져 신문 사랑ᄒᆞᄂᆞᆫ 여러 동포에게 쟉별을 고흠」(『제국신문』, 1907.9.20)을 발표한다. 신문사의 사정이 어려워져 발간을 중단하기에 이른 것이다.

> 今見各報舘諸兄弟之吊哭者ᄒᆞ니 尤不禁割半隻影之悲矣라 悼懷鬱陶에 情難自抑일ᄉᆡ 聊將艸艸短詞하야 酹君之靈而招君之魂하노니 詞曰
>
> 魂兮歸來些
>
> 金飈颯颯銀漢晶兮
>
> 桂子丹兮蕉黃
>
> 瓊醑玉醪香芬盈兮
>
> 魂兮歸來些[54]

단재는 장쾌한 붓을 들어 「초제국신문혼」을 써서 국민들의 각성과 더불어 『제국신문』에 대한 관심을 촉구했다. 그는 '제국신문혼'을 불러내는 극약 처방을 제시하였다. 『제국신문』은 10월 3일 다시 발간된다. 제국신문사는 「본신문 쇽간하난 일」(10.3)에서 "그동안 십여 일에 샤회의 유지ᄒᆞ신 신ᄉᆞ 신상들과 귀부인들이 본 신문 뎡간된 일을 ᄀᆡ탄이 녁이ᄉᆞ

54 「招帝國新聞魂」, 『황성신문』, 1907.9.22, 논설. 여기에서 「초혼가」 부분을 해석하면 다음과 같다. 혼이여 돌아오라 / 폭풍은 쏴아 불고 은하수는 맑구나 / 계수나무는 붉게 물들고 파초는 누렇게 물들었으며 / 옥술과 옥탁주 향기가 가득하구나 / 혼이여 돌아오라.

ᄉ오원으로 슈십 원식 연조ᄒ시ᄂ 이도 잇고 ᄯᅩ한 신문을 속간ᄒᄂ 날에 ᄂ 영구이 구람ᄒ시깃다ᄂ 이도 만코 ᄌ긔들이 의연금을 은근이 모집ᄒ ᄂ 이도 잇고 신문에 광고ᄒ야 연조금을 모집ᄒᄂ 부인샤회도 잇고 이왕 달니 쓰랴고 모집ᄒ얏던 금익을 본샤로 긔부ᄒ쟈고 운동ᄒᄂ 샤회도 잇"다고 하였다. 여러 사람들의 노력에 의해『제국신문』이 속간되었으 며, 여기에는 단재의 적극적인 응원도 있었다. 단재의 노력은 바로 국문 부흥운동과 관련이 있다. 또한 단재는『대한매일신보』기자로 있으면서 『대한신문』과『국민신보』를 위한 초혼가를 짓기도 한다.『제국신문』은 여러 유지들의 지원에 힘입어 다시 속간이 되는데, 적극 지원을 권유한 단재의 논설은『제국신문』속간에 큰 역할을 한 것으로 평가된다.

(6) 기타 애국 계몽 운동—역사 전기물 소개 등

단재는 각 민족의 흥망사를 소개함으로써 애국 계몽운동을 전개했 다. 프랑스 혁명사를 다룬「독법국혁신사(讀法國革新史)」(1905.8.24), 이 집트의 근대 역사를 다룬「독애급근세사(讀埃及近世史)」(1905.10.7), 월 남의 망국을 다룬「독월남망국사(讀越南亡國史)」(1906.8.28~9.5), 그리고 이태리의 건국 과정에서 카부르, 가리발디, 마치니의 업적을 기술한「독 의대리건국삼걸전(讀意大利建國三傑傳)」(1906.12.18~28) 등은 역사 전기 물을 소개한 것이다. 특히 마지막 작품은『이태리건국삼걸전』으로 나 왔다. 이러한 것들은 애국 계몽의 일환으로 형성된 것으로 당시 수많은 역사 전기물의 번역서 발행 의도와 맥을 같이 한다. 그것들은 국가 위 난의 상황에서 구국 영웅들을 호명함으로써 애국심을 진작하고 국권 을 회복하고자 하는 간절한 희원을 담고 있다.

한편 단재는 당시 협률사의 연극 공연에도 관심을 갖고 비평하였다. 그것은 「경고율사관자(警告律社觀者)」(1906.4.18), 「조칙이하이협률사하 불혁파(詔勅已下而協律社何不革罷)」(1906.4.30) 등에서 드러나는데, 이 글들은 애국계몽기 연극 개량 관련 주요 논설이라는 측면에서 상세히 고찰할 필요가 있다. 이 글들의 논조는 이후 『대한매일신보』의 「극계개량론」, 「연극계의 이인직」 등과 같은 연극 개량 논설로 이어진다. 이것들은 초창기 연극에 관한 단재의 입장을 잘 보여주는 글이다. 단재는 『대한매일신보』에 근무하며 연극개량론 및 문예개량론과 관련된 글을 지속적으로 발표하였는데, 이 글은 그러한 모습을 진작에 보여주었다는 점에서 중요하다.[55]

5) 마무리

단재가 『황성신문』의 주필기자로 이름을 올렸음은 마루야마의 문서에 드러났다. 마루야마[丸山重俊]가 1907년 11월 6일 작성한 「경비 제십칠호(警秘第十七號)」에는 아래와 같이 언급되었다.

皇城新聞ニ主筆記者タル申采浩ハ有名ナル能文家ナルヲ以テ同人カ朴殷植ニ代ツテ毎日申報社ニ筆ヲ執ルコトヽナリ本日ヨリ同社ニ出務セリ[56]

---

55 김주현, 「계몽기 연극개량론과 단재 신채호」, 『어문학』 103, 한국어문학회, 2009.3.
56 국사편찬위원회 편, 『통감부문서』 4, 국사편찬위원회, 1999, 329면.

변영만은 단재가 "일찍이 주필의 책임으로 『황성신문』과 『대한매일신보』의 양대 신문사를 거치면서 문사를 떨치고 논리를 펴서 극렬하게 나라 안팎의 대세를 논하였다"고 말했다.[57] 단재는 『황성신문』 시절부터 뛰어난 논설로 그의 이름을 드러내었다. 그러나 그의 『황성신문』 활동은 일찍부터 알려졌지만, 『황성신문』에서 그의 논설을 찾는 작업은 제대로 실현되지 못했다. 무엇보다 장지연의 "「시일야방성대곡」으로 『황성신문』이 폐간됨에 따라" 『황성신문』을 그만둔 것으로 이해했기 때문이다. 「연보」(1977)에 입각하면 단재는 1905년 잠시 동안 『황성신문』에 글을 쓴 것이기에 연구자들이 크게 주목하지 않았던 것이다.

이 글에서는 최근에 발굴된 단재의 논설 몇 편을 중심으로 논의를 전개해 보았다. 단재는 『황성신문』에 「단연보국채」를 써서 국채보상 운동을 진작하는가 하면, 『제국신문』을 적극 성원하기도 했다. 보국론을 전개하였으며, 광무신문지법의 폐단을 지적하기도 했다. 그뿐만 아니라 각종 역사 전기물을 소개하여 애국 계몽 운동을 전개하였으며, 또한 당대 연극의 폐해를 지적하기도 하였다. 그의 글쓰기는 이처럼 광범위한 계몽운동의 일환이었다.

그러나 이 논의에서 분석 대상으로 삼은 글은 단재의 글 일부에 불과할 뿐이며, 제대로 된 논의가 되기 위해서는 자료 발굴이 절실히 요구된다. 1905년 6월경부터 1907년 10월경까지 논설에 대한 집중적인 분석이 필요하다. 『황성신문』은 단재에게 첫 발표지로서 의미를 지니며, 아울러 그가 당대 문장가로 첫발을 내딛었던 곳이다. 향후 더욱 많은

---

57 단재신채호전집편찬위원회 편, 『단재신채호전집 제9권 – 단재론 연보』, 독립기념관 독립운동사연구소, 2008, 340면.

그의 글이 발굴되어 단재 논의가 본격화되길 기대해 본다.

2. 『대한매일신보』의 활동과 정론

1) 단재의 『대한매일신보』 참여 시기

단재의 『대한매일신보』 정론은 초창기부터 여러 편이 발굴, 소개되는 바람에 주목을 받았다. 그러나 사실 단재의 『대한매일신보』 참여 시기가 제대로 밝혀진 것은 최근의 일이다. 그동안 『대한매일신보』의 참여 시기는 막연히 추측되어 왔다.

> 그 다음 大韓每日申報에 入社하야 主筆이 되었으니 當時 丹齋는 二十六歲의 靑年이었으며 梁起鐸氏는 同報의 總務, 裵稅(米國人)氏는 同報의 社長이었다.[58]

> 韋庵 執筆의 「是日也放聲大哭」으로 皇城新聞이 폐간됨에, 얼마 뒤 雲岡 梁起鐸의 천거로 大韓每日申報의 主筆로 초빙됨[59]

서세충의 진술은 『대한매일신보』 입사를 혼란시키는 기제로 작용한다. 서세충은 단재가 26세이던 1905년 『대한매일신보』에 입사했다는

---

58 서세충, 「단재의 천재와 懈滯 없는 성격」, 『단재신채호전집 제9권 – 단재론 연보』, 독립기념관 한국독립운동사연구소, 2008, 65면.
59 임중빈, 「연보」, 『개정판 단재신채호전집』 하, 형설출판사, 1977, 496면.

것을 일반화시켰다. 그리고 류광렬은 신채호가 을사(1905)년 26세 때
『황성신문』에 입사했으며, 장지연의 필화사건으로 『황성신문』이 정간
되자 "마침 이해(1905년 - 인용자)부터 영국인 베델이 경영하던 『대한매
일신보』 주필인 양기탁 선생의 간청으로 입사하"[60]였다고 기술했다.
그래서 단재전집(1977) 「연보」에는 비록 1906년 항목에 싣긴 했지만,
"葦庵 執筆의 「是日也放聲大哭」으로 皇城新聞이 폐간됨에, 얼마 뒤 雲岡
梁起鐸의 천거로 大韓每日申報의 主筆로 초빙"되었다고 기술했다. 마치
『황성신문』 정간(1905.11.20) 직후 『대한매일신보』에 입사한 것처럼
제시한 것이다. 이로 말미암아 허룡구는 "『황성신문』은 폐간당했지만
신채호의 굴함없는 투쟁을 의연히 계속하였는바 『대한매일신보』에 재
차 「재시일우방성대곡(在是日又放聲大哭)」이란 사설을 발표하여 인민들
의 투쟁을 고무 격려하였다"고 주장하기에 이른다.[61] 곧 『황성신문』 정
간 직후 대한매일신보사에 입사하여 「시일에 우방성대곡」(『대한매일신
보』, 1905.12.28)을 썼다는 것이다. 그러나 이러한 오류는 이후 연구자들
에 의해 밝혀지게 되었다.

　　1908년 5월 28일에 다시 마루야마가 통감부 외무부장 나베시마[鍋島]에
　　게 보낸 「대한매일신보 현황」에는 박은식의 이름은 빠지고, 신채호가 국한
　　문판의 논설을 집필하고 있는 것으로 나와 있다. 이런 사실로 보아 1907년
　　후반에 박은식이 물러나고 신채호가 들어왔을 것으로 생각되는 것이다.[62]

60　류광렬, 『기자 반세기』, 서문당, 1968, 161면.
61　허룡구, 「걸출한 조선족 학자 신채호」, 『조선족 백년 사화』 1, 료녕인민출판사, 1985,
　　240면.
62　정진석, 『대한매일신보와 배설』, 나남, 1987, 133면.

박은식의 후임 논설기자는 신채호이었으리라고 생각된다. 신채호는 늦게 잡아도 1907년 12월 초순경까지는 『대한매일신보』에 입사해 있었던 것으로 볼 수 있다. 1907년 12월 17일 자의 『대한매일신보』는 「爲國民大韓兩新聞招魂」이란 논설을 게재하고 있는데, 문체로 보아 이 논설은 당시에 새로 입사한 신채호의 글이었을 것으로 짐작되는 것이다.[63]

단재전집에 실려 단재가 집필한 것으로 알려진 『대한매일신보』의 논설 가운데 가장 이른 논설은 1907년 12월 3일 국한문판에 게제된 「보종보국이 원비이건」이라는 제목의 논설이다 (…중략…) 위 논설(「합심흔 후 단톄」 - 인용자)의 게재일은 1907년 11월 13일이고, 국한문판이 11월 14일이므로 단재의 입사일을 그 달 중순으로 올려 볼 수 있다. 그해 10월과 11월 초순 무렵은 논설란이 독자투고 형식인 '기서'나 다른 신문이나 잡지에 실린 논설을 옮겨 싣고 있으므로 단재가 11월 중순 입사는 거의 정확한 것 같다.[64]

정진석은 1907년 1월 18일 경무고문 마루야마가 하세가와에게 보낸 보고, 1908년 5월 28일 마루야마가 니베시마에게 보낸 「대한매일신보 현황」, 그리고 1908년 4월 12~13일 양일간 게재된 금협산인의 「여우인절교서」 등을 근거로 1907년 후반에 단재가 대한매일신보사에 입사했음을 밝혔다. '1907년 후반'이라는 주장은 조금 막연하긴 하

63 권오만, 『개화기시가연구』, 새문사, 1989, 367면.
64 박정규, 「국내에서의 신채호 연보와 쓴 글에 대한 고찰」, 『단재신채호연구의 재조명』, 단재문화예술추진위원회, 2006, 68~71면.

지만, 실증을 통해 나온 것이라는 점에서 충분한 의미가 있다. 권오만은 「국민대한 양신문을 위한 초혼[爲國民大韓兩新聞招魂]」이란 논설이 단재의 문체임을 들어 늦어도 1907년 12월 초순에 단재가 『대한매일신보』에 입사했을 것이라 주장했다. 박정규는 「합심흔 후 단톄」를 통해 1907년 11월 중반 입사설을 주장했다. 그들의 주장은 마루야마의 문서 발견 이전에 나온 것들로 실제 입사 시기와 대단히 근접했음을 알수 있다. 필자는 단재의 입사 시기를 알려주는 문서 「경비 제십칠호(警秘第十七號)」를 찾아냈다.[65]

皇城新聞ニ主筆記者タル申采浩ハ有名ナル能文家ナルヲ以テ同人カ朴殷植ニ代ツテ毎日申報社ニ筆ヲ執ルコトゝナリ本日(1907년 11월 6일-인용자)ヨリ同社ニ出務セリ

마루야마의 문서에 따르면, 단재는 1907년 11월 6일 『대한매일신보』에 입사했다. 1905년 말 내지 1906년 『대한매일신보』에 입사했다는 이전의 추측들은 궁극적으로 마루야마의 문서에 의해 부정확한 것으로 드러났다. 그리고 정진석, 권오만, 박정규의 주장이 신뢰성을 얻게 되었다.

그러면 단재는 언제 『대한매일신보』를 떠난 것인가? 이에 대해서는 이미 어느 정도의 성과가 있었다.

---

65 김주현, 「단재 신채호의 자료 발굴 및 원전 확정 연구-『대한매일신보』 소재 작품을 중심으로」, 『한국현대문학연구』 20, 한국현대문학회, 2006.12, 120면.

안창호·신채호·김지간·정영도 4인은 4월 7일 경기도 행주에서 조그 만 목선을 타고 교동도로 가다가 신채호 김지간은 멀미로 개성 후포에서 상륙하여 육로로 만주를 거쳐 북경으로 가고……[66]

신보사를 떠난 것은 이제까지 1910년 4월 8일 안창호와 망명을 떠날 때 부터라는 사실이 정설로 되어 왔으나 중간에 다시 서울로 돌아와「동국거 걸 최도통전」을 게재하였으므로 그해 5월에 육로로 중국 칭따오로 가서 7 월 초에 청도회의에 참석한다.[67]

단재「연보」(1977)에는 단재가 1910년 4월 중국으로 망명한 것으로 되어 있다. 다만 그 날짜에 대해서는 차이가 있다.[68] 신채호는 4월 7일 저녁에 일행들을 만나 4월 8일 아침에 배를 탄 것으로 보인다. 그러나 곽림대는 배가 출발한 2~3일 후 김지간과 신채호가 멀미로 인해 육지

66 주요한,「안창호전서」,『도산안창호전집』 12, 298면.
67 박정규,「국내에서의 신채호 연보와 쓴 글에 대한 고찰」,『단재신채호연구의 재조명』, 단 재문화예술추진위원회, 2006, 73면.
68 정영도의 증언에 따르면, 안창호, 신채호, 김지간, 정영도 등이 1910년 2월 1일 만나 2월 2일 새벽에 출발한 것으로 되어 있다. 그 날짜를 음력으로 간주하고 양력으로 환산하면 3월 11일(2월 1일)과 3월 12일(2월 2일)이 된다. 다른 이의 증언과 날짜가 일치하지 않 음을 확인할 수 있다. 그는 그 일이 있고 50년 만에(1961) 증언한 것이라 곳곳에 부정확 함이 있어서, 그의 주장을 그대로 받아들이기는 어렵다. 이를테면 안중근의 의거 이후를 1909년 5월로 기록했다든가 하는 부분이 그렇다. 또한 내용 가운데「島山 先生이 龍山 헌병대 감옥에 갇힌 지 四個月 後"라는 내용이 나온다. 일본헌병대는 안중근 의거(1909.10.26) 이후 도산을 의거 연루자로 간주하여 용산 감옥에 가둔다. 도산은 거기에서 3개월여 수감 된 것으로 보인다. 그렇다면 2월 2일 출발은 어렵다. 곽림대의『안도산』에도 2월 2일 만 나 2월 2일(또는 3일) 출발(『도산안창호전집』 11, 505면)한 것으로 되어 있는데, 이는 정영도의 기억 오류에 의한 것으로 볼 수 있다. 그 밖에 대부분의 논자들은 4월설을 받아 들인다. 다만 4월 7일, 또는 4월 8일 출발로 나뉘지는데, 아마도 4월 7일 만나 다음날(4월 8일) 새벽에 배를 탄 것으로 보는 것이 보다 정확할 듯하다. 왜냐하면 실제 배를 탔던 정영 도가 배를 새벽에 탄 것으로 기억하고 있기 때문이다.

에 상륙하였다고 했다. 그후 단재는 다시 육로를 통해 중국을 들어간 것이 된다. 그런데 그 사이에는 여러 문맥이 생략된 것으로 보인다. 왜냐하면 오산학교에 머무른 일도 기록되지 않았기 때문이다. 박정규는 이때 단재가 다시 서울로 왔다가 중국으로 간 것으로 보았다. 그러한 사실은 신문에 흔적이 남아 있다. 『대한매일신보』에는 검심의 글이 1910년 4월 7일을 마지막으로 끝나고 말았다. 그리고 「최도통전」은 4월 8일, 9일, 12일까지 실리다가 중단된 후 4월 22일에 다시 실린다. 4월 8일부터 12일까지 3회 연재분은 그 이전의 1/2 내지 1/3 정도의 분량으로 줄어 있다. 단재가 이미 써놓은 내용을 나눠 연재했을 가능성을 보여준다. 그리고 4월 22일에 이르러 계속 연재되면서 이전처럼 길어진다.

박정규는 이 시기 단재가 서울에 들렀을 것으로 보는데, 그것은 4월 19일 자 광고 때문이다. 단재는 가옥 문권 분실을 알리는 개인 광고를 4월 19일 신문에 냈다. 그런 점에서 단재가 이 시기 다시 서울로 돌아왔을 가능성이 크다. 그것은 또한 22일 「최도통전」의 계속 연재로 나타난다. 그리고 5월 10일과 11일 연속으로 게재된 「고 배설 씨 묘갈비 의연금 광고(故裴說氏墓碣費義捐金廣告) 제이회(第二回)」에 단재의 의연금 기부 내용이 보도되며, 그때 「최도통전」도 계속 실렸다는 사실은 단재가 당시 서울에 있었다는 사실을 반증해준다. 그는 망명길에 올랐다가 배멀미로 인해 도중에 배에서 내려 서울로 돌아왔던 것이다. 그리고 그의 「최도통전」은 5월 25일로 끝난다. 이때 신문사 생활을 정리하고 망명길에 오른 것으로 보인다. 단재는 대한매일신보 주필로 1907년 11월 초부터 1910년 5월 말까지 『대한매일신보』에 재직하며 무수한 글을 썼다.

2) 『대한매일신보』 시기의 단재

단재가 『대한매일신보』에 근무하면서 각종 논설로 인해 명성이 자자했음은 많은 사람들의 회고에 나타난다. 그는 『황성신문』에 근무할 당시엔 대중들에게 크게 알려지지 않았다. 그런데 『대한매일신보』에 각종 논설을 발표하면서 언론인으로서 이름을 날리게 된다.

> 그런데 裵社長이 逝去하자 이를 吊하는 社說(筆者某氏)을 大韓每日申報에 揭載하되 題를 '如喪考妣'라 하였다. 이 '如喪考妣'라 하는 文字는 古昔에 聖君堯帝가 도라간 때에 쓰든 文字라 하야 一般 讀者層에서의 質問과 非難이 不絶하였다. 同申報社에서는 이를 辯解하는 社說 三回를 連載하였으되 一般의 誤解는 조금도 풀리지 못하고 騷亂하였었다. 이 어려운 때를 當하야 丹齋는 問題의 社說에 對한 辯解文을 社說로 쓴 것이니 그의 長한 考證學的 筆鋒은 一般 讀者의 懷疑를 氷解케 하였다. 靑年 丹齋는 이 論說 一篇으로 그의 深奧한 學識과 그 不世出의 文才를 世上에 알리게 된 것이었다.[69]

서세충은 단재가 "여상고비"로 이름을 떨치게 되었다고 했다. 그런데 그의 말은 충분히 음미할 만하다. 무엇보다 서세충도 지적하였다시피 "고증학적 필봉"이라는 측면이다. 베델이 죽자 대한매일신보사에서는 엄숙하고 경건하게 장례를 지낼 것을 보도하였다. 그래서 '여상고비'를 썼던 것이다. 그런데 그의 죽음을 폄훼하려는 『대한신문』과 『국

---

69 서세충, 「단재의 천재와 礙滯 없는 성격」, 『신동아』, 1936.4, 102면.

민신보』의 반격이 만만치 않았다. 이 문제에 대해 단재가 나서서 자신의 고증학적 필봉으로 친일신문들의 공격을 봉쇄했다. 이는 상징적이지만 언론사 간의 대결이라는 점에서 단재의 필명이 대내외적으로 과시된 사건이다. 단재가 언론인으로 두각을 드러내고 주목받은 것은 타협 없는 직필이라는 점도 있겠지만, 그것보다 고증에 바탕을 둔 실증적 글이라는 점일 것이다. 그가 쓴 「독사신론」이 관심을 끈 것도 바로 실증에 바탕을 둔 민족사학이었기 때문이다.

貫日은 단생이 새로 얻은 사내자식인데 그 貫日이라고 이름지은 뜻이 어디에 근거를 둔 것인지 알 수 없다. 얼마 뒤에 다시 그의 집을 방문하니, 그의 질녀 蘭이 뜰아래 넋나간 사람으로 무엇을 생각하는 듯하였고, 그의 방으로 들어가 보니 단생은 높은 소리로 읊는 것이 깨끗하게 한 세상을 내려다보는 것 같았다. 내가 무슨 좋은 일이라도 있느냐고 물으니 단생이 유연하게 대답한다.

"그런 일 없어. 그런데 관일이 마침내 白虹이 되었어."

나는 깜짝 놀라 눈을 휘둥그레 뜨면서, 단생이 일정한 軌範이 없고 恩愛를 가벼이 여기는 것을 모자라게 생각하였다. 드디어 참담한 마음으로 물러나와 이내 얼마 동안 내왕이 없었다. 그 뒤 언젠가 단생이 그의 부인 조씨를 친가에 보냈다는 말을 전하는 사람이 있었다.

단생은 얼마 뒤에 나에게 들러 아내와 헤어진 일을 말하기를, "서로 편안하자는 데에서 나온 것이요 다른 뜻은 없소"라고 하였다. 조금 뒤에 서운한 듯이 일어나면서, "나도 이 길로 떠나려고 하오. 지금 작별하러 온 것이요"라고 했다 (…중략…) 내가 크게 놀라, "어디로 가시는 거요?"라고 물으니,

생이 머리를 긁적이며 "아직 정해진 것은 없다. 다만 여기야 어찌 오래 머물러 있겠는가?"라고 하며 드디어 떠나갔다. 기유년(1909) 겨울이었다.[70]

한편 변영만에 따르면, 단재는 1909년에 해외 망명을 염두에 두고 가사를 정리했다고 한다. 거기에는 두 가지 사건이 개입된 것으로 보인다. 위에서 보듯 먼저 관일의 죽음이 그것이다. 이로 말미암아 단재는 가사를 정리하고 해외로 떠나려 한다. 다음으로 1909년 10월 26일 안중근의 의거이다. 안중근의 의거로 인해 안창호가 구속된다. 곧 비밀조직인 신민회에 엄청난 위험이 따르게 된다.

大韓每日申報社 總務 梁起鐸 외 여러 명의 사원들이 伊藤 公의 흉변에 대해 지난 26일 밤 同社에서 한국 국기를 게양하고 만세를 외쳤으며 축배를 들었다는 설이 있어 사실을 내사해 얻은 바는 다음과 같습니다.

1. 同社에서 伊藤 公의 흉변을 들은 것은 26일 오후 6시경으로 27일 신문에 기재하려고 했지만 인쇄를 이미 끝낼 무렵이라 게재할 수 없었다고 합니다.

2. 26일 밤 西大門 밖 同社 總務 梁起鐸의 집에 同紙 기자 申采浩 외 여러 명의 사원이 방문해 그날 밤 11시쯤까지 술을 마시고 伊藤 公의 흉변에 관해 여러 가지 담화를 나누다가 12시경에 해산했다고 합니다.

3. 한국의 국기를 내걸었다는 사실은 없다고 합니다. 그리고 그 술자리에는 영국인 사장 만함도 참석했다고 합니다.[71]

---

70 변영만, 『산강재문초』, 용계서당, 1957; 『단재신채호전집 제9권 ─ 단재론 연보』, 독립기념관, 2008, 339~341면.
71 국사편찬위원회 편, 「伊藤公ノ凶變續報」, 『통감부문서(7)』, 1909.10.28.

위 문서는 「헌기 제이천칠십사호(憲機第二〇七四號)」이다. 이미 『대한
매일신보』도 일제의 감시를 받는 상황이었다. 그리고 12월 22일에 이
재명이 이완용을 처단하려다가 중상만 입히고 검거된 사건이 발생했
다. 이러한 사건으로 인해 일제의 감시와 압박은 더욱 가중되었다. 그
래서 신민회에서는 1910년 2월 일차로 이갑, 이종호, 이종만 등이 중
국으로 향하게 된다. 당시 단재 역시 국외 망명을 서두르고 있었음을
알 수 있다. 실제 1910년 3월부터 그의 언론활동은 현저히 줄어든다.
1909년 2월 23일까지 지속되던 담총란의 글은 이후 사라졌다가 4월이
되어서야 전개되는데, 4월 3일, 5일, 7일로 마무리되어 버린다. 단재의
필력으로 볼 때 단순히 소재 궁핍으로 인해 집필을 중단한 것은 아닌
것으로 보인다. 물론 이 시기 「이십세기 신국민」(1910.2.22~3.3), 「동국
고대선교고」(3.11) 등이 없는 것은 아니지만, 그 이전과 같이 지속적인
연재를 하지 않았다. 1909년 12월 5일부터 별 어려움 없이 연재되던
「최도통전」은 12월 25일부터 1월 6일까지(7회) 게재되지 않고, 또 1월
7일, 8일 연재 후 9일부터 23일(13회) 게재되지 않는다. 이 기간에 만주
문제 관련 논설이 연속(1910.1.12・1.19~22)으로 실린다. 다시 1월 25
일 하루 실리고 1월 26일부터 2월 16일까지(17회) 게재되지 않고 있다.
이 사이 「구력세재 봉우술회」를 통해 단재의 모습을 확인할 수 있다.
그리고 2월 17일 연재, 2월 18일 비연재, 2월 19일 연재, 20일 비연재,
22일 연재 후 23일부터 3월 4일까지 연재된다. 이 시기 앞서 보았듯
「이십세기 신국민」이 연재된 것이다. 3월 들어서 「최도통전」은 3월 5
일, 10일, 12일, 17일 등 4일만 연재되었고, 그리고 4월 들어서 3일, 6
일, 7일, 8일, 9일, 12일 연재되고, 다시 22일로 건너뛰어 연재된 후 23

일, 24일, 30일 연재된다. 5월 들어서 1일, 6일, 7일, 8일, 10일, 11일, 12일, 13일 연재되고 다시 23일로 건너뛰어 연재되었으며, 24일, 25일, 26일, 27일 연재로 상편이 끝나고 만다. 이런 사실은 단재가 1910년 2월 이후 신문사 일에 현저히 소홀했다는 것을 말해준다. 1909년 연말부터 이미 해외 망명을 염두에 두었을 것으로 판단된다.

그런데 정영도의 증언에서 보듯 4월 7일 저녁 단재의 망명 출발은 갑작스러이 이뤄졌다. 그래서 단재는 제대로 신변 정리를 하지 못했던 것으로 보인다. 그렇다면 4월 8일, 9일, 12일 연재된 「최도통전」은 어떻게 볼 것인가. 그것은 모두 3회이지만 4월 3일 하루 연재 분량 정도밖에 되지 않고, 일상적인 연재 분량의 절반 이하에 지나지 않는다. 미리 써서 넘겨놓은 것, 또는 맡겨 놓은 것을 3회로 나누어 실었던 것으로 보인다. 단재는 4월 8일 배를 타고 가다가 배멀미로 인해 안창호 일행과 헤어져 육지에 내렸으며, 신변 정리를 위해 4월 18일경 서울에 다시 돌아온 것이다. 그는 이후 5월 말경까지 근무하고 다시 망명길에 오른다.

내가 申丹齋를 처음 만난 것은 定州 五山學校에서다. 때는 庚戌年. 當時 나는 五山學校에 敎師로 있었고 丹齋는 安島山 先生 一行과 함께 朝鮮을 脫出하는 途中에 五山에 들른 것이었다.

그때 丹齋는 大韓每日申報 主筆로 文名이 높았음으로 五山에서는 職員學生이 合하야 丹齋의 歡迎會를 열었다. 그때에 丹齋를 紹介하고 그의 略歷을 述한 이가 只今은 故人이 된 時堂 呂準氏요 나는 그를 歡迎하는 人事를 하였다.

壇上에 앉은 丹齋는 하얀 얼굴에 코밑에 까만 수염이 약간 난 極히 초라한 샌님이었다. 머리는 빡빡 깎고 또 그 머리가 끝이 뾰족하다 하게 생겨서 風

采가 그리 좋은 편은 아니었다. 동정에 때묻은 검은 무명 두루막을 고름도 아모렇게만 매고 섭은 꾸기고 때묻은 조선보선에 메투리를 신고 오직 非凡한 것은 그의 눈이었다. 아모의 말도 아니 듣고 아모 것도 두려워하지 아니한다는 그러한 異常한 빛을 가진 눈이었다.[72]

단재는 망명 도중에 평양 오산학교에 들렀다. 이광수는 "丹齋는 大韓每日申報 主筆로 文名이 높았"다고 언급했는데, 이를 통해 『대한매일신보』 주필로 단재가 일반 독자뿐만 아니라 학생들에게도 인기가 있었음을 알 수 있다. 단재는 학생들의 열렬한 환영을 받았으며, 답사를 요청받자 그는 "눈으로 會衆을 한번 돌아보고는 一言 舉辭도 없"이 무언의 답사를 했다. 이광수는 "그것이 丹齋的이었다"고 했다. 그리고 단재는 세수를 하면서도 고개를 숙이지 않았다고 한다. 단재는 "뉘 말을 들어서 제 所信을 고치는 人物은 아니었"던 것이다. 그는 1910년 5월 말 중국으로 망명길에 올랐다.

3) 단재의 『대한매일신보』 논설

『대한매일신보』의 논설은 일찍부터 주목을 받아왔고, 그래서 초창기 단재전집(1977)에도 여러 편 수록되었다. 그런데 텍스트 확정 작업이 제대로 이뤄지지 않고 발굴 작품들이 실리는 바람에 저자 논란이 있

---

72 이광수, 「탈출 도중의 단재 인상」, 『조광』, 1936.4, 208면.

는 작품도 적지 않다. 그러나 한편으로는 전집에 묶이는 바람에 상당 부분 연구가 되었다고 할 수 있다. 이 논의에서는 단재의 작품이 확실하다고 판단되는 작품들을 대상으로 하여 논의를 전개할 것이다. 이제까지 『대한매일신보』 논설 가운데 단재전집에 편입된 작품을 살펴보면 아래와 같다.

① 단재전집 하(1972)에 포함된 논설

「帝國主義와 民族主義」(1909.5.28), 「學生界의 特色」(1909.6.12), 「儒敎擴張에 對한 論」(1909.6.16), 「惜乎라 禹龍澤氏의 國民大韓 兩魔報의 鷹犬됨이여」(1909.6.27) : 4편[73]

② 단재전집 보유(1975)에 포함된 논설

「保種保國이 元非二件」(1907.12.3), 「日本의 三大忠奴」(1908.4.2), 「近今 國文小說者의 注意」(1908.7.8), 「舊書刊行論」(1908.12.18~20), 「國民大韓兩魔頭上各一棒」(1909.5.23), 「韓國自治制의 略史」(1909.7.3), 「東洋主義에 대한 批判」(1909.8.8~10) : 7편[74]

---

73 '별보'란에 실린 「여우인절교서」(1908.4.12)도 포함됨. 그리고 『대한매일신보』 논설 가운데 「대아와 소아」(1908.9.16~17)는 이전에 『대한협회회보』(1908.8)에 실렸으며, 「문법을 의통일」(1908.11.8)은 이후 『기호흥학회월보』(1908.12)에 실렸으므로 여기에서는 생략했다.
74 단재전집 보유에 실린 熱血生의 「二十世紀 新東國의 英雄」(1909.8.17~20), 鍊丹生의 「所懷一幅으로 普告同胞」(1908.8.21)는 기서란에 실린 작품으로 단재의 작품이 아닐 가능성이 커서 제외했다.

③ 단재전집 별집(1977)에 추가된 논설

「英雄과 世界」(1908.1.4~5), 「警告 儒林同胞」(1908.1.16), 「德·智·體
三育에 體育이 最急」(1908.2.6), 「國漢文의 輕重」(1908.3.17~19), 「機會는
不可坐待」(1908.3.29), 「今日 大韓國民의 目的地」(1908.5.24~26), 「家族
教育의 前途」(1908.6.11), 「舊書蒐集의 必要」(1908.6.14), 「韓國과 滿洲」
(1908.7.25), 「許多古人之罪惡審判」(1908.8.8), 「國家는 卽 一家族」
(1908.7.31), 「國粹保全說」(1908.8.12), 「打破家族的觀念」(1908.9.4),
「國文研究會 委員諸氏에게 勸告함」(1908.11.4), 「遍告僧侶同胞」(1908.12.13),
「愛國 二字를 仇視하는 教育家여」(1909.1.8), 「東洋伊太利」(1909.1.28~
29), 「韓國의 第一豪傑大王」(1909.2.25~26), 「儒教界에 對한 一論」
(1909.2.28), 「國家를 滅亡케 하는 學部」(1909.3.16), 「同化의 悲觀」
(1909.3.23), 「精神上 國家」(1909.4.29), 「書籍界 一評」(1909.7.9), 「人生
은 目的을 確定함이 可함」(1909.7.10~13), 「身家國 三觀念의 變遷」(1909.7.15~
17), 「我란 觀念을 擴張할지어다」(1909.7.24), 「論忠臣」(1909.8.13), 「思想
變遷의 階級」(1909.9.18), 「人生의 境遇」(1909.9.26), 「論麗史誣筆」
(1909.10.6), 「國民의 魂」(1909.10.6), 「韓日合倂論者에게 告함」(1910.1.6
~8), 「滿洲와 日本」(1910.1.12), 「滿洲問題의 就하여 再論함」(1910.1.19~
22), 「新暖書感」(1910.2.16), 「文化와 武力」(1910.2.19), 「韓國民族地理上發
展」(1910.2.20), 「二十世紀新國民」(1910.2.22~3.3), 「東國古代仙教考」
(1910.3.11), 「古物陣列所觀 高麗磁器有感」(1910.3.25) : 40편[75]

---

[75] 전집 별집에 실린 史癖生의 「歷史에 對한 管見二則」(1908.6.17), 西湖子의 「西湖問答」
(1908.3.5~18)은 단재의 작품이 아니어서 제외함. 그 밖에도 담총란의 검심의 글이 여
러 편 실림.

그런데 이들 작품의 저자와 관련하여 논란이 제기되었다. 논란에 단초를 제공한 사람은 장도빈이다. 그것 역시 중요하기에 여기에서 좀 살펴보려고 한다.

양(양기탁─인용자)씨는 그 다음날부터 나를 『대한매일신보』 기자로 천하는 한편 나더러 논설을 지으라고 위탁하므로 그때(1908년 봄 무렵─인용자)부터 그 신문의 논설위원이 되었다. 그런데 그때 신채호 씨가 그 신문사의 논설주필로 있어서 불행히 병에 걸려 출근이 여의치 못하므로 대개내가 논설을 쓰게 되었는데, 그러나 신씨가 혹 신문사에 오고 하여 나를 만나보고서 깊이 친한 친구가 되어 아주 가장 가까운 친구로 일생에 반가운분이었다. 약 1년 후에 신씨가 병이 대강 치료가 되어 신문사에 출근하게되었는데, 그때부터 일주일은 신씨가 논문을 쓰고, 일주일은 내가 논문을썼다.[76]

장도빈은 "신채호 씨의 病臥를 당하여 一時 主筆의 名義를 가졌었다. 나는 논설을 쓰고 혹은 기사를 쓰는 中에 여러 번 압수를 당하였"다고 했다. 즉 1908년 신채호의 와병으로 자신이 논설을 쓰게 되었으며, 1909년에는 한 주일씩 신채호와 번갈아가며 논설을 썼다는 것이다. 이러한 사실로 말미암아 전집에 실린 논설에 대한 저자 논란이 제기되었다.

장도빈의 증언이 사실이라면 현재 『개정판 단재 신채호전집』에 실린 여

---

76 장도빈, 「암운 짙은 구한말」, 『사상계』, 1962.4, 284~285면.

러 편의 1908년도 『대한매일신보』 논설들은 신채호의 글이 아니라 장도빈의 글이 된다.[77]

장도빈이 신보사 주필로 활약하였다는 사실은 당시 문헌자료에 나오지 않고 있으므로 이를 확증하기 위해서는 엄격한 검토를 통한 연구가 있어야 한다 (…중략…) 장도빈의 신보사 재직은 틀림없는 사실이고 논설을 집필하기도 하였을 것이나 정식 주필의 위치에 있었다는 주장은 면밀한 검증이 요구된다고 하겠다.[78]

『단재신채호전집』(1977)에 실린 1908년도 논설이 장도빈의 글이라는 박찬승의 주장이 지나치다는 것은 당시 논설 「대아와 소아」(『대한매일신보』, 1908.9.16~17)와 「문법(文法)을 의통일(宜統一)」(『대한매일신보』, 1908.11.7)만 봐도 밝혀지는 문제이다. 이에 대해 박정규는 "당시 기록이나 사료에 의존하지 않고 훗날 회상이나 기억에 의존하여 역사 연구를 하는 것은 많은 오류를 범할 수 있다"고 지적하면서 보다 면밀한 검증이 필요하다고 강조했다. 필자도 그의 견해에 전적으로 동의한다. 만일 1908년 단재가 기사를 쓰지 못할 정도로 장시간 와병을 했다면 변영만이나 변영로의 회고담 어딘가에 나올 것이다. 단재는 신문사일을 마치고 삼청동 집에 귀가하면서 맹현에 있는 변영만의 집에 자주 들렀으며, 그렇기에 그들은 누구보다 단재의 형편에 대해 잘 알았다. 장도빈이

---

77 박찬승, 『한국근대정치사상사연구』, 역사비평사, 1992, 85면, 주 199번.
78 박정규, 「『대한매일신보』의 참여인물과 행동」, 한국언론사연구회 편, 『대한매일신보 연구』, 커뮤니케이션북스, 2004, 84면.

1908년 당시 보성전문학교 법과 야간부에 다니면서 낮에는『대한매일신보』기자로 수많은 논설을 담당했다는 것은 지나친 억설이거나 과장에 불과하다. 그러한 것은 "일시 주필"이라는 표현에서도 엿보인다. 그리고 무엇보다도 단재가 직접 쓴 글들이 장도빈의 언급을 무색하게 만든다.[79] 장도빈의 언급처럼 신채호의 와병으로 인해 논설이 다른 사람에 의해 쓰였을 가능성을 완전히 배제할 수는 없지만, 그의 말이 과장되었거나 사실과 어긋난다는 점은 분명하다. 장도빈의 말은 정밀한 검증이 필요하며, 그의 말에 근거한 주장은 오류를 띨 수밖에 없다.[80]

한편 위의 작품 이외에도 몇몇 논자가 단재의 작품을 발굴하여 제시했다.

④ 기타 추가 작품

권오만 ─「爲國民大韓兩新聞招魂」(1907.12.17)·「喚起二千萬民ᄒᆞ야 築

---

[79] 단재는 1908년『을지문덕』(1908.5.30)을 발간하였으며,「이순신전」(『대한매일신보』, 1908.5.2~8.18 /『대한매일신보』국문본, 1908.6.11.~10.24)과「독사신론」(1908.8.27~12.13) 등 지속적으로 글을 썼다. 자신의 필명으로 알려진 작품도 이러한데 논설 등 무서닝 작품도 부시기수었을 것이라는 것은 가히 심삭할 만하다.

[80] 김중회는 단재전집에 포함된「국가를 멸망케 하는 학부」(1909.3.16)를, 김창수는「금일 대한국민의 목적지」(1908.5.14~16),「구서수집의 필요」(1908.6.14),「한국과 만주」(1908.7.25),「국가는 즉일 가족」(1908.7.31),「국수보전설」(1908.8.12),「애국 이자를 구시하는 교육가여」(1909.1.8),「국가를 멸망케 하는 학부」(1909.3.16),「문화와 무력」(1910.2.19),「한국민족 지리상의 발전」(1910.2.20) 등 9편을 장도빈의 작품으로 보았다. 김삼웅은「금일 대한국민의 목적지」(1908.5.14~16),「국수보전설」(1908.8.12)을 장도빈의 작품으로 규정했다. 이에 반해 박정규는 논란이 된「금일 대한국민의 목적지」(1908.5.14~16),「국수보전설」(1908.8.12)을 단재의 작품으로 규정했다. 김중회,『산운 장도빈』, 산운학술문화재단, 1985, 91~96면; 김창수,「산운 장도빈의 사학과 민족의식」,『산운 장도빈의 생애와 사상』, 산운학술문화재단, 1988, 87~100면; 김삼웅,『구국언론 대한매일신보』, 대한매일신보사, 1998, 86~90면; 박정규,「『대한매일신보』의 참여인물과 행동」, 한국언론사연구회 편,『대한매일신보 연구』, 커뮤니케이션북스, 2004, 84면.

八萬二千里之獨立城」・「新年頌祝」(1908.1.1)・「論學校用歌」(1908.7.11)[81]

김주현 — 「國文學校의 日增」(1908.1.26)・「劇界改良論」(1908.7.12)・

「妖怪迷信을 何術로 打破」(1908.7.22)・「演劇界之李人稙」(1908.11.8)[82]

박정규 — 「乾元節慶祝頌」(1908.3.10)・「開國紀元節慶祝」(1908.8.14)・

「大皇帝卽位紀念日慶祝」(1908.8.27)・「乾元節頌」(1909.3.25) : 12편[83]

권오만, 김주현, 박정규 등에 의해서도 작품 발굴이 이뤄졌다. 그리
하여 이제까지 단재의 논설로 규정된 작품은 대략 60여 편이다. 물론
이것 가운데에도 논란이 있어 더욱 세밀한 저자 확정이 필요한 글들도
있다. 그러나 전체적으로 보면 단재는 재임한 기간 동안 현재 발굴된
작품보다 훨씬 많은 작품을 썼다.

앞으로 단재의 생애와 사상 등을 연구하는 데는 그가 써서 남긴 글들을
새롭게 찾아내서 정리하는 것이 무엇보다 필요하다. 이렇게 해서 얻은 자료
들을 철저한 검증을 통해서 그의 연보와 텍스트를 확정해야만 한다. 이런
연구 작업은 노력이 많이 들고 힘든 일이지만 소중한 문화유산인 단재를
찾는 출발이라고 할 수 있다.[84]

---

81 권오만, 『개화기시가연구』, 새문사, 1989. 한편 허룡구는 「是日에 又放聲大哭」(『대한매일
신보』 1905.12.28)을 단재의 글로 규정하였지만 이는 박은식의 글로 밝혀져 여기에서는
제외했다. 허룡구, 「걸출한 조선족 학자 신채호」, 『조선족 백년 사화』 1, 료녕인민출판사,
1985, 240면; 김주현, 「단재 신채호의 자료 발굴 및 원전 확정 연구-『대한매일신보』 소
재 작품을 중심으로」, 『한국현대문학연구』 20, 한국현대문학회, 1906.12, 113~146면.
82 김주현, 『신채호문학연구초』, 소명출판, 2012.
83 박정규 편, 『단재신채호시전집』, 단재문화예술제전추진위원회, 2013.
84 박정규, 「국내에서의 신채호 연보와 쓴 글에 대한 고찰」, 『단재신채호연구의 재조명』(단
재 순국 70주기 추모 학술발표대회 자료집), 단재문화예술제전추진위원회, 2006.2.17,
74면. 박정규는 『대한매일신보』의 논설 가운데 단재가 집필한 편수는 61편(단재전집에

이것은『황성신문』,『대한매일신보』등 국내 신문에 발표된 단재의
글을 지속적으로 추적해온 한 연구자의 말이다. 그의 지적처럼 앞으로
단재의 텍스트 발굴 및 확정에 대한 연구가 필요하다. 여기에서는 다만
단재의 작품이 확실해 보이는 작품들을 대상으로 논의를 해보려 한다.

4) 단재의『대한매일신보』논설의 의미

(1) 일진회 및 친일단체 비판

단재는 무엇보다 친일파를 비판하였다. 친일기관이나 단체, 사람을
망라하여 비판한 것이다.

> 然則 何如훈 國을 亡國이라 ᄒᆞ는가 曰 人心이 皆他人의 買得훈 빅 된 然後
> 에 其國이 永亡이라 云홀지니라 (…중략…) 一身만 爲奴홀진듸 我가 不哭홀
> 지나 嗚呼慘哉라 彼輩의 一轉目에 無辜良民을 奴境으로 日驅入ᄒᆞ는도다
> (…중략…) 赫赫훈 檀君子孫으로 神武天皇을 遙祭하며 堂堂훈 壬辰遺民으
> 로 豊臣秀吉을 敬仰ᄒᆞ고 隆熙朝廷의 臣子로 明治 萬歲ᄂᆞ 嵩呼ᄒᆞ며 獨立山河
> 의 種子로 保護政策이나 謳歌ᄒᆞ야 韓穀을 種ᄒᆞ고셔 日本 雨露를 祈禱ᄒᆞ며
> 韓土를 履ᄒᆞ고셔 日本 日月을 瞻拜ᄒᆞ니 此輩가 日盛ᄒᆞ면 將來 面目 不變훈
> 韓人을 何處에 求見홀고[85]

실린 편수-인용자)보다 훨씬 많으므로 이들 논설을 정확하게 검증해내는 것이 하나의
과제"(같은 글, 73면)라고 주장했다.

[85] 「일본의 삼대 충노」,『대한매일신보』, 1908.4.2, 논설. 이하 이 장에서『대한매일신보』의
인용 시 인용 구절 뒤 괄호 속에 날짜만 기입함.

단재는 「일본의 삼대 충노」에서 친일파 세 사람을 공개적으로 비판하고 나섰다. 여기에는 송병준과 더불어 조중응, 신기선 등이 포함된다. 그들을 '일본의 3대 충노'라고 규정했다. 송병준은 일진회와 5조약 선언서 작성자로, 조중응은 동아개진교육회 수령으로, 신기선은 대동학회를 만들고 '유림을 위협하여 일본 동화력 내에 흡입'코자 한 자로 모두 일본의 충노라는 것이다. 그들이 단군 자손이면서 신무천황에 제사하고, 임진란을 겪은 사람으로 풍신수길을 경앙하며, 대한제국의 신하로 메이지 만세를 외치는가 하면, 독립국의 자식으로 보호정책을 구가하여 마침내는 대한 강토를 뒤집을 자로 규정했다. 그는 이어 「여우인절교서」를 쓴다.

記者曰 凡人 一進會者는 皆當 三復此書

以若 拍案抵掌에 慷慨 論天下事ᄒ던 吾兄으로서 今乃入一進會乎아 以若 仰天叫地에 恨不爲國一死ᄒ던 吾兄으로서 今乃入壹進會乎아 擧世가 皆入壹進會ᄒ더라도 吾謂吾兄은 獨不入壹進會라 ᄒ얏더니 吾兄이 乃入壹進會乎아 吾兄 向日에 忽歎 吾國 四千年來로 都無壹日之完全獨立이라ᄒ기에 吾兄之誣蔑祖國을 吾固疑之ᄒ얏스나 不意 吾兄이 竟入壹進會也로라 (…중략…) 彼五賊七賊之壹時薰赫이 雖以自身之得策이나 今夫覆壹家殺一人者도 猶有壹時之顯罰이거든 況顚敗我四千載産業者乎며 況犧牲我二千萬生靈者乎아. 是故로 人怒鬼議가 日日愈急ᄒ고 地獄穴坑이 在在相隨ᄒ야 其身이 雖生이나 其心은 已死니 位雖高金雖多나 誠亦何樂矣리오. 足爲彼輩寒心이어늘 今日 彼輩도 亦壹時英雄이라하니 吾兄之誤解가 何其甚也오 (…중략…) 一親日而五條가 立矣며 再親日而七約이 定矣오 三親日而軍隊가 解散矣며 四親日

而韓國늬 殖民案이 出矣오 電線鐵道도 亦以親日而許之矣며 森林鑛山도 亦以 親日而讓之矣니 吾見其眞親日也어니와 未見其眞排日也로니 未知케라[86]

단재는 「여우인절교서」(1908.4.12~14)에서 먼저 "一進會者는 皆當 三復此書"라고 썼다. 일진회에 든 오형(吾兄)들과 관계를 끊을 수밖에 없음을 절절히 기록한 것이다. 여기에서 '오형'은 누구인가? 그들은 양 심을 버리고 일진회에 든 사람이다. 오형은 "近日에 購覽 國民[신보]大韓 [신문] 兩魔報하"고, "追逐[동아]開進[교육회]大東[학회]ㅎ"던 사람들, 「일 본의 삼대 충노」에서 열거한 송병준, 조중응, 신기선과 같은 사람들이 다. 물론 "송병준, 이완용, 박제순, 이지용도 역시 일시 영웅이라"고 말 했으니 송병준은 '오형'에서 제외된다 할 수 있다. 단재에게 송병준, 이 완용 등은 절교할 필요조차 없는 인간들이다. 그나마 조중응, 신기선은 개전의 기회가 조금이라도 남아있는 무리였던 것이다. 단재는 친일이 단순히 개인의 영욕에 그치지 않고 국가의 재산을 축내고 결국에는 망 국으로 가는 길임을 강조했다. 그래서 그들이 잘못된 행위를 고치고 동 포를 위해 헌신하기를 주문하였다.

今彼兩魔는 不然ㅎ야 敢히 昭昭明明호 靑天白日下에 其妖喙을 張ㅎ야 日 本保護가 多幸이라 ㅎ니 是는 叛國怪鬼됨을 自鳴홈이며 日條約政府가 無 罪라 ㅎ니 是는 某黨鷹犬됨을 自首홈이라 辭氣偃仰의 間에 魔手魔脚이 壹時 畢露ㅎ얏스니 彼가 비록 中庸 大學 聖經 賢傳를 引ㅎ야 巧飾ㅎ얏스나 此는

---

86 금협산인, 「與友人絶交書」, 『대한매일신보』, 1908.4.12~14, 별보란.

尺童이 撫掌曰識字가 憂患이라 홀 빈며 彼가 비록 中世史 近世史 古事 今文을 擧ᄒ야 亂叫ᄒ얏스나 此ᄂ 村嫗가 掩耳曰狐狸가 晝叫라 홀 빈며 彼가 비록 三日 四日 十行 百行의 妖文을 蛛絲갓치 吐ᄒ얏스나 此ᄂ 皆壹般覽客의 扼腕唾罵에 供홀 而已니[87]

한편으로 단재는 「국민대한 양마두상 각일봉(國民大韓兩魔頭上各一棒)」에서 『국민신보』, 『대한신문』 등 반민족적 친일 기관지에 대해서도 포문을 열었다. "일본 보호를 다행"이라 하는 신문들의 작태를 "叛國怪鬼"로, 조약을 맺은 정부를 무죄라 하는 이들을 "某黨鷹犬"으로 규정했다. 그는 이전에 「국민마보(國民魔報) 기자(記者)야」(1909.5.21~22)를 발표하고, 이어 「국민대한 양마두상 각일봉」(1909.5.23)과 「석호(惜乎)라 우룡택 씨(禹龍澤氏)의 국민대한(國民大韓) 양마보(兩魔報)의 응견(鷹犬)됨이여」를 발표했다. 이들 신문이 "魔手魔脚"을 지닌 마귀 같은 존재라는 것이다.

然而彼兩新聞은 魔獄에 沈ᄒ야 魔言을 作ᄒᄂ지 已久라 故로 如何히 狂吠ᄒ던지 吾輩가 度外에 置혼 者어니와 惜乎라 當年 權勢 赫赫혼 리夏榮의 頑頰을 壹批ᄒ고 意氣男子로 自誇ᄒ던 우龍澤시가 魔輩의 鷹犬됨이 可惜ᄒ도다 禹시乎 禹시乎여 設令 本報의 此句가 彼輩의 語와 如히 果然 無道不敬의 失이 有ᄒ다고 假定홀지라도 目下 韓國에 四千載 國家를 蹴倒혼 者도 有ᄒ며 三千里 江山을 賣喫혼 者도 有ᄒ며 君父前에 劍을 拔혼 賊臣도 有ᄒ거날 시

---

87 「國民大韓兩魔頭上各一棒」, 『대한매일신보』, 1909.5.23, 논설.

70   계몽과 혁명

가 此에는 壹喝을 加치 못ᄒ고 反히 韓國을 爲ᄒ야 晝夜悁悁ᄒᄂ 本報을 侵擾흠은 何意오 魔輩의 鷹犬된 禹氏여[88]

우용택이 "彼 魔輩(國民 大韓)의 筆下에 狂躍하여 본보(大韓每日申報)를 侵辱하는 先鋒"이 되자 단재는 다시 그가 제시한 근거들을 조목조목 비판하였다. 그는 『국민신보』, 『대한신문』의 비난은 참을 만하였으나 "우龍澤시을 縱ᄒ야 晝出魍魎의 行色으로 本社에 突入ᄒ야 無數詬辱을 加ᄒ고 甚至於 不忍聞不忍言의 句語 (卽 韓國人이 裏說의 臣子란 句語)로 本報를 誣搆ᄒ"는 일은 참을 수 없었다. 그래서 철저하게 고증학적 입장에서 글을 썼는데, 이를 통해 그의 이름을 대내외에 과시했다.

이 '如喪考妣'라 하는 文字는 古昔에 聖君堯帝가 도라간 때에 쓰든 文字라 하야 一般 讀者層에서의 質問과 非難이 不絶하였다. 同申報社에서는 이를 辯解하는 社說 三回를 連載하였으되 一般의 誤解는 조금도 풀리지 못하고 騷亂하였었다. 이 어려운 때를 當하야 丹齋는 問題의 社說에 對한 辯解文을 社說로 쓴 것이니 그의 長한 考證學的 筆鋒은 一般 讀者의 懷疑를 氷解케 하였다. 靑年 丹齋는 이 論說 一篇으로 그의 深奧한 學識과 그 不世出의 文才를 世上에 알리게 된 것이었다.[89]

서세충은 단재가 '여상고비'로 불세출의 문재를 알리게 되었다고 했다. 「석호라 우용택 씨의 국민대한 양마보의 응견됨이여」는 다분히

88 「惜乎라 禹龍澤氏의 國民大韓 兩魔報의 鷹犬됨이여」, 『대한매일신보』, 1909.6.27, 논설.
89 서세충, 「단재의 천재와 凝滯 없는 성격」, 『신동아』, 1936.4, 102면.

감정적이고 웅변적인 글이지만, '여상고비'의 이전 사례를 통해 베델의 죽음에도 그것을 쓸 수 있음을 명쾌하게 제시했다. 현재로선『국민신보』,『대한신문』을 제대로 확인할 수 없어 단언키는 어렵지만, 이 논설 이후『대한매일신보』에도 '여상고비'와 관련한 더 이상의 논란이 없는 것으로 보아 단재의 "고증학적 필봉은 일반 독자의 회의를 永解게 하였다"는 서세충의 말은 과언이 아닌 것으로 보인다. 단재는 친일파와 친일단체를 망량, 마배, 괴뢰 등으로 규정하며, 날카롭고 매섭게 비판했다.

(2) 국문 운동의 전개

단재는 다른 유학자들에 비해 혁신적인 언어관을 갖고 있었다. 그는 국문을 우리글로 규정하였다.

夫 國文도 亦문이며 漢文도 亦문이어늘 必曰 國文重 漢文輕이라 흠은 何故오 曰 內國문 故로 國文을 重히 녁이라 흠이며 外國문 故로 한문을 輕히 녁이라 흠이니라 (…중략…) 自國의 言語로 自國의 文字를 編成ᄒ고 自國의 문字로 自國의 歷史地誌를 纂輯ᄒ야 全國 人民이 捧讀傳誦ᄒ여야 其固有ᄒ 國精을 保持ᄒ며 純美ᄒ 愛國心을 鼓불 흘지어늘 今에 韓人을 觀하건디 唐堯虞舜을 檀君扶婁보다 더 信仰ᄒ며 殷湯 周武를 赫居世 東明王보다 더 謳歌ᄒ며 漢武帝 唐太宗은 天下 巨英雄으로 認ᄒ되 廣開土王 太宗文武王은 偏邦細蠻傑로 視ᄒ며 宋太祖 明太祖ᄂ 萬古 聖天子로 尊ᄒ되 溫祚王 王建太祖ᄂ 一時 小兒輩로 笑하며 韓信 彭越은 樵歌巷謠에도 偏傳ᄒ되 梁萬春 崔春命은 何國男兒인지 茫不知ᄒ며 (…중략…) 此其原因을 推究ᄒ면 韓國의 國文이

晚出홈으로 其勢力을 漢文에 被奪ᄒ야 一般 학士들이 漢文으로 國文을 代ᄒ
며 漢史로 國史를 代ᄒ야 國家思想을 剝滅홈 所以라[90]

　단재가 국문에 대한 중요성과 필요성을 제시한 것은 『황성신문』 시
절이었다. 그는 『제국신문』을 옹호하며 더불어 국문의 중요성을 피력
했다. 『대한매일신보』에 이르러서도 그러한 입장은 여전하다. 단재가
국문에 대해 상당히 호의적인 생각을 가졌던 것은 1908년 1월 순한글
잡지 『가정잡지』의 발간을 통해서도 엿볼 수 있다. 단재는 「국한문의
경중」(1908.3.17~19)에서 자신의 국한문관을 분명히 피력하였다. 이미
제목에도 볼 수 있는 것처럼 그는 국문과 한문 중에 어느 것이 중요한가
에 대한 자신의 입장을 밝혔다. 그는 "自國의 言語로 自國의 文字를 編成
ᄒ고 自國의 문字로 自國의 歷史地誌를 纂輯ᄒ야 全國 人民이 捧讀傳誦
ᄒ여야 其固有ᄒ 國精을 保持ᄒ며 純美ᄒ 愛國心을 鼓불"한다 하여 국어
를 통한 애국심의 발양을 강조했다. 그는 "漢文은 弊害가 多ᄒ고 國文은
弊害가 無"하다고 했다. 그가 내세운 언어 민족주의는 바로 국문 중심
주의이다.

　사실 이러한 주장을 국한문으로 쓴 것은 조금 의외라고도 할 수 있는
데, 그것은 당시 『대한매일신보』의 표현 언어라는 관점에서 살펴보아
야 한다. 단재가 주필로 활동하던 당시 『대한매일신보』는 국한문판이
중심이 되고 국문판도 발간되었다. 『대한매일신보』는 1904년 7월 창
간 당시 영문판과 순국문판으로 분리 발행되었는데, 1905년 8월 11일

---

90 「國漢文의 輕重」, 『대한매일신보』, 1908.3.17, 논설.

부터는 영문판과 국한문판으로 발행되었다. 1907년 5월 23일에는 순한글판『대한매일신보』가 따로 발간되어 국한문판·영문판·순한글판 등 세 신문이 발행되었다. 단재는『대한매일신보』로 옮겨와 국한문과 국문 등의 문체로 활동하였다. 1907년 11월 6일 대한매일신보사 입사 시점에 그의 언어생활은 이전의 국한문에서 국문으로 상당 부분 옮겨와 있었던 것이다.

故로 今日에 문법 統壹이 卽亦 壹大急務라 此를 統壹하여야 학생의 精神을 統壹ᄒ며 國民의 知識을 普啓홀지어날

乃者如此不規則無條理의 문으로 敎科를 編하야 國人子弟를 敎授ᄒ며 書籍을 著ᄒ야 有志同胞에 供覽ᄒ니 是가 奚可며 是가 奚可리오 故로 記者ᄂ 此'문법統壹' 四字를 擧ᄒ야 各學校의 문學科를 設ᄒᄂ 諸君子에게 深祝ᄒᄂ 바로라.[91]

吾輩ᄂ 諸公이 國文을 硏究ᄒ야 壹部 辭書 或 字典을 著成하ᄂ가 ᄒ엿더니 今也에 不然하야 其研究하ᄂ 바를 聞ᄒ즉 往往 實用에 無益ᄒ고 時宜에 無關ᄒ 事라 壹人은 曰 國文은 新羅時 創造ᄒ 빈라 ᄒ며 壹人은 曰 國文은 高句麗時 創造ᄒ 빈라 ᄒ며 壹人은 勝朝時 創造ᄒ 빈라 ᄒ고 壹人은 國文 音義를 龍飛御天歌로 爲主하며 壹人은 國문 音義를 奎韻玉篇으로 爲主ᄒ야 支離張皇에 光陰을 虛度ᄒᄂ도다 (…중략…) 諸公은 此等 汗漫, 오怪, 煩鬧, 胡亂, 無益의 事ᄂ 姑閣ᄒ고 民智發達에 有益ᄒ 辭書 或 字典의 編撰에 從事ᄒ디

91 「文法을 宜統一」,『대한매일신보』, 1908.11.7, 논설.

字樣을 簡易케 ᄒ고 音韻을 均壹케 ᄒ야 讀者로 掌을 示홈과 如히 홈을 望ᄒ노라.[92]

단재가 국문 글쓰기를 하면서 가장 먼저 부딪힌 문제는 문법 통일의 필요성인 듯하다. 단재가 「문법(文法)을 의통일(宜統一)」을 『대한매일신보』와 『대한협회회보』에 연이어 실은 것도 그 중요성 때문일 것이다. 그리고 그는 '국문연구회'가 만들어지면서 그들의 활동에 기대와 주목을 한다. 그러나 그들이 국문 창제 시기 등에 대해 왈가왈부하는 데 대한 실망을 드러냈다. 단재는 「국문연구회 위원 제씨에게 권고함」에서 국문연구회 위원들에게 오히려 실용적인 일, 민지 발달을 위해 사전 편찬 같은 일에 힘쓸 것을 주문했다. 그리고 그는 「논학교용가」 등에서 시가 제작에 우리말인 한글을 사용할 것을 주문했다. 그는 개신 유학자 가운데 누구보다 분명한 언어 의식을 갖고 있었고, 실제 창작에 있어서도 그러한 모습을 보여주었다. 그의 언어 민족주의는 민족 주체의식의 산물로 근대 언어민족주의와 통한다고 하겠다.

(3) 국수주의 제창

단재는 『황성신문』 시절에도 민족주의에 대한 논설을 썼다. 『대한매일신보』에도 그러한 인식을 드러내는 글을 지속적으로 발표한다.

雖然이나 保種을 不思ᄒ고 保國만 是求ᄒ면 其國이 旣保에 其種이 自保ᄒ

---

92 「國文硏究會 委員諸氏에게 勸告홈」, 『대한매일신보』, 1908.11.14, 논설.

려니와 萬一 保國은 不思ᄒ고 保種만 是求ᄒ랴다가ᄂ 其國이 不保에 其種이 隨亡ᄒ리니 二說中에 其近是者를 求ᄒ올진딕 吾必保種論을 捨ᄒ고 保國論을 從올진져.[93]

단재는 이전에 『황성신문』에서 「보국론」과 「보종책」을 발표하였는데, 『대한매일신보』의 「보종보국이 원비이건」에 이르러 보종론과 보국론이 다르지 않음을 역설했다. 그것은 자칫 보종만 구하려다가 그 나라를 지키지 못하면 결국 나라를 잃고 종족도 잃을 것이기 때문이었다. 그는 국가가 무너지는 상황에서 국수주의를 주창하며 민족의 혼을 일깨우고자 노력했다. 그는 "國粹란 者ᄂ 自國의 傳來 宗敎 風俗 言語 歷史 習慣上 一切 粹美ᄒ 遺範을 指稱ᄒ 것"이며, "國性이 國粹를 待ᄒ야 保ᄒ며 國魂이 國粹를 得ᄒ야 立ᄒ나니 質言ᄒ면 盖我가 我를 尊ᄒ며 我가 我를 愛ᄒᄂ 心이 國粹를 因ᄒ야 生ᄒᄂ 빅"라고 강조했다.[94] 국성, 국혼이 모두 국수에서 나며, 심지어 자주성, 자존심도 결국 국수에서 난다는 것이다. 그가 역사의식을 강조한 애국 전기를 쓰고, 역사 연구로 나아간 것도 국수주의와 무관하지 않다.

我가 國家를 爲ᄒ야 淚를 下올진딕 下淚ᄒᄂ 我眼만 我가 아니라 普天下에 有心淚를 灑ᄒᄂ 者가 皆是我며 我가 社會를 爲ᄒ야 血을 嘔올진딕 嘔血ᄒᄂ 我腔만 我가 아니라 普天下에 有價血을 滴ᄒᄂ 者가 皆是我며 我가 徹骨極痛의 深讎가 有ᄒ면 普天下에 劒을 杖ᄒ고 起ᄒᄂ 者가 皆是我며 我가

---

93 「保種保國의 元非二件」, 『대한매일신보』, 1907.12.3, 논설.
94 검심, 「國粹」, 『대한매일신보』, 1910.1.13, 담총란.

銘心難忘의 巨恥가 有ᄒ면 普天下에 砲를 帶ᄒ고 集하ᄂ 者가 皆是我며 我가 武功을 愛ᄒ면 千百年前에 開國拓土ᄒ던 東明聖帝(東明聖帝ᄂ 高朱蒙에 諡니 麗代에 東明聖帝祠를 立ᄒ), 扶芬奴, 廣開土王, 乙支文德, 泉蓋蘇文, 大祚榮, 崔瑩, 李舜信이 皆是我며[95]

噫라 한國이 地理만 伊太利와 同ᄒ 샏 아니라 往史도 伊太利와 多同ᄒ니 廣開土王의 雄畧이 君士但丁과 彷彿ᄒ며 泉蓋蘇文의 武功이 氏蛇와 近似ᄒ고 中世以來 累百年을 他國의 覇絆을 受홈도 兩國이 酷類ᄒ며 又韓國 西南北 三勢力의 交衝홈이 伊太利가 澳地利 西班牙 法蘭西 三勢力間에 累困홈과 酷類ᄒ대 但 近世 數十年 以來事를 此較ᄒ면 伊太利ᄂ 天上에 登ᄒ고 한國은 地下에 陷ᄒ얏도다 (…중략…) 大抵 數拾年前 伊太利 國民들도 思想이 何等 卑劣ᄒ얏던가만은 只是 '但丁'과 如ᄒ 大詩人이 出ᄒ야 國恥를 哀哭ᄒ며 '瑪志尼'와 如ᄒ 大理想家가 作ᄒ야 國粹를 絶叫ᄒ 以後에 國民의 精神이 回醒ᄒ야 風雲을 파弄ᄒ며 山河를 整頓ᄒ얏스니 即今 韓人도 但丁 瑪志尼와 如히 國을 憂ᄒ며 但丁 瑪志尼와 如히 同胞를 愛ᄒ야 或 教育에 獻身ᄒ며 或 實業에 獻身ᄒ며 或 政治에 獻身ᄒ야 彼等 惡教科書의 支配를 受ᄒ 人心을 喚醒ᄒ야 國家思想을 振作케 ᄒ면 韓國이 地理上에만 東洋 伊太利를 作ᄒ 샏 아니라 人事上에도 東洋 伊太利를 作ᄒ리니 勉ᄒ지어다[96]

단재는 「대아와 소아」에서 "扶芬奴, 廣開土王, 乙支文德, 泉蓋蘇文, 大祚榮, 崔瑩, 李舜信" 등을 대아로 내세웠다. 이러한 인물들을 통해 대아

---

95 「大我와 小我」, 『대한매일신보』, 1907.9.17, 논설.
96 「東洋伊太利」, 『대한매일신보』, 1909.1.29, 논설.

를 추구해야 한다는 것은 순전히 역사의식의 발로이다. 단재는 우리 역사상의 위인들을 알리려 노력했다. 그래서 그는 을지문덕, 이순신, 최도통 등을 주인공으로 한 애국 전기를 창작했다. 그리고 연개소문에 대해서도 전기를 쓰려 했다. 그는 「동양 이태리」에서 단테와 같은 시인이 나와 애국 전기를 씀으로써 마치니 같은 대이상가, 대혁명가를 만들어 내길 바랐다. 그것은 곧 "國粹를 絶叫ᄒ 以後에 國民의 精神이 回醒ᄒ야 風雲을 파弄ᄒ며 山河를 整頓"하는 일이었기 때문이다.

> 然則 此帝國主義를 抵抗ᄒᄂ 方法은 何인가 曰 民族主義 (他民族의 干涉을 不受ᄒᄂ 主義)를 奮揮홈이 是니라 此民族主義ᄂ 實로 民族保全의 不二的 法門이라 (…중략…) 民族主義가 膨脹的 雄壯的 堅忍的의 光輝를 揚ᄒ면 如何ᄒ 劇烈的 怪惡的의 帝國主義라도 敢히 참入지 못ᄒ나니 要컨대 帝國主義ᄂ 民族主義 薄弱ᄒ 國에만 참入하나니라[97]

단재는 「제국주의와 민족주의」에서 제국주의에 저항하는 방법으로 민족주의를 내세웠다. 민족주의야말로 제국주의에 저항하고, 민족을 보전할 수 있는 유일한 방법이라는 것이다. 단재의 민족주의는 대내적으로 국수주의의 발현이며, 대외적으로는 제국주의에 대항하는 방법이었다.

---

[97] 「帝國主義와 民族主義」, 『대한매일신보』, 1909.5.28, 논설.

(4) 역사의식의 보급

단재는 『대한매일신보』에서 논설 등을 통해 자신의 주장을 부르짖기도 했고, 또한 전기를 짓기도 했다. 그는 "國民의 愛國心을 喚起ᄒ랴거던 完全ᄒ 歷史를 先授ᄒ지어다"라고 했는데, 애국심은 올바른 역사의식에서 비롯됨을 강조한 것이다.[98] 아울러 단재는 역사 연구인 「독사신론」(『대한매일신보』, 1908.8.27~12.13)을 '문단란'에 연재했다. 그는 이 글에서 "國家가 旣是 民族精神으로 構成된 有機體"로 규정하고, 아울러 "今日에 民族主義로 全國의 頑夢을 喚醒ᄒ며, 國家觀念으로 靑年의 新腦를 陶鑄ᄒ야, 優存劣亡의 十字街頭에 幷鑣ᄒ야 壹綫尙存의 國脉을 保有코자" 역사를 기술한다고 하였다. 이것은 당시 단재의 역사관을 잘 보여줄 뿐만 아니라, 역사 연구자로서의 기반을 제시했다는 점에서 의미가 있다.

歷史는 愛國心의 源泉이라 故로 史筆이 强하여야 民族이 强ᄒ며 史筆이 武ᄒ여야 民族이 武하는 비어날 彼金氏諸人이 三國事蹟을 撰出ᄒ미 卑劣ᄒ 政策을 讚美ᄒ며 强勁ᄒ 武氣를 摧折ᄒ싀 新羅 文武王이 唐兵을 擊破ᄒ고 本國統壹ᄒ 功을 以小敵大로 貶하며 隋唐 巨寇가 野心을 抱하고 高句麗 侵犯ᄒ 事를 中朝 動兵으로 尊ᄒ얏스니 嗟 彼拜外의 僻見者여 彼가 獨立精神을 抹殺ᄒ 者이오니 此는 歷史家의 罪人이오며 新羅 末葉에 崔朴諸氏가 雕虫小技를 抱하고 唐朝에 登第ᄒ야 唐衣를 衣ᄒ며 唐土에 食ᄒ더니 居然 自己生長ᄒ 祖國을 全忘ᄒ고 惟唐을 是謳ᄒ며 惟唐을 是歌ᄒ야 其歸國ᄒ 後로 崇

---

98 신채호, 「歷史와 愛國心의 關係」, 『대한협회회보』 3호, 1908.6, 5면.

拜支那主義를 滿抱ᄒ야 彼國을 我國이라 ᄒ며 我國을 小國이라 ᄒ야 幾百年 魔醉題로 大東人士를 昏倒케 ᄒ얏스니 此는 文學家의 罪人이오며[99]

단재는 「허다고인의 죄악심판」에서 애국심이 역사로부터 도출되며, 그리하여 "史筆이 强하여야 民族이 强ᄒ며 史筆이 武ᄒ여야 民族이 武하는 비"라고 하였다. 그것은 문학에 대한 논리에서도 마찬가지이다. 독립정신을 키우는 데 주체적 역사의식을 정립할 필요가 있음을 역설한 것이다. 「독사신론」을 연재한 목적은 역사의식의 보급을 통한 참된 민족의식의 형성에 있을 것이다.

余가 일즉 某學校 一卒業生과 對話하다가 日本年代을 問ᄒ즉 足利時代 德川時代 等을 氷上에 轉瓢ᄒ듯시 誦下ᄒ며 歐羅巴 近史도 壹班을 喀記ᄒ기에 余乃 本國史記로 提問ᄒ즉 新羅 百濟가 何處邦國인지 不知ᄒ며 東明 溫祚가 何代君主인지 不記ᄒ는지라 余가 此를 觀ᄒ고 大驚歎惜홈을 不覺ᄒ얏더니 社會를 周탐ᄒ즉 太半 此等人物만 爛慢ᄒ도다[100]

又況韓國은 自來로 佛시의 徒가 壹種特色을 保有ᄒ 者ㅣ 有ᄒ니 曰 國家主義를 講홈이 是라 惟此主義를 講ᄒ 故로 三國戰爭時代에 在ᄒ야 國憂에 心을 繫ᄒ며 國難에 身을 捐ᄒ 僧徒가 史冊에 累現ᄒ얏스니 新羅에 圓光禪師가 恒常 用兵勝敗의 利鈍을 硏究ᄒ며 貴山 箒項의 忠節을 勉勵ᄒ고 高句麗에는 隋양帝 入寇時에 乙支文德과 同事ᄒ야 有功ᄒ 七僧이 有ᄒ며 其外 獻身救

---

99 「許多古人之罪惡審判」, 『대한매일신보』, 1908.8.8, 논설.
100 「舊書蒐集의 必要」, 『대한매일신보』, 1908.6.14, 논설.

國흔 僧侶를 壹壹히 指數키 難ᄒ고 又其僧侶 以外의 忠義慷慨者流도 太半 佛學의 感化를 受ᄒ 者며 高麗에 至ᄒ야 崔瑀父子 專權時代에 八百僧人이 團結ᄒ야 賊臣을 誅ᄒ야 國民을 救코ᄌ ᄒ다가 事가 不成ᄒ야 병首就死하얏스나 其凜凜흔 義烈은 至今 讀者의 髮을 立케 ᄒ며 都統 崔瑩이 北伐를 謀홀 時에 僧 玄麟이 此를 贊成ᄒ야 八道僧軍을 團練ᄒ다가 朝家革命의 運을 當ᄒ여 崔公과 同死ᄒ미 其英名이 靑史를 光ᄒ얏고 本朝에 入ᄒ야는 休靜(西山大師) 松雲(四溟堂)諸公이 有ᄒ야 壬辰變初에 義聲이 霄漢을 震ᄒ며 亂後 使倭에 辯才가 河海를 傾ᄒ야 壹般 僧俗界의 壹致尊慕흔 빈 되얏스니 以上 所列이 大畧만 語ᄒ이나 大抵 佛氏의 徒로 國家主義에 熱騰흔 者는 惟獨 韓國僧의 特色이니 此 特色은 尤是 韓衆승의 壹心護持홀 빈 아닌가[101]

단재는 「구서수집의 필요」에서 이전 유학자들은 우리 역사를 멀리 하고 중국 문헌에 심취하였는데 당시 학생들 역시 한국사보다 일본사를 더 잘 아는 것을 개탄스러워했다. 그것은 일종 노예사관이다. 노예 사관은 자신을 낮추고 남의 역사를 높이는 것으로 그는 김부식 등의 노예사관을 질타했다. 아울러 「편고승려동포」에서도 주체적 역사의식을 강조했다. 자민족 중심의 주체사관을 강조한 것이다.

高麗時의 裴仲孫 金通精 諸公의 被誣흔 事가 是로다 (…중략…) 往古史家가 忠義先民을 厚誣하고 國家精神을 暗殺흠을 痛ᄒ야 壹言으로 畧辨ᄒ노라.[102]
古書籍의 散亡을 恨ᄒ며 舊史氏의 魯莽를 憐ᄒ야 此를 各書中에서 撮錄ᄒ

---

101 「遍告僧侶同胞」, 『대한매일신보』, 1908.12.13, 논설.
102 「論麗史誣筆」, 『대한매일신보』, 1909.10.6, 논설.

야 讀史者의 參考에 供ᄒ노라.[103]

「한국자치제약사」(1909.7.3), 「논려사무필」(1909.10.6), 「동국고대선교고」 등도 그러한 역사의식을 보여준다. 단재는 이후 자신의 관점에서 역사를 재구한다. 「조선일천년래제1대사건」이 그러하며, 또한 그가 쓰려고 했던 『정인홍공약전』도 그러한 것이다. 그는 이전 역사가들이 부정적으로 평가했던 묘청이나 최도통, 정인홍, 정여립 등에게도 높은 의의를 부여한다. 그것은 한편으론 주체사관의 영향이며, 다른 한편으론 혁명사관의 산물인 것이다.

(5) 만주의 문제

『대한매일신보』 논설 가운데 서너 차례 이상 발표하여 유독 눈에 띄는 글이 만주 문제이다. 만주 문제를 3차례에 걸쳐 실었으며, 특히 세 번째 글은 4회나 연재하는 등 단재는 만주 문제에 대해 세밀하고 철저하게 기술했다. 만주는 과거 한국의 영토이었고, 당대에도 가장 논란이 많은 지역으로 인식했기 때문이다.

記者│ 韓國 四千載 歷史上에 彼此間 關係된 實跡을 擧ᄒ야 學問에 有志ᄒ신 諸君子의 硏究에 供ᄒ노라 (…중략…) 檀君王朝가 北遷ᄒ 後로 其子孫이 墻內干戈에 從事ᄒ야 曷思國 扶餘國 高句麗國 等이 自相屠滅ᄒ고 外競에 不遑ᄒ얏스나 其建國年代가 古記와 總目에 大畧載有ᄒ얏거늘 韓國 歷史家가

---
103 「東國古代仙敎考」, 『대한매일신보』, 1910.3.11, 논설.

箕氏王朝ᄂ 說ᄒ고 扶餘王朝ᄂ 闕ᄒ야 主權上 主族 客族의 區別이 無ᄒ니 可歎이로다 (…중략…) 高句麗가 駸駸東徙ᄒ야 平壤으로 用武地를 作ᄒ고 滿洲를 輕視ᄒ 以來로 國勢가 亦中落ᄒ야 비록 乙支文德의 才畧으로 楊廣의 百萬大兵을 屠ᄒ며 泉蓋蘇文의 手腕으로 李世民의 驕膽을 摧ᄒ얏스나 畢竟 寶藏王의 壹片白旗가 神聖國史의 汚點을 遺ᄒ얏스니 嗚呼라 當時 男生 男建 의 庸才가 朝權을 握ᄒ며 又廣開土王의 同種과 和好ᄒ던 遺旨를 全忘ᄒ야 新羅와 連年相攻ᄒ니 高句麗 滅亡ᄒ 原因이 甚多ᄒ다 홀지나 滿洲를 輕視흠 이 其亦 重要ᄒ 原因이 될지라

　故로 大祚榮 父子가 高句麗의 遺燼을 再嘘ᄒ야 渤海國을 創立홀시 其第壹 着이 滿洲에 入據ᄒ야 用武의 中心點을 作ᄒ얏스니 千載以上 千載以下 英雄 의 所見이 畧同ᄒ져 (…중략…) 自後로 韓國民族의 旗幟가 此間에 不見흠이 今已 累百年이오 已往에 滿淸 先祖되ᄂ 金俊이 本是 韓人으로 此에 入하야 新殖民地를 開拓ᄒ고 當時에 支那를 幷呑ᄒ야 大金國을 建設ᄒ고 今日에 至 ᄒ야 滿淸 朝廷이 되얏스나 其言語가 韓國과 異ᄒ며 風俗이 韓國과 異ᄒ야 居然 兩民族의 觀念이 有ᄒ도다.[104]

단재는 「한국과 만주」에서 만주가 단군 왕조, 고구려가 다스렸던 땅 이요, 이후 "金俊이 本是 韓人으로 此에 入하야 新殖民地를 開拓ᄒ고 當 時에 支那를 幷呑ᄒ야 大金國을 建設"하여 만청이 다스린 이후로 우리 역사에서 찾아보기 어려워졌다고 했다. 이후 "高麗 太祖가 契丹과 絶和 ᄒ야 舊疆을 恢復ᄒ랴 ᄒ"였으나 붕어하고, "尹관이 女眞을 斥逐ᄒ야 九

104 「韓國과 滿洲」, 『대한매일신보』, 1908.7.25, 논설.

城을 築ㅎ고 國境을 擴ㅎ랴다가"성공하지 못했으며, 또한 "崔瑩이 明將
복眞을 討斥ᄒᆞ 後에 爲先 滿洲門戶되ᄂᆞᆫ 遼東을 收復코자"했지만 무위로
돌아갔다는 것이다. 단재는 왕건, 윤관, 최영 등이 그 영토에 대한 회복
의지를 가졌으나 그 뜻이 실현되지 못했음을 아쉬워했다.

> 然이나 有志君子ᄂᆞᆫ 徒히 亡國의 淚를 灑치 말고 眼을 擧ㅎ야 世界列强의
> 競爭點 된 滿洲의 問題를 罔晝夜 竭力硏究홀 빈라.[105]
> 然則 滿洲가 將來 韓族의 注集地 됨은 可히 豫測홀 빈라 雖然이나 吾儕ᄂᆞᆫ
> 此移住者에게 對ㅎ야 特別히 三大勸戒를 與ᄒᆞ노니 一曰 思想을 高尙케 홈이
> 라 (…중략…) 二曰 國粹의 保全이라 (…중략…) 三曰 政治能力의 養成이라
> (…중략…) 何如히 ᄒᆞ면 將來 我國民도 此等問題에 容喙홈을 得홀가 홈이
> 皆公等의 分ᄂᆞᆫ 硏究홀 빈니라.[106]

단재는 「만주문제에 취하여 재론함」(1910.1.21～22)에서 "世界 列强
의 競爭點 된 滿洲의 問題를 罔晝夜 竭力硏究홀 빈"라고 강조했다. 장래
한민족의 이동으로 만주가 주요 집결지가 됨을 예측하고 사상을 고상
하게 하고, 국수를 보전하며, 정치능력을 배양할 것을 권고했다. 또한
어떻게 하면 "將來 我國民도 此等問題에 容喙홈을 得홀가"를 연구하라
고 했다. 단재는 만주의 주요성과 더불어 우리 국민의 만주 이주에 따
라 만주 영토 문제에 대해 참견할 여지를 연구하라고 고언한 것이다.

---

105 「滿洲問題의 就ᄒᆞ야 再論홈」, 『대한매일신보』, 1910.1.21, 논설.
106 「滿洲問題의 就ᄒᆞ야 再論홈」, 『대한매일신보』, 1910.1.22, 논설.

(6) 기타 신국민 제창

「이십세기 신국민」(1910.2.22~3.3)은 8회 연재로 다른 어떤 논설보다 그 비중이 큰 작품이다. 이 논설이 양계초의 「신민설(新民說)」에 영향을 입었음은 이미 앞선 연구자들이 지적한 바와 같다.[107] 단재는 「신민설」을 수용하여 우리의 현실에 맞게 '신국민론'을 제창했다. 그것은 "數百年 事大主義에 沉醉ㅎ던 舊恥를 洗ㅎ고 二十世紀 新國民의 事業을 振作ㅎ야 現世界 舞臺上에 名譽旗를 翩翩히 揚홀짜"(「이십세기 신국민」, 1910.2.23) 하는 소망에서 나온 것이다. 단재는 우선 당시 세계의 추세를 ①帝國主義의 世界, ②民族主義의 世界, ③自由主義의 世界로 규정했다. 여기에서 당대 현실을 간파하고 20세기 미래를 통찰하는 단재의 놀라운 예지력이 돋보인다.

　文明의 氣運이 精神界와 物質界에 膨脹하야 道德, 政治, 經濟, 宗敎, 武力, 法律, 學術, 工藝 等이 長足의 進步를 作하니 於是乎 國家의 利가 日로 多ㅎ며 人民의 福이 日로 大ㅎ야 專制封建의 舊陋가 去ㅎ고 立憲共和의 福音이 遍ㅎ야 國家ᄂ 人民의 樂園이 되며 人民은 國家의 主人이 되야 孔孟의 輔世長民主義가 此에 實行되며 루소의 平等自由精神이 此에 成功되엿도다 (…중략…) 盖韓國이 如사히 不振不立ㅎ고 一敗再敗홈은 (一)幾百年 政治가 昏惡ㅎ야 貧弱이 至ㅎ며 (二)天下의 大勢를 不知ㅎ야 外競의 失敗를 招하며 (三)頑舊의 習慣이 不去ㅎ야 文明의 革新을 厭혼 等 原因이 有혼 故라 (…중

---

107 우림걸, 『한국개화기 문학과 양계초』, 박이정, 2002; 우남숙, 「양계초와 신채호의 자유론 비교―「신민설」과 「이십세기 신국민」을 중심으로」, 『동양정치사상사』 6-1, 한국동양정치사상사학회, 2007; 최옥산, 「'신국민' 만들기와 문학―신채호와 양계초의 국민성 탐구」, 『한국학연구』 13, 인하대 한국학연구소, 2004.

략…) 오즉 道德이 腐敗ᄒ며 經濟가 困乏ᄒ며 教育이 不振하며 萬般의 權利가 他手에 歸ᄒ며 民氣의 墮落이 極度에 達하야 目하ᄂ 바가 蕭條하며 耳하ᄂ 바가 凄凉ᄒᆯ 쑨이니 嗚乎라 彼天이 엇지 斯民을 不恤하나뇨[108]

(一)氏族의 階級 … (二)官民의 階級 … (三)嫡庶의 階級 … 此亡國減民의 階級主義를 一刀로 斷去ᄒᆯ지어다[109]

단재는 「문화와 무력」(1910.2.19)에서 이미 "自國 固有의 長을 保ᄒ며 外來文明의 精을 採ᄒ야 一種 新國民을 養成ᄒᆯ 만ᄒ 文化를 振興ᄒᆯ지어다"라고 하여 신국민을 주창했다. 그리고 「이십세기 신국민」에서 당대를 "專制封建의 舊陋가 去ᄒ고 立憲共和의 福音이 遍"하였다고 하였다. 말하자면 입헌공화제가 도래할 것임을 천명한 것이다. 단재는 "國民的 國家가 아닌 國(立憲國이 아니오 一二人의 專制ᄒᄂ 國)과 世界大勢를 逆ᄒᄂ 國은 必亡ᄒ다"는 모 학자의 말을 거론하며, "國民同胞가 但只 二十世紀 新國民의 理想 氣力을 奮興ᄒ야 國民的 國家의 基礎를 鞏固ᄒ야 實力을 長ᄒ며 世界大勢의 風潮를 善應하야 文明을 擴하면 可히 東亞 一方에 屹立ᄒ야 强國의 基를 誇ᄒᆯ지며 可히 世界舞臺에 躍登하야 文明의 旗를 揚ᄒᆯ"(『대한매일신보』, 1910.3.3) 것을 주장했다. 그는 입헌공화제와 같은 국민국가의 건설을 지향한 것이다. 입헌공화제는 1910년 당시의 상황에서, 그리고 근왕 사상을 지닌 유생의 입장에서 천지개벽과 같은 혁명적 사상이었을 것이다. 그러나 단재는 국민적 국가의 건설을 주장했는데, 그러한 모습은 전봉준과 김옥균의 혁명사상을 높이 평가한 데서도

---

[108] 「二十世紀新國民」, 『대한매일신보』, 1910.2.23, 논설.
[109] 「二十世紀新國民」, 『대한매일신보』, 1910.2.24, 논설.

드러난다. 단재는 근대의 혁명아였던 것이다.

5) 마무리

단재는 1907년 11월 초부터 1910년 5월 말까지 『대한매일신보』 주필로서 활동했다. 그의 글쓰기는 『대한매일신보』에 이르러 어느 시기보다 빛났고, 아울러 시대의 정론을 형성하고, 국민을 계몽하고 교도하는 데 커다란 기여를 하였다. 그는 『대한매일신보』 주필로 활동하며 논설뿐만 아니라 문단란, 위인유적란, 담총란 등에 다양한 글들을 썼다. 그는 논설을 통해 정론을 제시하는가 하면, 「이순신전」, 「최도통전」 등의 애국 전기를 써서 영웅을 호명하였고, 「독사신론」를 통해 역사의식을 바로 세우고자 했다. 애국 전기, 논설, 역사 연구에서 아의 주체 정립, 민족의 주체 정립을 강조했던 것이다. 아울러 「천희당시화」를 통해 주체적 문학론을 전개했다.

여전히 『대한매일신보』의 단재 글은 충분히 알려져 있지 않다. 무서명 논설 가운데 단재의 글로 인정되어 전집에 실린 글은 단재 글 가운데 극히 일부에 불과하다. 그러므로 단재의 글 찾기는 계속되어야 한다. 무서명 논설에서 단재의 글 찾기란 미련하고 모험적인 일일지도 모른다. 그러나 이미 이전 전집 편찬자들이 모범을 보였고, 또한 상당 부분 성과가 있었다. 이러한 성과를 바탕으로 세밀한 조사와 연구가 뒤따른다면 결코 어려운 일이 아닐 것이다. 그들의 작업을 거울로 삼고, 그들의 성과를 디딤돌로 삼아 단재의 글을 지속적으로 찾아내야 한다.

단재가 1910년 5월경 중국 망명길에 오름에 따라『대한매일신보』
집필도 마무리된다. 그가 떠난 지 얼마 되지 않은 1910년 6월 14일부
터 통감부의 술책으로 말미암아『대한매일신보』의 발행 및 편집인이
이장훈으로 넘어간다. 그리고 8월 29일 일제 강점에 따른 대한제국의
붕괴와 더불어 신문도 폐간되었다. 이 신문은 애국계몽기 계몽 활동의
중심 역할을 하였다. 특히 국채보상운동의 경우가 그러하다. 이뿐만 아
니라 민영환, 안중근, 베델 등 지사들의 활동을 소개하여 국민들에게
애국주의적 경각심을 환기했다. 그러나『대한매일신보』는 일제의 강
점으로 인해 국운이 끊기면서 더 이상 간행할 수 없게 된다.

3. 각종 잡지에서의 활동과 정론

1) 단재와 각종 잡지

애국계몽기 단재는『황성신문』,『대한매일신보』에 주필로 활동했
다. 그는 신문뿐만 아니라 잡지에도 활동하는데, 그의 활동은 단순 기
고에서 주간에 이르기까지 다양하다. 애국계몽기 단재가 활동한 단체
로는 대한자강회, 기호흥학회, 대한협회 등이 있다. 그리고『친목』에
기고를 하였으며, 또한『가정잡지』를 편집 발행하기도 하였다.

2) 『가정잡지』에서의 활동

애국계몽기 또 다른 단재의 집필 활동을 파악할 수 있는 것은 『가정잡지』이다. 『가정잡지』는 1906년 6월 20일 내부 인가가 났다. 당시 사장은 유성준, 총무 겸 편집은 류일선, 교보원은 주시경·김병헌, 회계는 유진태·전덕기 등이 맡아 6월 25일 제1호를 발간하였다. 그런데 1907년 1월까지 7호를 간행하고 나서 재정난으로 휴간되었다.[110] 그 뒤 1908년 1월 속간되었는데, 이때부터 사장은 류일선, 편집 겸 발행인은 신채호, 교보원은 주시경, 총무는 김상만, 회계는 유명혁이 각각 맡았다. 제2년(1908) 제1호부터 신채호가 편집과 발행을 맡는 새로운 체제가 된 것이다. 이 잡지는 현재 제2년 제1호(1908.1.5), 제3호(1908.3.?), 제7호(1908.8.25) 등이 남아있으며, 제2년 제2호, 제4호, 제5호, 제6호 등은 그 존재가 확인되지 않고 있다.[111] 이 잡지의 속간 제1호에 신채호의 이름으로 발표된 글은 아래와 같다.

신채호, 「식히축사」

---

110 이장우, 「대한제국기 『가뎡잡지』에 대한 일 고찰―애국계몽운동의 일 단면」, 『서지학연구』 4, 서지학회, 1989.12, 259면. 현재 제1년 제7호 가운데 제1호(1906.6.25), 제2호(1906.7.25), 제3호(1906.8.25), 제4호(1906.9.25), 제5호(1906.10.25), 제7호(1907.1.25)가 확인되며, 제6호는 자료의 존재 유무가 확인되지 않는다.

111 이장우는 『가정잡지』가 1908년 "8월까지 7호 발간"되었다고 밝히고, "그런데 제2년 7호를 간행한 후에 폐간되었는지, 아니면 계속해서 간행되었는지에 대해서는 현재로서는 알 수 없다"(위의 글, 259면)고 밝혔다. 7호까지 확인되었기 때문이다. 그런데 최근 한 연구자에 의해 7호 미완인 「익모초」 완성본이 발견됨에 따라 『가정잡지』가 적어도 8호까지 나왔음을 알 수 있다. 7호 이후 부분은 한 호의 게재 분량이기 때문이며, 내용상 단재가 마무리한 것으로 보이기 때문이다. 강현조, 「근대 초기 활자본 소설의 형성 과정에 대한 일 고찰―1910년대 발표 작품을 중심으로」, 『2014년도 제4차 학술대회 발표 자료집』, 한국문학언어학회, 2014.5.31, 55~73면.

신채호, 「슈원 리싱원」 ─ '백과강화란'

신채호, 「쥬락 조씨의 부인」, 「한씨 부인의 ᄌ선」, 「계씨 문중의 학교」 ─
'잡보란'

단재는 『가정잡지』를 편집 발행하면서 다양한 글을 썼다. 제1호는
속간의 의미가 있었지만 단재로서는 창간호나 다름없었다. 그는 이것
이 새해에 발간됨에 따라 「새해축사」를 썼다. 그리고 「수원 이생원」이
라는 옛 전설을 싣는가 하면, 「주락 조씨의 부인」, 「한씨 부인의 자선」,
「계씨 문중의 학교」과 같은 계몽적인 글을 실었다.

한편 이 잡지에는 「우리 잡지를 이어 발간하는 일로 보시는 이에게
고하는 말씀」이라는 논설이 실렸다. 논설은 일반적으로 편집자, 발행
인의 몫이고, 혹여 다른 사람이 썼다고 한다면 저자명을 제시하는 것이
상례였던 점을 감안한다면 이 논설은 단재의 글로 보아 무방할 것이다.
특히 제2년 제1호는 속간이지만, 새롭게 편집 및 발행을 맡았던 신채호
로 보면 창간호나 마찬가지였기에, 당연히 그가 논설을 썼을 것이다.
그리고 제목에서도 "이어 발간하는 일로 보시는 이에게 고"한다고 하
지 않았던가. 그러한 이유로 단재전집간행위원회에서도 이를 단재전
집(1977)에 포함시킨 것으로 보인다. 그것은 「신대한 창간사」, 「천고
창간사」도 마찬가지이다.

사람마다 말ᄒ기를 나라가 태평ᄒ여야 ᄇᆡ셩이 ᄒᆡᆼ복을 누린다고 ᄒ나 나
라가 싱긴 근본을 궁구ᄒ면 여러 집이 모여 한 마을이 되고 여러 마을이 모
여 한 면이 되고 여러 면이 모여 한 고을이 되고 여러 고을이 모여 한 도가

되고 여러 도가 모여 한 나라가 된지라 그런고로 집마다 다스리면 나라는 저절로 다스려지고 집마다 평안ᄒ면 나라는 저절로 평안ᄒ여지고 집마다 부요ᄒ면 나라는 저절로 부요ᄒ여질 것이요 집마다 다스리지 못ᄒ고 평안 ᄒ지 못ᄒ고 부요ᄒ지 못ᄒ면 나라가 아모리 다스리고자 ᄒ고 평안ᄒ고자 ᄒ고 부요ᄒ고자 ᄒᆫ들 엇지 되기를 바라리오 이런고로 우리 잡지의 목뎍은 전국 동포의 가뎡의 묵은 습관을 고쳐 문명ᄒᆫ 풍긔를 바다드리기로 직분을 삼스오니 그 목적의 큼은 엇더ᄒ오며 ……[112]

위의 글에서 단재는 가정 및 가정교육의 중요성을 언급하였다. 영웅 호걸이 가정에서 태어나 가정교육을 받은 후에 영웅 사업을 하기에 가 정은 더없이 중요하다는 것이다. 단재는 「수원 이생원」에서도 "아들 공 부를 독실히 시"킨 이생원의 이야기를 통해 가정교육의 중요성을 역설 했다. 그리고 「주락 조씨의 부인」에서는 남편의 무죄를 설원한 부인의 열성을, 「한씨 부인의 자선」에서는 병화를 당한 이웃들을 위해 행랑채 를 헐어준 부인의 자선심을, 「계씨 문중의 학교」에서는 계씨 문중과 동 리 사람들이 합력하여 학교를 세운 일을 소개했다.

1호에는 평론으로 「못 먹을 음식」, 「죽은 사람이 산 사람을 못 살게 하는 폐단」, 「사람을 우마같이 대접함이 불가한 일」 등 세 편이 연속으 로 실렸는데, 이 모두 단재의 글로 보인다. 단재는 1907년 무렵 할아버 지 상을 당했고, 상중에 유두분면한 여자에게 술을 얻어 마시고 돈을 잃어버린 일이 있다.[113] 술을 「못 먹을 음식」으로 간주한 것은 그러한

---

112 「우리 잡지를 이어 발간ᄒᄂ 일로 보시는 이에게 고ᄒᄂ 말슴」, 『가정잡지』 1호, 1908.1, 2~3면, 논설란.

경험의 소산으로 보인다. 아울러 「죽은 사람이 산 사람을 못 살게 하는 폐단」 역시 단재가 상을 치르면서 경험한 사실을 솔직히 적은 것으로 보인다. 마지막으로 「사람을 우마같이 대접함이 불가한 일」 역시 단재 특유의 반복법과 영탄법이 드러나는가 하면, "우리나라 신라 고구려 백제 시대 사기를 상고하건대", "긔자는 이르되" 등 고증적 사평적 글쓰기로 보아 단재의 글로 보인다.

이 잡지의 표지에는 김유신이 읍참마속(泣斬馬謖)하는 그림이 실려 있다. 그런데 이 그림이 표지에 나온 까닭은 내용 가운데서 확인할 수 있다. 단재는 가정미담에 「김유신의 모친」 만명 부인 이야기를 제시했다. 김유신의 모친 만명 부인은 김유신이 청루방이나 술집에 다니자 목을 놓고 울었으며, 이로 인해 김유신은 다시는 기생집에 가지 않겠다고 맹세를 한다. 그러나 하루는 친구 집에서 술을 마시고 말을 탔는데, 말이 기생의 집으로 가자 정신을 차리고 칼을 빼어 말머리를 베었다는 이야기이다. 「김유신의 모친」 이야기는 술이 「못 먹을 음식」이라는 이야기와 잘못된 버릇은 읍참마속하듯 잘라내야 한다는 이야기가 혼합되어 의미를 형성한다. 술을 「못 먹을 음식」이라고 한 내용이나 유두분면한 여자에게 혹해서 돈을 잃은 자신을 경계하기에 적절한 예화이다. 편집자인 단재가 그러한 삽화를 제시한 의미가 충분해 보인다. 그리고 「넬손의 상학」, 「악비의 모친」 등도 동서양의 가정미담을 제시한 것인데, 모두 역사적 일화를 전한 것으로 「김유신의 모친」과 더불어 단재의 글로 보는 것이 옳을 것이다.

---

113 점하생, 「신단재와 홍색내의」, 『동아일보』, 1936.4.12.

한편 제2권 제3호인 3월호에는 소설 「익모초」 첫회분이 실려 있다. 3월호에는 「익모초」의 저자를 밝히지 않았지만, 7월호에 '신채호'라고 기명이 되었기에 저자를 분명히 알 수 있다. 단재전집편찬위원회에서는 7월호에 실린 「익모초(속)」을 단재전집에 수록했다.[114] 「익모초」는 현재까지 알려진 단재의 첫 소설에 해당된다. 아울러 가정미담란에 「조정암과 김모의 부인」, 「무명 방백의 부인」, 「가리발디의 부인 마리타」 등 세 편이 실려 있는데, 모두 단재가 쓴 것으로 보인다. 첫 번째 작품의 경우 단재는 「철인의 면목」이라는 이름으로 『대한매일신보』(1909.11.3) '담총란'에 싣고 있다. 「무명 방백의 부인」에는 마지막에 "긔쟈왈 이약이는 히이셔라는 칰에 다만 ……"이라 하여 작품의 출처를 분명히 밝히고 있다.[115] 단재는 「세계삼괴물서」, 「이순신전」 등에서도 『해이서(解頤書)』를 언급하였으며, 또한 「무명 방백의 부인」은 사평식의 글쓰기를 보여주고 있는데, 단재는 이 시기 『대한매일신보』 '담총란'에 그러한 글쓰기를 무수히 보여주고 있다. 그리고 「가리발디의 부인 마리타」는 『이태리건국삼걸전』의 제5절과 제8절의 '마니타(馬尼他)' 이야기를 가져와 쓴 것이다. 이를 통해 세 이야기는 단재가 기존 이야기를 각색한 것임을 확인할 수 있다. 이들 작품에 굳이 저자를 내세우지 않은 것은 저자가 잡지사 인물임을 보여준다. 단재는 편집과 발행을 책임지고 있

---

114 『개정판 단재신채호전집』 하(1977)에서는 「익모초(속)」을 "1908년 1월 5일 『가정잡지』에 실린 것으로 소개했지만, 이는 오류이다. 그것은 1908년 7월호에 실린 내용이다.

115 단재는 「戀盜」, 『동패』(정명기 편, 『한국야담자료집』 4, 253~254면)를 『가정잡지』(1908.3)에 「무명 방백의 부인」이라는 이름으로 역술하여 소개했다. 한편, 이 이야기는 『동패낙송』(천리대본) 제95화, 『파수록』(연대본) 제13화, 『동패』(정명기본) 20화, 『삼교별집』(권4 만록 5), 그리고 『청야담수』(『한국야담자료집』 4, 272면) 등에도 실렸다. 이우성・임형택, 『이조한문단편집』 상, 일조각, 1976, 277면; 정명기, 『한국야담문학연구』, 보고사, 1996, 317면.

었기에 이 잡지에 다양한 글을 발표할 수 있었다. 오히려 외부 인물이었다면 저자를 명시하였을 것이다. 이들 작품을 통해 역사담에 대한 단재의 창작화 양상을 엿볼 수 있다. 「익모초」, 「수원 이생원」, 그리고 「조정암과 김모의 부인」, 「무명 방백의 부인」, 「가리발디의 부인 마리타」 등을 통해 단재는 1900년대에도 역사 이야기를 서사화하였다는 것을 알 수 있다.

제2년 제7호(1908.7)
신채호, 「한 집의 경제를 한 사람이 못흘 일」— '가정경제란'
신채호, 「익모초」— '가정소설란'

7호에서는 「한 집의 경제를 한 사람이 못할 일」, 「익모초」 등이 단재의 저작으로 나온다. 「익모초」는 사평식 글쓰기를 보여주는데, 그러한 것은 『대한매일신보』의 '담총란' 글과 별반 다르지 않다. '가정소설'로 분류된 「익모초」는 설화적 형식에 효 의식을 일깨운 작품으로 단순히 형식이나 주제적인 측면에서 보면 다소 고전적이다. 이 작품은 현재 남아 있는 『가정잡지』로는 전체상을 확인할 수 없지만, 최근 한 연구자에 의해 이 작품의 전모가 밝혀졌다. 「익모초」가 『천리경』(조선서관, 1912) 가운데 「김장하와 최완길」이란 이름으로 실려 있기 때문이다. 이 작품은 단재의 글쓰기의 면모를 자세히 살필 수 있다는 측면에서 중요하다.

아마 이들 외에도 무서명으로 발표된 글 가운데 단재의 작품이 더 있을 것으로 보인다. 드러난 작품만으로도 단재는 『가정잡지』의 편집 발행을 주도하면서 자신의 글들을 적지 않게 실은 것을 확인할 수 있다.

그는 아동 및 부녀 교육에 관심을 갖고 있었다. 그래서 끊임없이 그들을 교화하고 계몽하려 노력하였다. 특히 부인과 관련된 이야기를 많이 실은 것도 부인들이 가정의 모범이 됨으로써 국가 사회에 이바지할 수 있다고 보았기 때문이다.

여기에서 특기할 점은 이 잡지가 주로 부녀들을 대상으로 순 한글로 발행되었다는 것이다. 단재가 이 잡지에 여러 편의 글을 싣고 있는데, 달리 이 시기 한글로 창작을 하는 데 전혀 문제가 없었을 뿐만 아니라 국문체, 국한문체, 한문체 등 다양한 문체를 능숙하게 구사했음을 알 수 있다. 그리고 이 잡지에 「수원 이생원」, 「무명 방백의 부인」 등 단재의 서사물과 더불어 소설 「익모초」가 실렸다는 점이다. 그것은 애국계몽기 단재의 소설이라는 점에서 유념해볼 필요가 있다. 그것은 「수원 이생원」과 별반 차이가 없으나 「수원 이생원」은 하나의 설화를 소개하는데 그친 것이라면, 「익모초」는 '가정소설'로 분류한 만큼 나름 형상화의 의미를 갖고 있다.

3) 대한협회에서의 활동

단재는 1907년 6월에는 대한자강회 회원으로 활동한다.[116] 그리고 그해 보전친목회에서 발간하는 『친목』이라는 잡지에 '무애생'이라는 필명으로 한시 「서분(書憤)」(『친목』 제8호, 1907.10)과 논설 「우공이산론

---

116 「본회명부」, 『대한자강회월보』 12, 1907.6, 67면. 여기에는 "會証이 有ᄒ여야 會員, 資格이 確實ᄒ 人만"이라고 표기해두었다.

(愚公移山論)」(『친목』제9호, 1907.11)을 연달아 기고했다. 한편 1907년 11월 대한자강회가 대한협회로 재정비됨에 따라 대한협회에 활동하며, 1908년 4월『대한협회회보』창간호부터 논설을 발표한다. 그가『대한협회회보』에 실은 글은 아래와 같다.

國家난 有하건마난 國權이 無흔 國이며 人民은 有하건마난 自由가 無한 民이며 貨幣난 有하건마난 鑄造權이 無有하며 法律은 有하건마난 司法權이 無有며 森林이 有하건마난 我의 有가 아니며 鑛山이 有하건마난 我의 有가 아니며 郵電이 有하건마난 我의 有가 아니며 鐵道가 有하건마난 我의 有가 아니니 然則 敎育에 熱心하야 未來 人物을 製造할 大敎育家가 有한가 此도 無有며 然則 識見이 優越하야 全國民智을 啓發할 大新聞家가 有한가 此도 無有며 大哲學家 大文學家도 無有며 大理想家 大冒險家도 無有라 (…중략…) 今日 我韓이 富난 他國만 不如하나 富의 希望은 他國보다 大하며 强은 他國만 不如하나 强의 希望은 他國보다 深하며 文明은 他國의 不及하나 文明에 對한 希望은 他國보다 遠過하다 (…중략…) 數年 以來로 天地가 飜覆하고 風雲이 慘淡하야 我 四千年來 神聖國家가 保護地位에 落在하야 一切 權利를 皆失함애 諦屬의 門도 盡塞하고 仕宦의 路도 漸絶하니 彼 不生 不滅 不寒 不熱 하던 人物들도 稍稍 回頭의 心이 有하리니 於是乎 大可爲의 時機며[117]

단재는 당시 국권이 침탈된 상황에서 희망을 노래했다. 현재 대한에 국권이 없다고 절망에 **빠지지** 말고 희망을 통해 극복하라는 전언이다.

---

[117] 신채호, 「大韓의 希望」, 『대한협회회보』 창간호, 1908.4, 11~16면.

"希望에서 願力이 生ㅎ고 願力에서 熱心이 生ㅎ고 熱心에서 事業이 生ㅎ고 事業으로 國家가 生"긴다는 것이다. 곧 희망은 꿈꾸는 것이고 그러면 이뤄질 수 있다는 것이다. 단재는 어떠한 환경에서도 희망을 잃지 않기를 주문했다. 그것은 단순히 희망을 갖고 앉아 기다리라는 것이 아니라 희망을 성취하기 위해 노력할 것을 강조한 것이다.

歷史를 不藉ㅎ면 此 性情을 發揮홀 수 無ㅎ며 歷史를 不待ㅎ면 此 天職을 履行홀 수 無ㅎᄂ니 偉哉라 歷史여 我를 歌케 ㅎᄂ 者ㅣ 歷史며 我를 哭케 ㅎᄂ 者ㅣ 歷史며 我를 怒케 ㅎ며 躍케 ㅎᄂ 者ㅣ 歷史로다 (…중략…) 歷史가 無ㅎ면 彼國의 國民인들 愛國心이 何處에서 生ㅎ리오[118]
歷史를 讀ㅎ되 幼時부터 讀홀지며 歷史를 讀ㅎ되 終老토록 讀홀지며 歷史를 讀케 ㅎ되 男子섇 안이라 女子도 讀케 ㅎ며 歷史를 讀케 ㅎ되 上等社會섇 안이라 下等社會도 讀케 홀지어다 (…중략…) 故로 國家의 獨立基礎를 仆ㅎ고 劣魔地獄을 造ㅎᄂ 者ᄂ 我國 歷史며 國民의 敵愾精神을 奪ㅎ고 文弱思想을 與ㅎᄂ 者난 我國 歷史니 歷史를 讀코자 흔들 此等 歷史만 有흔데 奈何ㅎ리오[119]

단재는 또한 역사의식을 강조하고 나섰다. 그는 "歷史를 讀ㅎ되 幼時부터 讀홀지며 歷史를 讀ㅎ되 終老토록 讀홀지며 歷史를 讀케 ㅎ되 男子섇 안이라 女子도 讀케 ㅎ며 歷史를 讀케 ㅎ되 上等 社會섇 안이라 下等 社會도 讀케 홀지어다"라고 말했다. 어릴 때부터 남녀노소 상관없이 역

---

118 신채호, 「歷史와 愛國心의 關係」, 『대한협회회보』 2호, 1908.5, 6면.
119 신채호, 「역사와 애국심의 관계」, 『대한협회회보』 3호, 1908.6, 3~5면.

사를 읽음으로써 애국심을 발양할 수 있고, 그렇게 되면 독립 기초가 굳건하게 되리라는 것이다. 그는 역사를 반성의 도구로 삼아 주체적 역사의식을 가질 것을 주장했다.

誠力이 一分을 增ᄒ면 功業도 一分을 增ᄒ며 誠力이 一分을 減ᄒ면 功業도 一分을 減ᄒ고 誠力이 一度를 進ᄒ면 功業도 一度를 進ᄒ며 誠力이 一度를 退ᄒ면 功業도 一度를 退ᄒᄂ니 大抵 誠力이란 者난 人類의 生活ᄒ난 바며 世界의 成立ᄒ난 빈니 一日이라도 或 絶ᄒ면 卽天地가 壞ᄒ고 生物이 減ᄒ리라 ᄒ노라[120]

我가 國家를 爲ᄒ야 淚를 下홀진딘 下淚ᄒᄂ 我眼만 我가 아니라 普天下에 有心淚를 灑ᄒᄂ 者가 皆是我며 我가 司讎를 爲ᄒ야 血을 嘔홀진딘 嘔血하ᄂ 我腔만 我가 아니라 普天下에 有價血을 滴ᄒᄂ 者가 皆是我며 我가 徹骨極痛의 深讎가 有ᄒ면 普天下에 劒을 杖ᄒ고 起ᄒᄂ 者가 皆是我며 我 銘心難忘의 巨恥가 有ᄒ면 普天下에 砲를 帶ᄒ고 集하ᄂ 者가 皆是我며 我가 武功을 愛ᄒ면 千百年前에 開國拓土ᄒ던 東明聖帝 (東明聖帝ᄂ 高朱蒙에 諡니 麗代에 東明聖帝祠를 立흠) 扶芬奴, 廣開土王, 乙支文德, 泉蓋蘇文, 大祚榮, 崔瑩, 李舜信이 皆是我며 我가 文學을 喜홀진딘 千萬里外에 操紙下筆ᄒ던 盧梭, 懇討, 福祿特異, 索士比亞, 憂密敦, 瑪志尼, 達賓, 斯辯士가 皆是我며 我가 春光을 樂賞ᄒ면 花間林際에 歌且舞ᄒᄂ 一蜂一蝶이 皆是我며 我가 江湖에 觴詠하면 蘋末草端에 走且躍ᄒᄂ 一魚一鼈이 皆是我라[121]

---

120 신채호, 「誠力과 功業」, 『대한협회회보』 4호, 1908.7, 3면.
121 신채호, 「大我와 小我」, 『대한협회회보』 5호, 1908.8, 8면.

단재는『대한협회회보』에「성력과 공업」,「대아와 소아」등도 실었다. 성력을 다해 공업에 힘쓰는데, "誠力이 一度를 進ᄒ면 功業도 一度를 進ᄒ며 誠力이 一度를 退ᄒ면 功業도 一度를 退ᄒᄂ니 大抵 誠力이란 者난 人類의 生活ᄒ난 바며 世界의 成立ᄒ난 빅"라고 했다. 그리고 대아 정신을 주창했다. 그는 '나'를 소아와 대아로 나눔으로써 사적 자아와 공적인 자아로 이원화했다. 이것은 두 가지 측면에서 중요하다. 하나는 우리가 신체를 가진 소아적 존재이지만 대아적 정신을 추구해야 한다는 의미이다. 그리고 비록 소아적 입장에서 살아왔을지라도 그러한 자신을 버리고 대아적 존재로 살라는 것이다. 주체를 이원화시킴으로써 삶의 가치 지향을 분명히 했고, 개인적 주체를 국가적 공적 주체로 확장시키는 데 기여했다. 그는 나보다는 민족을 생각하고, 현재의 고통을 역사적 차원에서 인식하여 위기를 극복할 수 있는 정신을 제시했다. 그가 대아로 지칭한 사람들이 역사 속 영웅이나 위인이라는 점에서 대아는 현실 극복의 주체로 탈바꿈한다. 그래서 개인보다는 단체를, 가족보다는 국가를 중시하는 사상을 보여준다.

단재는 애국계몽기 잡지에 연속적으로 중요한 논설들을 발표한다. 특히 이 글들은 초창기 단재의 사상을 여실히 보여주는 소중한 글들이다. 그는 우리나라의 희망을 구가하고, 역사를 통한 애국심을 불러일으켰으며, 또한 성력을 다해 공업을 이룰 것을 강조하는가 하면, 대아를 추구하는 인간이 되기를 권유하였다. 나라에 대한 애국심과 역사의식을 갖추고, 대아적 주체의 형성을 염원한 것이다. 이들 글 가운데「대아와 소아」는『대한매일신보』(1908.9.16~17) 논설란에 다시 실기도 했다.

4) 기호홍학회에서의 활동

단재는 회덕현(현 대전시) 산내면 어남리에서 태어났지만, 청원군 낭
성면 귀래리에서 자랐다. 그는 기호 출신이었다. 그래서 기호홍학회에
참여하여, 저술원으로 활동하였다.[122] 그는 이 월보 창간호에 기호홍학
회 발기 이유를 아래와 같이 제시했다.

> 我輩 其穀辣無罪히 墮落에 就흠을 是哀ᄒᆞᆫ 바 興學 二字로 幟를 揭ᄒᆞ고
> 斯에 起ᄒᆞ야 一斧에 數百年 暗黑方面을 打破ᄒᆞ고 文明을 學ᄒᆞ며 强毅를 學
> ᄒᆞ며 維新을 學ᄒᆞ며 獨立을 學ᄒᆞ야 二十世紀 今日 此時에 生호 我輩가 進
> ᄒᆞ야 外國人을 對ᄒᆞ미 韓國人이라 稱ᄒᆞ기 無愧ᄒᆞ며 退ᄒᆞ야 內外同胞를 對
> ᄒᆞ미 畿湖人이라 稱ᄒᆞ기 無愧ᄒᆞ야 恢恢廣大호 天地에 我의 面目과 我의 手
> 足으로 我가 自立自行ᄒᆞ며 自由自主홀 浩願을 抱ᄒᆞ고 於是乎 我興學會를
> 組織ᄒᆞ니라[123]

단재는 기호홍학회의 발기 이유에서 학회의 이름처럼 '홍학'에 가치
를 부여했다. 그런데 단순히 아무것이나 배우는 것이 아니라 "文明을
學ᄒᆞ며 强毅를 學ᄒᆞ며 維新을 學ᄒᆞ며 獨立을 學ᄒᆞ"는 등 문명, 자강, 유
신, 독립을 배움의 기치로 내세웠다. 이 글은 학회 발기의 이유를 독자
에게 전달하기 위해 쓴 글이다. 그러나 한편으로는 회원들에게 이러한

---

122 「本會記事」(『기호홍학회월보』 2호, 1908.9, 59면)의 "月報著述員名錄"에 신채호의 이름
이 올라 있다.

123 신채호, 「畿湖興學會ᄂᆞᆫ 何由로 起ᄒᆞ얏ᄂᆞᆫ가」, 『기호홍학회월보』 창간호, 1908.8, 14~15면.

학회의 취지를 실천하도록 요청한 것이다. 그가 쓴 글은 또 한 편이 있는데, 바로 「문법을 의통일」이다.

國文을 純用코자 ᄒ나 但 屢百年 慣習ᄒ던 漢文을 一朝에 全棄홈이 時義와 時勢에 均是 不合홀지라 所以로 國漢字交用의 議가 起ᄒ야 十餘年來 新聞 雜誌에 此道를 遵用홈이 已久ᄒ나 (…중략…) 同一혼 事項 同一혼 句語를 五人이 敍述홈에 十人이 不同ᄒ야 文法의 離奇홈이 名狀키 難ᄒ니 噫라 此가 비록 細事인 듯ᄒ나 其實은 著者가 此를 由ᄒ야 其心이 荒ᄒ며 讀者가 此를 由ᄒ야 其腦가 眩ᄒ고 抑彼靑年學文者는 筆을 操ᄒ밀 所從의 途를 莫知ᄒ리니 其害가 豈小ᄒ리오[124]

이 글은 단재가 당시 신문 잡지 등에 관여하는 언론계 사람들에게 부탁하는 말이다. 이미 1908년 11월 7일 『대한매일신보』 논설란에 실었던 글이기도 하다. 그가 「문법(文法)을 의통일(宜統一)」을 쓴 까닭은 신문이나 잡지마다 문체가 달라 혼란스러웠기 때문이다. 특히 같은 한문체인데도 사람에 따라 달리 쓰였다. 단재도 저술원 가운데 하나였으므로 기호흥학회 저술원들에게 그러한 사실을 상기시켜 그들 스스로 표준 문체을 마련토록 하기 위해서 다시 수록했을 것이다. 한편 『기호흥학회월보』에 단재의 글이 적었던 것은 『기호흥학회』 저술원이 50여 명이나 되었기 때문이다. 그리고 그는 『대한매일신보』 주필로 있었기 때문에 굳이 『기호흥학회월보』에 비중을 둘 필요는 없었을 것이다. 당시 단재는 『대한매

---

124 신채호, 「文法을 宜統一」, 『기호흥학회월보』 5호, 1908.12, 8~9면.

일신보』에 「이순신전」(1908.5.2~8.18), 「독사신론」(1908.8.27~12.13)뿐만 아니라 무수한 논설들을 썼다. 그는 잡지에도 꾸준히 글을 써서 자신의 주장을 널리 알렸고, 대중들을 계몽하고자 애썼다.

5) 마무리

단재에게 『가정잡지』는 주요한 의미를 갖는다. 단재는 이미 『황성신문』, 『대한매일신보』 시절에도 국문 글쓰기에 많은 관심을 가지고 있었다. 국문은 어린이 부녀자들도 알아볼 수 있어서 계몽에 적합한 도구였다. 그리고 단재는 「역사와 애국심의 관계」(1908.5~6), 「신가국 개념의 변화」(1909.7.15~17)에서 나라를 구성하는 요소로서 가정을 중시했다. 그래서 국가의 기본 단위인 가정에 대한 관심을 적극 피력했던 것이다.

단재는 대한협회에서 잡지를 통한 광범위한 계몽활동을 폈다. 학회는 신문과 달리 회원들이 한정되고, 아울러 단체를 창립한 이유도 분명하므로 계몽활동에 유리한 점이 있었다. 전 국민을 대상으로 하는 신문보다 회원을 대상으로 발간되는 잡지에는 자신이 당부하고 싶은 내용을 보다 분명하게 전달할 수 있었다. 단재가 『대한협회회보』에 「대한의 희망」, 「역사와 애국심의 관계」, 「성력과 공업」, 「대아와 소아」를 실은 것은 새로운 성과로 인식된다. 이 가운데 마지막 글을 제외하고는 모두 『대한협회회보』에만 실렸기 때문이다. 이 세 가지 글은 신문 논설에 비해 단재의 주의와 주장이 더욱 잘 드러나는 글이다. 단재는 소수 독자를 중심으로 하여 주의 주장이 분명한 글을 썼다. 그것은 기호흥학회에서도 마찬가지이다. 물론『기호흥학회월보』에 발표된 글은「기호흥학회(畿湖興學會)는 하유(何由)로 기(起)ᄒ얏는가」,「문법(文法)을 의통일(宜統一)」2편에 불과하다. 전자는 학회 발기의 이유를 적은 글이며, 후자는 문법 통일의 필요성을 강조한 글이다. 단재는 이들 단체의 공동선을 추구하는가 하면, 집단 계몽에 노력했다.

한편『대한협회회보』의「대아와 소아」,『기호흥학회월보』의「문법을 의통일」은 주목을 요한다. 그것은 두 가지 이유 때문이다. 이 두 글은『대한매일신보』무서명 논설 가운데 단재 논설의 존재를 더욱 분명하게 해주었다는 점이다. 아울러「소아와 대아」는 학회지에 먼저 실리고 나중에『대한매일신보』에 실렸으며,「문법을 의통일」은 그 반대의 경우이다. 이는 단재가 글감의 부족으로 재수록한 것이 아니라 같은 글이라도 그 중요성이나 독자에 따라 다시 수록했다는 사실을 보여준다. 그런 면에서 단재는 신문, 잡지라는 매체 차이보다 그 매체를 구독하는 독자에 유념했음을 알 수 있다. 그러한 부분이 특히 잘 드러나는 것이『가정잡지』이다.『가정잡지』는 가정 교육, 가정 미담 등 부녀와 가정이라는 대상에 걸맞게 글쓰기가 이뤄졌다. 그리고『친목』이라는 잡지에 한시「서분」, 산문「우공이산론」을 기고한 것을 보면, 단재가 잡지라는 매체의 특성과 독자의 눈높이를 고려해 글을 썼음을 짐작할 수 있다. 단재는 이처럼 애국계몽기 매체와 독자의 성격에 유의하며, 자신의 글을 발표했다. 넓은 의미에서 그것은 계몽주의적 성격을 지니지만, 부분적으로는 단재의 개성을 충분히 반영한 글들이다. 단재의 잡지 글이 발견되면서 신문 논설도 주목을 받았는데, 잡지 글은 기명 글이라는 점

(물론『가정잡지』일부 글은 기명이 따로 없지만 단재의 글을 충분히 유추해낼 수 있다)에서 무엇보다 중요하다. 애국계몽기 단재는 시대사적 과제를 끊임없이 글로 제시하였는데, 그것들은 민족주의적 정신을 바탕으로 하고 있다.

제2장

애국계몽기의 문예활동

1. 영웅전기의 번역과 저술

1) 역사 전기의 번역과 애국론

애국계몽기 단재의 저술활동 가운데 역사 전기물의 비중은 크다. 당시 역사 전기물은 애국주의를 선양하고 국권의 기틀을 마련하는 민족 서사물로 기능하게 된다. 장지연에 의해『애국부인전』(1907), 박은식에 의해『서사건국지』(1907)가 소개되었을 뿐 아니라『비사맥전』(황윤덕, 1907),『라란부인전』(미상, 1908),『화성돈전』(이해조, 1908),『피득대제(彼得大帝)』(김연창, 1908) 등 수많은 애국 전기가 번역되었는데, 이러한 전기물은 구국운동의 일환이었다.

단재는『황성신문』주필로서 본격적인 글쓰기를 시작하였다. 단재

는 논설을 집필하면서 「독월남망국사」(1906.8.28~9.5), 「독의대리건국
삼걸전」(1906.12.18~28)을 썼다. 『월남망국사』, 『의대리건국삼걸전』에
대한 감상과 함께 그 내용을 발췌 역술한 것이다. 단재는 한문학적 소
양을 지녔으므로 당시 중국으로부터 유입된 다양한 서적들을 볼 수 있
었다. 그 가운데에는 『법국혁신사』, 『애급근세사』, 『월남망국사』, 『의
대리건국삼걸전』 등 다양한 민족서사들이 있었다. 단재는 이 책들을
읽은 소감을 기술하는가 하면, 작품의 줄거리를 적극 소개하기도 하였
다. 단재는 책을 소개하는 차원을 넘어 내용을 발췌하는가 하면, 번역
하여 책으로 발간하기도 했다. 그것은 아마도 『애급근세사』의 영향이
크지 않았나 생각된다. 단재는 장지연의 추천으로 『황성신문』에 근무
하였는데, 당시 황성신문사 사장이었던 장지연은 『애급근세사』(1905.9)
를 발간하였다. 단행본은 신문과 달리 상시적이고 지속적인 독서가 가
능하기 때문에 전파력이 더욱 강하며, 그리하여 계몽에 더욱 유리한 기
제가 된다.

(1) 『월남망국사』 소개와 교훈

단재는 1906년 『월남망국사』(1906.8.28~9.5)를 『황성신문』 논설란
에 소개하였다.

記者ㅣ但欲以一片佳話로 常供諸君子之眼ᄒ고 許多慶福으로 以祝諸君子
之將來로딕 雖然이나 不知世界上에 有此悲苦慘酷之情境ᄒ면 何以披荊斬棘
에 購得後日之幸福也리오 所以로 連日 累紙에 不憚支離ᄒ고 以告遠邇之憂
境ᄒ노니 嗟我全國同胞여 不知今日之爲何日則已어니와 苟知今日之爲何日

인된 庶亦諒記者之苦心乎아 記者는 今且拔淚放聲而告之어니와 諸君子는 勁氣而勇進ᄒ며 留心而警惕ᄒ고 其毋徒拔淚放聲而讀之哉어다[1]

『월남망국사』는 양계초의 작품이다. 당시 양계초의 저술들은 지식인들 사이에 주요한 지적 교양물로 인식되었다. 그래서 여러 사람들이 소개하고 번역했다. 단재는 양계초의 『월남망국사』뿐만 아니라 『의대리건국삼걸전』, 『사파달소지』, 『멸국신법론』 등을 『황성신문』에 소개하였다. 지면이 부족한 신문에, 그것도 논설란에 외국 작품을 번역하여 소개하기란 어려움이 따르게 마련이다. 그래서 단재가 택한 방법은 발췌 소개였다.

월남은 프랑스의 식민지로 참혹한 상황에 처해 있었다. 단재는 당시 한국 사회를 "悲苦慘酷之情境"으로 규정했다. 그는 "耽耽餓虎가 擧世皆是니 彼昏夢而不覺者는 雖欲免漁肉之患이나 其可得歟아"라 하였는데, 어떻게 하면 가시밭길[披荊斬棘]과 같은 한국의 현실을 헤쳐 나갈까 고민했다. 당시 『황성신문』으로서는 『월남망국사』를 소개할 만한 특별한 난이 없었지만, 단재는 무리를 해가면서도 7회에 걸쳐 논설란에 연재하였다. 그것은 근대 베트남 패망의 역사이기도 하지만, 프랑스로부터 침탈 받은 베트남의 민족서사이기도 하다.[2] 그래서 단재는 "他人償事를 我當援之而爲鑑하며 他人失策을 我却引之而爲戒"라고 했다. 우리나라도 정신을 차리지 않으면 월남처럼 식민지 국가로 전락할 것은 명

---

1   「讀越南亡國史」, 『황성신문』, 1906.9.5, 논설.
2   김주현, 「한국 근대 초기 문학의 탈식민주의적 연구−단재 신채호를 중심으로」, 『어문학』 105, 한국어문학회, 2009.9, 293~294면. 한편 이 장에서는 이 논문의 내용 일부를 가져왔음을 밝힌다.

약관화한 일이었다. "連日 累紙에 不憚支離ᄒ고 以告遠都之憂境"이라
한 것은 월남을 반면교사로 삼아 탈식민의 방법을 배우자는 것이다.

(2)『이태리건국삼걸전』 역술과 영웅 대망

단재는 「독의대리건국삼걸전(讀意大利建國三傑傳)」(1906.12.18~28)
을 『황성신문』 논설란에 10회에 걸쳐 연재한 후 1907년 10월 25일
『이태리건국삼걸전(伊太利建國三傑傳)』으로 광학서포에서 발간한다. 사
실 『황성신문』 논설 「독의대리건국삼걸전」과 단행본 『이태리건국삼
걸전』은 문체의 차이로 인해 별개의 텍스트로 인식되었다. 그러나 두
가지 모두 단재가 썼음을 필자가 밝혔다.[3] 단재의 문체는 시기에 따라
차이를 보이며, 특히 『황성신문』과 『대한매일신보』의 글들은 문체 차
이가 뚜렷하다. 그것은 무엇보다 신문사가 지향하는 문체 차이와 두 신
문의 독자 차이에 기인한다.

그렇다면 단재는 왜 굳이 『이태리건국삼걸전』을 번역한 것인가? 단
재는 『월남망국사』도 소개(『황성신문』, 1906.8.28~9.5)했지만, 『월남망
국사』는 단재의 소개 직후 현채가 번역(1906.11)하였으며, 1907년에는
주시경과 이상익이 번역하여 출간하였다. 그렇기에 달리 번역하여 출
간할 이유가 없었을 것이다. 그런데 「독의대리건국삼걸전」은 당시로
서는 가장 긴 연재물이었지만, 그럼에도 모두 번역할 수 없어 발췌 번
역했다. 신문의 좁은 지면에 제대로 번역할 수 없었던 것이다. 게다가
『의대리건국삼걸전』은 신문에 소개한 이후에도 여전히 단행본이 나오

---

3   김주현, 「『월남망국사』와 『의대리건국삼걸전』의 첫 번역자」, 『한국현대문학연구』 29,
     한국현대문학회, 2009.12.

지 않았다. 신문은 하루하루 발간되기 때문에 독서가 번거롭고 지속적으로 하기 어렵다. 단재는 지속적이고, 보다 편리한 독서물을 모색했을 것이다. 그는 『애급근세사』처럼 『이태리건국삼걸전』을 단행본으로 내놓는다.

① 애국자론

단재는 『이태리건국삼걸전』의 서문에서 애국자론을 제시했다. 이는 양계초의 서론과 닮아 있다. 이를 통해 『이태리건국삼걸전』이 애국론의 일환으로 쓰였음을 알 수 있다.

무涯生이 曰 何如라야 是愛國者오 其口로만 愛國愛國ᄒ면 是愛國者乎아 其筆로만 愛國愛國ᄒ면 是愛國者乎아 夫愛國者ᄂ 必也其骨, 其血, 其皮, 其面, 其毛, 其髮이 惟是愛國心之組織物而已故로 臥時의 念도 國也며 坐時의 想도 國也며 其歌也도 國也며 其嘯也도 國也며 其笑也도 國也며 其哭也도 國也라 痼瘵行動에 與國相隨ᄒ고 悲喜憂樂을 非國不作ᄒ야 一身은 付犧牲ᄒ고 白骨은 爲塵土라도 一片爲國之精神은 磅礴宇宙ᄒ며 上貫日月ᄒ야 其心은 白白ᄒ고 其血은 赤赤ᄒ고 其信은 如四時之不差ᄒ고 其熱은 如太陽之下爆故로 奮筆一叫ᄒ면 頑石도 起立ᄒ며 仗劍一倡ᄒ면 枯骨도 活躍ᄒᄂ니 雖魔鬼의 子며 魔鬼의 孫이며 魔鬼의 徒黨이 一時紛來ᄒ더리도 畢竟 愛國者의 眼前에 一片白旗를 竪홀지라 偉哉라 愛國者며 聖哉라 愛國者여 盖愛國者ᄂ 如是어늘 或 消遣의 閑情으로 禿毫를 弄ᄒ며 釣名의 奸計로 寸舌을 鼓ᄒ야 喋喋然自命 曰 我是愛國者라 ᄒᄂ니 僞善者乎여 予欲無言ᄒ노라[4]

단재는 "偉哉라 愛國者며 聖哉라 愛國者여"라 하여 애국자의 중요성을 강조했다. 특히 "白骨은 爲塵土라도 一片爲國之精神은 磅礴宇宙ᄒ며 上貫日月ᄒ야 其心은 白白ᄒ고 其血은 赤赤ᄒ고 其信은 如四時之不差"라 하였는데, 단재가 다른 글들에서 내세운 일편단심, 곧 애국심을 보여준다. 단재는 최도통과 정몽주의 「단심가」에서 "백골이 진토되어 넋이라도 있건 없건 님 향한 일편단심이야 가실 줄이 있으랴"라는 구절을 높이 평가했는데, 위 내용에서는 나라에 대한 충성과 맹세가 그대로 드러난다. 단재라는 호가 일편단심에서 왔음은 잘 알려져 있는데, 이를 통해 나라에 대한 투철한 사랑을 새삼 읽을 수 있다.

② 영웅 대망론

단재가 『이태리건국삼걸전』을 번역한 것은 우리 국민이 영웅들을 본받기를 바랐기 때문이다. 애국계몽기 전기들이 대부분 그러하듯 영웅을 모범삼아 무수한 영웅들이 출현하기를 바라는 의도에서 썼던 것이다. 『이태리건국삼걸전』의 번역도 그러한 일환이다.

　　環顧全球에 今果何時며 回瞻八域에 我果何狀고 江河가 日下ᄒ고 殺機가 日慘ᄒ니 庶幾愛國者 出現의 時代哉ᆫ져 我ㅣ日歌之ᄒ며 我ㅣ日夢之ᄒ며 我ㅣ日祈禱之ᄒ며 我ㅣ日詠歎之ᄒ노니 蒹葭蒼蒼에 白露爲霜ᄒᄂᄃᆡ 所謂 伊人이 其果安在오 老屋이 頹矮ᄒ야 擧頭ᄒ면 被打ᄒ고 畏途가 太多ᄒ야 出門ᄒ면 陷穽이니 嗚呼라 文明의 燈은 六洲에 燦爛ᄒ고 自由의 鐘은 四都에

4　신채호 역, 『伊太利建國三傑傳』, 광학서포, 1907, 2면.

撩亂ᄒᆞᄃᆡ 我輩ᄂᆞᆫ 何罪완ᄃᆡ 獨此地獄고 望山河以慘目ᄒᆞ고 仰蒼天以悲叫타
가 有情의 一筆로 伊太利 愛國者 三傑의 歷史를 述ᄒᆞ노니 其國難이 與我相類
ᄒᆞ고 其年祚도 距今不遠이라. 其艱苦經歷이 彷彿往來于吾眉ᄒᆞ고 其聲音笑
貌가 突兀捧現於吾前ᄒᆞᄂᆞᆫ도다 若此書의 因緣과 此書의 紹介로 大韓中興三
傑傳 或 三十傑 三百傑傳을 更作ᄒᆞ면 此ᄂᆞᆫ 無涯生 無涯의 血願也로다 伊太利
建國三傑傳을 述ᄒᆞ노라[5]

양계초는 무명의 인걸이 중국에 두루 나타나길 바라『의대리건국삼
걸전』을 썼다. 단재가 그 작품을 역술한 까닭은 민족 자존을 달성하고
민족의 자주독립을 이룩하길 바라는 마음 때문이었다. 매리어트의 원
작 *The Makers of Modern Italy*가 일본에서 번역(1892)되고, 중국에 다시
소개된(1902) 이후 우리나라에도 소개(1907)되었는데, 그 시기와 의도
는 조금 다르다고 하더라도 근대 국민국가 형성에 일조하였음은 두말
할 필요가 없다.[6] 양계초는 삼걸이 모두 애국심을 소유한 사람들이고,
이들로 인해 이탈리아가 흥기했다고 언급했다. 단재는 "若 此書의 因緣
과 此書의 紹介로 大韓 中興 三傑傳 或 三十傑 三百傑傳을 更作하면 此는
無涯生 無涯의 血願"이라고 했다. 이탈리아 민족서사는 한중 모두 탈식
민화의 모델로 기능하였다.[7]

---

5   위의 책, 4면.
6   이에 대해서는 정환국의 「근대전환기 언어 질서의 변동과 근대적 매체 등장의 상관성;
    근대계몽기 역사전기물 번역에 대하여-『월남망국사(越南亡國史)』와 『이태리건국삼걸
    전(伊太利建國三傑傳)』의 경우」, 『대동문화연구』48, 성균관대 대동문화연구원, 2004,
    1~32면과 손성준의 「국민국가와 영웅서사-『이태리건국삼걸전』의 서발동착(西發東着)
    과 그 의미」, 『사이』3, 국제한국문학문화학회, 2007, 77~112면을 참조.
7   더글러스 로빈슨은 탈식민화의 채널을 유토피아적 서사의 세 번째 단계, 즉 탈식민화된
    미래와 결부시켜 설명했다. 계몽기 애국 전기의 번역은 이미 탈식민적 채널로 기능하고

③ 민중 영웅론

장지연이 번역한 『애급근세사』를 단재가 소개하였고, 단재가 번역한 『이태리건국삼걸전』에 장지연이 서문을 썼다. 장지연은 서문에서 "譯出而囑余校閱"이라고 하였는데, 두 사람 사이의 친밀함을 보여준다. 단재와 위암은 『황성신문』에 함께 몸담은 적이 있다. 단재를 『황성신문』에 불러들인 사람이 위암이라 하지 않았던가. 위암은 「시일야방성대곡」으로 인해 『황성신문』에서 물러났고, 이로 인해 단재가 장지연의 역할, 즉 주필을 대신했던 것이다. 『이태리건국삼걸전』이 발간된 시기는 1907년 10월 25일이며, 「서문」 끝에 "隆熙 元年 十月 嵩陽山人 張志淵書 于黃花室"로 보아 장지연이 서문을 쓴 시기는 10월이다. 1907년 9월 18일 류근이 『황성신문』 사장으로 근무하게 됨에 따라 단재는 이전과 다른 위치에 놓이게 된다. 책이 발간된 시기 단재는 이미 『황성신문』을 그만두었을 것으로 보인다. 설령 『황성신문』에 몸담고 있었다면, 신문사에서 그의 위치는 매우 축소되었을 것으로 보인다. 단재는 그러한 상황에서 『이태리건국삼걸전』을 발간하여, 민족서사를 통한 계몽을 추구했다.

> 雖然이나 伊太利之建國이 又 豈但三傑之功哉아 瑪志尼黨中에 無名之瑪志尼가 當不知 幾千幾百人이며 加里波的 麾下에 無名之加里波的가 當不知幾千幾百人이며 加里波幕裡에 無名之加富爾가 當不知幾千幾百人이라 若三傑者는 不過伊太利全國民中에 其代表者 三人而已니 全國이 侲侲ᄒ야 不痛不

있었다. 더글러스 로빈슨, 정혜욱 역, 『번역과 제국─포스트식민주의 이론』, 동문선, 2002, 51면.

癈ㅎ면 雖有三傑이나 亦何能爲리오

嗟爾愛國同胞아 爾惟求爲三傑哉어다 朝求爲三傑ㅎ며 暮求爲三傑ㅎ며 今日에 求爲三傑ㅎ며 明日에 求爲三傑ㅎ면 爾不能爲三傑ㅎ더리도 爾之後人에 必有三傑ㅎㄴ니 故로 學三傑而不能至ㅎ면 惟得爲三傑之始祖ㅎㄴ니라

爾惟求爲三傑哉어다 朝求爲三傑ㅎ며 暮求爲三傑ㅎ며 今日에 求爲三傑ㅎ며 明日에 求爲三傑ㅎ면, 爾不能爲三傑ㅎ더리도 爾之同類에 必有三傑ㅎㄴ니 故로 學三傑而不能至ㅎ면 惟得爲三傑之卒徒ㅎㄴ니라

有三傑之始祖然後에 可以造三傑이오 有三傑之卒徒然後에 三傑이 可以爲三傑이니 讀我伊太利之三傑傳者여 毋恤禍福ㅎ며 毋顧榮辱ㅎ고 惟以血誠으로 頂天而立ㅎ면 將來 此國을 由君得救ㅎ리니 是所望於讀者也로다.[8]

단재는 이탈리아를 중흥시킨 가리발디, 마치니, 가부이 등과 같은 영웅이 한국에도 나타나서 일본 제국주의 압제로부터 나라를 부흥시키기를 바랐다. 『이태리건국삼걸전』을 읽는 사람이 3걸을 구하면 3걸의 시조가 되고, 또한 주야로 날마다 구하다 보면 3걸이 못 되더라도 마침내는 3걸의 부하는 될 수 있어서 마침내 새로운 국가 건설을 할 수 있으리란 것이다. 여기에서 민중 영웅의 출현에 대한 단재의 기대가 드러난다. 그의 영웅대망론은 이후 애국 전기의 창작을 통해 보다 구체화된다. 단재는 민족서사의 번역을 통해 애국심을 고양하는 한편 반식민, 또는 탈식민 의식을 불러일으켜 독립국가 건설을 염원했다.

---

8 신채호 역, 『이태리건국삼걸전』, 휘문관, 1907, 94면.

2) 영웅전기의 창작과 자주성의 구현

단재는 역사 전기물의 역술에 이어 우리 영웅에 대한 전기를 창작하기에 이른다. 단재는 『을지문덕』을 1908년 5월 30일 휘문관에서 발행했다. 당시 외국 전기가 많이 번역되었을 뿐만 아니라 국내 영웅들의 전기도 적잖이 저술되었다. 1908년에는 『을지문덕』·「이순신전」·『강감찬전』, 1910년 「최도통전」, 1911년 『천개소문전』 등이 그러하다. 이 가운데 『을지문덕』, 「이순신전」, 「최도통전」 등을 신채호가 집필했다는 것은 전기 창작에 있어서 신채호의 역할과 비중을 짐작케 해준다.

(1) 『을지문덕』 - 주체의식의 함양

이미 그 제목에도 명시하듯 단재는 을지문덕을 "大東 四千載 第一大偉人"으로 규정했다. 여기에서 제국주의 침략에 맞서 국가를 오롯이 지켜내고 영토를 확장한 을지문덕을 높이 평가하는 단재의 역사정신을 읽을 수 있다. 단재는 부유하생들의 오예와 매몰로 인해 "樵竪巷謠에 一曲만 偶播하고 傳來史蹟은 落落無多"한 것으로부터 『을지문덕』을 재구해냈다. 무엇보다 민족 주체의식과 참된 역사의식을 회복하자는 것이다. 우리의 영웅에 대해 제대로 인식하는 것이야말로 민족 주체의식과 직결된다. 을지문덕이 우리의 기상을 중원에 떨치고, 고구려 인민들과 일치단결하여 외적을 물리친 사실은 민족적 자긍심을 불러일으키고, 아울러 우리도 단결하면 국난을 물리칠 수 있다는 용기를 북돋워준다.

① 역사의 복원 및 재구

단재가『을지문덕』을 쓴 의도는 서문에 잘 드러나 있다. 그것은 무엇보다 역사의 복원에 의미가 있다.

幾百年 迂儒의 手로 抽筆亂題 曰武功이 不如文治라 ㅎ며 幾十朝庸臣의 舌로 張口妄呼 曰仁者는 以小事大라 ㅎ야 政策은 委靡退縮을 是主ㅎ며 民氣는 摧折壓伏을 是務ㅎ고 往事는 強毅不屈을 是諱ㅎ며 古人은 腐儒鰕生을 是崇ㅎ야 一般可恥可笑의 等事와 支離無關의 等說로 我韓 四千載 神聖歷史를 汚穢ㅎ고, 偉大英雄은 埋沒에 一任흠 故로 或 龍爭虎躍의 人物로도 村兒俚談에 一句만 僅傳ㅎ며 或 神驚鬼號의 功業으로도 樵竪巷謠에 一曲만 偶播ㅎ고 傳來史蹟은 落落無多ㅎ니 然則 又 其外姓名신지 遺漏된 大男兒가 幾何인지 不知흘지라[9]

단재는『을지문덕』의 창작이 역사의식의 소산임을 분명히 했다. 이전의 사가들이 무공을 문치처럼 여기지 않았기에 국가가 위미퇴축되었으며, 지난 날 역사가들이 강의불굴한 것은 꺼리고 부유하생을 숭상하여 부끄럽고 웃음이 될 만한 일과 지리멸렬한 일로 사천 년 신성 역사를 더럽혔고, 게다가 위대 영웅의 일은 매몰하였으므로 을지문덕에 대해 기록하려 했던 것이다. 이제까지 "眞正英雄은 齷齪史筆下에 草草埋葬ㅎ고, 其或 英雄으로 信仰ㅎ는 者는 指鹿爲馬흠과 無異ㅎ야 墻閱惡習으로 同族과 相煎흔 者도 曰是英雄이ㄹ ㅎ며, 樂天主義로 外寇를 媚事흔 者도 曰是英雄이라"(『을지문덕』, 5면) 하니 한편으로는 바른 영웅상을 제시

---

9   신채호,『乙支文德』, 휘문관, 1908, 2~3면. 이하 이 작품의 인용은『을지문덕』면수만 기입.

할 필요를 느꼈을 것이다. 영웅들의 일은 시골 농부들의 이야기나 초동 목수들의 노래에 조금씩 전파되었을 뿐인데 이러한 이야기를 재구하여 기록하는 것이 단재의 창작의식이었다. 그래서 그는 "大家의 史筆로 英雄의 眞面目을 寫傳ᄒ며, 才子의 詞賦로 英雄의 大功德을 讚美ᄒ고 爐의 香과 壇의 鼓로 英雄의 下降을 祈禱ᄒ며, 金의 宮과 玉의 堂으로 英雄의 來臨을 預待ᄒ"(『을지문덕』, 4~5면)기 위해 작품을 썼다. 단재가 『을지문덕』을 집필한 것은 바로 "過去의 英雄을 寫ᄒ야 未來의 英雄을 招ᄒ노라"라는 말 속에 들어 있다.

② 국수주의의 구현

단재에 이르러 우리 역사가 고구려 중심으로 이동을 했다 해도 과언이 아닐 것이다. 단재가 동명성왕, 을지문덕, 연개소문을 중시한 것도 고구려 중심 사관을 잘 말해준다.

高句麗 地形을 按컨딕 東南으로ᄂ 新羅 百濟며 西으로ᄂ 隋며 北으로ᄂ 契丹 靺鞨 突厥 鮮卑 等國이라 何等의 高山大川도 無ᄒ며 何等의 遠塞絶漠도 無ᄒ고 其疆域의 隣近홈이 犬牙갓치 相連ᄒ야 四面 受敵之地에 處ᄒ얏ᄂ딕 此時에 至ᄒ야ᄂ 隋의 氣燄이 列國을 壓服ᄒ야 左ᄒ라 ᄒ면 左ᄒ며 右ᄒ라 ᄒ면 右ᄒ야 莫不其下風에 趨ᄒᄂ니 此로 觀ᄒ면 新羅도 一隋며 百濟도 一隋며 契丹도 一隋며 靺鞨도 一隋며 突厥 鮮卑도 皆一隋라 隋役 隋奴가 四方에 羅列ᄒ야 隋天子의 命令만 待ᄒ니 萬一 乙支公이 貿然히 隋와 挑戰ᄒ다가ᄂ 朝에ᄂ 新羅의 兵 夕에ᄂ 百濟의 兵 今日에ᄂ 契丹 靺鞨의 兵 明日에ᄂ 突厥 鮮卑의 兵이 此退彼進ᄒ며 彼退此進ᄒ야 東西南北에 應接不暇ᄒ면 兵

은 奔命에 疲ᄒ고 民은 安業을 失ᄒ야 政治家가 朝著에 林立ᄒ얏슬지라도 瓦觧의 民心을 安輯키 難ᄒ며 武功家가 邊境에 星列ᄒ얏슬지라도 迭侵의 敵兵을 抵制키 難ᄒ리니 將奈何오(『을지문덕』, 32~34면)

即 疆土開拓主義가 是라 此主義가 아니면 十餘年 養兵에 盡力ᄒ홀 理가 無ᄒ며 此主義가 아니면 敵國의 怒를 觸ᄒ야 糜財挑戰홀 理도 無ᄒᄃᆡ 此主義 實行홀 日은 即 薩水戰役 以後 兩戰役의 時라(『을지문덕』, 59~60면)

단재는 을지문덕의 정신 가운데 강토 개척 주의를 높이 평가했다. 당시 강한 이웃이었던 수나라에 모두 고개 숙였지만 고구려는 수와 경쟁하며 자주성을 지켰다. 그래서 그는 "盛哉라, 高句麗여. 四千載 歷史上에 第一 名譽的 紀念碑를 立ᄒ얏스며, 偉哉라, 乙支文德이여. 億萬世 大東人의 絶好模範을 乘ᄒ얏도다"(29면)라고 평했다. 고구려는 수나라에 복속되어 노예로 살지 않고 자주국으로서 용맹을 떨쳤다. 을지문덕은 수나라가 침공했을 때 살수대첩을 거둬 고구려의 웅혼함을 만방에 떨쳤다. 그는 "疆土를 擴大ᄒ야 東方 大帝國을 建設"하였던 것이다. 단재는 이 작품에서 "乙支文德 主義는 何主義오 曰 此即 帝國主義"(31면)라고 언급하였다. 그는 제국주의를 싫어하고 미워했지만, 을지문덕을 경앙하며, 그의 주의 역시 그러함을 인정한 것이다. 여기에서 단재의 국수주의적 태도가 여지없이 드러난다.

③ 민족의식 고양
단재는 "乙支文德은 實로 嬰陽王朝의 乙支文德이 아니라 檀君 子孫의

乙支文德이며, 高句麗의 乙支文德이 아니라 朝鮮 民族의 乙支文德이며, 一時의 乙支文德이 아니라 大東 億萬世의 乙支文德이니, 朱蒙 王統은 亡ᄒᆞ얏스되 乙支文德은 亡치 아닌 者며, 金春秋ᄂᆞᆫ 死하얏스되 乙支文德은 死치 아닌 者"(70~71면)라고 했다. 그는 을지문덕을 민족의 위인, 역사의 영웅으로 확실히 자리매김했다.

其赫赫ᄒᆞᆫ 精神이 萬古에 常存ᄒᆞ야 懷遠鎭講和에 失名氏의 弩가 되야 楊家
驕童 隋煬帝가 其胸을 傷ᄒᆞ며 安市城戰役에 楊万春의 矢가 되야 唐代英主
李世民이 其目을 失ᄒᆞ고 尹瓘의 馬가 되야 滿洲野를 蹴踏ᄒᆞ며 姜邯贊의 劍
이 되야 女眞亂을 討平ᄒᆞ고 數十艘의 倭艦을 燒却ᄒᆞ던 鄭地의 火藥도 되며
豊臣秀吉의 强兵을 鏖退ᄒᆞ던 李舜臣의 鐵甲船도 되야 山崩海竭ᄒᆞ야도 公의
願力은 不磨며 天飜地覆ᄒᆞ야도 公의 氣魄은 不壞ᄒᆞᄂᆞ니 嗚呼라 盖至今ᄭᅡ지
其國曰 大韓國이라 ᄒᆞ며 其民 曰 大韓民이라 ᄒᆞ야 斯에 生ᄒᆞ며 斯에 老ᄒᆞ며
斯에 遊ᄒᆞ며 斯에 釣ᄒᆞ며 斯에 歌ᄒᆞ며 哭ᄒᆞᄂᆞᆫ 者ᅵ 其或 乙支公의 遺烈 아닌
者ᅵ 有乎아(『을지문덕』, 71~72면)

여기에서 단재는 『을지문덕』이라는 서사를 통해 역사공동체와 운명공동체로서의 민족의식을 함양하였다. 그는 을지문덕의 혁혁한 정신이 양만춘, 윤관, 정지, 이순신으로 이어져 내려온 것으로 설명했다. 그는 을지문덕을 단순히 개인적 자아가 아닌 민족적 자아로 규정한다. 단재의 전기 서술은 을지문덕과 같은 민족 영웅을 대아이자, 곧 민족의 이상적 자아로 자리매김하는 것이었다.

(2) 『이순신전』 - 구국 영웅의 호명

단재는 『을지문덕』에 이어 『이순신전』도 저술하였다. 이순신은 "일본과 되덕흔 이 중에 죡히 우리나라 민족의 명예를 되표흘 만흔 거룩흔 인물"이다. 이순신을 택한 것은 시대가 가깝고 유적이 소상하여 모범이 되기에 족했기 때문이다. 뿐만 아니라 당시는 일본의 식민지로 전락해 가는 위급한 상황에 직면하고 있었다. 이순신은 임진왜란이라는 풍전 등화의 위기에서 일본을 물리치고 나라를 구한 영웅이라는 점에서 일본에 대한 정신적 승리의 표상이었다. 단재는 이순신을 호명함으로써 우리 민족의 저력을 다시금 발견하여 침탈된 국가를 회복하고자 했다.

① 모범적 인물

단재는 애국계몽기 일본의 한반도 병탄으로 말미암아 국기가 무너지고 생육이 도탄에 빠져 노예가 되는 현실을 목도했다. 그러한 상황에서 우리 민족을 그러한 어려움으로부터 구해줄 영웅을 찾았다. 이순신은 일본과 대적하여 민족을 구한 영웅이 아니던가. 그는 역사적으로 시기도 가까워 그 어떤 영웅보다 소상한 실기를 갖추고 있었다. 단재는 이순신이 "其時代가 近ᄒ고, 其遺蹟이 備ᄒ야 後人의 模範되기 最好흔 者"이며, 그래서 "著者의 劣弱흔 筆力으로 리公의 精神 萬分壹을 寫ᄒ다 ᄒ기 難ᄒ나 汗漫소漏흔 舊傳記에 比ᄒ면 其長이 差有ᄒ"다고 말했다.[10]

大抵 水軍의 第壹偉人을 有ᄒ고 鐵甲船 創造에 鼻祖된 我國으로 今日에 至

---

10 금협산인, 「水軍第一偉人李舜臣」, 『대한매일신보』, 1908.5.2, 위인유적란. 이하 이 장에서 이 작품의 인용은 인용 구절 뒤 괄호 속에 『대한매일신보』, 날짜만 기입함.

ᄒ야 彼 海權最大ᄒᆫ 國과 比較ᄒ기ᄂ 姑捨ᄒ고 竟乃 國家란 名詞도 若存若亡
의 悲境에 陷ᄒ얏스니 余가 彼幾百年來에 民氣를 摧折ᄒ며 民知를 杜塞ᄒ고
文弱思想을 與ᄒ 卑劣政客의 遺毒을 回思하민 恨이 海波와 俱深ᄒ도다
　 玆에 李舜臣傳을 撰ᄒ야 苦痛에 陷ᄒ 我國民에게 餉ᄒ노니 凡我善男信女
ᄂ 此를 模範ᄒ며 此를 步趨ᄒ야 荊天棘地를 踏平ᄒ며 苦海難關을 超過ᄒᆯ지
어다. 上天이 二十世紀의 太平洋을 莊嚴ᄒ고 第二 李舜臣을 待ᄒ나니라(『대
한매일신보』, 1908.8.18)

단재는 전기를 기술하여 이 책을 보는 것이 "한만한 묵은 쇼셜책에
비하면 나흔 것"이 있을 것이라고 하였는데, "무릇 우리 선남선녀는 이
것을 모범"하여 "荊天棘地를 踏平ᄒ며 苦海難關을 超過"하기를 바랐다.
이순신은 상징적으로 전 세계에 자랑할 만한 거북선을 만들었고, 어려
운 환경에서도 애국적인 혈성으로 국난을 극복하였다. 그래서 단재는
백성들도 어려운 환경을 딛고 일어서 새로운 이순신이 되기를 간절히
바랐다.[11]

② 구국 영웅상 제시

단재는 「이순신전」에서 당대 조선사회를 비판했다. 당대 혁혁한 환
족들이 실력도 없으면서 출세했지만, 이순신은 뛰어난 능력에도 불구
하고 미관말직에 머물고 있었다.

11　이에 대해서는 김주현, 「신채호문학연구」, 구중서·최원식 편, 『한국 근대문학연구』, 태
　　학사, 1997을 참조.

當時 赫赫宦族의 乳臭兒들은 一藝가 初無ᄒ야도 今日 承旨 明日 參判에 乘馬衣구ᄒ고 東西橫馳ᄒ며 곤곤權門의 吮癰輩들은 一能이 都乏ᄒ야도 今日 節度使 明日 統制使에 持梁齧肥ᄒ고 左右顧眄ᄒ며 甚至於 二家村裡 都都平丈의 盲学究가 數年만 跪膝ᄒ야도 白衣 吏曹判書로 乘일上來ᄒᄂᄃᆡ 乃者 絶代偉人 리슌臣 ᄀ흔 이ᄂ 出身後 七八年에 一資를 未陞ᄒ고 奉事 權官 等 微職으로 拘蟄ᄒ야 窮途에셔 悲鳴케 ᄒᄂ도다(『대한매일신보』, 1908.5.5)

그뿐만 아니라 이순신이 죄도 없이 구나(拘拿)를 당한 것을 비판했다. 이순신이 잡혀간 것은 "行長의 罪도 아니며 元均의 罪도 아니라" 곧 "朝廷臣隣 私黨者의 罪"라는 것이다. 그러면서 당시 조정의 신하가 당파로 갈라져 싸움을 하던 사실을 자세히 기술했다.

宣廟 登極 年來로 朝臣의 黨派가 分ᄒ야 公義ᄂ 排ᄒ고 私見만 張홀시 此黨이 勢를 得ᄒ면 彼黨의 所爲를 不問是非ᄒ고 悉斥ᄒ며 彼黨이 勢를 得ᄒ면 此黨의 所爲를 不問是非ᄒ고 悉斥ᄒᄂ 故로 倭寇動否의 問題가 何等 重大問題완대 當初 金誠一 黃允吉이 日本셔 使還ᄒ던 日에 允吉의 黨은 允吉을 附ᄒ야 曰 必動이라 허며 誠壹의 黨은 誠壹을 附ᄒ야 曰 必不動이라 허니 其外만 見허면 必動이라 唱흔 者를 不動이라 唱ᄒᄂ 者에게 比ᄒ면 不可同日而語라 홀지나 其內를 察ᄒ면 彼此 百步五十步間에 不過ᄒ다 홀지니 何也오. 我가 意味가 有ᄒ야 必動이라 云흠도 아니며 知見이 有ᄒ야 必不動이라 云흠도 아니며 爲國爲民ᄒᄂ 心에 外敵의 迫頭憂患을 驚ᄒ야 必動이라 흠도 아니오 不過是 彼ᄂ 彼黨을 從ᄒ고 我ᄂ 我黨을 從흠이니 兩鳥가 俱聖에 雌雄을 誰辨이며 蚌鷸이 相爭에 禍福을 安知아 今此 李忠武의 被拿ᄂ 朝廷의

壹私字에 出흔 빈니 嗚呼라 '亂非降自天이라 唯人所招라' 云흔 古語가 果然
我를 不欺ᄒ는도다(『대한매일신보』, 1908.5.27)

일본에 통신사로 갔던 황윤길은 일본이 "반드시 쳐들어온다"고 했
고, 김성일은 "쳐들어오지 않는다"고 하였는데, 단재는 그들이 국민을
위하지 않고 서로 당의 의견을 외쳤을 뿐이라고 했다. 단재는 국민을
위하지 않고 자기 당만 따른 조정의 당파에 대해 비난의 화살을 보냈다.
그래서 "有材ᄒ면 被猜ᄒ고 有功ᄒ면 得罪ᄒ니 時事를 可知"라고 말했
다. 다행히 "柳成龍이 公의 材를 深服ᄒ고 武臣中 不次擢用홀 人材라고
累薦ᄒ더라"(『대한매일신보』, 1908.5.7)고 했다. 조정의 당쟁 속에 나라는
난리로 인해 황폐화되고, 그런 와중에도 태수 영장들은 백성이 살든 죽
든 자신들만 살고자 백성들을 버리고 홀로 피난을 떠난다.

五月 四日 鷄壹鳴에 볼船急行ᄒ더니 往往 所經沿路에 雙轎一馬로 妻前夫
後ᄒ야 凄涼啓行ᄒᄂ 者가 道途에 相繼ᄒ얏스니 彼皆何人고 皆平時 厚祿에
飽食暖衣ᄒ고 金圈玉貫으로 稱太守 稱營將ᄒᄂ 人物들의 避亂行次이더라
(『대한매일신보』, 1908.5.10)

단재는 당시의 상황이 잘못되어도 한참 잘못되었음을 그대로 재현
하였다. 그는 충군 애국하는 자가 오히려 핍박받고, 또한 백성들의 목
숨을 지켜야 할 자들이 먼저 도망가는 상황을 고발했다. 그리고 그러한
상황에도 이순신은 국가와 민족을 위해 자신을 희생한 거룩한 영웅으
로 묘사했다. 그것은 한편으로 애국계몽기 일부 대신과 관리들이 앞장

서 친일을 하고 매국을 할지라도 의연히 국가와 민족을 위해 헌신해야 한다는 단재의 충정 논리가 숨어 있다.

③ 대아 정신의 형성

단재는 어려운 상황에서도 국가와 민족을 위한 이순신의 심회를 영웅의 심사로 설명했다.

> 斯民이 李忠武에 對하야ᄂᆞᆫ 此情이 無키 難ᄒ도다만은 英雄의 心事ᄂᆞᆫ 元來 如此ᄒᆞᆫ 것이 아니라 其霜淸雪白ᄒᆞᆫ 胸中의 富貴도 無ᄒᆞ며 貧賤도 無하며 安樂도 無ᄒᆞ며 憂苦도 無ᄒᆞ고 只是 此國 此民에 對ᄒᆞᆫ 壹雙眼光이 閃爍無際ᄒᆞᆫ 故로 我身을 殺ᄒᆞ야 國과 民에 有利ᄒ올진딘 朝에 生ᄒᆞᆫ 我가 夕에 死ᄒᆞᆷ도 可ᄒᆞ며 夕에 生ᄒᆞᆫ 我가 朝에 死ᄒᆞᆷ도 可ᄒᆞ니 天地가 有ᄒᆞᆫ 以來로 不死ᄒᆞᄂᆞᆫ 人이 必無ᄒᆞ고 旣死ᄒᆞᆫ 後에ᄂᆞᆫ 不朽ᄒᆞᄂᆞᆫ 骨이 必無ᄒᆞ야 富貴ᄒᆞ던 者도 其終에ᄂᆞᆫ 壹朽骨이며 貧賤ᄒᆞ던 者도 其終에ᄂᆞᆫ 壹朽骨이며 安樂ᄒᆞ던 者도 其終에ᄂᆞᆫ 壹朽骨이며 壽ᄒᆞᆫ 者도 其終에ᄂᆞᆫ 壹朽骨이며 夭ᄒᆞᆫ 者도 其終에ᄂᆞᆫ 壹朽骨이라 終乃 千萬古 不易之理로 壹朽骨될 個我의 身을 殺ᄒᆞ야 未來 億萬世 長存ᄒ올 此國 此民에 利ᄒ올진딘 엇지 此를 避ᄒᆞ며 엇지 此를 不爲ᄒ리오(『대한매일신보』, 1908.6.20)

이순신도 다른 사람들과 같은 정이 없지 않았지만, "霜淸雪白ᄒᆞᆫ 胸中의 富貴도 無ᄒᆞ며 貧賤도 無하며, 安樂도 無ᄒᆞ며 憂苦도 無ᄒᆞ고 (…중략…) 我身을 殺ᄒᆞ야 國과 民에 有利ᄒ올진딘 朝에 生ᄒᆞᆫ 我가 夕에 死ᄒᆞᆷ도 可ᄒᆞ며 夕에 生ᄒᆞᆫ 我가 朝에 死ᄒᆞᆷ도 可ᄒᆞ"다고 생각하는 영웅의 심사를 지녔다는 것이다. 공자가 "朝聞道면 夕死라도 可矣"라고 했던 구절을 "我身을 殺ㅎ야 國과 民에 有利ㅎ진딘 朝에 生흔 我가 夕에 死흠도 可ㅎ"다고 바꿔쓰고 있다. 나라와 백성을 위해서는 내 한몸 희생할 준비가 언제든 되어 있다는 말이다. 그것은 "壹朽骨될 個我의 身을 殺ㅎ야, 未來 億萬世 長存홀 此國 此民에 利ㅎ진딘 엇지 此를 避ㅎ며 엇지 此를 不爲ㅎ"겠는가. 곧 소아를 죽여 대아가 되는 것, 단재의 대아적 주체론이 여기에서 온전히 이룩된 것을 확인할 수 있다. 육신의 몸을 죽여 정신의 주체를 살리는 것, 몸은 비록 죽으나 그 정신은 후세에 길이 남기는 것, 그것이 이순신의 죽음이 아니던가. 단재는 대아의 형성을 작품을 통해서 실현해 보여주었다.

(3) 『최도통전』 - 다물 의식의 함양

단재는 최영에 대해 높이 평가하였으며, 이전부터 최영전을 쓸 생각을 갖고 있었다. 그는 "麗末에 腐敗흔 民氣를 振作ㅎ야 數萬紅寇를 平하며 明將 僕眞을 斬ㅎ며 累度 倭寇를 鏖退ㅎ고 西征大計를 定ㅎ던 者ㅣ 都統制使 崔瑩"(「허다고인의 죄악심판」, 1908.8.8.)이라고 하여 최영을 높이 평가하면서도 그가 "當時 南袤諸臣 等이 此를 事大主義에 大悖흔 罪逆이라 ㅎ야 死刑에 處"해졌음을 슬퍼했다. 최영은 왜구, 홍건적뿐만 아니라 중원의 신흥 제국이었던 명나라에 대항해 요동정벌까지 계획했던 장수이다. 그는 호방한 기개를 가지고 영토 확장을 위해 힘썼지만, 끝내 좌절되고 말았다. 단재가 최영전을 짓게 된 계기는 「서론」에 잘 드러나 있다. 최영은 "眼精은 曙星과 如히 輝ㅎ며 鬚角은 箇箇이 天을 向ㅎ야 森立흔 一大傑丈夫"로 나타나 "東征西伐"하고[12] "明寇擊却"[13]한 인물이다. 단재는 "沉沉陰埃가 公의 歷ᄉ를 久掩흠"을 슬퍼하다가 마침내 "朝野의 ᄉ乘을 搜ᄒ며 閭巷의 口碑를 採ᄒ야"(『대한매일신보』, 1909.12.11) 「최도통전」을 짓는다.

① 노예 지옥의 현실

단재는 우리나라가 노예지옥의 현실이 된 것을 무엇보다 슬피 여겼다. 사대주의가 발호하면서 특립 자존의 정신은 쇠멸했다.

> 檀君扶婁의 聖蹟을 掃殘ᄒ며 句麗 渤海의 遺産을 賣盡ᄒ야 一大 奴隷地獄을 造成ᄒ고 (…중략…) 無事ᄒ 時에ᄂ 奴隷의 舌을 熟鍊ᄒ며 有事ᄒ 時에ᄂ 奴隷의 膝을 齊屈ᄒ야 大元 大明 大淸의 上典宅號가 屢變ᄒ니 迎新送舊의 禮節이 煩亂ᄒ고 小邦 小朝 小臣의 下賤名稱이 已慣ᄒ니 特立自尊의 精神이 衰滅이로다(『대한매일신보』, 1909.12.9)
>
> 奴隷의 眼으로 觀ᄒ면 彼가 果聖賢이며 彼가 果英雄이며 彼가 果忠臣烈士이나 萬一 一步로 進ᄒ야 天賦純潔ᄒ 獨립心을 將ᄒ야 此로 觀ᄒ면 此도 一奴隷며 彼도 一奴隷라.
>
> 凡此七百餘年 歷ᄉᄂ 只是 蠢蠢ᄒ 奴隷頭腦로 充塞ᄒ 歷ᄉ니 此七百餘年 歷ᄉ를 讀ᄒᄆ 我가 我國民을 爲ᄒ야 哀號의 聲이 地球 動ᄒᄂ도다(『대한매일신보』, 1909.12.10.)

---

12 금협산인, 「東國巨傑 崔都統」, 『대한매일신보』, 1909.12.10~16, 위인유적란. 이하 이 장에서 이 작품의 인용 역시 인용 구절 뒤 괄호 속에 『대한매일신보』, 날짜만 기입함.

13 신채호, 「대동제국사서언」, 『단재신채호전집』 3, 독립기념관 독립운동사연구소, 2007, 346면.

단재는 역사가의 입장에서 "七百餘年 歷ぐᄂ 只是 蠢蠢ᄒ 奴隷頭腦로 充塞ᄒ 歷ぐ"라고 규정했다. 700년 노예 역사의 시작은 대략 몽골의 침략과 그 궤를 같이 한다. 몽골의 침략으로 고려가 몽골에 복속되면서 노예 사상이 가득하게 되었다는 것이다. 단재는 그러한 상황에서 주체적 민족의식을 갖고 있었던 최영을 높이 평가했다. 최영은 사대적 노예적 현실을 척결하고 민족적 주체적 사상을 확립하려 했기 때문이다.

② 주체적 역사의식의 함양

단재는 고구려 발해가 망한 후 우리의 영토였던 압록 이서의 땅에 우리 민족의 자취가 끊어졌다고 했다. 그곳은 우리 민족의 발상지이며, 아울러 우리 민족의 목과 같은 위치이나 그곳을 내주고 피세의 생활을 하게 되었다는 것이다. 만주에 대한 영토적 중요성을 새삼 인식하고 그곳의 회복을 휘해 노력했던 사람이 최영이다.

高句麗가 覆ᄒ고 渤海가 興ᄒ민 其禍가 稍息ᄒ엿스나 終是 同種相愛의 意가 全缺ᄒ야 其興 其亾에 聞問이 都無ᄒ더니 麗祖가 初興에 渤海가 契단에 陷ᄒ야 鴨綠 以西에ᄂ 我 檀君子孫의 聲息이 遂絶ᄒ니 哀哉라(『대한매일신보』, 1909.12.21)

北部ᄂ 卽 我族의 발상故地일 ᄲᆫ더러 亦 大東全國의 咽喉라 ᄒᆯ지니 此를 得ᄒ거던 全力으로 守ᄒ며 此를 失ᄒ거던 全力으로 爭홈이 可ᄒ거늘 乃者 檀君 以後 三千餘年 傳授ᄒ던 疆土를 異族의 馬背에 駄送ᄒ고 一隅에 枯坐ᄒ야 避世의 生活을 做코ᄌ ᄒ니 엇지 可憐치 아니ᄒᆫ가(『대한매일신보』, 1909.12.22)

嗚呼라 彼惡魔輩의 作孽이여 至今까지 讀史者의 憤哭을 발케 ᄒᄂᆞ도다. 此ᄂᆞᆫ 檀君 三十六世紀頃이오 高麗 元宗 在位年間이라. 魔輩의 奴性은 愈長ᄒᆞ고 外族의 氣焰은 愈熾ᄒᆞ야 我國의 地獄이 日深ᄒᆞᆫ지라(『대한매일신보』, 1910.1.7~8)

단재는 조정 군신들의 노예성이 더욱 커지고 타민족의 기세가 더욱 번성하여 우리나라의 지옥이 날로 더하는 상황을 서술했다. 그리고 '이른바 군주와 정부는 적국의 괴뢰가 되어 생사여탈도 그들에 손에 있으며, 서북 일대의 토지는 여러 차례 빼앗김을 당하고 비단과 보화[金帛珠玉]가 오랑캐 조정에 날마다 들어가는' 상황에서 "絶對巨傑 愛國偉人 崔都統이 作ᄒᆞ야 我 扶餘族의 苦痛을 救ᄒᆞ"(『대한매일신보』, 1910.1.8)였다고 했다. 당시 집권 세력이 백성들의 도탄은 안중에도 없고 적국의 괴뢰가 되어 자신들의 권세와 영화만 쫓는 노예적 작태를 비판한 것이다. 그것은 역사에 대한 주체적 의식이며, 민족의식이다. 단재는 최영이 주체적 역사의식을 갖고 영토 회복을 꿈꾼 것으로 기술했다.

③ 다물 의식

민족의식과 역사의식이 만나는 지점에 영토의식이 놓여있다. 영토를 주권으로 인식하고 빼앗긴 영토에 대한 회복의지를 가졌을 때 그것은 다물의식으로 빛난다.

彼滿洲 全幅과 遼東 一境은 三千年 我國의 相傳ᄒᆞ던 疆土로 渤海入後에 異國에 遂淪ᄒᆞᆫ 者인딕 高麗 四百餘年間에 不幸히 世世昏庸ᄒᆞᆫ 主權者를 遇ᄒᆞ야

北伐實行ᄒᆞ던 尹관을 貶ᄒᆞ며 北伐再唱ᄒᆞ던 王可道를 竄ᄒᆞ고 我民族의 外競
力을 裁抑ᄒᆞ야 一時片夢도 此地에 不敢到케 ᄒᆞ더니 未來 惡孽이 轉深ᄒᆞ야
蒙古가 勃興ᄒᆞᄆᆡ 我 黃海 咸鏡 兩道 半幅을 割去흠에 至ᄒᆞ엿도다(『대한매일
신보』, 1910.4.6)

然이나 彼百餘年間 人物들이 只是 一片紙上에 伏乞伏望 等字를 滿書ᄒᆞ야
此를 求還코ᄌᆞ ᄒᆞ고 敢히 鐵血政略을 出ᄒᆞ야 此를 恢復코ᄌᆞ ᄒᆞᆫ 者ᄂᆞᆫ 一人도
無ᄒᆞ더니

崔都統이 元에셔 歸ᄒᆞᄆᆡ 즉 恭愍王을 說ᄒᆞ야 曰"國家疆土가 北虜의 物이
되ᄆᆡ 志士의 憤歎이 久矣라 今에 虜運의 將衰를 乘ᄒᆞ야 北征의 師를 擧ᄒᆞ면
千載遺恨을 一朝可雪ᄒᆞ리니 王이 其意가 無ᄒᆞᆫ가"ᄒᆞᆫᄃᆡ 恭愍王이 雖庸이나
亦元朝의 干涉에 積憤을 抱ᄒᆞᆫ 者라 遽答曰"朕도 此意가 有ᄒᆞ나 但 彼强元을
誰가 敵ᄒᆞ리오"崔都統이 因ᄒᆞ야 元政府의 怯懦와 支那全幅의 紛亂ᄒᆞᆫ 現狀
을 陳ᄒᆞ야 必勝의 道를 證明ᄒᆞ고 且曰"舊疆을 恢復흠에 敵의 大小强弱을 問
흠이 不可ᄒᆞ니이다"(『대한매일신보』, 1910.4.7)

盖是時에 奉天府 戍兵이 單弱ᄒᆞ야 城陷이 朝夕에 在ᄒᆞ며 遼東 數十州가 王
師의 威信을 聞ᄒᆞ고 靡然히 歸向ᄒᆞ고 元廷은 南方流寇에 專力흠으로 東顧를
未遑ᄒᆞᆫ즉 此가 我國의 渤海 舊疆을 恢復ᄒᆞᆯ 大機會어날 惜乎라(『대한매일신
보』, 1910.4.12)

四十年을 經ᄒᆞ야 江西八站을 擊破ᄒᆞ야 土地를 恢復ᄒᆞ며 又 十餘年을 經ᄒᆞ
야 北元寇를 擊退ᄒᆞ야 主權을 還完ᄒᆞ니 於是乎 東國人이 方纔 東國人의 東國
이로다 向者 江西 八站을 破ᄒᆞᆯ 時에 印璫이 不死ᄒᆞ고 崔瑩이 不退려면 東國
의 東國됨이 已早ᄒᆞ엿슬지 且東國이 東國될 ᄲᅮᆫ 아니라 檀君 舊疆이 多勿(故
語에 疆土 恢復을 曰 多勿)의 慶을 收ᄒᆞ며 高麗人民의 獨立의 光을 揮흠이

無難홀지어늘 惜乎라(『대한매일신보』, 1910.5.26)

　단재는 "滿洲 全幅과 遼東 一境은 三千年 我國의 相傳ᄒ던 疆土"이지만 고려 400여 년을 거치면서 "黃海 咸鏡 兩道 半幅을 割去홈에 至ᄒ엿도다"라고 탄식했다. 단재는 이러한 주장을 「한국과 만주」, 「만주문제에 대하여 재론함」 등에서도 언급하였다. 그는 압록 이북의 영토를 회복할 수 있는 기회가 여말에 있었다고 인식했다. 그는 "江西 八站을 擊破ᄒ야 土地를 恢復ᄒ며 又 十餘年을 經ᄒ야 北元寇를 擊退ᄒ야 主權을 還完ᄒ니, 於是乎 東國이 方纔 東國의 東國이로다"(『대한매일신보』, 1910.5.26)라고 했다. 그러나 "向者 江西 八站을 破홀 時에 印璫이 不死ᄒ고 崔瑩이 不退러면 東國의 東國됨이 已早ᄒ엿슬지"라고 아쉬워했다. 그가 꿈꾼 것은 "東國이 東國될 쑨 아니라 檀君 舊疆이 多勿(故語에 疆土 恢復을 曰 多勿)의 慶을 收ᄒ며 高麗 人民의 獨立의 光을 揮"(『대한매일신보』, 1910.5.26)하는 것이었다. 최영의 다물에의 의지와 꿈은 이성계의 위화도 회군으로 결국 무너지고 말았다. 그러나 그의 죽음이 곧 다물에의 좌절이지 그러한 의지가 사라진 것은 아니다.

　단재는 최영을 "동국거걸"로 자리매김하고, 그와 더불어 국난 극복에 앞장섰던 승군의 존재를 독자의 뇌리에 각인시켰다. 우리 민족의 불굴의 기상과 투쟁 의식이 면면히 이어져 오고 있음을 보여주려 한 것이다. 「최도통전」은 상권까지 연재되고 중단되었다. "사고로 인해 중지"했다는 것은 일제의 강제 합병을 앞두고 단재가 해외로 망명한 사실과 관련 있을 것이다. 단재는 「최도통전」 상편을 서둘러 마무리하고 망명길에 오른다. 그렇지만 「최도통전」은 1912년 미주에서 500부 이상이

간행되어 독립정신을 앙양하는 데 기여하게 된다.[14]

3) 마무리

애국계몽기 역사 전기물의 창작은 넓은 의미에서 계몽운동의 일환
이었다. 단재는 언론계몽가로 활동을 하면서 애국 전기물의 창작에 앞
장섰다. 그것은 당시의 분위기도 한몫을 했겠지만, 그의 애독물인『음
빙실전집』의 영향도 컸으리라 짐작된다. 단재는 양계초의『월남망국
사』,『의대리건국삼걸전』,『사파달소지』등을 번역하기도 했고, 또한
『을지문덕』,「이순신전」,「최도통전」등 우리 영웅들의 전기를 직접 창
작했다.

단재는 민족 영웅을 형상화함으로써 민족의식의 각성과 주체의식의
형성이라는 목적을 가졌던 것으로 보인다. 단재는『을지문덕』을 형상
화하였는데, 이는 고구려 중심의 역사관을 잘 보여준다. 그는 을지문덕
을 통해 고구려를 역사의 중심으로 끌어들였다. 패배주의와 노예의식
에 빠져있던 당시 독자들에게 주체의식과 민족의식을 함양키 위해 노
력한 것이다. 그리고「이순신전」에서는 위난에 빠졌을 때 국가를 위해
어떻게 해야 하는지를 잘 보여주고 있다. 비록 일본의 침략이 있다고
하더라도 국토 수호에의 의지와 단결을 통해 극복할 수 있다는 것이다.
또한「최도통전」을 통해 우리 고토에 대한 회복의지와 국수주의 의식

---

14 「신서광고」,『신한민보』, 1912.11.4, 4면.

의 계승을 보여줬다. 을지문덕, 이순신, 최영 등은 우리가 기억해야 할 위인이었기에 단재는 그들에 대한 전기를 썼던 것이다. 단재는 역사적 사건들이나 인물들을 소개하고 영웅들의 전기를 직접 창작하였는데, 그것은 당시 국권이 위태롭게 되면서 역사나 민족 영웅을 호명함으로써 독립 자존의 기치를 드높이고자 한 것이다. 궁극적으로 애국 전기는 민족공동체 의식을 회복하고 국권을 유지하고자 하는 강렬한 애국심의 발현이다.

1910년 일제의 한반도 병탄이 보다 가시화되어 국내에서 더 이상 언론을 통한 계몽운동이 어려워졌다. 그래서 단재는 신민회 회원들과 국권회복을 위해 국외로 탈출하게 된다. 단재의 민족서사들은 금서로 규정되어 탄압의 대상이 된다. 일제는 한국 병탄 직후인 1910년 11월 16일 『이태리건국삼걸전』과 더불어 『을지문덕』을, 1912년 4월 15일 『최도통전』을 발매 및 반포 금지도서에 포함했다.[15] 단재는 망명 이후에도 『권업신문』, 『신대한』, 『천고』 등의 신문과 잡지를 발간하며 탈식민 독립투쟁을 폈다. 그리고 「조선혁명선언」과 같은 선언서와 「꿈하늘」, 「룡과 룡의 대격전」 등의 소설을 집필하여 탈식민주의적 저항의식을 드러냈다.

---

15 「교과용도서일람」(1915년 12월 개정 제9판), 조선총독부.

2. 「지구성미래몽」의 의미

1) 「지구성미래몽」의 저자

「지구성미래몽」은 『대한매일신보』 국문판에 1909년 7월 15일부터 8월 10일까지 총 19회에 걸쳐 연재된 무서명 소설이다.[16] 이 작품은 신문에 연재되었고, 저자를 제대로 확인할 수 없어 지금까지 제대로 주목받지 못했다. 이제까지 이 작품은 주로 작품의 형식, 또는 내용과 관련해 몇몇 논의가 있었다.[17] 최근에는 개화기 문학선집에 실림으로써 그 중요성이 인식되고 있다.[18] 이 작품은 애국계몽기 주요 작품으로 충분히 논의될 만한 작품이다. 이 작품의 저자와 관련하여 몇몇 언급이 있었다.

『대한매일신보』에 연재되었던 「디구셩미릭몽」은 언론계에 종사한 인물에 의해 창작된 듯한데 ······[19]

신문에 연재된 소설은 대개 해당 신문의 필진에 의해 창작되었던 점으로

---

[16] 원문 제목은 「디구셩미릭몽」이며, 한문으로 '地球星未來夢'이다. 이하 본문에서는 제목을 오늘날의 표기 방식인 「지구성미래몽」으로 썼다.

[17] 이 작품은 송민호에 의해 논의된 이래, 최근에는 서은경, 황재문에 의해 집중 논의된 바 있다.
송민호, 『한국 개화기 소설의 사적 연구』, 일지사, 1975; 서은경, 「근대서사 양식의 변모와 「디구셩미릭몽」의 의미연구」, 『현대소설연구』 26, 한국현대소설학회, 2005; 황재문, 「애국계몽기 몽유록과 힘의 윤리」, 『규장각』 35, 서울대 규장각, 2009.12.

[18] 김영민 외편, 『근대계몽기 단형 서사문학 자료전집』, 소명출판, 2003; 권영민, 『풍자 우화 그리고 계몽담론』, 서울대 출판부, 2008.

[19] 신재홍, 『한국몽유소설연구』, 계명문화사, 1994, 212면.

보아, 이 작품의 작가 우세자도 『대한매일신보』의 필진 가운데 한 명으로 추정되는 것이다. 『대한매일신보』의 필진으로 참여했던 인물로는 박은식, 신채호, 최익, 장달선, 황희성 등이 있다.[20]

「디구셩미릭몽」의 작가가 누구인가를 단정할 만한 확실한 근거는 아직 발견한 바 없다. 그러나 작품 속에 나오는 우세자가 월보와 잡지를 간행하며 청년을 교육하고 지사를 권고 계도하던 인물이라는 점, 거듭해서 민족을 부르짖으며 지구의 미래를 염려하는 인물이라는 점 등을 바탕으로 할 때 단재 신채호일 가능성을 배제하기 어렵다. 주인공이 민족을 위해 눈물을 흘리고 옥경으로 가는 일 등은 이보다 수년 후인 1916년에 창작되는 작품 「꿈하늘」을 연상시킨다.[21]

신재홍은 「지구성미래몽」의 저자를 '언론계에 종사한 인물'로 규정했지만, 그 범위가 너무 넓고 막연하다. 그런데 심재숙은 그 저자를 박은식, 신채호, 최익, 장달선, 황희성 등 『대한매일신보』 필진 가운데 한 사람일 것으로 추정했다. 그에 의해 작가의 범위는 상당히 좁혀졌다. 특히 이 가운데 박은식은 당시 『황성신문』에 근무했고, 나머지 4명 가운데에도 소설을 창작한 사람은 신채호가 유일한 것으로 보인다. 김영민은 계몽가, 민족주의자, 그리고 「꿈하늘」과의 유사성 등을 들어 "단재의 작품일 가능성이 확실히 존재한다"고 지적했다.[22]

---

20 심재숙, 「근대계몽기 신작 고소설의 현실대응양상 연구」, 고려대 박사논문, 2000.8, 187면.
21 김영민, 『한국의 근대신문과 근대소설』, 소명출판, 2006, 103면.
22 위의 책, 104면.

작품 속에 제시된 언론계몽인, 독서광, 민족주의자로서의 모습은 단재와 일치하며, 몽유 형식, 시가 삽입이나 구어체 또는 판소리 사설체의 수용과 같은 독특한 담론적 특성과 작품의 사상적 경향 등이 단재 문학의 특성과 그대로 일치한다. 그러므로 저자를 단재로 확정할 수 있다.[23]

이미 기존 연구자들도 단재의 저작 가능성을 지적하였으며, 필자는 「지구성미래몽」의 내용, 문체, 사상 등을 통해 그 저자를 단재로 확정했다. 「지구성미래몽」의 저자를 단재로 규정해도 무리가 없을 듯하다. 이 글에서는 「지구성미래몽」이 지니는 의미에 대해 제대로 살펴보고자 한다.

2) 「지구성미래몽」의 형식

(1) 꿈의 장치

「지구성미래몽」은 몽유 형식의 작품이다. 이미 제목을 통해서 이 작품이 몽유 형식임을 드러내고 있다.

십리 빅리 쳔리를 뎡쳐업시 든니다가 흔 곳을 다다르니 산명슈려 뎌 동텬이 별유텬디비인간이니 폭포슈는 빅룡포가 들녀잇고 무림슈쥭은 청포쟝을 둘녀잇는뒤 우느니 잉무 원앙이오 조으느니 노루 사슴이며 츔츄느니 빅학이오 긔화요초는 이 셰샹에셔 보지 못흐던 바 ㅣ 라[24]

23 김주현, 『신채호문학연구초』, 소명출판, 2012, 427면.

우세자는 '십 리 백 리 천 리를 정처 없이 다니다가 한 곳에 다다르'는데 그곳은 "별유천지비인간"의 세계이다. 현실과 이어졌지만, 분명히 현실과는 다른 별유천지의 꿈속 세계이다. 우세자가 현실을 떠나 홀연히 이른 곳은 수미산이다. 도교의 무릉도원처럼 불교의 수미산도 상상적 공간이 아니던가. 그것은 불교에서 세계의 중앙에 있다는 상상의 산이다. 이 작품에서 수미산이나 옥경은 환상의 세계이다. 그런데 현실 세계와 환상 세계는 구분 없이 서로 연결되어 있다. 그러한 것은 「꿈하늘」에서도 마찬가지이다. 단재는 「꿈하늘」에서도 "이 몸은 어대로서 왓는지 듯지도 보지도 못하던 크나큰 無窮花 몃만 길 되는 가지 위 널으기가 큰 房만한 꽃송히에 안젓더라"[25]라고 하여 현실 세계와 구분없이 환상 세계를 드러내고 있다. 다만 「지구성미래몽」은 현실 세계가 존재하며, 거기에서 환상 세계로 들어가는데 「꿈하늘」은 바로 환상 세계로 들어간다. 「꿈하늘」이 꿈과 관련된다는 것은 단순히 제목뿐만 아니라 "이 글을 쑴꾸고 지은 줄 아시지 말으시고 곳 쑴이 지은 줄로 아시압소서"(18면)라는 '작가의 말'에서 충분히 드러나 있다. 「지구성미래몽」은 현실 세계가 먼저 제시되고 환상 세계로 진입했다면, 「꿈하늘」은 작품의 시작부터 님나라에 도착한 것으로 제시했는데, 현실 세계의 부분이 사라지고 바로 꿈속 세계로 진입된 상황을 보여준다. 곧 "째는 檀君 紀元 四千二百四十 몃 해 어늬 달 어늬 날이던가. 짜는 서울이던가, 시골이

---

24 「디구셩미릭몽」, 『대한믹일신보』, 1909.7.15, 소설란. 표기는 당시대로, 띄어쓰기는 현재의 띄어쓰기로 했다. 다만 가사 형식은 형식에 맞게 띄어쓰기를 하였다. 이 작품의 인용은 인용 구절 뒤 괄호 속에 게재날짜만 기입.

25 김병민 편, 『신채호문학유고선집』, 연변대학출판사, 1994, 20면. 이하 이 책의 인용은 인용 구절 뒤 괄호 속에 면수만 기입.

던가, 海外 어대던가, 도모지 記憶할 수 업는대"(20면)라는 서술을 통해 꿈의 세계가 제시된다. 그리고 「룡과 룡의 대격전」에서는 "나리신다, 나리신다, 미리[龍]님이 나리신다. 新年이 왔다고, 新年 戊辰이 왔다고, 미리님이 東方 亞細亞에 나리신다"(119면)라고 하여 환상적 공간 천궁이 제시된다. 이 작품에 이르면 현실 / 환상의 구분이 거의 없이 작품 속 상황은 바로 환상 세계로 나타나기에 이른다.

단재는 「허다고인의 죄악심판(許多古人之罪惡審判)」에서 "夢耶아 眞耶아 梧月이 纖纖ㅎ대 曚朧依枕터니 兩翼이 忽生ㅎ야 壹處에 飛至ㅎ니 天門은 九重開ㅎ고 寶座ㄴ 七層高러라 (…중략…) 倏然 驚覺ㅎ니 晨鷄가 壹聲을 正報ㅎ더라"(『大韓每日申報』 1908.8.8)라고 하여 입몽-각몽 구조를 제시했다. 그러나 「지구성미래몽」(1909)-「꿈하늘」(1916)-「룡과 룡의 대격전」(1928)으로 나아갈수록 현실과 꿈의 구분은 점차 사라지고 꿈이 더욱 전면화된다. 신채호가 「지구성미래몽」을 기획한 것은 조선조 각종 몽유록뿐만 아니라 당시에도 작가 미상의 「몽유역대제왕연」(『한성신보』, 1896.10.24~12.24), 안국선의 『금수회의록』(1908) 등이 쓰였기 때문일 것이다. 특히 그에게 유원표의 『몽견제갈량』의 영향을 무시할 수 없을 듯하다.[26] 유원표는 꿈속에 제갈량을 불러내어 비판하지 않았던가. 단재는 1908년 여름 『몽견제갈량』에 서문을 썼다. 단재는

---

26 이에 대해 신재홍은 "몽유자가 방랑하는 모양이나 주변 풍경의 묘사, 옥경에 들어가게 되는 과정과 옥경에 대한 묘사 등에 있어서 전래의 몽유전기소설적 혹은 몽유록의 수사법에 크게 의존"하고 있다고 평가했다. 그러나 서은경은 현실과 염라부, 다시 옥경에 이르는 공간 변화와 그 공간 이동에 따른 인물의 움직임들을 적절한 상황 속에 재배치함으로써 소설 양식의 진전을 보인다고 말했다. 이러한 평가의 이면에는 이 장르를 몽유록의 계승이라는 측면에서 보느냐, 아니면 토론체 서사의 발전으로 보느냐 하는 관점의 차이가 개재되어 있다. 중요한 것은 이 작품이 전대로부터 이어진 몽유록의 전통과 당대 만연한 토론체의 속성을 모두 갖고 있다는 점이다. 신재홍, 앞의 책, 213면.

유원표를 통해 역사 속 제갈량을 현실로 불러내어 그의 허상을 깨트리는 방식을 보았던 것이다. 우세자는 인도의 승려 원장법사를 만나 인도와 한국의 현실을 토론하였다. 꿈이라는 장치를 수용해 시공간적 거리로부터 자유로울 수 있었다. 단재는 꿈을 통해 원장법사와 자유로이 토론을 하였다.

(2) 토론의 수용

이 작품의 형식 가운데 또 다른 하나는 '토론'이라는 장치이다. 토론은 연설, 재판 등과 함께 근대의 주요 담론의 하나였다.[27] 송민호는 「지구성 미래몽」의 '문답식 대화체'가 정치소설류의 성격을 지닌 것으로 파악했다.[28] 당시 「거부오해」, 「소경과 안즘방이 문답」뿐만 아니라 『금수회의록』, 『자유종』, 『경세종』 등 수많은 작품들이 토론의 형태를 보여준다.

　　법亽ㅣ 듯다가 셕쟝으로 짜을 두다리면셔 방셩대곡ㅎ여 왈

　　몰낫셰라 몰낫셰라 국민관계 몰낫셰라 우리 시님 셕가셰존의셔 천승지국 ㅂ리시고 발이셔 흔개와 셕쟝 ㅎ나로 텬하에 쥬류ㅎ셧스나 나라의 관계ㄴ 말ㅅ 업셧스니 우리 불도의 목덕은 텬하도 불관이오 국가도 불관이오 다만 일신이 쳥졍흔 짜에셔 양싱ㅎ다가 텬당에 오르기가 뎨일 발원이러니 지금 션싱의 말ㅅ을 드른즉 일신도 여ㅅ오 텬당도 불관ㅎ고 언필칭 국가라 민족이라 ㅎ니 션싱의 도가 참 광졔챵싱ㅎㄴ 본의라 국민 관계가 이러틋시

27 　바르트는 토론·연설·재판문 등을 민주주의의 개화와 웅변술의 발달이라는 측면에서 논의하고 있다. 한계전, 「시학과 수사학」, 『현대시』 2, 1985.2; R. Barthes, 澤崎浩平 譯, 『舊修辭學』, 東京 : みすず書房, 1989.
28 　송민호, 앞의 책, 128면.

지중하도다

우셰자ㅣ왈 대사는 스리로 슬허하거니와 나는 진뎡으로 슬허하노니 방즈 우리 한국 형편이 말이 못 되엿스니 쥰쥰무지 뎌 챵싱들 엇지하면 구원하리오

법사ㅣ왈 나도 또한 진뎡으로 슬허하는 일이 잇스니 뎌 망한 나라 즁에 인도는 곳 우리 조국이라 그 나라 폭원이 광대하고 물산이 풍부하야 동양에 뎨일 락토ㅣ라 하더니

그 빅셩의 지식이 몽미하야 일개 영국 샹뎌의게 망한 바ㅣ되여 그 민족이 염라부 디옥에 가셔 뎌 고싱을 당하니 그 아니 가련한가 이번에 염라부에 갓슬 씨에 그 참혹한 정경을 보고 다만 보통 즈비한 모음으로 불샹하다 하엿더니 지금 션싱의 말슴을 드른즉 진품관계가 이것치 소즁하고 또 텬당의 락이 환싱하는 락만 못하다 하니 소승도 환싱하랴면 갈 곳이 젼혀 업고 비록 텬당에는 왕리하나 망문투식하는 과긱과 다른 것이 업스니 텰학박사의 말에 젼문학이 보통 지식만 못하다 하더니 나의 몃 십년 젼심하던 우리의 지식으로는 지금 션싱의 말슴이 아니면 국민관계의 진리를 씨닷지 못하엿스리로다 불샹하다 우리 인도 이억만 민족이여 갈뎌 업시 텰문디옥이로다 몰낫셰라 국민 관계 이러한가

우셰자ㅣ왈 대사는 이왕을 슬허하고 나는 쟝리를 슬허하니 피츠가 다 당쟝 슬음은 아닌즉 이왕 슬음은 회복하기를 싱각하고 쟝리 슬음은 면하기를 싱각홈이 가하니 우리 헌헌한 팔쳑 남으가 엇지 으녀즈의 틱도로 울고 셰월을 보내리오 량국 형편을 토론하야 션후지칙을 연구홈이 엇더하뇨(1909.7.22~23)

이 작품은 원장법사와 우세자의 대화가 중심을 이룬다. 여기에서 원장법사는 인도인·불교승이고, 우세자는 대한인·계몽가이다. 이들은

인도와 대한의 현 정세에 대해 이야기를 나누고 "량국 형편을 토론ㅎ야 션후지칙을 연구"하려 한다. 우세자는 원장법사를 통해서 인도의 상황에 대해 알게 되고, 또한 원장법사는 우세자를 통해서 대한의 사정을 알게 된다. 두 사람은 대화를 통해 양국의 형편을 보다 잘 알게 되고, 또한 원장법사는 자신의 수양이 잘못되었음을 깨닫는다. 그리고 우세자는 원장법사의 도움으로 옥경을 구경한다.

토론의 형식은 이미 유원표의 『몽견제갈량』에서도 잘 드러났다. 그리고 「지구성미래몽」은 「꿈하늘」의 대화 부분과 유사하다. 전자에서는 우세자와 원장법사의 대화가, 후자에서는 한놈과 을지문덕, 한놈과 강감찬의 대화가 전개된다. 그런데 우세자와 한놈은 궁극적으로 대화를 통해서 무지에서 지의 단계로 나아가고, 마침내 주체 회복에 이른다. 거기에서 중요한 것은 대화 상대편의 위치인데, 이들은 처음에 주인공보다 우월한 위치에 있으며, 주인공에게 깨달음을 주는 객체가 된다. 그러므로 대화는 정신적 유랑의 과정이며, 이 과정에 공간적 이동이 수반된다. 『몽견제갈량』, 『금수회의록』, 『금수재판』, 『몽배금태조』 등 당시 몽유담이 주로 정적 대화를 주고받으며 정신적 충만의 세계를 그리는 데 반해, 「지구성미래몽」, 「꿈하늘」은 서사 주체가 시공간의 이동과 더불어 정신적 상승을 이루고 있다.

(3) 여로형 구조

「지구성미래몽」은 여로형 구조이다. 여기에서 두 등장인물은 모두 여로를 갖고 있다. 우세자는 대한에서 출발하여 유랑하다가 수미산에 도착한다. 원장법사는 총령과 정해를 거쳐 수미산에 이른다.

법ぐㅣ왈 쇼승이 이번에 옥경으로 가다가 염라부에 잠간 들넛더니 염라
부 ぐ무가 빅여 년 이릭로 대단히 분답ㅎ다는디 참혹한 형벌을 당ㅎ는 쟈도
무수ㅎ고 슈치되는 욕을 당ㅎ는 쟈도 무수ㅎ야 광경이 슈참ㅎ기로 경관에
게 그 소이연을 무른즉 눈살을 씽긔며 디답ㅎ디 빅여 년 젼에는 ぐ무가 이
다지 번극ㅎ지 안터니 근릭에는 뎌 망국 민족들을 쳐치ㅎ기에 대단히 골몰
ㅎ야 안비를 막기ㅎ며 또 이젼에는 사름의 샹벌을 쳐결ㅎ야 동셔양 각국에
류회환싱케 ㅎ더니 지금은 망국 민쪽 중에 죄업는 쟈를 환싱케 ㅎ고져 ㅎ나
다른 묘흔 나라에 보내려 ㅎ면 그곳 산쳔 신령이 다 슬희여ㅎ고 제 나라로
보내려 흔즉 그곳은 타국 식민이 이믜 구역마다 ᄀ득이 챳스니 다시 변통무
로요 또는 환싱케 흘만흔 ᄌ격도 몃 개 못 되니 이럼으로 염라부가 쟝춧 터
지게 된지라
    익급 인도 파란 월남 여러 나라의 몃 억만 인종이 오는 디로 다시 가든
못ㅎ니 이런 좁은 구역에 모라두기만 ㅎ면 몃 히 못 되어셔 염라부는 망국
민족의 셰계가 되겟슨즉 그 아니 걱정이뇨 이 일노써 부즁에서 날마다 회의
를 ㅎ나 지금신지 결말이 업스니(1909.7.17~18)

원장법사는 염라부에 들렀다가 오는 길에 우세자를 만나 염라부 사
정을 전한다. 염라부는 염라대왕이 지배하는 저승세계가 아닌가. 원장
법사는 이승의 사람이면서 염라부와 옥경을 넘나드는 인물이다. 원장
법사는 우세자를 만나 지옥의 상황을 얘기한다. 수미산에서 두 사람은
인도가 망하게 된 원인, 조선의 현실 등을 토론한다. 그들은 함께 옥경
으로 가서 옥경의 모습을 구경하고 해월존자를 만난다. 그리고 이들은
지구촌 현실에 대해 토론을 벌일 것으로 추정된다. 그러나 서사는 여기

에서 더 이상 전개되지 않는다. 우세자는 원장법사를 만나 옥경으로 가면서 현실 세계를 직시하게 되고, 또한 민족주의 의식도 강화된다. 그것은 한놈이 도령군 놀음곳에 이르면서 주체를 각성하는 구조와 다를 바 없다. 단순히 대화 토론을 통한 정신적 깨달음이 아니라 여로의 구조를 통해 주체의 각성에 이른다는 점에서 「지구성미래몽」은 당대 몽유록과 차별화된다. 이러한 것은 바로 「꿈하늘」과 직결되는 속성이다. 「꿈하늘」에서 '나'가 도령군 놀음곳에 이르는 것은 하나의 여로형 구조로서 주체 각성에 이르는 여정을 잘 보여준다.[29]

(4) 시가의 개입

또 하나 「지구성미래몽」의 특징으로 가사의 삽입을 들 수 있다. 「지구성미래몽」에는 두 개의 가사가 삽입되어 있다. 하나는 원장법사의 게음이요, 또 다른 하나는 우세자의 가사이다.

> ① 어어어 칼산디옥 왜 찻슴나 / 으으으 방아질 작도질 뎌형벌을
>
> 으으으 압허ᄒᆞᆫ들 뉘말닐가 / 어어어 불샹ᄒᆞ다 뎌창싱들
>
> 으으으 몸망ᄒᆞ고 나라ᄉᆞ지 / 어어어 나라업ᄂᆞᆫ 뎌귀신들
>
> 으으으 참혹ᄒᆞ다 뎌죄악을 / 어어어 닥치ᄂᆞ니 형벌이오
>
> (…중략…)

---

29 아울러 단재는 「백세 노승의 미인담」에서 노승이 송도를 떠나 북경에서 고려영에 이르는 여정을 통해 민족 현실을 직시하고 주체 각성에 이르는가 하면, 「룡과 룡의 대격전」에서도 민중을 괴롭히던 미리가 지국에 내려가 자신이나 상제 역시 일시 조작이자 미신이었으며, 그래서 상제를 부정하는 주체 각성에 이른다. 이처럼 단재는 여러 작품에서 여로를 거쳐 주체의 각성에 이르는 모습을 보여주고 있다.

ㅇㅇㅇ 쳔년만년 긱귀로다 / 어어어 불샹ᄒ다 뎌챵싱들

ㅇㅇㅇ 어셔어셔 지식넓혀 / 어어어 망국죄인 되지마라

ㅇㅇㅇ 불샹ᄒ다 뎌챵싱들 / 어어어 남무아미타불(1909.7.16)

②뎨일쟝 불샹ᄒ다 민츙졍은 츙국인민 그아닌가 셰셰싱싱 됴흔짜에 부귀영화를 누리련만 아마도 환싱은 무긔ᄒ니 텬당에나

뎨이쟝 신셩ᄒ신 우리민족 단군후예 그아닌가 례악문물 뎌의관으로 텰문디옥이 웬일인가 우리동포 어셔씨오 깁혼잠을

뎨삼쟝 뎌긔가ᄂ 뎌기럭아 ᄇ긔두산이 어듸민뇨 원장법ᄉ 이말슴을 젼ᄒ 주쇼 우리국민 텬당디옥을 다ᄇ리고 셰셰싱환(1909.7.22)

①은 지옥의 참담한 모습을 노래한 원장법사의 게음이다. 게음[揭頌]은 「상주권공할향(常主勸供喝香)」으로부터 시작하여 지옥의 상황이 소개되고 나무관세음보살로 마무리되었다.[30] 이 가사를 통해 지옥의 현실이 드러나고 있다. 원장법사는 지옥에 있는 망국 죄인들이 불상하다고 노래했다. ②는 우세자의 민족주의 의식을 역력히 보여주는 가사이다. 3장으로 이뤄진 이 가사에서 우세자는 민족의식을 일깨우고 있다. 시가는 작자의 회포를 좀 더 직접적으로 전달할 수 있을 뿐만 아니라 내용들을 함축하고 집약하는 특성을 지니고 있다. 심재숙은 이 시가들이 "망국의 울분을 품고 있는 등장인물의 비창한 감정을 토로해주는 기능을 수행하고 있다"고 설명하면서 단재의 「구력세제(舊曆歲除) 봉우술

---

30 이에 대해서는 김주현의 『신채호문학연구초』, 402면 참조.

회(逢友述懷)」와 함께 언급했는데, 매우 적절한 지적이다.[31] 그것은 두 편의 삽입 시가와 단재 한시에 드러난 애국과 우국의 정조가 서로 밀접하기 때문이다. 단재는 서사에 시가를 잘 활용하였는데, 그것은 『을지문덕』, 「이순신전」 등에서도 마찬가지이다.[32] 특히 일제강점기에 창작된 「꿈하늘」은 순수 창작 시가만 8편이 포함될 정도로 적지 않은 시가가 삽입되어 있다. 그뿐만 아니라 단재는 애국계몽기 수많은 논설에도 시가를 삽입하고 있는데, 이것은 단재 문학의 한 특성으로 규정된다.[33]

아울러 「지구성미래몽」에는 "설마", "아니 된다", "할 수 없다"와 같은 언어유희가 사용되었는데, 이러한 언어유희는 단재가 즐겨 사용하는 수법이다. 또한 "그 힝장을 볼작시면"(1909.7.15), "내 말슴 드러보시오"(1909.7.21)와 같은 판소리 사설체, "몰낫셰라 몰낫셰라 국민관계 몰낫셰라"(1909.7.22) 등의 4.4조 가사체가 적지 않게 등장하는데, 그러한 것은 「꿈하늘」, 「룡과 룡의 대격전」 등의 문체와 다르지 않다. 「지구성미래몽」은 시가 삽입뿐만 아니라 서사담론마저 사설화하였는데, 단재 문체의 특성들을 더욱 뚜렷이 드러낸다.[34]

31 심재숙, 앞의 글, 193~194면.
32 단재는 『을지문덕』에서는 을지문덕의 「與隋將于仲文詩」와 조준의 「百祥樓賦詩」를, 그리고 「이순신전」에서는 남이의 「北征」과 이순신의 「陣中吟」을 각각 인용하여 제시하였다.
33 박정규, 「국내에서의 신채호 연보와 쓴 글에 대한 고찰」, 『단재신채호연구의 재조명』(단재 순국 70주기 추모 학술발표대회 자료집), 단재문화예술제전추진위원회, 2006.2.17., 69면.
34 표현 문체의 동질성에 대해서는 김주현의 『신채호문학연구초』, 407~417면 참조.

3) 「지구성미래몽」의 사상

(1) 현실과 염라부의 동일성

작품에서 우세자는 현실에서 수미산을 거쳐 옥경으로 가는데, 원장 법사는 염라부와 수미산을 거쳐 옥경에 이른다. 작품은 현실과 환상 세계로 구분되며, 그것은 이승과 저승의 구조로 되어 있다. 이러한 구조는 「꿈하늘」에서 한놈이 거주하는 육계와 을지문덕이 사는 영계의 구조와 같다. 옥경의 세계는 님나라의 세계와 다르지 않다. 환상 속의 세계는 염라부와 옥경 세계로 나뉜다.

> 이급 인도 파란 월남 여러 나라의 몃 억만 인종이 오는 듸로 다시 가든 못ᄒ니 이런 좁은 구역에 모라두기만 ᄒ면 몃 히 못 되어셔 염라부는 망국 민족의 세계가 되겟슨즉 그 아니 걱정이뇨 이 일노써 부즁에셔 날마다 회의를 ᄒ나 지금ᄭ지 결말이 업스니
>
> 혹은 제 나라를 제가 망ᄒ고 갈 곳이 업스니 여긔 두어 무엇에 쓰리오 아모리 참혹ᄒ지라도 디옥 몃 만간을 더 지어 그 속에 모라녀코 그 문을 영영 봉쇄ᄒ면 도로나 좀 정결ᄒ리라 ᄒ고 혹은 망국 인죵이 히마다 늘고 둘마다 더ᄒ니 디옥을 짓는 듸로 차면 쌍도 한뎡이 잇지 현금 세계상에 빈약ᄒ고 우미ᄒ 나라이 간간히 잇스니 그 나라들이 ᄎ례로 망ᄒ면 우리 부중은 더욱 곤난치 아니리오 찰하리 뎌 인죵들을 소나 물이나 개나 도야지로 환싱케 ᄒ야 뎌 빈약ᄒ 나라에 보내여 우리 부즁을 안졍케 홈이 됴타 ᄒ고
>
> 혹은 모라다가 불에 틔오쟈 ᄒ며 혹은 물에 씌우쟈 ᄒ며 혹은 모다 방아에 바슈쟈 ᄒ고 혹은 믹ᄉ돌에 갈쟈 ᄒ야 공론이 불일ᄒ나 나는 보건듸 뎌 망

국 인죵에 짐짓 작죄ᄒᆞᆫ 쟈도 잇고 모로고 작죄ᄒᆞᆫ 쟈도 잇스나 ᄀᆞ쟝 무죄ᄒᆞ
고 불샹ᄒᆞᆫ 쟈ᄂᆞᆫ 나라를 위ᄒᆞ여 몸을 도라보지 아니ᄒᆞ다가 힘이 밋지 못ᄒᆞ야
ᄌᆞ살ᄒᆞ든지 혹 뎍인의게 죽은 사ᄅᆞᆷ들이야 엇지 망국인으로 ᄃᆡ우롤 ᄒᆞ리마
ᄂᆞᆫ 환싱홀 곳은 ᄯᅩᄒᆞᆫ 업스니 그 아니 참혹ᄒᆞ며 (1909.7.18)

염라부, 곧 지옥 세계는 망국 인종, 망국 민족의 세계이다. 이집트,
인도, 폴란드, 베트남 등 "염라부는 망국 민족의 세계"로 화한다. 죄의
유무와 상관없이 나라 잃은 국민들은 염라부로 가게 된다. 단재의 이러
한 의식은 이미 「국민대한 양신문을 위한 초혼[爲國民大韓兩新聞招魂]」의
구절 "韓國이 興ᄒᆞᄂᆞᆫ 日에ᄂᆞᆫ 爾祖先의 榮光이 輝赫ᄒᆞ고 爾子孫의 幸福이
多大홀 ᄲᅮᆫ더러 爾身도 天國에 登ᄒᆞ야 長久安樂을 享홀지며 韓國이 亡ᄒᆞ
ᄂᆞᆫ 日에ᄂᆞᆫ 爾祖先의 恥辱을 莫雪ᄒᆞ고 爾子孫의 悲境을 難除홀 ᄲᅮᆫ더러 爾
身도 地獄에 陷ᄒᆞ야 萬劫苦痛을 受홀지어ᄂᆞᆯ"(『대한매일신보』, 1907.12.17)
에서 나타난다. 국가가 흥하면 천국에 오르고 망하면 지옥에 빠진다는
것이다. 그것은 염라부가 현실의 '사영(射影) 세계(世界)'이기 때문이다.
단재는 「꿈하늘」에서 "靈界는 肉界의 射影이니 肉界에 싸움이 ᄭᅳ치지
안는 날에는 靈界의 싸움도 ᄭᅳᆾ치지 안느니라"고 했다. 현실(육계)에서
싸움에 이기면 저승(영계)에서도 싸움에 이기고, 현실에서 패배하면 저
승에서도 패배한다는 것이다. 그러므로 현실에서 나라 잃은 사람들은
패배자의 세계인 염라부에 갈 수밖에 없다. 그에 반해 옥경은 문명국,
제국의 모습을 그대로 보여주고 있다.

천장 만쟝되ᄂᆞᆫ 셕벽 우에 쇠스슬을 느리고 교ᄌᆞ ᄒᆞ나를 들앗ᄂᆞᆫᄃᆡ ᄌᆞ셰히

치어다보니 그 모졔가 영국 론돈에 디하 텰도를 통ᄒᆞᄂᆞᆫ 길과 ᄀᆞᆺ치 쑥게를 덥고 황금 대ᄌᆞ로 썻스되 옥경남문이라 ᄒᆞ엿ᄂᆞᆫ지라 (…중략…) 두 사람이 그 텰ᄉᆞ 교ᄌᆞ에 안ᄌᆞ셔 텰ᄉᆞ를 두어 번 흔드니 홀연 돌문이 졀노 열니며 긔계 돌ᄂᆞᆫ 소ᄅᆞ가 나더니 텰ᄉᆞ가 점점 쌀너지며 교ᄌᆞᄂᆞᆫ ᄯᅡ라 올나가더라 (1909.7.31~8.1)

구쳔팔빅 방리 쯤 되ᄂᆞᆫ 들에 고루거각이 즐비ᄒᆞ야 그 졔도ᄂᆞᆫ 양옥ᄀᆞᆺ치 칠팔층 혹 십여 층인디 모다 빅옥을 각기 지엇고 즁앙에서 ᄉᆞ방으로 통ᄒᆞᆫ 대로와 방방곡곡에 쇼로ᄂᆞᆫ 모다 금강셕 ᄀᆞᆺ흔 돌을 ᄭᅡ라 틔끌 ᄒᆞᆫ 졈이 업고 은빗 ᄀᆞᆺ흔 큰 하슈ᄂᆞᆫ 즁심을 ᄭᅴ여 흐르ᄂᆞᆫ디 무지기 ᄀᆞᆺ흔 텰교ᄂᆞᆫ 곳곳 ᄲᅢ쳐 왕리ᄒᆞᄂᆞᆫ 사람이 락역부졀ᄒᆞ더라(1909.8.1)

디구셩 가온디 조고마흔 파리쓰 피득보 론돈 워셩돈이라 ᄒᆞᄂᆞᆫ 소위 대도회도 몃 ᄒᆡ 동안에 다 구경ᄒᆞ기 어렵거든 ᄒᆞᄆᆞᆯ며 옥경을 낫낫치 말ᄒᆞ리오 그러나 그 거쳐와 음식이나 대강 말ᄒᆞ리이다 셩즁에 허다흔 가옥은 동양 온돌과 셔양 란로 ᄀᆞᆺ흔 것은 업시 태양셩의 도ᄉᆞ수를 맛초아 ᄉᆞ시한온이 평균ᄒᆞ며 쥬야도 업스니 등쵹이 쓸디업고 각식 물화ᄂᆞᆫ 각 셩신에서 조공밧아 어용ᄒᆞ미 슐과 ᄎᆞ와 과실과 그 외에 여러 가지 진슈승찬과 일용즙물이 다 본곳 소산이 아니라 디구 각 경셩에 외방 물건이 모혀 들듯 각 셩신에서 진샹ᄒᆞᄂᆞ이다(1909.8.3)

옥경은 하나의 천국으로 제시되었는데, 우세자와 원장법사는 쇠사슬(삭도)에 매달린 철사교자를 타고 그곳에 도착한다. '론돈에 디하 텰도'와 같은 삭도차, 즉 케이블카를 타고 오르는 것이다. 또한 그곳에는 칠팔 층, 십여 층의 고루거각이 즐비하고, 금강석 같은 돌을 깐 도로와 무지개 같은 철교가 곳곳에 뻗어 있다. 이러한 모습은 파리, 페테르스부르크(레닌그라드), 런던, 워싱턴과 같은 대도회의 모습을 닮은 것이 아닌가.[35] 옥경은 문명한 나라의 모습, 제국의 모습을 보여주고 있다. 특히 "각식 물화는 각 셩신에셔 조공밧아 어용ᄒ민 슐과 ᄎ와 과실과 그 외에 여러 가지 진슈승찬과 일용즙물이 다 본곳 소산이 아니라 디구 각 경셩에 외방 물건이 모혀 들듯 각 셩신에셔 진샹ᄒᄂ이다"(1909.8.3)라는 데서 옥경과 제국의 모습은 더욱 확연하다.

단재는 현실과 환상의 세계를 대별하고 환상 세계는 현실의 사영세계로 그려냈다. 현실에서의 망국 민족은 염라부에서도 참혹한 삶을 산다는 것이다. 그리고 옥경 세계는 현실의 문명국, 제국의 모습과 그대로 닮았다. 염라부의 참혹한 현실은 「꿈하늘」에서도 보여주는 것으로 사후 세계가 현실 세계와 다르지 않다는 것이다. 현실에서의 식민 / 제국의 관계는 사후 세계에도 그대로 이어진다는 인식을 바탕으로 하는데, 이는 단재의 독특한 내세관을 보여준다. 비록 염라부와 천국(옥경)은 현실과 시공간적으로 분리된 초월적 공간이지만, 결코 현실과 다를 바 없다. 그러한 인식은 "영계는 육계의 사영"이라는 「꿈하늘」의 설명에서 여실히 드러난다. 그것은 달리 내세가 중요한 것이 아니라 현실이 중요하다는 작가의식의 소산이다. 곧 식민지(망국) 민중은 개개인의 잘

---

35 심재숙은 옥경이 문명 도시와 닮아 있는 것이 선진국 대열에 합류하고 싶은 작가의 마음을 읽을 수 있는 것으로 설명하였다. 이에 반해 황재문은 이상적인 공간으로서 서구의 모델을 지향한다면 궁극적으로 현실을 지배하는 원리로서 '힘의 윤리'를 인정해버리는 한계가 내포되어 있다고 지적했다. 황재문, 앞의 글, 238면.

잘못과 무관하게 지옥 세계로 떨어지니 지옥으로 떨어지지 않도록 함께 힘을 합쳐 독립 국가를 이룩하자는 의도를 담고 있다.

(2) 민족의식의 함양

이 작품은 강렬한 민족의식을 드러내고 있다. 우세자는 "청년을 교육ᄒ며 혹 지ᄉ를 권고ᄒ고 혹 완고를 경셩ᄒ"(1909.7.15)고, "우리 민족의 부패홈과 국셰의 빈약홈을 근심ᄒ야 월보와 잡지를 발간ᄒ야 셰상 사ᄅᆷ을 기도ᄒ기로 일을 슴"(1909.7.17)았던 사람으로 단재의 모습을 그대로 갖고 있다.

> 우셰ᄌ │ 법ᄉ를 향ᄒ여 왈 여보 대ᄉ 내 말슴 드러보시오 나ᄂ 인도 익급의 민족을 슬허ᄒᄂ 것이 아니라 우리 대한 민족을 슬허ᄒ며 파란 월남의 국ᄉ를 슬허ᄒᄂ 것이 아니라 우리 대한 국ᄉ를 슬허ᄒ노라 우리 신셩ᄒ신 단군의 ᄌ손의 디옥이 목젼에 잇도다 여보 대ᄉ 우리 대한에 졀ᄉᄒ 민영환 씨를 혹 맛나 보앗ᄂ지 과연 대ᄉ의 말슴과 ᄀᆺᄒ진디 민충졍도 환생홀 긔한이 묘연ᄒ리로다(1909.7.21)

> 법ᄉ │ 듯다가 셕쟝으로 싸을 두다리면셔 방셩대곡ᄒ여 왈
> 몰낫셰라 몰낫셰라 국민관계 몰낫셰라 우리시님 셕가셰존꾀셔 쳔승지국ᄇ리시고 발이씌 ᄒ개와 셕쟝 ᄒ나로 텬하에 쥬류ᄒ셧스나 나라의 관계ᄂ 말슴 업셧스니 우리 불도의 목덕은 텬하도 불관이오 국가도 불관이오 다만 일신이 쳥졍ᄒ 싸에셔 양싱ᄒ다가 텬당에 오르기가 뎨일 발원이러니 지금 션싱의 말슴을 드른즉 일신도 여ᄉ오 텬당도 불관ᄒ고 언필칭 국가라 민족

이라 ᄒᆞ니 션싱의 도가 참 광졔챵싱ᄒᆞᄂᆞᆫ 본의라 국민 관계가 이러툿시 지즁
ᄒᆞ도다

　우셰ᄌᆞᆯ왈 대ᄉᆞᄂᆞᆫ 스리로 슬허ᄒᆞ거니와 나ᄂᆞᆫ 진뎡으로 슬허ᄒᆞ노니 방
ᄌᆞ 우리 한국 형편이 말이 못 되엿스니 쥰쥰무지 뎌 챵싱들 엇지ᄒᆞ면 구원
ᄒᆞ리오(1909.7.22)

　우세자는 "ᄒᆞᆫ 손으로 금잔듸를 쯧ᄋᆞ며 ᄯᅩ ᄒᆞᆫ 손을 반셕을 두다리고
민족민족 ᄒᆞ고 부르"(1909.7.20)며, 우리 민족과 우리 국사를 슬퍼한다.
그것은 "단군의 ᄌᆞ손의 디옥이 목젼에 잇"기 때문이다. 그런데 이러한
말을 듣고 원장법사는 우세자의 주의와 정신을 깨닫는다. 우세자는 "국
민과 민족을 위하는 광제창생"의 정신을 가졌다. 이것은 위난의 상황에
서 단재가 제시한 바람직한 지식인의 모습과 역할이다. 이를 통해 법사
는 일신의 양생과 수양을 중시해온 불교도들의 문제점을 깨닫는다. 그
것은 단재가 승려들에게 "(壹)佛氏相傳의 救世主義를 勿忘ᄒᆞ며 (二)韓
國佛敎 特色의 國家主義를 勿失하며 (三)新世界知識을 輸入ᄒᆞ야 一切 事
業을 外國 승려에 勿讓ᄒᆞ고 大雄 大無畏 大進步ᄒᆞᆯ지어다"라고 권고한 대
목이 아니던가.[36]

　한편 단재는 "뎨이쟝 신셩ᄒᆞ신 우리 민족 단군 후예 그 아닌가 례악
문물 뎌 의관으로 텰문 디옥이 웬일인가 우리 동포 어셔 ᄭᆡ오 깁혼 잠을
/ 뎨삼쟝 뎌긔 가ᄂᆞᆫ 뎌 기력아 빅두산이 어딕 미뇨 원쟝법ᄉᆞ 이 말슴을
젼ᄒᆡ주쇼 우리 국민 텬당 디옥을 다 ᄇᆞ리고 셰셰 싱환"(1909.7.22)이라

36　「遍告僧侶同胞」, 『대한매일신보』, 1908.12.13, 논설.

노래했다. 그는 우리 민족이 어서 깊은 잠에서 깨어나고, 또한 천당 지옥 다 버리고 '세세 생환'하기를 염원했다. 단재는 내세적 세계관을 버리고 현세적 세계관을 지닐 것을 강조했다. 이 작품의 밑바탕에는 강렬한 민족의식이 자리하고 있다. 곧 작가의 의도적 측면에서 이 작품이 『을지문덕』이나 「이순신전」과 같은 애국 전기와 다르지 않음을 보여준다. 김영민은 이 작품이 '역사 전기소설'들과 연결되는 작품이면서 또한 국한문판 『대한매일신보』에 실렸던 「거부오해」와 같은 토론체 소설과도 강한 연결 고리를 지닌 작품이라고 규정했다. 전자는 작가의식의 측면에서, 후자는 형식의 측면에서 그렇다고 할 수 있는데, 특히 전자는 거시적인 측면에서 단재 문학의 계몽적 특성을 보여준다 하겠다.

(3) 독립 사상의 전파

이 작품에서 단재는 계몽 정신의 확산을 추구하였다. 그가 잡지 및 신문을 발간하거나 소설을 창작한 것은 세상 사람들을 계몽하기 위한 것이다. 그는 논설이나 전기보다 소설이 국민 계몽에 효과가 크다는 것을 알았다. 그는 「근금 국문소설 저자의 주의」에서 "俚談俗語로 撰出ᄒᆞᆫ 小說冊子ᄂᆞᆫ 不然하야 壹切 婦孺走卒의 酷嗜ᄒᆞᄂᆞᆫ 비인ᄃᆡ 萬壹 其思潮가 稍奇ᄒᆞ며 筆力이 稍雄ᄒᆞ면 百人이 傍觀에 百人이 喝采ᄒᆞ며 千人이 傍聽에 千人이 喝采"(『대한매일신보』, 1908.7.8)한다고 하여 국문소설의 영향을 높이 평가했다.

인도는 우리보다 먼저 식민지가 된 나라이다. 그런데 한국은 인도처럼 단순히 망국의 처지에 놓여 있을 뿐만 아니라 그로 인해 철문지옥이 눈앞에 있다는 것이다. 이는 내세를 중시하던 당시 한국인들에게 현실 세계의 중요성을 알리기 위한 것으로 풀이된다. 그리고 당시 월남의 망국 기록을 담은 『월남망국사』는 현채, 주시경, 이상익 등 여러 사람에 의해 번역되어 폭발적으로 읽혔다. 단재는 국문소설의 영향력을 잘 알고 있었다. 그는 인도승 우세자를 내세워 인도 망국의 역사를 국문소설로 제시하였다. 인도 망국의 참상을 적시함으로써 우리가 망국의 전철을 밟지 않도록 하려 했다.

　법ᄉᆞ l 왈 우리나라 이억여 만 민족이 뎌 이천여 만 인종에게 이 학ᄃᆡ를 당ᄒᆞᄂᆞᆫ 것은 다름 아니라 민심이 희산ᄒᆞ야 단톄가 못 되엿스니 비록 다수ᄒᆞᆫ 국민이라도 쇼수의 단결된 ᄃᆡ덕을 뎌당치 못ᄒᆞᆷ이로다

　우리 인도의 망ᄒᆞᆫ 연원을 궁구ᄒᆞ면 우리 불도의 죄라 ᄒᆞᄂᆞᆫ 지목은 면치 못ᄒᆞᆯ지라 전국 남녀 즁에 총명ᄒᆞ고 영민ᄒᆞ다ᄂᆞᆫ 쟈ᄂᆞᆫ 다 고샹ᄒᆞ다 ᄌᆞ칭ᄒᆞ야 국수이니 민족이니 ᄒᆞᄂᆞᆫ 거슨 언론도 업고 일신만 닥그면 극락셰계로 도라간다 ᄒᆞ고 혹 두문불출ᄒᆞ며 혹 명산에 드러가ᄆᆡ 민국대셰ᄂᆞᆫ 샹관이 업시 일편향을 봉헌ᄒᆞᆷ으로 셰월을 보내니 나라 일은 뉘가 ᄒᆞ며

　ᄯᅩ 그 다음에 조곰 지식잇다 ᄒᆞᄂᆞᆫ 쟈ᄂᆞᆫ 허황ᄒᆞᆫ 비긔만 밋고 운수만 기다려 외국에 쟝챵대포ᄂᆞᆫ 쓸ᄃᆡ업고 ᄯᆡ만 도라오면 뎌희가 ᄌᆞ멸ᄒᆞᆫ다 ᄒᆞ야 두 손ᄭᅩᆽ 밋고 안ᄌᆞᆺ스니 나라 일은 뉘가 ᄒᆞ며 그ᄂᆞ마 준준무식ᄒᆞᆫ 쟈들이야 비록 몃억만인이라도 쓸ᄃᆡ업거니와 영국인이 드러올 ᄯᆡ를 당ᄒᆞ야 문정도 ᄒᆞ고 담판도 ᄒᆞ여 약됴를 ᄒᆞ든지 항거를 ᄒᆞ엿스면 엇지 이 디경이 되엿스리오마ᄂᆞᆫ (…중략…) 영인이 처음에 변방을 침노ᄒᆞᄆᆡ 셜마 엇더ᄒᆞ랴 ᄂᆡ디에 드러와도 셜마 엇더ᄒᆞ랴 ᄌᆞ정을 관할ᄒᆞ야도 셜마 가옥을 쎈앗겨도 셜마 ᄒᆞᆫ편으로 죽으면셔도 셜마 셜마 ᄒᆞ야 쥐에게 ᄯᅳᆽ기ᄂᆞᆫ ᄃᆞᆰ과 ᄀᆞᆺ치 몃통에 거의 올나오도

록 알지 못ᄒ고 셜마ㅅ쇼릭 ᄒᆫ 마듸에 천여 만 방리 됴흔 강산이 다 써나갓
스나 엇지 아니 원통ᄒ리오

대한국에도 만일 이ᄀᆺᄒᆫ 비긔와 셜마ㅅ소릭가 잇스면 필경은 뎌 인도의
전철이 멀지 아니ᄒ리로다(1909.7.24~29)

이 작품에는 원장법사의 입을 빌려 인도 패망의 원인을 제시했다. 상
층이 불교를 믿음으로 인해 일신 수양에만 힘쓴 점, 지식인들이 비기를
믿고 운수만 기다린 점 등 국민이 단결되지 못함을 그 원인으로 꼽았다.
그리고 원장법사는 한국에도 '설마' 소리 있으면 필경 인도의 전철을
밟으리라 단언했다. 그러자 우세자는 한국에는 설마 소리보다 더한 '아
니 된다' '할 수 없다'는 말이 있다고 했다. 당시 나타와 열패감, 좌절감
에 빠져 있는 우리 국민들의 모습을 날카롭게 지적한 것이다. 그리고
비기도 『도선비결』, 『정감록』, 『토정비결』 등 사람을 미치게 할 만한
책이 여러 권 있다고 했다.

나ᄂᆫ 드르니 인도국이 지금은 보통으로 즁등 학식이 된다 ᄒ니 비긔라 셜
마라 ᄒᄂᆫ 지각이야 넙어 잇스리오 불원간에 샹등 지식이 되면 외면으로라
도 문명 졍의를 쥬쟝ᄒᄂᆫ 뎌 영국이 엇지 샹등 인민의 ᄌᆞ유를 허락지 아니
ᄒ며 셜혹 허락지 아니ᄒᆯ지라도 ᄌᆞ유ᄂᆫ 내게 잇ᄂᆫ 것이니 북미합즁국을 보
지 못ᄒᄂᆫ가 그와 ᄀᆺ치 필경 독립이 되ᄂᆫ 날에ᄂᆫ 뎌 염라부에 갓치여 잇ᄂᆫ
사ᄅᆷ들ᄭᅥ지 쇽량ᄒ여 환싱케 ᄒ려니와

우리 대한은 국민의 보통 지식 잇ᄂᆫ 쟈도 몃 사ᄅᆷ이 못 되니 어ᄂᆫ 째에
즁등이니 샹등이니 ᄒᄂᆫ 것을 바ᄅᆞ며 수빅 년 이릭로 소위 졍치니 법률이니

군데이니 교육이니 하는 문구를 말홀진듸 참아 붓그러워 말을 못하겟노라
(1909.7.30)

우세자는 인도가 지금 중등 학식이 되어 머지않아 독립이 될 것이고, 그렇게 되면 염라부에 갇혀 있던 인도 사람들도 환생이 되리라 했다. 그런데 대한은 보통 지식 있는 사람도 몇 사람 아니 되며, 정치, 법률, 군대, 교육 등은 말하기 부끄러울 정도라는 것이다. 우세자는 한국의 사정이 인도보다 더 열악하여 식민지로 전락하면 백성들도 염라부에 빠지고 말리라 우려했다. 자칫하면 한국도 나락으로 빠질 수 있다는 경고이다. 단재는 『이태리건국삼걸전』, 「이순신전」과 마찬가지로 이 작품에서 독립의 중요성을 일깨우고, 독립 사상을 전파하였다.

4) 마무리

이 소설은 국문으로 발표되었다. 이 소설이 왜 국문으로 쓰였는지는 단재의 국문소설관을 통해 여실히 파악된다. 단재는 이미 『가정잡지』에서도 「익모초」라는 국문소설을 발표하지 않았던가. 그것은 소설, 특히 국문소설이 국민 계몽에 보다 효과적인 장르였기 때문이다. 단재는 당시 『월남망국사』 등과 같은 작품이 계몽에 뛰어나다는 사실을 목도했다. 그에게 있어서 국문소설은 계몽 효과의 극대화와 직결되어 있다.

그런데 「지구성미래몽」은 미완성이다. 작품의 내용을 통해 미완성이라는 사실을 확인할 수 있다.

우셰주ㅣ왈 대ᄉᄂᆫ 이왕을 슬허ᄒ고 나ᄂᆫ 쟝릭를 슬허ᄒ니 피츳가 다 당쟝 슬음은 아닌즉 이왕 슬음은 회복ᄒ기를 싱각ᄒ고 쟝릭 슬음은 면ᄒ기를 싱각흠이 가ᄒ니 우리 헌헌ᄒ 팔쳑 남ᄋᆞ가 엇지 ᄋᆞ녀주의 틱도로 울고 셰월을 보내리오 량국 형편을 토론ᄒ야 션후지칙을 연구흠이 엇더ᄒ뇨 (1909.7.23)

법ᄉㅣ왈 션싱이 비록 쇽인이나 잠시 나의 뒤를 ᄯᅡ라가면 옥경에셔 괄릭가 업슬 터이오 ᄯᅩ 옥경에 원찰릭가 잇스니 그곳에 올나보면 다만 인도와 한국만 볼 ᄲᅮᆫ 아니라 텬하 만국 형편이 모다 눈 압혜 잇스니 션싱은 동힝ᄒ기를 ᄉᆞ양치 마르쇼셔(1909.7.30)

이 작품의 서사는 "량국 형편을 토론ᄒ야 션후지칙을 연구흠"에 있다. 원장법사에 의한 인도 패망의 원인 제시와 우세자에 의한 한국의 현실 소개로 양국의 형편은 어느 정도 토론이 되었다고 할 수 있다. 그러나 여전히 선후지책에 대한 연구는 제대로 제시되지 않았다. 물론 우세자와 법사의 대화를 통해 그 답을 추리하는 것은 가능하지만, 작품에 실질적으로 제시된 것은 아니다. 아마도 그것은 옥경을 둘러보면서, 그리고 해월존자와의 대화를 통해 제시되어야 하지 않을까 싶다. 그리고 우세자와 법사가 옥경의 원찰대에 올라서 인도와 한국뿐만 아니라 만국의 형편을 관찰하려 한 사실이 작품에 제시되어 있다. 그런데 작품에는 옥경의 모습만 제시되었지 원찰대에서 바라본 만국의 정형은 나타나지 않았다. 이처럼 작품의 서사는 충분히 매듭된 것이 아니다.

우셰ᄌ | 존ᄌ를 ᄯ라 당샹으로 올나갈시 ᄉ면을 숢혀보니 수빅 권 경문은 문갑 우에 싸여잇고 벽람가ᄉᄂᆞᆫ 홰ᄉᄃᆡ에 걸여잇고 고실은 연상우에 넘쥬로 눌러 노앗ᄂᆞᆫᄃᆡ 각ᄉᆡᆨ 문방졔구ᄂᆞᆫ ᄀᆞ쟝 졍결ᄒᆞ야 그림 속과 방불ᄒᆞ더라(8.10)

작품은 우세자와 원장법사가 해월존자의 집에 찾아가 그를 만나는 것으로 마무리되었다. 일반적으로 작품의 마지막에 새로운 인물이 나오는 것은 서사 문법에 어긋난다. 새로운 인물의 등장은 새로운 사건을 예시해주는 것이기 때문이다. 그러므로 작품은 이것으로 종료될 것이 아니었다. 앞에서 언급했듯이 해월존자를 만나 '선후지책'을 토론하였을 것이다. 그러나 작품은 이러한 문제가 해결되지 않은 채 끝나고 말았다. 그것은 서둘러 마무리했다는 증표이다. 그리고 「보응」의 번안에 이어 「미국독립사」가 연재되었는데, 「지구성미래몽」의 내용에서 "북미합중국을 보지 못ᄒᆞᄂᆞᆫ가 그와 ᄀᆞᆺ치 필경 독립이 되ᄂᆞᆫ 날"(7.30)이라 하여 미국 독립사의 연재를 시사하는 구절이 있다는 것은 암시적이다. 「지구성미래몽」의 작가가 신문의 편집에도 관여했으며, 그렇기에 선후지책은 「지구성미래몽」에 국한된 것이 아니라 「미국독립사」와도 이어지는 것으로 볼 수 있다.

단재는 「지구성미래몽」에서 민족의식을 강조하였다. "민족"이라는 단어나 "국가", "국민관계", "단군의 자손", "단군 후예" 등의 표현에서도 그러한 의식은 두드러진다. 이 작품이 민족주의적 역사의식을 통해 이룩되었음을 보여주는 대목이다. 아울러 이 작품은 신채호 문학에서 중요한 의미를 지닌다. 무엇보다 단재가 대중들의 계몽을 위해서 소설을 직접 창작했다는 점이다. 아울러 이 작품의 발견으로 인해 「지구성미래몽」-「꿈하늘」-「룡과 룡의 대격전」으로 이어지는, 단재의 작품 세계에서 하나의 고리를 확인하게 되었다. 이 작품에 앞서 단재는 「허다고인의 죄악심판」(1908.8.8)을 썼는데, 거기에 꿈속에 천문(天門)에 올라 광개토대왕, 연개소문, 을지문덕, 최영, 이순신 등 성군 현신이 자리하고 있는 것을 본다. 그런데 박제상이 등장하여 역사적 간부(奸夫) 민적(民賊)들의 죄를 고발하는데, 김부식, 최치원, 설인귀, 쌍기 등 무수한 사람이 거론된다. 박제상은 복화술사 단재이며, 그는 꿈이라는 형식을 빌려 역사 속의 죄인들을 비판하고 민족의식을 고양했다. 「지구성미래몽」은 단재 문학에서 환상소설의 흐름을 보여준다. 비록 그것이 미완이라 하더라도 애국계몽기 소설을 통해 민족의식을 고양하고 독립을 쟁취하려던 단재의 의식을 보여주는 작품이라는 점에서 그 의의는 크다 하겠다. 이제 「지구성미래몽」을 애국계몽기 단재의 소설로 확실히 자리매김할 필요가 있다.[37]

3. 연극개량론의 형성과 전개

1) 연극 개량 논설과 단재

애국계몽기 단재는 문학 개량을 주장하는 여러 편의 글을 썼다. 이제까지 단재의 글 가운데 시가와 소설의 개량 및 개혁과 관련한 논의는

---

37 이 장의 본론 내용은 김주현의 「단재의 서사문학 계보와 '지구성미래몽'의 의미」(『어문학』 125, 한국어문학회, 2014.9)에서 가져왔음을 밝혀둔다.

큰 진전이 있었다.[38] 그러나 단재의 연극개량론에 대한 논의는 제대로 이뤄진 적이 없다. 그것은 텍스트의 저자가 제대로 확정되지 못한 까닭이다. 기왕의 시, 소설 개량을 주장하는 논설들은 단재전집에 실려 연구자들의 주목을 받았지만, 연극 개량 논설은 저자 확정이 이뤄지지 않아 제대로 논의되지 못한 것이다. 최근 들어 단재의 연극 개량 논설 몇 편이 발굴된 것은 그나마 다행스러운 일이라 하겠다.[39] 이 텍스트들은 단재의 문학 개량 논의를 살피는 데 주요한 자료들이다.

이 글에서는 단재의 연극개량론을 살펴보기로 한다. 연극개량론이 형성된 배경과 전개 등을 자료적인 측면에서 살펴보고, 그것이 갖는 의미를 분석해보고자 한다. 이 논의에서 다룰 자료는 아래의 것들이다.

「警告律社觀者」(『황성신문』, 1906.4.18)

「詔勅已下而協律社何不革罷」(『황성신문』, 1906.4.30)

「劇界改良論」(『대한매일신보』, 1908.7.12)

「演劇界之李人稙」(『대한매일신보』, 1908.11.8)

한편 이 외에도 단재는 문학 개량 관련 글들을 여러 편 썼다. 아래에 제시한 글들은 계몽기 단재의 문학 개량 논설 및 비평이다. 아래 자료들도 보조적으로 살필 것이다.

---

38 임형택, 「'동국시계혁명'과 그 역사적 의의」,『한국문학사의 시각』, 창작과비평사, 1984; 권영민, 「개화기 애국계몽운동과 민족문학의 인식」, 『개화기문학의 재인식』, 지학사, 1987; 권오만, 『개화기시가연구』, 새문사, 1989.
39 김주현, 「계몽기 연극개량론과 단재 신채호」, 『어문학』 103, 한국어문학회, 2009.3.

「近今國文小說著者의 注意」(『대한매일신보』, 1908.7.8)

「論學校用歌」(『대한매일신보』, 1908.7.11)

「天喜堂詩話」(『대한매일신보』, 1909.11.9~12.4)

「近日小說家의 趨勢」(『대한매일신보』, 1909.12.2)

　윗글들은 단재가 시가 및 소설에 대해 개량을 주장한 것들이다. 이 글들에 대해서는 개별적 논의 성과들이 있었다. 이 글들도 연극 개량 논설과 함께 논의할 필요가 있다. 장르적으로는 연극, 시가, 소설 등으로 나누어져 있지만, 궁극적으로 문예 개량을 외친 글로 하나의 범주에 속하기 때문이다. 그 논지들도 서로 연결되어 있으며, 당시 문학 전반에 대한 논의로 확대된 것이다. 그러므로 연극개량론은 별개로 논의될 것이 아니라 계몽기 문예계 개량이라는 측면에서 살펴볼 필요가 있다.

2) 단재의 연극개량론

　연극 개량에 대한 단재의 논의는 『황성신문』 시절부터 시작된다. 단재는 당시 협률사의 공연이 풍속에 좋지 않는 영향을 미치는 것을 보고 비판에 나선다.

　　夫哀怨之音은 元來 亡國之遺風이오 淫蕩之戲는 乃是誤人之捷徑이라 由是而心志搖漾之少年과 腔腸軟弱之女子가 魂迷於淫說雜戲之場ᄒ야 褰裳蹂墻之風과 待月窺花之習이 有不期然而自然之勢矣니 豈不慨歎處乎아[40]

단재는 『시경』의 구절을 빌려 '애원하는 노래[哀怨之音]는 원래 망국의 유풍이요, 음탕한 연희는 바로 사람을 그르치는 지름길'이라고 했다. 단재는 생활과 학문을 시급히 추구해야 할 문제로 제시하며, 이러한 때에 소위 협률사라는 것이 장차 어찌 하려고 설립한단 말인가' 하고 우려했다. 또한 협률사의 설치가 공공을 위한 것인지 사익을 위한 것인지 알 수 없노라고 하며, 협률사 창설자를 인면수심의 사람들로 비난했다. 관리는 충군과 애민을 생각하고, 상인은 식산과 흥업을 생각하고, 노성한 사람은 재물을 아껴 공공의 사업을 성취하고, 지혜 있는 자제들은 시간을 다퉈 학문을 해야 하는데 금전을 낭비하고 시간을 헛되이 쓰니 실로 안타깝다는 것이다. 그래서 "使博浪一椎로 猛擊律社而 粉碎之면 天地間 第一快事"라고 했다. 단재는 당시 협률사가 사회에 부정적인 영향을 주기 때문에 없애는 것이 마땅하다고 주장한 것이다.

盖各國演戱劇場之設이 原來 非空然設施者라 各以其國之由來風俗으로 其 忠臣烈婦의 毅節卓行이 可以爲模範萬世者나 或 其艸昧故代에 奇聞異蹟之 可以垂示後民者를 像型推演ᄒ며 唱導歌謠ᄒ야 以示國民이 不無其例어니와 至於我國 所謂協律社ᄒ야ᄂ 只出於桑濮男女의 淫靡洗蕩之風ᄒ야 使年少男女로 足以蕩性治神而已則 其汚亂風化ᄒ며 妨害治安이 固何如哉아[41]

단재는 "忠臣烈婦의 毅節卓行이 可以爲模範萬世者나 或 其艸昧故代에 奇聞異蹟之 可以垂示後民者를 像型推演ᄒ며 唱導歌謠ᄒ야 以示國民" 하

---

40 「警告律社觀者」, 『황성신문』, 1906.4.18, 논설.
41 「詔勅已下而協律社何不革罷」, 『황성신문』, 1906.4.30, 논설.

기 위해 각국이 연희장을 설치한다고 했다. 그런데 우리나라의 연희장
은 "只出於桑濮男女의 淫靡洪蕩之風ᄒᆞ야 使年少男女로 足以蕩性冶神而
已則 其汚亂風化ᄒᆞ며 妨害治安"하여 치안 풍속에 해를 끼친다는 것이
다. 그래서 고종황제께서 불일간 협률사를 혁파하라고 조정에 조칙을
내렸는데도 음란한 연극을 그만두지 않으니 이들은 정부의 명령도 따
르지 않는 역적이라는 것이다. 또한 "當此國家難危之日ᄒᆞ야 罔念利用厚
生之道와 恢復國權之想ᄒᆞ여야 함에도 불구하고 "終日繼夜토록 携妓挾
娟ᄒᆞ야 冶遊於淫佚之場이 已不免浮浪之目"하는 무리 역시 역적배라는
것이다. 그는 협률사가 '치안방해'와 '괴란풍속'하기 때문에 철폐해야
한다는 것이다.

한편 이러한 단재의 주장은 『대한매일신보』에도 이어진다. 단재는
『대한매일신보』에서 연극개량론을 주장했다. 이전에는 협률사를 혁파
해야 한다고 주장했다면, 이 시기에 들어와서는 극계 개량에 무게를 둔
다. 그는 연희의 중요성을 인정하고, 그것을 통해 계몽을 이루려고 했다.

韓國의 劇界를 觀ᄒᆞᆫ즉 只是協律社 團成社 等의 劇場을 設ᄒᆞ야 許多 淫蕩의
演戲로 許多 靑年 子弟를 引하야 其心志를 亂케 ᄒᆞ며 其意氣를 墮케 ᄒᆞ며 其
思想을 迷케 홈으로 學問에 留意ᄒᆞ던 者ㅣ 此에 往하면 其學問을 棄ᄒᆞ며 實
業에 留意ᄒᆞ던 者ㅣ 此에 往ᄒᆞ면 其實業을 棄ᄒᆞ야 無數人才를 皆此에서 壞
了케 ᄒᆞ니 嗚呼라 韓國의 現今 所謂 劇場은 壹切 無疑打破ᄒᆞᆯ 者이어니와 (…
중략…) 壹場에 悲극을 演ᄒᆞ야 英雄豪傑의 淋漓壯快ᄒᆞᆫ 往蹟을 觀ᄒᆞ면 비록
庸夫懦兒라도 此에서 感興ᄒᆞᆯ지며 忠臣烈士의 凄凉貞烈ᄒᆞᆫ 遺標를 觀ᄒᆞ면 비
록 蠢奴劣僕이라도 此에셔 奮起ᄒᆞᆯ지니 歷史에 如何ᄒᆞᆫ 偉人을 傳ᄒᆞ던지 但只

其言行과 事實을 記錄ᄒ거니와 극에 至ᄒ야ᄂ 不然ᄒ야 千古以上의 人物이
라도 其容顏을 接ᄒᄂᆫ듯 咳唾를 聽ᄒᄂᆫ 듯ᄒ야 十分 精神에 七分을 可得이
라 今에 假令 成忠 階伯 朴提上 諸公을 演ᄒ면 其瑩潔ᄒᆫ 狀態가 腦에 印하며
崔瑩 尹관 鄭夢周 諸賢을 演ᄒ면 其忠壯ᄒᆫ 實跡이 眼에 照ᄒ야 畢竟 心往神
移ᄒ야 高尙純潔ᄒᆫ 心思가 自生ᄒᆯ지니 所以로 극을 可貴라 ᄒ이어늘[42]

단재는 협률사, 단성사 등이 "許多 淫蕩의 演戲로 許多 靑年 子弟를 引
하야 其心志를 亂케 ᄒ며 其意氣를 墮케 ᄒ며 其思想을 迷케" 하였다고
기술했다. 그것은 『황성신문』에서 협률사를 비판하던 모습을 그대로
보여준다. 연희장의 폐단은 학문과 실업에 힘써야 할 사람들이 연희장
으로 가느라 학문과 실업을 버리고, 그리하여 무수한 인재를 버리게 한
다는 것이다. 그러나 "演劇이 人心風俗에 有益"하다는 것을 인식하고,
옛날에 나폴레옹이 항상 극장에 가서 연극을 보되 반드시 비극이 아니
면 보지 않았으며, 또한 비극이 "人物을 陶鑄ᄒᄂᆫ 能力이 歷史보다 突過
ᄒ다 ᄒ얏"다고 했다. 단재는 연극이 인물을 도주하는 능력이 역사보다
뛰어나다는 것을 인정하고, 그래서 "悲劇이 人心風俗에 有益ᄒᆷ을 可想
ᄒᆯ지로다"라고 했다. 연극을 좋은 쪽으로 개량하면 더욱 효과를 볼 수
있다는 것이다.

그래서 단재는 "英雄 豪傑의 淋漓壯快ᄒᆫ 往蹟", "忠臣 烈士의 凄凉貞烈
ᄒᆫ 遺標"를 연희할 것을 주장했다. 구체적으로 "成忠 階伯 朴提上 諸公"
의 "其瑩潔ᄒᆫ 狀態"나 "崔瑩 尹관 鄭夢周 諸賢"의 "其忠壯ᄒᆫ 實跡" 등을

---

42 「劇界改良論」, 『대한매일신보』, 1908.7.12, 논설.

연희하면 큰 효과가 있을 것이라는 것이다. 주로 충신이나 장군, 의사들의 행적을 연희함으로써 국민들의 역사의식 제고와 애국심 형성을 외친 것이다. 그의 연극 개량은 애국에 집중되어 있다. 그래서 그는 "극界改良에 留意ㅎᄂᆞᆫ 者ㅣ 有ㅎ거던 惟彼悲극에 從事하야 國民의 心理와 感情을 陶鑄홀지어다"라고 했다.

今日演劇에ᄂᆞᆫ 東國先民의 愚溫達 乙支文德을 仰瞻홀싸 ᄒᆞ더니 嗟乎異哉라 依舊是 月梅의 罵女聲만 尼喃ᄒᆞ며 明日演劇에ᄂᆞᆫ 泰西近代의 華盛頓 拿破倫을 快覩홀싸 하더니

嗟乎怪哉라 依舊是 놀보의 妬弟語만 爛漫ᄒᆞ며 然則又明日에나 忠臣義婦或 快男烈俠의 歷史를 壹聞홀싸 新世界 冒險的 人物을 壹見홀싸 ᄒᆞ더니 嗚乎라 依舊是 春香歌쑨 沈淸歌쑨 華容道쑨이로다

嗚乎라 李人稙氏여 君의 口를 依하면 改良이 已久ᄒᆞ나 衆人의 眼으로 看ᄒᆞ면 改良이 都無ᄒᆞ니 嗚乎라 李人稙氏여[43]

한편으로 단재는 이인직이 원각사를 개설하고 "春香歌 沈淸歌 興夫歌 華容道 等의 淫蕩的 황怪的 演劇을" 개량한다고 하여 기대하였으나 "依舊是 月梅의 罵女聲만 尼喃ᄒᆞ"는 등 "改良이 都無ᄒᆞ"여 그를 비판하고 나섰다. 단재가 기대했던 것은 「극계개량론」에 제시했듯 영웅들의 행적이나 충신열사의 유표였다. 그래서 그는 "忠臣 義婦 或 快男 烈俠의 歷史를 壹聞홀싸 新世界 冒險的 人物을 壹見홀싸"라고 하였다. 그것은 『황성신문』에

---

[43] 「演劇界之李人稙」, 『대한매일신보』, 1908.11.8, 논설.

서 언급했던 "忠臣烈婦의 毅節卓行"과 "奇聞異蹟"에 해당되지 않던가. 그는 더 구체적으로 '『로빈슨 표류기』 같은 기이한 작품을 번역하여 국민의 모험심을 불러일으켜도 좋고 『잔 다르크 구국전』과 같은 작은 역사를 저술하여 국민의 애국성을 조성해도 좋'다고 하였다. 연극이 애국성을 주조하는 데 기여해야 한다는 말이다. 그러나 단재는 이인직이 이전과 다름없이 "奇怪荒誕淫蕩的의 演劇으로 國民의 心志를 蕩ᄒ"게 하자 그를 모리배로 규정했다. 단재는 이인직이 한국의 제일등 소설가로 자부하면서 연극 시찰차 일본에 가기도 하였지만, 그의 연극은 이전의 연극과 전혀 다를 바 없었다. 이인직은 연극 개량을 운운하면서 연극을 상품화하는 모리적 작태를 벌였고, 단재는 이에 대해 강하게 비판하였다.

3) 연극개량론 형성의 전후

1906년 김용제 등은 일본인과 손을 잡고 연극장을 개설하였다. 협률사는 새롭게 개설되어 음란한 연희를 공연한다. 단재는 먼저 「경고율사관자」을 통해서 관람자에게 경고를 했다. 그리고 다음날(4.19) 이필지의 상소(「이씨상소(李氏上疏)」)를 게재하고, 25일에는 「율사혁파(律社革罷)」, 27일에는 「훈파율사(訓罷律社)」를 기사로 실었다. 그러나 여전히 협률사는 혁파되지 않고 공연을 계속했다.

　各以其國之 由來風俗으로 其忠臣烈婦의 毅節卓行이 可以爲模範萬世者나 或 其艸昧故代에 奇聞異蹟之 可以垂示後民者를 像型推演ᄒ며 唱導歌謠ᄒ야

以示國民이 不無其例어니와 ……[44]

단재는 극계의 폐단에 대해 깊이 우려했다. 협률사 개설자들이 오직 잇속에만 혈안이 되어 음란한 연극을 지속하자 단재는 의절탁행(毅節卓行)이나 기문이적(奇聞異蹟)을 연희하는 것이 마땅하다며 그들을 준열히 꾸짖었다. 그것은 음탕지희(淫蕩之戲) 관람자 경고(「경고율사관자」)-의구불철(依舊不撤)하는 개설자 재경고(「조칙이하이협률사하불혁파(詔勅已下而協律社何不革罷)」)-허다(許多) 음탕(淫蕩)의 연희(演戱) 비판(「극계개량론」)으로 이어진다.

연희 개량이라는 말이 직접 등장한 것은 1907년 『만세보』를 통해서이다. 이상필, 곽한승, 곽한영에 의해 주도된 연희 개량은 타령을 연습시켜 「춘향가」부터 개량하려 했다는 점에서 근대적 연극 개량과는 거리가 있다.[45] 그런데 만세보의 기자는 「춘향가」가 성황리에 공연되었다고 찬사를 아끼지 않았다.[46] 이것은 당시 만세보의 총무 겸 주필이었던 이인직의 글이거나, 또는 그의 입장을 대변하는 글임에 틀림없다.

金相天 朴晶東 李人稙 三氏가 西門닉 官人俱樂部의 演劇場을 設施할 次로 現今準備中이라더라[47]

今後에 苟或 극界改良에 留意ᄒᆞᄂᆞᆫ 者ㅣ 有ᄒᆞ거던 惟彼悲극에 從事하야 國民의 心理와 感情을 陶鑄ᄒᆞᆯ지어다[48]

44 「詔勅已下而協律社何不革罷」, 『황성신문』, 1906.4.30, 논설.
45 「演戲改良」, 『만세보』 1907.5.21, 3면.
46 「演劇奇觀」, 『만세보』 1907.5.30, 3면.
47 「演劇準備」, 『대한매일신보』, 1908.7.10, 잡보란.

단재는 1908년 7월 10일경 이인직 등이 연극장을 개설하려고 한다는 소식을 접했다. 이미 협률사, 단성사 등의 폐단을 보아온 단재로서는 사실상 이인직이 주도하는 연극장 설시를 우려하지 않을 수 없었다. 이인직은 1907년 7월 18일부터 친일지 『대한신문』의 사장을 맡고 있었다. 단재는 「국민대한 양신문을 위한 초혼[爲國民大韓兩新聞招魂]」(『대한매일신보』, 1907.12.17), 「대한신문마보기자(大韓新聞魔報記者)아 일람(一覽)」(12.18~22)에서 『대한신문』에 대해 강도높게 비판하였으며[49], 「여우인절교서」(『대한매일신보』, 1908.4.14)에서도 "國民大韓 兩魔報"라고 하였다. 『국민신보』는 일진회의 기관지이며, 『대한신문』은 친일 이완용 내각의 기관지로 모두 적극적인 친일신문이었다. 그는 1908년 「일본의 삼대충노」(1908.4.2)를 써서 송병준, 조중응, 신기선 등을 비판하기도 했다. 당시 단재는 항일비밀결사인 신민회에 가입(1907)한 상태였으며, 그에게 친일파는 척결해야 할 대상이었던 것이다.

　단재는 「극계개량론」에 4일 앞서 「근금 국문소설 저자의 주의」를 발표했다. 거기에서 그는 "近今 新小說 出刊者가 只是 一時 牟利的으로 草草 撰出"한다고 비난했다. "국민의 혼"이어야 할 신소설이 위미음탕하여 인심 풍속을 흐리게 했기 때문이다. 그 비난의 중심에 "第壹等 小說家로 自命"하는 이인직이 있었음은 두말할 나위가 없다. 단재는 이후 "牟利的 起見으로 爲妾辨護의 「鬼의 聲」과 如흔 小說을 著흐"였다고

48　「劇界改良論」, 『대한매일신보』, 1908.7.12, 논설.
49　이 두 편의 글은 모두 표면적으로는 베델(本記者는 白面黃髮, 英人)을 저자로 내세우고 있지만, 「國民魔報記者야」(1909.5.21~22), 「國民大韓 兩魔頭上 各一棒」(5.23), 「석호라 국민대한 양마보의 응견됨이여」(6.27) 등의 논설과 시리즈를 형성하고 있으며, 단재의 문체와 사상이 다른 어떤 글보다 잘 드러난 단재의 글이다.

이인직을 비판하지 않았던가. 단재가 문예계에 대해 개량을 직접 운위하고 나선 것은 「논학교용가(論學校用歌)」(1908.7.11)에서이다. 그는 이 글에서 당시 가곡이 "漢字를 多用하고 國字로 補助하며 俗語는 抹殺하고 雅語만 趣重하야 畢竟 其意가 晦甚한 者"로 "不可不 汲汲 改良할 者"(1908.7.11)라고 했다. 그에게 소설이나 가사 역시 개량의 대상이었던 것이다.

다음 날(1908.7.12) 단재는 이인직의 연극장 개설에 맞춰 연극개량론을 전면에 내세웠다. 그의 의도는 "今後에 苟或 극界改良에 留意하는 者ㅣ 有하거던 惟彼悲극에 從事하야 國民의 心理와 感情을 陶鑄"하라는 데서 더욱 분명해진다.

> 大抵 壹場에 悲극을 演하야 英雄豪傑의 淋漓壯快한 往蹟을 觀하면 비록 庸夫懦兒라도 此에셔 感興할지며 忠臣烈士의 凄凉貞烈한 遺標를 觀하면 비록 蠢奴劣僕이라도 此에셔 奮起할지니 (…중략…) 假令 成忠 階伯 朴提上 諸公을 演하면 其瑩潔한 狀態가 腦에 印하며 崔瑩 尹瓘 鄭夢周 諸賢을 演하면 其忠壯한 實跡이 眼에 照하야 畢竟 心往神移하야 高尙 純潔한 心思가 自生할지니 所以로 극을 可貴라 홈이어늘[50]

단재는 협률사 비판에서 "忠臣烈婦의 毅節卓行", "奇聞異蹟" 등을 통한 연극 개량을 주문했다. 또한 그는 「근금 국문소설 저자의 주의」에서 "悲悽한 事" "壯快한 事"를 그려낼 것을 권하며, "委靡淫蕩的 小說이 多하

---

50 「劇界改良論」, 『대한매일신보』, 1908.7.12, 논설.

면 其國民도 此의 感化를 受할지며 俠情慷慨的 小說이 多하면 其國民이 此의 感化를 受할"(1908.7.8) 것이라 주장했다.[51] 그러한 인식은 「극계개량론」에서 더욱 구체화된다. 이 글에서 그는 "英雄豪傑의 淋漓壯快흔 往蹟"과 "忠臣烈士의 凄涼貞烈흔 遺標"를 제시했다. 충신열부의 의절탁행은 영웅호걸의 임리장쾌한 행적, 충신열사의 처량정렬한 유표와 일치한다. 단재는 연극개량론에서 성충(成忠), 계백(階伯), 박제상(朴提上), 최영(崔瑩), 윤관(尹瓘), 정몽주(鄭夢周) 등의 행적이나 유표를 연출해야 한다고 주장했다.

> 李人植 朴晶東 兩氏가 官人俱樂部의 演劇場을 設施흔다는 說은 本報의 已
> 爲報道ᄒ얏거니와 昨日의 희場 設施흘 請願을 警視廳이 承認ᄒ얏다더라[52]
> 大韓新聞社長 李人植氏가 我國演劇을 改良ᄒ기 爲하야 新演劇을 夜珠峴
> 前協律社에 創設ᄒ고 再昨日붓터 開場ᄒ얏는디 銀世界라 題한 小說로 (…
> 중략…) 其經費를 補助키 爲ᄒ야 (…중략…) 我國에 固有ᄒ던 各種 演藝를
> 設行흔다더라[53]

연극상 설시 청원은 1908년 7월 20일 허가가 나서 7월 26일부터 연극을 공연하기에 이른다. 그런데 "李人植氏가 圓覺社를 設ᄒ고 演劇을

---

51 「허다고인의 죄악비판」에서 "史筆이 强하여야 民族이 强하며 史筆이 武하여야 民族이 武하는 배이어늘"(1908.8.8)이라고 했고, 1년 뒤엔 "書籍이 腐敗하면 一國民을 腐敗케 함이며 書籍이 卑劣하면 一國民을 卑劣케 함이며 書籍이 無精神하면 一國民을 無精神케 함이며 書籍이 無主旨하면 一國民을 無主旨케 함"(1909.7.9)이라고 했다. 그것은 이미 도주론에서 보여준 것처럼 언론, 연극, 역사, 교과서, 시 등 광범하다. 단재는 궁극적으로 개량을 통한 국민 도주론은 문학(연극, 소설, 시)과 역사, 서적으로 확대된 것이다.
52 「演劇承認」, 『대한매일신보』, 1908.7.21, 잡보란.
53 「小說演劇」, 『황성신문』, 1908.7.28, 잡보란.

改良ᄒ다 ᄒ기에 耳를 傾ᄒ"였지만, 원각사에서는 春香歌, 興夫歌, 華容
道打슈 등 "奇怪荒誕淫蕩的의 演劇"만 공연하였다. 원각사의 초기 공연
은 이상필 등의 광무대처럼, 전통적 연희 개량의 범주에서 벗어나지 못
했다. 비록 「춘향가」 등의 "고유 연예 설행"이 「은세계」와 같은 신연극
공연을 위한 재원 마련의 차원이었다지만 오히려 전자가 주가 된 형국
이었다. 게다가 더욱 개탄스러운 것은 고관대작들이 연극을 관람하고
풍기를 흐리는 일이었다.[54] 그래서 그는 이인직이 부재중일지라도 원
각사 공연을 질타하지 않을 수 없었다.[55]

今日演劇에ᄂ 東國先民의 愚溫達 乙支文德을 仰瞻홀ᄭᅡ ᄒ더니 嗟乎異哉
라 依舊是 月梅의 罵女聲만 尼喃ᄒ며 明日演劇에ᄂ 泰西近代의 華盛頓 拿破
倫論을 快覩홀ᄭᅡ 하더니

嗟乎怪哉라 依舊是 놀보의 妬弟語만 爛漫ᄒ며 然則 又明日에나 忠臣 義婦
或 快男 烈俠의 歷史를 壹聞홀ᄭᅡ 新世界冒險的 人物을 壹見홀ᄭᅡᄒ더니 (…
중략…) 羅賓孫漂流記와 如ᄒ 奇文을 譯ᄒ야 國民의 冒險心을 鼓발ᄒᆷ도 可
ᄒ며 若安貞德救國傳과 如ᄒ 壹小史를 著ᄒ야 國民의 愛國性을 鑄造ᄒᆷ도 可
ᄒ거날[56]

---

54 당시 원각사를 관람한 사람으로 송병준(1908.8.11 :『대한매일신보』, 기사날짜), 오일영
   (9.16), 윤덕영・민병석・송병준・조민희(9.19), 각부대신・이준용・민영휘・한창수
   (10.11), 송병준・조중응・각부차관 일동・통감부 고등관 수십명(10.18), 총리 이하 각
   부대신 및 그 권속(10.23) 등 부지기수이다.
55 이인직은 1908년 8월 3일 도일하였다가 1909년 5월 12일 귀국한다.(관련기사 :『대한매
   일신보』, 1908.8.5・1909.5.14)
56 「演劇界之李人稙」,『대한매일신보』, 1908.11.8, 논설.

단재가 주문했던 연극 개량은 원각사 공연에서 전혀 이뤄지지 않았다. 그는 온달, 을지문덕, 워싱턴, 나폴레옹, 잔 다르크 등의 "忠臣義婦 或 快男烈俠의 歷史"극, 『로빈슨 표류기』와 같은 "新世界 冒險的 人物"극을 기대했다. 그것은 「조칙이하이협률사하불혁파(詔勅已下而協律社何不革罷)」에서 제시한 "忠臣烈婦의 毅節卓行", "奇聞異蹟"과 그대로 일치하며, 또한 「근금 국문소설 저자의 주의」에서 말한 "기묘형결한" 문학인 셈이다. 단재는 애국 계몽을 통한 민족 국가 건설을 가장 시급한 과제로 인식했기 때문에 그의 개량론은 주로 실제 역사 속의 인물 전기가 중심이 되었으며, 그래서 소재적인 측면에서 무척 제한되어 있다.

윗글의 국문판 제목은 「연극장의 독갑이」인데, 단재는 이인직을 도깨비, 즉 마귀 같은 존재로 규정했다. 단재가 신문에 실제 이름을 거론하며 공격한 예는 많지 않은데, 송병준, 조중응, 신기선, 이인직, 우용택 정도이다. 이인직은 신문뿐만 아니라 소설, 그리고 연극을 통해서도 나쁜 영향을 미쳤다. 특히 원각사는 송병준, 조중응 등의 고관이 몰려드는 복마전과 다를 바 없었다. 그래서 단재는 "又何樣禍坑을 造ᄒᆞ야 同胞에게 流毒코ᄌᆞ ᄒᆞᄂᆞ지"라고 분노했다. 그리고 『대한신문』에 대한 단재의 비판은 이인직의 귀국 후에도 「국민마보(國民魔報) 기자(記者)야」(1909.5.21~22), 「국민대한 양마두상 각일봉(國民大韓兩魔頭上各一棒)」(5.23) 등에서 이어진다.

단재의 개량론은 「천희당시화」(『대한매일신보』, 1909.11.9~12.4)에서 절정을 이룬다.

故로 强武ᄒᆞᆫ 國民은 其詩부터 强武ᄒᆞ며 文弱ᄒᆞᆫ 國民은 其詩부터 文弱ᄒᆞ나니 一國의 盛衰治亂은 大抵 其國詩에서 可驗ᄒᆞᆯ지오 又 其國의 文弱을 回ᄒ

야 强武에 入코ᄌᆞ ᄒᆞᆯ진ᄃᆡ 不可不 其文弱ᄒᆞᆫ 國詩부터 改良ᄒᆞᆯ지라(『대한매일신보』, 1909.11.11)

故로 余ᄂᆞᆫ 嘗言호ᄃᆡ 詩가 盛ᄒᆞ면 國도 亦盛ᄒᆞ며 詩가 衰ᄒᆞ면 國도 亦衰ᄒᆞ며 詩가 存ᄒᆞ면 國도 亦存ᄒᆞ며 詩가 亾ᄒᆞ면 國도 亦亾ᄒᆞᆫ다(『대한매일신보』, 1909.11.23)

是以로 其詩가 武烈ᄒᆞ면 全國이 武烈ᄒᆞᆯ지며 其詩가 淫蕩ᄒᆞ면 全國이 淫蕩ᄒᆞᆯ지며 其詩가 雄建ᄒᆞ면 全國이 雄建ᄒᆞᆯ지며 其詩가 柔弱ᄒᆞ면 全國이 柔弱ᄒᆞᆯ지며 其他 勇悍猖狂 猛奮纖劣 或善 或惡 或美 或醜가 無非詩歌의 支配力을 受ᄒᆞᄂᆞᆫ 바인ᄃᆡ 試思ᄒᆞ라(『대한매일신보』, 1909.11.24)

이 글에 시도(詩道)와 국가, 또는 국민의 관계가 제대로 드러난다. 단재는 우리의 시가 대부분 위미음탕하여 풍속의 부패를 가져온다고 여기고 국시 개량을 외쳤다. 그는 "余ᄂᆞᆫ 嘗謂호ᄃᆡ", "余ᄂᆞᆫ 嘗言호ᄃᆡ" 등의 표현을 썼는데, 이제까지의 문학에 대한 입장을 「천희당시화」에서 정리하였다. 앞에서 언급한 「논학교용가」에서의 가곡 개량에 대한 의견뿐만 아니라 소설 및 연극개량론도 종합되기에 이른다. 그러므로 「천희당시화」는 단순한 시가개량론이 아니라 단재의 문학론을 담고 있다. 그는 국가의 무열 / 음탕, 웅건 / 유약은 모두 시와 관계가 있다고 하여 시와 국가의 흥망관계를 동일선상에서 파악했다.

小說이 國民을 强ᄒᆞᆫ 데로 導ᄒᆞ면 國民이 强ᄒᆞ며 小說이 國民을 弱ᄒᆞᆫ 데로 導ᄒᆞ면 國民이 弱ᄒᆞ며 正ᄒᆞᆫ 데로 導ᄒᆞ면 正ᄒᆞ며 邪ᄒᆞᆫ 데로 導ᄒᆞ면 邪ᄒᆞ나니 小說家된 者ㅣ 맛당히 自愼ᄒᆞᆯ ᄇᆡ어날 近日 小說家들은 誨淫으로 主旨를 ᄉᆞᆷ

으니 이 사회가 장춧 엇지되리오 近間 大韓新聞의 揭지된 漢江船을 讀ᄒᆞᆷ 더욱 聲을 失ᄒᆞ며 長吁홀 비로다.[57]

단재는 「근일 소설가의 추세」에서 자신의 소설관을 피력했다. 그것은 "小說이 國民을 强ᄒᆞᆫ 데로 導ᄒᆞ면 國民이 强ᄒᆞ며 小說이 國民을 弱ᄒᆞᆫ 데로 導ᄒᆞ면 國民이 弱ᄒᆞ며 正ᄒᆞᆫ 데로 導ᄒᆞ면 正ᄒᆞ며 邪ᄒᆞᆫ 데로 導ᄒᆞ면 邪ᄒᆞᄂᆞ니" 고로 소설은 국민의 나침반이라는 얘기이다. 시화에서 주장한 내용을 다시 강조한 셈이다. 단재는 이 글에서 당시 소설가들이 "誨淫으로 主늠를 슴"는 것을 비판했다. 그는 여전히 소설을 계몽의 도구로 인식하고, 그래서 소설의 개량을 외친 것이다.

4) 마무리

단재의 문학론 가운데서 연극개량론이 이제까지 제대로 논의되지 못한 것은 연극 개량 논설의 저자가 제대로 확정되지 못했기 때문이다. 앞에서 살펴본 것처럼 연극개량론은 연극 개량에 국한된 것이 아니고 시가, 소설 등 문예계 전반에 관련된 것이다. 연극은 다른 장르보다 먼저 개량이 논의되었다. 그 까닭은 무엇보다 당시 연극장의 폐해가 심각했다는 점 때문일 것이다.

단재는 계몽기 연극 개량에 주목을 하였다. 그것은 소설이나 시가 개

---

57 검심, 「近日 小說家의 趨勢」, 『대한매일신보』, 1909.12.2, 담총란.

혁론에서도 보여준 것처럼 애국 계몽 도구로서의 예술관에서 비롯된다. 연극도 감정을 도주하고 애국심을 발양하는 도구로서의 기능을 충실히 수행할 것을 강조한 것이다. 애국계몽기 단재의 문학관은 계몽의 도구로서의 문학으로 집약된다. 시든, 소설이든, 연극이든 인간의 감정을 도주하고 나아가 애국성을 발휘하는 도구로서 가치가 있다는 것이다. 그의 연극 개량은 "忠臣烈婦의 毅節卓行이 可以爲模範萬世者나 或 其 艸昧故代에 奇聞異蹟之 可以垂示後民者를 像型推演ᄒ며 唱導歌謠ᄒ"는데 맞춰져 있다. 그것은 곧 "忠臣 義婦 或 快男 烈俠의 歷史"와 "新世界 冒險的 人物"의 이야기가 된다. 성충, 계백, 박제상, 최영, 윤관, 정몽주, 또는 온달, 을지문덕이나 워싱턴, 나폴레옹 등의 삶을 그린 연극이나 『로빈슨 표류기』, 『잔 다르크 구국전』 등의 연극을 주문한 것이 그러한 예가 된다.

그것은 다른 한편으로 애국 전기의 창작과도 연결된다. 단재가 이인직을 비판한 것은 그가 일류 소설가로 자처하면서 우리나라 훌륭한 인물들의 업적을 그려내지 않고 흥미 위주의 소설을 썼기 때문이다. 단재는 영웅전기나 신세계 모험물을 최고의 가치로 인식하였는데, 독자 대중들이 그들의 애국심과 용기를 본받기를 바랐기 때문이다. 그는 예술의 사회적 기능과 가치를 우선시하였다. 단재가 연극장의 철폐에서 개량으로 나아간 것은 「춘향가」, 「흥부가」 등에서 신연극으로의 변화라는 시대적 요구 때문이기도 하겠지만, 무엇보다 연극의 계몽적 기능을 중시했기 때문이다. 그러나 연극에 대한 일제의 후원과 상업 자본의 논리에 묻혀 단재의 개량론은 제대로 빛을 보지 못하고 말았다.[58]

4. 「천희당시화」의 의미

1) 「천희당시화」의 저자

　「천희당시화(天喜堂詩話)」는 『대한매일신보』(1909.11.9~12.4)에 발표된 시화이다. 이 시화는 그 중요성에도 불구하고 그동안 심도있게 논의되지 못했다. 이제까지 「천희당시화」에 대한 주요 연구는 그렇게 많지 않다.[59] 이들 외에도 단재의 문학관과 관련하여 「천희당시화」를 부분적으로 언급하거나 양계초 문학론과의 영향관계를 논의한 것도 있다.[60] 「천희당시화」는 신채호론이나 애국계몽기 문학론에서, 또는 비교문학적 입장에서 주로 논의되었다.

　「천희당시화」는 단재전집(1977)에 수록된 이래 저자에 관한 많은 의혹이 있어왔다. 특히 「천희당시화」의 윤상현 저작 가능성이 주승택과 김윤식에 의해 제기됨으로써 저자에 대한 논란이 더욱 가중되었다. 「천희당시화」가 『단재신채호전집』에 들어 있어 별다른 의심을 하지 않고 신채호론에 끌어들인 경우도 많았지만, 저자에 대한 논란이 제기된 이후 신채호론에서 그 논의는 부쩍 줄어들었다. 필자는 「천희당시

---

58 이 장에서는 김주현의 「계몽기 연극개량론과 단재 신채호」(『어문학』 103, 한국어문학회, 2009.3)의 내용 일부를 가져왔음을 밝힌다.

59 임중빈, 「단재의 상황문학론」, 『한국문학』, 1977.9; 이동순, 「단재 신채호의 「천희당시화」에 대하여」, 『개신어문연구』 1, 충북대 국어교육학과, 1981; 임형택, 「'동국시계혁명'과 그 역사적 의의」, 『한국문학사의 시각』, 창작과비평사, 1984; 고은지, 「「천희당시화」에 나타난 애국계몽기 시가인식의 특질과 의미」, 『한국시가연구』 15, 한국시가학회, 2004.

60 葉乾坤, 『양계초와 구한말 문학』, 법전출판사, 1980; 표언복, 「단재의 문학과 형성에 미친 양계초의 영향」, 『목원어문학』 8, 목원대 국어국문학과, 1989; 계곤, 「한국개화기 소설에 미친 만청소설의 영향―양계초와 신채호의 문학을 중심으로」, 『경남어문논집』 9·10, 경남대 국어국문학과, 1998.1; 우림걸, 『한국 개화기문학과 양계초』, 박이정, 2002.

화」의 저자가 신채호임을 여러 가지 근거를 통해 제시했으며, 이로 인해 「천희당시화」를 단재의 시화로 규정하였다.[61] 이 글은 「천희당시화」의 저자 확정 논의에 이어 그것의 성격과 위상을 규명해 보기 위한 일환으로 전개된다.

「천희당시화」의 중요성은 많은 연구자들로부터 인정받은 터이다. 임중빈은 「천희당시화」가 사르트르의 상황문학론보다 40년 앞선 인도주의적 참여문학론임을 강조했고, 조종업은 『한국시화총편』 14권에 「천희당시화」를 포함하여 그 중요성을 인정하였다.[62] 이 시화는 애국계몽기를 대표하는 문학론으로, 단재의 사상을 잘 집약해주는 평론으로, 그리고 전대 시화의 맥락을 잇고 있는 시화로 대단히 중요하다. 이 시화가 발표된 시기가 애국계몽기이며, 이 시화에서는 전대의 시뿐만 아니라 당대의 시에 대해서도 논의하였다. 그런 측면에서 시화의 문학사적 의미뿐만 아니라 당대적 가치도 충분히 논의될 필요가 있다. 이 글에서는 신채호의 「천희당시화」의 위상을 전대 우리 시화와 당대 양계초의 시화와의 비교를 통해 규명해 보기로 한다.

2) 민족 주체성과 국시 인식

「천희당시화」는 무엇보다 민족 주체적 인식을 바탕으로 한다. 그것

---

61 김주현, 「국문 창제 요의설(了義說)을 통한 「천희당시화」의 저자 규명」, 『어문학』 87, 한국어문학회, 2005.3; 김주현, 「「천희당시화」의 저자 문제」, 『우리말글』 33, 우리말글학회, 2005.4.
62 조종업 편, 『한국시화총편』, 태학사, 1996.

은 우리 역사에 대한 주체적 인식에서 비롯되며, 참된 민족주의에 입각해 있다.

> 余가 近世 我國에 流行ᄒᄂᆞ 詩歌를 觀ᄒᆞ건듸 太半 流靡淫蕩ᄒᆞ야 風俗의 腐敗만 釀ᄒᆞᆯ지니 世道에 關心ᄒᆞᄂᆞ 者가 汲汲히 其改良을 謀ᄒᆞᆷ이 可ᄒᆞ며 又 其中에셔 特히 民俗에 有益ᄒᆞᆯ 만ᄒᆞᆫ 詩歌를 蒐集ᄒᆞ야 詩界의 國粹를 保全ᄒᆞᆷ이 可ᄒᆞᆯ지나 但 古ᄉᆞ가 殘缺ᄒᆞ야 三國時代 眞正 强武ᄒᆞᆫ 詩歌ᄂᆞ 得見키 難ᄒᆞ니 惜哉로다 (…중략…) 今에 我國人다려 問曰 我國詩가 何時에 始ᄒᆞ엿나뇨 ᄒᆞ면 或曰 類利王의 黃鳥詩가 始라 ᄒᆞ며 或曰 乙支文德의 遺于仲文詩가 是라 ᄒᆞ나 是ᄂᆞ 皆漢詩오 國詩가 아니라[63]

이 글에서 단재는 현재 시가의 유미음탕함을 비판하고 고사가 잔결하여 강무한 시가를 얻어보기 어려움을 한탄했다. 이 글에는 현존하는 시가에 대해 정리를 해보려는 역사가로서의 인식과 잘못된 현실에 대한 비판을 통해 국수를 보전하려는 정론가로서의 의식이 중층적으로 작용하고 있다. '국수'라 함은 주체적 민족주의를 말한다. 그러므로 이 글에는 역사에 대한 주체적 인식과 현실 비판 의식이 잘 드러난다.

당현종 본기(唐玄宗本紀)와 양귀비전(楊貴妃傳)에는 방사(方士)가 하늘에 오르고 땅에 들어갔다는 일이 없는데, 오직 시인 백낙천이 그 일이 인멸될 것을 두려워하여 노래를 지어 기록하였다. 저것은 실로 황당하고 음란하

---

63 「天喜堂詩話」, 『대한매일신보』, 1909.11.11, 문단란. 이하 이 시화의 인용은 인용 구절 뒤에 괄호 속에 날짜만 밝히기로 한다.

고 기괴하고 허탄한 일인데도 오히려 읊어서 후세에 보였거늘, 더구나 동명
황의 일은 변화의 신이한 것으로 여러 사람의 눈을 현혹한 것이 아니고 실
로 나라를 창시한 신기한 사적이니 이것을 기술하지 않으면 후인들이 장차
어떻게 볼 것인가? 그러므로 시를 지어 기록하여 우리나라가 본래 성인의
나라라는 것을 천하에 알리고자 하는 것이다.[64]

이규보(1168~1241)가 「동명왕편」을 지은 까닭은 우리나라가 중국
에 못지 않은 성인의 나라라는 것을 천하에 알리고자 한 것이다. 여기
에는 고(구)려가 중국과 대등한 국가라는 민족적 주체성이 자리해 있
다. 그리고 사료의 인멸에 대한 두려움도 나타나 있다. 그러므로 이규
보는 절대적 소명의식을 갖고 「동명왕편」을 쓴 것이다. 이러한 의식은
단재의 『을지문덕』의 '서',[65] 「꿈하늘」, 기타 수많은 역사 관련 글에도
잘 나타난다. 이들은 강한 민족적 주체성에 토대를 두고 있다.

五百年來 文學家 案上에 但只 漢詩만 堆積ㅎ야 馬上寒食途中暮春이 童
孺의 初等 小學이 되며 洛城一別胡騎長驅가 學塾의 專門敎科가 되고 國詩

---

64 진단학회 편, 『동국이상국집』, 일조각, 2000, 182면.
65 "그런고로 혹 용같이 다투고 범같이 싸우던 인물이라도 농부 野老의 古談으로 겨우 한두
가지 사적을 전할 뿐이며, 혹 신명이 놀라고 귀신이 곡할 만한 功業이라도 초동 목수의
노래로 두어 마디를 전파할 뿐이오, 지어 전래하는 사적은 몇 글자를 얻어 볼 수가 없으니
그런즉 그 외에도 성명까지 매몰하여 전치 못한 대영웅이 또 몇몇인지 어찌 알리요? (…
중략…) 그런고로 사마천의 史筆로 영웅의 참 면목을 그려내며, 두보의 詩賦로 영웅의 큰
공덕을 찬송하고 (…중략…) 원나라 장수 范文虎가 일본을 침노할 때에 풍랑에 배를 엎지
르고 육지에 내린 자가 3만 명에 지나지 못하였으니, 일본의 승첩한 것이 또한 족히 기이
할 것이 없거늘, 저희는 수백 년이 지나도록 역사에 칭송하며 소설로 전파하여 노래하고
읊어서 대대로 잊지 않게 하거늘 우리나라는 한 손으로 독립 산하를 정돈하고 한 칼로
백만 강적을 殺退한 참 영웅의 자취를 이렇듯 말살하니, 이것이 두 나라의 후세 강약이 懸殊
한 원인이 아니리요", 김주현 편, 『백세 노승의 미인담(외)』, 범우사, 2004, 14~15면.

176   계몽과 혁명

에 至ᄒ야ᄂ 笆籬邊에 閑棄ᄒᆫ지 幾百年이니 此亦 國粹衰落의 一原因인져
(1909.11.11)

'마상한식도중모춘(馬上寒食途中暮春)'은 송지문의 「도중한식(途中寒食)」의 구절이다. 원래는 "말 위에서 한식을 맞았으니, 길 가는 중에 늦봄이 되었네[馬上逢寒食 途中屬暮春]"이다. 이것이 초등 소학이 되었음은 김구의 『백범일지』에서도 보여준다.[66] 그리고 '낙성일별호기장구(洛城一別胡騎長驅)'는 두보의 「한별(恨別)」 "낙성을 떠나 사천 리니 오랑캐 날 뛴 지 5, 6년이네[洛城一別四千里 胡騎長驅五六年]"라는 시 구절이다. 단재는 한시, 한문이 초등소학이나 학숙의 전문 교과가 됨으로써 국시가 외면을 당하고 국수가 쇠락하게 되었다고 했다. 그는 한문학의 융성으로 인한 폐해를 지적하고, 민족 주체성의 보전을 주장했다. 이러한 의식은 멀리 이규보의 주체적 민족주의와 궤를 같이 하고 있다.

漢詩ᄂ 漢文과 共히 我國에 輸入ᄒ야 一種 文學을 成ᄒ 者라 箕聖이 傳敎ᄒᆯ 時에 必也 殷周에 行用ᄒᄂ 풍雅頌 等으로 國人을 敎ᄒ 事가 有ᄒᆯ지나 古사에 加徵ᄒᆯ 處가 無ᄒ며 (…중략…) 其後에 許多 詩學士가 輩出ᄒ엿스나 皆 李杜韓蘇의 唾餘를 拾ᄒ야 戰事를 悲觀ᄒ고 苟安을 謳歌ᄒ야 事大主義만 鼓吹ᄒᆯ 쑨이오 能히 眼光을 大放ᄒ야 東國尙武的 精神을 發揮ᄒ 者ㅣ 無ᄒ니 嗚乎라 外語 外文의 國魂을 移奪ᄒᆯ 魔力이 果然 如此ᄒ지 余가 勝朝及本朝 千餘年間 漢詩家 人物을 歷數ᄒᄆᆫ 欷歔를 不堪ᄒᄂ 비로다 (…중략…)

---

66 김구, 『백범일지』, 서문당, 1989, 25면.

雖然이나 彼千餘年來 漢詩家가 腦를 腐ᄒ며 血을 嘔ᄒ야 螢窓雪案間 蕭條生
涯로 其死後 姓名 三字를 傳코ᄌ ᄒ던 者가 今日 九原下에셔 此言을 聞ᄒ면
齒를 切ᄒ고 哀哭홀 者ㅣ 果然 幾人이나 될ᄂᆞ지(1909.11.13)

단재는 우리나라 시학사들이 이백, 두보, 한유, 소식 등의 시를 배워
사대주의에 빠지게 되었음을 비판하였다. 외어, 외문이 사대주의를 고
취하여 국혼을 빼앗아갔다는 것이다. 그것은 한시의 전통을 강조하던
종전 유학자들의 주장과는 사뭇 다르다.
일찍이 박지원(1737~1805)은 조선의 국풍을 내세웠다. 그는 이덕무
의 『영처고』를 조선의 국풍으로 규정했다.

지금 무관(懋官)은 조선 사람이다. 산천과 기후가 중화 땅과는 다르고 언어
와 풍속도 한당의 시대와 다르다. 그런데도 만약 작법을 중화에서 본뜨고 문
체를 한당에서 답습한다면, 나는 작법이 고상하면 할수록 그 내용이 실로 비
루해지고, 문체가 비슷하면 할수록 그 표현이 더욱 거짓이 됨을 볼 뿐이다.
우리나라가 비록 구석진 나라이기는 하나 이 역시 천승의 나라요, 신라와
고려가 비록 검박하기는 하나 민간에 아름다운 풍속이 많았으니, 그 방언을
문자로 적고 그 민요에다 운을 달면 자연히 문장이 되어 그 속에서 '참다운
이치'가 발현된다 (…중략…) 만약 성인이 중국에 다시 나서 열국의 국풍을
관찰한다면, 이 『영처고』를 상고함으로써 우리나라의 조수와 초목의 이름
을 많이 알게 될 것이고, 우리나라 남녀의 성정을 살필 수 있을 것이다. 이
시를 '조선의 국풍'이라 불러도 될 것이다.[67]

무관은 이덕무의 자이며, 윗글은 그의『영처고』[68]에 대한 박지원의 '서문'이다. 박지원은『영처고』가 민간의 아름다운 풍속을 방언으로 적고 민요로 운을 달았기에 조선의 국풍이라 했다. 그것은『시경』의 국풍에 상응하는 것이라는 의미로, 반중화적이고 자존적인 의식을 강렬히 드러낸다. 이덕무의『영처고』는 어린애와 처녀들을 위한 시로 어려운 한시 규범을 따르지 않고 시어나 내용면에서 조선적인 것들을 과감히 추구했다. 이러한 주체적 정신은 실학자, 특히 북학파의 정신에서 잘 드러난다. 그들은 사대적 사상과는 다른 주체적 자존적 사상을 가졌다. 그것은 다산 정약용(1762~1836)에서 보다 두드러진다.

비록 그렇지만 우리나라 사람들은 걸핏하면 중국의 일을 인용하고 있으니 이 역시 볼품없는 일이다. 반드시 시를 지으면서『삼국사기』,『국조보감』,『여지승람』,『징비록』,『연려실기술』기타 우리나라의 문자에서 사실들을 뽑아내고 지방을 살펴서 시에 인용한 후에라야 세상에 이름이 나고 후세까지 전해질 수 있다.[69]

다산은 용사에서 조선적인 것의 수용을 강조하였다. 그는 "나는 조선인, 조선의 시를 즐겨 지으리. 우리들은 당연히 우리 법을 쓰나니 오예하다 의론하는 자 누구인가[我是朝鮮人 甘作朝鮮詩 鄕當用鄕法 迂哉議者

---

67 박지원, 신호열·김명호 역,『국역 연암집』2, 민족문화추진회, 2004, 166~167면.
68 단재는『청장관전서』에 실린「영처고」를 보았을 것으로 생각되는데, 왜냐하면 그는『청장관전서』에 실린『기년아람』을 여러 군데 언급하고 있기 때문이다.
69 정약용,「寄淵兒」,『여유당전서』권1(송재소,『다산시연구』, 창작사, 1986, 45면에서 재인용).

諛]"[70]라 하여 조선시를 주장한다. 그의 주장은 중국의 문풍이나 용사에서 벗어나 독자적인 조선시의 영역을 구축하려는 욕망의 소산이었다. 그는 순수한 우리말, 지방색이 짙은 방언을 한자화하여 쓰는가 하면, 조선적인 용사를 추구하는 등 새로운 시를 보여주었다. 그러나 한자라는 언어와 한시라는 형식, 그리고 중국적 용사를 자주 하는 등 그 한계성을 내포하고 있다.[71] 그런데 단재의 동국시는 그러한 한계들을 극복하고 있다. 그것은 "東國語 東國文으로 組織흔 東國詩"라는 시 형식에 말미암는다. 그래서 단재는 「황조가」, 「유우중문시」 등을 한시일 뿐 동국시가 아니라고 주장하였다. 시 창작에 있어서 국어 국문에 대한 인식이 철저했던 것이다. 거기에는 또한 우리의 가락이 중요한 요소로 자리해 있다.

3) 자국시의 가락에 대한 인식

단재는 비록 우리말로 쓴 시라고 해서 이를 높이 평가하지는 않았다. 그는 당시의 언문풍월이나 창가에 대해 상당히 부정적이었다.

> 帝國新聞에 일즉 國字韻(날발갈, 닝징싱 等)을 懸하고 國文七字詩를 購賞 ᄒ엿스니 此七字詩도 或一種 新國詩體가 될가 曰 否라 不可ᄒ다 英國詩ᄂ 英國詩의 音節이 自有ᄒ며 俄國詩ᄂ 俄國詩의 音節이 自有ᄒ며 其他 各國詩

---

70 정약용, 「老人一快事六首-其五」, 『여유당전서』 1집 권6, 34면.
71 송재소, 『다산시연구』, 창작사, 1986.

가 皆然ᄒ나니 萬一 甲國의 詩로 乙國의 音節을 效ᄒ면 是ᄂᆞᆫ 鶴膝을 鳧脚으로 換ᄒ며 狗尾를 黃貂로 續홈이니 其孰長孰短 孰善孰惡은 姑舍ᄒ고 狀態의 不類가 엇지 可笑치 아니리오 試ᄒ야 此 國文七字詩를 一讀ᄒ라 其難삽홈이 果然 何如ᄒ뇨 且 堂堂 獨립한 國詩가 自有ᄒ거ᄂᆞᆯ 何必 支那律體를 依倣ᄒ야 龍鐘崎嶇의 態를 作ᄒ리오 又或 近日 各學校에셔 日本 音節을 效ᄒ야 十一字歌를 製ᄒᄂᆞᆫ자ㅣ 間有ᄒ니 此亦 國文七字詩를 製ᄒᄂᆞᆫ 類인져(1909.11.17)

단재가 국자운을 내건 국문 7자시를 비판한 것은 그것이 설령 국어로 표현되었다 하더라도 실은 한시의 형태와 같았기 때문이다. 즉 중국식 음절, 중국식 가락으로 지었기 때문이다. 우리말에는 우리 가락이 있다. 그런데 한자시의 운율을 우리시에 붙이는 것은 학의 무릎을 물오리 다리로 바꾸고 개꼬리를 누런 수달피로 이은 것이니 어찌 웃음거리가 아니겠는가. 그리고 일본시의 운율을 따온 11자가 역시 이와 같은 부류라는 것이다. 그것은 모두 우리말로 남의 운율을 빌려 표현함이 아니던가.

사람의 마음이 입으로 표현된 것이 말이요, 말의 가락이 있는 것이 시가 문부이다. 사방의 말이 비록 같지는 않더라도 진실로 말할 수 있는 사람이 각각 그 말에 따라 가락을 맞춘다면, 다 같이 천지를 감동시키고 귀신을 통할 수 있는 것은 유독 중국만이 그런 것은 아니다. 지금 우리나라의 시문은 자기 말을 버려두고 다른 나라말을 배워서 표현한 것이니 설사 아주 비슷하다 하더라도 이는 단지 앵무새가 사람의 말을 하는 것이다. 여염집 골목길에서 나무꾼이나 물 긷는 아낙네들이 에야디야 하며 서로 주고받는 노래가 비록 저속하다 해도 그 진가를 따진다면 결코 학사·대부들의 이른바 시부라고 하는 것과 같은 입장에서 논할 수는 없다.[72]

일찍이 김만중(1637~1692)은 우리말의 중요성을 강조했다. 그는 정철의 가사를 동방의 이소로 평가하였다. 정철의 가사가 초사의 이소(사부)에 상응하는 우리의 노래라는 것이. 그는 「관동별곡」, 「사미인곡」, 「속미인곡」을 평가하면서 우리 가락의 중요성을 강조했다. 그는 자국어선언으로 민족어문학을 주창했다. 그에게 있어 당시 시문들은 '자기 말을 버려두고 다른 나라말을 배워서 표현한 것이니 설사 아주 비슷하다 하더라도 앵무새가 사람의 말을 하는 것'에 불과했던 것이다. 그것은 우리의 가락을 두고 국문 7자시나 국문 11자가를 짓는 것과 동일한 부류가 아니던가. 그리고 그는 '여염집 골목길에서 나무꾼이나 물 긷는 아낙네들이 에야디야 하며 서로 주고받는 노래'의 가치를 높이 평가하였다.

我東人所作歌曲 專用方言 間雜文字 率以諺書 傳行於世 蓋方言之用 在其國俗不得不然也 (…중략…) 我國則發之藩音 協以文語 此雖與中國異 而若其情境咸載 宮商諧和 使人詠歎淫佚 手舞足蹈 則其歸一也

우리 동방사람이 지은 가곡은 오로지 방언을 쓰면서 중간에 문자를 섞어 대부분 언서로 쓰여져 세상에 전해지고 있다. 대개 방언의 사용은 나라의 습속이므로 그렇게 하지 않을 수 없다 (…중략…) 우리나라는 방언으로 발

---

72 김만중, 전규태 역, 『사씨남정기·서포만필』, 범우사, 2001, 264~265면.

성하여 문어로 거들었다. 이 점이 비록 중국과 다르다고 할지라도 그러나
만약 정경이 모두 담기고 궁상이 조화를 이뤄 사람으로 하여금 영탄케 하고
어지러이 놀고 춤추게 하는 것은 하나로 된다.[73]

率情而發 緣以俚語 吟諷之間 油然感人 至於里巷謳歈之音 腔調雖不雅馴 凡
其愉佚怨歎猖狂粗莽之情狀態色 各出於自然之眞機 使古觀民風者采之 吾知
不于詩而于歌 歌其可小乎哉.

정으로부터 솟아나와 속어를 좇아서 읊조리는 사이 자연히 사람을 감동
시킨다. 길거리 노래에 이르러서는 곡조가 비록 다듬어지지 않았을지라도
무릇 愉佚 怨歎 猖狂 粗莽하는 모습들은 다 자연의 진기에서 나온 것으로
옛날 민간풍속을 살피는 자로 하여금 그것을 채집케 하되 내가 알기로 시를
하지 않고 노래를 채집하는 것인데 어찌 노래가 하찮겠는가.[74]

전자는 홍만종(1643~1725)의 『순오지』의 내용이요, 후자는 마악노초
(磨嶽老樵) 이정섭(1688~1744)이 『청구영언』에 붙인 「후발」이다. 홍만종
은 우리나라 사람이 지은 가곡의 중요성을 강조했는데, 그의 글은 김천
택의 『청구영언』 서문 「남파이숙 김천택서(南坡履叔金天澤序)」에 그대로
수용된다. 김만중과 더불어 홍만종, 김천택은 우리나라 사람이 지은 노
래의 중요성을 지적했다. 그것은 우리말로 쓰여 우리 가락이 살아 있고,
또한 진기(眞機)에서 흘러나온 것으로 사람을 감동시키기 때문이다.

한편 『청구영언』에서 정윤경은 "그 가사가 비록 시가처럼 정교하진

---

73 홍만종, 『홍만종전집』 상, 태학사, 1980, 92면.
74 磨嶽老樵, 「青丘永言後跋」, 『청구영언』, 신생문화사, 1957, 743면.

못할지라도 그 세도에 유익됨은 도리어 더 많다[其詞雖未必盡如詩家之巧 其
有益世道反有多焉]"(1728)라고 주장했는데, 시보다 가사가 세교에 유익함
을 지적했던 것이다. 단재가 "聲音의 道가 사람을 感홈이 深ㅎ도
다"(1909.11.9)라고 말한 것과 동일한 맥락이다. 단재는 뚝섬 날탕패가
부른 노래를 듣고 박제순이 무릎을 쳤다는 사실을 적고 "彼 朴氏가 萬一
五條約 以前에 此等歌를 무聞ㅎ엿스면 忠正의 넉을 隨ㅎ엿슬는지" 하고
되묻고 있다.

> 시경에 이른 풍이란 것도 본디 풍속을 노래한 보통 말이었다. 그렇다면
> 그 당시에 듣던 자도 지금 사람이 지금 사람의 노래를 듣는 것처럼 아니하
> 였으리라는 것을 어찌 알겠는가. 오직 그 입에서 나오는 대로 노래가 이뤄
> 진다 하더라도 말이 마음에서 우러나오고, 혹 곡조에 알맞게 되지 못했다
> 하더라도 천진이 드러나면 초동과 농부의 노래라 할지라도 또한 자연에서
> 나온 것이니, 말은 비록 옛 것이나 그 천기를 깎아 없앤 사대부로서 이것저
> 것 주어 모아 애써 지은 것보다는 도리어 나을 것이다.[75]

노래에 대한 인식은 홍대용(1731~1783)에게서도 여실히 보인다. 홍
대용은 「대동풍요서」에서 『시경』의 국풍처럼 우리 노래 『대동풍요』를
설명하였다. 그가 『대동풍요』를 직접 편찬하고 서문을 쓴 것인지, 아니
면 다른 사람이 엮은 책에 서문만 붙인 것인지 현재로선 자세히 알 수
없다.

---

75 홍대용, 이상은 역, 『국역 담헌서』 1, 민족문화추진회, 1986, 367~368면.

옛부터 지금까지 전해온 것을 삼가 뽑아 모아서 두 책을 만들고『대동풍요』라 이름했는데, 무릇 천 편이 넘는다. 또 별곡으로 된 수십 편을 그 끝에 붙여서 태사의 채택함에 대비하니 성조(聖朝)에서 풍속을 살피는 정사에는 거의 도움이 있을 것이다.[76]

『대동풍요』는 두 권으로 되어 있는데, 옛부터 당시까지의 가요 천여 편과 별곡 수십 편을 실었다고 했다. 홍대용은 "이것은 대개 풍아의 남긴 뜻을 깊이 얻는 것이니 그 말이 옅으면서도 밝되 그 뜻이 순하면서도 나타나서 부인과 어린애도 모두 들어 알 수 있"어, 시교가 위아래에 통한다고 하였다. 이처럼 그는 여항 가요의 중요성을 제대로 인식하고 있었다.『대동풍요』는 우리의 시가 연구에 중요한 자료일 텐데 지금은 실체조차 파악할 수 없어 아쉬울 따름이다. 「천희당시화」에도 비슷한 내용이 나온다.

往者에 雰崗이 風騷續選 一卷을 寄送ᄒ 바 此를 開讀ᄒ 즉 是 本朝 以來 帝王 將相 名儒 達士의 詩歌를 載ᄒ엿더라 其名이 旣是 續選인즉 其 前篇이 必有ᄒ지며 是篇이 又是 本朝 初葉으로 爲始ᄒ엿슨즉 其前篇은 必是 三國 勝朝 時代를 錄ᄒ엿슬지니 然則 其中에 或 愚溫達 乙支文德 諸公의 出軍歌도 載有ᄒ지며 又或 陽山歌(新羅人이 名將 歆運의 戰死를 慰ᄒ 歌) 會蘇歌(新羅人의 勸農歌) 等도 載有ᄒ지라 此書가 若出ᄒ면 我國詩界의 一大 紀念이 될 쑨더러 又 古사의 缺文을 補ᄒ 자ㅣ 甚多ᄒ리니 엇지 余의 夢寐渴求ᄒᄂ 빅

---

76 위의 책, 368면.

아니리오만은 우강家에셔 所存은 只是 此續篇샏이라 ᄒ며 又其他 藏書家들
은 凡一般 셔籍을 忠州 잘은 고비의 錢米를 吝惜홈과 如ᄒ니 何處에 從ᄒ야
此를 得見ᄒ리오(1909.11.11)

단재는 『풍소속선』에 대해 언급하고, 이름이 '속선'인 까닭에 『풍소
선』이 있었을 것으로 간주하였다. 조선조의 왕과 선비들의 시가를 실었
다고 하는 것으로 보아 그 내용이 『대동풍요』와 비슷했을 것으로 추측된
다. 만일 그러한 『풍소선』이 있다면 우리 시사에서 중요한 자료가 될
터인데, 현재로선 『풍소속선』마저 찾을 수 없는 실정이다.[77] 단재는 우
리 가락의 중요성을 알고 있었기에 시가를 통한 국시개량론을 주장한다.

吾子가 萬一 詩界革命者가 되고져 훌진ᄃᆡ 彼 阿羅郎 寧邊東臺 等 國歌界에
向ᄒ야 其頑陋를 改革ᄒ고 新思想을 輸入홀지어다 如此ᄒ여야 婦女가 皆 吾
子의 詩를 讀ᄒ며 兒童이 皆 吾子의 詩를 誦ᄒ야 全國의 感情과 風俗이 丕變
되야 吾子가 詩界革命家 始祖가 되려니와 苟或 漢字詩를 將ᄒ야 此로 國人

---

77 박승임이 성현의 『풍속궤범』을 토대로 하여 『풍소선』을 편한 것이 있다. 그러나 『풍속궤
범』은 한위시대에서 원말까지의 고체시[自漢魏至于元季古體詩] 가운데 모범이 될 만한
것을 뽑은 것이며, 『풍소선』은 『풍속궤범』 중 두보, 한유, 소식 등의 3대가 및 『고문진보』
소재 시를 제외하고 서술이 상세하고 의미가 평온(平穩)하여 지나치게 궁벽하거나 난삽
하지 않은 작품을 가려 편찬한 것이다[朴嘯皐就成俔所選風騷前後集 除杜韓蘇三大家及眞
寶所載外 擇其鋪長委曲語意平穩無奇簡僻澁之疑者 得若干首 目曰風騷選], 김휴, 『해동문헌
총록』, 학문각, 1969, 563면). 그러므로 『풍소선』은 한시선이며, 단재가 주장하는 내용
과는 거리가 있다. 과연 박승임이 속집까지 묶었는지, 다른 누군가가 박승임의 선집에 대
한 속집으로 우리 시를 뽑아 『풍소속선』을 묶었는지, 아니면 단재의 주장처럼 아예 우리
시만을 묶은 『풍소선』과 『풍소속선』이 따로 있었는지는 알 수 없다. 『풍소선』의 국내 유
일본이 취암문고에 있는 것으로 알려져 있으나(황위주, 「취암문고 소장 한시문선집 자료
에 대하여」, 『영남학』 3, 영남문화연구원, 2003.6, 77면) 실체를 확인할 수 없고, 또한
『풍소속선』의 존재유무도 현재로선 불확실하다.

의 感念을 興起코조 ᄒ랴다가ᄂ 비록 索士比亞(英國 大詩人)의 神筆을 揮ᄒ지라도 是ᄂ 幾個人의 開坐諷詠ᄒ에 供ᄒ 而已니 何故로 云然고 ᄒ면 卽 彼가 東國語 東國文으로 組織ᄒ 東國詩가 아닌 故니 吾子와 用心은 良苦하다만은 其計가 實誤로다(1909.11.21)

단재는 「아리랑」, 「영변동대가」 등의 완루함을 개혁할 것을 주장했다. 우리 가요는 홍대용의 지적처럼 부녀나 어린아이들이 쉽게 읽고 읊을 수 있어서 교화에 유리하다. 그래서 단재는 「아리랑」과 「영변가」 같은 민요의 완루를 개혁하고 신사상을 넣는 시계 혁명을 주장했다.

4) 시계 혁명과 국시 개혁

「천희당시화」가 높이 평가되는 것은 동국 시계 혁명을 주창했기 때문이다. 단재가 한문학적 소양을 지니고 있었다는 측면에서나, 당시의 시대적 상황으로 볼 때 그것은 확실히 혁신적인 것이었다.

客이 漢詩 數首를 携ᄒ고 余를 示ᄒᄂ디 句句에 新名詞를 참입ᄒ야 成ᄒ지라 其中 萬壑芳菲平等秀 격林禽鳥自由鳴이라 云ᄒ 一聯을 指ᄒ여 曰 此兩句ᄂ 東國詩界革命이라 可稱ᄒ 비라 하고 怡然히 自得의 色이 有ᄒ거ᄂ 余ㅣ 曰 吾子의 用心이 良苦ᄒ도다만은 此ᄂ 支那詩界의 革命이라 ᄒ은 可커니와 東國詩界의 革命이라 云ᄒ은 不可ᄒ니 盖 東國詩가 何오 ᄒ면 東國語 東國文 東國音으로 製ᄒ 者가 是오 東國革命家가 誰오 ᄒ면 東國詩 中에 新手

眼을 放호는 者가 是라 홀지어날 수에 子가 漢字詩를 作호고 貿然히 自信호여 日 我가 東國詩界革命家라 호니 抑亦愚悖홈이 아닌가(1909.11.20)

단재는 나그네가 가지고 온 "萬壑芳菲平等秀 격林禽鳥自由鳴"라는 시 구절을 중국 시계 혁명이라고 말하는 데서 양계초의 시계 혁명을 제대로 알고 있었음이 드러난다. 자유와 평등(신어구)이 온 세상에 드리운 것(신의경)을 노래한 7언시는 중국의 시계 혁명이라 부를 만하다. 단재는 우리(동국)시를 우리말 우리글 우리음으로 이뤄진 것이라 규정했다. 여기에서 주체적 시 정신을 엿볼 수 있다. 시계 혁명은 우리말과 글, 우리의 음이라는 형식적 조건과 신사상이라는 내용적 요건이 구비되어야 한다. 그의 시 개혁론은 양계초의 그것과 상당 부분 닮아 있다.

欲爲詩界之可侖布瑪賽郎 不可不備三長 第一要新意境 第二要新語句 而又須以古人之風格入之 然後成其爲詩 (…중략…) 要之支那非有詩界革命 則詩運殆將絶 雖然 詩運無絶之時也. 今日者革命之機漸熟 而可侖布瑪賽郎之出世 必不遠矣.

만일 시계의 콜럼버스나 마젤란이 되려 한다면 이 세 가지 장점이 아니면 안 되는데, 첫째는 의경이 새로워야 하고, 둘째는 어구가 새로워야 하고, 또한 모름지기 고인의 풍격으로 들어가서 연후에 시를 이뤄야 한다 (…중략…) 만일 중국에 시계 혁명이 없으면 시운(詩運)이 위태하여 장차 끊길 것인데, 비록 그러나 시운은 끊기지 않을 것이다. 금일 혁명의 시기가 점차 무르익었는데, 그래서 콜럼버스, 마젤란이 세상에 나오는 것이 반드시 멀지 않았다.[78]

過渡時代 必有革命 然革命者當革其精神 非革其形式 吾黨近好言詩界革命 雖然 若以堆積滿紙新名詞爲革命 是又滿洲政府變法維新之類也 能以舊風格 含新意境 斯可以擧革命之實矣.

과도시대에는 반드시 혁명이 있는데, 혁명이란 것은 마땅히 그 정신을 혁명하는 것이지 그 형식을 혁명하는 것은 아니다. 우리들이 근래에 시계 혁명을 운운하는데 그러나 만약 종이 가득 신명사를 쌓음으로써 혁명을 하고자 한다면 이는 또한 만주정부의 변법유신의 무리가 될 것이라. 구풍격에다가 신의경을 함축해야만이 이를 가히 혁명의 실(實)이라 일컬을 것이다.[79]

양계초는 1899년 「하와이유기」에서 시계 혁명을 주장했다. 그 대요는 의경과 어구의 새로움, 그리고 고인의 풍격에 들어가는 것이었다. 그는 중국에 시운이 위태로워진 것을 우려하여 시계 혁명을 외친 것이다. 이러한 것은 「천희당시화」에서 "內容을 察ᄒ면 我國의 詩가 亡ᄒ 지 已久"(1909.11.24)라고 주장한 단재의 의식과 매우 유사하다. 양계초의 견해는 「음빙실시화」(후자)에 이르러 조금 변화된다. 거기에서는 구풍격에다가 신의경을 함축하는 것을 골자로 하고 있다. 이전의 주장에서 신어구를 뺀 것이다. 그는 특히 혁명이 형식이 아닌 정신에 있음을 강조하였는데, 신의경을 통한 개혁도 그러한 맥락에 놓여있다. 양계초가 강조하는 신의경은 서구의 정신과 사상을 말한다. 우림걸은 신의경을 '서구 선진문물의 수용'과 애국우민, 상무정신 등의 '애국사상'까지 포

---

78 梁啓超, 「夏威夷遊記」, 『飮氷室專集』 7, 대만 : 중화서국, 1972, 153~155면.
79 梁啓超, 「飮氷室詩話」, 『飮氷室專集』 5, 대만 : 중화서국, 1972, 41면. 이하 같은 책의 인용은 인용구절 뒤 괄호 속에 「음빙실시화」, 면수만 기입하기로 한다.

함하는 것으로 폭넓게 해석하기도 했다.[80] 신의경을 통한 시계 혁명은
내용적인 측면에서의 시 개혁을 강조한 것이다. 단재는 신사상의 수입
을 강조하였는데, 양계초의 입장에서 그것은 신의경에 속할 것이다.

蓋以民間流行最俗最不經之語入詩 而能雅馴溫厚乃爾 得不謂詩界革命一鉅子耶

대개 민간에서 유행하는 제일 속되고 정도에 어그러진 말을 시에 넣었지
만 아순온후하고 그래서 시계 혁명의 큰 이라 할 수 있지 않겠는가(「음빙실
시화」, 24면)

中國人無尙武精神 其原因甚多 而音樂靡曼亦其一端 此近世識者所同道也
(…중략…) 往見黃公度出軍歌四章 (…중략…) 其精神之雄壯活潑沈渾深遠
不必論 卽文藻亦 二千年所未有也 詩界革命之能事至斯而極矣

중국인은 상무정신이 없는데 그 원인이 매우 많다. 그래서 음악이 아름다
운 것도 그 원인 중에 하나인데 이는 근세의 지식인들이 한결같이 말하는
바이다 (…중략…) 일찍이 황공도(황정견)의 「출군가」 4장을 보니 (…중
략…) 그 정신의 웅장 활발 심혼 심원함은 말할 것도 없는데 그 글재주도
이천 년 동안 일찍이 없었던 것으로 시계 혁명의 잘 하는 일은 여기에 이르
러 극에 달했다.(「음빙실시화」, 34면)

양계초의 시계 혁명의 의미는 시평에서 잘 드러난다. 그는 추평자[丘
逢甲]을 "시계 혁명의 큰 이"라 했다. 구의 시에 사용된 '민간에서 유행
하는 제일 속되고 정도에 어그러진 말', 즉 여항 언어의 가치를 인정한

---

80 우림걸, 『한국개화기 문학과 양계초』, 박이정, 2002, 106~107면.

것이다. 단재 역시 날탕패의 노래소리나 「파랑새요」, 「아리랑」, 「영변가」 등의 가치를 인식했다. 또한 양계초는 "근대 시인 가운데 신이상을 녹여내어 구풍격에 넣은 자로 당연히 황공도를 추천할 수 있다" 하여 황쥰셴[黃遵憲]을 높이 평가하였다. 양계초는 그를 훌륭한 시계 혁명가로 규정하였는데, 그 까닭은 정신의 웅장, 활발, 심혼, 심원함을 지닌 「출군가」와 같은 작품을 지었기 때문이다. 그리고 상무적 정신을 드러낸 시로 남해(南海) 캉유웨이[康有爲]의 「만리장성에 올라서[登萬里長城]」를 들고 있다. 그는 이 시를 읽으면 "상무정신이 구름 이는 듯 생기고 더욱이 지리가 사람을 감동케 함이 깊다[讀之尙武精神油然生焉 甚矣地理之感人深也]"(45면) 하여 중국 민족의 위대한 기념[於我民族偉大之紀念]이라고 고평했다. 단재가 최영이나 남이의 한시, 최영·김종서·남이의 시조를 높이 평가한 것도 상무적 정신에 따른 것이다. 그리고 남해의 시에서 '만리장성'은 중국인의 애국심을 드러내는 제재이다. 단재 역시 남이의 「장검곡」이나 신광하의 시처럼 백두산을 제재로 한 시를 높이 평가했다.

今吾國之所謂唱歌 其文之高深 十倍於讀本 甚有一字一句 卽用數十行講義 而幼稚仍不知者 以是敎幼稚 其何能達唱歌之目的 謹廣告海內詩人之欲改良 是擧者 請以他國小學唱歌爲標本 然後以最淺之文字 存以深意 發爲文章

지금 소위 우리나라의 창가란 것이 그 문장이 독본보다 10배나 어렵고 한 글자 한 구절에 수십 행의 설명을 해도 아이들이 모르는 것인데, 이것을 가지고 아이들을 가르치면 어떻게 창가의 목적을 이룰 수 있겠는가. 국내 시인 가운데 이를 개량하고자 하는 이에게 널리 고하건대, 타국 소학교 창

가로써 표본을 삼고 가장 쉬운 문자로써 깊은 뜻을 담아 문장 짓기를 청한
다.(「음빙실시화」, 63면)

> 詩歌는 人의 感情을 陶融홈으로 目的ᄒ나니 宜乎 國字를 多用ᄒ고 國語로
> 成句ᄒ야 婦人幼兒도 一讀에 皆曉ᄒ도록 注意ᄒ여야 國民智識普及에 效力
> 이 乃有홀지어날 近日에 各學校用歌를 聞흔즉 漢字를 雜用홈이 太多ᄒ야 唱
> ᄒ는 學童이 其趣味를 不悟ᄒ며 聽ᄒ는 行人이 其語意를 不知ᄒ니 是가 何
> 等 效益이 有ᄒ리오 是亦 敎育界의 欠點이라 可云홀지로다(1909.11.16)

양계초는 전자에서 소학교 창가의 개량도 주장하였다. 그는 창가의
문장이 독본보다 훨씬 어렵거나 한 글자 한 구절에 수십 행의 뜻을 담고
있어서는 안 된다고 했다. 창가는 가장 쉬운 문자로써 깊은 뜻을 담아야
한다고 했다. 단재 역시 후자에서 각 학교 교가가 너무 어려워 학생들은
그 의미를 제대로 깨닫지 못하고, 듣는 사람도 그 의미를 알기 어렵다고
비판하였다. 그 원인이 한자를 섞어 썼기 때문인데, 교가는 부인이나
유아도 쉽게 깨닫도록 국어 국자로 써야 한다고 강조했다. 이처럼 단재
의 「천희당시화」는 양계초의 「음빙실시화」와 상당 부분 공통성이 있다.

5) 시도와 국가의 관계

「천희당시화」는 이전의 시관과는 다른 시관을 보여준다. 단재는 민
족주의적이고 계몽적인 시관을 지니고 있었다.

詩란 者는 國民言語의 精華라 故로 强武훈 國民은 其詩부터 强武ㅎ며 文弱
혼 國民은 其詩부터 文弱ㅎ나니 一國의 盛衰治亂은 大抵 其國詩에셔 可驗훌
지오 又其國의 文弱을 回ㅎ야 强武에 入코즈 훌진딕 不可不 其文弱혼 國詩
부터 改良훌지라(1909.11.11)

이것은 시와 국가의 관계를 잘 명시한 글이다. 시의 개혁적 모습이
여지없이 드러난다. 단재의 시관은 양계초 문학관과 닮아 있다.

欲新一國之民 不可不先新一國之小說 故欲新道德 必新小說 欲新宗敎 必新
小說 欲新政治 必新小說 欲新風俗 必新小說 欲新學藝 必新小說 乃至欲新人
心 欲新人格 必新小說 何以故 小說有不可思議之力支配人道故

한 나라의 국민을 새롭게 하려면 먼저 그 나라의 소설을 새롭게 하지 않으
면 안 된다. 고로 도덕을 새롭게 하려면 반드시 소설을 새롭게 하고, 종교를
새롭게 하려면 반드시 소설을 새롭게 하고, 정치를 새롭게 하려면 반드시
소설을 새롭게 하고, 풍속을 새롭게 하려면 반드시 소설을 새롭게 하고, 학
예를 새롭게 하려면 반드시 소설을 새롭게 하고 또한 인심을 새롭게 하고
인격을 새롭게 하는 데 있어서도 반드시 소설을 새롭게 하라. 무슨 까닭이
뇨? 소설에는 불가사의한 힘이 있어 사람의 도리를 지배하는 까닭이다. [81]

양계초는 「소설과 군치의 관계론(論小說與群治之關係)」(1902)에서 국민
을 새롭게 하려면 먼저 그 나라의 소설을 새롭게 해야 한다고 천명했다.

---

[81] 梁啓超, 「論小說與群治之關係」, 『飮氷室全集』, 대북 : 문화도서공사, 1981, 270면.

단재도 이러한 논리를 받아들인다. 양계초의 논리가 보다 직접적으로 수용된 것은 1909년 12월 2일에『대한매일신보』'담총란'에 실린 단재의 글이다. 거기에서 단재는 "小說이 國民을 强한 데로 導ᄒ면 國民이 强ᄒ며 小說이 國民을 弱한 데로 導ᄒ면 國民이 弱ᄒ며 正한 데로 導ᄒ면 正ᄒ며 邪한 데로 導ᄒ면 邪ᄒ나니"라고 말했다. 사실 단재는 이보다 먼저「천희당시화」에서 그러한 견해를 피력했다. 양계초는 '소설과 군치의 관계'라고 말했는데, 단재는 '시도(詩道)와 국가의 관계'로 설명했다.

양계초는 소설의 성격이 그 국가 국민과 밀접한 관련을 지닌다는 점, 그리고 소설에 사람을 지배하는 불가사의한 힘이 있다는 점을 강조하였다. 단재는 국시를 개량함으로써 국가를 강무케 할 수 있다고 믿었다. 그는 심지어 "詩가 盛ᄒ면 國도 亦盛ᄒ며 詩가 衰하면 國도 亦衰ᄒ며 詩가 存ᄒ면 國도 亦存ᄒ며 詩가 亡ᄒ면 國도 亦亡ᄒ다"(1909.11.23)라고 주장했다. 단재의 견해는 양계초의 문학관과 밀접하지만, 그 본질적인 측면에서는 차이가 난다.

> 是以로 其詩가 武烈ᄒ면 全國이 武烈홀지며 其詩가 淫蕩ᄒ면 全國이 淫蕩홀지며 其詩가 雄建ᄒ면 全國이 雄建홀지며 其詩가 柔弱ᄒ면 全國이 柔弱홀지며 其他 勇悍猖狂 猛奮纖劣 或善 或惡 或美 或醜가 無非詩歌의 支配力을 受ᄒᄂ 바인디 試思ᄒ라 我國에 流行ᄒᄂ 詩가 果然 何如ᄒ 詩이뇨(1909.11.24)

단재는 시를 통한 개혁에 무게를 두었다. 양계초가 백성을 교화하는 데 소설이 보다 직접적이라 판단했던 반면, 단재는 시가의 영향력을 높이 샀던 것이다. 물론 이러한 영향력은 문예 전반으로 확대된다. 단재

는 전대의 시나 시학에 대해 많은 관심을 가졌는데, 이는 "余가 勝朝 及
本朝 千餘年間 漢詩家 人物을 歷數ㅎ미", "本朝 以來로 果然 詩學이 盛ㅎ
엿으며 詩學이 盛한 後에"(1909.11.23)라는 대목을 통해서도 알 수 있
다.[82] 단재가 시가의 지배력을 강조한 것은 오래 전부터 논의되어온 시
문의 영향론도 작용한 것으로 보인다. 먼저 이전에 문의 영향적인 측면
을 내세운 논의들을 살펴보기로 한다.

> 文者載道之器 言人文也
> 문은 도를 싣는 그릇이니 인문(人文)을 말하는 것이다.(정도전, 1337~
> 1398)

문이 도를 싣는 그릇이라는 한유(韓愈, 768~824)의 주장은 조선 전기
부터 후기까지 이어진다. 정약용(1762~1836)도 "문은 도를 싣는 것[文
所以載道]"이라는 주장을 폈다. 그는 "그 도가 세상을 바로잡고 구제하는
데 부족하고 그 뜻이 공허하여 마음에 세운 바가 없다면, 비록 글이 대
단히 탁월하고 시가 아름답더라도 이는 빈 수레가 요란스러이 소리내
고 광대가 풍월(風月)을 말하는 것과 같다"[83]라고 하여 세상을 바로잡고
구제하는 데 문학의 역할이 있음을 강조했다. 조선 중기에도 문은 세교
와 관련된 것으로 논의된다.

---

82 정인보도 단재가 "漢詩에 있어서는 자못 玲瓏駘蕩한 境界가 있어서 비록 率爾한 저작이라
    도 辭致가 다른 사람과 달랐다"(爲堂, 「殘憶의 數片」, 『개정판 단재신채호전집』 하, 형설
    출판사, 1995, 461면)고 언급했다.
83 김홍규, 『조선 후기 시경론과 시의식』, 고려대 민족문화연구소, 1982, 217면.

其所謂文 不在於記誦之習 詞章之學 而在於明教化而作興之

문이란 것은 기억하고 외는 습관이나 사장학에 있는 것이 아니고 교화를 밝게 하여 그것을 불러일으키는 데 있다.[84](이이, 1536~1584)

爲文不關於世敎 則亦徒作而已

문을 짓는 것이 세교와 무관하다면 헛된 작품일 따름이다.[85](허균, 1569 ~1618)

특히 시 분야에도 이러한 논의는 가열된다.

詩者 小技 然或有關於世敎 君子宜有取之

시는 작은 기예지만 간혹 세상의 교화와 유관하므로 군자는 마땅히 시에서 취할 것이 있다.[86](서거정, 1420~1488)

詩關風敎 非直詠哦物色耳

시는 풍속의 교화에 관계된 것으로 다만 사물을 읊조리는 것만은 아니다.[87](유몽인, 1559~1623)

詩文之設 爲世敎也

시문을 짓는 것은 세교를 위한 것이다.[88](이익, 1681~1763)

詩者敎也 務在達意

시란 것은 가르침이니 힘써 뜻을 전달하는 데 있다.[89](이익)

---

84 정요일, 「조선 전기의 시학」, 『한국고전시학사』, 홍성사, 1981, 154면에서 재인용.
85 최웅, 「조선 중기의 시학」, 『한국고전시학사』, 홍성사, 1981, 256면에서 재인용.
86 서거정, 권경상 역, 『동인시화』, 다운샘, 245면.
87 홍만종, 허권수 · 윤호진 역, 『시화총림』하, 까치, 1993, 71면.
88 최웅, 「조선 중기의 시학」, 『한국고전시학사』, 홍성사, 1981, 340면 재인용.
89 위의 책, 373면 재인용.

특히 세교, 또는 가르침을 위해 시가 존재한다는 서거정과 이익의 문학관은 중요하게 평가된다. 그들은 시를 통한 세상의 교화에 많은 관심을 갖고 있었다.

이것은 대개 풍아의 남긴 뜻을 깊이 얻는 것이니, 그 말이 얕으면서도 밝고 그 뜻이 순하면서도 나타나서 부인과 어린애가 들어도 알 수 있게 되었다. 그런 즉 이른바 시교가 위아래에 통한다는 것은 이를 버리고 무엇으로써 하겠는가?[90]

이(詞者, 즉 가사를 일컬음―인용자) 역시 풍속의 교화에 커다란 도움이 되고도 남음이 있다.[91]

시가에 대한 인식은 홍대용, 정윤경에서 자세히 볼 수 있다. 그들은 시가가 지닌 교화력의 심대함을 잘 설명하고 있다. 단재는 이들과 마찬가지로 "人情의 感發홈에 如此히 不可思議의 能力"(1909.11.24), "無非詩歌의 支配力"(1909.11.24.) 등 시가의 교화력을 잘 알고 있었기에 시가를 통한 국시 개혁론을 주장한 것이다. 그래서 그는 "世道에 關心ᄒᆞᄂᆞᆫ 者가 汲汲히 其改良을 謀홈이 可ᄒᆞ며 又其中에셔 特히 民俗에 有益홀만ᄒᆞᆫ 詩歌를 蒐集ᄒᆞ야 詩界의 國粹를 保全홈이 可"하다 하여 시가의 개량론을 펼친 것이다. 또한 "國家前途에 留意ᄒᆞᄂᆞᆫ 志士여 不可不 詩道를 振興홈에 留意홀지니라"(1909.11.24) 하고 설유했다. 단재는 시, 또는 시가의 풍화(風化)와 정교(政敎)적 기능을 높이 사고, 시도의 진흥을 통해 주장했다.

---

90 홍대용, 이상은 역, 『국역담헌서』 1, 민족문화추진회, 1986, 368면.
91 정윤경, 「청구영언서」, 『청구영언』, 신생문화사, 1957, 1면.

6) 시인의 능력

단재는 시도가 국가의 흥망성쇠와 밀접히 관련된다고 말했다. 곧 시가 흥하게 되면 국가 역시 그렇게 된다는 것이다.

　古代에는 儒賢長者가 皆 國詩와 鄕歌를 喜ᄒ야 典重活潑ᄒ 著作이 多ᄒ며 又 花朝月夕 朋儕會集의 際에 往往 長吟短唱으로 遺興ᄒ야 其풍류를 可想인ᄃᆡ 邇來 百餘年間은 此一道가 但只 蕩子淫妓에 歸홀 ᄲᅮᆫ이오 萬一 上等社會 調修ᄒᄂᆞᆫ 士子이면 國詩 一句를 能製치 못ᄒ며 鄕歌 一節을 解吟치 못흠으로 詩歌ᄂᆞᆫ 愈愈히 淫靡의 方에 츄ᄒ고 人士ᄂᆞᆫ 愈愈히 愉快의 道가 絶ᄒ니 國民萎敗의 故가 비록 多端ᄒ나 此도 ᄯᅩᄒ 一端이 될진져(1909.12.2.)

단재는 고대의 유현과 장자가 모두 국시와 향가를 좋아하여 활발히 저작하였지만 최근 백여 년간 그러한 풍류는 탕자나 기녀한테 돌아갔다고 했다. 상류 사회의 선비가 국시 한 구도 짓지 못하고 향가 한 절도 읊지 못하였기에 시가가 음탕하고 사치한 지경에 떨어졌으며 유쾌한 풍류도 끊어져 국민들이 쇠락해졌다는 것이다. 곧 시문의 성함이 국가가 융성과 직결되며, 국시의 쇠락이 국민에게 쇠락을 가져왔다는 것이다. 그런 점에서 단재는 고려 시인 임춘을 내세웠다.

　蒙古亂 後에 國恥를 雪코ᄌ ᄒ야 海內에 奔走ᄒ면셔 時調 雜歌 漢詩 等을 作ᄒ야 悁悁히 一禿筆로 國魂을 ᄶᅵ르ᄒ며 民氣를 鼓ᄒ나 時勢가 不利ᄒ야 마참ᄂᆡ 孤憤을 抱ᄒ고 道塗에서 老死ᄒᄆᆡ 至今까지 論者가 其志를 悲ᄒᄂᆞᆫ 비

라 然이나 先生의 死後에 遺音을 繼흔 者가 無ᄒ고 又 其文集이 兵火에 泯沒
ᄒ야 一葉도 傳後되지 못ᄒ엿스니 嗚呼라 엇지 可惜지 아닌가(1909.12.3)

몽고가 침입하자 임춘은 시조나 잡가 한시를 지어서 국혼을 부르짖
고 민기를 고취하였다. 그것은 국치를 씻고자 하는 우국충정에서 비롯
된 것이었다. 단재는 그런 임춘을 "前朝에 大詩人"이라고 불렀다. 그는
셰익스피어를 '영국의 대시인'으로 칭했는데 여기에서 대시인이라는
말은 시인에 대한 최고의 찬사이다. 또한 그는 임춘을 단테에게 비하기
도 했다. 그런데 단테의 붓 아래에서는 마치니가 나와 옛 로마의 영광
을 만회하였지만, 임춘 이후에는 그의 남긴 시(音)를 계승한 자도 없고
문학마저 민몰하고 말았음을 통탄스러워했다. 단재에 입장에서 볼 때,
몽고란 이후 문약한 노예 사회에 빠진 것도 한편으론 임춘의 시를 계승
한 자가 없었기 때문이다.

大詩人이 卽 大英雄이며 大詩人이 卽 大偉人이며 大詩人이 卽 歷々上의 一
巨物이라 (…중략…) 詩集이 一世에 風動ᄒ야 人心을 支配홈에 至ᄒ니 大抵
변士의 舌과 俠士의 劍과 政客의 手腕과 詩人의 筆端이 其效用이 遲速은 異
ᄒ나 世界를 陶鑄ᄒᄂ 能力은 一이라(1909.12.4)

단재가 임춘을 높이 평가한 것은 임춘이 국가를 위난에서 구하려는
우국충정의 시를 썼기 때문이다. 단재는 시인의 역할과 시인의 지위를
대단히 높이 평가했다. 그것은 바로 시가 일세를 풍동(風動)하고 인심을
지배하는 능력을 지녔기 때문이다. 특히 이 시화가 나왔던 무렵은 외세

가 점점 밀려들고, 일본에 의해 국권이 침탈되는 국난의 상황이었다. 그는 시인의 붓끝이 변사의 말과 협사의 검, 정객의 수완처럼 새로운 세계를 만드는 능력을 갖고 있다고 주장했다. 단재는 시와 시가를 국난 극복과 구국 계몽의 절대적 도구로 인식했던 것이다.

7) 「천희당시화」의 위상

「천희당시화」의 위상에 대해서는 제대로 논의할 필요가 있다. 일찍이 임중빈은 「천희당시화」를 소개하면서 아래와 같이 언급하였다.

> 단재의 「천희당시화」는 시와 시인에 관한 유파·품평·법칙·고사·일화 등을 적어나가는 데 그친 재래 동양의 시화에 그치지 않는다. 뿐더러 설화에서 파생했다 하는 수필문학의 유형에 그치는 시화문학류도 아니며, 고려 중기에 문명을 드날린 서하 임춘의 문우 미수 이인로의 『파한집』의 전통을 이어 발전시킨 본격적인 비평문학의 표본이 된다. 그러므로 이제신의 『청강시화』 (…중략…) 엄우의 『창랑시화』 등과 비교가 되는 시화이지만 단재문학의 원론적 선언의 의미가 깊은 「천희당시화」인 줄 안다.[92]

단재의 국시개혁론은 이전의 시화뿐만 아니라 이규보나 실학자들의 문학관과 상당한 관련을 갖고 있다. 「천희당시화」가 이규보의 「동평왕

---

92 임중빈, 「단재의 상황문학론」, 『한국문학』, 1977.9, 210면.

편」의 의식과 닿아 있음은 두말할 나위가 없다. 단재는 이규보의 사상 또는 문학관을 그대로 수용한다.「동명왕편」의 성스러운 이야기를 그대로 받아들여 그를 동명성왕, 동명성제로 지칭하는가 하면, 하백(잉어-사슴-꿩)과 금와(수달-승냥이-매)의 변신담을「꿈하늘」에 오른손(범-뱀-매-불덩이-바람)과 왼손(노루-물고기-꿩-뫼-구름·비)의 변신담으로 차용했다. 이규보가 시에서 신의를 강조하였는데, 단재 역시 그러하다. 그리고「백운소설」에는 을지문덕의「유우중문시」가 가장 먼저 실렸는데,[93] 단재는『풍소선』에 "或 愚溫達 乙支文德 諸公의 出軍歌"가 가장 먼저 실렸을 것으로 가정하였다. 그것은 단재가 강조하는 상무정신 때문이다. 이런 것들을 통해 볼 때 단재가 이규보의 주체적 사상을 이어받고 있음은 분명하다.

그리고 단재의 사상은 서거정이나 실학자들의 정신과 밀접한 관련이 있다. 서거정의『동문선』,『동인시화』에 실린 이색의「정관음」을 여러 글에서 언급하였을 뿐만 아니라 조준의「안주회고(安州懷古)」를『을지문덕』에 가져왔고,「천희당시화」에도 "東文選 及 東詩選을 閱ᄒ민"(1909.12.3)라고 적고 있다. 단재가 영향을 받은 실학자들로는 이익, 홍대용, 박지원, 정약용 등을 들 수 있다.[94] 이 가운데에서 특히 이익의 영향을 많이 받은 것으로 보인다. 단재는『을지문덕』의 결론 부분, '담총란'의「한국의 서적」, 그리고 시화 내용에서도 "星湖僿說을 讀ᄒ즉"(1909.12.3)

---

[93]「백운소설」이 후대에 와서 누군가에 의해 묶였을 가능성이 있다는 주장이 제기되었다. 그러나 그것은 여기에서 논외로 한다. 다만 홍만종의『시화총림』권1에는 이규보의「백운소설」이 실려 있고,「백운소설」맨 앞머리에 을지문덕의 시가 놓여 있다. 단재는「천희당시화」에서 최영의 시구 "一條鞭末整乾坤"를 언급하였는데, 이는『용재총화』에 실렸던 것이다. 아마도 단재가『용재총화』를『시화총림』을 통해 보았을 가능성이 있다.

[94] 이들 외에도 역사 연구에는 안정복, 류득공, 이긍익의 영향도 받았다.

등 이익 및 그의 저서를 여러 군데 언급하였다. 이익은 시문의 본질을 문이 재도(文以載道)의 풍교로 보았고, 또한 그의 문학론은 의경을 위주한 이규보 와 맥을 같이 한다는 점, 그리고 그것이 실학과 문인들에게 길을 열어주어 다산에 이르러 더욱 체계화되고 구체화되었다는 점[95]에서 단재의 문학 관과 동궤에 놓여 있다. 이익은 김만중 등과 함께 반권위적 경학을 모 색하였는데,[96] 이는 이덕무, 정다산으로 이어지는 탈중화적 의식이며, 나아가 민족 자존의식으로 연결된다. 단재가 이익의 영향을 받은 것은 그의 스승 수당(修堂) 이남규(1855~1907)와 무관하지 않은 것으로 보인 다. 단재는 변영만과 함께 수당의 문인이자 가장 사랑받는 제자이기도 했다.[97] 수당은 족숙(族叔) 장식에게 보내는 서신에서 단재가 명민하고 지조가 있어 심히 얻기 어려운 자로 더불어 함께 하면 큰 유익이 있을 것이라 했다.[98] 수당은 실학자 성호 이익의 학통을 이은 성리학자 허전 (1797~1886)의 제자였다. 단재는 수당의 가르침을 받으면서 이익의 학 통을 계승한 것이 아닌가 추측된다.

　단재는 민족어문학을 적극적으로 표명했다. 일찍이 김만중의 자국 어 선언은 민족어문학에 대한 각성을 촉구한 것으로 널리 알려져 있다. 민족어문학에 대한 인식은 이후 홍만종이나 이정섭, 김천택, 그리고 홍 대용 등에게로 이어져 온다. 거기에는 우리말과 가락에 대한 주체적 인 식이 들어있다. 단재는 "世道에 關心ᄒᆞᄂᆞᆫ 者가 汲汲히 其改良을 謀흠이

---

95 이세현, 「성호사설에 나타난 이익의 문학론 연구」, 『동방한문학』 7, 1991, 203~206면.
96 김홍규, 앞의 책, 51~108면 참조.
97 이가원, 「수당 이남규의 사상과 문학」, 『나라사랑』 28, 외솔회, 1977, 67~68면.
98 "申友寀浩 間已來聚否 明敏有守 甚不易得 與之相處 當有益也", 이남규, 『修堂集』, 민족문화추진회, 1997, 45면.

可ᄒ며 又 其中에셔 特히 民俗에 有益홀 만흔 詩歌를 蒐集"하자고 한 것은 풍속을 위해 시가 수집의 필요성을 역설한 것이다. 그것은 『순오지』나 『담헌서』에 보인 것처럼 가집 편찬자들의 역할이기도 했다. 단재는 「아리랑」, 「영변가」 등 시가의 교화력에 대해 깊은 관심을 가졌고, 날탕패의 노래나 동학가사인 「파랑새요」, 대원군이 중국에 잡혀갔을 때 불려진 '향가', 심지어 세간에 유전하는 홍경래의 과거시 「송형가(送荊軻)」를 채록하였다. 홍대용이 『대동풍요』를 묶거나 또는 그 서문을 써준 것, 김천택이 『청구영언』을 묶은 것, 그리고 단재가 민요를 채록하고 『풍소선』의 부재에 대해 안타까워 한 것도 우리 시가에 대한 깊은 애정에서 비롯되었다. 단재의 의식은 조선 후기 이래 가집 편찬자들의 의식과 닿아있다.

단재는 양계초의 문학개혁론을 많은 부분 수용하지만, 자신만의 특유한 문학론을 이룩했다. 그는 문학의 성격을 강무 / 문약, 성 / 쇠, 치 / 란, 존 / 망, 무열 / 음탕, 웅건 / 유약, 용한 / 창광, 맹분 / 섬열, 선 / 악, 미 / 추, 상무정신 / 무비음탕, 국수보전 / 풍속부패 등등으로 나누고, 전자를 지향할 것을 적극 권유했다. 그것은 단재가 국시개혁을 외치면서 주장한 신사상인 셈이다. 그는 남이나 최영의 시를 높이 산 것이나 「애국음」, 「장부음」을 당대의 좋은 시로 인용한 것은 애국정신과 상무정신, 현실에 대한 개혁의지 때문이다. 특히 인용한 시에 '백두산', '검'이 많이 등장하는 것도 그러한 의지의 산물이다. 그리고 임춘의 문을 소개한 것은 시뿐만 아니라 문도 문학개혁에 중요한 부분임을 인정한 셈이다.

마지막으로 「천희당시화」에는 시론과 관련된 언급이 나온다. 그것은 "詩歌는 人의 感情을 陶融홈으로 目的"한다거나 "詩란 者는 卽 歡呼憤叫 凄凉 灑泣 呻吟 狂啼 等의 情態로 結成흔 文言"(1909.11.23)이라는 구절 등 간단하다. 그는 시도와 국가의 관계를 주창하고 시를 통한 풍화를 주장했지만, 국가주의나 공식주의에 입각하거나 복속된 시를 주창한 것이 아니라 철저히 개인적 서정의 가치를 높이 사고 있다. 그것은 을지문덕의 「유우중문시」에 대한 평에서도 잘 드러난다. 을지문덕의 시는 국시가 아니라 '한시'일 뿐이며, 풍도는 갖췄지만 정의를 표현 [任情率意]한 작품이 아니어서 풍영할 바 없다는 것이다. 그러므로 우리의 시가는 우리말로 되어야 하고, 또한 풍도를 지녀야 하고 정의(情意)를 읊은 것이어야 한다. 이러한 그의 동국시론은 연암의 조선의 국풍론과 정다산의 조선시론과 일면 닿아 있으면서도 새로운 국풍과 서정을 진작하는 시 개혁론인 것이다.

8) 마무리

이제까지 「천희당시화」의 성격과 위상을 제대로 논의한 글은 없었다. 「천희당시화」와 관련하여 김만중의 자국어 선언이 논의되고 「음빙실시화」와의 관련성이 검토되긴 했지만, 대개 피상적인 논의에 그치고 말았다. 그리고 「천희당시화」와는 무관하게 단재 문학의 사적 의미가 논의되기도 했다. 안자산은 단재의 문장을 박은과 임제의 성향에 비유했고, 박희병은 단재의 문장이 조헌, 조식, 박지원과 같은 '기가 강고한 문장'의 전통을 잇고 있다고 평가하였다.[99] 그러나 이러한 주장들은 단재의 작품 내부로부터 이끌어낸 결론이라기보다 연구자의 주관적 평가라는 점에서 구체성이 부족하다.

단재는 전대 시화의 정신을 계승하고, 당대의 양계초 문학론을 수용하면서 새로운 시화를 만들어냈다. 그의 시화는 멀리는 이규보의 주체적 민족의식을 잇고 있으며, 가까이는 조선조 실학자들의 시론을 이어받고 있다. 그는 서거정과 더불어 실학파, 특히 이익에 많은 영향을 받은 것으로 보인다. 우리 것에 대한 가치를 강조한 실학자들의 정신과 그들의 국풍론, 조선시론, 게다가 여항의 민요 가락의 소중함을 인식한 가집 편찬자들의 의식, 양계초의 문학 개혁론 등을 수용해 자신의 시화를 수립한 것이다. 여기에 애국계몽기 국가 개혁이라는 시대적 과제를 결부시켜 시의 가치와 역할을 최대화한 문학론을 전개했다.

단재는 양계초의 영향을 받았지만 그와 다른 시론을 전개한 것은 우리 문학의 전통에 대한 탁월한 식견과 현실에 대한 투철한 인식이 있었기 때문이다. 그의 문학론은 애국계몽기라는 시대적 상황에서 문학의 가치를 새롭게 인식시키고, 또한 시계 혁명을 통해서 시인의 사회적 책무와 역할을 분명히 했다는 점에서 의의가 있다. 그는 이러한 인식을 바탕으로 「매암의 노래」, 「한나라 생각」, 「칼부름」, 「가갸풀이」 등을 직접 창작하기도 했다. 이것들은 단재의 시 혁명 의식을 잘 보여주는 시가들이다. 「천희당시화」는 난세에 문학(인)의 사회적 책무를 밝힌 실천적 문학론이다. 그러면서도 우리 시사에 대한 통찰과 시에 대한 뛰어난 인식을 보여주는 시화이다.[100]

---

99 박희병, 「단재의 근대민족문학」, 『관악어문연구』 22, 서울대 국어국문학과, 1997, 189면.
100 이 장의 대부분은 김주현의 「'천희당시화'의 성격과 위상」(『어문학』 91, 한국어문학회,

5. 단재와 사회등가사의 형성

1) 사회등가사의 저자

『대한매일신보』에는 600여 편의 사회등가사가 실려 있다. 이 가사에 대해서는 이미 여러 논의가 있었지만, 아직 그 저자를 제대로 밝힌 논의는 없다. 이 글에서는 사회등가사의 형성에 주목해 보려고 한다. 특히 사회등가사의 형성에서 신채호의 역할에 대해 고찰해 보려고 한다. 단재가 『대한매일신보』에 사회등가사를 썼음은 여러 차례 지적되었다.

1908년 『대한매일신보』에 …… 〈詞操〉와 〈社會燈〉欄에 정치풍자의 譚詩類를 계속 집필[101]

이것(사회등가사─인용자)은 이 신문의 논설진인 신채호, 박은식, 양기탁 등에 의하여 이루어진 것으로 추정되는바, 그 논설이나 시평과도 같은 내용으로 이루어진 것이 대부분을 차지하고 있다.[102]

申采浩 자신이 '사회등' 가사를 제작한 경우이다. 申采浩는 『大韓每日申報』의 논설기자로 재직하면서 그의 활동을 논설 집필에만 한정하지는 않았다 (…중략…) 아마도 오늘날 전해지고 있는 610여 편의 '사회등' 가사 중

2006.3)에서 가져왔음을 밝혀둔다.
101 단재신채호전집간행위원회, 『개정판 단재신채호전집』 하, 형설출판사, 1977, 497면.
102 김학동, 『한국 개화기 시가 연구』, 시문학사, 1981, 82면.

다수의 작품들이 그에 의하여 쓰여졌으리라고 보아 무방할 것이다. 이런 의미에서 申采浩는 '사회등'가사의 전개과정에 지대한 영향을 미친 작가라고 할 수 있다.[103]

이 자료집의 대종을 이루는 「聞一知十」 이후의 작품은 작자가 거의 확인되지 않는다. 文在穆·白岳山人·朴陽園·李海生·憂國生·將泉生 등 몇몇이 확인할 수 있는 정도인데, 본명을 쓴 경우는 거의 없고 필명이나 호를 쓰기 때문에 신원 내력을 알 수 없는 경우가 대부분이다. 물론 이 방대한 작품군은 대다수 『신보』 필진에 의해 쓰여졌으리라 추정할 수야 있겠지만, 구체적인 작자를 알 수 없기는 마찬가지이다.[104]

단재 전집이 만들어지면서 단재가 사회등가사를 직접 창작했을 것이라는 주장이 나왔다. 사회등가사를 직접 검토한 김학동은 사회등가사가 대부분 무서명인 데다가 그 내용이 논설이나 시평과 같다는 점에서 당시 신문사의 논설진이 썼을 것으로 추정하였다. 또한 개화기 사회등가사 전체를 실증적으로 연구한 권오만은 김학동보다 한 단계 더 나아가 신채호가 "사회등가사의 작가 중 가장 중요한 작가"(382면)였으며, 그러므로 "사회등가사를 형성, 전개한 문학인으로도 새롭게 조명되어야 할 것"(380면)이라 주장했다. 그의 주장에도 불구하고 최근까지 신채호의 사회등가사 참여 및 제작 여부에 대해서는 이렇다 할 연구 성과가 없는 실정이다. 2000년대 들어 개화기 시가 자료집을 묶은 강명

---

103 권오만, 『개화기시가연구』, 새문사, 1989, 375면.
104 강명관, 「해제」, 『근대계몽기시가자료집』 3, 성균관대 대동문화연구원, 2000, 437면.

관의 경우도 "구체적인 작가를 알 수 없"다고 했다. 비록 무서명으로 발표되어 어려움이 있지만, 앞으로 단재의 사회등가사 형성 및 제작에 대한 심도 있는 연구가 필요하다.

2) 단재와 사회등가사의 형성

단재의 사회등가사 제작 참여는 무엇보다 단재의 『대한매일신보』 재직을 전제로 한다. 그것은 단재를 신문기자라는 관점에서 바라보는 것이다. 그러나 여기에 다음 사항을 추가적으로 고려해야 한다. 먼저 주필이었던 단재가 사회등란에 가사를 실었다는 차원으로 국한해서는 안 된다는 점이다. 초기 연구자, 이를테면 김학동이나 박을수는 다만 논설 저자 가운데 하나로 단재가 사회등가사 제작에 참여했을 것이라는 입장을 견지하고 있다. 앞에서 언급하였지만 단재는 1907년 11월 6일 『대한매일신보』에 입사했다. 박은식은 바로 전날인 11월 5일 『대한매일신보』를 사직한 것이다. 그리고 안창호는 『대한매일신보』의 발간 및 집필에 직접 참여한 바가 없다. 당연히 박은식, 신채호, 양기탁, 장도빈, 안창호 등[105]에서 박은식과 안창호는 배제된다. 그렇다면 신채호, 양기탁, 장도빈 등의 인물이 남게 된다. 일본의 조사 문건 「각회사 조사」에 따르면 1908년 『대한매일신보』 주필은 신채호였으며, 양기탁 역시 변론에서 주필로 신채호를 언급했다. 그들 가운데 당연히 논설 저

---

[105] 박을수, 『한국개화기저항시가연구』, 성문각, 1985, 63면.

자로 내세울 인물은 단재라는 점에서 사회등가사의 저자로 단재가 가장 유력할 수밖에 없다. 다음으로 사회등가사가 형성된 시점에 관한 문제이다. 권오만도 이 부분에 주목하였는데, 박은식이 퇴사하고 단재가 주필기자로 재직하면서 지면에 적지 않은 변화가 일어났다. 그 가운데 하나가 바로 사회등가사의 형성이다. 1907년 12월부터 시사만평란의 기술 방식이 율문화되는 경향을 보이기 시작한다.

『大韓每日申報』에 산문 시사만평란이 고정적으로 설치된 것은 제365호(1906.11.7)에서의 일이다. 이 날짜의 시사만평 「秋夜閒談」 이래로 『대한매일신보』는 매일 매일의 지면에 산문 시사만평을 충실하게 실어 나갔다. 이 산문 시사만평에 변화의 기미가 나타난 것은 제682호(1907.12.10)에 들어가서다. 이 신문 제682호에는 산문 시사만평 「同諸靑山」이 실려 있는데, 각 분항(分項)의 끝 구절이 동일한 어구로 통일되는 특이한 양상을 보여 주고 있다 (…중략…) 682호 「同諸靑山」 각 분항의 끝 구절이 "웬일이오"로 통일되어 있듯이, 683호(1907.12.11)의 만평 「對症投劑」 각 분항의 끝 구절도 "제격이오"라는 어구로 통일되어 있다. 이 두 호의 시사만평에서 각 분항을 통일적으로 결속시키는 응집력(cohesion)을 실험해 본 『大韓每日申報』는 686, 687호에서도 시사만평의 개선 방안을 놓고 고심하고 있음을 볼 수 있다. 686호에서 다수 인물의 투서(投書)를 묶는 방식, 제687호에서 두 인물의 대화를 통해 사회의 비리를 고발하는 방식을 실험해 본 『大韓每日申報』는 이 두 개의 방식에 대해서도 각각 한계를 느꼈던 것 같다.

이러한 고심 끝에 찾아 낸 것이 4 · 4조를 기본 율격으로 하고, 분연체, 반복구를 활용하는 '사회등' 가사의 창안이다. 『大韓每日申報』가 고심 끝에 창안한 이 '사회등' 가사를 처음 선보인 것은 1907년 12월 18일이다. 이 날짜에 발행된 『대한매일신보』 제689호는 「聞一知十」이란 제목을 단 다음 작품을 게재하고 있는 것이다 (…중략…) 이 작품이 나타난 이후 『大韓每日申報』는 종래의 산문 시사만평을 율문화시키는 쪽으로 방향을 바꾸었다.[106]

권오만은 사회등가사의 발생 시점을 「문일지십」(1907.12.17)으로 보았다. 그의 지적처럼 이미 1907년 12월 10일 문미에 "웬일이오", 11일 "제격이오", 13일 "競爭이여" 등의 반복구 활용과 4·4조 분연체 형식은 사회등가사의 실현태를 보여주고 있다. 이는 이미 있던 형식을 발전시킨 것이다. 그런데 이 실험은 단재와 무관하지 않다는 것이다. 곧 단재가 입사한 후 이뤄낸 성과라는 점이다. 단재가 11월 6일 입사하여 신문의 변화를 가져오게 되었는데, 그 가운데 하나가 시사만평이 율문화를 지향했다는 점이다.

단재와 사회등가사의 형성을 단순히 우연의 일치라고 할 수는 없을까? 김학동의 경우 단지 그 내용이 논설이나 시평과 같다는 점에서 주필이었던 단재를 사회등가사의 저자로 인식하였다. 물론 내용적인 측면에서 유사하다. 그러나 가사는 논설이나 정론과 달라서 작자의 언어적 리듬감을 필요로 한다. 권오만이 주목했던 것도 바로 그러한 점이다.

그 결과 『大韓每日申報』는 오늘날 우리가 '사회등' 가사라고 명명하는 610여 편의 시가 작품들을 제작하기에 이르게 되었다.

---

[106] 권오만, 앞의 책, 371~372면.

그러면 제365호의 「秋夜閒談」 이래 1년여를 지속해 오던 산문 시사만평이 왜 이 시기에 이르러 율문으로 방향을 바꾸게 된 것일까? 이 문제에 대해서 명확한 해답을 제시하기는 불가능하다. 그러나 국문판 『대한민일신보』 제32호(1907.7.5)에서 제89호(1907.9.13) 사이에 게재된 民謠 改作 형태의 작품들, 국한문판 『大韓每日申報』 제688호(1907.12.17) 및 제 699호(1908.1.1) 논설 중의 시가 그리고 당시의 민족 진영이 경영하던 신문들의 時評欄에서의 율문화 경향으로 미루어, 『大韓每日申報』의 산문 만평란이 왜 이 시기에 들어와 율문화의 방향을 잡게 되었는가를 추정해 볼 수는 있을 것이다.[107]

이 시기의 신채호는 시가 또는 율문에 대하여 왕성한 관심을 가졌던 것으로 짐작된다. 그가 『大韓每日申報』에 입사한 직후에 쓴 것으로 보이는 제688호의 논설 「爲國民大韓兩新聞招魂」과 제699호의 논설 「新年頌祝」이 시가에 대한 그의 왕성한 관심을 나타내는 자료들이다. 그는 이 두 편의 논설 行間에 이례적으로 시가를 끌어들임으로써 시가에 대한 그의 고조된 관심을 드러내고 있는 것이다 (…중략…) 산문 논설 행간에 시가를 끌어들일 정도로 왕성한 시가에의 정열을 가졌던 申采浩는 산문 만평을 율문으로 전환시키는 데 적지 않은 작용을 했을 것으로 짐작된다. 梁起鐸을 중심으로 한 『大韓每日申報』의 기성 편집진들 역시 이러한 방향 전환에 동의했을 것임은 물론이다. 앞에서 살펴보았듯이, 그들 역시 시가에 대한 깊은 관심을 가지고 있었을 뿐만 아니라, 시사만평을 율문으로 쓰는 것은 당시의 『뎨국신문』이 이미 선례를 보이고 있었기 때문이다. 이런 의미에서 산문 만평의

---

107 위의 책, 372면.

율문으로의 방향 전환, 곧 '사회등'가사의 형성은, 申采浩의『大韓每日申報』입사로 하여 촉발된,『大韓每日申報』편집진 내부의 두 흐름이 제휴하여 이루어낸 성과였다고 할 것이다.[108]

권오만의 지적은 충분히 타당하다고 평가된다. 특히 그는 시가에 대한 단재의 열정에 대해 잘 언급하였다. 여기에서 단재의 문체에 대한 논의를 좀 더 살펴보기로 한다.

> 丹齋는 文章의 俊偉함이 近世에 잇서 그 匹敵이 없는 同時, 그 중에도 辨論이 長하고 敍述에 能하고 分解에 精하야 아무리 머릿살 아픈 材料일지라도 그 붓끝이 잠간 시치기만 하면 대번에 精當 明快함을 깨닷게 된다. 그리 構造에 用意하는 것 같지도 안코 또 我, 漢을 交用하는 가운데 닥치는대로 집어 쓰는 것도 만하 逐條尋究하면 가다가 거친 듯한 句語도 없지 아니하되 再次 朗誦하야 보면 앗가 거친 듯하게 알던 그 句節의 所在를 어느덧 잊어바리게 되니 이는 그 一氣呵成의 聲節이 波濤같이 滔滔히 나려와 讀者로 하야금 스사로 細察함을 겨를하지 못하게 하는 까닭이다.[109]

申采浩의 장려한 강건체 문장은, 전통적인 한문 문장류의 대구의 활용, 힘찬 文勢를 느끼게 하는 열거와 반복으로 이루어진다. 또한 이러한 특징을 더욱 돋보이게 하는 요소로써 거침없이 쏟아 놓는 영탄과 선명한 예증을 첨가할 수도 있다.[110]

---

108 위의 책, 374~375면.
109 정인보,「단재와 사학(하)」,『동아일보』, 1936.2.28, 4면.

단재의 문장은 전통적인 한문 글쓰기의 방법을 잘 활용하여 자신의 생각을 잘 전달하고 있으며, 독자에게 깊은 정서적인 감동을 불러일으키고 있다. 그의 논설에는 감탄과 문답, 반복, 점층법 등과 열고 닫음과 억양과 돈좌 등 다양한 수법을 구사하고 논설에 시가의 삽입이나 전체 논설을 시가로 집필하여 독자의 공감을 이끌고 있다. 단재의 논설에는 일화와 풍자, 열거, 대조 등의 원용이 많으며, 그의 문장은 기백이 넘치며 논리 전개가 정연한 점이 특징이다.[111]

정인보는 단재의 문장을 낭송하여 보면 "一氣呵成의 聲節이 波濤같이 滔滔히 나려"온다고 지적했다. 이는 문장에서 리듬감이 느껴진다는 것이다. 그리고 권오만은 열거와 반복, 영탄을 강조했는데, 이 역시 가사의 특성을 잘 말해준다. 그리고 박정규는 감탄과 문답, 반복과 점층법, 억양과 돈좌 등을 단재 문장의 특성으로 들었는데, 이것 역시 산문보다 시가에 잘 드러나는 특성들이다. 이들에 의해 이미 단재 문장의 특성이 오롯이 밝혀진 셈인데, 그것은 오히려 사회등가사와 같은 시가에 잘 드러나는 특성들이다. 권오만과 박정규가 한결같이 단재의 특징으로 언급한 논설 내 삽입 시가는 당시 다른 논설기자들에게서는 발견하기 어려운 특징이다. 그것은 한편으론 단재의 논설을 찾아내는 준거로 활용될 수 있을 뿐만 아니라, 다른 한편으로는 단재의 시가 집필을 밝힐 수 있는 준거가 될 수 있다.

단재는 어릴 적부터 한시를 적지 않게 썼다. 한말 단재의 한시로 알

110 권오만, 앞의 책, 370면.
111 박정규, 『단재신채호』, 단재문화예술추진위원회, 2006, 136면.

려진 것만 하더라도 10살 무렵 지었다는 한시 두 편(「써레와 쟁기」, 「연날리기」), 17살에 신승구와 화답한 시(1897), 신풍구 회갑연에 준 시(『용파집』, 1897), 광무 5년(1901)에 쓴 시, 「서분(書憤)」(『보전친목회회보』, 1907), 「영오시」(1908년경), 「구력세재봉우술회」(『대한매일신보』, 1910) 등 여러 편이 된다. 어디 그뿐이랴? 단재가 남긴 수많은 시가 유고로 남아 『룡과 룡의 대격전』에 실리기도 했다. 특히 변영만은 「영오시」를 "마루 끝에 서서 종이조각에다 연필로 한 수의 한시를 적어놓고 갔는데, 넉넉잡아 일분 간의 업적"이라 하였는데, 단재의 시적 달필을 보여주는 예화이다. 그런 그였기에 논설에다가 시를 삽입한다거나 사회등가사를 짓는 데 별다른 어려움이 없었을 것이다.

> 신채호는 위와 같이 '사회등' 가사의 형성을 주도하였을 뿐만 아니라, 그 전개 과정에도 지대한 영향을 미쳤던 것으로 생각된다. '사회등' 가사의 전개 과정에 미친 그의 영향력은 대체로 세 가지 형태로 나누어 볼 수 있다.
> 첫째는, 신채호 자신이 '사회등' 가사를 제작한 경우이다. 둘째는, 신채호 자신의 문체 및 문체관이 '사회등' 가사의 제작에 영향을 미친 경우이다. 셋째는 신채호의 시론(詩論)이 '사회등' 가사의 제작에 영향을 미친 경우이다.[112]

권오만은 단재가 사회등가사 형성에 미친 역할에 대해 아주 적절하게 설명했다. 곧 사회등가사의 형성에 주도적인 역할을 했다는 것이다. 게다가 실질적으로 상당수 사회등가사를 집필했을 것이란 말이다. 특

---

[112] 권오만, 앞의 책, 375~379면 발췌.

히 초창기의 수많은 사회등가사는 단재가 제작한 것으로 볼 수 있다. 권오만에 따르면, "모두 610여 편에 이르는 '사회등' 가사 작품들 중 독자의 투고 작품은 51편이며, 나머지 560여 편은 사내 작가의 작품들"이라고 했다. 그렇다면 사내 작가로 가장 중요한 사람은 당연히 단재이고, 단재는 무서명 540여 편 가운데 상당수를 집필했을 것으로 보이며, 특히 초창기 사회등가사 대부분을 그가 쓴 것으로 보인다.[113]

권오만은 단재가 사회등가사에 미친 영향으로 ① 자신이 직접 제작한 경우, ② 자신의 문체 및 문체관이 '사회등' 가사의 제작에 영향을 미친 경우, ③ 그의 시론(詩論)이 '사회등' 가사의 제작에 영향을 미친 경우 등을 들었다. 그는 대단히 중요한 주장을 하였음에도 불구하고 실제 논의에 이르지는 못했다. 그것은 무엇 때문인가? 바로 심증은 있는데, 구체적인 물증이 없다는 점 때문일 것이다. 아니 물증이 없는 것이 아니라 그것이 구체적이지 못하다고 하는 편이 더 적합할 것이다. 왜냐하면 사회등가사 어디에도 저자를 확인시켜주는 표지는 없기 때문이다. 오히려 독자 투고의 경우 저자가 제대로 드러나지만, 대부분 사내에서 쓴 것이기 때문에 무기명으로 발표되어 저자 파악이 용이하지 않다.

권오만처럼 사회등가사를 사내 작가와 독자의 제작으로 쉽게 양분할 수 있지만, 무서명의 사내 작가 가운데에서 신채호의 작품을 콕 집어 규정하기란 어려운 일일 수밖에 없다. 그렇다고 그들의 성과를 결코 무시할 수 없다. 권오만이 사회등가사의 저자를 쉽게 확정할 수 없었던 것은 그것이 무서명으로 발표되었기 때문이었다. 그럼에도 불구하고

---

113 필자의 조사에 따르면 사회등가사는 총 617편으로 기명 작품 70편, 무서명 가사 547편 정도이다. 김주현, 『신채호문학연구초』, 소명출판, 2012, 361~362면.

저자의 범위를 좁힐 수 있는 사내 작가라는 작가군을 제시했다. 그리고 권오만으로서는 굳이 작가를 확정지을 필요는 없었을 것이다. 그냥 사내인만으로 규정해도 논의하는 데 아무런 어려움이 없었기 때문이다. 그것은 언론이라는 공공성을 염두에 둘 때 일견 타당할 수 있다. 개별 작가를 굳이 언급하지 않더라도 시사만평의 공공성이라는 측면에서 논의할 수 있기 때문이다. 작가군의 확정만으로도 논의의 성과는 작지 않으며, 또한 그것대로 충분히 의미가 있다. 그렇다면 그것으로 모든 논의의 종지부를 찍는 것이 타당할까? 달리 작가군의 개념은 결국 변죽밖에 울릴 수 없는 것이 사실이다.

> 그 所作 漢詩文의 程度를 말하면 決코 金滄江(澤榮) 李修堂(南珪) 李寧齋 (建昌) 黃梅泉(玹)流의 雄麗 嚴密 惑은 纖刻의 蹊徑에는 드러가지 못하얏스나 君 一流의 滉漾 浩蕩 幻怪의 境地가 따로 開拓되야잇고 同時에 그 所吟 '國詩'인즉 屈子九歌의 亞流이며 至於邦漢文으로 交作한 時論時評 史譚 等에 至하야는 벌서 謝世한 三大巨星인 嵩陽山人(張志淵) 石儂山人(柳瑾) 太白狂奴(朴殷植)로는 그 肩背일 바 到底히 바라보지 못할 것이다.[114]

변영만은 단재가 시론 시평을 썼다고 했다. 그것은 매우 의미심장하다. 왜냐하면 '시평'은 시사평론의 준말로, 사회등가사는 국문판 『대한매일신보』 '시사평론'란에 실렸기 때문이다. 그렇다면 단재는 『대한매일신보』에 무수한 시론(논설)을 썼을 뿐만 아니라 시평(사회등가사)도

---

114 蒒篁生, 「신단재의 윤곽」, 『조선일보』, 1931.6.12, 4면.

썼다는 말이다. 그러므로 변영만은 단재의 그러한 사실을 '시론시평'
이라는 말을 통해 제시한 것이 아닌가 생각된다. 특히 단재는 "其國의
文弱을 回호야 強武에 入코ス 홀진되 不可不 其文弱혼 國詩부터 改良"
(「천희당시화」, 『대한매일신보』, 1909.11.11)라고 외쳤는데, 단지 그러한
주장만으로 그쳤을 단재가 아니다.

이제 기존 연구자들의 성과를 바탕으로 세밀한 연구에 들어갈 필요가
있다. 물론 기존 연구자들이 시도하지 않은 것은 그러한 논의의 어려움과
더불어 그러한 논의가 얼마만큼의 정확성을 담보해낼 수 있는가 하는
점 때문이다. 그러나 이전의 성과를 용인하는 것으로 만족하면 논의가
더 나아갈 수 없으며, 설령 위험을 감수하더라도 연구에 진척이 된다면
모험을 할 필요가 있다. 그것은 무서명 논설의 저자를 밝혀낸 이전 연구자
들의 수고를 감수하며, 그들의 성과를 확산시키는 작업이 될 것이다.
여기에서는 필자가 저자 확정을 한 작품을 중심으로 논의해 보려고 한다.

3) 단재의 사회등가사

권오만은 사회등가사를 그 형식에 따라 총 4기로 나눈다. 그것을 살
펴보면 아래와 같다.

① 제1차 서사-본사 시기 : 1907.12.28(689호)~1908.9.20(910호)-
200여 수
② 서사-본사-결사 시기 : 1908.9.23(911호)~1909.11.14(1241호)-

300여 수

③ 본사만의 시기 : 1909.11.17(1243호)~1910.5.12(1384호)-60여 수

④ 제2차 서사-본사 시기 : 1910.6.10(1400호)~1910.8.17(1458호)-
50여 수

필자의 조사에 따르면, ① 시기 171수, ② 시기 307수, ③ 시기
(1909.11.16~1910.5.14) 82수, ④ 시기(1910.6.1~8.17) 57수 등 총 617
수 정도이다. 그런데 단재가 활약한 시기는 ①에서 ③ 시기까지이다.
이 시기 총 560여 수 가운데 60수는 투고작이다. 그렇다면 500수 정도
가 사내 작가들에 의해 쓰인 것이다. 이 가운데 단재의 특성이 잘 드러
나는 작품으로 아래의 것들이 있다.

「新年新語」(1908.1.1), 「精靈不昧」(1908.1.16), 「英雄會議」(1908.2.21),
「雨中夢事」(1908.3.1), 「古今忠魂」(1908.3.20), 「人傑地靈」(1908.4.4), 「淸
明細雨」(1908.4.8), 「忠魂訴恨」(1908.4.14), 「歷數人物」(1908.5.7), 「冤婦
弄子」(1908.6.9), 「大斧破項」(1908.9.23), 「聽雨有感」(1908.9.26), 「責啄
木」(1908.9.27), 「猛鞭光陰」(1908.10.15), 「含笑受怨」(1908.11.17), 「聞一
知十」(1908.12.18), 「地獄慘景」(1908.12.20), 「歲暮八歎」(1908.12.24),
「勸告各團會」(1909.1.31), 「一進會야」(1909.2.17), 「宋秉畯아」(1909.2.
21), 「四大妖物」(1909.3.14), 「博覽會出品」(1909.3.30), 「最畏惟心」(1909.
4.1), 「編餘漫筆」(1909.4.9), 「放杖問星」(1909.4.3), 「可謂人乎」(1909.4.6),
「掃淸魔鬼」(1909.4.7), 「一筆漫弄」(1909.5.20), 「悢頭一斧」(1909.6.18),
「掃魔一劍」(1909.6.20), 「魔報鬼說」(1909.7.21), 「英雄記念祭」(1909.7.

31), 「逐邪經」(1909.8.5), 「喝退小魔」(1909.8.29), 「舊面新話」(1909.11.9), 「餓鬼退送」(1910.1.30)

이들 작품에 대해서는 최근 필자가 저자를 확정하였다.[115] 사실 이 외에도 무수한 작품들이 있음은 불문가지의 사실이다. 이 논의에서는 우선 저자가 확정된 위의 작품을 중심으로 논의하기로 한다. 이 외 다른 작품들에 대해서는 향후 지속적인 발굴이 필요하다.

(1) 영웅의 호명

단재가 사회등가사를 적극 쓰게 된 것은 논설로서는 전하기 어려운 부분이 있었기 때문이다. 사실 개인의 울울한 정서나 타오르는 감정들을 논설이라는 장르에 싣기보다 가사에 의뢰하기가 훨씬 수월하고 적합하다. 가사란을 도입한 것도 그러한 측면에서 검토할 수 있다.

太白山 檀木下에 始祖檀君 現出ᄒ샤 三韓英雄 召集하야 이時局이 危急ᄒ니 保護方針 講究ᄒᄂ다.

乙支文德 왓ᄂ냐 隋煬帝의 百萬雄兵 一朝에 掃蕩手段으로 靑邱山河 二千里가 危如一髮 擾擾ᄒ니 四千餘載 傳來基業 扶護經綸 責任커다

金庾信이 왓ᄂ냐 中岳山 石窟中에 爲國禱天 忠心으로 軍用鐵道 荒蕪地에 失巢彷徨 呼哭ᄒᄂ 許多蒼生 愛隣ᄒ니 同胞救濟 責任커다[116]

---

115 이 작품들에 대한 저자 규명은 김주현의 「사회등가사 저자로서의 신채호」(『어문학』 114, 한국어문학회, 2011.12)에서 이뤄졌다. 한편 박정규도 「구세금진」(1907.12.31), 「신년신어」(1908.1.1) 등의 사회등가사를 단재의 시가로 편입하였다. 박정규 편, 『단재신채호 시전집』, 기별미디어, 2013, 369~382면.

단재는 가사를 통해서 우리의 이전 영웅들을 불러낸다. 그것은 역사적 경험을 통해 현실의 위난을 극복해보려는 인식의 소산이다. 역사 속의 영웅이나 재상들을 통해 이 시대를 살아가는 지혜를 얻고, 또한 그들의 삶을 모범삼아 당대 위기를 극복하려 했던 것이다. 단재는 「영웅회의(英雄會議)」에서 단군, 을지문덕, 김유신, 유금필, 이존오, 김덕령, 이순신, 곽재우, 박제상 등을 호명하여 각자에게 구국과 탈식민을 위한 책임을 부여하였다. 또한 「고금충혼(古今忠魂)」(1908.3.20)에서 박제상, 정몽주(포은), 송상현(천곡), 조헌(중봉), 김천일(건재), 이순신(충무), 민영익(충정), 김봉학, 최익현(면암), 이준, 박승환 등 고금의 충신들을 호명했다. 그들의 혼을 불러내어 술잔을 올리는 것이지만, 이를 통해 "二千萬 同胞의게 面面히 勸勸ᄒ야 祖國精神을 喚起하"려는 것이다. 「충혼소한(忠魂訴恨)」(1908.4.14)은 전쟁에서 죽은 사졸들이 나타나 그들의 한을 호소하는 내용이다. 일종의 초혼제 형식을 빈 것인데, 여기에는 무명의 전망 사졸들이 등장하여 나라와 집안에 대한 걱정을 드러냈다. 또한 홍계훈의 "以身報國", 이경직의 "殉節"을 노래했다. 「영웅기념제(英雄記念祭)」(1909.7.31) 역시 전고(前古) 영웅들을 불러내어 그들의 활동상을 제시한 후 위무(慰撫)하는 내용이다. 여기에는 임진왜란과 관련된 이순신, 조헌, 사명당, 이여송 등 4명의 영웅이 등장한다. 이러한 작품들은 「역사와 애국심의 관계」, 「허다고인의 죄악심판」 등의 논설이나 『을지문덕』, 「이순신전」 등의 애국 전기와 마찬가지로 역사적 인물을 통해 애국심을 고양하는 것이다.

---

116 「英雄會議」, 『대한매일신보』, 1908.2.21, 2면. 이하 이 장에서 사회등가사는 괄호 속에 『대한매일신보』 게재 날짜만 기입.

(2) 현실 풍자

단재는 당대의 사회 현실에 대해서 비판했다. '사회등'란(국한문판)
이 사회를 비추는 등의 역할을 했고, 또한 '시사평론'란(국문판)이라는
말처럼 이들 가사는 당대 사회 현실을 비판하고 고발하는 역할을 담당
했다. 주로 당대의 불합리하고 부조리한 실태를 고발하고, 정부관리,
친일파 등의 인물들을 비판했다.

閻羅國의 使臣되여 通商新約 締結ㅎ고 壹代怪物 賣渡後에 地府情形 遊覽
코즈 黃巾力士 압세우고 이리뎌리 往來타가 豊都地獄 다다라셔 이門뎌門
열고보니 萬古罪人 다모혓다

엇던獄門 열고보니 欺君岡上 宦官輩를 鐵臼內에 모러넛코 春丁軍의 쌀찔
트시 無數鬼卒 드러서셔 各持鉄椎 바수는대 哀呼之聲 滿天ㅎ니 韓國內의 某
某宦官 死後不免 此獄이오

엇던獄門 열고보니 蠧國病民 戚臣輩를 几俎上에 올녀놋코 屠牛坦의 소잡
드시 無數鬼卒 드러서셔 各抽利刀 벗기는대 剝割之聲 竦然하니 韓國內의 某
某戚臣 死後不免 此獄이오[117]

「지옥참황」에서는 환관배, 척신배, 음부배, 탐관배, 소인배, 간적배
등의 사후 참경을 제시하고, "어화 韓國 罪人들아 改過遷善 ㅎ량이면 至
仁且愛 上帝끠셔 贖脫罪過 ㅎ시리니 아무죠록 悔改ㅎ야 뎌 地獄을 免히
보소"라고 권유하였다. 결국 현실에서 죄를 지은 무리들은 지옥에서 쇠

---

117 「地獄慘況」, 『대한매일신보』, 1908.12.20, 2면.

공이로 바수고, 날랜 칼로 벗기고, 큰톱으로 쪼개고, 우리에서 짐승이 깨물고, 기름 솥에 집어넣고, 풀무불에 집어 넣는 등 온갖 참형을 당한다는 것이다. 이는 마치 「지구성미래몽」이나 「꿈하늘」의 지옥 참상을 보는 듯하다.

「역수인물(歷數人物)」(1908.5.7)에서는 국익을 저버리고 사익만을 추구하는 매국대신, 일진회, 외인통역, 외인정탐, 탐관오리, 천도교주, 얼개화꾼, 보부상패, 가짜지사들의 행태를 고발, 풍자하였다. 그리고 「사대요물(四大妖物)」(1909.3.14)에서는 '일신부귀 탐을 내야 매국적이 된' 이완용, '막중공물 팔아먹고 무죄양민 학대하는' 박중양, '찬란의복 극사치로 연회장에 종사하는' 난계(蘭桂) 비취(翡翠),[118] '음탕하고 헛된 말로 정신을 현혹하는' 「귀의성」을 요괴물로 규정하고 비판하였다. 단재는 「연극계의 이인직」, 「근일 소설가의 추세」 등에서도 이인직의 「귀의성」, 「한강선(강상선?)」 등의 소설에 대해 혹평을 하지 않았던가.

「박람회출품(博覽會出品)」(1909.3.30)에서는 망국노와 매국적, 관찰사와 수령, 가짜지사와 정탐자, 음탕부와 요괴녀, 보국판서와 원로배, 그리고 주색장에 침혹하고 외인에게 아첨하는 모모 군대감 등을 모두 수출하자고 제언했다. 「축사경(逐邪經)」(1909.8.5)에서는 '국혼 박멸하는 유세단', '동포 모해하는 진흥사', '본국 능욕하는 신궁회' 등 "許多邪物 묵거다가 壺裏乾坤 着鎖ᄒ고 鐵網으로 옹동그려 十字路로 餞送ᄒ야 速去千里 물니쳐라"고 하였다. 이처럼 단재는 매국대신, 친일모리배, 정탐꾼뿐만 아니라 심지어 음부마저 비판, 풍자했던 것이다.

---

118 난계와 비취의 난행에 대한 설명은 『대한매일신보』 1909년 2월 7일, 2월 25일 기사 참조.

(3) 친일 비판

단재는 「여우인절교서」에서 "一進會者는 皆當三復此書"라고 하여 일진회에 대한 비판과 경고를 서슴지 않았다. 특히 일진회에 대한 비판이 심했던 것은 친일은 매국이고, 친일로 인해 나라마저 잃어버리는 참경에 처했기 때문이다.

韓國同胞 許多中에 極悲極惡 第壹이라 此等人物 누구런고 壹進會가 네로고나 私情업는 이筆鋒이 無數論駁 힛거니와 近日情形 드러본즉 凶慾之勢 稍息ㅎ고 悔歎者가 만타ㅎ니 大慈大悲 筆端으로 壹次開導ㅎ리로다

壹進會야 壹進會야 너도亦是 人類로다 人獸之判 뎌區別이 義理有無 이아닌가 父母國을 背叛ㅎ고 掀天富貴 할지라도 義理者의 不取어던 他人奴隸 되즈고야 엇지참아 背叛홀싸 義理上의 關係로도 翻然退會 홀것이오.

壹進會야 壹進會야 너도亦是 人類로다 大丈夫의 處世홈은 磊磊落落 뎌心法이 泰山喬嶽 본을밧어 貧富貴賤 變홀손가 堂堂帝國 臣民이오 忠臣名賢 子孫으로 壹早豚犬 무삼일가 名譽上의 關係로도 翻然退會 홀것이오.[119]

단재는 「일진회(一進會)야」에서 "더러타시 大團體로 他人奴隸 되지말고 祖國事에 獻身ㅎ야 殫誠竭力"하면 좋겠다고 충고하였다. 단재는 일진회에 가입한 자들에게 급히 퇴회할 것을 권유했다. 그는 「일본의 삼대 충노」에서도 친일 인사에 대해 강하게 비판하지 않았던가. 그러한 모습은 「가위인호(可謂人乎)」(1909.4.6)에도 이어진다. 일진회는 어린 아

---

119 「一進會야」, 『대한매일신보』, 1909.2.17, 2면.

해, 개돼지, 까막까치, 사마귀보다 못하다는 것이다. 그래서 죄악을 회개하고 속히 귀화할 것을 외쳤다.

「송병준(宋秉畯)아」(1909.2.21)에서는 송병준의 여덟 가지 죄를 나열하고 대역부도, 일대요물, 죄악관영(罪惡貫盈)한 인물로 비판하였다. 첫 번째 죄는 "無賴輩를 嘯聚ᄒ야 壹進會를 組織ᄒ졔 狂言妄說 做出ᄒ고 許多良民 모라다가 魔窟中에 陷落"시켰다는 것이다. 즉 일진회를 조직한 죄가 가장 크다는 것이다. 그리고 일진회 선언서 발표,『국민신보』발간, 7협약 체결, 민충정의 전토 늑탈, 완도군 송림 인허, 신문 검열 및 압수, 국법 무시 등 여덟 가지 죄악을 들었다. 이런 죄악들도 열사의 혀나 역사가의 붓을 피할 수 없다는 것이다. 송병준에 대한 비판은「편여만필(編餘漫筆)」(1909.4.9)에도 이어진다. 그리고「일필만롱(一筆漫弄)」(1909.5.20)에서는 이완용, 오오가키[大垣丈夫], 민영휘, 이진호, 김창한, 이인직 등 친일자들이 가련하고 애통하다고 하였다. 한편 단재는『대한신문』,『국민신보』등 친일 신문에 대해서도 준열히 비판했다.

奇怪ᄒ고 妖惡ᄒ다 大韓新聞 뎌俍報가 狂悖無理 筆端으로 本報舘에 對ᄒ여셔 妄加論駁 種種키에 或罵或論 ᄒ엿것만 妖孼惡習 不悛ᄒ고 鳳鳴學校 事件으로 又加論駁 ᄒ엿스니 一大斧를 놉히들고 彼惡腦를 파쇄ᄒ까[120]

大韓新聞 뎌記者가 魔窟中에 墮落ᄒ야 政府機關 되ᄂᆞᆫ줄은 壹般共知 하지만은 近日政界 對ᄒ야셔 一篇論說 張皇ᄒ야 總內兩相 뎌功名을 極口贊揚 ᄒ얏ᄂᆞᆫ틱 連紙累編 怪鬼說이 目不忍見 ᄒ깃고나[121]

---

120 「俍頭一斧」,『대한매일신보』, 1909.6.18, 2면.
121 「魔報鬼說」,『대한매일신보』, 1909.7.21, 2면.

단재는 「창두일부(猖頭一斧)」에서 친일 반민족적 언론을 자행하는 『대한신문』을 창귀(倀鬼)라고 하고, 그 기자를 "人形 가진 도야지"로 비난했다. 그리고 그런 노예 언론에 "이 독긔를 어셔 밧어 頑腦劈破 홀지어다"라고 마무리했다. 「마보귀설(魔報鬼說)」에서도 『대한신문』의 논설에 대해 조목조목 비판하였다. 이러한 논조는 「국민마보(國民魔報) 기자(記者)야」(1909.5.21~22), 「국민대한 양마두상 각일봉(國民大韓兩魔頭上各一棒)」(1909.5.23) 등의 논설과 이어진 것이다. 단재는 친일 단체나 신문들을 국수를 좀먹게 하고, 결국 이 나라를 무너뜨리는 존재로 인식했기 때문에 아주 강도 높게 비판했던 것이다.

(4) 시절 감회

단재의 시절 감회 노래는 『황성신문』 시절부터 지속적으로 있어왔다. 단재는 각종 절기를 맞아, 또는 기후 변화나 새소리 따위를 듣고 느끼는 감회를 시로 썼다.

喜雨來 喜雨來ᄒᆞ니 滿天火傘 已退ᄒᆞ야 霏霏烟霧 凝聚로다 桑麻村中 뎌農夫ᄂᆞᆫ 擊壤歌를 更起ᄒᆞ니 紊亂ᄒᆞ다 地方政治 이와ᄀᆞᆺ치 更新홀까[122]

비 온 후의 감회를 읊은 가사로는 「청우유감(聽雨有感)」 이외에도 「우중몽사(雨中夢事)」(1908.3.1), 「청명세우(淸明細雨)」(1908.4.8) 등이 있다. 「청우유감」은 오랜 가뭄에 단비가 내린 감상을 서술한 것이다. 가뭄으

---

[122] 「聽雨有感」, 『대한매일신보』, 1908.6.19, 2면.

로 메말랐던 땅에 비가 내려 초목과 곡식들이 소생하듯 고통 받던 농부들도 격앙가를 다시 부르게 되었다는 것이다. 그러나 단재는 이 비가 도탄에 빠진 백성들을 소생시키고, 비루한 관리들의 심장을 씻으며, 빈약한 삶을 부양하고, 문란한 지방 정치를 쇄신해주길 바랐다. 비의 희소식이 인간 세계의 변화를 가져왔으면 하는 희원을 담고 있다. 그리고 딱따구리의 소리를 듣고도 감회를 읊었다.

滿山風雨 暴乱中에 無枝無葉 壹古木이 惟餘半腹 孤立이라 噫彼沒覺 啄木鳥가 依其木而 作巢하고 依其巢而 安身인되 啄木丁丁 不已로다.[123]

스랑홉다 讀者諸公 一面之分 업섯스되 心肝까지 相照ㅎ고 千里之遠 격히스되 朝暮간에 相遇로다 源源相繼 더信息이 五日간을 相阻ㅎ니 記者讀者 兩方간에 동동往來 ㅎ는懷抱 一日不見 如三秋兮 彼我之別 다를손가[124]

단재는 딱따구리의 울음소리를 듣고 「책탁목(責啄木)」을 읊었는데, 그것은 매미의 울음소리를 듣고 「매암의 노래」를 지은 것이나 흡사하다. 딱따구리가 자신이 둥지를 튼 썩은 나무를 계속 찍어대면, 비바람 폭풍으로 나무가 넘어지고 결국 집이 사라지고 말 터인데 그런 줄도 모르고 스스로 집을 허는 딱따구리의 어리석음을 이 작품에서 노래했다. 그것은 산림, 광산을 다 내어주면서도 국가가 망해 가는지도 모르는 당시 정부 관료들을 경계한 것으로 보인다. 딱따구리 소리의 감회가 현실

---

123 「責啄木」, 『대한매일신보』, 1908.9.27, 2면.
124 「舊面新話」, 『대한매일신보』, 1909.11.9, 2면.

인식으로 이어지는 모습을 보여준다. 한편 「구면신화(舊面新話)」에서 단재는 독자들에 대한 감회를 읊었다. 가사에서 5일 동안 소식이 막혔다고 했는데, 「한성기자(漢城記者)야」(1909.11.3)가 실린 후 4일부터 8일까지 가사가 실리지 않았음을 일컬은 것이다. 그래서 "記者讀者 兩方간에 동동往來 ᄒᆞᄂᆞᆫ懷抱 一日不見 如三秋兮"라고 했다. 이는 가사가 작가와 독자들 사이를 소통하는 매개채로 작용했음을 말해준다. 이렇듯 사회등가사는 독자와의 소통 속에서 오래 지속될 수 있었다. 때에 따라서 독자들이 청중도 되기도 하고, 또는 직접 창작에 참여하여 작가가 되기도 했다. 다른 분야에 비해 독자들의 참여가 활발했던 것도 작가-독자 간의 끊임없는 대화와 소통이 존재했기 때문이다.

(5) 희원 기타

단재는 축수 희원의 노래를 많이 지었다. 특히 『황성신문』에는 황제 축수에 대한 노래가 많은데 박정규는 그것들을 단재의 작품으로 규정하였다. 그러한 것은 『권업신문』으로 이어지고 있기 때문에 박정규의 주장은 어느 정도 타당한 것으로 보인다. 아울러 명절을 맞아 축수와 희원을 담은 가사를 썼다.

> 皇天이 默祐ᄒᆞᄉ 國運이 回泰ᄒᆞ야 氣祲을 掃淨ᄒᆞ니 造겁이 다지낫다 獨立國旗 놉흔곳에 忠臣烈士 輩出ᄒᆞ니 大韓人民 싀롭도다.
> (…중략…)
> 本報愛讀 僉君子ᄂᆞᆫ 新年歲拜 바드시오 百福이 鼎臻ᄒᆞ고 萬事가 泰通ᄒᆞ오 愛國誠이 懇切ᄒᆞᄉᆞ 購覽이 日增ᄒᆞ니 新聞事業 싀롭도다[125]

단재는 1908년 새해를 맞아 「신년신어(新年新語)」를 써서 대한 천지와 대한 인민들이 새롭게 되고, 택인 행정, 국권 회복, 재정 정리, 경찰 행정, 인민 단체, 교육 사무, 신문 사업 등이 새로워지길 노래했다. 그는 마지막 연에서 "신년 새배 받으시오" 하며, 마치 기자가 독자들에게 새배를 올리듯 마무리했다. 그리고 「원부롱자(冤婦弄子)」(1908.9.26)에서는 "만고충신"이 되고, "자유권리 차져보"고, "지식발달", "정직군자", "사회성립", "갈충보국", "전국사범"이 되어보길 바라는 마음을 읊었다. 또한 「최외유심(最畏惟心)」(1909.4.1)에서는 심지 견확하여 '절대영웅', '보국충신', '제세군자', '민당두령', '학계스승'이 되어보라고 권유하였다.

단재가 회원의 가사를 쓴 것은 『가정잡지』나 『천고』에도 보인다. 전자에서 "빕나이다 첨군자에 가뎡에 옛 근심 다 풀리고 싀히 일이 싀롭소셔 / 빕나이다 첨군자에 가뎡에 옛 지앙이 다 물너가 싀히 일이 싀롭소셔"(『가뎡잡지』, 1908.1)라고 했으며, 그리고 후자에서 "한 번 울림에 그 소리가 천둥과 같고, 두 번 울림에 그 기운이 산과 같고, 세 번 네 번 울림에 의사(義士)들이 구름과 같이 모이고, 다섯 번 여섯 번 울림에 적(賊)들의 머리가 어지럽게 낙엽처럼 떨어지리라"(『천고』, 1921.1)라고 하지 않았던가. 이러한 것들은 독자들에 대한 기원과 축수의 마음을 담고 있다. 단재는 독자들에게 마치 편지를 쓰듯 가사를 쓰고, 기원제를 올리듯 자신의 마음을 담아 축수했다.

---

125 「新年新語」, 『대한매일신보』, 1908.1.1, 2면.

4) 단재의 사회등가사 창작이 갖는 의미

이제까지 단재가 사회등가사를 썼다는 사실을 많은 논자들이 언급하였지만 실제 작품을 거론하지는 않았다. 가사들이 무서명으로 발표되었는데, 그것들을 특정하게 지목하여 단재의 가사로 규정할 때 논란이 제기될 수 있기 때문에 연구자들은 그만큼 신중을 기하였던 것이다. 사실 필자는 여러 편의 가사를 단재의 작품으로 지목하였는데 이에 대해서 논란이 일어날 수 있다. 그것은 모험적이고 어려운 일이다.

단재전집편찬위원회에서도 그러한 부담감과 모험을 무릅쓰고 『대한매일신보』의 논설들을 찾아내어 단재전집에 수록하였다. 그들이 찾아낸 작품 가운데 논란이나 문제가 될 작품들이 없었던 것은 아니다. 그러나 만일 그들의 노고가 없었다면 단재의 작품은 상당히 제한될 수밖에 없었을 것이다. 그들의 노고로 말미암아 단재 연구는 크게 진전될 수 있었다. 사회등가사의 발굴도 마찬가지이다. 몇 작품이라도 찾아낸 것은 그나마 다행이 아닐 수 없다. 물론 이 가운데서도 문제가 되는 작품들은 다시 걸러낼 필요가 있다. 그리고 여기에서 언급한 몇몇 작품이 전체가 아님은 두말할 나위가 없다. 이런 발굴을 계기로 수많은 단재 가사들이 새롭게 발굴되었으면 한다.

단재가 사회등가사를 썼다는 사실은 대단히 중요하다. 물론 다른 여러 작품들을 통해서 단재의 시가 창작의 스펙트럼이 대단히 넓다는 것을 알 수 있었지만, 하나의 장르에 수많은 작품을 창작했다는 것은 이전에는 알려지지 않았다. 단재는 다양한 장르에 걸쳐 창작을 했고, 특히 형식에 구애되지 않고 민중들에게 교화성이 높은 가사를 지속적으

로 창작하여 계몽활동을 폈다. 이제 애국 전기나 정론 이외에도 단재의
사회등가사를 통한 계몽활동이 제대로 밝혀질 필요가 있다. 가사에서
단재의 감성적이고 직설적인, 그리고 좀 더 분방한 문체들을 만날 수
있다. 단재는 다양한 장르 실험을 통해 자신의 감성과 회포를 전달하
고, 독자들과 소통했다.

제3장 ▶

일제강점기의 문필활동

1.『권업신문』의 활동과 정론

1) 단재와 권업회

단재는 1910년 5월 하순 서울을 떠나 중국으로 갔다. 그는 신민회
청도회의에서 결의한 독립군 기지와 무관학교 설립계획이 자금문제로
차질을 빚자 9월경 러시아 블라디보스토크로 향한다. 그는 신한촌에
머물며 1911년 광복회를 조직하는가 하면, 같은 해『대양보』를 창간하
여 그 주필로 활동한다.『대양보』는 1911년 6월 5일 창간되어 8월 28
일까지 총 13호가 나왔으며, 9월부터 발간이 되지 못했다. 현재『대양
보』의 실체는 확인할 수 없고, 다만 일본 정보 문서를 통해 그 내용들을
짐작할 수 있다. 한편 12월 19일 권업회가 결성되었는데, 권업회에서

는 신문부를 설치하여 신문 간행을 계획하였다. 신채호는 신문부의 부장 겸 주필로 선임된다. 『권업신문』에는 단재가 서적부장으로 소개되었다.

1911.12.19 신문부 총무 한형권, 부장겸주필 신채호, 부원 박동원·이근용[1]

(1911년) 구월 ᄉᆞ일붓허 대양보는 뎡간되고 신문발힝을 다시 총독과 슌무ᄉᆞ에 교섭ᄒᆞ야 승인을 엇다.

1911.12.6(려력) 서적부장 신채호

1912.2.29.(려력) 신문발힝원은 뜌꼬앤씨로 의뎡ᄒᆞ고 슌무부에 신문허가를 청원홀ᄉᆡ 대양보는 폐지되엿으니 일홈을 변경ᄒᆞ라 ᄒᆞ기로 권업신문으로 청원ᄒᆞ다

(1912년) ᄉᆞ월 칠일에 권업신문 인가쟝을 졉슈ᄒᆞ다

(1912년) ᄉᆞ월 이십이일에 권업신문 뎨일호를 셕판 인쇄로 챵간ᄒᆞ다.[2]

1912.5.5(1호?)~9.8(20호) 쥬필 신치호[3]

『권업신문』은 1912년 5월 5일(러시아력 4월 22일)부터 1914년 8월 29일(러시아력 8월 16일)까지 블라디보스토크에서 발간되었다. 이 신문은 재러 한인 독립운동 단체인 권업회에서 발간하였는데, 발간 당시 신채호가 편집 책임을 맡고 주필로 활동했다. 이러한 사항은 초기 단재 연구에서 밝혀졌고, 그리하여 단재의 「연보」(1977)에도 그렇게 소개되

---

1   조선주차헌병사령부, 「明治45年 6月調 露領沿海洲移住鮮人の狀態」, 94면 및 박환, 「『권업신문』에 대한 일고찰」, 『사학연구』 46, 한국사학회, 1993.5, 172면 참조.
2   「권업회연혁」, 『권업신문』, 1912.12.19, 3면.
3   「본사주임」, 『권업신문』, 1912.5.5~9.8, 4면.

었다. 처음 단재의 생애와 활동에 대해 자세히 기록한 김영호는 신채호 가 "『해조신문(海潮新聞)』 발행에 관여하고 『청구신문(靑丘新聞)』, 『권업 신문(勸業新聞)』을 발행하였다"라고 적고 있다.[4] 그리고 『권업신문』의 창간 시점은 제대로 제시하지 못했지만 "1914년 9월에 일본정부의 간 교에 의해서 러시아 정부로부터 발행금지를 명령받았다"고 하여 폐간 에 대해서는 비교적 정확하게 기술하였다. 단재는 1913년 신규식의 초 청으로 상해로 갔으며, 거기에서 신아동제사(新亞同濟社)에 참여하여 활 동한 것으로 알려져 있다. 그러므로 단재는 상해로 떠나기 전까지 『권 업신문』에서 활동한 것이 된다.

초기 대부분의 연구는 『단재신채호전집』 「연보」(1977)에 입각해 진 행되었다. 연구자들은 『권업신문』을 직접 보지 못하고, 다만 단재의 생 애 자료에 의거하여 연구하다 보니 부정확하거나 잘못된 정보로 인해 많은 오점을 남기기도 했다. 『권업신문』은 러시아의 페테르스부르그 (레닌그라드)에 소재한 러시아 국립도서관 분관에 소장되어 있다가[5] 한 러 수교 이후 그 실체가 한국에 알려졌다. 총 126호 가운데 창간호를 포함하여 총 15호가 결락된 채 남아 있다. 한림대학교 아시아문화연구 소에서는 하버드대학 옌칭도서관에서 마이크로필름을 기증받아 1995 년 영인본을 발간함으로써 연구자들이 손쉽게 볼 수 있게 되었다.

---

4   김영호, 「단재의 생애와 활동」, 『나라사랑』 3, 외솔회, 1971.7, 76면. 『해조신문』은 장지 연이 주필로 참여하였으며, 그러므로 신채호와는 무관한 신문이다. 그리고 『청구신문』은 1917년 니콜리스크에서 발간된 『靑丘新報』를 지칭하는 것으로 보이며, 이 역시 단재는 관여하지 않았다. 최옥산, 「문학자 단재 신채호론」, 인하대 박사논문, 2003.8, 33면. 단재 는 1911~1913년 당시 연해주에 머물면서 『대양보』와 『권업신문』 주필로 활동했다.
5   최기영, 「해제」, 『『권업신문』·『대한인정교보』·『청구신문』·『한인신보』』, 한림대 아 시아문화연구소, 1995, i면.

2) 단재의『권업신문』활동 기간

초기 연구자들은 단재의 「연보」(1977)에 의거하여 단재가『권업신문』을 발행한 사실을 언급하였다.『단재신채호전집』에는 1910년 단재의 나이 31세에『권업신문』을 발행했다고 적었다.

김하구 등과 함께 창간한『권업신문』을 노어번역판까지 내기도 했으나 1914년에 일본정부의 간계로 러시아 정부로부터 발행금지를 당함.[6]

단재 「연보」(1977)는 김영호의 「단재의 생애와 활동」을 토대로 한 것이다.[7]『권업신문』은 1910년 어느 시점에 발간되었지만, 일본 정부의 간계로 1914년 러시아로부터 발행금지를 당했다는 것이다. 발간정지에 대해서는 비교적 정확하지만 발간 시점에는 큰 차이가 있다.

따라서 그의 언론 제2기 활동에 해당되는『권업신문』에 관계했던 기간은 대략 2, 3년에 불과했던 것으로 추측된다. 또한『권업신문』이 1914년 9월 권업회의 해산과 동시에 폐간되었다고 가정할 때, 그가 블라디보스토크을 떠난 것은 그보다 1년 전인 1913년의 일이었으므로, 이 신문이 폐간되기 전에 그곳을 떠났다고 할 수 있다.[8]

---

6 단재신채호전집간행위원회 편,『개정판 단재신채호전집』하, 형설출판사, 1977, 498면.
7 김영호, 「단재의 생애와 사상」,『나라사랑』3, 1971.7.
8 최홍규,『단재 신채호』, 태극출판사, 1979, 216면.

최홍규는 1911년 12월 19일에 권업회가 창설되고, 곧바로『권업신문』이 발간된 것으로 생각했다. 그리고 단재가 창간때부터 권업신문에 관여했으며,『권업신문』이 폐간되기 1년 전, 그러니까 1913년 9월쯤에 신문사를 그만두고 상해로 떠났을 것으로 추정했다. 그래서 그가 "『권업신문』에 관계했던 기간은 대략 2, 3년에 불과했"을 것으로 추측했던 것이다. 그러나 신문이 1912년 5월 5일 발간되었으니, 단재의 참여 기간은 1년 4개월에서 최대 2년 4개월에 불과하게 된다. 만일 단재가 폐간 1년 전인 1913년 9월까지 주필을 맡았다면『권업신문』을 1년 4개월여 발행한 것이 된다. 최홍규는 단재가 신문을 떠난 시점을 "1년 전"으로 밝혀 그 이전 주장보다 훨씬 구체적이다.[9]

①『권업신문』은 1912년 4월 22일부터 1914년 8월 30일까지 약 2년 동안 총 126호가 간행되었던 신문으로 단재는 초대 주필로 매호마다 민족혼을 불러일으키는 논설을 게재하여 독자들에게 깊은 감명을 주었다. 그의 근무 기간은 확실치 않으나 1913년 10월 이후에는 상해 북경 등지에 체류하였으므로 약 1년 6개월 정도 근무하였다고 추정된다.[10]

②신채호가 1912년 9월경『권업신문』을 그만둔 것은 그해 11월 일제가 조사한 권업회 간부진에 신문부 총무 한형권・주필 張斗彬・부원 朴東

9　최홍규의 "1년 전" 시점은 사실 조금 모호하다. 만일 신문 폐간 1년 전으로 보면 1913년 9월경이지만, "1913년경 신채호가 상해로 오게 된" 시점과 결부해 신문사를 그만두고 상해로 갔다(1913년 8월 19일)는 점을 고려하면 1913년 8월경이 된다. 당시 정원택의 자료는 확인하지 못했고, 또한 1913년 단재가 상해에 온 것은 확실하니까 대개 그렇게 표현한 것으로 보인다.

10　박정규의 사이버단재신채호기념관(http://www.danjae.or.kr/speech_act_4.htm)

轅・李瑾鎔으로 나타나고, 신채호가 언급되지 않은 것에서도 확인된다.[11]

박정규는 단재가 창간호부터 시작하여 1913년 10월 이전까지 1년 6개월 정도 『권업신문』에 근무한 것으로 보았다. 그런데 최근 이와는 다른 주장이 제시되었다. 최기영은 1912년 9월경에 단재가 권업신문을 떠난 것으로 못박고 있다. 그 근거는 두 가지이다. 하나는 발행 초기부터 신문 4면 '본사주임'란에 "쥬필 신채호"로 기록되었던 것이 1912년 9월 15일(러시아력 9월 2일)부터 사라지고 있다는 사실이다. 이를 바탕으로 한시준 역시 단재가 "1912년 후반에 상해에 온 것 같다"고 주장했다.[12] 다음으로 「재외조선인결사단체상황」(1912.11)에 『권업신문』의 주필이 장두빈(張斗彬)으로 되어 있기 때문이다. 최옥산은 여기에 1913년 1월 12일(아력 12.30) 신문부장이 한형권으로 바뀌고 있다는 사실(1913.1.19, 제40호 4면 '포고'란 기사)도 단재가 신문을 떠난 것을 보여주는 표지로 언급했다.

勸業報에 揭載되ᄂᆞᆫ 虛粧은 萬分의 一이나 踐行될넌지 有事未遂케만 되ᄂᆞ이다 如此ᄒᆞᆫ 局勢에 吾儕ㄹ 精神上 勢力은 遍滿ᄒᆞ다 홀지라도 無知ᄒᆞ 官力에 執勢ㄹ 無함ᄒᆞᆷ으로 外形ᄭᆞ지 活動홀 能力이 萬難ᄒᆞ야 申・張・黃・鄭・弟 五人이 相議ᄒᆞ고 비밀회원을 更히 확장ᄒᆞ려 ᄒᆞ야[13]

---

11 최기영, 『식민지시기 민족지성과 문화운동』, 한울아카데미, 2003, 192면.
12 한시준, 「신채호의 재중 독립운동」, 『한국사학사학보』 3, 2001.3, 229면.
13 1913년 1월 21일 백원보가 안창호에 보낸 편지. 도산안창호전집편찬위원회 편, 『도산안창호전집』 2, 동양인쇄주식회사, 2000, 198면.

申采浩(京) 齡 五十六, 前記勸業新聞主筆なり[14]

　1913년 1월 백원보의 편지는『권업보(권업신문)』의 사세확장을 위해
신채호, 장도빈, 황공도, 정재관, 백원보가 비밀회원 확장에 노력했음
을 말해준다. 그것은 이 시기 신채호가 블라디보스토크에 있었다는 것
을 의미한다. 그리고 이갑이 안창호에게 보낸 1913년 1월 25일 편지도
신채호는 해부(海埠, 블라디보스토크)에 있다고 했다. 또한『외교시보』에
실린 「노령재주조선인문제」(『외교시보』 210호, 1913.8.1)는 여러 가지를
시사한다. 이 글은 오바가게아키[大庭景秋]가 블라디보스토크[浦鹽]에서
7월 13일에 작성한 것이다. 이 글에서 신채호는 '블라디보스토크 및 그
부근 거주자' 항목에 "권업신문 주필"로 소개되어 있다. 이것은 두 가지
사실을 설명해준다. 하나는 오바가게아키[大庭景秋]가 노령에 사는 조선
인을 조사한 1913년 7월 13일경까지 단재가 블라디보스토크에 있었으
며, 또한『권업신문』주필을 맡고 있었다는 사실이다. 정원택은 자신의
일기에서 "七月 十八日 丹齋 申采浩 先生과 金容俊이 靑島로부터 來到하
였다"라고 기록하였다.[15] 이를 통해 필자는 아래와 같이 결론을 내렸다.

　　단재는 기존 연구자들에 의해 알려진 것과는 달리 1912년 창간호부터 이듬해
　7월경까지『권업신문』에 참여한 것으로 보인다. 그는 신문에 줄곧 애국 계몽적
　인 논설을 발표하여 계몽활동에 앞장섰다. 그가 블라디보스토크에 머물렀던
　기간 권업신문에 반일・반외세적 글을 계속하여 발표한 것으로 보인다.[16]

14　외교시보사 편,『外交時報』 제18권 제3호・제210호, 동경 : 외교시보사, 92면.
15　정원택,『지산외유일지』, 탐구당, 1983, 76면.

단재는 1913년 양력 8월 19일에 상해에 도착했다. 정인보는 "武昌革命(1911년 10월 — 인용자)한 지 三年 되던 해(1913년 — 인용자) 上海서 丹齋를 만낫다. 丹齋가 北滿을 거쳐 그리로 왓다던 것, 路資는 晩觀이 보냇다던 것"[17]이라 했다. 단재가 상해에 간 것은 신규식의 초청에 따른 것이다. 일본의 정보보고에 따르면 7월 13일경까지 단재는 블라디보스토크에 머물렀던 것으로 드러난다. 그렇다면 단재는 1913년 7월 13일 이후 블라디보스토크을 떠나 북만주, 봉천, 청도를 거쳐 8월 19일에 상해에 도착했을 것이다.[18]

『권업신문』에는 창간호부터 1913년 7월 단재가 상해로 떠나기 전까지 수많은 그의 글이 실렸다. 여기에서는 그러한 글들을 정리해보기로 한다.

3) 『권업신문』 소재 단재 글의 의미

『권업신문』은 1912년 5월 5일 창간되어 단재가 상해에 도착한 1912년 8월 19일까지 총 70호의 신문이 나온 것으로 확인된다. 그 가운데 결호는 총 14호(1, 2, 3, 6, 10, 11, 54, 55, 56, 57, 58, 59, 68, 69)에 이르며, 또한 기서 등으로 인해 논설이 실리지 않은 것은 총 11호(14, 15, 39, 45,

---

16 김주현, 『신채호문학연구초』, 소명출판, 2012, 111면.
17 정인보, 「단재와 사학(상)」, 『동아일보』, 1936.2.26, 4면.
18 최기영은 "한겨울인 11월에 옮기기는 어려웠을 것이므로 1913년 봄 이후에나 블라디보스토크를 떠나 상해로 가지 않았나 짐작된다"(최기영, 앞의 책, 193면)라고 주장하였는데, 이는 『외교시보』를 고려할 때 잘못으로 보인다.

48, 49, 51, 52, 53, 64, 67)로, 논설이 실린 호수는 총 45호 정도이다. 그렇다면 이 가운데 단재의 글은 얼마나 되는가?

① 勸業新聞 第22號 論說을 參覽ᄒ시면 申博士의 憂恋의 隱然ᄒ 發表를 確志ᄒ시오리다.[19]

② 1912년 8월 29일 자『권업신문』에 신채호가 집필한 논설「시일」은 국내에서 1905년『대한매일신보』에 발표했던「시일에 우방성대곡」과 일맥상통하는 것이었다.[20]

③「청년동포에게 바라는 바」,「국수주의와 해외동포」,「동포 사이의 사랑」,「일인의 간사한 수단」,「이날」[21]

①은「공과 사를 잘 분간하여야 할 일」이 단재가 썼다는 백원보의 편지 내용으로 당시의 것이어서 별로 의심할 바 못 된다. 그리고 ② 역시『권업신문』의 실체를 확인하고 쓴 것은 아니지만 이 논설이 실린 신문에 "쥬필 신채호"를 기록하고 있어 그를 저자로 규정하는 데 무리가 없다. 그에 비해 박정규는 비교적 여러 편을 단재의 글로 소개하였는데,『권업신문』을 실제로 검토해서 내린 결론이다. 다음은 위에 언급된 작품을 제외하고 필자가 새롭게 단재의 작품으로 규정한 것들이다.

---

19 1912년 9월 22일 백원보가 안창호에게 보낸 편지.『도산안창호전집』2, 동양인쇄주식회사, 2000, 182면.
20 오세창,「신채호의 해외언론활동」,『신채호의 사상과 민족독립운동』, 형설출판사, 1986, 340면.
21 박정규의 사이버단재신채호기념관.

「한가지식 홀 일」(1912.6.16), 「강동동포의 공익ᄉ샹」(1912.6.30), 「치밀흔 싱각 = 영원흔 싱각」(1912.8.25), 「우리 동포는 경제능력이 엇지 이리 박약흔가」(1912.9.1), 「퇴황뎨 만슈졀」(1912.9.8), 「남의 부형된 쟈의 싱각홀 일」(1912.9.15), 「일년 벌어 하로에 업시ᄒ여」(1912.10.20), 「외국말 비우는 이에게 고홈」(1912.10.27), 「외디에 나온 쳥년」(1912.11.3), 「빨칸반도에 ᄉ로 홍ᄒ는 세 나라(上・下)」(1912.11.24~12.1), 「권업회 창립 일쥬년 긔렴」(1912.12.19), 「긔인 신분샹의 명예」(1912.12.29), 「몬데네크로 대왕 니꼴라쓰의 니야기」(1913.1.26), 「모범홀만흔 인물의 모범홀 만흔 일로 퇴계션싱의 힝젹을 드노라」(1913.2.9), 「광무을ᄉ 이젼의 본국 신문」(1913.2.16), 「별보 ─ 국권회복의 대운동」(1913.3.30), 「음력명졀과 한인」(1913.6.8), 「사름마다 국문은 알어야지」(1913.6.15), 「인도지ᄉ의 운동」(1913.6.22)[22]

필자에 의해 논설 19편 정도가 새로 발굴되었다. 나머지는 신문의 소실로 확인할 수 없는 부분도 있고, 또한 작품의 문체적 사상적 특징이 불분명하여 확인하기 어려운 것도 있다. 이 논설들은 단재의 작품으로 규정해도 큰 문제가 없을 것으로 보인다. 그렇다면 총 45호 가운데 적어도 26회 25편(「발칸 반도에 새로 흥하는 세 나라」는 2회 연재) 가량의 논설이 단재의 글로 보인다. 이 글에서는 이들 작품을 중심으로 단재 글의 의미를 논의하기로 한다.

---

22 김주현, 「신채호의 작품 발굴 및 원전 확정을 위한 연구─『권업신문』을 중심으로」, 『우리말글』 39, 우리말글학회, 2007.4.

(1) 독립정신의 고양

『권업신문』에서 제일 장쾌한 논설은 「이날」이다. 「시일」이라고 표기된 이 작품은 장지연의 「시일야방성대곡」, 박은식의 「시일에 우방성대곡」에 버금가는 것으로 1910년 일본의 한국 강탈 2주년을 통한해 쓴 작품이다. 단재는 "단국 개국 사천이백사십오년 팔월 이십구일 이날은 어떠한 날이오 사천 년 역사가 끊어진 날이오 삼천리 강토가 없어진 날이오 이천만 동포가 노예된 날이오 오백 년 종사가 멸망한 날이오"라고 노래했다.

> 우리의 싱명이 끈어진 날이오 우리의 지산을 일흔 날이오 우리의 즈유를 뻬앗긴 날이오 우리의 신톄가 죽은 날이오 우리의 명예가 업는 날이오 (…중략…) 우리의 황실은 왜왕의 신첩(臣妾)이 되얏고 우리의 민족은 왜인의 로복이 된 날이오 눈이 잇고 귀가 잇으면 보고 드를지어다 우리의 조국을 붓들고저 ᄒ다가 대마도에 가뒤여 만리고도에 원혼이 된 최면암(崔勉菴) 션싱의 일도 이날이오 우리의 나라 업서지는 날 방성대곡ᄒ고 슯흠을 익이지 못ᄒ야 한칼로 목을 질러 국은을 갑고저 ᄒ 민충정(閔忠正) 공의 일도 이날이오 우리의 국권을 회복코저 ᄒ야 만국평화회에 가셔 더운 피를 뿌려 세계에 빗ᄂ게 ᄒ 리쥰(李儁) 씨의 일도 이날이오
>
> 우리의 원슈를 할빈 뎡거쟝에서 단총 일발에 꺽굴여터리고 려순구에셔 령혼을 하나님게 부탁ᄒ 안즁근(安重根) 씨의 일도 이날이오 (…중략…) 리순신(李舜臣) 씨의 텰갑션으로 왜적을 함몰ᄒ 일도 이날이오 을지문덕(乙支文德)의 외적을 격파ᄒ 일도 이날이오 와싱톤[華盛頓]의 독립긔를 들 일도 이날이오 나폴네온[拿巴崙]의 혁명을 폭동ᄒ 일도 이날이오[23]

이 논설에서 단재는 일본에 대한 경각심을 일깨워 독립의 쟁취를 강하게 설득하고 있다. "리순신(李舜臣) 씨의 텰갑션으로 왜적을 함몰홀 일도 이날이오 을지문덕(乙支文德)의 외적을 격파홀 일도 이날이오 와싱톤[華盛頓]의 독립긔를 들 일도 이날이오 나폴레온[拿巴崙]의 혁명을 폭동홀 일도 이날이오"라고 하여 이날이 역사적 날임을 분명히 하고, 또한 "뢰성벽력이 머리를 눌너도 굴치 말고 천병만마가 당젼ᄒ야도 퇴보 말고 용진ᄒᄂ 마음으로"라고 하여 혁명의 기치를 들어야 한다고 강조했다. 국치일을 잊지 말고 독립의 그날까지 온 민족이 앞장서 투쟁할 것을 강조하였다. 국망일을 잊지 말자고 하여 쓴 글이긴 하지만 단재는 못다 이룬 독립의 꿈을 다시 재현하는 날로 만들고자 했다. 그러므로 이날을 기억해서 새로운 독립을 기약하는 것으로 마무리했다. 단재는 국망일(國亡日)을 국권 회복일로 삼고자 했다. 곧 나라의 등불을 새롭게 켜야 할 날로 정립한 것이다.

(2) 가족애 동포애의 고취

단재는 국외에서 우리 민족이 대동 단결하여 독립을 위해 노력할 것을 강조했다. 그러기 위해서는 무엇보다 가족애 동포애가 중요하다. 단재는 해외에서 살아가는 동포들에게 가족주의와 동포애, 곧 민족주의를 강조했다. 그러한 모습은 「동포 사이의 사랑」, 「공과 사를 잘 분간하여야 할 일」, 「권업회 창립 일주년 기념」 등에 잘 나타난다.

---

23 「이날」, 『권업신문』, 1912.8.29, 논설. 이하 이 장에서 『권업신문』 논설의 인용은 인용 구절 뒤 괄호 속에 날짜만 기입.

한집 식구로셔 서로 뮙시ᄒ여 부ᄌ형뎨가 이류 되여 동ᄂᆡ에 단이며 피차 훼방ᄒ며 질욕ᄒ면 그 집이 망ᄒ나니 한 민족도 이와 ᄀᆺᄒ여 서로 사랑치 못ᄒ 결과는 망ᄒᆯ 뿐이라 집이 망ᄒ면 내 몸도 망ᄒ여 남의게 종이 되여 천ᄃᆡ 밧ᄂ니 동포를 사랑치 못ᄒ다가 그 민족이 망ᄒᄂ 구덩이에 ᄲᅡ지면 내 몸이 엇지 홀로 귀ᄒ리오[24]

공공ᄒᆫ 일을 만히 ᄒ야 셰상 사ᄅᆷ에게 리익을 만히 준 이는 큰 사ᄅᆷ이며 ᄉᆺ의 일만 알아 텬하의 다ᄉ리고 어지러움은 뭇지 안코 내 집 내 몸만 도라보는 이는 젹은 사ᄅᆷ이오 동포에게 유익ᄒ 일이면 내 몸은 죽더ᄅᆡ도 하ᄂ 이는 올혼 사ᄅᆷ이며 나 한아에 유익ᄒ 일이면 젼국 사ᄅᆷ은 다 죽이더ᄅᆡ도 하ᄂ 이는 글혼 사람이니라 이 말을 밋지 안커던 고금 력ᄉ를 샹고하여 볼지어다 셩현이라 영웅이라 ᄒᄂ 이가 누가 나라와 동포를 위ᄒ야 그 몸을 죽인 이가 안이며 쇼인이라 간신이라 ᄒᄂ 이가 누가 제 한 몸을 리롭게 ᄒ느라고 나라와 동포를 망케 ᄒᆫ 이가 안인가[25]

합소문이 아모리 큰 영웅이라 ᄒ나 그 건츅ᄒᆫ 쟝셩이 그의 손으로만 건츅ᄒ지 못ᄒ엿으리라 쳥쳔강의 수병도 을지문덕 혼자로ᄂ 못 닉이엿으리라 한산도의 왜젹도 리츙무공 한아로ᄂ 못 꺾엇으리라 모이지 안코 합ᄒ지 안코 이 셰상 사ᄅᆷ이 다 각기 살랴 ᄒ면 다른 큰 것은 고사ᄒ고 조그마ᄒᆫ 집 하나도 짓기가 어려우리라[26]

---

24 「동포 사이의 사랑」, 『권업신문』, 1912.7.28, 논설.
25 「공과 ᄉ를 잘 분간ᄒ여야 홀 일」, 『권업신문』, 1912.9.22, 논설.
26 「권업회 창립 일쥬년 긔렴」, 『권업신문』, 1912.12.19, 논설.

단재는 애국계몽기 가정과 국가가 일치한다는 관념을 갖고 있었다. 한 집안과 한 민족이 같다는 논리이며, 그래서 집안이 흥하면 그 민족도 흥하게 된다는 것이다. 집안이 분열되어 화목하지 못하면 동족 또한 그렇게 될 것이라 경계했다. 또한 무엇보다 동포의 경제능력을 키울 것을 강조했다. 그것은 근검과 저축, 지식과 능력을 배양하는 것이다. 그는 "공공흔 일을 만히 ㅎ야 셰상 사름에게 리익을 만히 준 이는 큰 사름"으로 "내 집 내 몸만 도라보는 이는 젹은 사름"으로, "동포에게 유익흔 일이면 내 몸은 죽더리도 하는 이는 올흔 사름"으로 "나 한아에 유익흔 일이면 젼국 사름은 다 죽이더리도 하는 이는 글흔 사람"으로 규정하였는데, 이것은 계몽기 대아와 소아의 구분과 다를 바 없다. 단재는 공공한 일로 남의 유익을 주며, 동포를 위하는 일에 죽음도 불사하는 대아(크고 옳은 사람)를 추구할 것을 권면했다. 아울러 역사상 연개소문의 장성이나 을지문덕의 살수대첩, 이순신의 한산대첩도 백성이 일치단결하여 이뤄낸 결과라며 큰 일을 이루기 위해 화합과 협력의 필요성을 강조했다. 단재는 또한 「남의 부형된 자의 생각할 일」(1912.9.15)에서 사람의 일곱 가지 도리를 제시하였는데, 그것은 조수(操守), 정결, 근검, 중후, 진실, 공손, 그리고 유식을 갖추는 것이다.

(3) 우리말의 중요성

단재는 「국수주의와 해외동포」에서 "나라 잇는 민족이라도 국슈쥬의가 업스면 망ㅎ나 나라 업는 민족이라도 국슈쥬의가 잇으면 흥ㅎ느니 이는 동셔양 력소에 상고흠이 털끗만치도 틀리지 안는 사실"이라고 강조했다. 그는 국수 가운데 무엇보다도 우리말이 중요함을 언급했다.

말은 우리의 정신과 사상이 깃든 것으로 자칫 말을 잃으면 우리의 사상과 정신을 잃게 되는 것이다. 그래서 그는 우리말의 중요성을 강조하고, 또한 우리말을 보전하기를 주장했다.

본국말은 조국정신을 보젼ᄒᆞᄂᆞᆫᄃᆡ 뎨일 중요ᄒᆞᆫ 쟈이어늘 외국말의 셰력에 날마다 핍박을 밧아 고릭로 젼ᄒᆞ던 말에 업서진 말이 불지기수이며 본국 글은 본국말로 조직ᄒᆞ야 본국 사름이 알기 쉬우며 또 본국 정신을 발휘ᄒᆞᄂᆞᆫ 것이어늘 그 일홈을 언문이라 ᄒᆞ야 쳔ᄃᆡᄒᆞᄋᆞᆺ도다

팔도의 산쳔을 다녀볼지어다 까치닉니 버드닉니 뚝셤이니, ᄯᆞᆨ셤이니, 먹오뢰니 꼿뢰니 ᄒᆞ야 본국말로 그 일홈을 가진 땅은 오직 젹은 물, 젹은 산, 젹은 셤 갓ᄒᆞᆫ 것뿐이라 한라산 지리산 한강 압록강 갓ᄒᆞᆫ 큰 산 큰 물은 본국 말로 ᄒᆞ던 일홈을 다 일헛으니 려항의 니야기를 드러볼지어다[27]

어린 아ᄒᆡ들은 아모쪼록 내 나라말 내 나라글 내 나라 력ᄉᆞ를 잘 빅우며 나이 만ᄒᆞᆫ 이라도 불가불 가나다라 수십 줄은 닉히며 본국 력ᄉᆞ 디지 두 칙은 읽은 후에야 다른 말을 빅우던지 말던지 홀 것이니라

그러치만은 이에 엇지ᄒᆞ리오 고국을 도라보니 쇼학교 아ᄒᆡ들의 일어 빅우ᄂᆞᆫ 소리뿐이오 외양을 나오니 한인의 학교ᄂᆞᆫ 쇼학교도 몃기가 못 되니 희라 무엇을 바라리오 바랄 것은 외국말 아ᄂᆞᆫ 이가 스스로 ᄭᆡ닷ᄂᆞᆫ 것뿐이로다[28]

유ᄃᆡ사름은 나라 망ᄒᆞᆫ 지가 수쳔 년이 되엿으되 오히려 저의 말과 저의

---

27 「국슈쥬의와 ᄒᆡ외동포」, 『권업신문』, 1912.6.23, 논설.
28 「외국말 빅우ᄂᆞᆫ 이에게 고흠」, 『권업신문』, 1912.10.27, 논설.

글을 보전ᄒ고 저의 풍속 습관을 보전ᄒ야 어듸를 가던지 나는 유듸사름이로라 ᄒ야 국적(國籍)은 곳쳐도 마음은 곳치지 안ᄂᆞᆫ듸 하물며 ᄉ쳔년 국가를 가지고 오던 민족으로 엇지 이갓치 비렬ᄒ게 싱각ᄒ리오 나라 망ᄒᆞᆫ 대한 글을 알어 무엇ᄒ리오 ᄒᄂᆞᆫ 말이 서양 사름이나 중국 사름의 입에셔 나옴은 가ᄒ지만 우리 대한 사름의 입으로 나오면 불가ᄒ니라[29]

단재는 본국말, 즉 우리말이 "조국 졍신을 보젼ᄒᄂᆞᆫ 듸 뎨일 중요ᄒᆫ 자"라고 규정했다. 그리고 「사름마다 국문은 알어야지」에서 "다른 것은 다 몰나도 불가불 내 나라글 곳 국문은 알어야만"(1913.6.15)한다고 하여 국문의 중요성을 강조했다. 특히 그는 까치내, 버드내, 뚝셤, 짝셤, 먹오뫼, 꽃뫼 등을 일일이 거론하며 우리말의 아름다움을 제시했다. 그러나 우리말이 "외국말의 셰력에 늘마다 핍박을 밧아 고립로 젼ᄒ던 말에 업서진 말이 불지기수"(1912.6.23)이며, 또한 소학교에서는 일본말을 배우는 소리가 커지는 상황을 크게 우려했다. 그는 특히 「외국말 배우는 이에게 고함」에서 외국말만 아는 날이면 "내 나라ᄂᆞᆫ 나라로 치지도 안ᄒ야 ᄉ쳔년 력ᄉᄂᆞᆫ 쓸데업ᄂᆞᆫ 휴지뭉텅이로 알며 수십듸 인물은 볼 것 업ᄂᆞᆫ 야만 한가지로 알"고, "내 동포ᄂᆞᆫ 사람으로 보지 안ᄒ야 한국말은 입에 담기를 북그러ᄒ며 한국 옷 닙은 이는 몸에 갓가히 ᄒ기를 실혀ᄒ고 나만 홀로 문명ᄒᆫ 사름으로 자쳐ᄒ"고, "한국 글은 빌어먹ᄂᆞᆫ 글이라 ᄒ야 ᄌ식이 잇고 손ᄌ가 잇어도 한국말 한국 글 빈우ᄂᆞᆫ 학교에ᄂᆞᆫ 그립ᄌ도 보이지 못케 ᄒ"며, "한가지 일도 한국 사름을 위ᄒ야 ᄒ지

29 「사름마다 국문은 알어야지」, 『권업신문』, 1913.6.15, 논설.

안ᄒ랴 ᄒ"며, "잔약ᄒᆫ 동포를 압졔ᄒ며 고단ᄒᆫ 동포를 능멸ᄒ야 주먹질과 발낄질을 능ᄉ로 삼아 제 동포의 범이 되"고, "권리를 다투느라고 내 동포를 못쓸 곳에 잡아너으며 ᄉ분을 갑느라고 내 동포를 죽을 따에 몰아들여 내 나라의 마귀가 되ᄂᆫ" 폐단을 지적했다.

그래서 "내 나라말 내 나라글 내 나라 력ᄉ를 잘 비우며 나이 만ᄒᆫ 이라도 불가불 가나다라 수십 줄은 닉히며 본국 력ᄉ 디지 두 칙은 읽은 후에야 다른 말을 비우던지 말던지 ᄒᆯ" 것이며, 다른 나라말은 "그 말 비운 잇훗날에ᄂᆫ 그 나라의 직조를 가져다가 내 나라에 젼ᄒ며 그 나라의 학슐을 가져다가 내 동포에게 주어셔 내 나라이 일등국이 되고 내 빅셩이 일등 국민이 되게 ᄒ"(1912.10.27)는 데 목적을 두어야 한다는 것이다. 그는 어떠한 상황에서든지 우리말을 보존하고 지켜 나갈 것을 주문했다. 그리고 "교육에 주의ᄒ다 단톄에 주의ᄒ다 ᄒᄂᆫ 이들의 데일 먼져 착슈ᄒᆯ 일도 국문을 보급케 ᄒᆯ 일"(1913.6.15)이라 강조했다. 설령 나라를 잃었다고 하더라도 우리말을 통해 조국 정신을 보전하면 국권은 회복될 것이라는 믿음을 갖고 있었던 것이다.

(4) 주체의식의 추구

앞 절에서 단재는 국수주의가 국가의 흥망과 깊이 관련이 있음을 언급했다. 그렇다면 국수란 무엇인가? 그것은 "곳 내 나라의 말 내 나라의 글 내 나라의 력ᄉ 내 나라의 아름다운 풍쇽 습관 갓ᄒᆫ 것"(1912.6.23)이다. 단재는 언어를 통해 본국 정신을 보전할 것을 강조하였는데, 국수의 중요한 원천이자 또 다른 대상은 "내 나라의 역사"이다. 단재는 「발칸반도에서 새로 흥하는 세 나라」(1912.11.24~12.1)에서 우리나라 역사 문화의 중요성을 제시했다.

우리 대한반도로 말ㅎ면 더욱 구비ㅎ게 나셔 단군이 잇고 동명성뎨가 잇
고, 을지문덕이 잇고, 쳔합소문이 잇고, 불교론 원효 의상이 잇고 유교론
퇴계 률곡이 잇고 미슐은 삼국시ᄃᆡ에 꼿이 피고 건축은 남북죠 시ᄃᆡ에 열ᄆᆡ
가 밋쳐 반도국 가온ᄃᆡ도 가장 자랑홀 만ᄒ 반도가 우리 대한이라 (⋯중
략⋯) 곳 근셰로 말ㅎ더ᄅᆡ도 거금 빅년전만 ㅎ여도 국슈쥬의픠가 쏘다졋
더니라 리종휘 씨가 고구려 렬젼을 지어 을지문덕을 노ᄅᆡㅎ며 류득공 씨가
발ᄒᆡᄉᆞ를 지어 대조영을 찬미ㅎ며 한빅겸씨가 디리지를 지어 신라의 진취
에 용렬홈을 칙망ㅎ며 안정복씨가 디리고를 지어 압록 강북의 녀진에게 일
흠을 ᄀᆡ탄ㅎ며 류반계 뎡다산은 고ᄃᆡ의 정치졔도를 연구ㅎ며 박연암 박초
뎡은 종횡 긔위ᄒ 문학소로 울니여 오빅년 이ᄅᆡ 국슈쥬의로 빗츨 노혼 문예
의 황금시ᄃᆡ러니라.[30]

단재는 주체적 역사의식을 강조한 사람이다. 그는 동명성제, 을지문
덕, 연개소문 등의 고구려 인물들을 특별히 강조하였다. 그러한 의식은
「역사와 애국심의 관계」, 「대아와 소아」, 「독사신론」, 『을지문덕』 등에
서 드러나는데, 이는 단재가 애국계몽기에 지녔던 의식이 아닌가. 단재
는 러시아에 거주하는 동포들에게 우리의 역사의식을 전했다. 한편으
로는 세계사 속에서 우리 역사의 인물들을 부각시키기도 하고, 다른 한
편으로는 각 인물들의 일화를 들어 역사의식을 고취했다. 연개소문, 김

---

30 「빨간반도에서 ᄉᆡ로 흥ㅎᄂᆞᆫ 세 나라(下)」, 『권업신문』, 1912.12.1, 논설.

유신, 이황 등이 그러한 인물들이다. 그 밖에도 류득공, 한백겸, 안정복, 류반계, 정다산 박연암, 박초정 등 역사의 인물들을 제시하였다. 그것은 역사적 위인에 대한 호명 행위이다.

단재는 신문 논설이라는 짧은 지면을 통해서 러시아 거주 한인들에게 국수주의와 민족주의 의식을 함양하기 위해 노력했다. 곧 언론과 출판, 사상의 자유가 허용된 해외에서 "죠흔 쳥년들을 모도와 그 신셩ㅎ 뢰에 이 쥬의를 잘 슈입ㅎ면 쟝릭에 싀기가 손ㅈ를 낫코 손ㅈ가 증손을 나아셔 외디에셔 닉디로 젼파ㅎ며 닉디에셔 외디로 젼파ㅎ"(1912.6.23)여 국수주의가 널리 발휘되기를 바랐던 것이다.

(5) 일인의 학정 폭로 기타

『권업신문』에는 「일인의 간사한 수단」이라 하여 일인들의 학정을 고발한 글이 있다. 일본 경찰은 수많은 한인들을 데라우치 암살 음모사건에 얽어 체포하고 갖은 고문을 다하였다. 단재는 이 글에서 일제가 인도주의를 외면하고 갖은 고문을 자행하고 있음을 고발하였다.

뎌 일인들이 우리나라 사름에게 딕ㅎ야 심문홀 때에ᄂᆞᆫ 반ㄷ시 고문(拷問)졔도를 쓰며 그 고문에 쓰는 형벌은 셰상에 다시 업ᄂᆞᆫ 지독ㅎ 형벌이라 학츔, 란쟝, 죽침, 텰쇄 기타 여러 가지 악ㅎ 형벌을 다ᄒᆞᆷ으로 약ㅎ 쟈ᄂᆞᆫ 매 아릭셔 죽고 강ㅎ 쟈ᄂᆞᆫ 병신 됨을 면치 못ㅎ며 조급ㅎ 쟈ᄂᆞᆫ ᄌᆞ결ᄭᅡ지 ㅎᄂ니 고문졔도를 쓴들 이런 고문졔도야 어ᄂᆞ 셰상에 다시 잇으리오 (…중략…) 디방법원 검ᄉᆞᄂᆞᆫ 공공연ㅎ게 직판뎡에셔 션언ㅎ여 왈 피고들은 다 고문을 당ㅎ엿다 ㅎ나 우리ᄂᆞᆫ 결코 고문ㅎ 일이 업슨즉 고문이란 말은 허무

흔 말이라 ᄒ며 외국통신원들이 경시총감부를 방문ᄒ여 죄인 심문ᄒᄂᆫ 쳐
소를 보쟈 ᄒ즉 경시총감부쟝은 다른 죠흔 방에 화려ᄒ 자리를 펴고 고문ᄒ
ᄂᆫ 형구ᄂᆫ 한아도 보이지 안케 ᄒ고셔 그 통신원들을 인도ᄒ여 보이며 왈
이런 죠흔 심문실에 엇지 고문ᄒᆯ 리가 잇ᄂᆫ냐 ᄒ며 일인의 각 신문샤들은
분분히 붓을 들어 셰상에 공포ᄒ여 왈 문명ᄒ 일본 관리가 엇지 고문을 하
엿을 리가 잇ᄂᆫ냐 ᄒ여 뎌 일인들이 샹하를 물론ᄒ고 허무밍낭ᄒ 말로 셰샹
사룸을 속이려 ᄒᄂᆫ도다.[31]

안명근은 1910년 12월 27일 압록강 철교 준공식에 데라우치가 참석
한다는 정보를 듣고 그를 선천역(宣川驛)에서 암살할 계획을 세웠지만
사전에 발각되어 체포되었다. 일제는 안명근 사건을 기화로 1911년 1
월 민족지도자 류동열, 윤치호, 양기탁, 이승훈, 이동휘 등 600여 명을
검거하였다. 이토 히로부미가 안중근에 의해 처형된 사건(1909.10.26)
으로 독립투사 검거에 혈안이 되어 있던 일본 경찰은 안명근 사건을 호
기회로 간주하여 독립투사를 검거하고 독립운동을 일망타진하기 위해
'105인 사건'을 조작하였다. 그들은 독립운동가들을 "학춤, 란쟝, 죽침,
텰쇄 기타 여러 가지 악한 형벌"들로 고문하여 "약ᄒ 쟈ᄂᆫ 매 아릭셔 죽
고 강ᄒ 쟈ᄂᆫ 병신 됨을 면치 못ᄒ며 조급ᄒ 쟈는 ᄌ결"에 이르게 했던
것이다. 그러면서도 외부적으로는 그들에 대한 탄압과 고문 사실을 숨
기고 은폐했던 것이다. 단재는 그러한 사실들을 낱낱이 고발하였다.
이 밖에도 이 신문에는 「발칸반도에 새로 흥하는 세 나라」, 「몬테네

31 「일인의 간사ᄒ 슈단」, 『권업신문』, 1912.8.18, 논설.

그로 대왕 니콜라스의 이야기」 등에서 국외 역사를 소개하는 등 다양한 기사들을 게재하였다. 단재는 이러한 글을 통해 애국 계몽 운동을 일으키고 국권 회복을 위해 노력했던 것이다. 그러나 이 신문사에도 분파와 파벌이 심화되어가고, 추위와 소화불량으로 인해 건강 문제가 생김에 따라 단재는 1913년 7월경 상해로 가게 된다.

4) 마무리

단재는 1910년 9월경부터 러시아 블라디보스토크에 머물며 『대양보』 발간에 참여하는가 하면, 『권업신문』의 창간에도 적극 관여하게 된다. 그는 권업회의 서적부장으로, 권업신문 주필로 활약하며 러시아 한인들을 대상으로 애국 계몽과 국권 회복 운동에 힘쓴다. 그것은 국수주의를 형성하고, 민족정신을 전파하는 매체였다. 단재로 인해 러시아 신한촌 동포들은 지속적으로 한글 신문을 받아볼 수 있었다. 그들은 이 신문을 통해 국내외 소식을 접할 수 있었고, 또한 한인끼리 소통하고 결집할 수 있었다. 단재는 문필가로 독립운동가로 조국의 국권 회복을 위해 노력했던 것이다.

단재의 『권업신문』 활동은 그의 애국 계몽 운동이 국내뿐만 아니라 해외에서도 이어지고 있음을 보여준다. 그는 동포들의 단결, 화합과 경제력 구비를 주장하였으며, 또한 국수주의, 민족의식을 전파하였다. 우리말의 사용을 권장하고 또한 우리의 역사 지리 등을 알기를 권유했다. 이 신문에서는 '105인 사건'의 공판 기록을 제시하거나 국내 의병활동을 소개하였고, 또한 광개토대왕 비문을 소개하는가 하면, 일제의 문화재 약탈을 고발하기도 했다. 단재는 이 신문에 다양한 논설뿐만 아니라 「중국혁명약사」라는 중국 근대 혁명사를 기술했고, 또한 「단군 시대의 시」, 「사법명의 무공」 등에서 주체적 역사의식을 서술했다.

단재는 『권업신문』을 발간하면서 안창호로부터 도미 요청을 받았지만 거절하고 신문 발간에 애썼다. 그는 이 신문을 통해서 노령 한인들에게 민족의식을 고취하였고, 계몽운동을 폈다. 그러다가 동포들의 계파 분열과 건강 등의 문제로 1913년 7월경 상해로 출발한 것으로 보인다. 『권업신문』은 그가 떠난 이후에도 한동안 발간되었으나 1914년 8월 29일 총 126호를 발간하고 폐간되었다. 앞으로 단재의 활동을 이해하기 위해 이 신문도 주의 깊게 고찰할 필요가 있다.

2. 『중화보』에서의 집필 활동

1) 단재의 『중화보』 논설 집필

단재는 1913년 신규식의 초청으로 상해에 갔다. 상해에는 신규식을 포함하여 김규식, 홍명희, 조소앙, 문일평, 이광수 등 많은 사람들이 모여들었다. 이광수는 당시 단재가 김규식으로부터 영어를 배웠으며, 1914년 음력설에 여러 동지들이 모여 신년회를 했다는 사실을 전하고 있다.

내가 다시 丹齋를 만나게 된 것은 癸丑年 上海에서였다. 五山서 서로 떠난 지 四年, 나는 五山學校를 떠나서 放浪의 길을 나섰다가 安東縣에서 爲堂 鄭 寅普君을 만나서 二十圓을 얻어가지고 上海에 僑寓하는 洪命憙君(지금은 碧初라고 號하나 그때에는 假人, 고쳐서 可人이라고 自號하였다)을 찾아가 서 碧初와 한 寢牀에서 한 이불을 덮고 자는 동안에 丹齋를 다시 만났다.

그때에 丹齋는 金奎植氏한테서 英語를 배우고 있었다. 相當히 程度 높은 冊인데 金奎植 先生이라는 이가 원체 깐깐한 어른이라 發音을 대단히 까다 랍게 말하기 때문에 丹齋가 冊을 나한테도 가지고 와서

"나 孤舟헌테 배우겠소. 난 發音은 쓸데없다고 뜻만 가르쳐 달라도 그 사 람이 꾀 까다롭게 그러는군"하고 不平을 하였다. 거기도 丹齋式이 있었다.

陽曆 설에 上海에 모여 있는 사람들끼리 한 三十名이나 申檉 先生 집에 모 여서 感慨 깊은 新年會를 하였다. 아마 돈은 申檉 先生이 내시는 모양이었 다. 玫瑰酒도 나오고 菓子도 나왔다. 女學生도 몇 사람 있어서 唱歌도 하였 다. 그 자리에는 申檉 先生, 金奎植 先生, 丹齋 先生, 洪碧初, 趙蘇卬(仰：昂의 오식－인용자), 文湖岩 이런 이들도 있었다.[32]

北京서 달포 동안 丹齋와 交遊하는 중에 비로서 그의 人物을 잘 알았읍니 다. 丹齋가 議論에 抑揚하고 行動에 較計가 적으나 抑揚이 過한데 情熱이 있 어 좋고 較計가 적은데 俗氣가 없어 좋았읍니다. 丹齋가 固執 세고 怪癖스럽 다고 흉보듯 변보듯 말하는 사람도 없지 않았으나 丹齋의 人物을 잘 알면 固執이 맘에 거슬리지 않고 怪癖이 눈에 거칠지 안았을 것입니다. 丹齋 居處

32 이광수, 「탈출 도중의 단재 인상」, 『조광』, 1936.4, 210면.

하든 房의 조의 窓인가 壁조의인가를 놀러오는 손들이 無心결에 기대다가 한두번 미여트리었드니 丹齋가 그곳에 坐此者犬子라고 써붙이었다고 말들 합듸다. 내가 丹齋더러 이것을 이야기하며 둘이 같이 우슨 일도 있었고 故 林嵐正氏가 마터 길른 丹齋의 姪女를 出嫁시키랴고 할 때 丹齋는 北京서 기 별을 듣고 林氏가 姪女를 賣喫한다고 憤怒하야 路資를 變通하야 가지고 姪 女를 다릴러 들어갓는데 그 姪女가 林氏의 利說을 聽從하고 三寸의 嚴命을 拒逆한 까닭에 丹齋는 姪女더러 이제부터 너는 나의 姪女가 아니고 나는 너 의 三寸이 아니다 骨肉이라도 이렇게 끊어버린다 하고 손까락 한 마듸를 끊 고 혼자 돌우 나왔다고 말들 합듸다. 내가 丹齋더러 이것을 물어보고 둘이 같이 탄식한 일도 있었습니다. 丹齋의 寓居하든 石燈庵 엽채 炕우에 단둘이 부터앉어서 肝膽을 吐露하고 古今을 議論하든 것이 마치 어제런 듯 생각나 는데 近二十年 서로 만나지 못한 끝에 生離가 死別이 되었읍니다.[33]

(1918년) 五月 二十日(양력 6월 26일) 碧初와 同伴하여 普陀菴으로 가서 丹齋 申采浩氏를 訪問하니 丹齋 先生이 이 암자에서 『朝鮮史草』를 편집하는 중이었다.[34]

단재는 이듬해 윤세용, 윤세복의 초청으로 만주 봉천성 회인현에 가 서 동창학교 교사를 하였다. 이 시기 『조선사』 집필에 착수했다고 한 다. 그리고 1915년 다시 북경에서 활동하였다. 1916년 3월에는 「꿈하 늘」을 집필하였으며, 8월에는 나철의 죽음을 애도하는 「도제사언문(悼

---

33 홍명희, 「上海時代의 丹齋」, 『조광』, 1936.4, 213면.
34 정원택, 『志山外遊日誌』, 탐구당, 1983, 147면.

祭四言文)」을 지었다. 1917년 질녀 향란의 혼사 문제로 국내에 잠시 밀입국하였으며, 7월에는 「대동단결선언」에 참여한다. 한편 1918년경 북경 서성구 석등암에 우거하였다. 이때 정원택과 홍명희는 단재의 우거를 찾아갔다. 단재는 홍명희와 '단둘이 부터 앉어서 간담(肝膽)을 토로(吐露)하고 고금(古今)을 의론(議論)'하기도 했다. 이 시기에 단재는 중국 신문에 논설을 집필한 것으로 알려져 있다.

自己의 文章을 어떠케 自負하던지 北京서 賣文糊口하던 때 어느 報館에서 自己 原稿中 尋常한 글자 한 字를 고쳤다고 極口怒罵하고는 投稿하기를 斷絶하얏다.[35]

北平에서『中華報』에 論說을 썼든 것으로 丹齋의 才筆은 中國人에게까지 알리운 배 되여 同報는 朝鮮 사람 申丹齋의 論說로 말미암아 聲價가 높아졌었다 한다.[36]

그것은 丹齋가 北京에 있을 때다. 當時의 中國은 大統領에 馮國璋, 國務總理에 段祺瑞가 있어 治政할 때다. 中國에서 가장 權威 있는 中華報의 社說을 쓰고 生計를 해 나가던 때건만 誤字 一字를 내었다 하야 그날로 斷然 執筆을 拒絶하였다.[37]

35 정인보, 「단재와 사학(하)」, 『동아일보』, 1936.2.28, 4면.
36 서세충, 「단재의 천재와 凝滯 없는 성격」, 『신동아』, 1936.4, 103면.
37 신석우, 「단재와 '矣'자」, 『신동아』, 1936.4, 104면.

단재가 『중화보』에 집필을 한 것은 여러 지인들의 회고에 나타난다. 그러한 사실이 정인보의 글에 가장 먼저 나온다. 그에 따르면 북경의 '어느 보관'에서 집필을 하였다는 것이다. 서세충은 단재가 북경에서 '중화보'에 논설을 썼다고 전했다. 그리고 신석우는 단재가 '중국에서 가장 권위 있는 중화보'에 사설을 썼으며, 그 시기가 '대통령에 펑궈장 [馮國璋], 국무총리에 돤치루이[段祺瑞]'가 있을 때라고 보다 자세히 언급하였다. 그렇다면 단재가 중국 신문에 논설을 집필한 시기는 1917년 7월부터 1918년 10월 사이가 된다.[38] 단재가 1917~1918년 무렵 북경에 머무르며 중국 신문에 논설을 집필했다는 것이다. 과연 그러할까?

又日을 期하야 新大韓 主筆 申采浩 先生을 訪問하다. 先生은 庚戌政變 後로 海外에 亡命하야 至今신지 支那新聞社에 잇섯다.[39]

북평에 건너가서도 조고계에 적을 두엇든 일이 잇엇으며[40]

필자는 정인보나 신석우의 회고 이전에 단재가 중국신문사에 있었다는 기록을 발견할 수 있었다. 그것은 바로 1919년 12월 25일에 발간된 『혁신공보』 25호를 통해서였다. 단재는 1919년 다시 상해로 가서 임시정부 활동에 참여하는데 그해 연말에 『혁신공보』 기자들이 상해를 방문하여 임시정부 각부 위원들을 만나고, 『신대한』 주필인 단재를 찾아갔다.

---

38 최옥산, 「문학자 단재 신채호론」, 인하대 박사논문, 2003, 38면.
39 「大勢의 回運—新大韓 主筆 申采浩 先生」, 『혁신공보』 50호, 1919.12.25, 3면.
40 「단재 신채호 뇌일혈로 의식불명」, 『동아일보』, 1936.2.19, 2면.

그들은 단재로부터 「우리의 유일 요구」라는 글을 받아 『혁신공보』 50호 (1919.12.25) 권두 논설로 게재했다. 그리고 단재를 "선생은 경술정변 후로 해외에 망명하여 지금까지 지나신문사에 있었다"고 소개했다. 그들에 의해 단재가 중국신문사에 있었다는 것은 더욱 분명한 사실로 다가온다. 이뿐만 아니라 단재의 위독한 사실을 전하는 『동아일보』에서도 "북평에서도 조고계에 적을 두었던 적이 있"다고 기술했다. 단재가 북경에서 신문 잡지와 같은 문필계에 종사한 적이 있다는 말이다. 이것은 단재가 『천고』에 적을 두었던 것을 의미하는 것은 아닌 것 같다. 오히려 중국 신문에 적을 두었던 것을 그렇게 표현했을 것으로 보인다. 이러한 사실들을 통해 볼 때 단재의 『중화보』 논설 집필은 분명한 사실로 보이며, 곧 1917~1918년 무렵 『중화보』에 논설을 집필했던 것으로 보인다.

2) '중화보'의 실체 ─ 『중화신보』 규명

연구자들은 단재가 중국신문에 논설을 집필했다는 사실을 십분 인정하면서도 논설을 찾아내지는 못했다. 그것은 무엇보다 자료 접근이 용이하지 않았고, 또한 수많은 신문에서 단재의 글을 찾아내기가 쉽지 않았기 때문이다. 최근 필자는 단재의 글로 추정되는 100여 편의 글을 발굴하였다.[41] 이 글은 그러한 발굴성과를 정리하고, 또한 논의를 확대하는 차원에서 진행하기로 한다.

---

41 김주현, 「중국신문 소재 단재 논설의 발굴 연구」, 『중원문화연구』 15, 충북대 중원문화연구소, 2010.12.

그 誤字란 것도 文意를 傷하는 誤字가 아니라 '矣'字였건만 朝鮮사람에 對한 優越感에서 나온 行動이라 하야 數次 馬車를 타고 謝罪 온 中華報 社長을 叱責하고도 永永 執筆치 않었다.[42]

丹齋도 일직 北京에서 中國 某新聞社에 論文을 써서 보내고 그 論文으로 因하야 其新聞의 發行部數가 四, 五千部나 增加되어짐을 따라서 潤筆料, 다시 말하면 原稿料가 例外로 特別히 厚하였다. 다른 新聞社에서도 그의 論文을 厚한 原稿料로 살려고 하였지만 그가 不許할 뿐만 아니라. 그 쓰든 新聞에도 글 몇 자를 고쳤다는 것을 잘못이라 하야 다시 投稿치 아니하고 生活의 苦楚를 甘受하였다.[43]

차례대로 신석우, 원세훈의 언급이다. 증언 가운데 가장 소상한 것은 단연 신석우의 진술이다. 신석우는 "그 誤字란 것도 文意를 傷하는 誤字가 아니라 '矣'字였"다고 했다. 그는 글의 제목마저 「단재(丹齋)와 '의(矣)'자(字)」라고 썼다. '矣'는 그만큼 인상적이며, "尋常한 글자 한 字를 고쳤다"(정인보), "글 몇 자를 고쳤다"(원세훈)보다 구체적이고 직접적이다. 필자는 1917년 무렵 북경에서 간행된 중국 신문들을 뒤져, 그 가운데 '중화보'라 지칭될 수 있는 『중화신보』를 찾아냈다. 일반적으로 『황성신문』을 황성보라 했으며, 『제국신문』을 제국보, 『국민신보』를 국민보, 『대한신문』을 대한보라 일컬었다. 신문명을 일컫는 고유명사에 간단히 '보'를 붙여 신문을 일컬었던 것이다. 당시 『중화』라는 잡지가 있

---

42 신석우, 「단재와 '矣'자」, 『신동아』, 1936.4, 104면.
43 원세훈, 「단재 신채호」, 『삼천리』, 1936.4, 131~132면.

었지만 중화보는 잡지와도 거리가 있다. '보'라는 말이 신문을 나타내며, 이는 논설 내지 사설이라는 언급과도 통한다. 그러므로 『중화신보』를 '중화보'라 일컬을 수 있다. 그렇게 부른 것은 김정규의 일기에서도 엿볼 수 있지 않던가.[44] 그런 측면에서 『중화신보』는 중화보의 필요조건을 갖추고 있다.

『중화신문』은 1915년 10월 10일 상해에서 창간되었으며, 북경에서는 1916년 9월 『북경중화신보』가 창간되었다. 그런데 『북경중화신보』에는 논란이 된 '矣'자가 그대로 나타나 있다.

更正 昨日時評 大可安念矣之矣字 誤排爲一笑兩字 特此更正[45]

사실 중국 신문 논설 집필과 관련해 가장 설득력 있는 근거는 바로 '矣'자일 것이다. 윗글은 1918년 5월 20일 「국회문제」라는 시평 끝에 실려 있다. 이것은 5월 19일 실린 글의 오자를 고치는 정정보도 기사이다. 이를 통해 '矣'자가 논란이 된 논설을 찾았다. 그것은 「정부의 변명(政府之辯明)」이라는 시평이다.

據政府方面之辯解此次出兵條件以防敵爲目的以敵人東犯爲實行之日以作戰爲範圍以歐戰終了爲限期果如所云之簡單明瞭則國人大可安念一笑然而未易言也[46]

44 김정규, 『龍淵 金鼎奎 日記』 下, 독립기념관 한국독립운동사연구소, 1994, 367면.
45 博, 「國會問題」, 『北京中華新報』, 1918년 5월 20日字 時評.
46 博, 「政府之辯明」, 『北京中華新報』, 1918년 5월 19日字 時評.

이것은 1918년 5월 19일 실린 박(博)의 「정부의 변명」이라는 시평 일부이다. '矣'라는 글자를 '一笑'로 입력한 것에 대해 신문사가 정정보도문을 내었다. 이 논설을 통해 단재가 '박'이라는 필명으로 중국 신문, 즉 『북경중화신보』에 글을 실었다는 것을 확인할 수 있었다. 당시 단재는 북경 순치문(현재 선무문) 내 석등암에 머물렀음을 정원택, 홍명희, 그리고 단재의 글을 통해서 확인할 수 있다.[47] 당시 북경중화신보사는 '베이징[北京] 쉬안우먼[宣武門內] 내(內) 룽씨엔후퉁[絨線胡同] 커우네이난루[口內南路]'에 있었다. 단재가 살고 있던 근처에 신문사가 있었음을 확인할 수 있다. '박'을 단재로 보았을 때 발표 시기(1917.7~1918.10), 발표지(중화보), 신문 오자('矣', 심상(尋常)한 글자 한 자(字)를 고쳤다), 판매 부수 증대, 심지어 신문사와 단재 거주지의 인접성 등 모든 사항들은 맞아떨어지게 된다. 물론 '矣'자 사건을 계기로 신문사를 그만두었다든가 절필했다는 부분은 제대로 해결되지 않는다. 그리고 아중국(我中國), 오중국(吾中國) 등의 표현도 숙제로 남는다. 물론 이에 대해 필자는 앞의 글에서 불충분하나마 해명했다.[48]

필자는 두 편의 글을 통해 '박'이 단재일 것으로 추정했다. 아쉬운 것은 아직도 이 문제에 대해 다른 사람들의 후속 논의가 나오지 않았다는 점이다. 이후에 후속 논의를 통해 저자의 문제가 더욱 구체화되기를 기대해 본다.

---

47 정원택, 『지산외유일지』, 탐구당, 1983, 147면; 홍명희, 「상해시대의 단재」, 『조광』, 1936.4, 213면; 신채호, 「이두문명사해석」, 『동아일보』, 1924.10.27, 6면.
48 김주현, 『신채호문학연구초』, 소명출판, 2012.

『북경중화신보』에 실린 단재 선생의 글로 추정되는 120편 가량의 논설·시평을 발굴하였는데 이는 단재 연구의 새로운 지평을 여는 데 매우 중요한 자료이나 아직 제대로 분석되지 못하고 있다.[49]

한 논자의 지적처럼 이 자료는 매우 중요하며, 그러므로 충분히 논의할 가치가 있다. 필자가 저자를 확정하였지만, 사실 좀 더 깊이 있게 다층적인 논의가 이뤄질 필요가 있다. 그리고 단재의 글로 확정되면 글의 내용에 대해 심층적인 논의가 필요하다. 다만 이 글에서는 단재의 필명으로 보이는 박의 글들을 대상으로 하여 내용을 분석해 보려고 한다.

3)『중화보』논설의 내용 분석

현재 단재의 글로 보이는 작품은『북경중화신보(北京中華新報)』의 논설 1편, 시평 101편, 그리고 상해『중화신보(中華新報)』의 평론 17편이다. 물론 이것은 현재 남아 있는 자료를 통해 본 것이며,『북경중화신보』는 현재 1916년 12월 1일(90호)부터 2월 1일(143호), 1917년 3월 11일(181호)부터 1917년 6월 3일(264호), 1917년 11월 13일(299호)부터 1918년 9월 24일(599호), 1921년 4월 1일(665호)부터 5월 31일(723호), 그리고 1923년 12월 9일(1605호)이 남아 있다. 그리고 1916년 9월 1일부터 1916년 11월 30일(1~89호), 1917년 2월 2일부터 3월 10일

---

49 허원,「피눈물 선연한 단재의 망명길 발자국 따라」,『신대한뉴스』, 2013.1.2.

(144~180호), 1917년 10월 9일부터 11월 12일(265~298호),[50] 1921년 1월 1일부터 3월 31일(600~664호), 1921년 6월 1일부터 1923년 12월 8일(724~1604호)은 신문이 소실된 상태이다.

박의 글은 『북경중화신보』에 「비촉난(悲蜀難)」(1917.5.1)이 처음 나오고 한동안 조용하다가 1917년 11월 13일 두 번째 글 「구체조건(具體條件)」 이후 본격 등장한다. 그는 이 신문의 정간 직전인 1918년 9월 22일까지 논설 1편, 시평 101편[51] 등 총 102편의 글을 실었다. 그리고 상해에서 발간된 『중화신보』에 「선전문제(宣戰問題)」(1917.8.1)를 비롯하여 「선전후의 악정(善戰後之惡政)」(8.17)에 이르기까지 총 17편의 글을 썼다. 현재 남아 있는 119편을 중심으로 간단하나마 그 내용적인 측면에서 다뤄보고자 한다.

『북경중화신보』(논설 1편 외 나머지 모두 "時評"이란 이름으로 게재)

① 논설 : 「雲南起義紀念日感言」(1907.12.25)

② 시평 : 「悲蜀難」(1917.5.1), 「具體條件」(11.13), 「日本之滿足」(11.14), 「今後之大局」(11.23), 「王內閣」(12.1), 「疫警」(1918.1.7), 「尾崎質問」(1.24), 「特赦帝制犯」(2.5), 「敢問」(2.19), 「可令元首卸責乎」(3.7), 「第三段內閣」(3.24), 「哀語(一)」(5.11), 「哀語(二)」·「商界大風潮」(5.12), 「哀話(三)」(5.13), 「共同出兵可以已矣」·「留學生歸國」(5.14), 「請停戰」(5.15), 「條

---

50 중국측은 이 신문이 10월 9일 속간되었을 것으로 추정(중화신보 마이크로필름 첫면에 그렇게 소개)하나 필자는 무창봉기가 있었던 쌍십절(10월 10일)에 속간되지 않았을까 추정한다. 그래도 이 글에서는 중국쪽 추정을 따랐다.

51 하루 1편 발표된 것이 79차례로 79편이고, 하루 2편 발표된 것이 11차례 22편으로 도합 101편이 된다.

件簽字」(5.17),「要求宣布」(5.18),「政府之辨明」(5.19),「國會問題」(5.20),「學界請願誌盛」(5.22),「讀教育部布告」(5.24),「必要與活用」(5.26),「亡種」(5.27),「宜興人」(5.28),「借款」(5.30),「軍事協定成立」(5.31),「和戰非今日之問題」(6.1),「一線之希望」(6.2),「留學生問題」(6.3),「徐又錚」(6.4),「不從命命則計之」・「袁世凱氏忌日」(6.6),「姑言戰」(6.8),「借款用途」(6.9),「論陝亂」(6.10),「三星期與二十年」・「嗚呼選擧」(6.11),「國會解散日」(6.12),「非誤解也有所不解也」(6.13),「槍斃陸建章」(6.16),「日本出兵」(6.17),「再論陸建章案」・「兩星期」(6.18),「道路之言」(6.19),「借欸政策」(6.20),「政府之責任」(6.21),「商人心理」(6.27),「斷送精光」(6.29),「經略使」・「廣州文字獄」(6.30),「權力與正義」(7.3),「再論陝事」(7.4),「誰管老百姓」(7.5),「幣制墊欵」・「一半」(7.7),「轉求諸將軍」(7.9),「三萬萬」・「問新議員」(7.10),「賣之限度」(7.11),「克復北京紀念日」(7.12),「回頭是岸」(7.14),「政府與報界」(7.15),「出兵」(7.18),「南北覺悟之好機」(7.19),「陸榮廷魚電」(7.20),「中國人之出兵觀」(7.23),「論選擧」(7.25),「論虹口事件」(7.26),「美國借款方針」・「總統門題」(7.27),「嗚呼中國之悲運」(7.28),「眞受不了」(7.30),「誤國至此」(7.31),「滿洲里出兵」(8.1),「日美與遠東」(8.4),「日本出兵宣言」(8.5),「策略家之成績」(8.9),「要新國會何用」(8.11),「敬告新議員」(8.12),「日本之都會暴動」(8.15),「日本出兵」(8.16),「政府之罪」(8.17),「徐又錚」(8.18),「尊重法律」・「少數」(8.23),「讀吳將軍等馬電」(8.25),「片面的理由」(8.30),「吳佩孚儉電」(8.31),「選擧總統」(9.4),「祝徐世昌君」(9.5),「大局之危機」(9.7),「解決時局」・「體卹」(9.11),「參觀起立」(9.12),「論解決時局」(9.13),「再爲東海一言」(9.14),「再論解決時局」(9.21),「日本政變感言」(9.22)

상해 『중화신보』(모두 "評論"이라는 이름으로 게재)

① 평론 : 「宣戰問題」(1917.8.1), 「良知之呻吟」(8.2), 「絶望」(8.3), 「帝孽世界」(8.4), 「段內閣之基礎」(8.5), 「嗚呼剝奪公權之國民」(8.6), 「中國人之大患」(8.7), 「論六日命令」(8.8), 「段內閣之成」(8.9), 「兵諫」(8.10), 「時局痛言」(8.11), 「協約國之輿論」(8.12), 「忠告政府黨」(8.13), 「今日宣戰」(8.14), 「對德奧宣戰」(8.15), 「雲南之宣言」(8.16), 「善戰後之惡政」(8.17)

박의 글은 내용상 단평(短評)에 속하는 글이며, 『북경중화신보』에서는 시평과 논설이라 구분하였고, 상해 『중화신보』에는 모두 평론에 포함시켰다. 그러나 이러한 구분이 갖는 의미는 크지 않다. 작품 수도 적지 않으며, 내용도 주로 당대 현안과 관련되지만 그 스펙트럼이 넓고, 일부 글은 시리즈로 연결되어 있다. 여기에서는 박이 특별히 관심을 가진 주제 및 대상을 중심으로 살펴보기로 한다.[52]

(1) 중국 국내 문제

중국 국내 문제와 관련한 글은 선전문제, 돤치루이[段祺瑞] 내각의 무력정책, 차관정책 등 다양하다. 특히 독군(督軍) 대표나 군벌들이 국민들의 삶은 안중에 두지 않고 자신들의 권력독점과 비리를 자행하고 있는 사실에 대해 비판하였다. 참전 및 차관 문제는 당대 뜨거운 논제로 박의 관심을 엿볼 수 있다. 참전 문제에 대한 박의 관심은 아래 글에 명료하게 드러난다.

---

52 저자는 博이란 필명을 썼으므로 내용을 언급하면서도 그냥 '박'으로 표기하기로 한다.

第一與參戰防敵固爲自衛而大目的在於援助協約國今後須與協商國全體保密切之關係精察大勢臨機善應第二此番協定僅訂大體將來實行細則與國家利害關係最重爲政府者須感覺責任尊重民意勿再以粗疏之頭腦貽國家重大之惡果第三外交旣入緊迫時南北內爭亟宜停止望當局稍抑武力統一之雄心速爲息事寧人之籌備

첫째, 참전과 적을 방어하는 것은 비록 자위(自衛)를 위해서지만 이보다 더 큰 목적은 협약국을 원조하는 데에 있다. 앞으로 협상국 전체와 긴밀한 관계를 유지하며 대세를 확실히 파악하고 융통성 있게 각종 문제를 해결하도록 해야 한다. 둘째, 이번 협정은 단지 기본적인 것을 정하고 장래 세칙이 국가의 이해와 크게 관계되니까 정부에서 반드시 책임감을 가지고 민의를 존중해야 한다. 그리고 또 다시 세심하지 않게 국가에 중대한 나쁜 결과를 남기지 않도록 해야 한다. 셋째, 외교가 이미 급박한 시기에 접어들었으니까 남북 내쟁(內爭)은 조속히 정지시켜야 한다. 당국에서 무력으로 통일하려는 야심을 조금이라도 접고 분쟁을 수습하여 사람들을 안정시키도록 속히 준비를 하기 바란다.[53]

박은 「군사협정성립(軍事協定成立)」에서 협약국과의 긴밀한 관계 유지, 실행 세칙 제정 때 민의 존중, 남북 내쟁 정지 등 세 가지 사항을 당국에 제기했다. 이 외에도 「요구선포(要求宣布)」에서 공동출병의 문제에 출병 조건을 서술하기를 요구했고, 「정부의 변명(政府之辨明)」에서는 공동 출병 협정의 협정 실행 결과를 우려하였다. 그래서 정부에서 협정 실행에

---

53 博, 「軍事協定成立」, 『北京中華新報』, 1918年 5月 31日字 時評.

따른 문제에 대해 면밀히 분석하길 요청했다. 협정을 체결하면 그 효력이 발생하여 적군이 중국에 침범하든 말든 일본은 중국에서 출병 준비를 할 수 있기 때문이다. 다음으로 차관문제에 대해 아주 긴밀한 관심을 표명하였는데「차관(借款)」,「차관용도(借款用途)」,「차관정책(借欵政策)」,「폐제점관(幣制墊欵)」,「전구제장군(轉求諸將軍)」,「미국차관방침(美國借款方針)」,「진수불료(眞受不了)」 등이 그러한 글이다. 아래 글은 저자의 모습을 잘 보여준다.

爲中國計最上不借欵次則務求少借再次則以不害財政獨立之條件向各國分借最下始爲由一國包借政府近日盖採此最下策者也少借欵之前提在南北息戰此旣絶望則最低限度不得不反對一國之包借何也包借之結果不至國家賣其獨立不止也

중국에 있어 최상의 방책은 차관하지 않는 것이고, 그 다음의 방책으로는 되도록 적게 차관하는 것이다. 그리고 세 번째의 방책은 재정적 독립에 해를 끼치지 않는 조건을 전제로 하여 여러 나라에 빌리는 것이다. 최하의 방책은 한 나라에만 빌리는 것이다. 정부가 요즘 주로 취하는 것은 이 최하의 방책이다. 차관을 적게 빌리려면 남북의 휴전을 전제로 해야 되는데 이에 대해 이미 단념했다. 그러면 최저의 한도로 어느 한 나라에만 빌리는 것을 반대해야 한다. 왜냐하면 어느 한 나라에만 빌린 결과가 자칫하면 국가의 독립을 파는 것에 그치지 않을 수도 있다.[54]

---

[54] 博,「美國借款方針」,『北京中華新報』, 1918年 7月 27日字 時評.

第一借款浪用動逾巨億將來實無從取償日本縱厚我豈能不責我償還今日本
明知我之不能償而施之我政府亦明知之而受之此亡我之道也第二借欵盡用於
軍費而實未用於軍費借欵之結果徒令督軍致富徒令兵隊加多夫督軍致富不過
公家受損其害猶小獨至任意招兵擴充師旅則即南北戰終亦足令國家致命今借
款日多軍隊亦日增一旦戰事終了又誰能收束之誰能解散之加兵與借欵互爲因
果循環相生而國家非至魚爛不止矣此尤亡我之道也

첫째, 차관은 낭비다. 툭하면 수억 원을 빌리는 것은 나중에 상환할 길이
없다. 일본이 우리나라를 후하게 대한다 하더라도 상환을 요구하지 않으
리가 없다. 일본은 우리나라가 상환하지 못할 것을 뻔히 알고 있으면서도
계속 빌려주고 있다. 우리 정부는 역시 이 사실을 알면서도 계속 차관을 받
고 있다. 이것은 우리나라를 멸망시키기 위한 방법이다. 둘째, 차관을 모두
다 군비로 써버렸다고 했지만 실제로 군비로 쓰지 않았다. 차관의 결과로는
단지 독군(督軍)을 부자로 만들고 군대를 늘렸을 뿐이다. 독군이 부자가 된
것은 국가에 손해를 입힐 뿐이라서 그 해가 그나마 작다. 그러나 함부로 병
사를 모집하고 사단과 여단(師旅)를 확충시키기까지 하게 되면 남북 전쟁
이 국가에 있어 치명적일 것이다. 지금은 차관이 날로 늘어나고 군대 역시
날로 증가되는데 전쟁이 끝난 후에 누가 그들을 관리하거나 해산시킬 것인
가? 병사의 증가와 차관이 서로 원인과 결과의 관계가 되어 순환적으로 일
어나기 때문에 국가가 망할 때까지 지속적으로 존재할 것이다. 이것은 더욱
더 우리나라를 멸망시키는 방법이다.[55]

---

55 博, 「眞受不了」, 『北京中華新報』, 1918年 7月 30日字 時評.

박은 차관이 오히려 중국 당국에 독이 됨을 지적했다. 그는 「미국차관방침」에서 "최상의 방책은 차관하지 않는 것이고, 그 다음의 방책으로는 적게 차관하는 것이다. 그리고 세 번째의 방책은 재정적 독립에 해를 끼치지 않는 조건을 전제로 하여 여러 나라에 빌리는 것이다. 최하의 방책은 한 나라에만 빌리는 것"이라고 하며 중국이 최하의 방책을 쓰는 것을 비판하였다. 그리고 이어 「진수불료」에서 차관은 낭비이며, 심지어 그것은 나라를 망하게 하는 방법이라고 말했다. 그는 차관이 미치는 해악을 누구보다도 잘 알았고, 그로 인해 차관의 문제점을 알리며, 정부가 차관을 하지 말도록 권고했다. 그리고 국내문제로 「유학생문제(留學生問題)」, 「역경(疫警)」, 「재론육건장안(再論陸建章案)」, 「광주문자옥(廣州文字獄)」 등에서는 정부에 대한 충고와 고언을 아끼지 않았다. 또한 「특사제제범(特赦帝制犯)」에서는 법 기강이 무너진 데 대해 비판하였으며, 「애어(哀語)」에서는 주전에 따른 문제를 열거했다. 「상계대풍조(商界大風潮)」에서는 조세 인상에 따른 문제를 제기하였으며, 「청정전(請停戰)」에서는 정전을 권고했다. 아울러 「논섬란(論陝亂)」, 「재론섬사(再論陝事)」, 「오호선거(嗚呼選擧)」, 「국회해산일(國會解散日)」 등에서는 내전, 또는 내란에 대해 심히 우려했다. 이처럼 박의 글은 중국 국내 문제에 관해 전방위적으로 논하고 있다.

(2) 중일 관계의 글

박은 일본에 대해서도 끊임없이 관심을 표명하였는데, 주로 부정적인 시선에서 바라본 것들이다. 일본과 관련된 문제는 앞에서 보듯 군사 협정, 차관 등의 정치 군사적인 문제도 있었지만 그밖에도 적지 않은 문제들이 있었다. 무엇보다 친선의 문제는 여러 회에 걸쳐 언급했다.

中日親善不能無代價換言之中國之利權與富源不能不爲日本開放此理也吾
人亦承認之然有三種不能不反對第一侵害國家之獨立者如因借款而監督財政
第二其利權爲立國之要素者第三壟斷全國或壟斷永久者蓋吾人所付之代價須
以不害吾國民之生存爲限過此以上若日本求之是爲侵略若當局許之是爲賣國
吾國民大多數誓萬萬不能承認也

중일 친선이란 게 대가를 치르지 않을 수 없다. 바꿔 말하면 중국의 이권
와 부원(富源)을 일본에 개방할 수밖에 없다. 이러한 이치는 우리 역시 인
정한다. 그러나 아래 세 가지의 일을 반대하지 않으면 안 된다. 첫째, 국가의
독립을 침해하는 것. 차관으로 인해 재정을 감독하는 것은 그 예이다. 둘째,
그 이권이 입국의 요소가 되는 것. 셋째, 전국을 농단하거나 영원히 농단하
는 것. 요컨대 우리들이 치르는 대가가 우리 국민들이 생존하는 데 피해를
주지 않는다는 것을 한계로 해야 된다. 이 한계를 넘어 일본이 요구하면 그
것은 일본이 침략하는 것이 되고, 당국이 그것을 허용하면 매국하는 짓이
된다. 우리의 대다수 국민들은 절대로 승인하지 않을 것이다.[56]

中日親善之實際 將有異於韓日親善乎? 雖然 彼日本 得寸進尺 擴張其權力
於山東 其心 將不有全省 不止也 小題大做 出兵於滿洲各地 其意將不盡有三省
不已也 今日 結軍事同盟 明日 締鐵路密約 又明日 要求採炭採鐵等權 其勢 將
欲盡有中華全國之利益 而無厭也 秦求無已 楚氛日深 吾恐中日親善之今文 將
無以異於韓日親善之古文也

중일 친선의 실제는 장차 한일 친선과 다를 것인가? 그러나 저들 일본은

56 博,「賣之限度」,『北京中華新報』, 1918年 7月 11日字 時評.

한 마디를 얻으면 한 자를 나아가 그 권력을 산동까지 확장하여 장차 모든 성을 차지하지 않으면 내심 그치지 않을 것이다. 별것 아닌 것을 큰 명분으로 삼아 만주 각지에 출병하니 그 뜻은 장차 삼성(三省)을 다 차지하지 않으면 그치지 않을 것이다. 금일 군사동맹을 맺고 내일 철로밀약을 체결하고 또 그 다음날은 채탄(採炭) 채철(採鐵)의 권리를 요구하는 등 그 기세는 장차 중화 전국의 이익을 모두 차지하지 않고는 만족하지 않을 것이다. 진(秦)나라의 욕심이 그침이 없으니 초(楚)나라의 재앙이 날로 심해진다. 나는 중일 친선이라는 지금의 문자가 장차 한일 친선이라는 옛 문자와 다르지 않을 것이란 사실을 우려한다.[57]

박은 「매지한도(賣之限度)」에서 중일친선이 중국의 독립을 침해해서는 안 되며, 이권이 입국의 요소가 되어서도 안 되고, 전국을 농단하거나 영구히 농단해서도 안 된다고 지적했다. 이러한 박의 입장은 거시적인 것이며, 그것은 단재의 입장과 궤를 같이 한다. 단재는 「왜소위친선자여시(倭所謂親善者如是)」에서 일본이 말하는 중일 친선이 이전의 한일 친선과 다르지 않음을 우려하였다. 일본은 군사동맹을 통해 권력을 확장할 뿐만 아니라 철로·채탄·채철 등 중국의 모든 이권을 침탈하고도 만족하지 않는다는 것이다. 일본이 차관을 이유로 재정을 감독하고 전국을 농단하는 것은 친선과는 동떨어진 작태라는 것이다. 그것은 말하자면 일본의 속셈을 말하는 것이다. 단재는 애국계몽기 논설에서 일본이 친일을 내세워 저지른 각종 만행을 고발하기도 했다.

---

57 折肱生, 「倭所謂親善者如是」, 『天鼓』 1, 1921.1, 13면. 이하 『天鼓』의 번역은 『단재신채호전집』 6권(최광식 편)의 번역을 참조했음.

公使者外交官也外交以外當然不宜有所干預今假定有一人焉忘其外交官之
地位對於駐在國內政懷愛憎之念爲干涉之行彼駐在國之法律如何國會如何本
絕對與外國公使無關乃竟熱心過問欲令駐在國之法律國會俱符合於自身之理
想熱心謀之實力助之而駐在國之政變於是乎興

공사(公使)란 외교관이다. 당연히 외교 이외 다른 일에 참견하지 말아야
한다. 가령 어떤 사람이 자신의 외교관이란 신분을 잊고 주재국의 내정에 대
해서 애증의 감정을 가지고 간섭하는 행동을 한다면 주재국의 법률이나 국
회가 어떻게 되는가. 원래 외국 공사와 아무런 상관이 없는데도 마침내 지나
치게 참견하여 주재국의 법률과 국회가 모두 자신의 이상에 맞도록 열심히
도모하고 실력으로 도와주어 그래서 이에 주재국의 정변이 일어났다.[58]

한편 「오자키질문[尾崎質問]」에서는 일본 공사가 주재국의 내정에 관
여하고 참견하는 일을 문제삼았다. 일본 공사 오자키 유키오[尾崎行雄]
가 중국의 국정에 관여하며 정변을 야기하는 데 대해 비판한 것이다.
이러한 비판은 「참관기립(參觀起立)」(1918.9.12)에서도 보인다. "德川議
長이 北京에 와서 國會를 參觀할 것"이라는 내용에 대해 풍자하고 있다.
"도쿠가와 씨가 만약에 북경에 오게 되면 설마 그가 유일하게 참관하려
는 것은 회의장의 정제됨이겠는가?[德川氏如果來京其惟一欲參觀者殆在議場之
整齊乎]"라고 묻고, "그가 참관하려는 것은 일치하게 기립하는 모습에
있지 않을까? 그래서 기립의 정제함이 일본 국민을 중요하게 맞이한다
는 것에 있지 않을까?[其或意在參觀一致起立之狀乎而此起立之整齊或即所以邀日

58 博, 「尾崎質問」, 『北京中華新報』, 1918年 1月 24日字 時評.

本國民重視者乎]"(1918.9.12)라고 말했다. 도쿠가와 의장[德川議長]이 중국 국회를 참관하려는 저의가 수상하다는 것이다. 공사가 국정에 참견하는 터에 일본 의장도 어떤 목적을 갖고 방문한 것이다. 그런 도쿠가와의 행동에 대해 비아냥댄 것이다.

今遠適海外志氣方揚當軍事條件危疑震駭之時而個人復受身體之凌辱刺激過猛苦痛過巨於是群衆心理趨於極端一發而不可復收且也

지금 먼 해외에 건너간 이들은 이제 한창 혈기가 왕성한 때이다. 군사 조건이 사람을 놀라게 할 정도로 미덥지 않은데 자신이 신체적 능욕까지 받게 되어 이로 인한 자극과 고통이 너무나도 심했을 것이다. 그래서 군중들의 심리가 극단적으로 쏠리게 되고 한번 일어나면 점점 걷잡을 수 없게 될 것이다.[59]

是以論上海租界事吾人絶無欲代巡捕辯護之意因吾人本惡之且視爲可恥可痛者也惟此番暴動中國實毫無責任蓋日人多年因國力膨脹僑列頭等僑滬人數甲於各國而在租界不能握行政權憤鬱甚久故一觸卽發此次打傷巡捕聚衆捕房遂釀華捕之變論法則日僑先犯問心則與英相爭日僑雖有死傷而自中國視之除認爲尋常不幸事件外初不能贊一詞乃近聞日僑攻擊領事且鼓吹移交涉於北京小題大做愈形其隘至於因與捕房之積惡而遷怒於租界內之善良華民聚衆數夜逢人便打

따라서 이번엔 상해 조계(租界) 일을 논하는 데 우리들은 절대로 순포(巡捕)를 대변할 생각이 없다. 우리들이 워낙 그들을 미워하며 수치스럽고 가

---

59 博,「讀教育部布告」,『北京中華新報』, 1918年 5月 24日字 時評.

증스러운 인간으로 보기 때문이다. 그러나 이번의 폭동이 중국에 있어 확실히 아무런 책임도 없다. 일본인은 몇 년 동안 국력이 팽창되었기 때문에 선두 행렬에 서게 되었다. 상해에 거주하는 일본 교민의 인원수가 다른 나라보다 훨씬 많지만 조계에서 행정권을 잡지 못해서 오래전부터 울분이 쌓여와 한 번만 건드려도 폭발해 버렸다. 이번에 경찰을 때려 상처를 입힌 것과 사람들을 조계 경찰서[捕房]에 모았기 때문에 화포(華捕) 소란이 일어났다. 법적으로 논하자면 일본 교민이 먼저 범한 것인데 그 속셈을 따지면 영국과 경쟁하려는 것이다. 비록 일본 교민쪽은 사상자가 있었지만, 중국은 처음에 그저 보통 있는 불행한 사건 정도로 취급했을 뿐, 그 밖에 달리 더 할 말이 없었다. 그런데 요즘의 소식에 따르면, 일본 교민들이 영사를 공격하고 (이 사건을) 북경에 넘겨 교섭하겠다고 고취한다. 작은 문제를 가지고 시끄럽게 떠드는 것은 그들의 옹졸함을 더욱더 잘 드러낸다. 그들은 한편으로 조계 경찰서 때문에 쌓인 악감정을 조계 안에 있는 선량한 중국인들에게 화풀이한다. 며칠 동안 밤에는 무리를 지어 사람만 만나면 마구 때렸다.[60]

일본에 유학했던 중국인 유학생들이 집단적으로 귀국하였다. 「독교육부포고(讀敎育部布告)」에 따르면, 그들이 귀국한 것은 "첫째 외교의 자극, 둘째 일본 경찰의 횡포함, 셋째 대사관이 취하는 조치가 불적절함" 때문이었다. 그들은 일본에서 연설회를 열고 인쇄물을 배포했다는 이유로 일경들에게 구타당하고 체포되자 이에 항의해 집단 귀국을 했던 것이다. 박은 그 이유가 "신체적 능욕까지 받게 되어 이로 인한 자극과

60 博, 「論虹口事件」, 『北京中華新報』, 1918年 7月 26日字 時評.

고통이 너무나도 심했기"때문이라 하여 일본의 지나친 처우와 당국의 부적절한 조치를 언급했다. 이 문제에 대한 지적은 「유학생문제(留學生問題)」(1918.6.3)에도 이어졌다. 그리고 박은 「논홍커우사건[論虹口事件]」에서 상해 거주 일본인들이 일으킨 사건에 대해서도 서술했다. 그는 "상해 폭동 사건에서 일부 일인들이 소란을 크게 피우며 교섭을 고취한 다"고 지적하며, 그것은 "지극히 무의미한 행동"이라고 못박았다. 그들이 갖는 이중적 태도, 즉 "그들이 서양 사람을 만나면 아첨하고 동포를 만나면 교만한 행세를 한다. 평소에 중국인을 대하는 것도 지극히 오만하다"고 언급했다. 그는 "일본이 이미 일등국이 되었다는데 어찌 이토록 자중할 도리조차 모를 수 있는가?"라고 했다. 일본인들이 자기네 나라 힘만 믿고 방약무인하는 태도를 여지없이 비판한 것이다.

(3) 일본 정변 문제

박은 1918년 8월 일본에서 일어난 쌀 폭동을 전하면서 그것이 데라우치 내각의 가장 큰 난관이 될 것이라 했다. 그는 이전에도 데라우치 내각의 흔들림의 원인이 공동출병에 있다(1918.5.15)고 언급했다. 아울러 무력을 숭상하여 군인 세력이 극에 달한 반면, 국가 경제나 민생에 소홀했던 데라우치 내각의 반민중적 태도를 비판했다. 데라우치는 1916년에 일본 수상을 역임하며, 1917년 러시아에서 공산 혁명이 일어나자 시베리아에 원정군을 파견하는가 하면 중국의 군벌에 1억 2천 7백만 엔에 이르는 차관을 제공했다. 그의 군국주의적 정치는 민주정치 민생경제를 폭압했다.

日俄戰後軍人勢力達於極點而社會經濟之進步遂促成社會問題之發生歐戰
以還此現象日益顯著人民因知識之增進及生活之要求卒不甘少數軍閥之支配
民衆主義因以勃興然而報政軍人徒好大喜功一切不顧國家日益膨脹而民生日
益艱難若此次之米價暴動蓋日本現代政治之一大反映也

此次暴動實含重大意義人民因不得食而反抗官吏此實帶社會革命之色彩且
派兵鎭壓而兵士不無躊躇蓋日本因行徵兵制之故以本地兵士擊其鄕人此在人情
爲難能現陸軍省已聲明不再出兵蓋深知若萬一兵不聽命則問題益趨於危險也
吾人認此事爲寺內內閣之最大難關

러일전쟁 이후 군인의 세력이 극에 달한 반면 사회 경제적 진보가 사회문
제를 발생시켰다. 특히 서구 전쟁 이래 이런 현상이 날로 두드러졌다. 인민
들은 지식의 증진과 생활의 요구로 인해 더 이상 소수 군벌의 지배를 받는
것을 달갑게 여기지 않는다. 민중주의는 바로 이 때문에 발흥하게 되었다.
그러나 정사를 맡은[報政] 군인은 오로지 큰 공을 세울 생각만 하기에 국가
가 날로 팽창하지만 민생이 날로 어려워진 것을 전혀 고려하지 않는다. 이
번 쌀값 폭동사건도 일본 현대정치에 대한 하나의 반영이라 할 수 있다.

사실은 이번 폭동이 중대한 의의를 지니고 있다. 인민들이 못 먹어서 관
리에게 반항했다는 점에서 확실히 사회혁명적인 색채를 띤다. 그리고 군대
를 파견시켜 진압한다 하더라도 병사는 주저할 것이다. 왜냐하면 일본에서
징병제를 실시하기 때문이다. 그래서 현지의 병사로 하여금 자기 고향의
사람을 공격하는 것은 인정상 하기 어렵다. 지금 육군성이 다시 출병하지
않겠다고 성명한 것도 만일에 병사들이 명령에 복종하지 않으면 문제가 더
위험한 지경에 빠질 수 있다는 것을 잘 알기 때문이다. 우리들은 이 일이
데라우치 내각의 가장 큰 난관이라 본다.[61]

박은 「일본의 도회폭동[日本之都會暴動]」에서 지식의 증진과 생활의 요구로 일본에 민중주의가 형성되었으며, 또한 민생의 도탄으로 쌀값 폭동이 일어났다고 했다. 그것은 사회혁명적 색채를 띠고 있으며, 그래서 데라우치 내각의 가장 큰 난관이라고 설명했다. 데라우치는 일본 내 폭동이 일어나자 군대를 동원해 진압하였으며, 이로 인해 결국 1918년 9월에 실각하고 만다. 그런 점에서 박의 판단은 예리하고 정확했다고 볼 수 있다.

其借欵政策蔑視我人民之反對供給官場之揮霍取我無數之利權貽我無窮之擔負此一年中所借之欵逾一萬萬以上皆耗諸軍費政費吾國民除喪失權利猛增債務以外一無所得反因寺內政策之影響使我戰禍延長紛糾莫解此吾民至痛心之事也寺內內閣或者自認爲外交成功然縱得物質上之權利而兩國民之友誼實犧牲殆盡

차관 정책에 대해서는 우리나라 국민들의 반대를 무시하고 돈이 관리들이 횡령하는 데 공급되었다. 우리의 수많은 이권을 빼앗고 크나큰 부담만 남겨주었다. 올해 1년간의 차관 금액만으로도 무려 1억을 넘었는데 모두 다 군비와 정치 비용으로 썼다고 한다. 국민들은 권리를 잃게 되고 채무가 급증할 뿐, 그밖에 아무것도 얻은 것이 없다. 오히려 데라우치[寺內]의 정책의 영향으로 우리나라에서는 전화(戰禍)가 오래 지속되고 분규도 해결되지 못하고 있다. 이것은 국민들의 마음을 극히 아프게 하는 일이다. 데라우치 내각의 어떤 이는 대(對)중국의 외교가 성공적이었다고 생각하겠지

---

61 博, 「日本之都會暴動」, 『北京中華新報』, 1918年 8月 15日字 時評.

만, 일본은 물질적 권리를 획득했더라도 양국 국민들의 우의는 실제로 모두 파괴되고 말았다.[62]

박은 「일본정변감언(日本政變感言)」에서 일본 데라우치 내각이 중국에 끼친 영향에 대해 위와 같이 평가했다. 권리를 뺏고 차관을 주어 중국을 빚더미에 앉게 했으며, 전쟁이라는 재앙을 지속하여 양국민의 우의를 저버렸다는 것이다. 결국 일본의 침략 정책으로 말미암아 중일 국민들의 신뢰와 우의, 평화가 깨어졌음을 비판한 것이다. 데라우치는 1910년 5월 제3대 한국통감부 통감으로 부임하여 1910년 8월 강제로 한국을 합병한 후 초대 총독을 지냈다. 단재는 『신대한』에 데라우치의 죄악에 대해 열거하였다.

寺內는 合倂 十年 後 總督으로 千百萬 罪惡을 골나가며 다 지어 無數한 志士를 惡刑하며 義士를 暴殺하며 雜稅를 增加하며 日人의 移植을 奬勵하며 古蹟을 破壞하며 國寶를 盜竊하며 國語와 國文의 敎育을 沮戲하며 高等知識과 新文明의 輸入을 嚴禁하며 無罪한 人民을 暴徒(彼의 義兵에 加하는 稱)의 干與者라 하야 그 肢體를 割斷하며 多少의 靑年을 浮浪者(彼의 不平黨에 加하는 稱) 檢擧에 藉托하야 刑辱을 施하며 鴉片專賣局을 設하야 暗中에 國人의 鴉片吸用을 奬勵하야 人種을 病 드리며 病院에 毒菌을 密播케 하야 受診者의 身體를 割하게 하며 警察과 憲兵을 排置하야 全國人으로 하여곰 手足을 마음대로 못 놀니게 하며 師團의 兵力을 增加하야 三千里 全幅 二千萬人

62 博, 「日本政變感言」, 『北京中華新報』, 1918年 9月 22日字 時評.

이 숨소래도 못 크게 하야 大魔王의 勢力을 發輝하다가 이제야 地獄에 向하야 審判의 罰을 밧난 길노 갓도다[63]

데라우치는 군국주의만 추구하다가 결국 1918년 9월 총리대신직을 사임하고 1년여 후인 1919년 11월 사망하였다. 단재는 그의 죽음을 맞아 『신대한』에 「원흉(元兇) 데라우치 마사다케[寺內正毅]의 사(死)」(1919.11.24)를 썼다. 그는 글에서 데라우치의 만행을 여실히 고발했다. 데라우치는 총독으로 한국인에게 천백만 죄악을 저질렀다는 것이다. 중국 신문에서는 중국민에게 행한 죄악을, 한국 신문에서는 한국민에게 행한 만행들을 여지없이 고발한 것이다. 단재는 일본이 친일 또는 친선을 내세워 한국을 유린한 과거를 끊임없이 중국민들에게 알렸는데, 데라우치의 죄악도 함께 고발했던 것이다.

(4) 러시아 과격파 문제

박의 글에는 러시아 과격파의 문제가 여러 군데 제시된다. 박은 이 문제를 통해 일본의 속셈을 제대로 드러내고 있다. 과격파는 별다른 문제를 일으키지도 않는데 일본은 중국과의 교섭을 통해 중국 군대를 출병시키려고 한다. 이에 대해 박은 「공동출병가이이의(共同出兵可以已矣)」에서 중국 군대가 출병을 할 이유도 없으며, 그렇기 때문에 일본 당국과 출병 세칙에 대해 교섭할 필요가 없다고 주장한다.

---

63 「元兇 寺內正毅의 死」, 『신대한』 3호, 1919.11.20, 논설.

日本輿論在今日已顯然反對出兵而獨勸我簽訂出兵細則者何耶而中國政府尙與日本交涉出兵者抑又何耶

所以須準備出兵者爲防敵俘耳爲防過激派耳今則過激派對中日顯無敵意敵俘亦無擾我國境之虞日本國民因不欲棄俄國過激派友誼之故而反對出兵顧我共和民國獨可無故買俄人之怨乎自日本言已聞旣不出兵則無須勸我出兵更無須交涉出兵細則

오늘에 일본 여론은 출병 반대를 분명하게 표출했는데 왜 유독 우리에게 출병 세칙을 체결하길 권하는 것일까? 중국 정부는 왜 여전히 출병에 관해서 일본과 교섭하고 있을까?

출병 준비를 해야 하는 것은 적과 과격파를 막기 위해서다. 그런데 지금 과격파는 중·일에 대한 적의가 없고 우리나라 국경을 교란하려는 의도도 보이지 않는다. 일본 국민들은 러시아 과격파와의 우의를 저버리지 않으려고 해서 출병을 반대하는데도 불구하고 우리나라가 공연히 러시아에 원망을 사려는 것인가. 일본 언론에서 일본이 출병하지 않겠다고 한 것을 보았는데 그들이 우리에게 출병을 권할 필요가 없고, 출병 세칙을 교섭할 필요가 더더욱 없다.[64]

然過激派對我實無敵性且其意正恐率動日本出兵與彼不利故誓約不侵吾土地是以我國雖駐兵設防而吉里公報俱云滿洲里安謐者職是故也

日本軍閥爲功名心所驅大倡日本之自衛以決行出兵之舉其實目前形勢去日本自衛之必要尙遠揣日政府之意大抵過重視活用中日軍事協定之效果且欲藉

64 博,「共同出兵可以已矣」,『北京中華新報』, 1918年 5月 14日字 時評.

詞達其自主的大出兵之計畫然據吾人觀之日政府此種政策顯然增俄國過激派之反感且徒滋我民之疑慮其與日本爲利爲害正難判定何也

그러나 과격파는 실제로 우리나라에 대한 적대성[敵性]이 없다. 더군다나 그들은 일본이 출병하여 자신에게 불리함을 끼칠까봐 우리 땅을 침범하지 않겠다고 약속했다. 그래서 우리나라에서 병사를 주둔시켜 방비하고 있지만, 길리공보(吉里公報)는 만주리가 조용하다고 한 것은 바로 이 때문이다.

일본 군벌은 공명심을 좇아 일본을 자위하자면 출병을 결행해야 한다고 외치고 있다. 그런데 사실 지금 형세로는 일본이 자위할 필요가 아직 요원하다. 일본 정부의 의도를 따져보니 아마도 중일군사협정의 효과를 충분히 활용하기 위해서인 것 같다. 그리고 이것을 핑계로 자주적 대출병의 계획을 실행하려는 속셈인 것 같다. 그러나 우리들이 보기에는 일본 정부의 이러한 정책은 러시아 과격파의 반감을 더 많이 사게 될 것이 뻔하다. 그리고 공연히 우리 국민들의 의심도 살 것이다. 그것이 일본에게 과연 이익이 될지 해가 될지 바로 판단하기 어렵다.[65]

박은 「일본출병(日本出兵)」에서 러시아 과격파가 중국에 대한 적대성[敵性]이 없다고 했다. 그런데 러시아가 중국을 침범하지 않겠다고 약속을 했음에도 불구하고 일본 정부는 출병을 부추겼다. 그것은 곧 일본이 중국과 맺은 중일군사협정의 효과를 달성하기 위해서라는 것이다. 즉 중국을 부추겨 러시아 과격파의 행동을 자극하고, 러시아 과격파가 행동에 나서면 일본 군대가 출병할 명분을 만들기 위한 속셈이라는 것이

---

65 博, 「日本出兵」, 『北京中華新報』, 1918年 8月 16日字 時評.

다. 사실 한국에서 청일전쟁이 벌어진 것도 그러한 이유 때문이 아니던가. 박은 일본의 속셈을 여실히 파악하였고, 그래서 중국 정부가 출병하지 말 것을 권유한 것이다.

彼旣擁有朝鮮及滿洲 以南營中華 北侵西比利亞 安知不倭之長足 一日萬里而成吉思汗之覇圖 重視於今日乎 (…중략…) 獨至於遠東 則朝鮮旣滅亡 中華亦分崩 其與過激派爲敵者 舍倭莫屬 故倭之出兵西比利亞 非列强之所欲也 伸張其力於滿洲 尤非列强之所欲也 然不許倭國之此種行爲 無以禁過激派之東進 過激派之東進 尤列强所不欲也 兩害相衝 當取其輕 此列强所以雖畏惡倭而不得不黙許倭也 嗚呼爲此言者 徒知一十 不知二五者也 (…중략…) 若過激派之自體 旣本無以成功之理 則又徒長日本之野心 以擾亂東方也

저들이 이미 조선과 만주를 차지하였으니 남으로 중국을 다스리고 북으로 시베리아를 침범해서 왜가 하루에 만 리를 개척하여 징기스칸의 패도를 오늘에 재현하려는 것을 어찌 알겠는가 (…중략…) 그러나 오직 극동에서는 조선이 이미 망하였고 중국 또한 붕괴하였으니 과격파를 막을 자는 왜가 아니면 없다. 따라서 왜가 시베리아로 출병하는 것은 열강이 바라는 바가 아니며, 그 힘을 만주로 뻗치는 것은 더더욱 열강이 바라는 바가 아니다. 그러나 왜의 그러한 행위를 막는다면 과격파가 동진하는 것을 막지 못하게 되는데, 과격파가 동진하는 것은 열강들이 더욱 바라지 않는 것이다. 해로움이 상충할 때에는 당연히 가벼운 것을 취하니 이것이 열강들이 비록 왜를 두려워하고 싫어하면서도 왜에게 묵허할 수밖에 없는 이유이다. 아 이렇게 말하는 자는 단지 하나는 알고 둘은 모르는 자이다 (…중략…) 만약 과격파 자체가 본디 성공할 이치가 없는 것이라면 도리어 일본의 야심만 키워주게

되어 동방을 어지럽게 할 것이다.[66]

이러한 정세에 대한 박의 인식은 『천고』에서도 동일하게 나타난다. 단재는 「조선독립과 동양평화」에서 러시아 과격파 문제를 다시 언급했다. 그는 그 글에서 일본이 조선과 만주를 차지하였으며, 결국 제국주의의 본성을 드러내어 중국을 노릴 것이라 예고했다. 그리고 마침내는 동방을 어지럽힐 것이라 단언했다. 그는 일본의 군국주의적 속셈과 야망을 여지없이 폭로한 것이다.

4) 마무리

단재의 "중화보" 논설 집필 문제는 단재 연구에서 풀어야 할 가장 중요한 과제이다. 그것을 단순히 호사가들의 일화 정도로 내버려두어선 안 된다. 지인들의 회고가 오류이거나 과장이라면 더 이상 논급할 필요가 없지만, 그 회고가 근거가 있다면 적극 그 글들을 찾아내야 한다.

필자의 이전 작업은 그러한 차원에서 이뤄졌다. 지인들의 회고와 당시 기록들을 추적해서 그래도 현재로서는 가장 타당성이 있는 '박'의 글을 밝혀낸 것이다. 특히 내용이나 문체적 접근을 통해 박과 단재의 유사성을 밝혀냈다. 박은 일본의 대륙 침략의 계획을 꿰뚫어 보고 있었다. 특히 러시아 과격파의 문제에서 일본의 만주 침탈 의도를 폭로하였

---

66 震公, 「朝鮮獨立及東洋平和」, 『天鼓』 1, 1923.1, 9~10면. 최광식의 번역(『단재신채호전집』 제5권)을 참고함.

다. 이는 만주에서 일본과 러시아 과격파의 각축에 대한 서구 열강들의 인식을 언급한 단재의「조선독립과 동양평화」와 일맥상통하는 논지를 보여준다. 그리고 박의 글은 일본 문제에 대한 뛰어난 정치적 감각과 현실 인식을 보여주는데, 그것은 곧 1918년 당시 단재의 인식이다. 그러므로『중화신보』소재 박의 논설은 의미가 크다고 하겠다.

그렇다면 이제는 어떻게 해야 하는가? 필자의 작업에는 한계가 있으며, 여전히 보완해야 할 부분이 있다. 이제 그러한 부분이 논의되어야 한다. 객관적 정황이 충분하고 어느 정도 사실적 근거를 갖추었다 하더라도 그것은 필요조건에 불과할 뿐이다. 저자의 확정을 위해서는 충분조건도 갖출 필요가 있다. 필자는 박의 글에 대한 세심한 논의들이 앞으로도 계속 나오길 바란다. 그리고 보다 정확한 자료들이 나와서 박이 과연 단재인지 그 여부에 대한 판가름을 해주길 기대한다. 그것이 단재를 아끼는 일이고, 단재에 대해서 제대로 연구하는 방법일 것이다.

3.『신대한』의 활동과 정론

1)『신대한』의 창간과 신채호

1919년 3·1운동 이후 단재는 북경에서 상해로 건너간다. 그는 4월 임시의정원에서 충청도 대표의원으로 선임되어 임시정부 활동에 참여한다. 그런데 임시정부 국무총리로 이승만이 천거되자 위임통치의 문제를 들어 반대를 한다. 7월에는 임시정부 의정원 전원위원장으로 선임되었으며, 8월에 이승만이 통합임시정부 수반으로 선출되자 임시정부와 결별하고, 10월에 『신대한』의 발행에 참여하였다.

그때에 내가 丹齋를 만난 主要한 理由는 李承晩博士를 支持함이 大義에 合하다는 것을 說伏하야 丹齋로 하여금 내가 主幹하던 ○○(독립-인용자)신문의 主筆로 모시려 함이었다. 그러나 나는 丹齋를 說伏하기에 成功하지 못하였다. 그 結果로 丹齋 ○○○(신대한-인용자)이라는 李博士를 首班으로 하는 ○○를 否認하는 新聞을 發行하게 되었는데 그것은 나종 일이어니와 그보다 먼저 ○○○○을 조직할 때에도 丹齋는 李博士의 首班을 反對하야 一座의 威脅挽留도 듣지 아니하고

"나를 죽이구라"

하고 벌떡 일어나서 悠悠히 會場에서 나가버리고 말았다. 그것은 己未年 四月 十日 그 前날 卽 九日부터 滿二十四時間 不眠不休로 討議한 ○○○○ 成立의 날이었었다.[67]

새로 發行할 計劃인 上海 新大韓新報는 이때까지 發行한 [獨立]新聞側으로부터 種種의 妨害를 받고 있었는데 요즘 十月 十七日 第一號를 發行하게 되었다. 우리 諜報者로 使用한 方孝相은 그 監督을 責任하였다. 該新聞社는 現在의 所謂臨時政府와 意見을 달리하는 一派의 計劃으로 當初는 人氣를 얻기 위해 多少 激越한 論을 했으나 드디어는 自治의 主張을 하게 된 것이라고 말한다.[68]

---

67 이광수, 「탈출 도중의 단재 인상」, 『조광』, 1936.4, 211면.
68 조선군참모부, 「상해방면의 상황」(1919.10.28), 『한국민족운동사료』 삼일운동 기이, 국

단재가 1919년 4월 임시정부를 수립할 때 이승만의 임정 수반에 반대한 사실은 이광수의 회고에 잘 나타나 있다. 이후 이광수는 단재를 『독립신문』의 주필로 모시려 했지만 설득하지 못했다고 했다. 그 근원에 이승만 정부를 인정할 수 없었던 단재의 대의와 절개가 있다. 이후 단재는 『신대한』 신문의 발행에 참여한다. 『신대한』 신문은 1919년 10월 28일 창간호가 나왔다. 이 신문에서 신채호는 주필로 활동했다. 『신대한』은 시작부터 어려움이 있었다. 독립신문측으로부터 회유가 있었고, 일본의 첩자까지 끼어들게 된다. 『신대한』은 "임정과 의견을 달리하는 일파"로 인식되어 『독립신문』 측의 방해를 받았고, 또한 일본 당국의 방해 공작이 있었음이 일본의 첩보를 통해서 드러난다. 내외부적으로 문제를 안고 출발한 셈이다. 그러한 문제들은 결국 폐간으로 이어지는 데 결정적 원인이 된 것으로 보인다.

이 신문은 상해 지역 동포들만을 대상으로 한 것이 아니라 국내 및 해외 동포를 대상으로 하여 발간된 것이다. 그래서 창간사에서 "簡單히 本報 出現의 因緣을 들어 海內外 讀者 同胞에게 告하노라"라고 했다. 상해에서 발간된 『신대한』은 국내를 비롯하여 중국 각지, 노령, 심지어 미주 지역까지 전달된다.

> 오래 渴望하던 韓字新聞 『新大韓』 報는 十月二十八日에 創刊號를 某地方에서 發刊하다 紙面의 廣大와 言論의 壯快함이 同紙의 特色인 듯하다[69]

회도서관, 1978, 484면. 이 글에서 '十月 一七日'은 '十月 二八日'의 오류이다.
69 「新大韓出刊」, 『독립신문』, 1919.11.1, 4면.

『신대한』은 우여곡절 끝에 10월 28일 창간호를 내게 된다. 단재는
『신대한』신문에서 주필을 맡았으며, 장쾌한 붓을 휘날렸다. 그의 「신
대한 창간사」(이하 「창간사」)는 국내외 동포들에게 커다란 반향을 일으
켰다. 이 신문은 미주에까지 전달되었으며, 신한민보사는 장문에 걸쳐
『신대한』을 소개하고 장수하기를 기원했다.

2) 임정과의 갈등과『신대한』의 운명

『신대한』은 무엇보다 언론이 정직 통쾌하여 적지 않은 사람들로부
터 주목과 더불어 지지를 받았다. 그런데 임정측은 이 신문을 달갑지
않게 여겨 백방으로 창간을 막으려 했다.

> ① 더욱이 원통한 것은 『신대한(新大韓)』신문이 신채호(申采浩) 씨가
> 주간하는 것이기 때문에 "언론이 매우 정직하고 통쾌하여 정부의 일에 대
> 해 풍자하고, 또한 주의박약(主義薄弱)한 논조(論調) 같지 않다"는 설명에
> 대하여 이를 용서 없이 게재하였다는 것이다. 그들은 이 신문을 눈에 가시
> 처럼 생각하여 백방으로 이를 방해, 폐간시키고 자기의 기관지 소위 독립신
> 문만을 존재하게 하려고 한다.[70]

---

70 「高警 제2305호－上海居住排日鮮人の書信」(1920.2.5,『朝鮮獨立運動』2). 출처는 한국
독립운동사정보시스템(https://search.i815.or.kr) 및『한국민족운동사료』삼일운동
기이, 국회도서관, 1978, 711면.

②그 後에 丹齋가 ○○○이라는 新聞에 ○○運動의 現在에 對하야 否認하는 論을 쓴 데 對하야 나는 正面으로 그를 駁論하지 아니치 못할 處地에 있어서 이렇게 數次 論戰이 있은 後에는 고만 丹齋와 나와의 私的 交分조차 끊어지고 말았다.[71]

1920년 2월 5일 작성된 일본의 정보보고(①)에는 어떤 독립운동가(불령선인)의 편지(1919.12.25)가 실렸는데, 당시『신대한』신문이 동포들에게 상당히 호의적으로 받아들여졌음을 볼 수 있다.『독립신문』과『신대한』의 갈등과 알력은 이광수의 위 언급(②)에도 자세히 나타난다. 이광수는 단재를 설득하여『독립신문』주필로 모셔가려 했지만 실패하였다고 했다. 그것 역시『신대한』신문의 발간 저지 작업의 일환으로 보인다. 단재는『독립신문』주필을 거부하고『신대한』을 통해서 새로운 노선을 천명한다. 그러자『독립신문』주필 이광수가『신대한』을 비판하면서 두 신문 사이의 알력이 커진다. 이러한 상황에서 임정 총리 이동휘는 두 신문의 화해를 위해 노력했다.

四日 李國務總理는 新大韓及 本社 兩 新聞記者를 一品香菜館으로 招待하엿는대 參席한 이는 主人側으로 國務總理 其他 各 總長과 學外 兩次長을 除한 各部次長 其他 政府職員과 主賓側으로 新大韓新聞社 編輯長 金科奉氏外 九人과 本社에서는 社長 李光洙氏 外 七人인대 主賓을 合하야 三十餘人이라 晚 六時에 食卓에 就하야 同 九時에 歡喜中에서 宴을 畢하엿는대 總理는 兩新聞의

71 이광수,「탈출 도중의 단재 인상」,『조광』, 1936.4, 212면.

過去의 功績을 謝하고 互相協議하야 우리 獨立運動 事業에 對하야는 同一한 步調를 取하며 將來에 對하야도 더욱 用力하기를 바란다고 熱烈히 말삼하다[72]

신채호의『신대한』은 민간신문으로서 임시정부 및 그 기관지인『독립신문』의 주의주장이 너무나 유약하다고 하며 이를 편달하는 것을 목적으로 발기했는데, 그것이 뜻밖에 최근 임시정부 및『독립신문』측의 주장이 매우 과격하게 되어 오늘날에 있어서는 오히려 양립의 필요가 생겨 양자 회동론을 주창하기에 이르렀다.[73]

양자 회동은 당시 총리였던 이동휘가 주선하였으며, 여기에 임정 요인들과 양 신문사 사원들이 참여하였다. 이동휘는 두 신문이 독립운동에 동일한 보조를 취하기를 희망했다. 여론이 분열되는 것은 바람직하지 않았기 때문이다. 이 회동은 당시 대단히 주목받는 사건으로『독립신문』에도 상세히 보도되었고, 또한 일본의 정보에도 그대로 드러난다. 당시 신대한측 인사로 9명이 참석한 것으로 알려졌는데. 김두봉 편집장 이외에도 신규식, 한건상, 신채호, 방효상 등이 참여했을 것으로 보인다. 이 회동에서 두 신문사는 상호협의, 화합협동을 약속한다. 당시 일본 정보당국은 단재의 주필 사실뿐만 아니라 두 신문사간의 알력도 간파하고 있었다. 이동휘의 화해 노력에도 불구하고 임정과 신대한의 알력은 계속된다.

---

72 「李國務總理의 兩新聞記者招待」,『獨立新聞』, 1920.1.8, 2면.
73 「機密公 제22호-上海 鮮人의 近情에 관한 件」(1920.3.3), 6면. 출처는 국사편찬위원회 한국사데이터베이스(http://db.history.go.kr)

1920.1.17 윤현진(尹顯振)君이 來訪하여 新大韓新聞의 停廢策을 말하다.

1.19 新大韓을 攻擊하기 爲하여 一種의 新聞을 刊行하겠다 함을 不可하다 하다.

김구(金九) 君이 來訪하여 일, 즉 警務局長을 辭免하고 個人의 身分으로 新大韓 主務者에게 忠告를 다하겠는데 此意를 內務總長에게 問議한즉 新大韓은 不禁而自禁으로 廢止될 兆朕이 有하니 아직 그대로 放任云하라 言하다.

十一時半頃에 윤현진(尹顯振)君이 來訪하여 新大韓撤廢案을 國務會議에 提出하라 함에 對하여 不可하다 答하다.

1.28 임현(林鉉)君이 來訪하여 上海의 紛爭되는 것을 잘 調和하라 하다. 余曰 新大韓의 論調를 操心하여 紛爭이 起치 않게 하라 하다.[74]

안창호의 일기에서, 당시 임정쪽에서 『신대한』의 철폐 논의가 거셌음을 엿볼 수 있다. 그리고 "不禁而自禁으로 廢止될 兆朕이 有하"(1920.1.19)다는 김구의 말은 상당히 시사적이다. 곧 『신대한』이 문을 닫을 조짐이 있다는 것이다. 한편 1920년 2월 18일 작성된 아래의 일본 정보를 보면 『신대한』은 내우외환의 위기로 휴간했음을 알 수 있다.

上海在留 不逞鮮人의 機關紙인 『獨立』 『新大韓』 두 新聞의 軋轢으로 國民大會를 開催한 結果, 新大韓 發行이 禁止되지 않기 때문에 獨立側은 가만히 姦策을 돌리고 新大韓의 印刷所에 秘密히 交涉하여 朝鮮人은 日本人이라면 排日을 決行하는 當工場에서 이것을 印刷하기 어렵다는 口實下에 印刷를 拒

---

74 『안창호일기』(1920.1.10~4.27) 「도산안창호일기장」 관리번호 1-A00031-001(한국 독립운동사정보시스템 http://search.i815.or.kr/Main/Main.jsp)에서 발췌.

絶시킴에 따라 新大韓은 그 後 休刊을 않을 수 없게 되었다.[75]

　　신채호 : 상해로 와서 스스로 신문『신대한』을 일시 발행하고 이광수『독
립신문』과 의견의 고집(確執－인용자)이 있어 이동휘, 안창호 등이 여러
번 조정하여 신채호의 의견은 소위 구사상으로 청년무리의 의견과 서로 용
납하지 못하여 다수의 반대를 받아 결국 그 발행을 중지하기에 이르렀다고
한다.[76]

　　"日本人이라면 排日을 決行하는 當工場"운운하는 대목에서『독립신
문』측이 어쩌면 방효상의 존재를 파악한 것이 아닌가 하는 생각이 든
다. 달리 그것은『독립신문』측의 간책일 수도 있다. 그래서『신대한』이
"反對新聞 때문에 休刊하기에 이른 것은 畢竟 敎唆하는 者가 있기 때문"
이라고 생각한 신규식 측은 안창호를 교사자로 지목하였으며, 그래서
2월 초부터는 임정 파괴 운동을 개시한 자도 있었던 것으로 보고되었
다.[77] 여하튼 인쇄소의 인쇄 거부로 인해『신대한』은 정간되고 만다.

　　새롭게 신채호(申采浩)를 주필로 하는 "신대한"이라는 신문을 발간하게
되었다. 이 신문은 대정 9년에 들어 폐간되었고, 현재 발간되는 것은『독립
신문』뿐이며, 이 외에 때때로 여러 종류의 인쇄물을 배포하고 있다.[78]

75　『한국민족운동사료』삼일운동 기이, 국회도서관, 1978, 783면.
76　「機密 제42호－重要한 排日派 鮮人의 略歷 送附의 件」(1920.3.15), 17~18면. 출처는 국
사편찬위원회 한국사데이터베이스(http://db.history.go.kr).
77　「高警 제2305호－國外情報(在間島派遣員 報告要旨)(1920.2.19), 출처는 한국독립운동
사정보시스템(https://search.i815.or.kr).
78　「대정 9년(1920년) 6월 조선총독부 경무국장 발신 외무차관 앞 통보 요지－상해 임시정부와 조선

원동으로부터 오던『신대한』은 발셔 뎡간되엿슴으로 여러분에게 보닉지 못하엿나이다 어니 날 다시 츌간될난지난 알지 못하오나 다시 츌간되여 본 사에 오기만 하오면 곳 보닉려 하나이다[79]

여기에서 발간 중지는 곧 종간을 의미하게 되었다.『신대한』은 정간 이후 다시 발간되지 못했다. 일제의 문서로 볼 때,『신대한 신문』은 18호로 발간이 종료된 것으로 보인다. 18호 이후의『신대한』은 일본 정보보고에 더 이상 등장하지 않는다. 설령 더 발간되었다 하더라도 1월 말, 20호 이내에서 종간되었을 것으로 보인다.[80] 결국『신대한』은『독립신문』측과의 알력으로 폐간되었던 것이다. 1920년 단재는 북경으로 돌아와 보합단 조직에 참여하고, 1921년에는『천고』발간에 몰두하게 된다.

3)『신대한』논설의 내용

『가정잡지』,『천고』등의 일부 잡지는 단재전집간행위원회에 의해 발굴되어『단재신채호전집』에 실렸지만,『신대한』은 실리지 못했다. 그들은 단재가 "『新大韓』의 主筆이 되어 철저하고 준열한 獨立運動論으로

안의 연락기관 및 선전의 건」, 출처는 한국독립운동사정보시스템(https://search.i815.or.kr).

79 「신대한 구람하시던 여러분의게」,『신한민보』, 1920.6.25, 3면.

80 17호의 발간일이 1월 20일이고 18호가 1월 23일이니 1월 말까지 발간되었다 하더라도 20호 정도이다. 한편, 연시중은 김두봉이 "신채호가 주필로 있던 순한문 신문인『신대한 신문』의 편집을 맡아 일하다가 신문발행이 16호로 중단되자 김규식 등의 신한청년당에 가담했다"라고 하여『신대한』이 16호로 중단된 것으로 설명했는데, 이는 사실과 다르다. 연시중,『한국 정당정치실록』1, 지와사랑, 2001, 82면 참조.

臨政機關紙인 春園 主宰의『獨立新聞』과 對照的인 論調를 펴면서 특히 夢陽 呂運亨의 妥協的인 渡日事件과 雩南 李承晚의 委任統治 請願事件에 대하여 가혹한 비판을 加한 이후, 점차 臨政 자체가 大義에 어긋남을 개탄하여 그것을 否認하는 論調를 펴게 되어 소위 '新大韓事件' 促發"하였다 하여 신대한과 관련한 사항들을 비교적 소상하게 소개했다.[81] 그들은 단재가『신대한』의 주필인 것은 알았지만 그 자료를 구할 수 없어 전집에 싣지 못한 것으로 보인다.『신대한』은 그 실물의 존재 여부가 매우 불투명한 상태로 있다가 1990년대에 알려졌다. 처음 재일 사학자 강덕상에 의해『신대한』 창간호가 우리나라에 소개된다.[82] 아울러「신대한 창간사」는 단재의 글로 그 중요성이 높이 평가된다.[83] 그리고 이호룡은 일본 외무성 외교사사료관에 보관된 17호와 18호를 소개했다.[84] 외무성외교사사료관에는『신대한』 1호와 17호, 18호가 소장되어 있음을 필자도 확인할 수 있었다. 박정규는「신대한 창간사」(1호),「여론을 제조할 일」(17호) 등을 단재의 글로 소개했다.[85] 그러던 것이 2009년 5월 26일 진관사 경내 칠성각 건물을 해체해 수리하는 과정에서 불단과 기둥 사이에서 신대한 2호와 3호가 새로 발견되었다.[86] 현재까지『신대한』 신문은 총 5호(1호, 2호, 3호, 17호, 18호)가 확인되며, 여기에 실린 5편의 논설 역시 단재가 집필한 것으로 확인된다.[87] 아래는 논설의 제목과 발표 일시이다.

---

81 임중빈,「연보」,『개정판 단재신채호전집』하, 형설출판사, 1977, 501면.
82 「"신대한" 신문 첫 공개」,『한겨레』, 1996.3.1, 3면.
83 강희철,「무장투쟁노선 연구 귀중한 사료 평가」,『한겨레』, 1996.3.1, 3면.
84 이호룡,『한국의 아나키즘』, 지식산업사, 2002, 151~152면.
85 박정규의 사이버단재신채호기념관(http://www.danjae.or.kr/speech_act_4.htm)
86 장선화,「진관사 칠성각 해체 과정서 '독립운동 사료' 발견」,『서울경제』, 2009.8.10.
87 『신대한』 논설의 저자와 관련해서는 김주현의『신채호문학연구초』(소명출판, 2012, 193~217면) 참조.

「新大韓 創刊辭」(1호, 1919.10.28), 「外交問題에 對하야」(2호, 1919.11.3),
「元兇 寺內正毅의 死」(3호, 1919.11.12), 「輿論을 製造할 일」(17호, 1910.1.20),
「新舊人物의 代謝」(18호, 1910.1.23)

『신대한』의 출현은 당시 임정의 복잡한·구조 및 노선과 관련이 있다.
『독립신문』은 주의주장이 유약했을 뿐만 아니라 많은 부분에서 타협
적인 노선을 견지하였다. 특히 여운형의 도일이나 이승만의 위임통치
에 대해 모호한 자세로 일관한다. 강고한 성격의 단재는 그것을 그냥
묵과할 수 없었다. 그는 신규식 등의 자금 지원으로『독립신문』과는 다
른 강한 논조의 신문을 내게 된 것이다. 이 신문의 취지는「신대한 창간
사」에 잘 드러나 있다.[88]

　　獨立을 叫하며 仇敵을 꾸지즈며 內外事情을 報道하야 一字分이나마 다만
　事業의 輔助가 될가 하는 願力을 가지고 本報가 出現하엿노라(1919.10.28)

　　吾人이 비록 千變萬化의 世界에 處하엿스나 恒常 强固한 民族主義를 가져
　'太平洋은 陸地가 될지라도 우리가 日本은 잇지 마자 二千萬의 骸骨을 太白
　山갓치 싸흘지라도 日本과 싸호자'는 精神을 가지고 本報가 出現되엿노라
　(1919.10.28)

---

88 단재의『신대한』과 관련한 논의로는 아래의 것들이 있다. 김삼웅,『단재신채호평전』, 시
대의창, 2005; 이호룡,『한국의 아나키즘』, 지식산업사, 2002; 임중빈,『선각자 단재 신
채호』, 형설출판사, 1986,

다만 大義로써 同胞를 奮勵하야 '第一 獨立을 못하거던 차라리 死하리라는 決心을 革固케 하며 第二 敵에 對한 破壞의 反面이 곳 獨立建設의 터이라'는 理解를 명확케 하야 理想의 國家보다 先히 理想의 獨立軍을 製造할 主義를 가지고 本報가 出現하엿노라.(1919.10.28)

단재는 "近世 何國의 革命을 無論하고 반드시 그 思想을 鼓吹한 言論文字의 先導가 잇섯다"는 것을 강조하였다. 그것은 혁명에 있어서 언론의 기능과 역할을 중시한 것이다.『신대한』은 내외정세의 보도, 민족주의적 투쟁, 독립국가 건설을 위한 파괴 등을 기치로 창간되었다. 곧 "獨立을 叫하며 仇敵을 꾸지즈며 內外事情을 報道"하여 독립 사업에 보조가 되려고 출현하였다는 것이다. 단재는 무엇보다 "仇敵을 却하고 民族을 保全할 問題"를 연구해야 한다고 했다. 그는 창간호에서 건설을 위한 '파괴'를 주장하였다. 그는 파괴가 곧 건설이라 보았으며, 그래서 파괴를 통한 건설을 강조하였는데, 이는 곧 아나키즘의 일단을 보여준다. 실상「조선혁명선언」에서「선언」에 이르는 사상의 전개는 파괴를 통한 혁명을 주장하는 아나키즘 사상을 잘 드러낸다.

發刊 第二號에 곳 外交問題를 討論함은 執筆者의 本意가 안니로다 그러나 獨立運動의 半部分은 거의 外來의 影響을 바든 者이며 目下 海外에 活動하는 人物들은 十의 六七이나 本問題로 根據 삼나니 朝鮮 近世 累百年 外交史에 無限傷心의 淚를 나린 者로도 할일업시「外交問題에 對하야」란 本論에 着筆하노라(1919.11.3)

李朝 五百年來로 柔弱한 外交가 唯一의 國是가 되엿스나 그 全盛의 初葉에는 오히려 我가 本位가 됨을 覺悟한 고로 梁誠之의 國俗保全論은 自我의 自尊이며 金宗瑞의 六鎭 開拓史는 自我의 확장이엿도다 中葉 以後로는 이러한 氣象도 消失하야 만일 外交에 輔助될 일이라 하면 我를 自卑함도 不辭하며 我를 汚辱함도 不顧하야 本位를 忘却한 外交를 일삼다가 마참내 半點의 慈悲 업는 島國 悍犬의 惡噬를 맛나 社稷과 生靈을 들어 그 飢腸의 一飽에 供하 엿도다(1919.11.3)

단재는 2호 논설 「외교문제(外交問題)에 대(對)하야」의 서두에서 "發刊 第二號에 곳 外交問題를 討論함은 執筆者의 本意가 안니로다"라고 말했다. 외교문제에 대해 전혀 거론하고 싶지 않지만, 이 글을 쓰게 되었다는 것이다. 그는 '외교문제'가 당시 여러 사람들 사이에서 논란이 되자 어쩔 수 없이 이 문제에 대해 글을 쓴 것으로 보인다. 그것은 '目下 海外에 活動하는 人物들은 十의 六七이나 本問題로 根據'를 삼기 때문에 글을 쓰게 되었다는 말이 아닌가.[89]

단재는 한국이 유약하게 된 것이 '卑辭 乞和로 上策'을 삼고, '苟安政策'을 펴왔기 때문이라고 했다. 특히 '낭불유' 삼가에서 '낭불'의 주체

---

89 당시 상황은 『독립신문』을 통해서도 엿볼 수 있다. "李大統領과 金學務總長은 美國에서 外交에 鞅掌하는 中이오"(「六頭領의 聚會」, 『독립신문』, 1919.10.28), "此際를 當하야 我 國民이 더욱 結束하야 獨立의 意思를 確固하고 獨立이 唯一한 民族的 要求임을 發表하야써 一邊 政府를 後援하며 一邊 世界의 輿論를 喚起하면 비로소 國際聯盟이 我等의 目的을 達할 機會되기에 충분할지라"(「獨立完成時機」, 『독립신문』, 1919.11.1) 등을 보면 당시 임시정부 및 『독립신문』은 국제연맹에 여론을 호소함으로써 독립을 이룰 수 있다고 믿고 그렇게 보도했다. 이에 대해 단재는 「외교문제에 대하야」를 쓸 수밖에 없었고, 거기에서 "이제 事實에 違反되는 言論을 妄發하야 苟且히 目前의 同情을 사랴 하는도다. 莊周氏 有言 호대 '由筌得魚得魚忘筌'이라 하니 外交君子여 外交의 魚를 위하야 大韓의 筌을 망치 말지어다"라고 통박했다.

적 정신이 사라지고 '유가'의 유약한 외교로 인해 국가가 멸망에 이르게 되었다는 것이다. 그래서 "舊大韓의 滅亡은 百年來 卑劣한 外交의 遺孽"이라고 규정한 것이다. 외교도 독립운동의 일부분이지만, 무엇보다 "우리 民族의 固有한 特質을 들어 列國에 表示하야 內로 自立의 精神을 確立하며 外로 獨立의 論據를 公布"함이 필요하다고 했다. 외교에 의뢰 말고 먼저 주체적 독립 자존의 기틀을 갖출 것을 제언한 것이다. 외교론을 주장하는 사람들을 卑辭乞和의 유약론, 비열의 사상으로 비판하였는데, 나중에는 외교의 "미몽을 버리고 민중직접혁명의 수단을 취함을 선언"(「조선혁명선언」, 1923)하였다. 그는 마침내 절대 무력을 통한 독립의 달성을 주장했다.

3호에서는 「원흉(元兇) 데라우치 마사다케[寺內正毅]의 사(死)」를 다뤘다. 단재는 寺內가 伊藤과 더불어 한일합병책을 만듦으로 말미암아 일본의 禍根이자 禍胎가 되었다고 주장했다.

寺內는 合倂 十年 總督으로 千百萬 罪惡을 골나가며 다 지어 無數한 志士를 惡刑하며 義士를 暴殺하며 雜稅를 增加하며 日人의 移植을 獎勵하며 古蹟을 破壞하며 國寶를 盜竊하며 國語와 國文의 教育을 沮戲하며 高等知識과 新文明의 輸入을 嚴禁하며 無罪한 人民을 暴徒(彼의 義兵에 加하는 稱)의 干連者라 하야 그 肢體를 割斷하며 多少의 青年을 浮浪者(彼의 不平黨에 加하는 稱)檢擧에 藉托하야 刑辱을 施하며 鴉片專賣國을 設하야 暗中에 國人의 鴉片吸用을 獎勸하야 人種을 病 드리며 病院에 毒菌을 密播케 하야 受診者의 身體를 害하게 하며 警察과 憲兵을 排置하야 全國人으로 하여금 手足을 마음대로 못 놀니게 하며 師團의 兵力을 增加하야 三千里 全幅 二千萬人

이 숨소래도 못 크게 하야 大魔王의 勢力을 發揮하다가 이제야 地獄에 向하야 審判의 罰을 밧난 길노 갓도다(1919.11.12)

　向者에 만일 滄海力士나 安重根 第二가 잇서 寺內의 머리를 싣어 二千萬의 眼前에 던져더면 寺內의 罪狀으로 適當한 刑罰을 벗엇다 할 만하나 朝鮮 全國의 人心이 或 寺內 一人의 誅戮으로 말매암어 少洩될는지도 모를지어늘 이제 寺內가 제 命으로 晏然히 그 私室에서 죽으니 八道蒼生의 憤怒는 모다 日本으로 도라갈 쑨이로다(1919.11.12)

　단재는 "日人이 伊藤 寺內 兩人을 日本의 功臣으로 치나 其實은 兩人이 곳 日本 滅亡의 禍基를 작만한 罪人"이라고 말했다. 그들은 또한 우리 조선 사람이 오매에도 잊지 못할 '흉적'이라고 했다. 그것은 이토와 데라우치가 통감과 총독을 하면서 저지른 죄악상 때문이다. 그들은 양국 민족에게 "不解의 仇緣을 끼쳐 禍根"을 연속케 했다는 것이다. 특히 데라우치는 아주 혹독하고 흉악한 총독정치를 시행했다. 지사에게 악형을 가하고 의사를 죽이며, 잡세를 증가하고 일인의 이식을 장려하는가 하면 고적 파괴, 국보 절도, 심지어 무죄한 인민을 잡어다가 지체를 자르고, 병원에 독균을 퍼트리는 등 갖은 만행을 다했다는 것이다. 그래서 그를 '대마왕'이라 했다. 단재는 데라우치의 죄가 이토보다 훨신 크며, 그래서 사람이 주살하지 못했음이 오히려 한스럽다고 했다. "만일 滄海力士나 安重根 第二가 잇서 寺內의 머리를 싣어 二千萬의 眼前에 던져더면" 데라우치의 죄상으로는 적당한 형벌을 받었다고 할 만하나 오히려 "晏然히 그 私室에서 죽으니 八道蒼生의 憤怒는 모다 日本으로 도라"가게 되었다고 했다. 단재는 데라우치의 죽음을 맞아 그가 저지른 온갖 죄악상을 일일이 열거함으로써 일본 제국주의의 만행을 만천하에 고발하였다.

한편 제17호의 논설은 「여론을 제조할 일」이다.

그 原由를 말하자면 自來 我國 社會의 敎育이 個人의 覺醒에 置重치 안코 指導者의 服從으로 美德을 삼음으로 一學校가 創建되면 그 校內의 學生들은 곳 某先生의 臣僕이며 一團體가 組織되면 그 團中의 人員들은 곳 某紳士의 從卒이며 甚至於 速刷石版刷의 新聞 一張이 난다 하여도 時事의 報道나 民智의 啓發을 目的함보다 一二 自然人의 勢力을 擴張식힐 責任이 더 만하엿슴으로 그 結果가 엇던 問題에던지 各 地方 同胞의 論調가 매양 該地方 有力者의 馬首를 쌀어 左右함으로 各地에 共通한 一大公共의 輿論을 볼 수 업슴이며 或 一地方에 兩岐異의 言論이 잇슴은 또한 當地에 並峙한 有力者가 잇는 식둙이오 問題에 대한 利害의 標準에서 나오는 者는 도리어 적음이라 (1920.1.20)

단재는 여론을 제조하려면 '이해의 표준'이 필요하지만, 언론이 '이해의 표준'에 기인하지 않기 때문에 공공 여론이 부재하다고 지적했다. "甚至於 速刷石版刷의 新聞 一張이 난다 하여도 時事의 報道나 民智의 啓發을 目的함보다 一二 自然人의 勢力을 擴張식힐 責任이" 더 많기에 공공의 여론을 보기 어렵다고 했다. 그는 「낭객의 신년만필」에서도 이해의 표준 문제를 언급했다. 우리 언론이 이해의 표준에 따르지 않고 유력자에 좌우되어 공공의 여론이 형성되지 못한다는 것이다. 이것은 한편으론 당시 언론, 특히 『독립신문』을 겨냥한 측면이 있다. 왜냐하면 "各地의 新聞들이나 流俗에 趨附치 안는 獨立的 論調를 가지"(1920.1.20)라고 하였기 때문이다. 그는 "一般 靑年들이 個人에 對한 依仰보다 自覺을 重하며 特立을 愛하야 매양 一問題를 맛나거던 靜肅한 頭腦로써 그 利害를 判斷하야 公衆의 表率이 되"(1920.1.20)기를 바랐다. 신채호는 이해의 표준 이외에서 진리를 찾으려 함으로 조선에 무슨 주의가 들어와도 조선의 주의가 되지 않고 주의의 조선이 되려 한다고 비판했다. 그래서 그는 "道德과 主義가 人類의 利害의 標準에서 생기엇다 하면 우리가 害를 避하고 利만 取함이 可할" 것이라 설명했다.[90] 여론을 제조하려면 언론이 이해의 표준에서 나와야 한다는 것이다.

마지막으로 「新舊人物의 代謝」(1910.1.23)에서 단재는 지난 누백 년 우리 역사는 진화하지 못하고 순환하여 왔다고 했다. 그것은 "天時는 變하야 新春이 될지라도 人物은 故하야 塚墓로 住宅을 삼엇"기 때문이다. 곧 새로운 인물이 나타나 새로운 시대를 만들어야 하는데 그러하지 못했다는 것이다. 그래도 그는 "思想界의 新運動 잇던 時期"를 다섯 시기로 나누었는데, 그 첫째를 정조조 시대로 잡았다.

或 井田을 恢復하야 貧富平均을 夢하며 或 人才拔擢에 注重하야 階級打破를 叫하며 或 故疆의 割棄를 痛하야 鴨江 以北에 涙를 灑하며 或 儒敎의 專制를 憤하야 異敎와 新說의 輸入을 潛主하엿는데 柳반溪・李星湖・朴燕巖・洪湛軒・李修山・安順庵 等이 그 가운데 가장 傑出한 者라(1919.1.23)

---

90 신채호, 「浪客의 新年漫筆」, 『동아일보』, 1925.1.2, 4면.

단재가 정조 시대를 중요한 시기로 잡은 것은 새로운 인물들이 나타나 학문의 번성기를 열었기 때문일 것이다. 특히 류형원, 이익, 박지원, 홍대용, 이종휘, 안정복 등은 당시 대표적 실학자들로 그들은 농업, 과학기술, 역사, 언어, 지리에 대한 탁월한 업적을 낸 사람들이다. 단재는 정전제, 인재 발탁, 지리 사상, 신사상 수입 등 그들의 업적을 열거했다. 특히 "故疆의 割棄를 痛하야 鴨江 以北에 淚를 灑하며 或 儒教의 專制를 憤하야 異教와 新說의 輸入을 潛主"하였다는 것은 류형원의 『반계수록』, 『발해고』, 한백겸의 「동국지리설」, 정약용의 『강역고』, 한진서의 『지리지』, 한치윤의 『해동역사』, 이종휘의 『수산집』, 안정복의 『동사강목』 등을 일컫는다.[91] 단재는 조선 후기 실학을 사상 운동의 신기원을 연 것으로 평가한 것이다. 두 번째 시기로 김옥균의 갑신정변도 높이 평가하였다.

甲申政變의 前後로 一時期를 잡을지니 海禁이 開하야 文明의 消息이 微傳하며 淸兵이 皇城에 入據하야 內政干涉의 恥辱이 至하매 金玉均 等이 內로 執政者의 昏暴를 怒하며 外로 强隣의 壓迫을 痛하야 一擧하야 舊黨을 芟夷하고 新政을 樹立하랴다가 不成하고 敗하엿도다 비록 當時의 擧動이 좀 輕疎하고 遺傳한 思潮도 그리 深遠치는 못하나 春雪의 一震이 또한 百年의 寂寞을 破한지라 (…중략…) 甲申時代의 諸公은 곳 政治의 革新을 冒險으로 試하엿스니 이것이 一進步이오 甲申의 革新運動은 政府內面서에 行하랴 하엿스나 (…중략…) 甲辰乙巳 以後의 志士들은 社會敎育의 普及을 따하엿스

---

91 신채호, 「조선상고사총론」, 정해렴 편역, 『신채호 역사논설집』, 현대시학사, 1995, 71~
    72면.

니 이것이 또 一進步라 그러나 그 區區한 進步는 곳 外來風潮의 刺激에서 나온 現象이오 自體의 作用은 안이라 그 人物들로 보면 甲申政變의 主腦者들은 正宗朝 時代의 諸君子에 比하야 그 堅苦한 志操와 深遠한 理想과 篤實한 學問과 浩瀚한 文章이 다 不及이오 나흔 것은 오즉 日本서 輸入한 아즉 組織的 안인 立憲의 思想쑨이며(1920.1.23)

단재는 「월왕 구천 살인」(『독립신문』, 1923.12.5)에서 "甲申革命"이라 하였으며, "만일 金玉均의 當時 革命方略이나 또 다른 무엇을 잘못하엿다 하면 몰을지나 그 革命을 不可라 함은 참 不可하"다고 말했다. 단재는 「신구인물의 대사」에서 갑신정변을 "정치의 혁신", "혁신운동" 등으로 높이 평가하였는데, 이는 단재의 사상을 여실히 보여주는 대목이다. 그는 "갑신정변 이전에는 조선에 유신당이 있는지를 알지 못했다[甲申政變以前 不知朝鮮有維新黨也]"[92]라고 하여 김옥균의 무리를 높이 평가했다. 그러나 김옥균의 무리는 지조나 이상, 학문, 문장 등이 정조 시대 인물들에 미치지 못했다고 하면서도 그들이 지닌 입헌의 사상만큼은 높이 평가했다. 그리고 이후 "甲申의 老革命黨들은 甲辰乙巳의 社會를 支配할 精神이 업섯"다고 하여 그 방략이나 정신이 외래사조의 자극이며 자체작용이 아니었다고 하여 그들의 한계를 지적했다.[93] 즉 김옥균 등 당시 지식인들이 사회를 지배할 정신이 없었다는 것이다.

한편 단재는 세 번째 시기를 갑오 을미 이후로, 네 번째 시기를 갑진 을사 이후로 잡았다. 세 번째 시기는 독립협회가 흥기하여 "民衆의 後援

---

92 震公, 「韓漢兩族之宜加親結」, 『천고』 2호, 1921.2, 4~5면.
93 震公, 「四十 以上을 盡殺?」, 『독립신문』, 1923.9.19, 4면.

으로써 惡政府의 顚覆을 企圖"하다가 실패하였으며, 네 번째 시기에는 독립협회 유당들이 "富國强兵으로써 秘密의 宗旨를 삼고 敎育殖産으로써 行進의 旗幟를 세워 國을 警醒하고 前途를 策勵"하였지만 기운 형세를 바꾸진 못했다. 그래서 "庚戌 前後에 老志士들은 三一運動 以後의 社會를 指導할 만한 先見과 實行이 업서 他人의 劍을 기다릴 것 업시 발서 自劍自殺한 인물"이라 규정했다.[94] 그리고 단재는 "獨立運動 以後가 곳 第(五)의 新時期"임을 지적하고, 당시 젊은이들에게 "熱烈하게 勇敢하게 篤實하게 進步하야 獨立을" 찾을 것을 권했다. 사실 이 글에 이어 제5기 3·1운동의 신인물에게 당부하는 말이 있을 예정이었으나 신문의 정간으로 인해 중단된 것으로 보인다. 그리고 1여 년 후인 1921년 3월에 단재는 "이날(곧 3월 1일)은 곧, 우리나라 독립사를 여는 책의 제 1장이 된다[然則是日(卽三月一日) 卽我國獨立史之開卷第一章]"고 하여 3·1운동을 높이 평가하였지만,[95] 1923년 1월에 나온 「조선혁명선언」에서는 "三一運動의 萬歲소리에 民衆的 一致의 意氣가 瞥現하였지만 또한 暴力的 中心을 갖이지 못"하였음을 한계로 지적했다.[96] 이러한 글에는 단재의 사상들이 깊이 체화되어 있음을 엿볼 수 있다.

---

94 震公, 「四十 以上을 盡殺?」, 『독립신문』, 1923.9.19, 4면.
95 大弓, 「第三回三一節報告同胞」, 『천고』 3호, 4면.
96 신채호, 「朝鮮革命宣言」, 『약산과 의열단』(박태원), 백양당, 1949, 116면.

4) 『신대한』의 내포와 외연

단재는 1919년 당시 대한독립청년단 단장과 신대한동맹단 단장을 맡는 등 독립운동의 선봉에 나선다. 『신대한』은 그러한 단재의 독립운동 정신을 전파하는 기관으로 역할을 한다.

적일 원동 등국 우정국의 일부인을 마즌 인쇄물 한 쟝이 본샤에 도착하엿는데 이는 국한문 5호 활자로 면목이 식롭고 긔사가 쟝졀쾌졀한 『신대한』이란 신문 창간호(대한민국 元年 十月二十八日號)더라 이 신문의 발힝소와 발힝쟈는 아직 알 수 업스나 그 챵간샤의 일구졀인 "태평양은 륙디가 될지라도 우리가 일본은 닛지 말쟈. 二千만의 해골은 태빅산갓히 쌓일지라도 일본과 싸호쟈"는 정신을 가지고 출현하엿더라 (…중략…) 이에 본보는 『신대한』신문이 꼭 바른 쥬의 정신을 하례하며 동시에 『신대한』의 건강댱수를 축복하노라[97]

昨年 九月頃 任鳳淳, 朴玟悟 및 金奉信 三名은 男爵 金嘉鎭과 더불어 上海로 密航하여 臨時政府에 投身하여 同地에서 不穩文書의 發行에 從事하여 該文書를 在京城의 前記 柳年秀 外 三名에게 密送하고 있었다 (…중략…) 柳年秀 外 三名은 在上海 前記 三名(任鳳淳, 朴玟悟, 金奉信－인용자)으로부터 獨立新聞 二十九號 數十枚 新大韓 一 二 三號 百餘部 革新公報 五十號 및 獨立新聞 三十二號의 二種 百餘部 및 新韓靑年 四十餘部의 各種 不穩文書의 密

---

97 「'新大韓' 신문이 출현」, 『신한민보』, 1919.11.25, 3면.

送을 받음과 더불어 京城市內에 配布한 者이다.[98]

『신대한』은 원래의 의도처럼 대내외에 많은 반향을 일으켰다. 원동에 있는『신한민보』는『신대한』을 "장절쾌절한" 신문으로 소개하며 장수하기를 축수했다. 이 신문은 국내에 있는 독립운동가들에게도 적잖은 영향을 미쳤다. 그들은『신대한』을 국내에 몰래 들여와 퍼뜨림으로써 독립운동을 진작하였다. 특히 국내에서 류연수 등 3명은『신대한』1, 2, 3호를 임봉순, 박민오, 김봉신 등으로부터 밀송 받아 국내에 유포하다가 체포되기도 했다. 그런데 이들의 역할을 주목해 볼 필요가 있다.

그래서 11월 10일 박노영, 김봉신 등 두 동지를『혁신공보』대표로 선정하고 각 동지들이 여비를 거둬 모아서 상해로 파견하였다.
남은 동지들은 국내에서의 자금 조달을 위하여『혁신공보』창간 당시부터 자금 지원을 하여준 해인사 주지 백초월 스님과 힘을 합하여 동지들을 각처로 파견하였다.[99]

臨時政府 訪問次로 本年 十一月에 上海를 往訪한 本報 特派員 一行은 順次로 我政府 內外 各 高名志士를 訪問하다 以下는 其記錄을 收拾한 者라[100]
又日을 期하야 新大韓 主筆 申采浩 先生을 訪問하다 先生은 庚戌政變 後로 海外에 亡命하야 至今신지 支那新聞社에 잇섯다 先生은 우리 國民의 希望을

98 「高警 第3728號 -⑭ 不隱印刷物配布者及獨立運動資金募集者檢擧の件(1920.2.13)」,『한국민족운동사료』삼일운동 기이, 국회도서관, 1978, 735면.
99 김상옥 · 나석주 열사 기념사업회,『김상옥 나석주 항일실록』, 삼경당, 1986, 49면.
100 「임시정부 각원 및 명사 방문기」(기일),『혁신공보』50호, 1919.12.25.

全혀 樂觀的으로 說破하야 曰 "今番 國際聯盟은 大勢變動의 初幕인즉 完全 不完全을 念慮할 것 업고 다만 大勢의 回運을 希望할 쑌이라" 하고 우리 國民의 將來를 축하하더라[101]

1919년 11월 박노영(박민오의 원명)과 김봉신은 『혁신공보』 대표로 선정되어 상해로 파견되었다. 이들은 상해에 가서 임시정부 각원 및 명사들을 방문한다. 그리고 그러한 사실을 「임시정부 각원 및 명사 방문기」에 보도했다. 『혁신공보』 특파원 일행이 상해에 갔다는 사실은 『혁신공보』 50호의 내용을 통해서 확인할 수 있다. 「임시정부 각원 및 명사 방문기」(기일)에는 이동휘, 이동영, 문창범, 신규식, 안창호 관련 내용이, 그리고 「임시정부 각원 및 명사 방문기」(기이)에는 남형우, 김가진, 신채호, 이광수 관련 내용이 실려 있다. 1919년 11월 『혁신공보』 특파원 일행은 상해에서 신대한 주필 단재를 만났으며, 그로부터 「우리의 유일 요구」를 받아 『혁신공보』 50호 논설에 실었다.

苛政重稅로 우리의 人民을 困苦케 하엿지마는 그 改正도 要求하지 아니하며 濫刑虐殺로 우리의 志士를 屠戮하엿지마는 그 悔悟를 要求하지 아니하며 高等敎育을 制限하야 우리의 知識을 愚昧케 하고 小學校 敎科에신지 우리의 國語와 國史를 禁止하야 우리의 魂을 밧고랴 하엿지마는 그 改良을 要求하지도 아니하며 玉塔이나 磁器나 石品이나 舊代 書籍 갓흔 우리의 國寶를 無數히 盜去하엿지마는 그 返還도 아직 要求치 아니하며 自治나 參政權

101 「大勢의 回運─新大韓 主筆 申采浩 先生」, 『혁신공보』 50호, 1919.12.25, 3면.

도 要求하지 아니하며 文武官吏의 任用도 要求하지 아니하노라 그러면 우
리의 要求는 무엇이뇨? 오직 하나 곳 合倂取消의 第一義되는 總督府의 撤廢
쑨이니라[102]

단재는 「우리의 유일 요구」에서 총독부 철폐를 당당히 요구하였다.
그것이 독립의 가장 근원적이고 실질적인 방법이라고 했다. 그는 총독
부 철폐를 "오직 勇敢奮鬪로써의 要求"라고 강조하며, 총독부 철폐라는
독립운동의 목표를 대내외에 강력히 천명하였다. 그것은 일본이 요구
를 들어주지 않을 경우 용감분투로써 맞서겠다는 일종의 선언과 같았
다. 단재는 언제든 자신의 주장을 관철하겠다는 의지를 일제 당국 및
조국 청년들에게 피력하였다. 이러한 내용은 박노영, 김봉신, 백초월,
신상완을 비롯하여 국내에 있는 젊은이들에게 커다란 영향을 미치게
된다.

다시 上海로 가서 七月 中旬 白初月 및 金奉信으로부터 金 二千元의 送金
을 얻어 이를 當時의 臨時政府 內務總長 安昌浩에 交付하고 (…중략…) 京
城으로 歸來했는데 九月末日에 이르러서도 上海에서 宣言書가 到着하지 않
아서 上海로 向해 出發했다 同地 到着後 朴玟悟 및 金奉信이 鮮內에서 募集
한 運動資金 二千元을 受領했다 (…중략…) 申尙玩은 上海에 歸來한 後 李鍾
郁, 金奉信, 白性郁, 金法允 등과 協議한 後 僧侶의 團結을 圖謀하려고 別紙
譯文과 같은 宣言書 및 臨時義勇僧軍憲制라는 것을 作成하였는데[103]

---

102 신채호, 「우리의 唯一 要求」, 『혁신공보』 50호, 1919.12.25, 논설.
103 「불령승려검거의 건」, 『한국민족운동사료』 삼일운동 기이, 국회도서관, 1978, 591면.

1920년 4월 6일 종로경찰서에 신상완이 체포된다. 그는 의용승군이
라는 비밀결사를 만들고 독립운동자금 모집 및 유력한 승려를 상해로
보낸 혐의로 붙잡힌 것이다. 이 사건에 공범자로 김상헌과 더불어 백초
월, 김봉신, 김법윤, 박민오 등도 언급되는데, 이들은 주로 『혁신공
보』에 관여했던 것으로 보인다. 백초월은 그들 가운데 가장 연장자라
는 점에서 의용승군 사건의 주동자 내지 중심인물로 보인다. 그는 3·1
운동 후 "불교도만은 이에 무관심하고 있음을 크게 유감지사로 생각하
여, 금년 4월 경성에 들어와 시내 각처에 잠재하면서 우선 불온 문서를
간행하여 인심을 교란시킬 계획으로 한국민단본부라는 단체"를 만들
었다고 한다. 신상완은 백초월과 뜻을 같이 하여 승군 조직에 핵심 역
할을 맡은 것으로 보인다. 이들은 「선언서」를 작성하고 의용 승군을 만
들려고 했다.

　　於是 我等은 또 認見할 수 없음으로 不義를 누르고 蒼生이 塗炭에 신음하
는 이때 칼을 들고 일어나는 것은 우리의 歷代祖先의 遺風이다. 하물며 몸이
大韓國民으로 出生한 我等에 있어서이랴.
　　도리켜 보건대 佛法이 韓土에 드러옴으로부터 于今 二千年間 李朝에 이르
러 多少의 壓迫을 받은 일이 있으나 他의 歷代國家는 全部 이를 擁護하여
그 發達이 隆隆히 世界佛敎史上에 冠絶했다 저 日本人을 佛陀의 慈悲 中으로
引導한 者는 實로 우리 大韓佛敎이다. 豊臣의 壬辰役과 其他 危急한 때에 많
은 祖師와 佛徒가 몸을 犧牲하여 國家를 擁護한 것은 歷史에 昭著한 바이다.
그런데 이것만이 國民으로서 國家에 對한 義務를 다하는 것뿐이다.
　　대체로 國家와 佛敎와의 因緣이 깊고 오래됨에 基因함이다.[104]

신상완이 김봉신, 백성욱 등과 더불어 의용승군 「선언서」를 작성했
다는 것은 여러 면에서 시사하는 바가 크다. 김봉신 일행은 상해에서
단재로부터 「우리의 유일 요구」를 받기도 했고, 또한 『신대한』 백여 부
이상을 국내에 몰래 들여 보내기도 했다. 그들과 단재의 만남도 몇 차
례 있었을 것으로 보인다. 그리고 무엇보다 중요한 것은 「선언서」의 내
용이 가깝게는 『신대한』의 논설과 연결되고, 멀리는 단재가 『대한매일
신보』에서 줄곧 내세우던 논지와 닿아있다는 점이다.

新羅가 亡하고 高麗가 代하야 强敵인 遼興을 當하매 外交問題의 複雜이
이째에 最甚하엿는데 이째國論을 支配한 者는 郞佛儒三家라 郞佛兩家는 매
양 外交에 對하야 强勁論을 唱한 故로 契丹이 入寇하매 郞徒 李知白이 主戰
하며 渤海가 中興하매 佛徒郭元이 主援하고 儒徒는 매양 柔弱論의 中心이
된 故로 崔承老 皇甫兪義 等은 外寇에 對하야 卑辭乞和로 上策을 삼으며 金
富軾 三國史記는 오직 孟子의 樂天主義를 謳歌한 것쑨이로다 밋 高宗元宗의
時代에 蒙古가 北方에서 勃興하야 歐亞 兩大陸에 橫行하매 高麗가 全國을
들어 抗戰한지 六十年에 할 수 업시 城下의 盟을 結하니 이에 郞佛兩家의
强勁派는 거의 退隱하고 儒徒가 國命을 잡어 祖先의 史蹟도 그 苟安政策에
符合되는 者만 收拾하며 卑劣의 思想을 傳播하야 後人에게 難治의 遺傳病을
주엇도다 麗朝末日에 虎頭宰相 崔瑩이 그 炯炯한 隻眼을 들어 國家의 前途
를 걱정하야 이미 南으로 倭를 斥逐하고 다시 北으로 新興한 明國의 驕倨을
쑥거 國民의 精神을 振興하랴다가 百年 痼疾의 人民이 그 治療를 聽치 안하

---

104 「불령승려검거의 건」, 『한국민족운동사료』 삼일운동 기이, 593면.

야 應從하는 者가 오직 佛徒玄麟 等 幾人뿐이오 그 以外는 비록 圃隱갓흔 偉人으로도 이 贊成치 안하야 北伐의 壯擧가 드대어 蹉跌하고 儒家의 外交 政策을 中心으로 한 李朝가 代興하엿도다(1919.11.3)

이 내용은 앞에서 보았듯 『신대한』 2호 논설 「외교문제(外交問題)에 대(對)하야」이다. 단재는 이 글에서 불교도 곽원과 현린의 호국불교적 성격을 강조하였다. 그런데 이러한 단재의 주장은 새롭지 않다. 그는 이미 『대한매일신보』 시절부터 불교의 국가주의적 성격을 강조하였다. 특히 "불도 현린"은 최영을 도와 북벌에 참여한 인물로 「최영전」의 골간을 이루지 않던가.

惟此主義를 講흔 故로 三國戰爭時代에 在ㅎ야 國憂에 心을 繫ㅎ며 國難에 身을 捐흔 僧徒가 史册에 累現ㅎ얏스니 新羅에 圓光禪師가 恒常 用兵勝敗의 利鈍을 硏究ㅎ며 貴山箒項의 忠節을 勉勵ㅎ고 高句麗에는 隋양帝 入寇時에 乙支文德과 同事ㅎ야 有功흔 七僧이 有ㅎ며 其外 獻身救國흔 僧侶를 壹壹히 指數키 難ㅎ고 又其僧侶 以外의 忠義慷慨者流도 太半 佛學의 感化를 受흔 者며 高麗에 至ㅎ야 崔瑀 父子 專權時代에 八百僧人이 團結ㅎ야 賊臣을 誅ㅎ야 國民을 救코즈 ㅎ다가 事가 不成ㅎ야 병首就死하얏스니 其凜凜흔 義烈은 至今 讀者의 髮을 立케 ㅎ며 都統 崔瑩이 北伐를 謀흘 時에 僧 玄麟이 此를 贊成ㅎ야 八道僧軍을 團練ㅎ다가 朝家革命의 運을 當ㅎ야 崔公과 同死ㅎ민 其英名이 靑史를 光ㅎ얏고 本朝에 入ㅎ야는 休靜 (西山大師) 松雲 〔四溟 堂〕 諸公이 有ㅎ야 壬辰變初에 義聲이 霄漢을 震ㅎ며 亂後使倭에 辯才가 河 海를 傾ㅎ야 壹般 僧俗界의 壹致尊慕흔 빈 되얏스니 以上 所列이 大畧만 語

흠이나 大抵 佛氏의 徒로 國家主義에 熱騰ᄒᆞᆫ 者ᄂᆞᆫ 惟獨 韓國僧의 特色이니 (…중략…) 凡僧侶諸君은 汲汲히 奮興ᄒᆞ야 (壹)佛氏 相傳의 救世主義를 勿忘ᄒᆞ며 (二)韓國佛教 特色의 國家主義를 勿失하며 (三)新世界 知識을 輸入ᄒᆞ야 一切 事業을 外國 승려에 勿讓ᄒᆞ고 大雄 大無畏 大進步 홀지어다.[105]

「선언서」(1920)에는 한국 불교가 국가와의 인연이 깊고 오래됨을 말하였다. 단재는 「편고승려동포」(1908)에서 불교의 구세주의 정신과 국가주의를 강조하였다. 「선언서」에는 독립운동에 불교도의 적극 참여를 주장해온 백초월의 국가주의적 불교정신, 그리고 단재의 호국불교 사상 등이 잘 접합되어 있다. 단재는 「편고승려동포」에서 고려말의 현린, 조선 임진란 당시 서산대사, 사명당 등 국난의 위기에서 나라를 수호한 호국승의 역할과 한국 불교의 국가주의적 성격을 강조했다. 특히 현린에 대해서는 「최영전」을 비롯하여 「꿈하늘」에서도 강조하였고, 그러한 내용은 「외교문제에 대하야」에도 나타났다.

按高麗史崔瑩傳 崔瑩曰 "唐以大兵三十萬來侵 高麗以僧軍擊破之" 海東繹史 引高麗圖經曰 "高麗之破契丹 卽僧軍之力" 據此則僧軍之啓 始自三國 迄于麗朝 可達千年 其歷史 舊矣 蓋蘇文之與唐戰 姜邯贊之與遼角 皆賴其力 以成功 其功烈 可謂偉矣 然遍觀高句麗及唐征戰之故事 竟不見僧軍二字 而反見於崔瑩傳 歷覽高麗破遼之實錄 亦一語不及僧軍 而獨載於高麗圖經 可見金鄭兩史之魯莽也 (…중략…) 皁衣之德 其盛矣乎 蓋蘇文之以是破唐 姜邯贊之以是破契丹

---

105 「遍告僧侶同胞」, 『대한매일신보』, 1908.12.13, 논설.

此則對外之功也 然按高句麗史 次大王 暴厲專制 椽那(地名)皁衣明臨答夫 即起
而討殺之 其對內革命之烈 亦不可沒矣 李朝以來 皁衣之號 僧軍之名 一切皆革
而單稱曰在家僧 降之最賤階級 有苦役而無名譽 故皆逃避不存 唯關北一隅 保守
最久 至於李朝末葉 尙有其名 及國亡前後 亦皆諱匿不見 余嘗從該道友人 求問
在家僧之歷史 而無有知者 數千年國史之精華 其滅絕至此 吁可慨也已

『고려사(高麗史)』「최영전(崔瑩傳)」에 최영이 말하기를 "당에서 30만의
병사를 보내어 고려를 침략했는데 고려는 승군(僧軍)으로 그들을 격파하
였다."『해동역사(海東繹史)』에서『고려도경(高麗圖經)』을 인용하여 말하
기를 "고려가 거란을 격파한 것은 승군의 힘 때문이다"라고 하였다. 이에
따르면 승군은 삼국시대에 기원하여 고려조까지 천년 이상의 역사를 가지
고 있어 참으로 오래되었다. 연개소문이 당(唐)나라와 전쟁을 할 때와 강감
찬이 요(遼)와 각축을 할 때 모두 그들의 힘을 빌렸는데, 그들의 공로는 참
으로 크다. 그러나 고구려와 당의 전쟁 기록을 찾아보았더니 승군이란 두
자가 보이지 않고, 오히려 '최영전'에 보인다. 고려가 요(遼)를 격파한 기록
을 모두 찾아보아도 승군이란 말이 한마디도 보이지 않으며 오직『고려도
경』에만 실렸는데, 김부식과 정도전이 얼마나 경솔한지 알겠다 (…중략…)
조의의 덕이 굉장했다. 연개소문이 이로써 당을 격파하고 강감찬이 이로써
거란을 격파할 수 있었는데, 이것은 대외적인 공로이다. 그러나 고구려사
에 따르면 차대왕(次大王)이 폭정을 하자 연나(椽那) 지방의 조의(皁衣) 명
림답부(明臨答夫)가 일어나 그를 토벌하고 죽였다. 이것은 대내혁명의 공
로이며 역시 빠뜨려선 안 될 것이다. 조선조 이래 조의(皁衣)의 호(號)와
승군(僧軍)의 이름은 일체 사라졌고, 오로지 재가승(在家僧)이라고 칭했
는데, 그들을 가장 낮은 신분으로 강등시켰고, 고역만 있고 명예는 없어서

많이 도망가서 사라졌다. 유독 관북(關北) 일대에서 가장 오랫동안 남았으며, 조선조 말엽까지 그 이름이 있었다. 나라가 멸망하는 전후에 이르러 모두 숨어 나타나지 않았다. 일찍이 나는 친구를 우연히 만나 재가승의 역사를 물으니 아는 사람이 없었다. 수천 년 역사의 정수가 이토록 멸절하니 개탄스러울 따름이다.[106]

단재는 1920년 북경으로 돌아왔으며, 1921년 『천고』를 발간하였다. 그는 『천고』 창간호(1921.1)에서 승군의 존재를 역사가의 입장에서 기술하였다. 그는 승군을 "수천 년 역사의 정화"라고 자리매김하면서도 그 정신의 멸절을 애통해 했다. 그것은 승군 부활에 대한 단재의 기대가 어떠했는지를 반증해준다. 「꿈하늘」에서도 승군을 제시하였는데, 단재는 1916~1921년 사이 승군에 대한 역사적 기록들을 정리했다. 그는 현린과 같은 호국승의 출현을 기대해 마지않았다. 승려의 국가주의 정신의 부활이야말로 위기에서 나라를 구할 수 있는 요체로 인식했던 것이다.

신상완, 김봉신, 박민오 등은 단재를 만나 『신대한』 1, 2, 3호를 수령하는가 하면, 「우리의 유일 요구」를 받았다는 점, 그리고 단재는 계몽기부터 끊임없이 불교의 국가주의를 주장해왔고, 심지어 『신대한』 제2호를 통해서도 그러한 정신을 내세우고 있다는 점, 또한 단재의 사상이나 정신이 불교계 승려들로부터 지지를 얻었다는 점 등을 통해 볼 때

---

[106] 신지, 「考古篇」, 『천고』 창간호, 천고사, 1921.1, 25~26면. 이 장에서 한문의 번역은 최광식의 번역(『단재신채호전집』 5)을 상당 부분 수용하였지만, 일부에 대해서는 필자가 직접 해석했음을 밝힌다.

그가 불교의용군의 형성에 일정 부분 역할을 했을 것으로 판단된다.[107] 그러나 신상완의 피체로 의용승군 제도는 물거품이 되고 말았다. 단재는 1922년 12월 다시 상해로 와서 「조선혁명선언」을 집필한다. 그는 마침내 혁명을 위한 민중의 총진군을 외쳤다. 그는 혁명에 있어서 '민중'과 '폭력' 양자 모두 필수적 요소임을 인식하고, 민중폭력혁명을 주창하고 나선 것이다.

---

[107] 백초월, 신상완, 김봉신, 박노영 등과 단재의 관련상은 진관사 칠성각에서 발견된 자료를 통해서도 확인된다. 2009년 진관사 칠성각 해체 수리과정에서 "▲ 태극기 1점 ▲ 『신대한신문』 3점-제1호 1919년 10월 28일 화요일, 제2호 1919년 11월 3일 월요일, 제3호 1919년 11월 12일 수요일 ▲ 『독립신문』 4점-제30호 1919년 11월 27일 목요일 (2점), 제32호 대한민국 원년 12월 25일 목요일 (2점) ▲ 『조선독립신문』 5점-제32호 1919년 6월 6일 금요일, 제40호 1919년 8월 12일 화요일, 제41호 1919년 8월, 제42호 1919년 8월 20일 화요일 ▲ 자유신종보 3점-제4호 미확인, 제7호 대한민국 원년 9월 19일 금요일, 제12호 대한민국 원년 10월 6일 월요일 ▲ 경고문 1919년 6월 1점 등"이 발견되었다. 이 자료들은 흥미롭게도 상해에서 김봉신 일행이 보낸 자료들과 상당히 일치한다. 특히 『신대한』 1, 2, 3호와 『독립신문』 32호 2종(『독립신문』 제32호 대한민국 원년 12월 25일 목요일, 『조선독립신문』 제32호 1919년 6월 6일 금요일) 등이 그렇다. 이 자료를 배포한 주동자는 『황성신문』 주필이었던 류근의 장남 류년수(경성부 가회동 175)이며, 김학선, 이임창, 김용인 등이 관여했다. 이 문서에는 당시 류년수 외 3명이 류기원, 임봉순, 박민오, 김봉신 등과 공모하여 『혁신공보』 등을 등사 판탁하여 배포하였다는 내용이 나온다. 『신대한』, 『혁신공보』 등이 독립운동에 기여했을 뿐만 아니라 이것들을 통해 단재는 국내 독립운동가들에게 적잖은 영향을 미쳤음을 확인할 수 있다.
한편 신채호의 사상 및 저서는 만당의 형성(1930.5~1933.4)에도 기여한 것으로 보인다. 단재의 사상이 한용운(1879~1944), 백초월(1878~1944), 최범술(1904~1979) 등 불교계 인물의 독립운동에 적지 않은 영향을 주었을 것으로 생각된다. 만해와 효당 등은 단재의 사후 단재유고집을 발간하려다가 발각되어 이른바 '해인사 사건'이 발생하기도 한다. 자세한 것은 김광식의 「卍黨과 효당 최범술」(『민족불교의 이상과 현실』, 도피안사, 2007)을 참조.

5) 마무리

최근 들어 『신대한』 신문의 발굴은 중요한 의미가 있다. 『신대한』은 『권업신문』과 마찬가지로 발간 사실은 알려졌으나 그 실체에 대해서 제대로 알 수 없었다. 그런데 일본 외무성 사료관에서 1호와 17호, 18호가 발견된 데 이어 최근 진관사 칠성각 보수 과정에서 제1호, 제2호, 제3호 등이 새로 발견된 것은 주요한 성과라 아니할 수 없다. 물론 4호부터 16호까지는 현재 존재 유무를 알 수 없지만, 그래도 그 몇 호가 진관사 등에 남아 있었다는 것만도 기적에 가까운 일이다.

신채호는 임정 수립 시 이승만이 수반이 되는 것을 반대하였으며, 그로 말미암아 임정의 기관지 『독립신문』 발간에 관여하지 않았다. 이광수가 그를 주필로 모시려 했지만 그는 수락하지 않았다. 단재는 임정과 다른 노선을 추구했고, 그래서 『독립신문』과도 사사건건 부딪친다. 단재는 「신대한 창간사」에서 "破壞의 反面이 곳 獨立建設의 터"라고 하였다. 그러자 이광수는 단재의 논지를 "화합의 파괴"(「군자와 소인」, 『독립신문』, 1919.11.27)로 규정하여 비판하였으며, 두 신문 사이에 논란이 오고 간다.[108] 이동휘의 중재 노력이 있었지만, 알력은 계속되어 휴간되었다가 더 이상 발간이 되지 못한다.

『신대한』은 국내뿐만 아니라 국외에도 전해져 독립운동 형성에 적지 않은 영향을 미쳤다. "太平洋은 陸地가 될지라도 우리가 日本은 잇지마자 三千萬의 骸骨을 太白山갓치 싸흘지라도 日本과 싸호자"는 강렬한

---

108 김주현, 『신채호문학연구초』, 소명출판, 2012, 212~213면 참조.

정신은 국내외 독립운동가들에게 전파된다. 특히 『신대한』 2호 논설 「외교문제(外交問題)에 대(對)하야」에서 단재는 불교도 곽원과 현린의 호국불교적 성격을 강조하였다. 단재는 애국계몽기 「편고승려동포」에 서도 국난의 상황에서 나라를 수호한 호국승의 역할과 한국 불교의 국 가주의적 성격을 강조했다. 이러한 단재의 주의와 정신은 의용승군의 조직과 「선언서」 작성에 영향을 준 것으로 보인다. 단재는 『신대한』에 서 적극적이고 실천적인 독립운동 노선을 천명했다. 그래서 국내에서 는 이 신문을 몰래 들여와 암암리에 배포하였으며, 그리하여 독립운동 에 적지 않은 영향을 미친 것으로 보인다.[109]

4. 『천고』의 활동과 정론

1) 『천고』의 발간

『신대한』은 여러 가지 불화로 인해 1920년 1월까지 나오고 중단된 다. 신문 발행이 중단되고 더 이상 발행을 할 수 없게 되자 단재는 다시 북경으로 돌아온다. 그는 그해 4월 이회영의 부인 이은숙의 소개로 박 자혜를 만나 결혼을 한다. 그리고 11월에 북경군사통일회의에 참여하 고, 또한 박숭병, 김창숙 등과 더불어 한문 잡지 『천고』 간행을 준비하 였으며, 1921년 『천고』를 발행하기에 이른다.

---

109 이 장에서는 김주현의 「신채호의 『신대한』 발행과 독립운동」(『한국독립운동사연구』 36, 독립기념관 한국독립운동사연구소, 2010.8)을 수정 보완하였다.

그때 마츰『天鼓』라는 雜誌를 主幹하엿섯는데, 熹微한 燈下에서 毛筆로 붉은 정간을 친 原稿紙에다가, 徹夜執筆하는 것을 目睹하엿다. 그 創刊辭인 듯 "天鼓, 天鼓여, 한번 치매 무슨 소리가 나고, 두번 뚜드리매 어디가 울린다"는 意味의 글인 듯이 朦朧하게 記憶되는데, 한 句節 쓰고는 소리높이 읊고, 몇 줄 또 써나려 가다가는 붓을 멈추고 무릎을 치며 喟然히 嘆息하는 것이, 마치 글에 失眞한 사람같이 보엿다. 붓끝을 놀리는 대로 때 묻은 '棉袍子'의 소매가 번쩍어리는데, 생각이 막히면 연방 葉草에 침칠을 해서 말어서는 태여 물고 뻐끔뻐끔 빤다. 그러다가 不時에 두 눈에 異常한 仄光이 지나가는 同時에, 手製 呂宋煙을 아무 데나 내던지며 일변 붓에 먹을 찍는다. 나는 그 생담배 타는 煙氣에 몇 번이나 기침을 하엿섯다.[110]

심훈은 1921년 북경에서 단재를 방문하엿다가 단재가 천고를 간행하고 있는 모습을 보았다. 그는 단재가 글을 쓰는 모습이 "한 句節 쓰고는 소리높이 읊고, 몇 줄 또 써나려 가다가는 붓을 멈추고 무릎을 치며 喟然히 嘆息하는 것이, 마치 글에 失眞한 사람같이 보엿다"고 했다. 이것은 『천고』를 집필하는 단재의 모습을 역력히 보여준다. 그가 "天鼓, 天鼓여, 한 번 치매 무슨 소리가 나고, 두 번 뚜드리매 어디가 울린다"고 한 것은 바로 "한 번 울림에 그 소리가 천둥과 같고, 두 번 울림에 그 기운이 산과 같고, 세 번 네 번 울림에 의사(義士)들이 구름과 같이 모이고, 다섯 번 여섯 번 울림에 적(賊)들의 머리가 어지럽게 낙엽처럼 떨어지리라"(「천고 축3」)를 언급한 것으로 보인다. 단재는 그러한 소망으로 『천고』를 만들었던 것이다.

---

110 심훈, 「단재와 우당(상)」, 『동아일보』, 1936.3.12, 4면.

2) 『천고』에 참여한 인물

『천고』 발행에 참여한 인물은 누구인가. 이 문제는 『천고』의 저자 규명을 위해서 대단히 중요하며, 선결되어야 할 문제이다. 일찍이 김창숙은 『천고』의 발간과 관련하여 아래와 같이 진술했다.

> 그때 단재는 박숭병과 함께 잡지 『천고』를 운영하고 있었는데 나에게 같이 일하자고 요청하였다. 나는 본시 신문이나 잡지를 편찬하는 일에 익숙하지 못해서 매사를 단재와 상의하여 처리하였다. 성질이 단재는 급하고 나는 느린 편이어서 서로 보완이 될 수 있었다.[111]

김창숙은 1920년 11월에 북경에 가서 신채호와 더불어 『천고』의 발행에 참여했다고 밝혔다. 단재가 그때 박숭병과 함께 『천고』를 운영했다는 말은 류자명의 진술에도 나온다.

> 1921年春再出國 到達北京. 那時丹齋先生在北京, 熱心從事歷史著作. 著作工作由朴崇秉支持和協助, 丹齋先生就住在他的家里, 住食和著述所需的費用, 都由朴負擔. 丹齋先生還發行漢文刊物『天鼓』
>
> 1921년 봄에 다시 출국하여 북경(北京)에 도착하였다. 그때 단재 선생은 북경에 있으면서 역사저술에 전심전력하고 있었다. 역사를 저술하는 일에는 박숭병(朴崇秉)이 지원 협조하였다. 또한 단재 선생은 그의 집에서 거주

---

111 심산사상연구회 편, 『김창숙』, 한길사, 1881, 220면.

하였고, 주식(住食)과 저술에 들어가는 비용은 모두 박숭병이 부담하였다. 단재 선생은 한문으로 된 『천고(天鼓)』라는 잡지를 간행하였다.[112]

단재는 박숭병의 도움으로 『천고』를 발행했으며, 여기에 김창숙이 참여한 것으로 보인다. 이 밖에도 『천고』에는 많은 사람이 참여한 것으로 보인다.

이같은 배경에서 류림은 북경으로 내려갔다. 앞뒤 사정을 가늠해 볼 때 그 시기는 20년 말로 추정된다. 이제 28세의 청년인 그는 북경에서 독립운동의 대선배인 신채호・김창숙・김정묵・남형우 등과 더불어 순 한문의 월간지 『천고』를 펴내는 데 한몫 거들었다.[113]

류림과 김정묵, 남형우도 『천고』에 참여한 것으로 알려져 있다. 단재가 『천고』의 편집을 책임진 것은 분명하며, 또한 류림과 단재의 관계로 볼 때 류림의 참여 가능성도 큰 것으로 보인다.[114] 다만 이들이 언제부터 『천고』 발행에 참여했는지는 알 수 없다. 『천고』는 현재 3호까지 확인이 가능하며, 3호 발행 이후 더 이상 발행되지 못한 것으로 보인다.

---

112 류자명, 「朝鮮愛國史家申采浩」, 『관내지구조선인반일독립운동자료회편』, 요녕민족출판사, 1987, 1374면.
113 김재명, 「柳林先生의 憂國魂」, 『旦洲 柳林 資料集』 1, 단주류림선생기념사업회, 1991, 194면.
114 김창숙은 류림의 묘문에서 "申采浩何如人, 君曰丹齋, 天下士, 寔吾師也"이라고 썼다. 심산이 류림에게 "신채호가 어떤 사람이냐?"라고 물으니 류림은 "단재는 천하의 선비요, 바로 나의 스승이다"고 했다고 한다.

3)『천고』의 단재 필명과 글의 내용

『천고』는 발견되면서부터 주목을 받았다. 단재가『천고』를 주간하였다는 사실은 심훈을 비롯하여 여러 명의 진술이 있었으므로 단재전집간행위원회에서도 작품의 발굴에 주의하였을 것이다. 단재전집간행위원회에서는 아래의 작품들을 선별하여 단재의 작품으로 실었다. 아울러 몇몇 연구자에 의해 단재의 작품이 발굴 및 소개되었다.

① 개정판 신채호전집 별집(1977) 수록 작품

本社員 一同,「天鼓新年新刊祝」(『천고』 1호)

編輯人,「天鼓創刊辭」(『천고』 1호)

震公,「朝鮮獨立及東洋平和」(『천고』 1호)

鐵椎,「論日本之有罪惡而無功德」(『천고』 1호)

折肱生,「倭所謂親善者如是」(『천고』 1호)

神志,「考古篇」(『천고』 1호)

我觀,「日本帝國主義之末運將至」(『천고』 1호)[115]

② 이호룡(2001)

震公,「韓漢兩族之宜加親結」·「古朝鮮之社會主義」(『천고』 2호)

南溟,「對於古魯巴特金之死之感想」(『천고』 2호)[116]

---

[115] 필자는 아관의「日本帝國主義之末運將至」(『천고』 1호)를 단재의 글이 아닌 것으로 보았다.
[116] 이호룡,『한국의 아나키즘─사상편』, 지식산업사, 2001, 153~156면.

③ 최광식(2004)

志神, 「萬里長城」(『천고』2호), 神志, 「考古編」(『천고』3호),

大弓, 「祝大朝鮮軍政署之大破倭兵」·「大韓獨立軍破倭露佈」·「謀殺前皇

太子之奇聞」·「軍政署佈告戰況」(『천고』1호), 「見聞雜感」(『천고』2호)[117]

④ 김주현(2005)

鐵椎, 「最近一朔內獨立運動之進行」(『천고』2호)

大弓, 「第三回三一節普告同胞」(『천고』3호)[118]

『천고』의 첫머리에는 「천고신년신간축(天鼓新年新刊祝)」이 실려 있는데, 단재전집은 이를 신채호의 글로 간주하여 전집에 실었다. 그런데 그 근거가 정인보의 글 '한 번 치매 무슨 소리가 나고 두 번 뚜드리매……'라는 부분이다. 그것은 "一鼓 聲如雷 再鼓 氣如山 三鼓四鼓 義士如雲……"(1호, 1면)이라는 대목을 뜻한다. "한번 두드리매 그 소리가 우레같고, 두 번 두드리매 기운이 산과 같고, 세 번 네 번 두드리매 의사가 구름같이 모여들고"라는 뜻으로 『천고』 발간의 의도가 담겨 있다. 그런데 「천고신년신간축」은 "본사원 일동"의 글이다. 그것은 축일(祝一) 축이(祝二) 축삼(祝三)으로 구성되어 있으며, 위 내용은 축삼에 해당된다. 단재전집간행위원회는 세 가지 모두를 단재의 글로 보았다. 본사원 일동을 대표해 단재가 쓴 것으로 간주한 셈이다. 그러나 '일동'이라는 표현을 볼 때 한 명 이상이 썼을 가능성이 있고, 그렇다면 축1, 2, 3의

---

117 최광식 역주, 『단재 신채호의 천고』, 아연출판부, 2004.
118 김주현, 『신채호문학연구초』, 소명출판, 2012, 249~294면.

저자가 다를 수 있다. 확실한 것은 그 세 번째 글(축3)이 단재에 의해 쓰였다는 사실이다. 한편 필자는 아관(我觀)의 「일본제국주의의 말운장지(日本帝國主義之末運將至)」를 단재의 글이 아닐 것으로 판단하여 제외했다. 아울러 이호룡은 남명의 「크로포트킨의 죽음에 대한 감상[對於古魯巴特金之死之感想]」을, 최광식은 대궁의 「축대조선군정서의 대파외병(祝大朝鮮軍政署之大破倭兵)」 등의 글을 단재의 저작으로 간주했다. 그리고 필자는 대궁, 진공, 철추, 절굉생, 남명, 신지 등의 글을 필명, 내용, 문체에 대한 종합적인 분석을 통해 단재의 글로 규정했다.[119] 여기에서는 그러한 단재의 글들을 상세히 검토하고자 한다.

(1) 주체적 역사의식의 정립

『천고』의 발간 의의는 「창간사」에 잘 드러나 있다. 그것은 크게 다음 4가지로 요약된다. 첫째, 일본의 죄를 성토하고 중국에 순치의 관계를 일깨워 같은 배를 탄 위급 상황에서 구제하는 것, 둘째, 일본의 학정과 우리의 거센 항거를 이웃나라나 같은 원수의 인민에게 알리는 것이다. 『천고』는 대외적으로 한중 관계 개선 및 일제로부터의 독립 쟁취를 목표로 삼았다. 그러므로 민족주의 의식을 바탕으로 준열한 투쟁정신을 보여준다. 단재의 민족주의 의식은 역사 언어 문화 지리 등 다방면에 걸쳐 나타나는데, 그는 일찍이 그것을 '국수'로 규정했다.[120] 국수 가운

---

[119] 김주현, 「신채호의 자료 발굴 및 원전 확정 연구―『천고』를 중심으로」, 『어문학』 93, 한국어문학회, 2006.9. 이후 이 글 3절 1항과 2항의 내용 대부분을 이 논문으로부터 가져왔음을 밝힌다.

[120] 단재는 「국수」에서 "國粹란 者는 自國의 傳來 宗敎 風俗 言語 歷史 習慣上 一切 純美한 遺範을 指稱한 것이라. 國性이 國粹를 待하야 保하며, 國魂이 國粹를 得하야 入"(『대한매일신보』, 1910.1.13)한다고 설명했다. 그는 앞서 「국수보전설」(『대한매일신보』, 1908.8.12.)

데에서도 단재는 철저한 역사 인식을 중시했다.

　圖書編著 專摘叔季之弱點 以斷我國性之卑弱 縮短年代 則檀君與神武爲兄
弟 塗改古典 則新羅於日本爲附庸 齊書鄙說 旣爲耳目之所熟習 中西學者 亦信
之爲正史 旁推曲引 以辨其誣 訂誤正謬 以返其眞 昭日星於長夜 息邪說於方熾
又其吾人所得已哉 此天鼓之第三義也

　도서(圖書) 저술에 대해서는 오로지 말단의 약점만을 지적하며 우리나라
의 국성이 비약하다고 단정하고, 역사의 연대를 단축하여 곧 단군(檀君)을
신무(神武)와 형제 사이라고 하고, 고전(古典)을 바꿔 곧 신라가 일본에 복
속되었다고 하는 것이다. 『남제서』의 비루한 설은 이미 사람들의 귀와 눈에
익숙한 바 되었지만, 중국과 서양의 학자들 또한 그것을 믿어 정사(正史)라
여긴다. 삐져나온 것을 밀어 넣고 굽은 것을 바로 펴 잘못을 분별하고 오류
를 바로잡아 진실을 되돌리는 것이 긴 밤에 해와 별을 비추는 일이요, 한창
창궐하는 사설(邪說)을 종식시키는 일이니, 또한 우리들에게 얻는 바가 있
지 않겠는가? 이것이 천고(天鼓)의 세 번째 의의이다.[121]

　『천고』 발간의 셋째 의의는 역사의 변정과 관련이 있다. 옛날에는 역
사가 중국에 의해 도회되었는데, 당시에는 일본에 의해 왜곡되었다. 그

에서 국수의 보전을 주장했다. 그리고 유고 「정육과 애국」에서도 "애국하는 자는 국수를
중히 알며 국수를 중히 아는 국민은 반드시 그 나라를 사랑"(『신채호문학유고선집』, 148
면)한다고 강조하였다. 이처럼 단재의 민족주의는 국수정신으로부터 비롯된다.
[121] 편집인, 「天鼓創刊辭」, 『天鼓』 1호, 북경 : 천고사, 1921.1, 3면. 이 장에서 『천고』의 번역
은 최광식의 번역(『단재신채호전집 제5권－신문 잡지』, 독립기념관 독립운동사연구소,
2008)을 참고로 하였지만, 일부는 필자가 새롭게 해석했음을 밝힌다. 이하 『천고』 인용
문의 번역도 마찬가지이다.

래서 한국을 잘 모르는 서양 사람이나 중국인들은 일본에 의해 왜곡된 역사를 정사로 믿게 된다. 그래서 단재는『천고』의 발간을 통해 사설(邪說)을 종식시키고 역사적 정론을 전파하려 했다.

不必遠引 卽擧最近之一例 卽北京大學所刊行『新潮』雜誌中 有白話詩一首 題曰「鴨綠江以東」其首句 卽曰 "鴨綠江以東不是殷家的舊土了" 第二句 又曰 "江之東是尙白的" 夫 '殷' 者 中國過去之朝名也 '尙白' 者 殷朝之色尙白也 其意 盖曰 鴨綠以東 舊是中國殷朝之領土 今則時移事變已 非舊樣而獨有白衣之人 尙帶殷朝之物色也 其以鴨江以東爲殷舊土者 果何據? (…중략…) 若曰 "鴨綠 江以東爲殷舊土者 單因箕子來王而云然 非以周封之有無也" 則近世西洋諸國 往往有以甲國之民 乙國之王族 而載之者 此又何解 若以 '尙白' 爲殷俗之遺 則 夫餘卽檀君之故京 而此亦白衣(見上) 此又何說?

먼 것을 끌어들일 필요 없이 최근의 예를 하나 들면, 북경대학에서 간행한 『신조(新潮)』라는 잡지 가운데 백화로 된 시 한 수가 있는데 그 제목은 「압록강 이동(鴨綠江以東)」이다. 그 첫구에 "압록강 동쪽은 은가(殷家)의 옛 땅이 아니게 되었다"고 하고 그 다음 구에 "강의 동쪽은 백색(白色)을 숭상한다"고 하였다. 대저 '은(殷)'이라는 것은 중국 과거 왕조의 이름이고, '상백(尙白)'이라는 것은 은 왕조가 백색(白色)을 숭상하는 것을 말하는 것이다. 그 뜻은 대개 압록강 동쪽이 옛날에 중국 은왕조의 영토였는데 지금은 시대가 바뀌고 일이 변하여 이미 옛 모습은 끝났다. 그러나 오직 흰옷을 입는 사람이 있어 아직도 은나라의 물색을 간직하고 있다. 이 압록강 동쪽을 은왕조의 옛 영토라고 하는 것은 과연 무엇을 근거로 하는 말인가? (…중략…) 만약 "압록강 동쪽을 은나라의 옛 영토였다고 하는 것은 기자가 와서

왕이 되어 그렇게 말한 것이지 주나라가 봉해준 일이 있고 없고에 있는 것이 아니다"라고 한다면 즉 근세의 서양 여러 나라들 중에 어떤 나라 사람들이 다른 나라의 왕족을 추대하는 경우가 종종 있으니 이는 어떻게 해석해야 하는가? 만약 흰색을 숭상하는 것은 모두 은나라의 유속(遺俗)이라 하면 부여 즉 단군의 옛 수도 역시 흰옷을 숭상했음을 어떻게 설명할 것인가?[122]

단재는 윗글(「한한양족지의가친결(韓漢兩族之宜加親結)」)에서 『신조』에 실린 시의 내용이 역사를 오도하였음을 지적하였다. "압록강 이동"이란 내용은 사마천의 『사기』를 준거로 하여 기자가 다스린 땅을 은의 영토로 인식한 결과이다. 단재는 반고의 역사서를 토대로 압록강 동쪽이 옛날 은의 영토였다는 설을 비판하였다. 그는 장유의 논의를 수용하여 기자조선설을 반박하였다. 이것은 사마천에 대한 비판이지만, 궁극적으로 중국인들의 잘못된 역사의식을 변정하려는 것이다. 이처럼『천고』의 발간에는 역사 바로 세우기라는 의도도 있었는데, 단재는 그것을『조선상고사』, 『조선상고문화사』에서 역사 변정의 방법으로 제시하였다. 「고고편」은 고대사 서술의 토대가 되었으며, 단재는 이후 자주적이고 주체적인 역사 연구로 나아가게 된다. 그는 역사 바로 세우기를 통해 민족사적 정통성을 수립하려 하였다. 그의 비판은 당대의 지식인에 대해서도 행해졌다.

　　如黄遵憲梁啓超氏者 不以爲三韓漢學 大遜日本 則以爲朝鮮本無獨立之國

---

122 震公, 「韓漢兩族之宜加親結」, 『천고』 2호, 북경 : 천고사, 1921.2, 2~4면.

文(此見梁氏國性篇) 何其誤也 至於我國 數百年來 全國學者 專尙儒術 幾至於
論文字 則先漢文而後國文 主學問 則尊經學而黜國學 宜乎之中華者 無如我國

황쭌셴, 양계초 같은 이들은 비록 삼한(三韓)의 한학(漢學)이 일본에 손
색이 있다고 여기지는 않았지만 조선은 본래 독립된 문자가 없었다고 생각
했다(이것은 양계초가 쓴 국성편에 보인다). 어째서 이런 잘못이 있게 되었
는가? 우리나라는 수백 년 동안 전국의 학자들이 오로지 유술(儒術)만을
숭상하고 거의 문자를 논하는데 이르러 한문(漢文)을 우선시하고 국문(國
文)을 뒤로 하였으며, 학문하는 데도 경학(經學)을 존중하고 국학(國學)을
멀리하였으니 마땅히 중국 것만을 아는데, 우리나라 같은 데가 없다.[123]

황쭌셴과 양계초는 당시 중국에서 문명을 드날린 사람들이다. 단재
는 '황쭌셴 양계초가 삼한의 한학이 일본보다 크게 못하다고 여기지는
않지만, 조선은 본래 독립된 국문이 없다고 생각했다'고 했다. 그리
고 그러한 오류가 우리 학자들이 한문을 우선시하면서 국문을 뒤로하
고, 경학을 존숭하면서 국학을 멀리한 데서 빚어진 것으로 보았다. 특
히 양계초의 「국성편」(1912)을 지적하며 황쭌셴과 양계초의 잘못된 조
선관을 교정하는 동시에 우리 선조들의 몰주체적 정신을 비판하였다.
단재는 「만리장성고」에서 만리장성에 대한 역사적 고증을 통해 만리
장성의 실체를 논의하였다. 그가 이를 집필한 것도 한중 지식인들이 만
리장성에 대해 제대로 인식하길 바랐기 때문이다.

---

123 위의 글, 5면.

高勾麗蓋蘇文 自夫餘築長城 南之海 凡千餘里 此國史上城之最長者也 (…
중략…) 然今旣的考朝鮮國境之所至 且知燕趙秦長城之築 不但因匈奴而起焉
則數百年兩族之關係 口頭 雖不能明言 亦可了悟其一半於心頭也 此長城考證
之有裨於東洋古史者 大矣

고구려 연개소문이 부여로부터 장성을 쌓아 남으로 바다에 이르렀으니 무
릇 천여 리였는데 이것은 우리 역사상 가장 긴 성이다 (…중략…) 그러나 이
제 조선 국경이 이른 곳을 고찰하였고, 연과 조와 진의 장성의 축성이 다만
흉노 때문에 일어나게 된 것이 아니라는 것을 알았다. 그런고로 수백 년 양족
의 관계를 구두로 비록 명확히 말할 수는 없으나 또한 마음으로는 약간의 깨
달음이 있다. 이러한 장성 고증은 동양 고사자들에게 유익함이 크다.[124]

단재는 만리장성이 중국과 조선의 경계였음을 제시하며, 고구려 연
개소문이 장성을 쌓은 사실을 언급했다. 그런데 사람들이 만리장성 하
면 진시황의 축조로 생각하나 그 이전부터 있었음을 고증했다. 그는
"(갑) 진시황 이전의 장성, (을) 진시황 이후의 장성, (병) 진시황의 장
성으로 나누어 그 3자를 상세하게" 논하였다. 그는 특히 만리장성을 논
하면서도 고구려의 강토를 세밀하게 고증하였는데, 이는 한중 지식인
들에게 영토의식을 분명히 하기 위한 것이었다. 그는 "고구려의 번성기
엔 일찍이 봉천에 근거하여 대략 직할지의 북반이 동몽고의 일부와 접
하였다"고 하여 이전 역사의 오류를 바로잡고자 하였다. 그는 "중국엔
비록 사마천의 『사기』와 같은 것이 있다 하나 이것은 또 배외자존의 필

---

124 神志, 「萬里長城考」, 『천고』 2호, 1921.2, 20~25면.

법으로 역사적 사례를 어지럽"혔다고 했으며, 그리고 "일본인의 역사학 잡지에서 모박사가 또한 「진서」에 '낙랑이 평양이요 장성은 진이 축성한 바'라고 한 것은 이전 사람들의 오류로 인한 것"이라 밝혔다. 그는 "전쟁을 기록하는 데도 그 승패를 전도하고, 풍속을 논하는 데도 그 미악을 변란시키고, 국도와 인명의 상고할 자료를 없애어 생각할 수가 없으니 곧 그 왕래교섭의 일 또한 모두 누락되어 실리지 못하였"음을 안타까워했다. 만리장성을 통해 역사를 변정하고, 우리의 고토를 제대로 밝혀 만리장성에 담긴 의의를 설명하였다.

그리고 『천고』의 마지막 의의는 진실을 포폄하고 선악을 전도시키는 현실에서 대의를 밝히는 것이다. 이러한 의의는 「천고축간송3」이나 「창간사」의 마지막 부분에 잘 집약되어 있다. 궁극적으로 흉악한 무리들을 물리치고 조선의 광복 및 독립을 회복하고자 한 것이다. 단재는 주체적 역사의식과 준열한 현실 인식으로 외세와 맞서고, 민족적 주체 형성을 통해 자주독립을 이룩하려 했다.

(2) 국문에 대한 자긍과 문학인 실천론

단재는 1920년대 역사 연구에 몰두하는 한편 우리 문자에 대한 연구도 상당히 진척시켰다. 단재의 언어 연구는 역사 연구의 부산물로 얻어진 면도 있지만, 역사 연구를 위한 토대로서의 의미가 강하다. 그는 이 시기에 이르면, 「국문의 기원」(『대한매일신보』, 1909.12.29)과 다른 주장을 하게 된다.

日本向來 有文明之可述者乎? 自言假名(卽 日文) 爲其所自創 然是實依倣

高句麗新羅之吏讀文 而爲之者也 朝鮮考高句麗史新羅史中人名地名及三國
遺事詩歌 皆假借漢字之音 記述本國之言 所謂吏讀文 是也 日本假名 卽本於此
然吏讀文改良 而爲今日之韓文 假名保守舊式 無所變通 旣無子母之分 又無排
比之能 是不過野蠻之木契也

　일본은 지금까지 문명이라 말할 수 있는 것이 있었는가? 스스로 말하기
를 가타카나(즉 일본 문자)는 스스로 창조한 것이라고 하였다. 그러나 이는
실제로 고구려·신라의 이두문자를 모방하여 그것을 만든 것이다. 조선은
고구려사·신라사 가운데 인명·지명과 『삼국유사』의 시가를 고찰해보면
모두 한자의 음을 빌려서 본국의 말을 기술하였으니 소위 이두문자가 그것
이다. 일본의 가타카나는 곧 이것을 근본으로 한 것이며, 그런데 이두문을
개량하여 지금의 한문(韓文)이 되었다. 가타카나는 옛 방식을 지킨 것으로
변통하지 않았으며, 원래 자음과 모음의 구분이 없고, 또한 배열과 대비가
어려우니 이는 야만족의 목계(木契)에 불과하다.[125]

　又三國之末 佛敎全盛 該敎之人 多主史事 凡國中所有之名詞 皆改從佛典文
字 王名 '毗處' 改爲 '炤智' 地名 '伽瑟' 改爲 '迦葉' 國名 '狗耶' 改爲 '伽瑟'
官名 '褥薩' 改爲 '舍利' '皆骨'之山 變爲 '金剛' '所勿'之縣變爲 '僧邑' 以九韓
之山河 爲五天之靈地 歷代之君臣將相 爲文佛之化身 故震壇二字 又從其音 以
變改之 而爲震旦 嗟乎震壇字 一音一義 猶是新蘇塗之舊也 震旦者音義俱非 去
之已遠矣 吏讀文 雖不若今日國文之美 然使當日讀史者 留意於此 本國古事 當
不至若此紊亂

125 鐵椎, 「論日本之有罪惡而無功德」, 『천고』 1호, 18~19면.

또 삼국의 말엽 불교가 전성할 때 불교인들이 역사 편찬을 많이 맡았는데, 대개 국중의 고유명사들을 대개 불전의 문자로 고쳤다. 왕명 '비처'를 '소지'로, 지명 '가슬'을 '가섭'으로, 국명 '구야'를 '가야'로, 관명 '욕살'을 '사리'로, 산명 '개골'을 '금강'으로, 현명 '소물'을 '승읍'으로 고쳐 구한의 산하를 오천의 영지로 바꾸어 버렸다. 역대의 군신장상을 문불의 화신으로 바꾸었다. 그러므로 진단 두 자 또한 그 음에 따라 변해서 진단이 된 것이다. 오호라! 진단이란 것은 한 음 한 뜻이니 마치 신소도의 옛 것과 같다. 진단이란 것은 음과 뜻이 모두 아니며 거리가 먼 것이다. 이두문은 비록 오늘날의 국문의 아름다움만 같지 못하나 당일 독사자로 하여금 여기에 유의했으면 본국의 고사는 마땅히 이렇게까지 문란해지지는 않았을 것이다.[126]

단재는 애국계몽기 「국문의 기원」에서 요의가 국문을 창제했으며, 그것은 이미 단군 시대부터 있었다고 주장하였다. 그런데 윗글에 이르러 '이두문'에 대해 언급하고 있다. 그것은 고구려사, 신라사의 인명·지명, 『삼국유사』의 시가 연구를 통해 얻어진 것이다. 그래서 「논일본의 유죄악이무공덕(論日本之有罪惡而無功德)」에서처럼 "조선은 고구려사·신라사의 인명·지명과 『삼국유사』의 시가를 살펴보면 모두 한자의 음을 빌어와 본국의 말을 기술하였으니 소위 이두문자가 이것"이라 말했다. 일본의 가타가나는 이두문을 모방해서 만든 것이며, 또한 이두문에 근본을 두고 있다고 했다. 그리고 이두문이 개량되어 한글(韓文)이 되었다는 것이다.

---

126 神志, 「考古篇」, 『천고』 3호, 북경 : 천고사, 1921.3, 21면.

그의 이두 연구는 두 번째 예문인 「고고편」에서 여실히 나타난다. 여기에 단재의 언어 연구 성과가 제시되었는데, 이것은 『조선상고사』 연구의 토대가 된다. 그의 주장에는 우리의 독립된 글자, 즉 국문에 대한 자긍심이 드러나 있다. 이것은 조선에 독립문자가 없다는 중국 지식인의 오해에 대한 반증이자 동시에 일본 문자는 우리의 아류에 불과할 뿐이라는 문화적 우월감에 대한 표현이다. 국문 요의 창제설은 사라졌지만, 그는 여전히 "文字도 即 我國으로부터 (일본에-인용자) 移去홈"(『대한매일신보』, 1909.12.29, 담총란)이라는 입장을 견지하고 있다.

그는 다른 한편으로 국가의 번성은 국문과 매우 밀접하다는 인식을 가졌다.

夫龜玆之種 未嘗無如鳩羅摩什之精通佛典矣 契丹之孫未嘗無如耶律楚材之賢明制作矣 蒙古之興畏兀兒之文字 創矣 女眞之盛 能以女眞字 作爲詩歌者朋興矣

무릇 구자(龜玆)의 종족은 일찍이 구마라습만큼 정통 불전에 정통하였고, 거란의 자손은 일찍이 아율초재만큼 제작에 뛰어났다. 몽고의 흥함은 위그루 문자의 창제에 있었고, 여진의 번성은 여진의 문자로 시가를 지을 수 있는 자가 많았기 때문이다.[127]

단재는 「논일본의 유죄악이무공덕」에서 몽고와 여진이 번성했던 까닭으로 문자의 창조와 시가 창작의 흥함을 들었다. 국어와 국문학이 국

127 鐵椎, 「論日本之有罪惡而無功德」, 『천고』 1호, 20면.

가의 융성과 관련이 있다는 말이다. 이러한 그의 입장은 이미 애국계몽기 「천희당시화」의 '시도와 국가의 관계'에서 충분히 피력되었다. 『천고』에서는 더 나아가 문학의 사명과 문학인의 실천을 강조하였다.

主唱文藝者 若但以人道正義自由博愛等耳食難飽之新名詞 建設'空華的'理想國於筆端舌端 而不思以鐵拳赤血 與敵博戰 則亡國 可以永滅而弱國無以再振也 嗟呼 莫謂世界之曙光 已張而軍國之惡魔 可以人道服也

문예를 주창하는 사람은 다만 인도 정의 자유 박애 등 그럴듯하지만 배부르지 않는 신명사로 '공허하고 화려한' 이상국을 붓끝 혀끝에서 건설하고 굳센 주먹과 붉은 피로 적과 맞붙어 싸우는 것을 생각지 않으면 곧 나라는 망하여 영원히 사라지고 약한 나라는 다시 일어설 수 없을 것이다. 아, 세계의 서광이 이미 팽창해서 군국의 악마를 인도로써 복속시킬 수 있다고 말하지 말라.[128]

吾輩今日所當力闘而廓淸之者 只有一事 文藝運動之苟安論 是也 夫各國革命之起 無不有文藝家以爲之先鋒 如盧梭福祿特之於法國 但丁瑪志尼之於伊太利 皆其類之也 現露西亞之大革命 亦賴其文學鼓吹之力者 爲多

오늘날 우리들이 마땅히 힘써 배척하고 숙청해야 할 일이 오로지 하나 있는데, 곧 문예운동의 구안론이 그것이다. 무릇 각국의 혁명이 일어남에 문예가가 선봉이 되지 않음이 없었는데, 프랑스에서 루소와 볼테르가, 이태리에서 단테와 마치니 같은 이가 다 그런 부류이며, 현재 러시아의 대혁명도 문학이 고취하는 힘에 의뢰하는 것이 많다.[129]

---

[128] 震公, 「韓漢兩族之宜加親結」, 『천고』 2호, 6면.
[129] 大弓, 「第三回三一節報告同胞」, 『천고』 3호, 4면.

단재는 「한한양족지의가친결(韓漢兩族之宜加親結)」에서 "문예를 주창하는 사람은 다만 인도 정의 자유 박애 등 배부르지 않는 신명사로 '공허하고 화려한' 이상국을 붓끝 혀끝에서 건설하고 굳센 주먹과 붉은 피로 적과 맞붙어 싸우는 것을 생각지 않으면 곧 나라는 망하여 영원히 사라지고 약한 나라는 다시 일어설 수 없을 것이다"고 주장했다. 이것은 달리 문예를 주창하는 자는 적과 더불어 온몸으로 싸워야 한다는 것으로 매우 전투적인 문예관을 보여준다. 그러한 입장은 두 번째 예문 「제삼회 삼일절 보고 동포(第三回三一節報告同胞)」에서도 잘 드러난다. 그는 "무릇 각국의 혁명이 일어남에 문예가가 선봉이 되지 않음이 없었는데, 프랑스에서 루소와 볼테르가, 이태리에서 단테와 마치니 같은 이가 다 그런 부류이며, 현재 러시아의 대혁명도 문학이 고취하는 힘에 의뢰하는 것이 많다"고 역설했다. 또한 그는 정의, 인도, 평등, 상호부조, 무저항 등이나 어지러이 외치는 문예운동의 구안론은 힘써 피하고 일소해야 한다고 주장했다. 단재는 이 글들을 통해 문학의 사명과 문학인의 실천을 강조하였다. 그는 "일본을 배척하지 않고 독립을 얻을 수 있다고 생각하는 자는 난적"(以爲不必斥倭而可得獨立者亂賊也. 3호, 5면)이라고 규정했다. 지식인, 특히 문학인이 적극적으로 반일 및 배일 운동의 선봉에 나설 것을 강조한 것이다.

『천고』에 드러난 문학인 실천론은 단재의 의열단(1923) 및 다물단(1924) 참여의 실질적 계기를 보여준다. 게다가 단재는 1910년대에 단편적인 글이나 저서를 통해 아나키즘에 대해 알고 있었다. 그러므로 "나는 무정부주의에 대해 아직 강구하지 못해서 그 역사의 전말도 제대로 열람하지 못했다[余非唯無政府主義之未究 卽其歷史之顚末 未及詳覽也]"(2호,

16면)라는 말은 겸양의 표현일 수 있다. 그런데 단재는 의열단 선언서를 집필하면서 명실상부한 아나키스트 혁명가로 거듭난다. 마침내 그는 아나키즘을 수용의 차원을 넘어 실천적 행동 양식으로 받아들인 것이다. 그러한 변화의 일단은 『신대한』에서 어느 정도 엿보인다. 단재는 「신대한 창간사」에서 "敵에 對한 破壞의 反面이 獨立建設의 터"(『신대한』, 1919.10.28)라 하여 파괴주의를 내세웠다. 그는 문학적 계몽에서 실천으로, 민족주의자에서 혁명적 아나키스트로 나아가게 된 것이다.

(3) 한중 호조와 협력

『천고』는 한문으로 발간된 잡지이다. 블라디보스토크에서 발간된 신문이 한글로 발간된 점을 염두에 둔다면, 이는 조금 의외라 할 만하나 잡지는 흔히 독자 대중을 대상으로 한다는 점을 생각한다면 전혀 그렇지 않다. 단재는 「천고 창간사」의 첫 번째 의의에서 "순치의 관계를 일깨워 같은 배를 타고 있는 위급한 상황을 구제"하려고 한다거나 두 번째 의의에서 일본이 "우리에게 저지른 음모 학정들과 그에 대항한 우리의 투쟁 노력들을 두루 찾아내어 이웃나라의 원수를 같이 하는 인민들에게 소개"하는 것 등을 제시했는데, 이는 중국 인민들도 독자 대상으로 삼았다는 점을 여실히 보여준다. 한중 호조에 대한 단재의 사상은 「한한양족지의가친결(韓漢兩族之宜加親結)」에 더욱 자세히 드러난다.

兩國人 宜竭力剗除敵人之凶謀 以相提警 歷擧其殘暴之行爲 以求世界之公討 尤當同心相失 與敵作最後之血戰 又刻不可忘者也 / 五 結論 / 孫中山 嘗謂恢復韓國之獨立 爲一緩衝國 然後中國可安 此固明知確論也

양국인은 적들의 흉악한 음모를 힘을 다해 제거할 것을 선언함으로써 서로의 경계로 삼고, 그들의 잔인하고 폭력적인 행위를 일일이 열거하여 세계가 함께 토벌할 것을 구하며, 더욱이 같은 마음으로 서로의 화살로 적들과 최후의 혈전을 벌여야 하는데, 이 또한 새겨두어 잊어서는 안 될 것이다. / 5. 결론 / 쑨원[孫中山]은 일찍이 한국이 독립을 회복해서 하나의 완충국(緩衝國)이 된 연후에야 중국이 비로소 편안해질 수 있다고 말했는데, 이는 진실로 분명하고 명확한 논의이다.[130]

단재는 "한중 양 국인들은 스스로 일어나 서로 사랑하고 어서 빨리 일어나 서로 도와 공존공생의 세상으로 함께 나아가지 않으려는가?"라고 묻고 있다. 단재는 한중 양국이 일본과 최후의 혈전을 벌일 것을 제의했다. 그리고 "한국이 독립을 회복해서 하나의 완충국(緩衝國)이 된 연후에야 중국이 비로소 편안해 질 수 있다"는 쑨원[孫中山]의 말을 언급했다. 그것은 한국의 독립이 중국의 안전에 필수적이란 말이다. 단재는 한중이 우호와 협력을 다지려면 아래와 같이 해야 한다고 주장했다.

兩國人之相交宜更正其舊失
兩國人之相結宜先互相研究其國情
兩國人之於同仇宜互相激勵其敵愾之情

즉 한국과 중국은 상호 호혜 평등의 차원에서 협력하고 상대 국가를

---

130 震公, 「韓漢兩族之宜加親結」, 『천고』 2호, 7면.

제대로 이해한 바탕에서 공동의 적을 물리쳐야 한다는 것이다. 단재가 한중 호조를 강조한 것은 한편으로 크로포트킨의 사상에 영향을 받은 것으로 보인다. 단재는 "생물계의 상호부조의 뜻을 널리 밝혀서 다윈의 생존경쟁설과 싸웠고, 세상 사람의 이목을 돌려 중생의 함닉(陷溺)을 구원하고자 했으니 그 정(情)을 가히 뜨겁다고 할 만하다[彰明生物界互助之義 以與達爾文之生存競爭說 宣戰 冀回世人之觀聽 求以援救衆生之陷溺 其情 可謂熱矣]" 고 하여 크로포트킨을 높이 평가했다.131 단재는 일역, 한역된 크로포트킨의 저서를 보았다고 했는데, 그것은 물론 아나키즘의 형성과 관련이 있다. 그리고 한중 협력에 대한 단재의 인식은 1913년 신규식이 만든 신아동제사(新亞同濟社)와도 관련이 있을 것으로 보인다. 단재는 한중 지식인이 서로 협력하여 공동의 적을 방비할 것을 주문했다.

단재의 한중 호조의 의도는 『천고』에 실린 중국인의 글을 통해 더욱 명료하게 나타난다. 『천고』 1호에는 『천고』의 창간에 성원을 보내는 중국인 친구들의 글이 실려 있다. 하나는 종수(種樹)의 「쟁자유적 뇌음(爭自由的雷音)」이라는 글이요, 또 하나는 천애한인(天涯恨人)의 「논중국유설중한친우회의 필요(論中國有設中韓親友會之必要)」라는 글이다.

朝鮮問題不是朝鮮人己身的問題也 是關於世界和平最大的問題 朝鮮人現在 要求民族自決 不是爲的褊狹的國家主義 是要尋到自由之路的主義

조선 문제는 조선만의 문제가 아니라 세계 평화와 관련된 최대의 문제이다. 조선인들이 현재 요구하는 민족자결은 편협한 국가주의를 위한 것이

---

131 南滇, 「對於古魯巴特金之死之感想」, 『천고』 2호, 18면.

아니라 자유의 길을 찾으려는 주의이다.[132]

吾嘗謂韓人獨立 不獨韓國國命上問題 抑亦中國國命上問題也 吾人不欲救
吾國命則亦已矣 若欲救吾國命 則惟有助韓人掃除滿洲日人之軍閥勢力 恢復
滿洲華人之安寧 使其無復窺伺之地

나는 일찍이, 한인(韓人) 독립은 다만 한국 국명(國命) 상(上)의 문제만
이 아니라 또한 중국 국명(國命) 상의 문제라고 말하였다. 우리들이 우리나
라를 구하고자 하지 않는다면 역시 어쩔 도리가 없다. 만약 우리나라의 운
명을 구하고자 한다면 오직 한인을 도와 만주에 있는 일인(日人) 군벌세력
을 몰아내고 만주 중국인의 안녕을 회복하여 그곳을 다시는 넘볼 수 없는
땅으로 만드는 것이다.[133]

종수는 조선의 문제가 세계 평화와 관련된 문제라고 지적했다. 그는
학대받는 조선의 참상을 수수방관해서는 안 되며, 조선인들의 자결주의
나 민족 운동을 도와주어야 한다고 역설했다. 그리고 "우리들은 인류의
자유와 진정한 상부상조가 실현되고, 악마 같은 야심가들이 끝장나고
각개 민족이 모두 무력과 감옥 같은 위협을 받지 않기를 아주 바란다"고
말했다. 또한 천애한인은 한국과 중국의 관계가 순치의 관계임을 강조하
며, 한국의 독립이 곧 중국의 명운과 직결되어 있다고 했다. 그는 "일인
(日人)은 세계의 조류가 향해 가는 바를 따르지 않고 야만적인 수단으로
방자하게 자유를 구속하여, 이천만(二千萬) 지사(志士)를 모두 혼란스럽

---

132 種樹, 「爭自由的雷音」, 『천고』 1호, 35면.
133 天涯恨人, 「論中國有設中韓親友會之必要」, 『천고』 1호, 38~39면.

고 고통스런 세상의 가운데에 처하게 하였"다고 했다. 또한 "조선이 완전
무결한 독립국이 되었음을 확인하여 명백히 맹세한다"고 약속해놓고도
배신하고 한국(韓國)을 병합하였을 뿐만 아니라 "인도(人道)를 저버리는
참혹한 행위를 다시 횡행(橫行)"하고 있기 때문에 중한친우회의 설립이
필요하다는 것이다. 그는 "우리는 오늘날 공리(公理)를 옹호하고 민족자
결주의를 유지하여 한인(韓人)에 대해 실로 얼마간의 도와줄 책임이 있"
다고 주장했다. 그리고 "한인(韓人)은 본래 정의롭고 인도적이니 그 옛
땅을 되찾는다면 실로 오늘날 세계의 극정대(極正大)하고 극광명(極光明)
한 일이 될 것"이라고 역설했다. 일본 제국주의 척결을 목적으로 한중
지식인들의 호조와 협력 의식이 형성되고 있었음을 볼 수 있다. 단재는
한중 지식인들의 우의를 강조했으며, 상호 협력을 통해 일본 제국주의를
물리치자고 역설했고, 중국인 친구들도 이에 적극 화답한 것이다.

(4) 일본에 대한 경계

단재는 일본의 만주 침략 야욕을 폭로하며, 중국인들에게 일본에 대
해 경계할 것을 권고했다.

故倭之出兵西比利亞 非列强之所欲也 伸張其力於滿洲 尤非列强之所欲也
然不許倭國之此種行爲 無以禁過激派之東進 過激派之東進 尤列强之所不欲
也 兩害相衝 當取其輕 此列强所以雖畏惡倭 而不得不黙許倭也 (…중략…)
若過激派之自體 旣本無以成功之理 則又徒長日本之野心 以擾亂東方也 (…
중략…) 故居今日而欲言東洋之平和 其上策 莫如朝鮮獨立
따라서 왜가 시베리아로 출병하는 것은 열강이 바라던 바가 아니며, 그

힘을 만주로 뻗치는 것은 더더욱 열강이 바라던 바가 아니다. 그러나 왜의 그러한 행위를 막는다면 과격파가 동진하는 것을 막지 못하게 되는데, 과격파가 동진하는 것은 열강들이 더욱 바라지 않는 것이다. 해로움이 상충할 때에는 당연히 가벼운 것을 취하니 이것이 열강들이 비록 왜를 두려워하고 싫어하면서도 왜를 묵허할 수밖에 없는 이유이다 (…중략…) 만약 과격파 자체가 본디 성공할 이치가 없는 것이라면 도리어 일본의 야심만 키워주게 되어 동방을 어지럽게 할 것이다 (…중략…) 따라서 금일에 있어 동양의 평화를 말하려면 가장 좋은 방법은 조선의 독립만한 것이 없다.[134]

雖然 彼日本 得寸進尺 擴張其權力於山東 其心 將不有全省 不止也 小題大做 出兵於滿洲各地 其意將不盡有三省 不已也 今日 結軍事同盟 明日締鐵路密約 又明日 要求採炭採鐵等權 其勢 將欲盡有中華全國之利益 而無厭也 秦求無已 楚氛日深

그러나 저들 일본은 한 마디를 얻으면 한 자를 나아가 그 권력을 산동까지 확장하여 장차 모든 성을 차지하지 않으면 내심 그치지 않는다. 별것 아닌 것을 큰 명분으로 삼아 만주 각지에 출병하니 그 뜻은 장차 삼성(三省)을 다 차지하지 않으면 그치지 않을 것이다. 금일 군사동맹을 맺고 내일 철로 밀약을 체결하고 또 그 다음날은 채탄(採炭)·채철(採鐵)의 권리를 요구하는 등 그 기세는 장차 중화 전국의 이익을 모두 차지하고서도 만족하지 않을 것이다. 진(秦)나라의 욕심이 그침이 없으니 초(楚)나라의 재앙이 날로 심해진다.[135]

---

134 震公, 「朝鮮獨立及東洋平和」, 『천고』 1호, 9~10면.
135 折肱生, 「倭所謂親善者如是」, 『천고』 1호, 13면.

단재는 서구 열강이 러시아 과격파의 동진을 막으려고 일본의 만주 진출을 눈감는 것은 오히려 일본의 야심만 키워주고 동방을 어지럽게 할 것이라 예측했다. 러시아 과격파 문제에 대해서는 『북경중화신보』에도 여러 번 실었다. 박은 일본이 러시아 과격파를 기화로 만주에 대한 침략 야욕을 드러낸 것에 대해 여지없이 폭로했던 것이다. 단재는 러시아의 동진과 일본의 탐욕을 제어하고 동양의 평화를 유지하는 가장 좋은 방법은 한국을 독립시키는 것이라고 했다. 사실 그러한 단재의 예측은 이미 만주사변을 통해서 경험한 바이다. 그리고 그 이후 한국을 통해서 동양 평화가 이뤄지고 있음을 볼 때 단재의 분석은 아주 적절했다고 할 것이다.

단재는 중국에 대한 일본의 침략 야욕을 자세하게 분석했다. 그는 한국에 대한 일본의 침략 과정을 경험했다. 일본은 한국에서 했던 것처럼 중국에서도 권력을 산동으로 확장하고, 만주에 출병하여 삼성(三省)을 다 차지하지 않으면 그치지 않을 것이라 했다. 곧 "금일 군사동맹을 맺고 내일 철로밀약을 체결하고 또 그 다음날은 채탄(採炭)·채철(採鐵)의 권리를 요구하는 등 그 기세는 장차 중화 전국의 이익을 모두 차지하지 않고는 만족하지 않을 것"이라는 것이다. 만일 중국이 단재의 견해를 수용하여 미리 대비를 했더라면 동아시아 전체가 전화에 휘말리지는 않았을 것이다. 단재는 일본의 야욕을 폭로하고, 중국이 제대로 대비하길 권고했다. 단재의 예측은 빗나가지 않았다. 일본은 만주사변(1931)을 일으켜 동북 삼성을 점령하여 중국 침략의 발판을 삼고 마침내 중일전쟁(1937)을 일으켜 중국의 모든 이익을 차지하려 했다. 1921년 단재의 글은 동아시아 미래까지 예측한 아주 탁월한 분석이라 할 수 있다.

(5) 일인 학정과 한인 참상 고발

1920년대 일본은 한국인의 독립운동을 뿌리뽑기 위해 갖은 학살과 참형을 감행했다. 특히 1920년 봉오동과 청산리에서 한국 독립군들이 커다란 승리를 거두자 일제는 재중 한국인에 대한 무차별적 학살을 감행하는가 하면, 국내 독립운동가들에 대해서도 온갖 고문과 야만적 행위를 서슴지 않는다.

> 奪我國權 夷我國號 塗炭我生靈者 非倭也耶 限制敎育 以障我民智 攘奪利益 以脅我生存 劓刑族誅等專制之蠻刑 罔不復以殺我義士 鷄狗羊豕百一等 雜種之惡稅 罔不興 以困我民産者 非倭也耶 三千里疆域 旣爲彼大錮矣 而今凶鋒毒刃 竟及乎海外僑居之地 焚燒村落 屠殺婦孺 甚至於斬斷手足 割棄耳目 野蠻行爲 慘無天日者 非倭也耶

우리의 국권을 빼앗고 우리의 국호를 없애고 우리의 인민을 도탄에 빠지게 한 놈들이 왜(倭)가 아닌가? 교육을 제한하여 우리 인민들의 지식을 막고 이익을 빼앗아 우리의 생존을 위협하고, 의이(劓刑)·족주(族誅) 등 전제시대의 야만스런 형벌을 되살려 우리 의사(義士)들을 죽이고, 계구양시백일(鷄狗羊豕百一) 등 잡다한 악세(惡稅)를 만들어 우리 인민들의 생산을 곤궁케 한 놈들이 왜(倭)가 아닌가? 삼천리 강역은 이미 저들이 만든 큰 감옥이 되었다. 그래서 지금 흉악하고 잔인한 칼날이 마침내 교민들의 거주지까지 미쳐 촌락을 불태우고 부녀자와 어린 아이들을 살육하고 심지어 손과 발을 자르고 귀와 눈을 잘라내는 야만스런 행위가 참혹하기 이를 데 없는 놈들이 왜(倭)가 아닌가?[136]

近日 日人之於北西兩墾 殺我韓民者 將五百人 以至五千人 而有餘也 其視五
十人之死傷 多寡 果何如也 且其慘殺之際 大發軍兵搜索各村 放火教堂 破碎學
校 汚辱婦女 斬斷嬰孩 斷髮者在學籍者 其被殺 尤慘 (…中略…) 婦人之怯弱
也 而鞭笞備至 時復加之以姦淫 殺人之際 又欲觀其宛轉叫號 以爲樂 先斷其手
足 次割其胸腹 次及其頭項 一人之身 分而爲五爲六 遷怒其無辜之房屋 亦放火
燒之 幷使生者 無樓活之所 甚矣其慘也

근일 일본인이 북서 양간도에서 우리 한인들을 죽였으니 거의 500인에
서 5,000인에 이르고도 남는다. (프랑스 2월 혁명의) 50인의 사상을 보아
도 많고 적음이 과연 어찌 같겠는가. 또 그 참살을 하는 때에 군병을 크게
일으켜 각 촌을 수색하고, 교당을 방화하며, 학교를 부수고 부녀를 능욕하
며 어린아이를 참단하였다. 머리를 깎은 사람과 학교에 다니는 사람은 더욱
참혹하게 피살되었다 (…중략…) 부인들이 겁약하다고 채찍을 준비하여
때리고, 다시 간음을 하였다. 사람을 죽일 때는 또한 몸을 뒤척이며 큰소리
로 부르짖는 것을 보면서 즐거워했다. 먼저 수족을 자르고 그 가슴과 배를
가르며 다음으로 그 머리와 목에 이르렀다. 한 사람의 몸을 다섯 여섯으로
토막을 냈다. 화가 나면 아무 죄 없는 집을 또한 불태웠다. 아울러 살아남은
사람에게 살 집을 없애버리니 그 참상이 극심하였다.[137]

일제는 국내에서 "의이(劓刖)·족주(族誅) 등 전제시대의 야만스런 형
벌을 되살려 우리 의사(義士)들을 죽이고, 계구양시백일(鷄狗羊豕百一) 등
잡다한 악세(惡稅)"를 만드는가 하면, "교민들이 거주지까지 미쳐 촌락

---

136 편집인, 「天鼓創刊辭」, 『천고』 1호, 1~2면.
137 大弓, 「見聞雜感」, 『천고』 2호, 26~27면.

을 불태우고 부녀자와 어린 아이들을 살육하고 심지어 손과 발을 자르고 귀와 눈을 잘라내는 야만스런 행위"를 저지른다. 독립운동가에 대한 탄압은 더욱 극악했다. 단재는 간도에서 저지른 일제의 만행을 기록하였다. 그들은 "교당을 방화하며, 학교를 파쇄하고 부녀를 능욕하며 영해를 참단"하는가 하면 붙잡힌 사람들에게 온갖 고문을 자행했다. 그러한 고문으로 "첫째가 봉으로 치는 것이다. 둘째는 주리를 트는 것이다. 셋째는 사지를 통째로 굽는 것이다. 넷째는 죽침으로 손발가락을 찌르는 것이다. 다섯째는 양손을 묶어 고가에 매다는 것이다. 여섯째는 철가 아래에 세워 놓고 좌우로 흔들어 철못에 찔리게 하는 것이다. 일곱째는 물을 코에 부어 질식시키는 것이다. 여덟째는 자물쇠로 채워진 낮고 좁은 감옥에서 처음부터 삼수 일을 먹이지 않고 또 한 모금의 새로운 공기도 마시지 못하게 하는 것이다. 아홉째는 종이로 심지를 꼬아 양경의 가운데로 출입 진퇴시키는 것이다. 열째는 달군 철 위나 혹은 찌르는 것을 모아 그 위에서 걷거나 달리게 하는 것" 등이다.[138] 그리고 그것으로 끝나는 것이 아니라 부인을 간음하고, 수족을 자르고, 가슴과 배를 가르고 머리와 목을 자르는 등 만행을 저질렀다. 일제는 독립운동에 대해 무자비한 보복행위를 하였으며, 이로써 독립운동을 겁박하고 근절시키고자 했다. 여기에는 제국주의적 광기도 한 역할을 했을 것이라 생각된다. 단재는 일본 제국주의의 야만성과 잔혹함을 대내외에 알렸다.

---

138 이윤재, 「북경 시대의 단재」, 『조광』, 1936.4, 216면.

(6) 독립운동 전파

단재가 『천고』를 간행하게 된 가장 큰 이유 가운데 하나는 독립운동의 전파이다. 단재가 「천고송」에서 "한 번 울림에 그 소리가 천둥과 같고, 두 번 울림에 그 기운이 산과 같고, 세 번 네 번 울림에 의사(義士)들이 구름과 같이 모이고, 다섯 번 여섯 번 울림에 적(賊)들의 머리가 어지럽게 낙엽처럼 떨어지리라"고 한 것은 『천고』를 통해 독립운동이 천둥과 구름처럼 일어나 적들이 패망하고 독립을 이루기를 바란 것이다.

天耶? 神耶? 先靈佑耶? 時運啓耶? 五千年歷史 其將不墜耶? 二千萬民族 其將不永滅耶? 嗚乎我獨立軍捷矣 嗚乎我獨立軍捷倭矣 嗚乎我大朝鮮獨立軍今大捷倭兵矣

吾始也 接北墾島來信 謂軍政署巡行隊 遇倭兵於和龍地方 射殺至千人 虜獲機關槍十餘架 及軍需彈丸無算

하늘의 뜻인가? 신의 뜻인가? 선영(先靈)의 도움인가? 시운(時運)이 열리었는가? 오천년 역사가 장차 무너지지 않으려는가? 이천만 민족이 장차 영원히 멸망하지 않으려는가? 아! 우리의 독립군이 승리했네, 아! 우리의 독립군이 왜를 이겼다네, 아! 우리의 대조선 독립군이 지금 왜병을 크게 이겼네.

내가 처음에 북간도에서 온 소식을 접하였는데 군정서(軍政署) 순행 부대가 화룡(和龍) 지방에서 왜병을 만나 사살한 자가 천 명에 이르고, 노획한 기관창(機關槍) 십여가 및 군수탄환이 셀 수도 없다고 한다.[139]

---

[139] 大弓, 「祝大朝鮮軍政署之大破倭兵」, 『천고』 1호, 4면.

吾輩何爲而紀念是日? 以是日 爲吾國由死而之生之日故 以是日 爲吾族由骨
而復肉之日故 總言之 是日 卽吾韓歷史上最可寶最可貴最可敬愛之紀念日也
(…중략…) 維玆獨立宣言之役不然 一紙纔飛 全國響應 無論爲士爲農爲男爲
女爲老爲弱爲俗爲僧 萬口同聲 萬衆一心 以求返我獨立

우리들은 어찌하여 이날을 기념하는가? 이날은 우리나라가 죽음에서 삶
으로 가게 된 날이요, 이날은 우리 민족이 뼈에서 살갗을 회복한 날이기 때
문이다. 종합하여 말하면, 이날은 곧 우리 한민족 역사상에 가장 보배롭고
가장 고귀하고 가장 경애로운 기념일이다 (…중략…) 이 독립선언의 역
(役)은 한 장의 종이로 비로소 날아오르게 된 것이 아니라, 전국에서 호응
한 것이다. 선비·농민·남자·여자·노인·약자·세속인·승려는 물론
이고, 만인이 한 소리를 내고, 수많은 대중이 한 마음이 되어서 우리의 독립
을 회복하고자 했다.[140]

단재는 조선 독립군이 왜병을 대파한 사실을 대서특필하였다. 그것
은 독립군이 일제에 맞서 커다란 성과를 거뒀기 때문이기도 하고, 또한
그러한 승리의 기세를 몰아 아예 일제를 물리치고 독립을 달성하고픈
염원 때문이기도 했다. 그리고 그는 3·1절 기념사를 아주 감명적으로
기록하였는데, 또 다시 전국민적 독립운동이 이어지기를 바라는 마음
이 간절했기 때문이다. 단재는 해외에서의 독립운동도 매우 소상히 기
록했다. 그것은 독자들에게 기쁜 승전보를 제대로 알려야겠다는 의도
에서 비롯된다. 당시 국내 신문에서는 그러한 소식을 제대로 기록할 수

---

140 大弓, 「第三回三一節普告同胞」, 『천고』 3호, 1~2면.

없었다. 무엇보다 단재는 독립을 염원했고, 그래서 독립운동의 실상이나 의미를 소상히 전달했던 것이다.

4) 마무리

단재는 『천고』를 통해서 문인으로서의 독립운동을 폈다. 그것은 현실적인 적 일본을 물리치는 것이고, 또한 잘못된 역사의식을 바로잡고 복원하는 일이었다. 그는 「천고 창간사」, 「한한양족지의가친결(韓漢兩族之宜加親結)」 등에서 공동의 적을 방비하기 위해 한중 지식인의 단결과 화합을 강조하였으며, 「고고편」, 「만리장성고」, 「조선 고대의 사회주의」 등에서 주체적 역사의식의 정립을 주장하였다.

그리고 국문에 대한 자긍 의식과 더불어 문학인 실천론을 내세웠다. 한편 일본 제국주의의 위험성을 지적하였으며, 3·1운동 후 국내의 참상 및 국외 한인들에게 저지른 일제의 만행들을 폭로하였다. 그런가 하면 우리 독립운동군의 승전보와 더불어 3·1운동의 역사적 의의를 부여하였다. 단재는 『천고』를 통해 우리 백성들이 천둥처럼 구름처럼 모여들어 일제를 몰아내고 마침내 독립국가를 이루기를 소원했고, 그래서 하늘의 북소리를 울려댔던 것이다. 단재는 당시 중국에 대한 일본 제국의 야욕도 서슴없이 폭로하였는데, 당시 상황에 대한 단재의 분석과 예측이 아주 적확했을 뿐만 아니라 탁월했음은 역사가 증명해주고 있다.

단재는 당시 동북아 및 세계의 흐름을 제대로 파악한 이론가이자 미래를 예측한 뛰어난 예지가이었음이 분명하다. 그러나 그의 상황 판단력과 예지적 분석력은 당시 제대로 주목받지 못했다. 그의 정세 분석은 현재에도 유효한 의미를 갖고 있다. 여전히 일본은 군국주의로 팽창의 기회를 엿보고 있기 때문이다. 단재의 지적처럼 한국이 독립국가를 튼튼히 건설하고 유지함으로써 동양의 평화가 온다는 것을 새삼 명심할 필요가 있다.

5. 『독립신문』 및 국내 신문에 기고

1) 『독립신문』 활동

단재는 1922년 연말에 의열단 단장 김원봉의 부탁을 받고 상해로 간다. 거기에서 1개월여의 노력 끝에 「조선혁명선언」을 마무리한다. 그리고 1923년 1월 3일부터 6월 7일까지 상해에서 국민대표회의에 참여한다. 단재가 이 회의를 마치고 다시 북경으로 갔을 것으로 보는 견해들이 많다. 그것은 "전 가정부(임시정부—인용자) 학무총장 김규식, 신채호, 김두봉 ○○○ 등도 상해를 떠나 노령 연해주 방면으로 향할 것이라는 이야기가 있"(「경비 제1708호」, 1923.5.24)다는 일본측 문서에 근거한다. 당시 신채호는 창조파로 분류되었는데,[141] 임시정부 의사록이나 창조파 비밀회의 참여자 39인(「고경 제2177호」, 『독립신문』, 1923.6.13)의 명단에는 이름이 보이지 않는다. 그는 창조파 비밀회의(『독립신문』, 1923.6.13)에서 고문으로 추대되기도 했다.[142] 김영호는 개조파와 창조파의 분열로 임정에서

---

141 조철행, 「국민대표회의(1921~23) 연구—개조파 · 창조파의 민족해방운동론을 중심으로」, 『사총』 44, 역사학연구회, 1995, 147~177면.

창조파에 대한 탄압과 체포령이 있었으며, 이를 피해 단재가 북경으로 돌아간 것으로 기술했다.[143] 임정의 국무령포고 제3호는 1923년 6월 6일 내려졌으며, 같은 날 김구가 내무부령 1호를 발표했다. 그러나 포고령의 주된 대상은 윤해와 신숙 등의 창조파였다. 그들은 8월 20일 상해를 떠나 30일 블라디보스토크에 도착했다.[144] 그것은 『독립신문』의 "멧날前 同一派의 尹海, 元世勳, 申肅 等 三十餘人이 某船便으로써 海參威를 向하야 出發하엿는대 金奎植 都寅權 等도 싸라 갓다더라"(1923.9.1)라는 보도내용을 통해서도 알 수 있다. 여기에 신채호는 동행을 하지 않았다.

이후 단재의 종적이 분명해지는 것은 1924년 3월 이후이다. 류자명은 신채호가 북경에 돌아온 후 경제적인 곤핍으로 절에 들어갔다고 하였는데, 최홍규에 따르면, 단재가 절에 들어간 시기는 1924년 3월 10일이다. 류자명은 단재가 선언서를 작성(1923.1)하고 곧 북경으로 돌아갔다고 하나 그것은 일본쪽 문서로 보아도 사실이 아니다. 그는 1922년 가족들을 국내로 귀국시켰기 때문에 북경에 빨리 돌아가야 할 아무런 이유도 없었다.[145] 1923년 가을 단재의 심경을 엿볼 수 있는 시 「계

---

142 국민대표회의,『선포문·헌법·기관조직·부결의안』, 1923.6.7. 자세한 것은 위의 글, 160면, 주 57번 참조.

143 김영호, 「단재의 생애와 사상」, 『나라사랑』 3, 1971.7, 35면.

144 신숙, 『나의 일생』, 일신사, 1963, 81면.

145 박자혜는 "당신은 두 해를 겨우 함께 살다가 다시 上海로 가시고 나는 두 살 멕이와 배속에 다섯 달 되는 꿈틀거리는 生命을 품어 안고 몇 년을 떠나 있든 넷터를 찾게 되었지요"(박자혜, 「가신 님 丹齋의 靈前에」, 『조광』, 1936.4, 218~219면)라고 했으며, 신수범은 "내가 두 살 대던 해, "제 나라 말과 풍습을 익혀야 한다" 해서 아버지께서는 두 모자(母子)를 고국 땅으로 돌려 보내셨다"(신수범, 「아버님 단재」, 『나라사랑』 3, 한글학회, 1971, 97면)고 했다. 신채호는 박자혜와 1920년 4월 결혼하였으며, 1921년 1월 15일 맏아들 신수범을 낳았다. 1922년 신수범이 두 살 되는 해 박자혜는 임신 중인 몸으로 수범을 데리고 귀국했는데, 정확한 시기를 알 수는 없다. 단재가 상해로 가고 자신은 귀국했다는 박자혜의 언급을 따른다면 그 시기는 대략 1922년 연말이 될 것이다. 1922년 12월 단재는 김원봉의 부탁으로 상해에 가서 의열단 선언서를 작성했다. 그러나 박자혜의 말이 많이 축약

해(癸亥) 십월(十月) 초이일(初二日)」이 있다.

天空海闊儘悠悠	하늘과 바다가 넓고 넓구나
放膽行時便自由	마음 놓고 다녀도 거칠 것 없네
忘却死生無復病	생사를 잊었는데 무슨 병이 있으며
淡於名利更何求	명리를 떠났거니 무얼 구하랴
江湖滿地堪依棹	곳곳이 강과 호수에 배 탈 수 있고
雪月邀人共上樓	밝은 달빛에 사람 불러 같이 거니네
莫笑撚髭吟獨苦	애닲게 시 읊는 것 웃지 말아라
千秋應有百牙酬	천추에 뜻 아는 이 응당 있으리[146]

　1922년 말 단재는 북경을 떠나 상해에 머물렀다. 위의 시를 보면 객지에서 유유자적하는 단재의 모습이 드러난다. 여기에서 「계해(癸亥) 십월(十月) 초이일(初二日)」은 1923년 10월 2일이다. 이 날짜를 음력으로 간주하고 양력으로 환산하면 1923년 11월 20일이 된다. 1923년 가을에 쓴 것으로 "마음 놓고 다녀도 거칠 것이 없어라"라는 시 구절에서 당시 단재의 심경을 읽을 수 있다. 아마도 이 시기 상해, 또는 그 인근에

되었고, 또한 경황이 없는 중에 쓴 것이라 사실 관계의 순서가 정확하지 않을 수도 있다. 박자혜는 1922년 여름에서 겨울 사이 귀국한 것으로 보인다. 대체적으로 1922년 가을 경에 귀국했을 것으로 추정된다.

146 여기에서는 이은상의 해석을 주로 취했지만, 2행과 6행은 달리 해석하였다. 이은상은 "無復病"을 "병이 무엇가"로 해석하였는데, 의미가 조금 모호하여 북한선집처럼 "무슨 병이 있으며"로 옮겼다. 그리고 6행을 이은상은 "눈과 달이 사람을 불러 같이 거니네"로, 북한선집(『룡과 룡의 대격전』, 234면)에는 "눈 우의 달`빛 또한 사람을 부르니 루대에도 오르네"로 해석하였다. 그러나 애초에 『조선문학』(조선작가동맹중앙위원회 기관지, 1964.12, 199면)에는 "밝은 달`빛 아래 만날 사람들 다 같이 행복스런 집에 들리라"로 해석하였다.

머물렀던 것이 아닌가 한다.[147] 이 시는 1923년 10월 망명지에서 어려운 상황속에서도 자유를 구가하는 단재의 모습을 보여주고 있다. 그런 내용으로 볼 때 북경에서 쓰지 않았을 것으로 보인다. 단재는 상해에 머물다가 1923년 말이나 1924년 초에 북경으로 가지 않았나 하는 생각이 든다.[148]

　　단재가 상해판『독립신문』에 논설이 실리고 제작에 직접 참여한 자료들이 나타났다. 1923년 9월 1일 자『독립신문』(제163호)부터 그해 12월 5일 자『독립신문』(제167호)까지 3개월 동안 5호를 발간하는 데는 깊이 간여한 증거가 나타나고 있다. 제163호에서는 제호 바로 옆에「금일에도 또 피난할 십승지를 찾는 사람들」이라는 논설이 진공(震公)이라는 필명으로 게재되어 있다. 진공은 신채호의 필명으로『천고』등의 논설에 많이 사용된 필명이다.[149]

---

147 상해에 머물렀으리라고 추측하는 것은 단재가『상해 독립신문』에 9.1, 9.19, 11.10, 12.5에 글을 싣고 있기 때문이다. 나그네의 심정을 읊은 것으로 보면 북경에 다시 돌아와서 쓴 것은 분명히 아닌 것으로 보인다. 그렇다면 상해에서 11월에 "雪月"이라는 표현은 가능한가? 이것을 두고 "밝은 달빛"(『조선문학』, 1964.12, 109면), "눈 위의 달빛"(『룡과 룡의 대격전』, 1966, 234면), "눈과 달"(『단재전집』, 1977, 348면)로 해석하고 있다. "雪月"은 일반적으로 "눈과 달", "눈 위의 달빛" 그리고 "12월"을 의미하지만, 황위주 교수에 따르면 그냥 "밝은 달"을 의미하기도 한다. "雪"은 "희다", "밝다"라는 의미에서 그렇게 사용되는 것인데, "明月"의 의미뿐만 아니라 "차고 선뜻한"이라는 의미도 지녔다. 그래서 10~3월 사이의 달에 충분히 사용할 수 있다고 한다. 그런 의미에서『조선문학』에서는 "밝은 달빛"으로 번역한 것으로 보인다. 뿐만 아니라 "海闊", "江湖滿地" 등의 구절로 볼 때, 시적 화자인 단재가 있는 곳은 북경보다는 상해쪽이 훨씬 적합하다.

148 최옥산은 "이해(1923년) 말부터 鼓樓大街附近의 大黑湖胡同(現 西城區 新街口地區 大黑湖胡同)에 거주하면서 저술활동에 몰두함"(「문학자 단재 신채호론」, 인하대 박사논문, 2003, 155면)이라 지적하였는데, 충분히 설득력이 있다.

149 박정규 외편,『단재 신채호』, 단재문화예술제전추진위원회, 2006, 268면.

이동순에 의해 『독립신문』에 실린 「꿈에 금강산을 보고」(1923.11.10)가 단재의 작품으로 규정된 바 있다.[150] 박정규는 상해 『독립신문』을 면밀히 검토하여 「금일(今日)에 쏘 피란(避亂)할 십승지(十勝地)를 찾는 사람들」(1923.9.1), 「적지(敵地) 재변(災變)에 대(對)하야」(1923.9.19), 「사십(四十) 이상(以上)을 진살(盡殺)?」(1923.9.19), 「적(敵)의 죄악(罪惡)」(1923.10.13), 「개천절기념(開天節紀念)」(1923.11.10), 「월왕(越王) 구천(句踐) 살인(殺人)」(1923.12.5) 등 6편의 글을 단재의 작품으로 규정했다. 그러나 필자는 필명 진공(震公)으로 제시된 아래 세 편을 단재의 글로 규정하고, 다른 작품과의 비교를 통해 텍스트 확정을 한 바 있다.[151]

「今日에 쏘 避亂할 十勝地를 찾는 사람들」, 『독립신문』 163호, 1923.9.1.

「四十 以上을 盡殺?」, 『독립신문』 164호, 1923.9.19.

「越王 句踐 殺人」, 『독립신문』 167호, 1923.12.5.

단재는 상해에 머물면서 위의 논설들을 『독립신문』에 기고한 것으로 보인다. 박정규는 당시 단재가 신문사의 편집 제작에도 직접 참여한 것으로 보았다.[152] 그가 신문사에 관여했다면 그의 존재감으로 볼 때 당연히 주필로 참여했을 것이다. 그러나 자신의 글에 '진공'이라는 필명을 쓰고 있는 것으로 보아 신문사에 주필로 있었던 것이 아니라 개인적

---

[150] 이동순, 「상해판 『독립신문』 수록 시작품 분석」, 『민족시의 정신사』, 창작과비평사, 1996, 121~164면.

[151] 박정규 외편, 『단재 신채호』, 단재문화예술제전추진위원회, 2006, 268면.

[152] 박정규, 「상해판 『독립신문』과 단재」, 『단재 신채호』, 단재문화예술제전추진위원회, 2006, 268면.

으로 글을 기고한 것으로 보인다. 어쩌면 3년 전 『독립신문』과 논조를 달리하는 『신대한』을 발간했던 사람으로서 선뜻 『독립신문』에 관여하기는 어려웠을 것이다.

단재의 세 편의 글은 당시의 세태를 비판하고 각성을 촉구하는 글이다. 선각자로서 단재는 상해 동포들에게 당시 세태에 대한 고언을 하지 않을 수 없었을 것으로 보인다. 그는 첫 논설에서 십승지를 찾아 피난하려는 사람들에 대해 비판했다. 그는 계몽기 「금일 대한국민의 목적지」에서도 "三千里 全土에 外人이 遍滿ᄒ야 靑鶴洞 愚伏洞도 避亂之地가 已非이니 豫言家의 目的地가 破壞되얏스며"(『대한매일신보』, 1908.5.24)라고 했는가 하면, 「낭객의 신년만필」에서도 피난의 심리를 비판하였다.

少年思想이 老年과 衝突됨은 社會進步의 象徵이오 可賀할 일이니 만일 一場의 戲論이 實際化하야 四十 以上을 懲老刑에 處한다 하면 '四十을 老年이라 함은 좀 抑冤하지만' 執筆者도 二十年 前의 二十歲 靑年이라. 그때에 가졋던 心理로 今日 靑年의 陣中에 參加하야 先鋒됨을 辭讓하지 아니하리라

그러나 二十年 前 昔日의 '四十 以上을 다 죽이여야 하겟다'와 二十年 後 今日의 '四十 以上을 다 죽이여야 하겟다'가 彼此로 한아도 다름업는 쭉 갓흔 말이지만 그 內容의 意味는 天壤의 懸殊가 잇나니 대개 二十年 前에는 國權을 일혼 奴隸의 恥辱을 처음 當하매 社會上 政治上 各方面에 모든 權利를 더 가저 辱國亡國의 責任이 더 만흔 四十 以上 人物이야 죽여야 맛당하다 함이니 故로 前者는 憤怒의 意味에서 나온 말이오 今日에는 世界大戰 以後 道德 習慣 等 모든 것이 모다 變遷하야 新時代를 맛는 날에 한 살이라도 더 먹어 頭腦가 더 頑腐한 사람이야 죽지 아니하면 어대 쓰겟느냐 함이니 故로

後者는 嫉視의 意味에서 나온 말이라[153]

단재는 「사십 이상을 진살?」에서 20여 년 전 40세 이상은 모두 없애야 한다는 말이 있었지만, 지금의 그것과는 다르다고 말했다. 20년 전에는 분노에서 나왔지만 현재는 질시에 나온 것이요, 그러므로 "만일 四十 以上을 다 죽이고 四十 以下로 代한다 하면 所謂 '以暴易暴'가 아닌가"라고 했다. 단재는 그러한 세태를 "이제 生理學上의 靑年 곳 年齡의 靑年은 잇스나 心理學上의 靑年 곳 精神의 靑年은 업서 四十 以上 발서 自殺한 鬼社會의 餘魂들이 新時代의 前程을 指揮하게 되니 一般 靑年을 爲하야 弔哭할 만하도다"라고 말했다. 당시 청년들이 청년의 정신을 갖지 못했음을 비판한 것이다. 그리고 그는 "創政府 改政府가 惟一한 時局 硏究가 되고 間間 匿名의 速刷刊이 一種의 思想 表示가 된 上海" 현실을 목도하였다.

'社會의 물네'의 돌아가는 대로 個人이 쌀아가나니 血戰破壞가 '社會是'가 되야 이박게는 言論이 업고 이박게는 行動이 업게 되는 날이면 十三歲의 小兒도 黃昌 갓혼 花郞이 되며 山村의 處子도 짠닥크 갓혼 奇女가 되며 萬姓의 簞食壺漿이 血戰之士를 迎送하게 되리니 하물며 金錢을 가지고 일한다는 個人이 엇지 血戰 以外 다른 일에 돈을 쓰게 되리오 故로 社會의 죽은 靈魂을 喚醒하야 輿論의 무된 鋒鋩을 淬磨하야 數十年來 準備論에 날고 묵은 假越王 句踐부터 殺盡함이 今日의 第一義라 하노라.[154]

---

[153] 震公, 「四十 以上을 盡殺?」, 『독립신문』 164호, 1923.9.19, 4면. 이하 이 장에서 『독립신문』의 인용은 인용 구절 뒤 괄호 속에 날짜만 기입.

단재는 「월왕 구천 살인」에서 오히려 준비론을 주장하는 월왕구천론자를 진살하는 것이 옳다고 하였다. 그는 당시 상해 일각에서 나온 개정부, 창정부론자와 준비론자, 외교론자, 그리고 심지어 현실을 도피하려는 피난주의자들을 강하게 비판하였다. 이로 볼 때 단재는 피난의 심리를 갖는 사람, 기성 세대를 대책 없이 부정하는 사람, 그리고 준비론만 외치는 자들에게 한마디를 하고 싶어 붓을 든 것으로 보인다. 그는 "血戰破壞"를 사회 이념으로 하여 모든 사람이 전력으로 "血戰之士"로 나아갈 것을 요청했다.

2) 『동아일보』 등 국내 신문에 기고

단재는 1924년 1월부터 『동아일보』, 『조선일보』, 『시대일보』 등 국내 신문에 본격적으로 글을 기고하였다. 이 시기 그는 대단히 궁핍한 생활을 영위하였으며, 그래서 1924년 3월 10일에는 관음사에 들어가기도 한다. 이후 1924년 「조선 고래의 문자와 시가의 변천」을 위시하여 수많은 글을 발표한다. 이러한 글은 역사물에서부터 문학 비평에 이르기까지 다양한 스펙트럼을 갖고 있다.

(1) 역사 연구

1920년대 들어 국내 신문에 발표된 단재의 글 가운데 단연 역사물이 많다. 단재가 역사에 관심을 가진 것은 애국계몽기부터이다. 그가 『대한

---

154 震公, 「越王 句踐 殺人」, 『독립신문』 167호, 1923.12.5, 4면.

매일신보』에「독사신론」을 발표한 것도, 또는『을지문덕』,「이순신전」등의 애국 전기를 쓴 것도 역사에 대한 관심에서 비롯되었다. 단재는 중국으로 망명할 때 안정복의『동사강목』을 가지고 갔다. 정인보는 1913년 상해에서 만났을 당시 단재가 휴대한 책 가운데 "白紙에 베긴 東史綱目"을 보았다고 했다.[155] 단재가 끊임없이 역사 연구에 관심을 갖고 있었고, 망명지에서 조선사 저술을 할 뜻이 있었음을 보여준다. 그는 1914년 동창학교 국사 교재로『조선사(朝鮮史)』를 집필한 것으로 알려져 있다.

단재는 1918년부터 역사 연구에 매진한 것으로 보인다. 정원택은 "(1918년) 五月 二十日(양력 6월 26일) 碧初와 同伴하여 普陀菴으로 가서 丹齋 申采浩氏를 訪問하니 丹齋 先生이 이 암자에서『朝鮮史草』를 편집하는 중이었다"[156]고 말했다. 이미 단재는 이 시기에 조선사를 연구하였다. 아울러 이윤재가 1921년경 북경에 있는 단재를 방문했을 때 단재는 "'내가 數年前부터 조금 써둔 것이 있는데 아직 좀 더러 된 것이 있습니다마는 쉬 끝내려고 합니다' 하며 原稿 뭉탱이를 끄내어 보"였다고 한다. 그런데 그 "原稿는 모두 다섯 책으로 되었는데 첫재 권은 朝鮮史通論, 둘재 권은 文化篇, 셋재 권은 思想變遷篇, 넷재 권은 疆域考, 다섯재 권은 人物考, 이밖에 또 附錄이 있을 듯하다"고 했다.[157] 1921년 당시 이미 여러 권의 역사를 기록하였음을 말해주는 대목이다. 단재는 1921년『천고』에도「고고편」과 같은 역사 연구를 싣지 않았던가. 단재는 1922년경 이대조에게 쓴 편지에서 아래와 같이 적었다.

---

155 정인보,「丹齋와 史學(상)」,『동아일보』, 1936.2.26, 4면.
156 정원택,「志山外遊日誌」, 탐구당, 1983, 147면.
157 이윤재,「북경 시대의 단재」,『조광』, 1936.4, 216면.

생각컨대 오직 남은 바 歷史 硏究事業을 繼續 進行하고 過去의 見聞을 整理編修하여 後進 學生들로 하여금 나라의 傳統을 잊지 말게 하는 데, 或 萬一의 도움이 될까 합니다. 그러나 書架가 비고 資料가 不足하며 또 客地에서 囊橐이 貧弱할 뿐더러 設使 돈이 있어도 要求되는 文獻을 求하기가 어렵습니다.[158]

단재는 1922년 역사 연구를 계속하고자 하였으나 자료가 절대적으로 부족했다. 그가 1922년경 북경대 도서관장 리따챠오[李大釗]에게 도서 열람을 청하는 편지를 한 것도 역사 연구를 좀 더 깊이 하려는 의도에서였을 것이다.

옛날 사람도 한 歷史를 編纂하기에 十年이 걸린 者도 있고 그에 平生을 바친 자도 있으니, 朝鮮史를 아무리 簡略히 쓴다 하더라도 一朝一夕에 完成할 수는 없는 것입니다.

采浩가 아무리 貧困하다 하더라도 만일 저 하늘이 나를 굶어 죽게 하지 않는다면 二, 三年內에는 或 全史의 脫稿를 보게 될 수 있으리니[159]

단재는 전훈 노인에게 보내는 편지에서 "2, 3년이면 조선의 전사를 탈고"할 수 있을 것이라 했다. 편지를 쓴 시기가 언제인지 정확히 알기는 어렵지만 1922년 2월 이후임은 분명하다. 서신 내용 중에 "지하에 돌아간 金立"이라는 구절이 있는데, 김립은 1922년 2월 6일 암살되었

---

158 「李수상에게 도서열람을 요청하는 편지」, 『단재신채호전집』 7, 독립기념관, 2008, 746~747면.

159 「전훈 노인에게 주는 편지」, 위의 책, 755면.

기 때문이다. 그렇다면 1920년대 당시 역사 연구가 상당 부분 진척되지 않았을까 추측해 본다.

단재는 홍명희의 주선으로 1920년대 중후반 『동아일보』에 역사 연구물을 발표하게 된다. 그리고 1930년대 초반 안재홍의 후의로 『조선일보』에 조선상고사를 연재하게 된다. 국내 신문에 발표된 단재의 역사 연구물은 다음과 같은 것들이다.

신채호, 「吏讀文 名詞解釋, 古史上國名官名地方名等(3회)」, 『동아일보』, 1924.10.20~11.3

신채호, 「朝鮮史研究草(1)－古史上 東西兩字 박구인 實證」, 『동아일보』, 1925.1.3

신채호, 「三國志東夷列傳의 校正, 朝鮮史研究草(5회)」, 『동아일보』, 1925.1.16~26

신채호, 「朝鮮史研究草(3)－平壤浿水考(10회)」, 『동아일보』, 1925.1.30~3.16

신채호 「父를 囚한 次大王」, 『시대일보』, 1926.2.2

신채호, 「高句麗와 新羅 建國 年代에 對하야(3회)」, 『시대일보』, 1926.5.20~25)

신채호, 「朝鮮史」, 『조선일보』, 1931.6.10~10.14.

신채호, 「朝鮮上古文化史」, 『조선일보』, 1931.10.15~1932.5.31.

단재가 국내 언론에 글을 발표한 것은 국내에 있는 아내 박자혜와 장남 수범의 생계를 도모하기 위해서였다. 단재는 국내에 있는 처자의 호구를 위해 조선사 연구를 국내 신문에 발표했다.

> 二十年 게으른 勞働의 所得은 겨오 整理치 못한 腦中에 있는 朝鮮史藁뿐
> 이라. 本作의 價値가 元來 얼마 되지 못하겠지만 더욱 時勢가 틀리어 買賣할
> 곳이 없지만, 그러나 가진 것이 그것뿐임으로 아즉 著作하기 前에 纂盤을
> 들고 이로써 自家와 妻子의 糊口를 答합니다.[160]

홍명희는 『조선사연구초』 서문에서 "異域에 飄泊하는 丹齋가 이것을
故國 新聞에 發表함에는 間或 친구들의 書字로 勸한 힘도 업지 아니하
나, 대개는 若干의 原稿料를 어더서 그의 四世의 一點 血肉이라는 어린
아들 秀凡의 養育費를 보태어 주랴 한 것"이라고 밝혔다. 한편 홍명희가
『조선사연구초』를 간행하려 했을 때 단재는 간행 중지를 요청했다. 단
재는 자신의 연구에 대해 완벽을 추구했으며, 그래서 글을 쓰고 나서
마음에 들지 않으면 없애버리는 버릇이 있었다고 한다.

> 그 刊行問題를 中止식힐 수 잇스면 中止하는 것이 조켓습니다마는, 여기
> 서 지금 草하는 것도 이제 와서는 매우 孟浪한 일로 생각됩니다. 資料도 不
> 足되고 平日의 硏究도 너무 粗率하든 것이 작구 自覺됩니다. 더욱 前日에
> 部分的 論文이나마 輕率히 쓴 것이 後悔됩니다.[161]

그의 歷史上 硏究가 '멘텔리'란 學者의 數學, 言語學 知識과 가티 暗中에

---

160 신채호, 「洪碧初氏에게」, 『단재신채호전집』 7, 독립기념관, 2008, 748면.
161 홍명희, 「서」, 『조선사연구초』, 조선도서주식회사, 1929, 1면.

埋没되고 말른지도 알지 못할 일이다. 珠玉이 埋没됨을 앗가워함은 常情이
니 나는 한갓 나의 친구를 爲하야 謀忠함이 아니요 尋常한 珠玉으로 比치
못할 丹齋의 研究를 一端이라도 埋没치 아니하랴고 함이다.[162]

홍명희는『동아일보』에 실었던 단재의 글들을 모아『조선사연구
초』(1929)를 발간했다. 단재는 "資料도 不足되고 平日의 研究도 너무 粗率
하든 것이 작구 自覺"된다 하여 발간 중지를 요청했지만, 홍명희는 "암중
(暗中)에 매몰되고 말른지도 알지 못"하여 발간했던 것이다. 홍명희가
『조선사연구초』를 발간한 것은 단재의 연구가 조금이라도 사라지지 않
게 하기 위해서였다.『조선사연구초』는 고대사를 연구하는 단재의 치밀
하고 실증적인 연구 태도와 주체적이고 민족주의적인 역사관을 보여주
는 저술이다. 이 저서는 당대 역사 연구자들에게 커다란 반향을 일으킨
다. 단재는 "必要한 많은 考證과 外他의 比較研究에 依하야 그 全貌에서는
多分의 科學者的 領域을 開拓"한 "朝鮮史學의 先驅者로서 그 歷史的 地位를
保有"하게 된다.[163] 그는 민족사학자로서 자신의 위치를 굳혔다.
또한 신영우가 옥중 면회를 갔을 때에도 단재는 「조선사」의 발표 중지
를 요청했다. "좀 더 깁히 研究하야 내가 自信이 생기"면 발표하려던 것이
일제에 체포되어 영어의 몸이 되는 바람에 연구가 중단되었던 것이다.

그것은 내가 只今까지 비록 큰 勞力을 하여서 지은 것이라 하나 그것이
斷定的 研究가 되어서 到底히 自信이 업고 完璧된 것이라고는 밋지 아니함

---

162 위의 글, 1면.
163 안재홍, 「申丹齋學說私觀」, 『조광』, 1936.4, 206면.

니다 도러가시면 그 發表를 곳 中止식혀 주십시요 萬一 내가 十年의 苦役을 無事히 맛치고 나가게 된다면 다시 訂正하야 發表하고저 합니다[164]

단재는 안재홍의 도움으로 「조선사」, 「조선상고문화사」를 『조선일보』에 실었다.[165] 후자가 실리고 있을 당시 자신을 면회 온 신영우에게 발표중지를 요청하였다. 이 저술이 자료의 부족으로 많은 어려움을 겪었고, 감옥에 갇혀 제대로 손을 볼 수 없으니까 출옥한 후 글을 좀 더 완비하여 싣고자 했던 것이다. 그러나 다행히 조선일보사에서는 계속하여 글을 게재했다. 「조선사」·「조선상고문화사」는 우리 고대사의 체계를 변화시키고, 우리 근대 역사 연구의 토대를 구축한 글로 평가된다. 그것은 "學界 珍重의 文獻"으로,[166] "고대사의 영역을 협소한 한반도에서 광활한 만주대륙으로 확장시켰"으며, "과거 신라 중심의 역사에서 부여 고구려 중심의 역사로 전환시키는 데 기여"하였다.[167] 그뿐만 아니라 민족 주체적 사관이 뿌리내리는 데에도 크게 기여했다.

단재는 감옥에 있으면서 "國朝寶鑑과 朝野輯要를 差入해"달라고 요청한다. 역사 연구를 좀 더 깊이 하려고 했던 것이다. 단재는 감옥에서 노역 중에노 "뇔 수 있는 대로 冊을 봅니다. 勞役에 從事하야서 時間은

---

164 신영우, 「朝鮮의 歷史大家 丹齋 獄中會見記」, 『조선일보』, 1931.12.23, 4면.
165 오늘날 「조선상고사」라고 부르는 단재의 「조선사」는 현재 남아있는 내용이 전체가 아니었다. 「조선상고문화사」의 첫회에는 편집자의 말을 통해 "丹齋 申采浩氏의 『朝鮮史』는 前後 百餘回에 거의 三國時代의 終結을 보고 新羅 統一期로 넘으려 하엿스나 下篇은 著者의 原稿가 旅裝 속에서 錯亂되어 修整 訂補하자면 多少의 時日이 걸리겠"(『조선일보』, 1931.10.15)기에 우선 「조선상고문화사」를 게재한다고 밝혔다. 그러나 「조선사」 하편은 결국 실지지 못했다. 단재 원고 가운데 신라 통일 이후를 기록한 「조선사」 하편이 있었지만 현재로서는 그 종적을 알 수 없어 안타까울 따름이다.
166 안재홍, 「嗚呼 丹齋를 哭함」, 『조선일보』, 1936.2.27, 5면.
167 이만열, 「해제」, 『주석 조선상고사』, 형설출판사, 1983, 11면.

업지만은 한 十分式 쉬는 동안에 될 수 잇는대로 貴重한 時間을 그대로
보내기 앗가워서 조금식이라도 冊보는데 힘씁니다"(『조선일보』, 1931.12.23)
라고 말했다. 노역 중간중간 쉬는 10분마저 아까워 책 보는 데 힘쓴다
는 것이다. 그가 역사 연구를 제대로 하려고 이대조에게 편지를 내고
신영우에게 역사서를 차입해달라고 한 것은 자신이 평생의 업으로 여
겼던 『조선전사(朝鮮全史)』를 탈고하기 위한 것이다.

(2) 논설 및 비평

단재의 글 가운데 연재횟수로 보나 분량의 측면에서 보나 일제강점
기 국내 신문에 발표한 논설이나 비평적인 글은 턱없이 적다. 그것은
자신이 주필이었던 때와는 달리 단재에게 지속적으로 지면이 주어지
지 않았기 때문일 것이다. 그리고 써놓은 글도 주로 역사 연구였다.

> 신채호, 「朝鮮 古來의 文字와 詩歌의 變遷」, 『동아일보』, 1924.1.1.
> 신채호, 「問題업는 論文」, 『동아일보』, 1924.10.13.
> 신채호, 「浪客의 新年漫筆」, 『동아일보』, 1925.1.2.
> 신채호, 「豫言家가 본 戊辰」, 『조선일보』, 1928.1.1

이것들은 1920년대 단재가 국내 신문에 실은 논설 및 비평의 목록이
다. 한편으론 그 수가 많지 않음을 알 수 있다. 그것은 역사물을 지속적
으로 연재했기 때문이며, 또한 해외에 있는 단재가 국내 신문에 시의에
맞게 글을 쓰기 어려웠기 때문으로 풀이된다.

世宗大王의 正音字母는 吏讀에 比하면 그 音과 形이 完美할 쑨더러 그 學習이 더욱 便利하야 우리 文學의 勃興할 利器를 주엇스나 다만 漢文學의 征服을 바더 各種 글월을 모다 漢文으로 記하고 漢文만 文字로 알아 國文學 發達의 前路를 막엇섯스며 元昊 鄭澈 尹善道 諸公이 間或 時調의 名作이 잇스나 그러나 그 才力을 모다 漢詩의 著作에 팔아먹고 時調는 餘事로 作하얏슴으로 모다 作家라 稱하기 不足하며 小說은 諺文으로 著한 者가 만흐나 그러나 文學 名士들은 此等의 諺文小說을 著하지 안할 쑨 아니라 쏘한 讀하지도 안함으로 다만 無賴의 閑人이 이를 지며 册肆의 商人이 이를 박아 閭巷의 農人에게나 閨中의 婦에게 팔아 幾分의 薄利를 어덧슬 쑨이라 그럼으로 發達이라 稱할 것이 업도다 (…중략…) 最近에 와서 一般 朝鮮文法의 學者들이 우리글의 發達을 絶叫하나 그러나 各國 文學의 進步는 매양 多數한 作家가 나서 全社會를 鼓舞할 만한 詩나 小說이나 劇本이나 其他 各種 文藝作品이 만하 이로써 울고 웃고 노래하고 춤추어 飢者의 粮이 되며 病者의 藥이 되야 自家文學의 獨立國을 建設할 만한 然後의 일이니 近日에 作家로 칠 作者가 멧치이냐?[168]

단재는 「조선 고래의 분자와 시가의 변천」을 썼는데, 이것은 우리말과 우리 문학에 대한 단재의 입장을 보여준다는 측면에서 중요한 의미가 있다. 그는 한문학이 국문학 발달을 저해했으며, 문인들이 한시 제작에 몰두하였지만 시조는 여사로 지었고, 국문소설을 짓지 않았음을 아쉬워했다. 그러한 입장은 「천희당시화」와 다를 바 없다. 그런데 이

---

168 신채호, 「朝鮮 古來의 文字와 詩歌의 變遷」, 『동아일보』, 1924.1.1, 13면.

글을 애국계몽기의 글과 비교해보면 우리 문자에 대한 탐구가 더욱 깊어진 것을 확인할 수 있다. 또한 「처용가」를 통해 향가를 해석하고 있다는 점은 대단히 선진적인 것으로 평가된다. 한편 그는 이 글에서 "전 사회를 고무할 시나 소설이나 극본이나 기타 각종 문예 작품"이 많아져서 우리 문학의 독립이 오기를 바랐지만, 국내 문단에 작가로 칠 만한 작가가 나오지 않음을 한탄했다.

三國 中葉부터 高麗 末世까지 念佛과 木鐸이 勢가 나매 帝王이나 平民을 勿問하고 男은 女에게 勸하며 祖는 孫에게 傳하야 南無阿彌陀佛의 한 소리로 千年의 긴 歲月을 보내엿스며 李朝 以來로 儒敎를 尊尙하야 五百年 동안이나 書籍은 四書五經이나 四書五經의 뒤푸리오 學術은 心性理氣의 講論샌이엿나니 이가치 單調로 進行되는 社會가 어대 잇느냐 耶蘇敎를 미더야 한다 하면 三斗落 밧게 못되는 土地를 톡톡 팔아 敎堂에 바치며 政治運動을 한다 할 세에는 數間 商店을 쓰더업고 덤비나니 이가치 亡從 附和하는 社會가 어대 잇느냐[169]

우리 朝鮮 사람은 매양 利害 以外에서 眞理를 차지랴 함으로 釋迦가 들어보면 朝鮮의 釋迦가 되지 안코 釋迦의 朝鮮이 되며 孔子가 들어오면 朝鮮의 孔子가 되지 안코 孔子의 朝鮮이 되며 무삼 主義가 들어와도 朝鮮의 主義가 되지 안코 主義의 朝鮮이 되랴 한다 그리하야 道德과 主義를 爲하는 朝鮮은 잇고 朝鮮을 爲하는 道德과 主義는 업다 아! 이것이 朝鮮의 特色이냐 特色이

---

169 신채호, 「問題업는 論文」, 『동아일보』, 1924.10.13, 4면.

라면 特色이나 奴隷의 特色이다 나는 朝鮮의 道德과 朝鮮의 主義를 爲하야 哭하랴 한다[170]

단재는 「문제없는 논문」에서 우리 민족의 몰주체적 성격을 비판하였다. 하나가 하면 모두 따라하고, 또 남의 사상을 금과옥조로 여겨 비판 없이 따라하는 문제점을 지적했다. 그러한 내용은 「문예계 청년의 참고를 구함」에도 나타나 있다. 단재는 줏대 없이 남을 따라하는 것을 노예의 특색으로 규정했다. 이로 말미암아 우리의 사상이나 학문이 형성되지 못했다는 것이다. 또한 그는 "唯金主義", 금전만능주의 세태를 고발했다. 그리고 그러한 금전주의에서 해방하는 방법을 제시하였는데, 그것은 "金錢 以外에 朝鮮도 잇느니라 金錢 以外에 同志도 잇느니라 金錢 以外에 同族도 잇느니라 金錢 以外에 恥辱도 잇느니라 하야 金錢 가진 者의 耳孔에 항상 不絶하는 霹靂이 되야 金錢으로 手段을 삼고 그 以外의 目的을 찻도록 하면 朝鮮 挽救의 策이 되리라"(『동아일보』, 1924.10.13)는 것이다. 금전을 수단으로 삼아 그 이외의 목적, 즉 나라나 민족, 동지들을 위해 일하라는 것이다.

紈袴浪子의 肉奴가 되랴는 自殺鬼의 康明花도 烈女되는 文藝가 무삼 藝術이냐 累百萬의 餓鬼를 겨태다 두고 一圓 乃至 五圓의 小說冊이나 팔아 一飽를 求하랴는 文藝家들이 무삼 藝術家이냐 金剛의 景이 아모리 조흘지라도 飢兒의 눈에는 一匙의 飯만 못하며 率居의 畫松이 아모리 名作이라 할지라

---

170 신채호, 「浪客의 新年漫筆」, 『동아일보』, 1925.1.2, 4면.

도 溺水者의 눈에는 一片의 木板만 못하며 살도 죽도 못하게 된 朝鮮民衆의 귀에는 모든 美麗한 歌劇과 小說의 니야기가 白頭山 속의 迷信鬼인 趙先生의 降神筆만 못하리니 一圓이면 一家 人口의 몃칠 生活할 民衆의 눈에 들어갈 수도 업는 二圓三圓의 高價되는 小說을 지어노코 民衆文藝라 呼號함도 얄미운 짓이어니와 民衆生活과 接觸이 업는 上流社會 富貴家 男女의 戀愛事情을 그리므로 爲主하는 獎淫文字는 더욱 文壇의 羞恥이다 藝術主義의 文藝라 하면 現朝鮮을 그리는 藝術이 되여야 할 것이며 人道主義의 文藝라 하면 朝鮮을 救하는 人道가 되여야 할 것이니 只今에 民衆에 關係가 업시 다만 間接의 害를 씨치는 社會의 모든 運動을 消滅하는 文藝는 우리의 取할 바가 안이다 歐洲 各國에는 매양 文藝의 作物이 革命의 先驅가 되엿다 하나 이는 그 歷史와 環境이 달은 까닭이니 朝鮮의 現在에 比할 것이 안이다[171]

「낭객의 신년만필」은 보다 다양한 내용을 담고 있다. 단재는 이 글에서 "아아 크로포트킨의 「靑年에게 告하노라」란 論文의 洗禮를 밧자. 이 글이 가장 病에 맛는 藥方이 될가 한다"라고 했다. 당시 그가 크로포트킨의 사상을 깊이 받아들이고 있음을 볼 수 있다. 그리고 당대의 문단에 대해 "政治的 經濟的 現實의 苦痛에서 逃脫하야 新詩 新小說의 避亂生涯로 一生을 마추랴는 新靑年의 心理야 참말 哀惜"하며, 아울러 "詩와 小說을 짓는 文壇이나 論說 記事 等을 編輯하는 新聞社도 鄭堪錄의 鐵甕城"이라 비판했다. 단재는 ① 형식화, ② 피난의 심리를 사회에서 꼭 배척해야 할 두 개의 큰 악마로 규정했다.

---

[171] 위의 글.

단재는 1926년 동방무정부주의 연맹에 가입하여 활동한 것으로 알려져 있는데, 이미 「낭객의 신년 만필」에서도 그러한 사상이 잘 드러나 있다. 사실 「낭객의 신년만필」에는 이미 『독립신문』에서 언급한 내용들이 포함되어 있다. 그 내용을 살피면 아래와 같다.

一. 道德과 主義의 標準

二. 利害와 權衡

三. 病을 싸라 藥을 쓰자

四. 有産者보다 나흔 無産者의 存在를 닛지 마라

五. 新靑年도 도로 舊靑年이 아니냐

六. 痛斥할 社會의 兩大惡魔

七. 文藝運動의 弊害

八. 藝術主義의 文藝와 人道主義의 文藝에 엇던 것이 올혼가

이 내용 가운데 일부(五와 六)는 「사십 이상을 진살?」, 「금일에 또 피난할 십승지를 찾는 사람들」의 내용과 같다. 단재는 『독립신문』에 실었던 글을 일부 정리하여 다시 『동아일보』에 실었는데, 그것은 국내 독자들에게 당부하고 싶은 말이기도 했기 때문이다. 이 글에는 또한 유고로 남긴 「이해」와 「문예계 청년의 참고를 구함」이라는 글의 내용도 정리되어 있다. 거기에 '병에 따라 약을 쓰자', '유산자보다 나은 무산자의 존재를 잊지 마라' 등을 보태어 마무리한 것이다. 이 글은 단재의 문예관이 잘 제시되어 있다는 점에서 의미가 있다.

마지막 글은 「예언가가 본 무진」이라는 글이다. 이 글은 일종의 예언

서라는 점에서 대단히 인상적이지만, 단재의 예언이 빗나갔다는 점에서 아쉽다.

鄭鑑錄에도 "辰巳聖人出"의 一句가 記載되엇스나 그러나 이 韻이 神誌秘詞와 마할 뿐 아니라 또 同一한 五言詩이니 이는 秘詞의 句를 該錄에서 記錄한 것임이 明白하다 그럼으로 나는 鄭鑑錄은 秘訣 外로 驅逐하고 古秘訣의 辰巳聖人出을 밋고저 한다

結論

時運이 잇서도 또한 人物의 勞力을 要하나니 나는 戊辰年을 朝鮮의 聖年으로 밋는 同時에 더욱이 우리 朝鮮 民衆의 一般 勞力을 빌고 말을 마친다.[172]

단재는 1928년 동방무정부주의연맹 활동으로 검거된다. 그런데 위의 글은 1928년 1월 1일 발표되었는데, 1928년 단재의 활동을 이해하는 데 중요한 단서가 된다. 단재는 "辰巳聖人出－明年世界大戰說－鄭鑑錄", "秘訣家의 豫言으로나 新年 戊辰을 마지하자"라고 말했다. 이 글은 그가 무정부주의자로 행동에 나서기 직전 모습을 역력히 보여준다. 그는 1928년 "戊辰年을 朝鮮의 聖年으로 밋는 同時에 더욱이 우리 朝鮮民衆의 一般勞力을 빌"었다. 그리고 무엇보다 "時運이 잇서도 또한 人物의 勞力을 要"한다고 생각했기에 그는 조선의 시운을 믿고 조선의 독립혁명을 위해 행동에 나섰던 것이다. 그것이 바로 동방무정부주의 연맹의 활동이고 무정부주의 선언이었던 것이다.

---

172 신채호, 「豫言家가 본 戊辰」, 『조선일보』, 1928.1.1, 13면.

아래 글은 그의 당시 모습을 잘 대변해주고 있다.

> 엇던 相師가 죽을 째에 그 弟子들과 이러케 問答이 되얏다.
>
> "누워 죽은 이는 잇지만 안저 죽은 이도 잇느냐?"
>
> "잇슴니다."
>
> "안저 죽은 이는 잇지만 서 죽은 이도 잇느냐?"
>
> "잇슴니다."
>
> "바로 서 죽은 이는 잇지만 썩구로 서 죽은 이도 잇느냐?"
>
> "그는 업슴니다."
>
> "그러면 나는 썩구로 서서 죽으리라."
>
> 하고 머리를 땅에 박고 두 발로 하늘을 가라처 썩구로 서 죽으리라 하고 머리를 땅에 박고 두 발로 하늘을 가라처 썩구로 서 죽으니라 噫라 이는 남대로 하지 안는 一種의 怪物이다[173]

이것은 「문예계 청년의 참고를 구함」이라는 글이다. 「문예계 청년의 참고를 구함」이라는 글의 내용 일부가 「낭객의 신년만필」에 들어간 것으로 보아 1923년경에 쓰인 것으로 보인다.[174] 그런데 이 글에서 단재는 "나는 거꾸로 서서 죽으리라"고 호언했다. 그가 1922년 12월 상해

---

[173] 신채호, 「文藝界 靑年의 參考를 구함」, 김병민 편, 『신채호문학유고선집』, 연변대학출판사, 1994, 177면.

[174] 글을 창작한 시기는 "不過 五六年 前이지만 그째는 朝鮮 全幅 안에 돌아단이는 新聞이 總督府 機關紙인 每日申報 한아쑨이엇고 雜誌는 崔南善의 幹하는 靑春이 잇을 쑨"이라는 내용을 통해서 파악할 수 있다. 『청춘』은 1914년 10월 창간되었으나 이듬해 3월 5호가 나온 뒤 정간되었으며, 1917년 5월에 속간되었다가 이듬해 9월에 폐간된다. 1918년으로부터 5~6년 후로 본다면 대개 1923년경이 될 것이다. 그러므로 1923년경 창작되었으리라는 김병민의 주장은 상당히 근거가 있다.

로 가서 「조선혁명선언」을 쓴 것을 보면 "거꾸로 서서 죽으리라"는 말은 보통 사람들과는 다른 삶을 살겠다는 의미로 풀이된다. 즉 새로운 삶의 방식을 모색했을 터인데, 그것을 단재는 다른 방식의 죽음으로 표현한 것 같다. 결과적으로 새로운 방식의 죽음은 조선혁명에 헌신하는 일이다. 「조선혁명선언」을 창작한 것도 그렇고, 이후 동방무정부주의연맹에 가담하여 활동하다가 국제위체사건으로 피체된 것도 그러한 맥락이다. 1928년 5월 단재의 활동은 일본제국 경찰에 의해 저지되고 단재는 영어의 몸이 된다. 조국의 혁명을 위해 몸을 바쳤지만, 그는 체포되었다. 그것은 어쩌면 조선 민중의 노력이 부족했던 탓일 수 있다. 그는 「예언가가 본 무진」을 통해 조선 민중의 노력을 권고했고, 자신 역시 시운을 위해 노력했지만 무위로 돌아갔다. 이 글은 단재의 이후 활동을 말해주는 시금석이자 하나의 암호로 작용하고 있다.

3) 마무리

단재가 국내 신문에 기고를 한 것은 커다란 의미를 지니고 있다. 단재는 홍명희의 주선으로 국내 신문에 역사 연구들을 발표한다. 그리고 몇 편의 논설 및 비평을 발표했다. 홍명희는 나중에 단재의 원고를 수합하여 『조선사연구초』를 발간했다. 그리고 안재홍 역시 "『조선일보』를 운영할 때 조선사와 조선상고문화사를 그 학예란에 매일 게재하였다"고 했다. 그리고 단재는 여순감옥으로 면회를 온 신영우에게 「조선사」 연재(당시 「조선상고문화사」가 연재중) 중지를 요청하였지만, 조선일보사에서는 계속 단재의 글을 게재했다. 그래서 「조선사」는 1931년 6월 10일부터 1931년 10월 14일까지, 「조선상고문화사」는 1931년 10월 15일부터 1932년 5월 31일까지 거의 일 년 가까운 시기 동안 연재될 수 있었다. 하마터면 멸실될 뻔했던 소중한 단재의 연구들이 국내 신문에 연재됨으로써 빛을 볼 수 있었던 것이다. 그리고 이것들이 역사 연구에 지대한 영향을 끼쳤음은 두말할 나위가 없다.

　단재의 역사 연구는 당시 역사 연구자들뿐만 아니라 많은 지식인들에게도 영향을 미친다. 단재의 역사 연구가 비밀리에 전해지며, 항일 지식인들에게 많은 영향을 미쳤음은 최범술의 술회에서도 드러난다.

　　우리는 이때 신채호의 『조선고대사』와 『고대문화사』(발간되기 이전의 원고)를 全州 四塊紙에 써서 황밀을 먹인 뒤 이것을 석탑 가운데에 보장할 계획이었다. 이 판국에 우리 민족 고대사나 길이 보존시키고자 했던 것이다. 그런데 이 일을 맡았던 李大川이 晋州署에 붙들려 갔던 것이다 (…중략…) 경찰은 그뒤 아무리 절간을 뒤졌으나 증거될 만한 원고를 찾을 수 없었다. 나는 마음을 놓고 경찰에 붙들려 갈 수 있었다. 이렇게 하여 아기보 밑에 숨겨져 있던 신채호의 『古代史』는 뒷날 빛을 보게 된 것이다.[175]

　단재의 『조선사』는 독립운동가들에게 정신적 기반이 되었다. 최범술을 비롯하여 몇몇 항일운동가들은 단재의 원고를 베껴 몰래 보관하고, 또한 비밀리에 출판하려 했다. 그들이 『조선사』를 발간하려 했던

---

175 최범술, 「청춘은 아름다워라」, 『효당 최범술 문집』 1, 민족사, 2013, 655~656면.

것은 우리 역사에 대한 제대로 된 의식을 갖기 위함일 뿐만 아니라 단재의 혁명의식을 본받고자 함이었었을 것이다. 그러나 일제하 일경의 감시를 피해 발간을 하기란 어려운 일이었으며, 그래서 단재의 『조선사』 유고는 일제하에서 발간되지 못했다. 그들은 단재의 유고를 1946년 3월부터 『신생』이라는 잡지에 연재하였다.[176] 그리고 1946년 4월 광한서림에서 『조선사론』이 간행되었다. "단재 신채호 선생 유고"라는 설명과 더불어 "총론"만 우선 발간한 것이다. 그런데 제목 아래에 "제1집"이라는 표기가 있는데, 이는 제2집, 제3집 등 지속적 발간을 염두에 두었던 것으로 보인다. 우선 중요한 '총론' 부분부터 발간하겠다는 뜻이었을 것이다. 그리고 1948년 10월 종로서원에서 『조선상고사』라는 이름으로 전체가 간행된다. 이 책의 목차 부기에는 "본서는 1931년 당시 『조선일보』 지상에 연재된 것으로 해방 전에 상재 계획이 진행되어 지형까지 완성되었다가 頓挫되었던 것을 이번에 누락된 부분을 보충하고는 수정할 여유없이 전 지형 그대로 각인케 된 것"[177]이라 소개했다. 단재의 『조선상고사』는 일제강점기 여러 번 출판의 계획이 있었지만 번번이 좌절되고 마침내 해방된 나라에서 빛을 본 것이다.

---

[176] 당시 창간호부터 4호까지 4회에 걸쳐 조선사 총론 일부가 연재되었다.
[177] 신채호, 『조선상고사』, 종로서원, 1948, 5면.

제4장 ▶

단재 문학유고의 의미

1. 「꿈하늘」의 사상

1) 독자 없는 저작물

단재의 「꿈하늘」은 발굴과 더불어 비상한 관심을 모았다. 그것은 단재의 유고였고, 또한 그때까지 그의 소설다운 소설이 제대로 발견되지 않았기 때문이다. 일제강점기 혁명 문인으로 살다가 일제에 의해 비명으로 옥사했기 때문에 그의 자료는 많이 남아있지 않았으며, 「꿈하늘」은 소설에서 그의 입지와 지향을 보여주는 작품이었기에 커다란 관심의 대상이 된 것이다.

단재는 「꿈하늘」 서문에 작품을 창작하게 된 동인과 더불어 창작 시기를 밝혀놓았다. 이 작품이 창작된 시기는 1916년이다. 이 시기 단재는 북경에 머물렀던 것으로 보인다. 당시 마땅히 글을 발표할 지면이 없어서 원고 상태로 간직하고 있었던 것이다. 이 작품은 당시 단재의 사상적 지향을 살펴볼 수 있다는 점에서 중요하게 평가된다. 이 작품은 1960년대 북한에서 발견되어 『문학신문』에 1964년 10월 20일부터 11월 3일까지 5차례(10월 23일, 27일, 30일) 걸쳐 소개되었으며, 이후 『룡과 룡의 대격전』(1966)에 수록되었다. 독자 없는 작품으로 40여 년이나 묻혀 있다가 기적적으로 발견되어 독자를 만나게 된 것이다. 그리고 보다 완전한 형태가 김병민의 유고집 『신채호문학유고선집』에 실려 있다. 『문학신문』 원고 말미에 "수고에 의하면 여기서 끝났는데, 그 이후 부분은 어떻게 되었는지 알 수 없다"고 설명되어 있으며,[1] 『룡과 룡의 대격전』에는 "미완성유고-편집부"가 적혀 있지만, 『신채호문학유고선집』에는 따로 설명된 것이 없다. 다만 김병민은 "이 소설은 모두 6개 장으로 되어 있는데, 결말 부분이 없어 미완성작으로 볼지도 모르나 사건 전개로 보아 기본상 끝났다고 할 수 있지 않은가"라는 의견을 피력했다. 현재 이 작품은 북한의 인민대학습당에 보관되어 있을 것으로 보인다.[2]

　　글을 짓는 사람들이 흔히 排鋪가 잇서 몬저 머리는 엇더케 내리리라 가온대는 엇더케 버리리라 꼬리는 엇더케 마르리라는 大意를 잡은 뒤에 붓을 댄다지만 한놈의 이 글은 아모 排鋪업시 오직 붓끗 가는 대로 맥기여 붓끗치 하늘로 올라 가면 하늘로 짤어 올나가며 쌍속으로 들어가면 쌍속으로 짤어

1　신채호, 「꿈하늘」, 『문학신문』, 1964.11.3.
2　2007년 북한이 넘겨준 단재 유고 목록 53건에는 어인 일인지 「꿈하늘」이 빠져 있다. 박걸순, 「『단재 신채호 전집』 편찬의 의의와 과제」, 『한국독립운동사연구』 30, 독립기념관 한국독립운동사연구소, 2008.6, 18~19면.

들어가며 안지면 쌀어 안지며 셔면 쌀어 셔서 마듸마듸 나오는 대로 지은 글이니 讀者 여러분이시여 이 글을 볼 째에 압뒤가 맛지 안는다 위아래가 文體가 달다 그런 말은 말으소서[3]

단재는 「꿈하늘」의 서문에서 위와 같이 말했다. 북한의 편집부는 한 놈의 서사적 여정이 마무리되지 않았다는 점에서 「꿈하늘」을 미완성 작품으로 보았다. 이에 반해 김병민은 사실상 한놈의 서사적 여정은 도 령군 놀음곳에 이르는 것인데, 한놈이 이미 그 장소에 이르렀다는 점에 서 서사를 완결로 보아도 무방하다는 견해이다. 그런데 작가의 서문에 서 언급하듯 단재가 작품의 전체 구조를 상정하지 않고 썼다고 하더라 도 작품의 마무리는 도령군 놀음곳에 도착하는 것인데, 한놈이 입구에 이르렀을 뿐 미처 도령군 놀음곳을 보지도 못했다는 점에서 미완성작 으로 보는 것이 타당할 듯하다. 다만 그 이후 부분이 쓰이지 않았는지, 또는 썼지만 사라졌는지는 현재로선 알 수 없다. 어쩌면 파손되어 분실 되었을 가능성도 있다.

2) 「꿈하늘」의 텍스트의 형성

단재는 작품 속에서 서사와 관련된 이야기를 해놓았다. 작품에는 역 사와 관련된 내용이 있으며, 그것은 역사서를 참조하여 쓴 것이다.

---

3 김병민 편, 『신채호문학유고선집』, 연변대학출판사, 1994, 18면. 이하 이 작품의 언급은 『선집』, 면수만 기입.

自由 못하는 몸이니 붓이나 自由하자고 마음대로 놀아 이 글 속에 美人보다 향내나는 꽃과도 니야기하며 평시에 사모하던 옛적 聖賢과 英雄들도 만나보며 올흔팔이 왼팔도 되야 보며 한놈이 여들 놈도 되여 너무 事實에 각갑지 안한 詩的 神話도 잇지만 그 가온대 들어 말한 歷史上 일은 낫낫이 古記나 三國史記나 三國遺事나 高句麗史나 廣史나 繹史 갓흔 속에서 參照하야 쓴 말이니 讀者 여러분이시여 셕지 말고 갈너 보시소서(『선집』, 18면)

단재는 이 작품에 역사적 사실을 다루고 있으며, 『고기(古記)』, 『삼국사기(三國史記)』, 『삼국유사(三國遺事)』, 『고구려사(高句麗史)』, 『광사(廣史)』, 『역사(繹史)』 등의 역사서를 참조하였다고 했다. 「꿈하늘」은 단재의 다른 작품들과 연관되어 텍스트가 형성되었다. "이 글을 쑴꾸고 지은 줄 아시지 말으시고 곳 쑴이 지은 줄로 아시압소서"라고 하였는데, 그것은 꿈의 형식을 갖고 있다는 말이다. 단재는 애국계몽기 꿈을 그린 작품을 썼다.

夢耶아 眞耶아 梧月이 纖纖흔대 矇朧依枕터니 兩翼이 忽生흐야 壹處에 飛至흐니 天門은 九重開흐고 寶座는 七層高러라

中央第壹位에 天容이 正大흐시고 風采가 森嚴흐신 壹位王子가 坐흐셧는대 門者ㅣ 指曰 是는 朝鮮始祖檀君이시니라

左第壹位에 龍顏이 沈毅흐고 鳳目이 睜圓흔 壹大王이 侍立흐얏는대 是는 廣기土王이라 흐며 右第壹位에 虯髥이 上指흐고 猿臂가 特長흔 壹大臣이 侍立흐얏는대 是는 泉蓋蘇文이라 흐며 左第二位에 狀貌가 嚴鷲흐고 意氣가 軒昂흔 壹將軍이 侍立흐얏는듸 是는 乙支文德이라 흐며 右第二位에 身體가 健大흐고 音聲이 洪亮흔 壹武夫가 侍立흐얏는듸 是는 崔瑩이라 흐며 手中에

電光이 閃閃한 一口大劍을 帶하고 左右로 査察하는 者는 是 忠武公 李舜臣이라 하며 其餘次로 侍立한 者는 皆是 歷代 聖君賢臣이라 하더라[4]

째는 檀君 紀元 四千二百四十 몃 해 어늬 달 어늬 날이던가 짜는 서울이던가 시골이던가 海外 어대던가 도모지 記憶할 수 업는대 이 몸은 어대로서 왓는지 듯지도 보지도 못하던 크나큰 無窮花 몃만 길 되는 가지 위 널으기가 큰 房만한 꼿송히에 안젓더라 별안간 하늘 한복판이 싹 갈너지며 그 속에 불그레한 光線이 쎄쳐 나오더니 半空에 테를 지어 둘우고 그 위에 뭉을뭉을한 고흔 구름으로 갓쓰고 그 光線보다 더 불근 비츠로 두루매기 입은 天官이 안저 올흔손으로 번개칼을 둘으며 우레 갓흔 소리로 위여 갈오대
"人間에는 싸홈쑨이니라. 싸홈에 니기면 살고, 지면 죽나니 님의 命令이 이러하니라."
그 소리가 싹 그치며 光線도 天官도 다 간 곳 업고 햇살이 탁 퍼지며 왼 바닥이 번듯하더니 이졔는 사람소리가 시작한다.(『선집』, 20면)

전자는 「허다고인의 죄악심판」이고, 후자는 「꿈하늘」이다. 전자에서는 "夢耶아 眞耶아"라고 하였지만 "朦朧依枕"이라 하여 꿈속 세계임을 분명히 했다. 꿈이 아니면 역사 속 인물들을 만날 수 없기에 장치로서 꿈을 빌려온 것이다. 후자 역시 서문에서 "꿈꾸고"라는 표현을 통해 이어질 내용이 꿈속 이야기임을 분명히 했다. 이 두 작품이 꿈의 형식을 빈 까닭은 명확하다. 이미 단재는 「지구성미래몽」에서도 꿈의 형식

---

4 「許多古人之罪惡審判」, 『대한매일신보』, 1908.8.8, 논설.

을 빌려오지 않았던가. 역사적 인물들을 만나기 위한 장치로서 꿈은 필요하며, 이미 고전소설뿐만 아니라 계몽기 수많은 작품들이 그러한 형식을 썼다. 「몽견제갈량」, 「금수회의록」, 「몽배금태조」 등이 그러한 형식으로 전개된 것이다. 단재는 「허다고인의 죄악심판」에서 역사적 인물인 단군, 광개토왕, 연개소문, 을지문덕, 최영, 이순신을 등장시켰다. 이 작품이 나오기 전 『을지문덕』(1908.5)이 나왔고, 또한 「이순신전」(1908.5.2~8.18)이 게재되었다는 점은 시사하는 바가 크다. 단재는 을지문덕, 이순신을 호명하였으며, 또한 이후 「최도통전」에서 최영을 호명하지 않았던가. 비록 전기와 논설이라는 차이는 있지만 호명 대상은 다르지 않다. 소설이나 산문에서 단재가 그들을 호명하기 위해서는 꿈의 장치가 필요했다. 그래서 「꿈하늘」도 꿈이 필요했던 것이다. 「꿈하늘」에서 한놈은 을지문덕, 강감찬, 그리고 풍신수길 등 역사적 인물들을 만난다. 한놈은 단재의 허구화된 주체이며, 그는 역사적 인물들과 만나 서사를 형성해간다.

다음으로 한놈이 도령군 놀음곳에 이르는 것은 대아의 추구이다. 그는 이미 애국계몽기 아래와 같이 대아를 이야기했다.

> 我가 國家를 爲ᄒ야 淚를 下ᄒ진된 下淚ᄒᄂ 我眼만 我가 아니라 普天下
> 에 有心淚를 灑ᄒᄂ 者가 皆是我며 我가 社會를 爲ᄒ야 血을 嘔ᄒ진된 嘔血
> 하ᄂ 我腔만 我가 아니라 普天下에 有價血을 滴ᄒᄂ 者가 皆是我며 我가 徹
> 骨極痛의 深讎가 有ᄒ면 普天下에 劒을 杖ᄒ고 起ᄒᄂ 者가 皆是我며 我 銘
> 心難忘의 巨恥가 有ᄒ면 普天下에 砲를 帶ᄒ고 集ᄒᄂ 者가 皆是我며 我가
> 武功을 愛ᄒ면 千百年前에 開國拓土ᄒ던 東明聖帝(東明聖帝ᄂ 高朱蒙에 諡

니 麗代에 東明聖帝祠를 立홈) 扶芬奴, 廣開土王, 乙支文德, 泉蓋蘇文, 大祚榮, 崔瑩, 李舜臣이 皆是我며 我가 文學을 喜喜진딘 千萬里外에 操紙下筆ᄒ던 盧梭, 懇討, 福祿特異, 索士比亞, 憂密敦, 瑪志尼, 達賓, 斯辯士가 皆是我며 我가 春光을 樂賞ᄒ면 花間林際에 歌且舞ᄒᄂ 壹蜂壹蝶이 皆是我며 我가 江湖에 觴詠하면 蘋末草端에 走且躍ᄒᄂ 一魚一鼈이 皆是我라.[5]

단재는 윗글에서 "東明聖帝, 扶芬奴, 廣開土王, 乙支文德, 泉蓋蘇文, 大祚榮, 崔瑩, 李舜臣이 皆是我"라고 하여 그들을 대아로 규정했다. 한놈은 그러한 대아적 인물을 좇는 사람이다. 「꿈하늘」이 대아를 추구함은 단재가 만나는 인물이 을지문덕, 강감찬 등과 같은 대아적 인물이라는 점에서도 드러나지만, 마지막 부분에 더욱 분명하게 제시된다. 도령군 놀음곳에 들어가려면 필요한 것이 있는데, 그것은 "오직 나라 사랑이며 동포 사랑이며 대적에 대한 의분의 눈물"이다. 한놈은 "國家를 爲ᄒ야 淚를 下喜진딘 下淚ᄒᄂ 我眼만 我가 아니라 普天下에 有心淚를 灑ᄒᄂ 者"이며, "徹骨極痛의 深讐가 有ᄒ면 普天下에 劍을 杖ᄒ고 起ᄒᄂ 者"이다. 바로 「대아와 소아」는 단재 사상의 지향을 보여주는 것으로 「꿈하늘」을 통해 그러한 사상을 더욱 여실히 보여준다.

마지막으로 이 작품은 한놈이 도령군 놀음곳에 이르는 것으로 되어 있다.

然이나 其東鱗西爪로 口碑 及 殘書에 搜集ᄒ건딘 션敎의 一班을 可窺喜지라 古記에 記호딘 桓因이 子 桓雄을 遺ᄒ야 徒 三千을 率ᄒ고 太白山에 降ᄒ

5 신채호, 「大我와 小我」, 『대한협회회보』 5호, 1908.8, 8면.

니 是가 桓雄天王이라 桓雄天王이 人間 吉凶禍福을 主宰ᄒ며 子 檀君을 生ᄒ
엿다 ᄒ엿스나 紀年兒覽에는 日 桓因은 天이오 桓雄은 神이라 ᄒ엿스니 桓
因 桓雄 檀君은 卽 所謂 三神(又曰 三聖)이오 三神은 卽 션敎 創立의 祖라
然則 桓因 桓雄은 實在의 人이 아니오 卽抽象의 神이니 其義가 大略 耶蘇敎
의 三位一體와 佛敎의 三佛如來와 如ᄒ 者어늘 後世 編史者가 往往 檀君의
祖가 桓因이오 父가 桓雄이라 ᄒ니 엇지 可笑치 아니뇨 至今ᄭ지 兒가 生ᄒ
민 三神에 禱ᄒ이 卽 션敎의 遺規됨이 無疑오 斯敎의 信仰條件은 世에 無傳
ᄒ엿스나 新羅史에 載ᄒ "事君以忠 事父以孝 交友以信 臨戰無退 殺傷有擇"
이 抑其條件의 一이로다

妙香山에는 檀君窟이 有ᄒ며 錦繡山에는 東明王의 麒麟窟이 有ᄒ며 石多
山에는 乙支文德窟이 有하며 中岳山에는 金庾信窟이 有ᄒ니 檀君時代는 書
闕有間이라 難考어니와 若三國時代는 決코 穴居時代 民族이 아닐지며 且 文
德 庾信 兩公은 經天緯地의 大人物이거늘 何故로 窟處가 有ᄒ뇨 意者컨디
是가 釋迦의 靈山과 모하메더의 洞窟과 如히 션敎徒가 心術을 修鍊ᄒ에 必
也窟處를 以ᄒ인뎌[6]

대개 도령은 新羅의 花郞을 일음이라 三國史記 樂志에 薛原郞이 지엇다는
徒領노래가 곳 花郞의 노래니 徒領은 도령의 音譯이오 花郞은 그 意譯인대
花郞의 처음은 新羅째에 된 것이 안이라 곳 檀君神祖가 太白山에 나려오실
째에 三郞과 三千徒를 거나림이 花郞의 비롯이오. 天王 卽 解慕漱가 徒者 數
百을 거나리고 態心山에 모힘도 또한 花郞의 놀음이오 高句麗의 先人은 곳

6   「東國古代仙敎考」, 『대한매일신보』, 1910.3.11, 논설.

花郎의 別名인대 東盟은 쏘 先人의 天祭이며 百濟의 蘇塗도 花郎의 別名인대 天君은 쏘 蘇塗祭의 神名이라. 名號난 時代를 쌀어 變하엿스나 精神은 한 가지로 傳하여 冒險이며 尙武며 歌舞며 學識이며 愛情이며 團結이며 熱誠이며 勇敢으로 서로 引導하야 古代에 이로써 宗敎的 尙武精神을 일워 직히면 익이고 싸우면 물니처 크게 國光을 發揮한 것이라.(『선집』, 64면)

단재는 「동국고대선교고」를 통해 선교사상의 연원이 단군으로부터 비롯됨을 언급했다. 그리고 「꿈하늘」에서는 단군으로부터 화랑이 유래되었다고 했다. 전자가 역사 논설이라면, 후자는 소설 속의 내용이다. 비록 역사적 해석들이 가득하지만 단재는 「꿈하늘」을 통해서 화랑정신, 도령사상을 더욱 분명히 했다. 「꿈하늘」은 전대 역사서들을 많이 가져왔지만, 또한 단재의 이전 글들과 밀접한 관계가 있다. 단재는 『을지문덕』, 「소아와 대아」, 「허다고인의 죄악심판」, 「동국고대선교고」와 같은 글들을 통해 「꿈하늘」의 서사를 형성하였다.

3) 「꿈하늘」의 사상적 지향

(1) 민족적 주체의 확립

단재는 애국계몽기 「대아와 소아」라는 글을 썼다. 소아와 대아는 하나의 주체이면서 다른 주체이다. 단재는 대아를 추구하기를 권유했다.

今에 此 物質界 軀殼界를 一超ᄒ야 精神的 靈魂的의 眞我大我를 我로 快悟

ᄒᆞ면 一切 萬物이 不死ᄒᆞᄂᆞᆫ 者ㅣ 惟我라 天地ᄂᆞᆫ 死ᄒᆞ야도 我ᄂᆞᆫ 不死ᄒᆞ며 日月은 死ᄒᆞ야도 我ᄂᆞᆫ 不死ᄒᆞ며 金石은 死ᄒᆞ야도 我ᄂᆞᆫ 不死ᄒᆞ며 草木은 死ᄒᆞ야도 我ᄂᆞᆫ 不死ᄒᆞ며 萬斛海底에 我를 投ᄒᆞ더릭도 小我ᄂᆞᆫ 死ᄒᆞ나 大我ᄂᆞᆫ 不死ᄒᆞ며 千壽鼎鑊에 我를 下ᄒᆞ더릭도 小我ᄂᆞᆫ 死ᄒᆞ나 大我ᄂᆞᆫ 不死ᄒᆞ며 霜刀雨砲가 我에 加ᄒᆞ더릭도 小我ᄂᆞᆫ 死ᄒᆞ나 大我ᄂᆞᆫ 不死ᄒᆞ며 毒疾惡疫이 我에 侵ᄒᆞ더릭도 小我ᄂᆞᆫ 死ᄒᆞ나 大我ᄂᆞᆫ 不死ᄒᆞ야 天上天下에 惟我가 獨尊ᄒᆞ고 三界四相에 惟我가 不壞ᄒᆞ나니 神聖ᄒᆞ다 我여 永遠ᄒᆞ다 我여 我가 我를 爲ᄒᆞ야 大勇躍ᄒᆞ며 我가 大謳歌 大讚美홈이 可하도다[7]

대아는 "物質界 軀殼界를 壹超ᄒᆞ야 精神的 靈魂的의 眞我 大我"인 것이다. 그는 이러한 주의와 정신을 담은 작품을 썼다. 그것이 바로 「꿈하늘」이다. 「꿈하늘」에서 한놈은 여러 한놈으로 분열된다.

한놈이 힘을 다하여 머리를 들고 한놈을 불으니 하늘에서
"간다"
대답하고 한놈 갓흔 한놈이 나려오더라 쏘
"네가 쌍에 향하여 한놈을 불으라"
하거늘 한놈이 쏘 힘을 다하여 머리를 숙이고 한놈을 불으니 땅속에서
"간다"
대답하고 한놈 갓흔 한놈이 소사나더라. 꼿송이가 식이는 대로 동편에 불너 한놈을 얻고 서편에 불너 한놈을 얻고 남편 북편에서도 각기 다 한놈을 얻

---

7   신채호, 「大我와 小我」, 『대한협회회보』 5호, 1908.8, 7면.

은지라 세여본즉 원래 잇던 한놈이와 불러나온 여섯 한놈이니 합이 일곱 한놈이러라. 낫도 갓고 쏠도 갓고 목덕도 갓지만 일홈이 갓흐면 서로 분간할 수 업슬까 하여 차례로 일홈을 지어 한놈 둣놈 셋놈 넷놈 닷쌔놈 엿쌔놈 잇놈이라 하다.(『선집』, 44면)

한놈은 이렇듯 둣놈, 셋놈, 넷놈, 닷쌔놈, 엿쌔놈, 잇놈 등 일곱 명이 된다. 한놈은 상하(천지)와 사방(동서남북)으로부터 각각 한 동무씩 모두 여섯 동무를 얻게 된다. 이들은 사이좋게 싸움터로 향하지만 아픔벌(고됨벌)에서 잇놈, 황금산에서 엿쌔놈을 잃는다. 새암에서는 넷놈이 셋놈을 쏘아죽이자, 그 죗값을 물어 넷놈을 태워죽인다. 그리고 둣놈은 싸움터에서 님의 군사가 패하자 절망하고 사슴친구나 찾아간다고 봇짐을 싸고, 닷놈은 종살이라도 하겠다며 적진으로 향한다. 결국 고통에 못 이기어, 황금에 마음이 바뀌어 떨어져 나가고, 새암으로 시기하여 죽이고 죽고, 피난을 가고 노예살이 하러 가서 오직 한놈만 남게 된다.

한놈의 짐을 지고 왓스며 너의들은 각기 너의들의 짐을 지고 왓나니 짐 버서더지고 달아나는 너의들을 쌀어가면 한놈의 안이오. 가는 놈들은 가거라. 나는 나대로 하리라 함이 正當한 일인 듯하나 그러나 너는 내 손목을 잡고 나는 네 손목을 잡어 죽으나 사나 갓히 가자 하던 일곱 사람에 단 셋이 남어 나박게는 네 언이 업고 너 박게는 내 아오 업다 하던 너의들을 또 바리고 나 홀로 돌아섬도 쪼한 한놈이 안이로다. 한놈이 이에 오도가도 못하고 길 겻헤 주저안저 홀로

"世上이 元來 이런 세상인가. 한놈이 동무를 못 얻음인가 말 짜드시 맹세하

고 오던 놈들이 고되다고 달아난 놈도 잇고 돈 잇다고 달아난 놈도 잇고 할수 업다 달아난 놈도 잇서 일곱놈에 나 한놈 남엇고나"(『선집』, 50~51면)

한놈은 자신의 여섯 동무를 모두 잃는다. 그 여섯 동무는 소아적 주체였던 것이다. 이들은 분신이지만 한놈 속에 들어 있던 각종 세속적이고 소아적 자아, 즉 고통을 참지 못하고 황금에 매료되고 시기 질투하고 패배와 절망에 도피하거나 순응하는 자아들이다. 한놈은 그들을 잃었지만 좌절하지 않고 나아간다. 그는 대아인 것이다. 그래서 "올혼 사람은 매양 무덕이 고생을 받고야 동무를 얻나니라"는 말을 듣는다. 그만이 대아적 존재로 혼자서 투쟁의 길을 가다가 미인에 홀려 지옥에 떨어지지만 스스로 몸을 떨쳐 헤어나고 도령군 놀음곳을 향하여 나아간다. 도령군 놀음곳은 "나라사랑이며 동포사랑이며 대적에 대한 의분의 눈물"을 홀린 자만이 들어갈 수 있다. 그것은 단재가 말하던 참된 자아, 곧 대아의 모습이 아니던가. 이 작품은 온갖 소아들을 물리치고 온전히 대아를 추구함으로써 진정한 주체적 자아, 민족적 주체의 정립과 지향을 보여준다.

(2) 아와 비아의 투쟁

단재는 「조선사」 서장에서 역사란 '아와 비아의 투쟁의 역사'라고 갈파했다. 인류사는 아의 세력과 비아 세력의 투쟁 기록인 것이다. 소설 역시 그러한 투쟁과 갈등을 그린 것이 아니던가.

무릇 主觀的 位置에 슨 者를 我라 하고 그 外에는 非我라 하나니 일을테면 朝鮮人은 朝鮮을 我라 하고 英露法美…… 等을 非我라 하지만 英美法露 …… 等은 각기 제 나라를 我라 하고 朝鮮은 非我라 하며 無産階級은 無産階 級을 我라 하고 地主나 資本家…… 等을 非我라 하지만 地主나 資本家…… 等은 각기 제 붓치를 我라 하고 無産階級을 非我라 하며 이샌 아니라 學問에 나 技術에나 職業에나 意見에나 그밧게 무엇에던지 반듯이 本位인 我가 잇 스면 쌀아서 我와 對峙한 非我가 잇고 我의 中에 我와 非我가 잇스면 非我 中에도 쏘 我와 非我가 잇서 그리하야 我에 對한 非我의 接觸이 煩劇할사록 非我에 對한 我의 奮鬪가 더욱 猛烈하야 人類社會의 活動이 休息될 사이가 업스며 歷史의 前途가 完結될 날이 업나니 그럼으로 歷史는 我와 非我의 鬪 爭의 記錄이니라[8]

아와 비아는 분명하다. 나가 아이면 너는 비아이고, 우리가 아이면 저들은 비아이다. 조국(조선) / 다른 나라, 무산계급 / 지주·자본가처 럼 무엇에든지 아와 비아는 있게 마련이고 역사는 바로 그러한 투쟁의 기록이라는 것이다. 「꿈하늘」은 역사를 알레고리화 하였으며, 그러기 에 아와 비아의 투쟁을 그리고 있다.

별안간 하늘 한복판이 싹 갈너지며 그 속에 불그레한 光線이 쌔쳐 나오더 니 半空에 테를 지어 둘우고 그 위에 뭉을뭉을한 고혼 구름으로 갓쓰고 그 光線보다 더 불근 비츠로 두루매기 입은 天官이 안저 올흔손으로 번개칼을

8   신채호, 「朝鮮史(1)」, 『조선일보』, 1931.6.10, 4면.

둘으며 우레 갓흔 소리로 워여 갈오대

"人間에는 싸홈쑨이니라. 싸홈에 니기면 살고, 지면 죽나니 님의 命令이 이러하니라"

그 소리가 싹 그치며 光線도 天官도 다 간 곳 업고 햇살이 탁 퍼지며 왼 바닥이 번듯하더니 이졔는 사람소리가 시작한다. 동편으로 닷동다리 갓춘 빗혜 둥근테를 둘은 五圓旗가 쓰며 그 旗 밋혜 사람이 덥혀오는데 머리에 쓴 것과 몸에 裝束한 것이 모다 異常하나 말소리를 들으매 分明한 우리나라 사람이오. 다만 身體의 壯健과 威風의 凜凜함이 前에 보지 못한 이들이더라. 쏘 西편으로 左龍右鳳 그린 旗 밋혜 數百萬 군사가 몰여오는데 쏠 도치고 쇠리 도친 놈, 목 업는 놈, 팔 업는 놈, 처음 보는 괴상한 물건들이 달려드는데 그 뒤에는 찬바람 탁탁 치더라.(『선집』, 20면)

한놈이 이른 곳에서는 한바탕 전쟁이 일어난다. 그것은 인류사의 모습을 담고 있다. "인간에는 싸움쑨"이라는 이 말은 역사는 투쟁의 역사라는 사실을 말해준다. 동편과 서편으로 이뤄진 이 싸움에서 동편이 이긴다. 동편은 조의를 걸친 을지문덕이 이끄는 군사였다. 을지문덕은 청천강에서 수나라 군사를 물리치지 않았던가.

"선배님이시여 악가 동편 서편에 갈녀셔서 싸우던 두 陣이 다 어늬 나라의 陣이냐?"
물운대 선배님이 대답하되
"동편은 우리 高句麗의 陣이오, 서편은 수나라의 陣이니라"
한놈이 놀래며 의심 빗흐로 압헤 나아가 갈오대

"놈은 듯자오니 사람이 죽으면 착한 이의 넉슨 天堂으로 가며 모진 이의 넉슨 地獄으로 간다더니 이졔 그 말이 다 그진말임닛가? 그러면 靈界도 肉界도 갓하 항상 칼로 질으며 총으로 쏘어 서로 죽이는 慘狀이 잇슴니다."
(『선집』, 24면)

곧 고구려와 수나라의 싸움이 영계에서도 벌어지고, 아울러 육계에서의 승리는 영계에서도 그대로 이어진다. 을지문덕이 수나라와의 전쟁에서 승리하였으므로 영계(달리 보면 꿈속)에서도 을지문덕은 승리를 거두는 것이다. 역사가 이처럼 투쟁의 역사로 이뤄졌다는 것은 한놈이 풍신수길을 만나 싸우는 데서도 드러난다.

(3) 님나라의 의미

한편 「꿈하늘」에는 님나라라는 독특한 공간이 존재한다. 단재는 서두에서 다음과 같이 말했다.

한놈은 元來 꿈 만흔 놈으로 近日에는 더욱 꿈이 만허 긴 밤에 긴 잠이 들면 꿈도 그와 갓이 길어 잠과 꿈이 서로 終始하며 쏘 그쑌만 안이라 곳 멀건 대낮에 안저 두 눈을 멀둥멀둥히 쓰고도 꿈 갓혼 디경이 만허 님나라에 들어가 檀君쎄 절도 하며 번개로 칼을 치며 平生 미워하는 놈의 목도 싄어보며 飛行機도 안이 타도 한 몸이 헐헐 날너 萬里天空에 돌아도 단이며 놀앙이 검덕이 신동이 불근동이를 한 집에 모와 노코 노래도 하여 보니 한놈은 발서부터 쑴나라의 백셩이니(『선집』, 18면)

단재는 꿈 속에서 님나라에 들어간다고 했다. 물론 이것은 역사에 대한 알레고리이다. 그러나 님나라는 단재의 상상 속에 새롭게 형성된 국가이다. 이는 인간 세계가 사영된 공간이다. 여기에서는 님나라의 모습을 살피기로 한다.

> 靈界는 肉界의 射影이니 肉界에 싸움이 끄치지 안는 날에는 靈界의 싸움도 끗치지 안느니라. 대져 宗敎家 始祖된 釋迦나 예수가 天堂이니 地獄이니 한 말은 별로히 寓意한 곳이 잇거늘 어리석은 사람들이 그 말을 집어먹고 消化가 못되야 亡國滅族 모든 病을 알는도다. 그대는 부대 내 말을 삭이어 들을지어다. 소가 개를 나치 못하고 복숭화나무에 오얏열매가 맷지 못하나니 肉界의 싸움이 엇지 靈界의 平和를 나흐리오. 그럼으로 肉界의 아희는 靈界에 가서도 아희요 肉界의 어른은 靈界에 가서도 어른이며 肉界의 샹젼은 靈界에 가서도 샹젼이오 肉界의 죵은 靈界에 가서도 죵이니 靈界에서 놉다 낫다 슯다 질겁다 하는 가비[鬼神]들이 모다 肉界에서 밧던 꼴과 한가지라. (『선집』, 24~25면)

> 그대가 님나라[神國]에는 무삼 별별 史册이 잇는 줄 아나. 그러나 님나라에서 보는 책은 모다 사람나라에서 가져오나니 사람나라의 업서진 책을 엇지 님나라에 와 차지리오? 돌아가 人間에서나 더 구할지니라. (『선집』, 36~37면)

> 님나라(天國)는 하늘 위에 잇고 地獄은 쌍 밋헤 잇서 그 샹거가 千里나 萬里인 줄 알은 人間의 생각이라. 實際는 그러치 안하여 쌍도 한 쌍이오 째도 한 째인대 재치면 님나라며 업지면 地獄이오 실우 쒸면 地獄이오 날면

님나라며 갈우 쉬면 地獄이오 날면 님나라며 기면 地獄이오 잡으면 님나라
며 놋치면 地獄이니 님나라와 地獄의 상거가 요쑨이더라(『선집』, 59면)

「꿈하늘」의 한문 제목은 「몽천(夢天)」이다. 단재는 자필 원고에 세로
체로 오른쪽에는 "쓤하늘"을 쓰고 바로 왼쪽에 "夢天"을 써놓았다. 「꿈
하늘」은 제목으로 보면 뭔가 낯설 뿐 아니라 의미가 제대로 전달되지
않는다. 그런데 '몽천'이라 하면 조금 낫지만, '하늘을 꿈꾸다'라는 말
만으로는 그래도 애매하다. 여기에서 天을 '님나라[天國]'로 완성하면
의미가 더욱 분명해진다. '꿈에 님나라를 보다', '님나라를 꿈꾸다'라
는 의미가 될 것이다. 그렇다면 님나라는 무엇인가?

위 인용문에서 보듯 님나라는 '신국', '천국', '영계'로 표현된다. 님
나라는 인간 세계와는 다른 신국(神國)이다. 왜냐하면 그곳은 이미 돌아
가신 선조들이 사는 곳이기 때문이다. 그러면서도 끊임없이 가비와 싸
움이 일어나는 곳이다. 그리고 님나라는 지옥과 대비되는 천국이다. 또
한 님나라는 '영계'의 다른 이름이다. 그것은 달리 이승의 대비되는 말
로 저승, 곧 사후 세계가 될 것이다. 이처럼 님나라는 다양한 의미를 지
닌다. 그러나 님나라는 막연하고 추상적인 공간만은 아니다. "님 나신
지 三千五百年頃부터 하늘이 날마다 풀은 빗혼 날고 보얀 빗히 시작터
니 한 해 지나 두 해 지나 밋 四千二百四十餘年 오날에 와서는"(『선집』,
61면)이라는 표현으로 보아 님은 단군이며, 님나라는 고조선이 된다.
"歷史의 第一章에 우리 님 檀君을 쎄고"라는 구절에서 님은 온전히 모습
을 드러낸다. 그리고 "님의 셜시한 「도령군」" 등으로 보면 님은 단군이
며, 님나라는 우리 조선, 역사 속의 조선을 의미한다. 그러므로 님나라

는 우리 선조들의 발자취가 담겨 있다. 단재는 시공을 넘나드는 꿈을 통해 "님나라에 들어가 檀君께 절도 하며 번개로 칼을 치며 平生 미워하는 놈의 목도 신어보며 飛行機도 안이 타도 한 몸이 헐헐 날녀 萬里天空에 돌아도 단이며 놀앙이 검덕이 신동이 불근동이를 한 집에 모와 노코 노래도"(『선집』, 18면) 하여 본다. 님나라는 역사 속의 조선이며, 단재는 끊임없이 선조들을 호명하여 님나라에 대한 인식을 불러일으킨다.

단재는 역사 속의 실체로서 우리 옛조선을 님나라로 규정했다. 님나라는 단군을 비롯하여 을지문덕, 강감찬 등 역사적 인물들이 존재하고 아울러 여러 선왕과 선현, 선민들로 구성되었다. 한놈은 님이 설시한 도령군 놀음곳을 찾아가고 있다. 그것은 역사적 주체로서의 자아정립, 민족적 주체로서의 자아를 확립해가는 것이다. 단재는 시공간을 뛰어넘어 새로운 국가를 구성해 보여준다. 님나라는 단재의 주체적 의식에 의해 상상된 국가인데, 역사의식의 결정이며, 참된 민족주의의 산물이다. 그러므로 한놈은 단순히 단재 자신이기도 하고 또한 한민족이라는 민족 주체이기도 한 것이다. 단재는 개인적 자아이자 일반적 주체이기도 했던 소아를 버리고 민족정신의 화신인 화랑을 통해 온전히 민족 주체로 거듭난다. 그러므로 「꿈하늘」에서 도령군 놀음곳이 갖는 의미는 크다.

(4) 화랑정신의 의미

「꿈하늘」이 궁극적으로 지향하는 사상은 도령군 놀음곳에 충분히 내포되어 있다. 단재는 수많은 글에서 화랑들의 정신인 낭가사상을 제시하지 않았던가. 「꿈하늘」은 달리 도령사상의 원류를 찾아가는 여정이기도 하다. 이 작품이 여로형 구조를 이루면서 궁극적으로 추구하는 것, 수많은 모험을 극복하면서 이르는 것은 바로 '도령사상'이다.

檀君神祖가 太白山에 나려오실 쌔에 三郎과 三千徒를 거나림이 花郎의 비롯이오. 天王 卽 解慕漱가 徒者 數百을 거나리고 熊心山에 모힘도 쏘한 花郎의 놀음이오 高句麗의 先人은 곳 花郎의 別名인대 東盟은 쏘 先人의 天祭이며, 百濟의 蘇塗도 花郎의 別名인대 天君은 쏘 蘇塗祭의 神名이라. 名號난 時代를 쌀어 變하엿스나 精神은 한가지로 傳하여 冒險이며 尙武며 歌舞며 學識이며 愛情이며 團結이며 熱誠이며 勇敢으로 서로 引導하야 古代에 이로써 宗教的 尙武精神을 일워 직히면 익이고 싸우면 물니처 크게 國光을 發揮한 것이라. 新羅의 眞興大王 더욱 큰 理想과 널흔 排鋪로 弊될 것을 덜고 美와 굳셈을 더 보태여 花郎史의 新紀元을 연 고로 永郎, 南郎의 教育이 四海에 퍼지고 斯多含, 金欽春 等 少年의 피꼿히 歷史에 빗내엿나니 비록 拜華奴의 金富軾으로도 花郎 二百의 芳名美事를 讚嘆함이라. 그 뒤에 文獻이 殘缺됨으로 엇더케 衰하고 엇더케 업서짐을 자세히 알 수 업스나 그러나 高麗史에 보매 顯宗째 契丹이 數十萬 大兵으로 우리에게 덤비매 李知白이 써하되 花郎을 막을 精神이 잇스리라 하며 睿宗이 詔書로 南郎, 永郎 等 모든 花郎의 자최를 보젼하라 하며 毅宗도 八關會의 花郎을 쏩아 古風을 쓰칠 쯧을 가젓섯나니 이쌔써지도 도령군 곳 花郎의 道가 國中에 한 자리 가젓던 일을 볼지나 이 뒤로난 엇더케 되엿나(『선집』, 64~65면)

단재는 도령사상의 원류를 조선을 처음 세운 단군과 연결시키고 있다. 단재에게 단군은 우리 민족의 시조이다. 그에 따르면 단군, 해모수,

고구려의 선인 등을 거쳐 화랑정신은 전해졌으며, 신라 진흥대왕에 이르러 신기원을 이뤘고, 고려에도 이지백, 남랑, 영랑 등의 자취가 있었다는 것이다. 화랑의 정신은 "冒險이며 尙武며 歌舞며 學識이며 愛情이며 團結이며 熱誠이며 勇敢으로 서로 引導하야 古代에 이로써 宗敎的 尙武精神을 일워 직히면 익이고 싸우면 물니처 크게 國光을 發揮한 것"이라는 것이다. 이 정신은 궁극적으로 민족정신이며, 사대주의와 노예주의를 극복하는 정신인 것이다. 단재는 우리 화랑정신을 일깨워 일제강점기 외세에 대응하고자 했다.

> 나를 말하더래도 일즉 살물(薩水)싸움의 勝利者됨으로 오늘 靈界에서도 항상 勝利者의 자리를 차지하고셔 隋王 楊廣은 그째의 戰敗者됨으로 오날도 이갓히 패하야 군사를 二百萬이나 죽이고 슯히 돌아감이어늘 이졔 亡한 나라의 種子로서 혹 부처에게 빌며 上帝께 긔도하야 죽은 뒤의 天堂을 구하랴 하니 엇지 눈을 감고 해를 보랴 함과 달으리오.(『선집』, 25면)

을지문덕은 동국 상무 정신의 대표적 인물이요, 그렇기에 단재는 『을지문덕』을 썼다. 그는 「꿈하늘」에서 "한놈이 일즉 내 나라 歷史에 눈이 쓰자 乙支文德을 崇拜하는 마음이 간졀하나 그의 對한 傳記를 짓고 십은 마음이 밧버 미처 모든 글월에 考據하지 못하고 다만 東史綱目의 적힌 바에 의거하야 필경 傳記도 안이오 論文도 안인 『四千載第一偉人 乙支文德』이라 한 조고마한 冊子를 지어 世上에 發佈한 일이 잇섯더라"고 말했다. 그런데 을지문덕의 말을 통해 "靈界는 肉界의 射影"이라고 했다. 그것은 현실 세계(육계)에서 패배자는 사후 세계에서도 패배자로 남는다는 이야기이다. 이를 통해 단재가 강조하는 것은 분명하다. "亡한 나라의 種子로서 혹 부처에게 빌며 上帝께 긔도하야 죽은 뒤의 天堂을 구하랴 하"나 "肉界나 靈界나 모다 勝利者의 판"(『선집』, 25면)일 뿐이라는 것이다. 궁극적으로 영계에서의 패배자가 되지 않으려면 육계에서 승리자가 되는 수밖에 없다. 그러니 어리석게 구걸하지 말고 싸워이기는 것이 최고의 방책이며, 그래서 암살당도 필요하다는 것이다. 그러한 암살당의 유업을 이은 것이 의열단이 아니던가.「꿈하늘」에서는 "仙人과 花郞의 遺訓을 외우는 이는 아직도 볼 수 업스나 國史의 硏究가 차차 盛할사록 古道가 다시 밝을"(『선집』, 43면) 것이라 말했다. 바로 화랑의 정신을 계승해 동국 상무적 정신을 일깨우면 일본 제국주의 세력도 물리칠 수 있으리라는 것이다. 단재는 일제를 구축할 사상으로 화랑정신을 내세웠다. 그리고 '님나라'를 통해 역사는 여전히 죽지 않으며 현실의 패배는 사후 세계에서도 고통으로 점철되니 싸워 꼭 승리할 것을 강조했다. 단재는 화랑정신을 상무적 정신이자, 국수적 정신이며, 외세를 배척할 주체적 정신으로 자리매김했다.

4) 마무리

단재는 「꿈하늘」에서 역사적 상황과 인물들을 토대로 시적 신화를 형상화하였다. 다만 그것은 실제적인 싸움이 아니라 뿔 돋히고 꼬리 돋힌 놈, 목 없는 놈 등의 괴상한 물건과 역사상의 을지문덕이나 풍신수길, 강감찬 등의 인물이 등장하여 정신적인 싸움을 벌이는 환몽 구조의 알레고리이다. 그러므로 이 작품은 현실적 시간이 무화되고 공간 역시 무한 팽창할 수 있는 '신화적' 성격을 띠고 있다. 단재는 이 작품에서 역사상의 인물인 동명성제 · 진흥대왕 · 고흥 · 정지상 · 세종대왕 · 설총 · 주시경 · 연개소문 · 을지문덕 · 이순신 · 최영 · 강감찬 · 퇴계 · 서산대사 · 우륵 · 옥보고 등 수없이 많은 인물들을 통해 역사에 대한 주체성과 강렬한 민족의식을 드러낸다.

「꿈하늘」은 민족주의의 발현, 또는 더 나아가 민족적인 '아'의 정립을 탐색하는 것이다.[9] 한놈은 여섯 동무와 길을 떠나지만 고됨벌, 황금산, 새암 등을 거치면서 동무들을 차례로 잃어버리고 혼자 남는다. 어떤 놈은 고통에서 떨어지고, 어떤 놈은 황금에서 떨어지고, 어떤 놈은 새암에서 떨어지고, 남아 있던 놈들도 체념과 좌절, 절망에서 나가 떨어진다. 한놈은 어려운 위기를 극복하지만 유혹으로 인해 지옥에 떨어진다. 그러나 그는 강감찬을 통해 자아를 발견하고 능동적이고 적극적인 주체로 거듭나서 지옥을 빠져나오며 계속하여 님나라로 간다.

단재는 지옥과 같은 현실에서 위기를 극복하고 깨쳐 나올 이로 화랑을 택하였다. 그는 4240년 푸른빛이 사라진 하늘 가운데 빠진 한놈에게 "한갓 성력으로는 공을 이루기 어려우리니 그리 말고 님이 설시한 '도령군'을 구경하"기를 권고한다. "내 힘은 더 쓸 수 없으나 또 내 뒤를 이어 이대로 힘쓰는 이 있으면 설마 하늘이 푸르러질 날이 있겠지"라고 하여 애국 전기에서 제시한 영웅이 아니라 거란의 수십만 대병을 맞설 수 있고, 우리 역사를 중흥시킬 힘이 있는 도령군(화랑)을 통해 암담한

9 송재소, 「민족과 민중」, 『단재 신채호와 민족사관』, 형설출판사, 1986.

현실을 극복하려 했다. 그러므로 한놈은 곧 조선의 개개 민중이요, 민족이며, '도령군 놀음곳'은 바로 위난의 시대에 백성들이 합치하여 국난을 이겨낸 역사의 현장인 것이다. 한놈이 '도령군 놀음곳'에 이르는 것은 실의와 좌절을 극복하고 참된 주체에 이르는 희망과 극복의 통과제의인 것이다. 여기에서 넘나라와 지옥, 고됨벌, 황금산, 도령군 놀음곳 등은 꿈과 더불어 비유적 기능을 한다. 한놈은 또 다른 자아들과의 내부적 투쟁을 통해, 또는 풍신수길과 같은 외부세계와의 싸움을 통해 자신의 정체성을 확인한다. 그는 마침내 온갖 고난을 무릅쓰고 참된 역사의식을 지닌 주체로 정립되어가는 것이다.[10]

2. 「백세 노승의 미인담」의 형성

1) 「백세 노승의 미인담」의 출현

「백세 노승(百歲老僧)의 미인담(美人談)」은 미완의 작품이다. 이 작품은 1910년대 후반에 창작된 것으로 알려지고 있는데, 대개 1916년 「꿈하늘」 이후에 창작된 것이 아닌가 추측된다. 이 작품은 단재의 사상을 여실히 담고 있으며, 특히 망명기 그의 의식을 살필 수 있는 작품이다. 이 작품은 미완이기에, 그리고 역사소설이기에 그렇게 비중있게 다뤄지지 못했다. 그러나 망명기 작품으로 「꿈하늘」, 「룡과 룡의 대격전」과

---

10 자세한 것은 김주현의 글 「신채호―계몽과 저항, 전복으로서의 글쓰기」, 『범우비평판 한국문학 1, 백세 노승의 미인담(외)』, 범우, 2004, 346~352면 참조.

더불어 대단히 중요한 작품이다. 여기에서는 망명기의 단재의 의식적
지향을 살펴보기 위해 「백세 노승의 미인담」을 고찰해보려 한다.

2) 「백세 노승의 미인담」에 대한 평가

「백세 노승의 미인담」은 북한 및 남한 연구자들에게 많은 관심을 끌
었다. 다만 양쪽에서 관심의 측면이 조금 달랐음을 알 수 있다. 먼저 북
한에서는 이 작품에 대한 편집을 통해 「백세 노승의 미인담」의 특성을
분명히 했다.

> 이 작품에 있어 작가적 관심의 초점은 그러한 외형적 사건 속에 있었던
> 것이 아니라 녀종 예쁜이의 인물 형상을 침략자를 반대하는 애국 정신, 원
> 쑤 격멸의 투지, 총명한 지혜, 용감한 기개, 인도주의적 정열, 웅대한 포부
> 등의 슬기롭고 아름다운 정신적 자질과 결부시키었다.[11]

> 「백세 노승의 미인담」은 「일이승」과 함께 단순한 史傳体 小說이나 역사적
> 實傳物이 아닌 거의 완전한 구성의 역사소설로 특히 주제의 첨예화와 등장인
> 물의 예리한 성격의 갈등묘사에 있어서 단재 문학의 성공작으로 되어 있다.[12]

---

11 안함광, 「해제」, 『룡과 룡의 대격전』, 조선문학예술총동맹출판사, 1966, 12면.
12 임중빈, 「단재문학의 영웅상과 민중상」, 『단재신채호와 민족사관』, 형설출판사, 1980,
   640~641면.

예쁜이의 진취적인 성격특질은 자기의 안해밖에 모르는 로승과의 대조 속에서 생동하게 표현되고 있다. 예쁜이는 비록 평범한 녀성이였지만 뜨거운 애국주의 정신과 웅대한 포부와 원쑤격멸의 투지를 간직하였었다. 하기에 그는 평장사로 있던 로승의 아버지와 로승에게 국방대책을 강화하고 신분제를 타파할 것을 제기하며 국정을 맡길 것을 간청하기도 한다. 이처럼 작가는 한 천민의 형상을 통하여 당대 인민들이 품고 있던 소원을 숨김없이 드러내 보이면서 열렬한 애국주의 사상을 고취하고 있다.[13]

노승이 몽고의 지배기에 공녀로 '아내를 빼앗긴' 개인적 차원의 원한을 아내와 차손다다를 살해함으로써 해소하지만 울분의 근본적 원인인 몽고의 지배에 대한 민족적 차원의 해결책을 도모하지 않고 사랑하는 아내의 배신과 예쁜이의 자살로 무상해진 자신의 현실적인 삶을 포기하고 출가한 것이고, 예쁜이도 더 이상의 해결책이 없는 죽음 자체로 생을 마감하기 때문이다.[14]

애국의 의미가 체현되어 있는 예쁜이의 형상은 일제의 식민지 상황에 그대로 적용되는 의의를 갖는다.[15]

차례로 안함광, 임중빈, 김병민, 성현자, 조석하의 논의이다. 이후에 더 논의가 되었지만 이러한 논의의 틀을 크게 벗어나진 못했다. 연구자들은 예쁜이의 형상화를 중심으로 논의하였고, 그러한 측면에서 작품의

---

13 김병민 편, 『신채호문학유고선집』, 연변대학출판사, 1994, 89면.
14 성현자, 「허구적 인물의 역사적 해석(II)」, 『개신어문연구』 13, 개신어문학회, 1996, 317 ~318면.
15 조석하, 『민족주의문학에 대한 주체적 시각』, 문학예술종합, 1999, 49면.

가치를 규명하였다. 특히 김병민을 제외하면 초기 연구자들은 편집된 판본으로 연구하다 보니 북한본의 편집 의도를 그대로 따르고 있다. 노승의 입장에서 보면 이 소설의 결격 사유가 발생하는데, 그것은 북한본의 문제에 그대로 노출된 까닭이다. 최옥산은 북한본과 김병민본의 텍스트 비교 검토를 통해 북한본의 편집이 갖는 문제점을 잘 지적했다. 국내에서는 김병민본이 소개된 이후에도 여전히 형설출판사의 전집을 중심으로 연구가 이뤄지고 있다. 그렇게 볼 때 남한쪽 연구자들은 형설본을, 북한쪽 연구자들은『룡과 룡의 대격전』을 중심으로, 중국쪽 연구자들은 김병민의 선집본을 중심으로 연구했음을 확인할 수 있다. 그것은 텍스트 자체의 문제에서 자유롭지 못하며, 또한 일부 내용이 배제 또는 누락되었기에 신채호의 창작 의도를 파악하거나 작품을 전체적으로 조망하는 데는 상당히 제한적이다. 2004년『백세 노승의 미인담』에서 원전에 가깝게 복원이 되었고, 아울러 2008년『단재신채호전집 제7권-문학』에는 김병민의 필사본과 북한의 선집본「백세 노승의 미인담」이 함께 소개된 것은 그나마 다행스러운 일이다. 이 논의에서는 그래도 원전에 가장 가까운 김병민본을 중심으로「백세 노승의 미인담」을 논의하기로 한다.

3)「백세 노승의 미인담」을 구성하는 세 가지 코드

「백세 노승의 미인담」을 구성하는 세 가지 코드가 있다. 이 작품은 겉 이야기와 속 이야기로 구성된 이른바 액자소설의 구조를 갖고 있다. 액자에서 중요한 역할을 하는 것은 바로 남이라는 인물이다.

"두만강 물에 말을 씻고 백두산 돌에 칼을 갈어 격군을 토평하리라"의 호기로운 노래를 불우던 남이(南怡) 장군은 그 안해 권씨가 얼골과 자태만 절대 미인일 쑨더러 쏘한 장군에게 지지 안할 총명과 지혜를 가진 부인이라 남이 장군이 매오 사랑하얏다.[16]

이 부분은 작품의 서두이다. 남이를 작품의 전면에 내세웠다는 사실을 알 수 있다. 단재는 애국계몽기부터 남이에 대해 여러 차례 언급해왔다.

①嗚呼라 남怡將軍이 白頭山에 登ᄒ야 支那 日本 女眞 靺갈 等 각國을 睥睨ᄒ며 我國의 微弱을 回顧ᄒ고 少年銳氣를 不勝ᄒ야 壹 詩를 題ᄒ여 白頭山石磨刀盡, 豆滿江波飲馬無, 男兒二十未平賊, 後世雖稱大丈夫라 云ᄒ고 此로 畢竟 其身이 慘死ᄒ얏스니 人民의 外競思想을 如此摧折ᄒ던 時節이니 英雄의 困塞이 固宜ᄒ도다[17]

②故로 余ᄂᆫ 嘗謂호ᄃᆡ 我國의 流轉ᄒᄂᆫ 漢詩ᄂᆫ 南怡詩 白頭山石磨刀盡, 豆滿江波飲馬無, 男兒二十未平敵, 後世誰稱大丈夫 一首와 崔瑩詩 三尺劍頭安社稷, 一條鞭末整乾坤 一句만 存錄ᄒ고 其餘ᄂᆫ 一切 火炬에 付코즈 ᄒ노니[18]

③南將軍의 長劍曲 長劍을 쎅여들고 白頭에 올나보니, 大東大地에 腥塵이 즙겨셔라, 언제나 南北풍塵을 헷쳐볼까 ᄒ노라를 快讀ᄒ민 突然 頭발이 上指ᄒ며[19]

---

16 신채호, 「百歲 老僧의 美人談」, 김병민 편, 『신채호문학유고선집』, 연변대학출판사, 1994, 69면. 이 장에서 이 책의 실린 「백세 노승의 미인담」의 인용 시 인용 구절 끝 괄호 속에 『선집』, 면수만 기입.

17 금협산인, 「水軍第一偉人 李舜臣」, 『대한매일신보』, 1908.5.6, 위인유적란.

18 「天喜堂詩話」, 『대한매일신보』, 1909.11.13, 문단란.

19 위의 글, 1909.11.24.

①은 「이순신전」에, ②·③은 「천희당시화」에 나오는 내용이다. 단재가 남이의 기개를 높이 평가하고 있었음이 역력히 드러난다. 단재가 남이의 「북정가(北征歌)」에 대해 자주 언급한 것은 그의 호기를 높이 샀기 때문이다. 특히 그는 남이가 북방 영토 회복에 대한 의지를 지녔다는 점을 기리고 있다. 그러므로 남이를 끌어들인 것은 단순히 흥미 유도의 차원이 아니라 그의 호국의지를 전경화시키기 위한 것이다.

다음으로 여개소문에 관한 것이다. 여개소문은 '연개소문'으로부터 왔음은 두말할 나위가 없다.

그러나 로승의 아비는 엽분을 항상 녀개소문(女蓋蘇文)이라 일홈하야 엽분이 만일 남의 집이나 나라를 맛흐면 아조 흥망의 판단을 낼 게집아이라 하시며(『선집』, 83면)

단재는 앞서 연개소문에 대해 여러 군데 언급했다. 그는 연개소문을 높이 평가하였다.

吾家의 基地를 廣ᄒ던 盛德을 回思커던 一息에 不敢懈ᄒ고 乙支文德 蓋蘇文이 隋唐 巨寇를 鏖退ᄒ고 轟轟烈烈ᄒ 名譽로 後人에 留貽ᄒ 傳記를 讀커던 拔劍起舞ᄒ며[20]

我가 武功을 愛ᄒ면 千百年前에 開國拓土ᄒ던 東明聖帝(東明聖帝ᄂ 高朱

---

20 신채호, 「歷史와 愛國心의 關係」, 『대한협회회보』 2호, 1908.5, 5면.

蒙에 諡니 麗代에 東明聖帝祠를 立홈) 扶芬奴, 廣開土王, 乙支文德, 泉蓋蘇
文, 大祚榮, 崔瑩, 李舜臣이 皆是我며[21]

淵蓋蘇文이 支那에 侵入한 것도 記錄에는 보이지 아니 하얏스나 今 北京
朝陽門外 七里地의 謊糧臺로 비롯하야 山海關까지 이르는 동안에 謊糧臺라
일홈하는 地名이 十餘處인데 傳說에 謊糧臺는 唐太宗이 모래를 싸아 粮儲라
하고 속이어 高句麗人이 來襲하면 伏兵으로 邀擊하얏다 한 곳이라 하니 이
는 淵蓋蘇文이 唐太宗을 北京까지 追擊한 遺蹟이며 山東 直隷 等地에 쒸염
쒸염 高麗 二字로 冠한 地名이 잇고 傳說에는 이것이 다 淵蓋蘇文의 占領하
얏던 故地라 하며 가장 最著한 者는 北京 安定門外 六十里許의 高麗鎭과 河
間縣 西北 十二里許의 高麗城인바 (…중략…) 淵蓋蘇文이 一時 唐의 土地를
出入 侵畧하얏슬 쁜 아니라 城을 싸코 人民을 移殖하야 鼙鼓가 雲에 連하며
花柳가 地에 拂하며 市井이 繁華하며 管絃이 鏗鏘하며 翡翠寶玉 等이 盈溢
하야 新占領地의 富盛을 자랑하던 實錄으로 볼 수 잇다[22]

두 번째 예문에서 단재의 의식 지향을 읽을 수 있다. 단재는 「류화
전」, 『을지문덕』, 「최영전」, 「이순신전」을 썼다. 부분노, 광개토왕, 연
개소문, 대조영 등에 대해서는 쓰지 않았지만 이들을 역사상 높이 평가
했음은 당연하다. 단재는 이후 「고구려삼걸전」에서 동명성왕, 을지문
덕, 연개소문을 그린 작품을 구상했다. 연개소문은 우리나라뿐만 아니
라 동양 고금에 무공 영웅이다. 여개소문은 연개소문의 기개를 지닌 인

---

21 신채호, 「大我와 小我」, 『대한협회회보』 5호, 1908.8, 8면.
22 신채호, 「조선사(81)」, 『조선일보』, 1931.9.18, 4면.

물이다. 그런 점에서 여개소문을 통해 연개소문을 불러낸 것이다.

그리고 마지막 하나는 고려영이다. 고려영은 연개소문과 관련이 있는 장소이기도 하다.

로승이 몽고인이라 가장하고 려관에 들어가 선박을 사 먹고 엇지하야 이 마을 일홈이 고려영이냐 물은즉 고려 개소문이 당태종과 싸우던 곳인 고로 고려령이란 일홈이 전하야 왔다 합듸다. 중국인은 고구려 고려를 분별업시 씁니다.

"아. 녯적의 고려는 싸움하러 이곳에 와섯는대 오늘의 고려는 도망하다가 이곳에 왓구나" 하는 탄식이 남모르게 나옵듸다.(『선집』, 85면)

노승에 의해 '고려영'이 제시된다. 단재는 실재로 고려영을 방문하고 시조를 남겼다. 그는 시조에서 "고려영 지나가니 눈물이 가리워라 / 나는 서생이라 개소문蓋蘇文을 그리랴만 / 가을 풀 우거진 곳에 / 옛 자취 설워하노라"라고 노래했다. 고려영은 북경 안정문에서 50리 정도 거리에 있다. 「백세 노승의 미인담」이 나온 시기에 단재는 이미 북경의 고려영을 방문했던 것으로 보인다. 조선사 기술을 위해 단재는 수많은 조선의 유적들을 찾아다녔기 때문이다. 단재는 1921년 북경을 찾아온 이윤재에게 "北京 東郊에도 훌륭한 조선 古蹟이 있건마는 누가 그것을 찾아볼 생각이나 둡니까"라고 말하기도 했다.[23] 이것은 당시 단재가 북경 교외 조선의 고적들을 많이 답사했음을 보여주는 대목이다.

---

[23] 이윤재, 「북경 시대의 단재」, 『조광』, 1936.4, 216면.

遼陽의 蓋蘇屯과 山海關 以至 北京 等地의 種種한 謊根臺와 直隷 山西 等省의 各地에 散在한 高麗營이 淵蓋蘇文 兵士가 中華 各地에 出沒하던 遺跡을 말할 수 있는즉, 만일 淵蓋蘇文이 死치 않았으면 唐兵이 高句麗의 一寸地를 奪하지 못할 것은 明確한 事實이어늘[24]

그뿐 아니라 金富軾 以後 五六百年만에 外國人의 手로 著作한 盛京志, 直隷通志 等 書에도 高句麗 對 隋唐 戰爭의 古蹟인 高麗城, 高麗營, 蓋蘇屯, 唐太宗 陷馬處, 謊糧臺 等이 多數히 記載되엇슨즉 富軾의 當時에는 史料될 만한 古蹟이 더욱 豊富하얏슬 것이니[25]

단재에 따르면 고려영은 연개소문의 병사가 주둔했던 곳이다. 북경 근처에까지 그러한 유적이 있다는 것은 달리 고구려가 지배한 땅이 그만큼 넓었다는 것을 반증해 준다. 이 작품에는 고려영이 한때 우리의 영토였지만, 이제는 남의 땅이 되고 만 것에 대한 아쉬움이 담겨 있다. 「백세 노승의 미인담」에서 단재는 노승의 입을 빌려 「고려영」을 보고 느낀 회포를 표현하였다. 연개소문과 고려영은 그런 점에서 닿아 있으며, 그것은 달리 남이의 북방영토 개척에 대한 희원으로 이어진다.

---

24 신채호, 「연개소문의 사년」, 『개정판 단재신채호전집』 중, 형설출판사, 1977, 150면. 여기에서 '謊根臺'는 '謊粮臺'의 오식으로 보임.
25 신채호, 「조선일천년래 제1대사건」, 『조선사연구초』, 조선도서주식회사, 1929, 65면.

4) 텍스트 형성(1) − 「양처무신」, 「허생」과의 관련성

「백세 노승의 미인담」은 노승과 그 부인에 관한 이야기이다. 이 작품
은 서두 액자(외화)와 본 이야기(내화)로 나눌 수 있는데, 액자에서는 남
이와 그의 동무들이 아내 자랑을 하는 가운데 노승이 이야기에 끼어드
는데, 본 이야기는 노승의 미인담으로 구성된다. 미인담은 곧 자신의
아내 자랑과 관련된 것이고, 여기에 오랑캐의 침입이라는 역사적 사건
이 개입된다. 그런데 그런 내용을 오롯이 담고 있는 작품이 있다.

① 옛날에 봄나들이 나간 여러 선비들이 산사(山寺)에 모여 우연히 아내
의 현숙함을 자랑하게 되었는데 우열을 정할 수 없었다. 곁에 있던 늙은 중
이 오래도록 조용히 듣고 있다가 길게 탄식하며 말하였다.

"여러 석사(碩士)님들 우스운 말씀 그만두시고 내 말 좀 들어보시오. 소
승은 곧 옛날에는 진신(縉紳)이었지요. 상처를 하고 다시 아내를 들였는데,
그녀의 예쁜 자태를 사랑하여 잠시도 곁을 떠날 수 없었습니다. 마침 오랑
캐 기병이 창궐하던 때를 당하였는데도 소승은 아내 사랑에 빠져있어 앞장
서 전역(戰役)에 달려가지 못하고 아내를 데리고 피난하였답니다. 도망치
다가 오랑캐 기병에게 붙잡히고 말았는데, 오랑캐는 아내의 미모를 보더니
저를 장막 밖에 결박시켜 놓고 아내를 끌어다 동침하였습니다. 빈번히 운우
지정을 나누면서 남녀 열락에 빠져 내는 소리가 말로 다하기 추잡할 지경이
었습니다. 한밤중이 되자 아내가 오랑캐 추장에게 말하였습니다.

'본 남편이 곁에 있으니 끝내 불안을 떨치지 못하겠습니다. 죽여 없애세요.'
'낭자의 말이 정말로 지당하네. 내 어찌 따르지 않겠나?'

소승은 그들의 음란함에 이미 분격해 있었던 데다가 또 이 소리까지 듣고는 너무 경악한 나머지 힘을 써 팔뚝을 펼쳤더니 묶었던 끈이 다행히도 끊어졌지요. 그래서 오랑캐의 칼을 훔쳐 곧장 장막 안으로 들어가 남녀를 모두 베어버리고 몸을 빼 도망쳐 돌아와 삭발을 하고 중옷을 입고 목숨을 구차히 보전하고 있는 것입니다. 이로 보아 말씀드리건대 여러 석사 부인들의 현숙함을 어찌 다 믿을 수 있겠습니까?"

석사들은 멍하니 아무 말이 없었다.[26]

②"두만강 물에 말을 씻고 백두산 돌에 칼을 갈어 적군을 토평하리라"의 호기로운 노래를 불우던 남이(南怡) 장군은 그 안해 권씨가 얼골과 자태만 절대 미인일 쑨더러 쏘한 장군에게 지지 안할 총명과 지혜를 가진 부인이라 남이장군이 매오 사랑하얏다. 장군이 언제는 니웃의 동무 두 사람과 함쌔 서울 동대문박 호국사란 절에 놀러 나아가 니야기가 자기의 안해자랑에 밋처 "내 안해는 그 외양만 사랑할 만할 쑨 안이라 그 속마음까지도 철석 갓하 참 미들 만한 여자라"고 자랑하니 그 두 동무도 장군과 갓흔 미인의 안해를 두엇던지 덩달너 각기 "내 안해도 남만 못한 녀자는 안이라"고 자랑하얏다. 그리하야 내 안해가 나으니 네 안해가 나으니 내 안해가 미들만 하니 네 안해가 미들만 하니 하며 한창 말다툼이 되는데 머리싹기에 게을네 눈빗 갓흔

26 「후안무치」, 『파수록』(柴貴善 외역, 『고금소총』, 한국문화사, 1998), 514~515면. 昔有遊春諸士 會于山寺 偶夸妻良 未定甲乙 傍有老僧 靜聽良久 長嘆而言曰 "僉碩士可無爲笑之言 須聽我言 小僧卽昔日之縉紳也 喪室再娶 愛其姿色 不忍暫離 適當胡騎之猖獗 溺於妻愛 不能執爻前驅 携妻挑難 爲胡騎所獲 胡見妻美 小僧則縛置帳下 挽妻同寢 旗鼓頻接 雲雨屢濃 男欣女悅之聲 言之醜也 夜半女語胡酋曰 '本夫在傍 終涉不安 殺而滅跡何如' 胡酋曰 '娘言甚善 我何不從' 小僧旣忿其淫 又驚此言 用力伸臂 綁繩行絶 偸取胡劍 直入帳中 幷斬男女 脫身逃歸 削髮被緇 苟全性命 由是言之 僉碩士內相之賢 何可盡信" 諸士憮然無言.

머리털이 더펄더펄하게 두 귀를 더픈 늙은 중이 그 겨테서 듯다가 "남자가

잘나면 역적질을 하고 녀자가 어엽부면 서방질을 합니다. 서방들은 어엽분

안해를 밋지 마시요" 하며 쌀쌀 웃는다 (…중략…) 일행 세 사람이 일제히

노하야 "서방님네의 말즛헤 중놈이 무삼 참견이냐?"고 주먹을 들어 치랴한

즉 "네, 로승이 죽을 죄를 지엇습니다마는 서방님네의 말을 듯다가 지난 일

이 감촉되야 죄 짓는지를 몰으고 죄를 지엇습니다. 용서하시면 로승이 미인

의 안해 까닭에 중된 니야기를 하겟습니다."(『선집』, 69~70면)

①은 「후안무치(厚顔無恥)」, 또는 「양처무신(良妻無信)」으로 알려진 이
야기로, 노승이 산사에 놀러 나온 선비(碩士)들의 아내 자랑을 듣고 자
신이 노승 된 이야기를 들려준다는 점에서 ② 「백세 노승의 미인담」과
다를 바 없다.[27] 곧 오공화상(노승)이 호국사에서 남이 장군과 두 동무
의 아내 자랑 이야기를 듣고 자신이 노승 된 이야기를 들려주는 것과
같다. 그리고 전란에 아내가 오랑캐에 잡혀갔으며, 추장이 그녀를 범하
자 그녀는 노승을 배신하였고, 그래서 노승이 아내와 추장을 베고 도망
쳤다는 이야기는 두 작품 모두 동일하다. 전자가 짧고 간단히 진술되었
다면, 후자는 인물이나 배경이 구체적이고 자세하다. 물론 전자에 엽분
이라는 여종이 추가되는가 하면, 아내가 적의 장막이 아닌 북경에 끌려
가 적 추장의 아내가 되는 등 이야기가 구체화되었다.[28] 노승이 "오랑캐

---

27 이 작품을 「후안무치」로 소개했으나 어떤 책에서는 「양처무신」으로 소개했다. 여기에서
는 내용상 후자가 더 적절하여 후자로 썼다.
28 한편 박상석은 「백세 노승의 미인담」이 「지하국 대적 퇴치 설화」를 바탕으로 쓰였음을
주장했다. 특히 「지하국 대적 퇴치 설화」의 아내 배신형 이야기는 아내와 여종의 납치,
아내를 찾아감, 아내의 배신, 남편의 갇힘, 여종의 도움으로 아내와 도적을 살해하고 탈출
등 사건 전개에서 「백세 노승의 미인담」과 유사성이 많다. 단재 스스로 역사 소설을 쓰면

의 칼을 훔쳐 곧장 장막 안으로 들어가 남녀를 모두 베어버리고 몸을
빼 도망쳐" 나온 것은 "한 칼에 두 사람을 죽이고 나"(79면)선 오공화상
의 모습에 그대로 나타나 있다.

단재는 「세계삼괴물서」, 「이순신전」 등에서 "해이서"를, 그리고 「문
예계 청년의 참고를 구함」에서는 "解頤叢書"를 언급하였다. "'江山如此
好, 無罪義慈王'을 지은 이가 李무엇이던지 解頤叢書에서 그 姓名을 알
앗더니"[29]라는 구절을 통해 단재가 『명엽지해』와 같은 소화집을 보았
다는 사실을 확인할 수 있다. '해이'는 「촌담해이(村談解頤)」에서처럼
'입을 벌리고 웃는다'는 뜻으로 '소화(笑話)'를 뜻하며, 『해이총서』는
당연히 소화집들을 의미한다.[30] 조선 시대에는 『태평한화골계전』, 『명
엽지해』, 『어면순』, 『속어면순』, 『촌담해이』, 『파수록』, 『어수신화』 등
수많은 소화집이 있었다. 「수기부시(羞妓賦詩)」는 『명엽지해』에 실려
있는데, 단재가 여러 군데에 걸쳐 "해이서"를 언급한 것을 보면, 소화집
들을 두루 보았다는 결론에 이른다. 단재가 『명엽지해』뿐만 아니라
『파수록』을 보았을 것이란 점은 내용의 동일성을 통해 충분히 짐작할
수 있다.

또한 「백세 노승의 미인담」과 관련하여 검토해야 할 작품이 있다. 이
미 이 작품이 이전의 다른 작품과 관련이 있음은 기존 연구에서 충분히

서 전설, 야담, 이언(俚諺) 등을 참조하였다고 언급했다는 점에서 그의 주장은 충분히 설
득력을 갖고 있다. 박상석, 「신채호 소설 「백세 노승의 미인담」의 근원설화와 변개양상」,
『국어국문학』 150, 국어국문학회, 2008.12 참조.

29 이것은 "憶昔曾游地 淫佚國雖亡 江山如此好, 無罪義慈王"이라는 5언 절구의 시며, 저자는
여씨(嶺南人 姓呂亡其名)로 나온다. 이씨라는 것은 단재가 잠깐 착각한 것으로 보인다.
「羞妓賦詩」, 「冥葉志諧」(柴貴善 외역, 『고금소총』, 한국문화사, 1998, 472면). 한편 '해이
서'에 대한 당시의 관심은 『소년』에 연재된 '소천소지'를 통해서도 알 수 있다.

30 柴貴善 외, 「역자 후기」, 柴貴善 외편, 『고금소총』, 한국문화사, 1998, 597~601면.

언급되었다.[31] 단재는 "思想界 偉人으로 國民의 心膂을 開拓홀 朴燕巖先生集이 梨棗에 未登ᄒ며(現刊行 燕巖集 三卷은 其全集이 아니며 又擇選ᄒ 빅가 其文字의 巧ᄒ 者만 是取ᄒᆞ야 全鼎의 壹臠됨도 不能ᄒ 者)"라고 언급했다.[32] 박지원의 문집을 간행할 것을 주장한 것이다. 그런데 "現刊行 燕巖集 三卷"이라 하였는데 그것은 1901년 김택영(金澤榮)이 『연암집(燕巖集)』 원집에 이어 간행한 『연암집』 속집 2권을 모두 말한다. 연암집 3권을 모두 알고 있었다는 말인데, 『연암집』 속집에 「열하일기」가 수록되었으며, 그 가운데 「옥갑야화」가 들어 있다. 단재는 박지원의 문집을 광범위하게 읽었기에 "三卷은 其全集이 아니며 又擇選ᄒ 빅가 其文字의 巧ᄒ 者만 是取ᄒᆞ야 全鼎의 壹臠됨도 不能ᄒ 者"라고 설명했다. 아주 많은 것 가운데 극히 일부(전정(全鼎)의 일련(壹臠))라고 한 것으로 보아 단재가 박지원의 작품들을 대부분 읽었을 것으로 추측된다. 게다가 당시 박지원의 「허생전」은 이종준과 이만무의 번역으로 『대한자강회월보』(1907.2~4)에 실리기도 했고, 또한 『제국신문』(1907.3.20~4.19)에도 번역 소개되었다.[33] 단재는 ⑤「낭객의 신년만필」에서 "朴燕巖의 虎叱文"을 직접 언급하는가 하면, 「조선사」에서 "朴燕巖集"을 언급했다. 「호질」은 「허생」과 더불어 『열하일기』에 수록되어 있다. 단재가 「허생」을 읽었음을 엿볼 수 있는 대목이다. 「백세 노승의 미인담」은 「허생」의 영향을 직접 받은 것으로 보인다.

---

31 박희병, 「신채호의 근대민족문학」, 『관악어문연구』 22, 서울대 국어국문학과, 1997.12, 191면.
32 「舊書刊行論」, 『대한매일신보』, 1908.12.19, 논설.
33 한편 박지원의 「호질」 원문 역시 『대한자강회월보』(1907.2~4)에 실렸다.

③ "그러면 당신은 국가의 신임받는 신하이구려. 내 마땅히 와룡臥龍 선생을 추천할 터이니 당신이 능히 임금께 청하여 세 번씩 그 오막살이를 찾도록 할 수 있겠소?"

이 대장은 고개를 드리우고 한참 있다가는 대답하였다.

"어렵습니다. 다음 계책을 말씀해 주십시오."

"나는 아직 다른 계책은 배운 것이 없소."

이 대장은 그래도 자꾸만 물었다. 허생은,

"명나라 장사들이 조선에 대하여는 묵은 은혜가 있다 하여 그 자손들이 많이들 조선으로 와서 홀아비 신세로 이리저리 유랑하고 있으니, 그대가 조정에 청하여 종실의 딸들을 그들에게 고루 시집보내고 훈척 세가들의 저택을 빼앗아 그들에게 살도록 할 수 있겠소?" (…중략…) 이런 기회에 옛날 당나라, 원나라 때 모양으로 조선의 자제들을 보내어 유학시키고, 벼슬하게 하고, 상인들이 마음대로 출입하도록 청한다면 조선이 자기들과 친해지는 것을 기꺼이 허락할 것이오. 이렇게 되면 국내의 청년 자제들을 뽑아 머리를 깎고 되복을 입히고, 선비들은 과거를 보이고, 평민들은 강남 지방까지 멀리 장사를 나가도록 하여, 그 나라의 허실을 엿보고 지방의 호걸들과 결탁을 한다면 천하를 도모할 수 있을 것이요, 나라의 치욕을 씻을 수 있을 것이외다.[34]

④ 엽분 : 몽고군사가 륙지에는 잘 달리나 물에는 익지 못하야 전일에도 서울을 강화로 옮기면 몽고가 다른 곳으로 단이며 로략을 할 쑨이오 강화는

34 박지원, 「허생전」, 리상호 역, 『열하일기』 하, 보리, 2004, 265~266면.

들어갈 생의를 못하얏스니 강화로 서울부텀 옴기어야 합니다.

아비 : 강화로 서울을 옴긴다 하자. 몽고가 각처로 돌아단이며 백성을 살육할 것이 안이야? 전국 백성이 다 죽으면 강화 한 골로 나라노릇을 할 수 잇느냐?

엽분 : 그러기에 서울을 강화로 옴기고는 싸워야 되지요.

아비 : 싸우다니 과불적중(寡不敵衆)이라는대 적은 고려로 만흔 몽고를 엇더케 당하겟느냐?

엽분 : 대감이 무삼 까닭에 고려는 적고 몽고는 만흔 줄을 아십닛가? 가령 몽고 사람 백만 명이 잇다 하면 그 백만 명이 다 몽고입니다. 우리 고려는 백만 명이 잇다 하면 그 중에 량반이 잇고 노예가 잇고 상놈이 잇고 잡색이 잇서 백만 명에 구십구만 명은 고려가 안이오 게오 일만 명이 고려입니다. 일만 명의 고려로써 백만 명의 몽고를 대적하게 됨으로 매양 '과불적중'의 한탄이 생기는 것입니다 (…중략…) 오늘에 전국의 노예문서를 업시하야 노예라도 공만 일우거던 놉흔 벼살을 줄 것이 제(一) 급무입니다 (…중략…) 귀인의 토지를 쌔어서 백성에게 난우어주고 몽고의 방어에 힘을 쓰라면 전국 백성이 춤을 추며 달니어 올 것이니 이것이 제(二) 급무입니다 (…중략…) 오늘에 연해 각디에 군함을 지어 해군을 설하고 바다를 건너 중국의 남방으로 들어가 송(宋)나라의 후예를 세워 몽고를 쫏는다면 중국 반폭이 모다 향응할 것이니 해군부흥이 제(三) 급무입니다 (…중략…) 군사로 녀진을 원조하야 금나라의 일흠을 회복하게 하면 녀진이 쏘한 응종할 것이니 북방의 경영이 제(四) 급무입니다 (…중략…) 노예잡색 등 명목을 폐지하며 놀며 먹는 게급을 업시하며 국경을 정리하야 백성에게 위신을 세운 뒤에 북방에 산성을 만히 싸하 몽고마병의 출몰을 막으며 남방에 해군을 두

어 중국 연해의 중요한 요새를 웅거하야 몽고의 병력을 막우면 몽고의 말도 피폐할 날이 잇서 마침내 사람에게 항복할 것임니다.(『선집』, 81~83면)

③은 허생이 이완 대장에게 제시한 북벌을 위한 3가지 책략이다. 물론 이완은 모두 어렵다고 고사한다. 허생이 제시한 3계책은 북벌을 위한 실질적인 계책이지만, 이완은 받아들이기 어렵다고 했다. ④는 엽분이가 고려 평장사였던 노승의 아비에게 몽고를 물리칠 4가지 급무를 말한 것이다. 이 역시 실질적인 계책이지만, 노승의 아비에 의해 거절 당하고 만다. 박희병, 조석하 등은 이러한 4대 급무를 '3계책'의 영향 내지 유사성으로 설명했다. 충분히 수긍할 만한 지적이다. 허생은 이완이 자기가 제시한 3계책을 모두 거부하자 그를 통렬히 꾸짖는다. 허생이 이완 대장을 질책한 부분은 「백세 노승의 미인담」에 영향을 준다.

⑤ "그래 소위 사대부라는 게 대체 무엇인가? 오랑캐 땅에 나서 자칭 사대부라는 것이 얼마나 어리석은 일인가? 아래위 입성을 소복으로 한다는 것은 이것이야 상복이 아닌가? 머리를 쥐어 묶어 삐죽하게 쪼았으니 이거야 남방 오랑캐의 북상투가 아닌가? 무엇이 예법이란 말인가? 번오기樊於期는 자기의 사사 원수를 갚기 위하여 자기 머리를 아끼지 않았고, 무령왕武靈王은 자기 나라를 강하게 하기 위하여 되복 입기를 부끄러워하지 않았다. 지금 명나라를 위하여 복수를 한다고 하면서도 오히려 그 머리칼 한 오리까지 아끼고 앞으로 장차 전장에 나가 말을 달리고 칼을 내두르고 창을 쓰고 돌을 날릴 궁리를 하면서도 그놈의 넓은 소매를 그대로 두는 것이 소위 예법이란 말인가? 내가 세 가지 계책을 말하였으되 너는 한 가지도 들을 수

없다고 하면서 그러고도 네 입으로 조정의 신임받는 신하라고 하니, 대체 신임받는 신하 꼴이 이렇단 말인가? 이 죽일 놈 같으니!"[35]

⑥ 산아희란 것이 무엇으로 산아희라 하압난닛가 적국이 내 나라에 침입하면 칼 들고 활 메이고 전장에 나아가서 적병을 물니치고 개선가를 불으며 돌아오거던 그의 안해는 낫에 봄빗을 쓰고 나아가 맞게 하거나 그러치 못하면 차라리 전장에 싸우다가 죽어 바리어 울긋불긋한 피두루막이 입은 송장으로 돌아오거든 그의 안해가 눈물을 샏리며 나아가 맞게 하는 것이 산아희의 일이 안임니가 적국의 정복을 바더 죽도 사도 못한 몸이야 제 게집이나 쌔앗기지 안하랴고 깁히깁히 도량 속에 가두어 노코 그 속에서 부처의 행복을 누리랴 하얏스니 네가 무삼 산아희냐?

게집이 그러케 악갑더던 게집을 쌔앗길 때에 당장에 칼을 쌔여 게집 쌔아서가는 놈의 목을 질으거나 그러치 못하면 그 칼에 자살함이 산아희의 일이어늘 "인제 가면 언제 볼가" 가련한 노래나 불우고 그 악가운 게집을 남의 품안에 들어가도록 하얏스니 네가 무삼 산아희냐?

게집이 아모리 중대하지만 네 게집 이외에 게집보다 중대한 것을 얼마나 쌔앗기엇느냐? 나라 안에 모든 것을 다 쌔앗기고도 차즐 줄을 몰으면서 엇지 게집 차즐 줄은 아느냐? 네가 무삼 산아희냐?(『선집』, 73~74면)

⑤에서 허생은 이완더러 '사대부가 무엇이냐?'라고 통렬히 꾸짖는다. ⑥에서 엽분이는 노승더러 '사나이란 무엇이냐?'라고 꾸짖는다. 이

---

35 박지원, 「허생전」, 위의 책, 266~267면.

완에 대한 허생의 질책이 노승에 대한 엽분이의 질책 구조로 바뀐 것이다. 병자호란의 치욕을 씻는데 예법이나 지키자는 무리들이 어찌 사대부라고 할 수 있느냐는 허생의 말은 허례허식에 얽매인 조선조 사대부에 대한 비판이다. 그런데 「백세 노승의 미인담」에서는 남성들에 대한 비판으로 전개된다. 「백세 노승의 미인담」이 몽고 전란에 그치지 않고, 당대성을 띠게 된 것도 이러한 데 연유한다. 즉 "나라 안에 모든 것을 다 빼앗기고도 차즐 줄을 몰으"는 사내대장부는 일제강점기 남성들에 대한 질책으로 이어지는 것이다. 그런데 이러한 논리는 북한본 「백세 노승의 미인담」에서 더욱 확장된 모습을 보여준다.[36]

⑦ 고려 사람도 사람이냐? 북방 오랑캐놈에게 온갖 욕을 다 보면서 살아 있는 고려 놈도 사람이냐? 절령(岊嶺) 이북의 천여 리 땅을 빼앗아 가거나 제주도를 빼앗아 몽고인의 목마장을 만들거나 대신을 구류하거나 임금을 잡아 마락이 쓴 황제에게 절하게 하거나 말래에 계집까지 빼앗기는 말 못할 치욕을 당하거나 다 불고하고 오직 굴속에서 구차한 생명을 보전할 수만 있으면 이것을 세상으로 살아있는 고려 놈도 사람이냐?[37]

북한본 ⑦「백세 노승의 미인담」에서는 "고려 사람도 사람이냐"라는

---

36 여기에서 "북한본 「백세 노승의 미인담」"은 『룡과 룡의 대격전』(조선문학예술총동맹출판사, 1966)에 수록된 판본을 의미한다. 현재 「백세 노승의 미인담」은 김병민본(『신채호 문학유고선집』, 연변대학출판사, 1994)과 북한본, 남한본(『개정판 단재신채호전집』, 형설출판사, 1977) 등 3가지 판본이 존재한다. 이 가운데 김병민본은 단재의 유고를 필사해 간행한 것으로 단재 유고에 가장 가까우며, 북한본에서는 일부 삭제, 수정, 편집이 이뤄졌으며, 남한본은 국문체인 북한본을 국한문체로 바꾼 것이다.
37 신채호, 『룡과 룡의 대격전』, 조선문학예술총동맹출판사, 1966, 64면.

노승의 독백이 한 단락 추가되었다. 북한에서는 민족 주체성을 강조하는 단재의 사상에 입각해 '고려 사람도 사람이냐?'를 넣어서 복원한 것이다. 사실 그러한 것은 "나라 안에 모든 것을 다 빼앗기고도 차즐 줄을 몰으"는 사람이 과연 사나이인가?라는 질문에 이미 충분히 들어 있다. 그런데 사나이를 고려 사람으로 치환함으로써 민족적 주체성과 결부시키고 있다.

「백세 노승의 미인담」은 외부 텍스트, 즉 「양처무신」·「허생」 등의 영향을 받은 것을 확인할 수 있다. 단재는 「양처무신」을 보았으며, 「백세 노승의 미인담」은 그 이야기를 근간으로 하여 형성된 것임을 알 수 있다. 「양처무신」의 영향은 다른 어떤 설화보다 직접적이다. 특히 아내 자랑, 아내 변심, 두 사람 살해 후 탈출 등은 동일한 화소가 그대로 쓰이는가 하면, 선비-남이, 산사-호국사, 오랑캐-몽고군, 오랑캐 추장-차손다다 장군 등으로 구체화되기도 하였다. 그리고 「허생」의 3계책과 이완 대장에 대한 꾸짖음은 엽분이의 4급무와 노승에 대한 꾸짖음으로 건너오게 된다.

5) 텍스트 형성(2) - 「최도통전」, 「연개소문전」과의 관련

「백세 노승의 미인담」은 역사를 배경으로 한 소설이다. 이 작품은 "송도 말년의 조선 몽고 중국 세 민족의 이목을 놀내던 대사건"에 관한 이야기이다. 몽고의 침략이라든가 남이와 같은 실제 역사적 사건과 인물이 등장한다. 그러면 이 작품은 어떤 시기를 배경으로 하는가? "당시

의 황비가 고려 여자"였다는 역사적 사실을 통해 그 시기를 가늠할 수 있다. 이는 역사적 사실로, 원나라 마지막 황제인 순제(혜종)는 1339년 기순녀를 제2황후로 책봉하였다. 그녀는 1365년 제1황후가 되었으며, 1368년 원나라가 망할 때까지 원나라 황비로 있었다.[38] 그러므로 노승이 북경에 간 시기는 1339~1368년 사이가 된다. 노승의 나이가 100세 정도라고 했으니 남이(1441~1468)와 결부시키면 대략 1350년 정도, 공민왕 재위(1351~1374) 시기부터 벌어진 일이다. 그러므로 송도 말년, 즉 여말부터 선초에 벌어진 일이 주된 사건으로 제시된다.

이 시기를 그린 단재의 작품이 있다. 그것은 「최도통전」이다. 「최도통전」은 비록 시대적 상황으로 인해 상편으로 마무리되고 말았지만 단재의 역사의식을 잘 보여주는 작품이다. 이 작품에는 최영과 더불어 현린이라는 승려가 등장한다. 단재는 역사에서 고려 승군의 존재를 매우 중시했는데, 현린도 그러한 호국 승려 가운데 하나이다. 그래서 그는 다음과 같이 쓰고 있다.

按 玄麟은 聖賢中 豪傑이며 豪傑中 聖賢인져 雲收雨霽에 其去가 飄然ᄒ고 時危事棘에 其來가 倏然ᄒ니 風耶아 鶴耶아 斯果何人고 崔都統과 合傳홈이 實로 無愧ᄒ도다만은 惜乎라 其歷史가 殘缺ᄒ야 其人의 全體를 模寫홀 道가 無ᄒ도다 然이나 其力量과 氣魄은 吾가 輕評을 下치 못ᄒ거니와 內賊掃平의

---

38 기순녀는 고용보의 주선으로 1333년 원나라 황실에 궁녀로 들어가 순제의 사랑을 받았다. 1335년 순제는 그녀를 황후로 책봉하려 했지만, 당대 실권자인 바얀[伯顏]의 반대에 부딪혀 무산된다. 그녀는 1338년 아들 아이유시리다라[愛猷識里答臘]를 낳고, 이듬해 제2황후로 책봉되었다가 1365년 제1황후이던 바얀 후투그가 죽은 후 제1황후가 되었다. 그러나 1368년 주원장에 의해 북경이 함락되자 순제는 아들 소종과 더불어 몽골고원 남부 응창으로 도망갔다가 그곳에서 급사한다. 기황후의 죽음에 관해서는 알려진 것이 없다.

一語를 觀ᄒ건듸 其眼孔의 大ᄂᆫ 崔都統에 或 過ᄒ져[39]

단재는 현린을 성현이자 호걸로 규정했다. 다만 현린에 대한 "歷史가 殘缺ᄒ야 其人의 全體를 模寫홀 道가 無"함을 애통해했다. 현린은 "倭寇가 迭侵ᄒ며 紅巾이 又窺ᄒ야 國厄이 在即"한 시기에 국가를 수호하고자 하였다. 그는 "世事에 無關ᄒ 一個 山中 老僧이나 心事를 問ᄒ면 便時當年 壯志를 抱ᄒ고 支那 風雲을 觀察ᄒ던" 사람으로, 국가의 위난 시기에 "僧軍 三百을 率ᄒ고 擊賊"하려 한다. 현린은 호국승으로 최도통을 도와 북방 영토를 개척하고자 한다.

崔都統이 一劍으로 百萬 紅賊을 蕩平ᄒ미 彼 蒙古가 其間을 乘ᄒ야 餘燼의 收拾흠을 得힛스니 엇지 晏然히 坐하야 當年 八站의 遺恥를 肯忘ᄒ리오 彼의 來寇가 朝暮에 在ᄒ거날 此時에 又健忘者又치 癡坐ᄒ 恭愍王이여 雖然이나 彼의 無奈의 時에ᄂ 謝罪ᄒ고 彼의 有奈ᄂ 時에ᄂ 反히 癡坐ᄒ 者가 엇지 王 一人쑨인가 即 擧朝가 皆然이며 抑又擧國이 皆然ᄒ니 國의 衰弱을 曷免ᄒ리오 唯 崔瑩 鄭世雲 僧 玄麟 三人이 此를 憂ᄒ야 其戰勝의 餘威로 北方을 壓ᄒ야 紅賊을 掃蕩ᄒ고 北元에 且及ᄒ랴 ᄒ다가 奸凶의 詐坑에 陷ᄒ야 鄭世雲은 死ᄒ고 僧 玄麟은 隱ᄒ고 崔都統은 黙ᄒ니 東國의 憂가 又大ᄒ도다

紅賊이 我國에서 敗歸ᄒ미 兵餉이 盡竭ᄒ야 비록 隣敵이 侵이 無홀지라도 自存치 못홀시 元丞相 伯顔이 此機를 乘ᄒ야 紅賊을 平ᄒ고 南方을 定ᄒ니 盖元朝의 獲完은 即 我國이 賜ᄒ 恩이더라

---

[39] 금협산인, 「東國巨傑 崔都統」, 『대한매일신보』, 1910.5.24, 위인유적란.

然이나 彼가 其恩을 不記ᄒ고 其憤을 不忘ᄒ야 百年 以來 舊號令으로 我國을 再壓코ᄌ 홀시 其辭ᄂ 恭愍王이 奇轍을 誅홈에 託ᄒ나 其實은 八站의 宿恥를 雪ᄒ려 홈이더라(以上은 上篇 終)[40]

최도통은 백만 홍건적을 무찌르고 "其戰勝의 餘威로 北方을 壓ᄒ야 紅賊을 掃蕩ᄒ고 北元에 且及ᄒ랴 ᄒ다가" 공민왕의 우둔함으로 무산되고 만다. 그리고 현린은 숨어버린다. 이후의 내용은 더 이상 저술되지 못하고 작품은 종료되었다. 적에 대한 소탕과 더불어 북방 경영에 대한 꿈도 좌절되고 만 것이다. 「백세 노승의 미인담」은 "력사상에 쌔아진 송도 말년의 조선 몽고 중국 세 민족의 이목을 놀내던 대사건"을 서술한 것이다. 그리고 「최도통전」 역시 역사상에 제대로 기술되지 않은 현린에 대해 서술하고 있다. 두 이야기 모두 동일한 시대적 상황을 배경으로 하고 있고, 또한 주요 인물로 스님이 등장한다는 것은 단순한 우연이 아니다. 그것은 호국사란 절에서 60여 년을 지낸 노승의 숨겨진 이야기와 맥이 통한다. 60여 년 전은 대략 1392년 조선의 건국 시기와 닿아 있으며, 노승이 북경을 탈출하여 겪은 일은 "조선 몽고 중국 세 민족의 이목을 놀내던 대사건"이 되는 것이다. 「최도통전」의 상편 끝부분에서 "僧 玄麟은 隱"한 것으로 나온다. 그가 숨었다고 하여 호국에 대한 의지와 북방 고토 회복의 의지가 사라진 것은 아니다. 그것은 「백세 노승의 미인담」에서 노승이 전해주는 이야기로 이어지는 것이다.

다음으로 예쁜이와 관련된 것으로 그녀의 또 다른 이름은 여개소문

---

40 금협산인, 「동국거걸 최도통」, 『대한매일신보』, 1910.5.27, 위인유적란.

이다. 그 이름이 연개소문에서 왔음은 두말할 여지가 없다. 단재는 「연개소문전」을 쓰려고 했다. 그는 애국계몽기 "韓人다려 問ㅎ야 曰 爾國의 英雄이 其誰오 ㅎ면 答曰 (一) 乙支文德 (二) 蓋蘇文이라 홀지며"라고 했다. 단재에게 연개소문은 중국의 항우나 서구의 크롬웰과 비교될 만한 인물이었다.

按 泉蓋蘇文은 我東 四千載 以來로 第壹指를 可屈홀 英雄이라 少年時에 支那에 遊覽ㅎ야 李世民의 爲人을 窺ㅎ며 英雄을 結納ㅎ고 險阻艱難을 備嘗ㅎ며 外國 文物風土를 察홈은 大彼得과 如ㅎ며 各貴族이 其幼를 欺ㅎ야 父喪後에 其踐位홈을 不許ㅎ거늘 突然히 其霹靂手腕을 出하야 각 貴族을 削平ㅎ며 其兵權을 專有ㅎ고 震天鑠地의 兵威로 東征西伐에 所向無敵은 拿破倫과 如ㅎ며 其君은 敵國의 威를 畏ㅎ야 卑劣政策으로 壹時를 苟過코즈 ㅎ는 者라 비록 公의 且諫且諍홈을 因ㅎ야 中止ㅎ얏스나 末乃 反覆無信ㅎ야 幾個奸臣과 同謀ㅎ고 卑辭厚幣로 敵을 通혼 後에 公을 反害코즈 ㅎ니 於是乎 國家가 爲重이오 人君이 爲輕이라 即 壹時 澟澟의 憤氣를 乘ㅎ야 雪白의 長劍을 拔ㅎ야 王의 頭를 斬ㅎ야 竿頭에 高懸ㅎ고 國中에 號令홈은 傑男越과 如ㅎ니 噫噫라 泉蓋公은 即 我 廣기土王의 肖孫이며 乙支文德의 賢弟오 吾輩 萬世後人의 模範的이어늘 今에 三國史를 讀하미 壹則曰 凶人이라 ㅎ며 二則曰 逆賊이라 ㅎ야 筆筆句句가 惟我 泉蓋蘇文을 呪罵혼 語샌이로다[41]

단재는 우리 4천 년 영웅 가운데 첫손가락을 꼽을 영웅으로 연개소

---

41 일편단생, 「讀史新論」, 『대한매일신보』, 1908.11.18, 문단란.

문을 들었다. 그럼에도 그 역사가 제대로 기록되지 못하고 오히려 그를 비난하는 어사들이 많음을 한탄했다. 1911년 박은식에 의해『천개소문전』이 쓰였지만 실제 출판되지 못했다. 계몽기에 강감찬, 이순신, 을지문덕 등의 전기는 나왔지만 연개소문전은 나오지 않았다. 그래서 단재는 자신이 연개소문전을 지을 생각을 갖고 있었다.

本書는 歷史 傳記 小說 등의 文例를 罷脫하고 破格的으로 歷史와 傳記의 事實를 目的物노 作하고 神話, 傳說, 俚諺 등을 併用하야나니 高句麗 建國始祖 鄒牟聖王의 誕生한 大略을 首編으로 作하고 高句麗 末葉에 至하야 乙支文德 建武의 高隋戰爭을 中編으로 하고, 淵蓋蘇文의 高唐戰爭을 終編으로 作하야 일홈하야 高句麗三傑傳이라 한다[42]

단재는 동명성왕, 을지문덕, 연개소문을 다룬『고구려삼걸전』을 기획했다. 현재엔 서문과「독자에게」주는 말만 남아 있어 그것이 전부인지, 아니면 완성하였으나 유실되었는지 정확히 알기는 어렵다. 유고를 본 김병민은 "「고구려삼걸전서문」이 력사소설『류화전』의 유고 중간에 씌여져 있"었다고 하였는데, 그의 말을 통해 보면「류화전」이「고구려삼걸전」의 일부로 보이지만, 그것 역시 미완성 유고이다.[43] 그렇다면 동명왕의 전기도 제대로 마무리하지 못한 채『고구려삼걸전』은 끝나고 말았다. 비록 그렇다 하더라도「류화전」에서 "高句麗 建國始祖 鄒牟

---

42 김병민 편,『신채호문학유고선집』, 연변대출판사, 1994, 248면.
43 「류화전」은『룡과 룡의 대격전』102면부터 138면까지 실렸는데, 작품의 말미에 "미완성유고-편집부"라는 구절이 들어 있다.「류화전」역시 마무리가 되지 않은 것으로 보인다.

聖王의 誕生한" 이야기가 일부 제시되었고, 『을지문덕』을 통해 을지문덕전의 모습은 살필 수 있다. 그러나 「연개소문전」의 모습은 제대로 알 수 없는 실정이다.

> 中國에 傳하는 갓쉰동傳은 이와 한 가지의 小說이니 그 대개가 左와 갓트다 (…중략…) 以下에도 갓쉰동이 歸國한 뒤에 策文을 지어 科擧에 及第한 것이며 영희와 結婚한 것이며 달딸을 토평한 것이며 …… 其他 다른 이야기가 만타 이 가튼 것은 모다 몰하거니와 그러나 나는 이를 淵蓋蘇文의 支那의 探偵하던 傳說의 一段으로 밋노라[44]

단재는 연개소문에 대해 여러 군데서 언급했다. 그리고 「조선사」에서도 연개소문 전설을 소개하고 있다. 「갓쉰동전」이 바로 그것이다. 이것은 두 가지 의미를 갖는다. 먼저 단재가 역사와 관련된 이야기들, 특히 「연개소문」과 관련된 이야기들을 계속 수집했다는 사실이다. 그것은 역사 연구가로서의 모습을 보여준다. 다음으로 연개소문과 관련된 이야기를 하나라도 더 전하고 싶어 했다는 점이다. 그래서 심지어 역사 기술인 「조선사」에도 전설의 일단을 실은 것이다. 뿐만 아니라 「아방윤리경」에도 '전계'에 연개소문의 이야기를 썼다. 그러므로 단재의 연개소문전의 일단은 드러난 셈이다. 그것은 「연개소문」(『대한매일신보』, 1910.1.21)에서 「아방윤리경」, 「갓쉰동전」(『조선사』) 등에 이르기까지 나타난다.

---

44 신채호, 「조선사」, 『조선일보』, 1931.8.28~9.1.

「백세 노승의 미인담」은 달리 '여개소문전'이라 할 만하다. 그만큼 여개소문인 예쁜이의 비중이 크다. 그것은 우리 역사에서 「연개소문」의 비중과 다름없다. 단재가 군이 한 여종을 '여개소문'에 비긴 것은 역사상 인물인 연개소문과 관련이 있다. 비록 허구적인 인물이긴 하나 여개소문의 장함을 연개소문에 비긴 것이며, 달리 여개소문을 통해 연개소문을 알리는 역할을 하고 있다. 「백세 노승의 미인담」에 연개소문의 웅혼한 기상이 깃들어 있음은 예쁜이의 최후를 통해서도 드러난다. 그녀는 노승을 구출한 후 자결을 함으로써 비극적인 최후를 맞는다. 그것은 자신의 꿈을 제대로 펴지 못한 민중의 한을 의미한다. 예쁜이가 비록 장렬한 최후를 맞이하였지만 단재는 그녀의 웅혼한 기상을 그렸다. 식민 치하 비인간적인 삶을 사느니 차라리 제국 일본과 맞서 장렬한 최후를 맞는 것이 옳다고 생각하여 그렇게 마무리하였을 것이다. 단재가 여개소문을 통해 식민지 민중이 각성하여 제국주의에 과감히 맞서는 것을 보여주고자 한 것으로 보인다.

6) 마무리

「백세 노승의 미인담」에서 주된 인물은 노승이라기보다 예쁜이가 된다. 예쁜이를 통해서 단재는 전란에 처한 민족의 대응의식을 보여주고 있다. 이 작품이 나온 시기는 1910년대이고, 나라를 일본에 강탈당한 시기이다. 이 작품은 당과 고구려(연개소문)라는 역사적 사실이 전제되고, 몽고(원나라)와 고려(엽분이), 여진과 조선(남이)이라는 역사적 서사가 존재하며, 나아가 「허생」의 수용을 통해 조선의 병자호란(1637), 「고려영」을 통해 일본의 조선 강점이라는 당시 현실이 자연스레 연결된다.

단재는 북경 등지에 개소둔, 황량대, 고려영, 고려성 등 연개소문과 관련된 흔적들을 적잖이 보았다. 고구려는 한때는 중원을 누볐지만, 오늘의 자손들은 선조들이 물려준 나라마저 **빼앗기고** 말았으며, 그러므로 타국을 떠도는 신세에 처한 자신이 노승과 다를 바 없었을 것이다. 단재는 고려영과 같은 유적들을 보고 화려했던 역사를 초라한 현실에 투사시킨다. 단재는 여개소문을 통해 민족의 웅혼한 기상으로서의 연개소문을 불러내고, 아울러 식민지 치하 백성이 놓인 비참한 상황을 대비시킨다. 거기에는 당나라와 고구려(연개소문), 몽고와 고려(예쁜이), 여진과 조선(남이) 등이 마주하고 있다.

단재는 「백세 노승의 미인담」에서 일본의 조선 침탈과 그로 인해 도탄에 빠진 조선 민중들의 삶을 그려내고자 했던 게 아닐까? 이 작품은 찬란한 역사를 가진 고구려 민족이 이민족의 침입을 받아 수난을 당하고 있는 현실(고려, 조선, 그리고 일제강점기)이 서로 연결되면서 의미를 형성하고 있다. 한편 단재는 이 작품을 통해 영웅 중심의 역사관(영웅전기)에서 민중 중심의 연의소설로 나아오게 된다. 그는 이 작품에서 소설의 미적 가치를 높이기 위해 액자 기법을 활용하였으며, 또한 역사와 현실, 우의와 허구를 병치시켜 새로운 소설의 가능성을 제시했다.[45]

---

45 이 글의 4~5절 내용은 김주현의 「「백세 노승의 미인담」의 텍스트 형성에 관한 고찰」(『현대소설연구』 53, 현대소설학회, 2013.8)에서 가져온 것임을 밝힌다.

3. 「조선혁명선언」의 의미

1) 의열단 선언서의 기초

의열단은 우리나라 독립운동사에서 그 존재를 명확히 하였다. 의열단의 정신적 지주가 되고 행동의 지침이 되었던 의열단 선언서는 독립운동에서 주요한 역할을 했고, 또한 선언서 가운데서 가장 행동적인 선언서로 자리매김되어 있다. 이 글에서는 1920년대 한국 독립운동사의 기반이 되었던 의열단 선언서, 곧 「조선혁명선언(朝鮮革命宣言)」에 대해 논의하고자 한다.

若山은, 어느 날, 丹齋를 보고 말하였다.

"저희는, 只今, 上海서, 倭敵을 무찌를 爆彈을 만들고 있습니다. 한번 가치 가셔서 求景 안 하시겠습니까? 兼하여 우리 義烈團의 革命宣言도 先生님이 草하여 주셨으면 좋겠습니다."

그 말에 丹齋는 對答하였다.

"좋은 말씀일세. 그럼 가치 가보세."

이리하여 며칠 後, 丹齋는 若山을 따라, 上海로 向하였던 것이다.[46]

의열단의 단장은 약산 김원봉이었다. 박태원이 쓴 약산 열전에는 김원봉이 북경으로 가서 단재에게 의열단의 선언서를 부탁했다고 한다. 그래서 단재는 상해로 내려와 "一個月 넘어를 두고 心血을 傾注하여"

---

46 박태원, 『若山과 義烈團』, 백양당, 1947, 105면.

"堂堂 六千四百餘字의 大文字"인「朝鮮革命宣言」을 마침내 탈고하였다
한다.[47] 박태원은 그 저서에서 "義烈團에 관한 文獻·資料는 至極히 貧
弱하다. 團員 柳子明의 손에 된『義烈團簡史』其他, 그리고 數三 同志의
斷簡 零墨이 僅僅히 保存되어 있을 뿐"이라고 하였다.[48] 곧 류자명이 기
록한「의열단간사」가 있었다는 말이다. 그런데 현재 그것을 구할 수는
없다. 류자명은 자신의 자서전에서 "북경에 있는 단재 선생을 상해로
청해 와서「의렬단선언」을 써서 발표하였다"고 했다.[49]

> 단재(신채호) 선생에게 상해로 와서「조선의열단선언」(일명 朝鮮革命宣
> 言을 말함)을 기초해 달라고 요청하였다. 이 선언이 발표되자, 단재(신채
> 호)를 알거나 단재(신채호) 선생의 문장을 읽었던 사람들은 모두 약속하지
> 도 않았는데 공동으로 "이는 단재(신채호)의 글이다"라고 말하였다. 단재
> (신채호) 선생이 쓰셨기에 문장은 간소했지만 널리 퍼졌고, 일사천리로 조
> 금도 걸리적거리는 곳이 없었다. 또 한 자 한 자에 애국주의의 격정이 대양
> 처럼 흘러 넘쳤기에, 당시 조선문단에서 독보적인 것이 되어, 읽는 이들마
> 다 손뼉을 치며 재삼 감탄하지 않는 이가 없었다.[50]

아울러 류자명은「조선의 애국 역사학자 신채호」에서「조선혁명선
언」을 단재에게 부탁한 사실을 적었다. 단재는 김원봉의 부탁으로 의

---

47 위의 책, 108면.
48 박태원,「후기」, 위의 책, 210면.
49 류자명,『류자명 수기-한 혁명자의 회억록』, 독립기념관 독립운동사연구소, 1999, 131면.
50 류자명,「조선의 애국 역사학자 신채호(申采浩)」,『세계사연구동태』, 중국사회과학원 세
    계역사연구소, 1981.2;『단재신채호전집 제9권-단재론 연보』, 독립기념관 독립운동사
    연구소, 2008, 193면.

열단의 선언서를 작성하였다. 박태원이 쓴 『약산과 의열단』에는 김원봉이 단재를 만나 간담상조(肝膽相照)하는 자리에서 "그렇다 이 분이다! 우리는 단재 선생에게 글을 請하기로 하자!"라고 하여 선언서를 맡겼다고 했다. 김원봉이 단재를 만나 바로 "이 분"이라고 떠올린 것은 단순한 우연이 아니다. 단재는 의열단이 조직된 시기 「신대한 창간사」에서 "三千萬의 骸骨을 太白山갓치 싸흘지라도 日本과 싸호자"며 강경한 투쟁노선을 천명했다. 그것은 바로 의열단의 정신, 주의와 맞아떨어진다. 그런 단재이기에 김원봉은 선언서 작성을 요청한 것이고, 또한 단재 역시 자신의 주의 주장을 실천하는 단체이기에 그들의 요청을 망설이지 않고 받아들였던 것이다.

> 丹齋 先生의 이 勞作은, 若山과 더불어 여러 同志들을 感激시켰다. 그들은 이 革命宣言에 크게 滿足하였다.
>
> 이는, 實로, 그들이 하고 싶었던 말을, 그들의 主義를, 그들의 主張을 남김없이 說破한 것이다. 이것을 國內 國外에 넓리 宣布할 때, 倭敵은 戰慄하며 恐怖하고, 民衆은 覺醒하며 奮起할 것이다.[51]

단재는 의열단의 노선과 자신의 주장을 담아 선언서를 만들었다. 단재의 선언서는 당시 독립운동가들을 크게 고무시켰다. 왜냐하면 그것이 독립운동가들의 주의·주장을 남김없이 설파했기 때문이다. 혁혁한 문체로 작성된 선언서에는 "왜적은 전율하며 공포하고 민중은 각성하며

---

51 박태원, 앞의 책, 120면.

분기"하는 힘이 들어 있었다.[52] 이 선언서의 반향은 이후 의열단의 활동을 통해 자명하게 드러난다. 그의 선언서가 나온 이후 의열단원 김지섭은 일본 궁성에 폭탄을 투척하려 했는가 하면, 이인홍·이기환 등은 정탐노 김달하를 처단하고, 나석주는 동양척식회사를 습격했다. 단재는 김원봉의 요청을 수락하고 의열단 선언서를 직접 작성했다. 그는 왜 의열단 선언서의 작성 요청을 서슴없이 수락한 것일까? 의열단 선언서는 어떤 의미를 담고 있는가? 이 글에서는 그런 질문들을 풀어가고자 한다.

2) 「조선혁명선언」의 내용

의열단 선언서는 아래와 같은 내용으로 구성되어 있다.

1. 참담한 식민지 현실 제시─혁명의 정당성 선언
2. 내정독립·자치·참정권론자와 문화운동론자 비판
3. 외교론·준비론자 비판─민중직접혁명 주창
4. 강도 일본을 구축하는 방법 제시
5. 5가지 파괴대상 제시─이상적 조선 건설 제시

여기에서는 「조선혁명선언」이라는 선언서의 내용을 단재의 문맥 속에서 살펴보려 한다. 크게 5장으로 구성된 이 선언서는 3개의 항목으로 나눠 다시 살필 수 있다.

52　류자명, 『류자명 수기─한 혁명자의 회억록』, 독립기념관 독립운동사연구소, 1999, 133면.

(1) 수탈과 만행 ─ 강도정치 고발

1장에서는 참담한 식민지 현실이 제시되었다. 그것은 혁명의 정당성을 부여하는 것인데, 단재는 선언서에서 조선 혁명의 정당함을 역설했다. 「조선혁명선언」은 일본의 강도정치에 대한 고발에서부터 비롯된다. 일본은 국토를 강탈하고 각종 잡세로 국내 인민들을 도탄에 빠뜨리고, 음모사건을 조작하여 갖은 악형을 가하고, 심지어 해외에 있는 동포에게 무수한 만행을 저질렀다.

> 强盜 日本이 우리의 國號를 없이하며, 우리의 政權을 빼앗으며 우리의 生存的 必要條件을 剝奪하였다 經濟의 生命인 山林·川澤·鐵道·礦山·漁場 …… 乃至 小工業 原料까지 다 빼앗어 一切의 生産機能을 칼로 버이며 독기로 끊고, 土地稅·家屋稅·人口稅·家畜稅·百一稅·地方稅·酒草稅·肥料稅·種子稅·營業稅·淸潔稅·所得稅 …… 其他 各種 雜稅 (…중략…) 周牢·枷鎖·단금질·챗직질·電氣질·바늘로 손톱 밑·발톱 밑을 쑤시는, 手足을 달아매는, 콧구멍에 물 붓는, 生殖器에 심지를 박는 모든 惡刑 (…중략…) 居民을 屠戮한다 村落을 燒火한다 財産을 掠奪한다 婦女를 汚辱한다 목을 끊는다 산 채로 묻는다 불에 살은다 一身을 두 동가리 세 동가리에 내여 죽인다 兒童을 惡刑한다 婦女의 生殖器를 破壞한다 하야 할 수 있는 대까지 慘酷한 手段을 쓰어서 恐怖와 戰慄로 우리 民族을 壓迫하야 人間을 '산송장'으로 맨들랴 하는도다.[53]

---

53 박태원, 「朝鮮革命宣言」, 『若山과 義烈團』, 백양당, 1949, 108~110면. 이하 이 장에서 「조선혁명선언」 인용 시 인용 구절 끝 괄호 속에 「선언」, 면수만 기입.

일본 제국은 "周牢·枷鎖·단금질·챗직질·電氣질·바늘로 손톱 밑·발톱 밑을 쑤시는, 手足을 달아매는, 콧구멍에 물 붓는, 生殖器에 심지를 박는 모든 惡刑" 등 수많은 만행과 "居民을 屠戮한다 村落을 燒火한다 財産을 掠奪한다 婦女를 汚辱한다 목을 끊는다 산 채로 묻는다 불에 살은다 一身을 두 동가리 세 동가리에 내여 죽인다 兒童을 惡刑한다 婦女의 生殖器를 破壞한다" 등 학살을 일삼았다. 이러한 모습은 이미 「천고 창간사」에 엿볼 수 있다. 창간사이기에 그 표현을 덜 직설적으로 했을 뿐 일본 제국주의자들의 만행을 표현하였다.

奪我國權 夷我國號 塗炭我生靈者 非倭也耶 限制敎育 以障我民智 攘奪利益 以脅我生存 劓刑族誅等專制之蠻刑 罔不復 以殺我義士 雞狗羊豕百一等 雜種之惡稅 罔不興 以困我民産者 非倭也耶 三千里疆域 旣爲彼大錮矣 而今凶鋒毒刃 竟及乎海外僑居之地 焚燒村落 屠殺婦孺 甚至於斬斷手足 割棄耳目 野蠻行爲 慘無天日者 非倭也耶

우리의 국권을 빼앗고 우리의 국호를 없애고 우리의 인민을 도탄에 빠지게 한 놈들이 왜(倭)가 아닌가? 교육을 제한하여 우리 인민들의 지식을 막고 이익을 훔쳐 우리의 생존을 위협하고, 의이(劓刑)·족주(族誅) 등 전제 시대의 야만스런 형벌을 되살려 우리 의사(義士)들을 죽이고, 계구양시백일(雞狗羊豕百一) 등 잡다한 악세(惡稅)를 만들어 우리 인민들의 재산을 곤궁케 한 놈들이 왜(倭)가 아닌가? 삼천리 강역은 이미 저들이 만든 큰 감옥이 되었다. 그래서 지금 흉악하고 잔인한 칼날이 마침내 교민들의 거주지까지 미쳐 촌락을 불태우고 부녀자와 어린 아이들을 살육하고 심지어 손과 발을 자르고 귀와 눈을 잘라내는 야만스런 행위가 참혹하기 이를 데 없는 놈들이 왜(倭)가 아닌가?[54]

단재는 「천고 창간사」에서 『천고』 창간 목적의 첫머리에 "우리의 생존을 위협하고, 의이(劓刵)·족주(族誅) 등 전제시대의 야만스런 형벌을 되살려 우리 의사(義士)들을 죽이고, 계구양시백일(鷄狗羊豕百一) 등 잡다한 악세(惡稅)를 만들어 우리 인민들의 재산을 곤궁케"하고, 심지어 "흉악하고 잔인한 칼날이 마침내 교민들의 거주지까지 미쳐 촌락을 불태우고 부녀자와 어린 아이들을 살육하고 심지어 손과 발을 자르고 귀와 눈을 잘라내는 야만스런 행위"를 하는 일본의 죄악상을 고발하였다. 그리고 이러한 죄악상은 이후 「월왕 구천 살인」, 「룡과 룡의 대격전」에 또 다시 제시된다.

京釜鐵道 京義鐵道가 三千里 홀쭉한 疆土의 복판을 쎄여 쭐우며 土地稅 家屋稅 其他 各種雜稅가 二千萬 가난한 백성의 피를 쪽쪽 쌀아가며 東洋拓殖會社가 全國 土地文券을 잡는 大典當局이 되며 朝鮮銀行 第一銀行 十八銀行 等이 國內 송사리 갓흔 小地主 小財産家 小商業家의 金錢을 呼吸하는 고래 목구녕이 되며 京城 及 各地方의 警察署 監獄所가 無形한 몽치로 一般 青年男女의 頭腦를 몽치질 하는 巨魔가 되야[55]

鐵道, 鑛山, 漁場, 森林, 良田, 沃畓, 商業, 工業 …… 모든 權利와 利益을 다

---

54 편집인, 「천고 창간사」, 『천고』, 천고사, 1921.1, 1~2면; 『단재신채호전집 제5권－신문잡지』, 독립기념관 독립운동사연구소, 2008, 304~305면. 일부 구절의 번역은 수정했음을 밝힌다.
55 진공, 「越王 句踐 殺人」, 『독립신문』, 1923.12.5, 4면.

쌔앗스며 稅納과 賭租를 작구 더 바더 몸서리나는 搾取를 行하면서도 것흐로 "너의들의 生存 安寧을 保障하여 주노라"고 써들면 속음니다. 革鞭 鐵椎 竹針질, 단근질, 電氣씀질, 甚至於 口頭에 올니기도 慘惡한 'XXX''XXX' 갓흔 刑罰을 行하면서도 軍隊를 出動하야 婦女를 씨저 죽인다, 小兒를 산 채로 뭇는다, 全村을 屠戮한다, 穀粟가리에 放火한다……[56]

여기에는 온갖 고문 형벌들이 제시된다. 「룡과 룡의 대격전」에서는 일제가 저지른 "革鞭 鐵椎 竹針질, 단근질, 電氣씀질, 甚至於 口頭에 올니기도 慘惡한 'XXX''XXX' 갓흔 刑罰"과 "軍隊를 出動하야 婦女를 씨저 죽인다, 小兒를 산 채로 뭇는다, 全村을 屠戮한다, 穀粟가리에 放火"하는 등 만행을 고발했다. 심지어 'XXX''XXX'은 원래는 "X심지 X주리"로 남녀 성기에 가하는 성고문의 실태를 고발한 것이다. 이는 식민지 민중들에게 가해진 흉악한 고문이다. 단재는 특히 1919년 3·1운동 이후 국내외에서 가혹하게 자행된 일본 제국주의자들의 만행을 여실히 보았고, 그렇기에 그러한 만행을 저지른 일본 제국을 살벌 (殺伐)해야 할 적으로 규정했다.

'檀君을 誣하야 素盞鳴尊의 兄弟'라 하며 '三韓時代 漢江 以南을 日本 領地'라[57]

---

56 신채호, 「룡과 룡의 대격전」, 김병민 편, 『신채호문학유고선집』, 연변대학출판사, 1994, 122~123면.
57 「조선혁명선언」, 『개정판 단재신채호전집』하, 형설출판사, 1977, 36면.

檀君與神武爲兄弟 塗改故典 則新羅於日本爲附庸 齊書郢說 단군(檀君)과 신무(神武)를 형제 사이라고 하고, 고전(古典)을 바꿔 곧 신라가 일본에 부용 했다고 하는 것이다.[58]

檀君이 素잔嗚尊의 弟라 ᄒ며 高麗ᄂ 元來 日本 屬國이라 ᄒ야 魔談狐說이 紛紛雪墮ᄒ니[59]

단재는 일본이 침략을 정당화하고 노예교육을 펴기 위해 역사를 개조하는 현실도 언급했는데, 그것은 『천고』 창간의 세 번째 의의에 제시된 것이다. 이전에도 단재는 「독사신론」에서 일본의 역사 오도에 대해 언급했다.[60] 「조선혁명선언」에는 이러한 역사 인식과 현실 인식이 들어 있다. 단재는 이미 1921년 「천고 창간사」에서 논의했던 사실들을 「조선혁명선언」의 바탕으로 삼고 있다.

(2) 외교론 준비론에 대한 비판

2장 3장에서는 조선 독립운동의 기류에 대해 열거했다. 그 가운데 내정독립을 요구하거나 3·1운동 이후 자치 참성권을 요구하는 자와 문화운동을 주장하는 사람들을 비판하였다. 그리고 3장에서는 외교론자와 준비론자들을 강하게 비판하고, 민중직접혁명을 제창하였다.

---

58 편집인, 「天鼓創刊辭」, 『천고』 1호, 1921.1, 3면.
59 일편단생, 「讀史新論」, 『대한매일신보』, 1908.11.11, 문단란.
60 단재는 "卑彌呼(即 彼史 所謂 神功皇后)가 新羅를 侵犯"과 "未斯欣의 日本에 人質홈", 그리고 "任那府 設置의 說" 등을 妄說로 규정했다.

第一은 外交論이니 (…중략…) 國亡 以後 海外로 나아가는 某某 志士들의 思想이 무엇보다 먼저 '外交'가 그 第一章 第一條가 되며 國內 人民의 獨立運動을 煽動하는 方法도 '未來의 日美戰爭・日露戰爭 等 機會'가 거의 千篇一律의 文章이었었고 最近 三一運動에 一般人士의 '平和會議・國際聯盟'에 對한 過信의 宣傳이 돌이어 二千萬 民衆의 奮勇前進의 意氣를 打消하는 媒介가 될 뿐이엇도다(「선언」, 112~113면)

第二는 準備論이니 (…중략…) 庚戌 以後 各 志士들이 或 西北間島의 森林을 더듬으며 或 西比利亞의 찬바람에 배부르며 或 南北京으로 돌아단이며, 或 美洲나 '하와이'로 들어가며 或 京鄉에 出沒하야 十餘星霜 內外 各地에서 목이 터질만치 準備! 準備!를 불넛지만 그 所得이 몇 개 不完全한 學校와 實力 없는 會뿐이었섯다 그렇나 그들의 誠力의 不足이 아니라 實은 그 主張의 錯誤이다 强盜 日本이 政治經濟 兩方面으로 驅迫을 주어 經濟가 날로 困難하고 生産機關이 全部 剝奪되야 衣食의 方策도 斷絶되는 때에 무엇으로? 어떻게? 實業을 發展하며? 敎育을 擴張하며? 더구나 어대서? 얼마나? 軍人을 養成하며? 養成한들 日本 戰鬪力의 百分之一의 比較라도 되게 할 수 있느냐? 實로 一場의 잠고대가 될 뿐이로다(「선언」, 113~114면)

단재는 "'外交'準備' 等의 迷夢을 버리고 民衆直接革命의 手段을 取함을 宣言하노라" 하고 공표하였다. 그는 「꿈하늘」에서 이미 "外交를 依賴하며 國民의 思想을 弱하게 하는" 외교론자와 "敎育이나 實業 갓흔 것으로 차차 백성을 깨우자 하여 덤덤 더운 피를 차게 하고 산 넉슬 죽게 하"는 준비론자들을 망국노로 규정하였다. 그는 국제 사회에서 외교를 통한 문제 해결을 추구하는 이승만 등의 외교론이나 교육 및 산업을 통해 실력을 양성하는 안창호 등의 준비론을 동시에 비판하고 주체적 투쟁노선을 천명하였다. 이미 『신대한』 논설 「외교문제에 대하야」(1919.11.3)에서도 구안 정책을 추구했던 역대 외교론자들에 대해 서슴없이 비판하였다. 그리고 「금일에 또 피란할 십승지를 찾는 사람들」(『獨立新聞』, 1923.9.1), 「월왕 구천 살인」(1923.12.5)에서 준비론의 문제점을 날카롭게 지적했다.

> 총이 잇스면 江 건너 가는 날이라 하더니 及其 총자루나 생긴 뒤에는 총을 더 작만한다 勢力을 더 확장한다 準備를 더 한다 무엇을 한다 하며[61]
>
> 이제 上海 北京 西北間島 及 露領 美領 各地에서 運動된 多少 金錢이 蠻蜀의 是非에 消耗되거나 賢人의 會議에 虛費될 쓴이엿나니 이 엇지 섯불은 統一論이나 턱업는 準備論이나 야릇한 法統論等의 作孽이 안이냐[62]

단재는 이후에도 준비론에 대해 비판했다. 그리고 그는 폭력, 암살, 파괴, 폭동 등의 과격하고 급진적인 무력투쟁을 통한 민중 직접 혁명을 선언하였다.

(3) 파괴를 통한 혁명론

단재는 선언서 4장에서 직접 혁명을 통해 일본을 구축하는 방법을 서술했다. 그는 암살, 파괴, 폭동의 방법으로 조선 총독 및 각 관공리, 일본 천황 및 각 관공리, 정탐노·매국적, 적의 일체 시설물 등 4가지

---

61 震公, 「今日에 또 避亂할 十勝地를 찾는 사람들」, 『독립신문』 1923.9.1, 1면.
62 震公, 「越王 句踐 殺人」, 『독립신문』, 1923.12.5, 4면.

목적물을 제거할 것을 제안했다. 그리고 5장에서는 이족(異族) 통치, 특권 계급, 경제 약탈제도, 사회적 불평균, 노예적 문화사상 등 5가지 파괴대상을 제시하고 "우리는 民衆 속에 가서 民衆과 携手하여 不絶하는 暴力, 暗殺, 破壞, 暴動으로써 强盜 日本의 統治를 打倒하고 우리 生活에 不合理한 一切制度를 改造하여 人類로써 人類를 壓迫지 못하며 社會로써 社會를 剝削지 못하는 理想的 朝鮮을 建設할지니라"로 끝맺고 있다. 그러면 이러한 내용들은 어디에서 형성되었는가?

> 革命의 길은 破壞부터 開拓할지니라 그러나 破壞만 하려고 破壞하는 것이 아니라 建設하려고 破壞하는 것이니 만일 建設할 줄을 모르면 破壞할 줄도 모를지며 破壞할 줄 모르면 建設할 줄도 모를지니라 建設과 破壞가 다만 形式上에서 보아 區別될 뿐이요 精神上에서는 破壞가 곧 建設이 될지니(「선언」, 118면)

> 다시 말하자면 '固有的 朝鮮의' '自由的 朝鮮民衆의' '民衆的 經濟의' '民衆的 社會의' '民衆的 文化의' 朝鮮을 '建設'하기 爲하야 '異族統治의' '掠奪制度의' '社會的 不平均의' '奴隸的 文化思想의' 現象을 打破함이니라 그런즉 破壞的 精神이 곧 建設的 主張이라 나아가면 破壞의 '칼'이 되고 들어오면 建設의 '旗'가 될지니 破壞할 氣魄은 없고 建設할 癡想만 있다 하면 五百年을 經過하여도 革命의 꿈도 꾸어 보지 못할지니라(「선언」, 119면)

단재가 파괴를 통한 혁명을 직접 주창한 것은 「신대한 창간사」로부터 비롯된다. 물론 그 이전에도 파괴의 중요성을 강조하였지만 「신대한 창간사」에서 파괴를 통한 혁명을 대내외에 천명했다.

'第一 獨立을 못하거던 차라리 死하리라는 決心을 革固케 하며 第二 敵에 對한 破壞의 反面이 곳 獨立建設의 터이라'[63]

'太平洋은 陸地가 될지라도 우리가 日本은 잇지 마자 二千萬의 骸骨을 太白山갓치 싸흘지라도 日本과 싸호자'[64]

위의 두 가지는『신대한』의 창간 의도이다.『신대한』은 국내외 정세의 보도, 민족주의적 투쟁, 독립국가 건설을 위한 파괴 등을 기치로 창간되었다. 곧 독립정신의 앙양을 위해『신대한』이 출현한 것이다. 단재는 이 논설에서 "破壞의 反面이 곳 獨立建設의 터"라고 강조했다. 독립을 쟁취하기 위해 파괴를 통한 건설을 강조하고, 혁명 정신을 고취하였다. 이러한 논리는 이후 상해『독립신문』으로 이어진다.

만일 '獨立萬歲' 소리 난 以來로 輿論이 一致하게 血戰破壞에만 傾注하야 왓으면 卽 萬元이 생기나 十萬元이 생기나 二十萬元 或 三十萬元이 생긴다 할지라도 이 金錢이 거의 排倭의 劍이 되며 殺倭의 銃이 되야 革命的 獨立運動의 第一幕이 열니어슬지어늘[65]

血戰破壞가 '社會是'가 되야 이박게는 言論이 업고 이박게는 行動이 업게 되는 날이면 十三歲의 小兒도 黃昌 갓흔 花郎이 되며 山村의 處子도 짠닥크 갓흔 奇女가 되며 萬姓의 簞食壺漿이 血戰之士를 迎送하게 되리니[66]

---

63 「新大韓創刊辭」,『신대한』, 1919.10.28, 논설.
64 위의 글.
65 진공, 「월왕 구천 살인」,『독립신문』, 1923.12.5, 4면.
66 위의 글.

단재는 『독립신문』에서 준비론을 걷어치우고 오로지 혈전 파괴의
길로 진력할 것을 권고했다. 모든 단체들이 혈전 파괴를 통한 혁명적
운동을 경주하면 궁극적으로 독립을 달성하게 되리라는 것이다. 이것
은 달리 「조선혁명선언」에서 말한 내용을 신문을 통해 다시 제시한 것
이다. 한편 이러한 그의 혁명 사상과 파괴 정신은 동방무정부주의연맹
의 선언에서도 그대로 연장된다. 단재는 1927년경 동방무정부주의연
맹에 가담하고 이듬해 「선언」을 작성한 것으로 보인다. 국내 국외에서
산발적 활동에 머물던 제국주의와의 투쟁을 국제적 활동으로 연대 확
장하여 독립을 달성하고자 했던 것이다.

> 彼等 野獸들이 아모리 악을 쓴들, 아모리 요망을 피운들 이믜 모든 것을
> 否認한, 모든 破壞하랴는 大界를 울리는 革命의 북소리가 엇지 遽然히 까닭
> 업시 멋칠소냐 (…중략…) 彼等의 勢力은 우리 多大數 民衆의 容許에 의하
> 여 存在한 것인즉 우리 大多數 民衆의 否認하며 破壞하는 날이 곳 彼等이
> 그 存在를 일른 날이며 彼等의 存在를 일른 날이 곳 우리 民衆이 熱望하는
> 自由平等의 生存을 어더 無産階級의 眞正한 解放을 일우는 날이다 곳 凱旋
> 의 날이니 우리 民衆의 生存할 길이 여긔 이 革命에 잇슬 뿐이다[67]

단재는 제국주의 세력을 부인하고 파괴하는 날이 대다수 민중의 해
방을 이루는 날이고, 또한 민중 생존을 이루는 날이라고 규정했다. 「조

---

67 신채호, 「宣言」, 김병민 편, 『신채호문학유고선집』, 연변대학출판사, 1994, 192~193면.
위 내용에서 "우리 多大數 民衆의 容許에 의하여 存在한 것인즉"은 없지만, 북한본 선집의
「선언」(『룡과 룡의 대격전』, 조선예술총동맹출판사, 1966, 169~170면)을 통해 재구 보
완한 것이다.

선혁명선언」은 단재의 이전 글들, 즉 「꿈하늘」, 「신대한 창간사」, 「외교문제에 대하야」 등과 아주 밀접한 관련을 맺고 있다. 그리고 한편으로는 이후의 글들, 즉 「월왕 구천 살인」, 「룡과 룡의 대격전」, 「선언」 등과 밀접히 연관되어 있다. 단재의 글들은 큰 문맥 속에서 서로 연관성을 가지면서 전개된 것이다.

3) 「조선혁명선언」의 위치

「조선혁명선언」은 이전의 선언서와 밀접한 관련이 있다. 그 이전 주요한 선언서로 「3·1독립선언서」, 「대한독립선언서」, 「조선독립의 서」 등이 나왔다. 그리고 그 이후 단재는 동방무정부주의연맹 선언서를 썼다. 의열단 선언서는 이러한 선언서와 어떤 관계에 있는지, 어떤 위치를 점하고 있는지를 살피기로 한다.

1919년 2월 8일 「2·8독립선언서」가 일본 동경에서 선포되고, 최남선이 기초한 「3·1독립선언서」가 1919년 3월 1일 서울에서 발표된다.

丙子修好條規 以來 時時種種의 金石盟約을 食하얏다 하야 日本의 無信을 罪하려 안이하노라 學者는 講壇에서 政治家는 實際에서 我 祖宗 世業을 植民地視하고 我 文化民族을 土昧人遇하야 한갓 征服者의 快를 貪할 샏이오 我의 久遠한 社會基礎와 卓犖한 民族心理를 無視한다 하야 日本의 少義함을 責하려 안이하노라 自己를 策勵하기에 急한 吾人은 他의 怨尤를 暇치 못하노라 現在를 綢繆하기에 急한 吾人은 宿昔의 懲辨을 暇치 못하노라 今日 吾

人의 所任은 다만 自己의 建設이 有할 뿐이오 決코 他의 破壞에 在치 안이하도다 嚴肅한 良心의 命令으로써 自家의 新運命을 開拓함이오 決코 舊怨과 一時的 感情으로써 他를 嫉逐排斥함이 안이로다 舊思想 舊勢力에 羈縻된 日本 爲政家의 功名的 犧牲이 된 不自然 又 不合理한 錯誤狀態를 改善匡正하야 自然 又 合理한 正經大原으로 歸還케 함이로다 當初에 民族的 要求로써 出치 안이한 兩國倂合의 結果가 畢竟 姑息的 威壓과 差別的 不平과 統計 數字 上 虛飾의 下에서 利害相反한 兩民族間에 永遠히 和同할 수 업는 怨溝를 去益深造하는 今來實績을 觀하라 勇明果敢으로써 舊誤를 廓正하고 眞正한 理解와 同情에 基本한 友好的 新局面을 打開함이 彼此間 遠禍召福하는 捷徑임을 明知할 것 안인가[68]

一. 今日 吾人의 此擧는 正義, 人道, 生存, 尊榮을 爲하는 民族的 要求ㅣ니 오즉 自由的 精神을 發揮할 것이오 決코 排他的 感情으로 逸走하지 말라
一. 最後의 一人까지 最後의 一刻까지 民族의 正當한 意思를 快히 發表하라
一. 一切의 行動은 가장 秩序를 尊重하야 吾人의 主張과 態度로 하야금 어대까지던지 光明正大하게 하라[69]

최남선이 선언서를 쓰고, 한용운이 공약 3장을 씀으로써 「3·1독립선언서」는 완성되었다. 최남선은 우리 민족의 "最大 急務가 民族的 獨立을 確實"케 함이라 인정하면서도 "金石盟約을 食하얏다 하야 日本의 無

---

68 「선언서」, 독립기념관 소장 자료, 자료번호 : 5-001095-000(http://search.i815.or.kr/Main/Main.jsp).
69 「선언서」, 독립기념관 소장 자료, 자료번호 : 5-001095-000.

信을 罪하려 안이하"며, "日本의 少義함을 責하려 안이하"는 등 일본의 지난 과오는 묻지 않겠다고 했다. 그리고 "吾人의 所任은 다만 自己의 建設이 有할 쑌이오 決코 他의 破壞에 在치 안이하도다"라고 하며, "自家의 新運命을 開拓함이오 決코 舊怨과 一時的 感情으로써 他를 嫉逐排斥함이 안이"라는 것을 분명히 했다. 독립의 당위성과 필요성을 확인하면서도 철저히 평화적 비폭력적 독립운동을 내세웠던 것이다. 이러한 모습은 한용운의 공약 3장에 더욱 여실하다. 그러나 평화적, 비폭력적 독립운동은 일본의 총칼 앞에 힘없이 무너지게 된다. 한편 공약 3장을 쓴 한용운은 이후 자신의 입장을 「조선독립에 대한 감상의 대요」(『독립신문』, 1919.11.4)에 발표한다.

嗚呼라 '劍'이 엇지 萬能이며 '力'이 엇지 勝利리오 正義가 有하고 人道가 有하도다 侵掠 又 侵掠 惡極 慘極의 軍國主義는 獨逸로써 最終幕을 演치 아니하엿는가 血耶肉耶 鬼哭神愁의 歐洲 大戰爭은 大略 一千萬의 死傷者를 出하고 幾多億의 金錢을 糜費한 後에 正義人道를 標榜하는 旗幟下에서 講和條約을 成立하게 되엿도다 (…중략…) 그러나 聯合國側도 獨逸의 軍國主義를 打破한다 聲言하엿스나 그 手端方法의 實用은 亦是 軍國主義의 遺物인 軍艦 鐵砲 等의 殺人具이니 是는 蠻夷로 蠻夷를 攻함이니 何의 別이 有하리오 獨逸의 失敗가 聯合國의 戰勝이 안인즉 數多한 强弱國의 合致한 兵力으로 五年間의 持久戰에 獨逸을 制勝치 못함은 此는 또한 聯合國側 準軍國主義의 失敗가 아닌가 그러면 聯合國側의 砲가 强함이 안이요 獨逸의 劍이 短함이 아니어늘 戰爭의 終極을 告함은 何故오 曰 正義人道의 勝利오 軍國主義의 失敗니라[70]

한용운은 3·1운동에 가담한 까닭에 구속되어 감옥에서 영어의 생활을 한다. 그는 감옥에서 자신의 변론 요지를 썼다. 그는 인도와 정의를 통한 독립운동을 주장했다. 이는 종국에는 정의와 인도가 승리할 것이고, 군국주의는 실패하리라는 믿음에서 나온 것이다. 그는 군국주의에 대해 군국주의로 대하는 것은 '오랑캐는 오랑캐로 제압'함에 불과할 뿐이며, 그래서 인도와 정의를 통해 승리해야 한다고 했다. 그래서 그는 "靑日戰爭 後의 馬關條約과 露日戰爭 後의 포스머스條約中에 朝鮮獨立의 保障을 主張함은 何等의 義俠이며 그 兩條約의 墨痕이 未乾하야 곳 節을 變하고 操를 改하야 詭計와 暴力으로 朝鮮의 獨立을 蹂躪함은 何等의 背信인가 往事는 己矣하나 來者를 可諫이라 平和의 一念이 足히 天地의 禎祥을 釀하나니 日本人은 勉之어다"라고 끝맺고 있다. 앞으로 조선의 독립운동이 평화의 일념으로 나아가길 촉구하였다.

서울에서의 독립선언서를 유심히 읽어내려가던 단재는 고개를 갸웃거리다가 이윽고,

"불과 몇 년짜리 운동을 선언했군! 이 판에 평화운동이 다 뭐하자는 겨요."

하고 긴 탄식을 한 뒤

"에잉! 이것도 독립선언이라고……."

하는 말과 함께 선언서를 내팽개치는 게 아닌가.[71]

단재는 「3·1독립선언서」를 보고 "이것도 독립선언이라고" 하며 탄

---

70 한용운, 「朝鮮獨立에 對한 感想의 大要」, 『독립신문』, 1919.11.4, 3면.
71 임중빈, 『선각자 단재 신채호』, 단재신채호선생추모사업회, 1986, 223면.

식했다 한다. 그것은 "從來로 우리 社會에 出現한 論文 宣言文 等이 매양
哀乞이 안이면 諷諫이요, 그러치 안하면 祈禱이라 한아도 咀呪에 相當
한 文字가 업섯도다"[72]라는 평가와 맞닿아 있다. 단재는 비무장 비폭력
투쟁의 한계를 너무나 잘 알고 있었다. 그는 이미 「꿈하늘」(1916)에서
"'우리는 正義의 아들이다. 惡이 아모리 강한들 엇지 우리를 니기리오.'
불으지지나 强力 밋헤야 正義의 한아비인들 쓸대 잇나냐?"라고 반문했
던 것이다.[73]

正義는 無敵의 劍이니 此로써 逆天의 魔와 盜國의 賊을 一手 屠決하라 此
로써 四千年 祖宗의 榮輝를 顯揚할지며 此로써 二千萬 赤子의 運命을 開拓
할지니 起하라 獨立軍아 齊하라 獨立軍아 天地로 網한 一死는 人의 可逃치
못할 바인즉 犬豕에 等한 一生을 誰가 苟圖하리오 殺身成仁하면 二千萬 同
胞가 同體로 復活하리니 一身을 何惜이며 傾家復國하면 三千里 沃土가 自家
의 所有ㅣ니 一家를 犧牲하라 咨我 同心同德인 二千萬 兄弟姉妹아 國民 本領
을 自覺한 獨立인 줄을 記憶할지며 東洋平和를 保障하고 人類平等을 實施키
爲한 自立인 줄을 銘心할지며 皇天의 明命을 祗奉하야 一切 邪網에서 解脫
하는 建國인 줄을 確信하야 肉彈血戰으로 獨立을 完成할지어다[74]

단재는 「조선혁명선언」에서 "三一運動의 萬歲소리에 民衆的 一致의
意氣가 瞥現하였지만 또한 暴力的 中心을 갖이지 못하였도다"고 하여

---

72 김병민 편, 『신채호문학유고선집』, 연변대학출판사, 1994, 188면.
73 위의 책, 50면.
74 「대한독립선언서」, 독립기념관 소장 자료, 자료번호 : 5-000631-000(http://search.i8
    15.or.kr/Main/Main.jsp).

그 한계를 지적했다. 그는 「3·1독립선언서」처럼 비폭력 평화주의적 독립운동은 더 이상 소용없다고 인식했다. 1919년 3월(음력 2월)에 단재는 조소앙이 기초한 「대한독립선언서」에 서명하였다.[75] 그것은 "逆天의 魔와 盜國의 賊을 一手 屠決하라"고 하는 실천적 행동적 강령이 포함되어 있다. 곧 '살신성인', '일가희생' 등 '육탄혈전'을 통한 독립의 완성을 부르짖었다. 단재는 1919년 『신대한 창간사』에서도 "二千萬의 骸骨을 太白山갓치 싸흘지라도 日本과 싸호자"라며 무력투쟁을 호소하였다. 단재의 「조선혁명선언」은 바로 「대한독립선언서」의 맥을 잇는 투쟁적 폭력적 독립 쟁취 선언이다. 단재는 더 이상의 무저항 비폭력주의가 독립의 방법이 될 수 없음을 3·1운동을 통해서 여실히 깨달았다. 그래서 폭력의 중심을 갖는 독립전쟁을 선포했던 것이다.

이제 破壞와 建設이 하나이오 둘이 아닌 줄 알진대 民衆的 破壞 앞에는 반드시 民衆的 建設이 있는 줄 알진대 現在 朝鮮 民衆은 오직 民衆的 暴力으로 新朝鮮 建設의 障礙인 强盜 日本 勢力을 破壞할 것뿐인 줄을 알진대 朝鮮 民衆이 한편이 되고 日本 强盜가 한편이 되야 네가 亡하지 아니하면 내가 亡하게 된 '외나무다리 위'에 선 줄을 알진대 우리 二千萬 民衆은 一致로 暴力 破壞의 길로 나아갈지니라(「선언」, 119면)

---

75 「대한독립선언서」는 그동안 작성 시기가 논란이 되어 왔다. 선언서에 기록된 것은 1919년 2월이기 때문이다. 이 선언서를 「무오독립선언서」라고 일컫기도 하지만 이는 잘못이다. '1919년 2월'을 양력으로 간주한다 하더라도 1919년 2월 1일은 음력 1919년(기미년) 1월 1일이기 때문에 무오년(1918)이 될 수 없다. 필자는 1919년 2월은 음력으로 보는 것이 타당하다고 생각한다. 그렇다면 이 선언서는 1919년 3월에 작성된 것으로 국내 「3·1독립선언서」 이후에 나온 것이 된다.

민중이 중심되어 파괴와 폭력과 길로 나아가는 것, 그것이 「조선혁명선언」의 요체이다. 거기에서 "민중은 우리 혁명의 대본영"이며, "폭력은 우리 혁명의 유일무기"가 된다. 3·1운동에서 이룩하지 못했던 무력적 중심을 확고히 천명한 것이다. 그의 「조선혁명선언」은 강고한 무력혁명의 선언이며, 무력으로 독립을 쟁취하고 민중이 그 중심에 서는 민중혁명 선언인 것이다. 그래서 민중적 역사 주체의 인식과 함께 무력을 통한 일본 제국 구축, 이상적 조선 건설이라는 단재의 주의와 사상이 잘 녹아든 강고한 선언서가 되었다. 그의 선언은 이후 1928년 동방무정부주의연맹 선언으로 이어진다. 그의 선언서는 독립운동의 한 면을 장식한 무력투쟁의 정신적 지주이자 핵심이 되었다.[76]

4) 마무리

일명 의열단 선언서, 단재가 쓴 「조선혁명선언」의 자장이 컸음은 여러 증언에서 드러난다. 의열단에서 단재에게 선언서를 부탁한 것은 무엇보다 단재의 굽힘 없는 정신과 기개 때문이었을 것이다. 단재는 죽어가면서도 그러한 기개를 버리지 않았다. 불의와 타협하지 않는 올곧은 정신, 민족과 역사를 위해서는 자기 한 몸을 주저없이 희생했던 그였기에 그의 선언서는 의지이자 실천이었던 것이다. 일제하 추상같은 현실 속에서도 결코 굴하지 않고 일제의 만행을 폭로하며, 대결했던 그. 조

---

76 이 장의 일부 내용은 김주현의 『신채호문학연구초』(소명출판, 2012)에서 정리해 가져왔음을 밝힌다.

선혁명선언이 일제강점기 아래 그 어떤 선언서보다 커다란 울림을 갖는 것은 그의 정신 때문일 것이다. 선언서에는 대아를 추구하며, 역사는 아와 비아의 투쟁의 역사라고 말하던 단재가 생즉사요, 사즉생이라는 혁명가의 현실을 웅변해주고 있다.

「조선혁명선언」은 국내외 항일 단체의 정신적 결의이자 행동적 좌표가 되기도 했다. 조선 혁명을 이뤄야 할 이유와 혁명의 방법 등이 소상히 기록되었기 때문이다. 단재는 당시 행동하는 지식인들에게 하나의 사표였다. 혁혁한 문체로 작성된 선언서에는 "왜적은 전율하며 공포하고 민중은 각성하며 분기"하는 힘이 들어 있었다. 조완구는 이 선언서를 본 뒤에 "이 글은 단재가 쓴 것 같다"고 하였으며[77] 최남선은 "단재의 글은 장강대해와 같은 힘을 가진 것"[78]이라고 평했다고 한다. 단재의 문체는 강고하고 유창하여 다른 사람들에게 커다란 울림을 주었던 것이다.

우리는 최남선의 「기미독립선언서」, 한용운의 「조선독립의 서」, 그리고 신채호의 「조선혁명선언」을 근대의 3대 선언서로 든다. 그 가운데 무력을 통한 실천과 혁명을 보여주는 것은 신채호의 선언서가 유일하다. 그의 선언은 주장이 아니라 실천이며, 또한 말이 아니라 행동이었기 때문이다. 「조선혁명선언」은 민중들의 힘을 통한 혁명, 곧 민중혁명을 창도했다는 점에서 커다란 의미가 있다. 단재는 3·1운동을 통해 민중들의 힘을 보았다. 일체된 중심을 통해 힘을 결집한다면, 마침내 독립을 이룰 수 있을 것이라는 희망을 발견한 것이다. 의열단 선언서는

---

77   류자명, 『류자명 수기―한 혁명자의 회억록』, 독립기념관 독립운동사연구소, 1999, 133면.
78   위의 책, 131면.

민중을 역사적 주체로 상정하고, 이들의 자각적인 혁명을 추구하였다는 점에서 주체적 민중의 역사관을 보여주는 단재의 걸작이다.

4. 「룡과 룡의 대격전」의 혁명성

1) 1928년, 「룡과 룡의 대격전」의 탄생

「룡과 룡의 대격전」은 단재의 작품 가운데 드물게도 완성된 단편이다. 이 작품은 총 10장으로 구성되었으며, 다른 어떤 작품보다도 완성미가 두드러진다. 이 작품은 유고로 발견되어 1964년 『조선문학』(1964.8)에 김하명의 해설과 함께 실렸다가 이후 북한의 선집 『룡과 룡의 대격전』에 포함되면서 제대로 알려지게 되었다. 북한에서는 유고집의 이름을 『룡과 룡의 대격전』으로 내세울 정도로 이 작품의 의미를 부각시켰다. 남한에서는 1977년 개정판 『단재신채호문학전집(별집)』에 실리면서 제대로 알려졌다. 그리고 본격적인 논의들이 나오게 된다.[79]

「룡과 룡의 대격선」은 총 10개의 장으로 구성되어 있다. 10이라는 숫자가 의미하듯 이 작품은 무척 안정된 구조를 보이고 있다. 이 작품은 1928년에 쓰였는데, 단재의 마지막 소설이다. 이 작품의 전체 구조

---

[79] 김윤식, 「단재 소설 및 문학사상의 문제점」, 『인문사회과학논문집』 5, 서울대학교, 1973; 임중빈, 「단재 문학의 영웅상과 민중상」, 『단재신채호와 민족사관』, 형설출판사, 1980; 최수정, 「신채호의 「꿈하늘」, 「룡과 룡의 대격전」 연구」, 『한양어문』 19, 한양어문학회, 2001; 박중렬, 「단재의 「쑴하늘」과 「룡과 룡의 대격전」 재론」, 『한국문학이론과 비평』 33, 한국문학이론과 비평학회, 2006.12.

를 보면 아래와 같다.

一. 미리님의 나리심

二. 天宮의 太平宴, 叛逆에 對한 걱정

三. 미리님이 按出한 鎭壓策

四. 復活할 수 업도록 慘死한 耶蘇

五. 미리와 드래곤의 同生異性

六. 地國의 建設과 天國의 恐慌

七. 미리의 出戰과 上帝의 憂慮

八. 天國의 大亂 上帝의 飛去

九. 天使의 行乞과 道士의 神占

十. × × ×

이 작품은 원래부터 장의 제목이 있었던 것으로 보이며, 단 제10장
은 따로 제목이 없었던 것을 북한에서 선집을 내면서 "× × ×"로 제시
한 것으로 보인다. 김병민의 유고선집에는 10장에 제목이 붙어 있지 않
다. 실재 단재의 자필 유고에는 첫면 첫줄에 '龍과 龍의 大激戰'이라는
제목이 맨 왼쪽에 세로체 큰 글씨로 적혀 있고, 제2행에 '燕市夢人'이라
고 저자를 밝혀 놓았다. 그리고 제3행에 1장 제목 "一 미리님의 나리심"
이 제시되었고, 소설 본 내용은 제4행부터 시작된다. 작품 제목이나 장
제목에서는 따로 띄어쓰기가 되지 않았지만, 소설 본문에서는 단락이
나 구절 성분에 따라 띄어쓰기가 되어있다. 「룡과 룡의 대격전」의 자필
유고를 비교해볼 때, 김병민의 편집본은 현재적 띄어쓰기를 하였지만

원전 그대로 간행했다는 사실을 확인할 수 있다. 이 글에서는 김병민의
『신채호문학유고선집』을 중심으로 「룡과 룡의 대격전」을 살펴보려고
한다.

2) 「룡과 룡의 대격전」의 텍스트 형성

1928년은 무진년이다. 단재가 1928년경 쓴 글은 서너 편 정도 남아
있는 것으로 보인다. 하나는 1928년 1월 1일에 발표된 「예언가가 본
무진」이라는 글이다. 이 글은 1927년 말에 1928년, 즉 무진년 새해를
앞두고 쓴 글이다.[80] 비록 무진년에 들어와 쓴 글은 아니지만 무진년을
맞이하는 자신의 모습을 보여준다는 측면에서 중요한 글이다.

> 그런데 新年이 왔다 戊辰이라 일홈하는 新年이 왔다 무엇으로 新年을 마
> 지할가? 나에게는 떡국도 업다 딱총도 업다 무엇으로 新年을 마지할가? 迷
> 信의 동무야! 입 벌려라 秘訣家의 豫言으로나 新年 戊辰을 마지하자[81]

위 내용을 통해 단재가 무진년에 대해 내심 무척 기대하고 있었다는
사실을 알 수 있다. 단재는 "秘訣家의 豫言으로나 新年 戊辰을 마지하

---

80 한편 「金錢 鐵砲 咀呪」 역시 1928년 무렵에 나온 것으로 보인다. 김병민은 「金錢 鐵砲 咀
呪」가 "민중의 반항정신과 폭력투쟁을 긍정 옹호한 점은 1928년 초에 집필한 「선언」과
일정한 일치성을 보여주는바 대체로 1927~1928년 초의 작품"(『선집』, 189면)으로 추
정했는데 충분히 일리가 있다.
81 신채호, 「豫言家가 본 戊辰」, 『조선일보』, 1928.1.1, 13면.

자"고 하였다. 그렇다면 예언이 무엇이며, 단재가 무진년에 기대한 것은 무엇인가? 무진년 벽두에 단재는 큰 기대를 갖고 새해를 맞았으며, 그는 무진년이야말로 '조선의 성년(聖年)'이라 믿었다. 과연 그해에 무슨 일이 있었던가?

> 나리신다, 나리신다, 미리[龍]님이 나리신다. 新年이 왔다고, 新年 戊辰이 왔다고, 미리님이 東方 亞細亞에 나리신다.[82]

단재가 무진년을 맞아 쓴 또 다른 작품 「룡과 룡의 대격전」은 위와 같이 시작된다. 어떤 진언에 따라 미리가 현신하는 모습을 보여준다. 마치 주술가가 주문을 외듯이 미리는 강림한다. 그것은 무진 신년의 벽두에 내리는 주술사의 예언이나 다를 바 없다. 그러면 다시 '예언'의 실체를 살펴보자.

> 戊辰 己巳 兩年은 歷來 朝鮮의 秘訣家가 朝鮮의 新運命을 開拓하는 吉年이라 하야 非常히 珍視하든 해다 이는 '辰巳聖人出'이란 五字의 秘句가 古代부터 流傳하여온 까닭이다 '辰巳聖人出'의 '辰巳'는 다른 甲子의 辰巳가 아니요 오즉 戊辰 己巳로 認定하야온 까닭이다 (…중략…) 李朝 五百年間에는 儒教倫理가 弘布된 까닭에 쏘 社會 文弱이 極度에 達한 까닭에 辰巳聖人의 野心을 가지엇든 者가 오즉 宣祖 當年에 誅死한 當時 有名한 博學者로서 쏘한 '忠臣不事二君'의 專制倫理를 反對한 鄭汝立샌이요 그 後에는 憔悴하야

---

82 김병민 편, 『신채호문학유고선집』, 연변대학출판사, 1994, 119면. 이하 이 작품의 인용은 『선집』, 면수만 기입.

辰巳 聖人이 崛起할 만한 戊辰年이 업지 안하얏지만은 한갓 三災八難 內憂
外患을 격그면서 一甲子 二甲子를 지내고 今年 戊辰까지 들맞게 되엇다[83]

　辰巳 聖人出은 弓裔 王建 李太祖 等 經驗한 事實로 보면 漢字玉篇에 말한 바
가튼 聖人이 戊辰 己巳年間에 投胎 或 誕生한다는 말이 아니라 곳 新運命을
開拓하는 中心 事業이 戊辰 己巳로써 된단 말이니 이 말이 반듯이 古星相家
累代 經驗에서 나온 말인즉 나는 얼마큼 이 말을 信認하려 한다 (…중략…)
時運이 잇서도 또한 人物의 勞力을 要하나니 나는 戊辰年을 朝鮮의 聖年으로
밋는 同時에 더욱이 우리 朝鮮 民衆의 一般 勞力을 빌고 말을 마친다[84]

　무진년의 예언은 다름 아닌 "辰巳聖人出" 다섯 글자이다. 이 글에서
는 "진사"의 의미와 "성인"의 의미 해석에 중점을 두었다. 진사는 "戊辰
己巳" 양년을 일컬으며, '성인'으로 궁예(弓裔) 왕건(王建) 이태조(李太祖)
를 들었고, 또한 조선조 500년간에는 "專制倫理를 反對한 鄭汝立"을 언
급했다. 단재는 1916년에 쓴 「꿈하늘」에서 "暴君은 베여도 可하다 하
여 忠臣不事二君의 奴說을 反對한 竹島 鄭汝立"(『선집』, 60면), "竹道先生
鄭汝立이 九月山에 들어가 檀君께 祭하여 忠臣不事二君이 聖人의 말 안
이라고 웨첫나니, 이는 思想界의 獅子吼어늘 鎭安竹寺에서 無道한 칼에
肉漿이 되"(『선집』, 62면)었다고 기술했다. 단재에게 정여립은 혁명가로
인식되었던 것이다. 1928년 무진년이 "朝鮮의 新運命을 開拓하는 吉年"
이며, 무진년에 "新運命을 開拓하는 中心 事業"이 이뤄질 것이란 말이

83　신채호, 「豫言家가 본 戊辰」, 『조선일보』, 1928.1.1, 13면.
84　위의 글.

다. 단재는 이를 위해 "우리 朝鮮 民衆의 一般 勢力"을 기대하며 글을 마무리했다. 무진년 벽두에 던진 화두, 그것은 궁예나 왕건, 그리고 이태조처럼 새로운 나라를 건설할 인물이 나오거나 정여립과 같은 혁명가가 나타나리라는 것이다.

또한 단재는 같은 시기에 「선언」을 집필했다. 그것은 동방무정부주의연맹의 선언서로 보이며, 이 글에서 단재는 혁명을 노래했다.

> 아一 殘惡, 陰慘, 不德한 野獸的 强盜一 强盜的 野獸一 이 野獸의 蹂躪 밋테서 苦痛과 悲慘을 바더오는 우리 民衆도 참다 못하야 견듸다 못하야 이에 저 野獸들을 退治하랴는 撲滅하랴는一 在來의 政治며 法律이며 道德이며 倫理며 其他 一切 文具를 否認하자는 軍隊며 警察이며 皇室이며 政府며 銀行이며 會社며 其他 모든 勢力을 破壞하자는 憤怒的 絶叫 '革命'이라는 소리가 大地上 一般의 耳膜을 울니엇다(『선집』, 192면)

단재는 제국주의의 유린과 고통을 박멸하고, "在來의 政治며 法律이며 道德이며 倫理이며 其他 一切 文具를 否認하자, 그리고 軍隊며 警察이며 皇室이며 政府며 銀行이며 會社며 其他 모든 勢力을 破壞하자"고 했다. 그것은 일본 제국주의 기관에 대한 파괴의 선언이며, 민중혁명 봉기의 선언이다.

> 그래서 軍人의 총과 警察의 칼로 革命的 民衆을 威壓하는 同時에 新聞, 書店, 學校 等을 設始 或 買收 或 檢定하야 彼等의 走狗인 記者, 學者, 文人, 教授 等을 식히여 그 野獸的 掠奪, 强盜的 搾取를 公認하며 鞬護하며 禮讚하야 民

衆的 革命을 消滅하랴 한다. 이 野獸世界 強盜社會에 '正義니' '眞理니'가 다 무슨 방귀이며 '文明이니' '文化니'가 다 무삼 쫑물이냐? 우리 民衆은 알엇다. 쌔달엇다. 彼等 野獸들이 아모리 악을 쓴들, 아모리 요망을 피운들 이미 모든 것을 否認한, 모든 破壞하랴는 大界를 울니는 革命의 북소리가 엇지 遽然히 까닭업시 멋칠소냐 발서 구석구석 部分部分이 우리 民衆과 彼等 野獸가 陣形을 對하야 砲火를 開始하얏다(『선집』, 192~193면)

　　彼等의 勢力은 우리 大多數 民衆의 容許에 依하여 存在한 것인즉 우리 多大數 民衆의 否認하며 破壞하는 날이 곳 彼等이 그 存在를 일른 날이며 彼等의 存在를 일른 날이 곳 우리 民衆이 熱望하는 自由平等의 生存을 어더 無産階級의 眞正한 解放을 일우는 날이다 곳 凱旋의 날이니 우리 民衆의 生存할 길이 여긔 이 革命에 잇슬 쑨이다.(『선집』, 193면)

　　민중과 야수의 대결, 무산 민중의 생존을 위해 단재는 혁명을 외쳤다. 이미 의열단 선언서에서 단재는 민중혁명을 외치지 않았던가. 야수와 민중의 대결에 시작을 선언한 것이다. 그것은 「룡과 룡의 대격전」에서도 마찬가지이다.

3)「룡과 룡의 대격전」의 갈등 양상

　　「룡과 룡의 대격전」은 표면적으로 빈자 / 부자의 갈등이지만 좀 더 큰 국면에서는 식민지 민중과 제국주의 권력자의 갈등을 드러낸다. 이 작품에서 세계는 천국과 지국으로 나뉘며, 지국은 다시 부귀자와 빈민으로 나뉜다. 단재는 제국주의 국가의 민중과 식민지 국가의 민중은 다르다고 이야기 했다. 그는 무산 계급의 진정한 해방을 위해 혁명의 필요성을 강조했다.

富者와 貴者들은 勿論 미리님의 입에 맞도록 支那 料理, 西洋 料理 等 가즌 음식을 장만하야 미리님이 귀에 흐뭇하도록 거믄고, 伽倻琴 피아노 등 모든 音樂을 대령한다. 그러나 可憐하고 헐벗고 굼주린 貧民들은 미리님께 精誠을 들이랴 하나 아모 가진 것이 업다. 가진 것은 그 쌜간 몸쑌이다. 이에 할일 업서 피를 쌥아 술을 빗고 눈물을 짜아 썩을 맨들어 莊嚴한 祭壇 위에 창피하게 모양 업시 벌이어노코 미리님의 나리심을 기다린다.(『선집』, 119면)

地上의 民衆을 대개 두 部分으로 난울 수 잇으니 (一)은 强國의 民衆이오 又 (一)은 植民地의 民衆이올시다. 强國의 民衆은 아즉 그 惰力의 愛國心을 가진 同時에 國을 支配階級의 國으로 誤認하야 支配階級의 勢力을 擴張 增進케 하는 일은 愛國으로 誤信하야 그 愛國心이 僞愛國心이 되고 말었습니다. 그런즉 强國의 民衆에게는 얼마큼 普通選擧의 權利 갓혼 것 勞動賃金의 增加 갓혼 것이나 許하여 주고 一面으로 그 僞愛國心을 獎勵하야 弱小國 民衆을 征服케 하면 植民地의 民衆을 壓迫케 하야 支配階層─資本主義의 先鋒이 되게 하면 彼等의 곱흔 배(腹)가 다시 私益 업는 虛榮에 불너저어 우리가 비록 멧 十年 동안 彼等의 피를 쌜아먹어도 압흔지를 모를 것이오. 植民地의 民衆은 그 苦痛의 程度가 다른 民衆보다 萬倍나 되지만 매양 그 虛妄한 僥倖心을 가져 굴머죽는 놈이 僥倖의 飽食을 바라며 얼어 죽는 놈이 僥倖의 暖衣

를 바라며 絞首臺에 목을 듸민 놈이 僥倖의 生을 바랍니다.

그래서 反抗한 境遇에도 反抗을 잘 못합니다. 그런즉 植民地의 民衆처럼 속이기 쉬운 民衆이 업습니다. 鐵道, 鑛山, 漁場, 森林, 良田, 沃畓, 商業, 工業 …… 모든 權利와 利益을 다 쌔앗스며 稅納과 賭租를 작구 더 바더 몸서리 나는 搾取를 行하면서도 것흐로 "너의들의 生存 安寧을 保障하여 주노라"고 써들면 속음니다. 革鞭 鐵椎 竹針질, 단근질, 電氣쏨질, 甚至於 口頭에 올니기도 慘惡한 'XXX' 'XXX' 갓흔 刑罰을 行하면서도 軍隊를 出動하야 婦女를 씨저 죽인다, 小兒를 산 채로 뭇는다, 全村을 屠戮한다, 穀粟가리에 放火한다 …… 하는 戰慄한 手段을 行하면서도 한두 新聞社의 設立이나 許可하고 "文化政治의 惠澤을 바드라"고 소리하면 속음니다. 學校를 制限하야 그 知識을 업도록 하면서도 國語와 國文을 禁止하여 그 愛國心을 못나도록 하면서도 彼國의 人民을 移植하야 그 本國의 民衆을 살 곳이 업도록 하면서도 惡刑과 虐殺을 行하야 그 種族을 滅亡토록 하면서도 부어터질 同族同文의 情誼를 말하면 속음니다. '建國' '革命' '獨立' '自由' 等은 그 名詞까지도 니저바리라고 一切 口頭 筆頭에 올어지도 못하게 하지만 옴올나갈 自治參政權 等을 주마 하면 속음니다.(『선집』, 122~123면)

"朝鮮人 中에도 有産者는 勢力 잇는 日本人과 갓고 日本人 中에도 無産者는 可憐한 朝鮮人과 한가지니 우리 運動을 民族으로 난울 것이 안이오 有無産으로 난울 것이라"고 有産階級의 朝鮮人이 日本人과 갓다 함은 우리도 承認하는 바어니와 無産階級의 日本人을 朝鮮人으로 본다 함은 沒常識한 言論인가 하니 日本人이 아모리 無産者일지라도 그래도 그 뒤에 日本帝國이 잇서 危險이 잇슬가 保護하며 災害에 걸리면 補助하며 子女가 나면 敎育으로

知識을 주도록 하야 朝鮮의 有産者보다 豪强한 生活을 누릴 뿐더러 하물며 朝鮮에 移殖한 者는 朝鮮人의 生活을 威嚇하는 殖民의 先鋒이니 無産者의 日人을 歡迎함이 곳 殖民의 先鋒을 歡迎함이 아니냐[85]

단재는 지상의 민중을 강국의 민중과 식민지 민중으로 나눴다. 그러면서 식민지 민중은 그 고통의 정도가 강국의 민중에 비해 훨씬 크다는 것을 강조했다. 그리고 "朝鮮人 中에도 有産者는 勢力 잇는 日本人과 갓고 日本人 中에도 無産者는 可憐한 朝鮮人과 한가지"라는 말에 분개했다. 일본인 무산자들은 일본 제국이 보호하고 지원해주기 때문에 조선인 유산자보다 호강하며, 심지어 그들이 조선에 이식하여 조선인들의 생활마저 위협한다는 것이다. 단재는 당시 사회주의자들이 단순히 민중을 부르조아(부자)와 프로레타리아(민중)로 나누며, 세계 무산자의 해방을 외치는 것에 대해 비판했다. 여기에는 엄연히 제국의 민중과 식민지 민중이 같을 수 없다는 주장이 들어 있다. 단재는 제국주의자들이 식민지 민중들을 착취하고 학대한 현실을 고발했다. 그는 제국주의 세력이 식민지 민중에게 가한 "革鞭 鐵椎 竹針질, 단근질, 電氣씀질, 甚至於 口頭에 올니기도 慘惡한 'ㅌ〢ㅌ〢ㅌ' 'ㅌ〢ㅌ〢ㅌ'" 등 고문의 참상을 상세히 열거했다.

여기에서 'ㅌ〢ㅌ〢ㅌ' 'ㅌ〢ㅌ〢ㅌ'를 『룡과 룡의 대격전』에서는 "심지어 구두(口頭)에 올리기도 참악한 … (6자 략함-편집부) …"로 표기했다. 두 텍스트 모두 무슨 내용인지 제대로 알 수 없다. 그런데 이 텍스트를

---

85 신채호, 「浪客의 新年漫筆」, 『동아일보』, 1925.1.2, 4면.

처음에 소개한 『조선문학』(1964.8)은 "심지어 구두(口頭)에 올리기도 참악한 'X심지' 'X주리'"로 보다 분명하게 제시했다. 또한 「조선혁명선언」에서는 "生殖器에 심지를 박는", "婦女의 生殖器를 破壞한다"로 제시했다. 전자는 「견문잡감」에 "종이로 심지를 만들어서 음경에 진퇴 출입시키는[以紙爲炷 進退出入之于陽莖之中 九也]"[86] 것이다. 곧 남자의 성기에 심지를 박고 여성의 성기에 주리를 트는 고문이야말로 입에 올리기조차 참악한 것이다. 성적 고문의 실태를 여실히 고발한 것이다. 그뿐만 아니라 "軍隊를 出動하야 婦女를 찌저 죽인다, 小兒를 산 채로 뭇는다, 全村을 屠殺한다, 穀粟가리에 放火"하는 등 일본 군대의 전율스러운 잔학 행위도 폭로했다. 그것은 일제가 조선 민중들에게 가한 무단통치의 실태였다. 단재는 1921년 북만주에서 일본 제국 군대가 자행한 야만적 행위를 『천고』에 기록했다. 그러면서도 조선 민중들은 일제의 교활한 속임수와 총칼의 겁박에 "'建國' '革命' '獨立' '自由' 等은 그 名詞까지도 니저바리"게 되고 "一切 口頭 筆頭에 올어지도 못하"(『선집』, 123면)는 현실이 되었다. 단재는 그러한 현실에서 문인들이 구안을 따르고 '연애문단'을 형성한 당대 상황을 비판했다. 그것은 「조선혁명선언」에서 언급한 "신문이나 잡지를 본다 하면 강도정치를 찬미하는 반노예화한 노예문자"만 양산하는 현실과 다를 바 없다. 그것은 '비열'하고 '인후'할 따름이라는 것이다. 그러면서 그는 혁명정신을 내세웠다. 그것은 드래곤의 부활이다. 그가 이야기하는 드래곤은 바로 혁명 세력이다. 그것은 동양의 순종과 비열에서 벗어나 혁명과 파괴의 길로 나아가는 것이다.

---

86 大弓, 「見聞雜感」, 『천고』 2호, 1923.2, 27면.

數學上의 '0'은 자리만 잇고 實物은 업지만 드래곤의 '0'은 총도, 칼도, 불도, 베락도, 其他 모든 '테로'가 될 수 잇다. 今日에는 드래곤이 '0'으로 表現되지만 明日에는 드래곤의 對象의 敵이 '0'으로 消滅되야 帝國도 '0', 天國도 '0', 其他 모든 支配勢力이 '0'될 것이다. 모든 支配勢力이 '0'되는 째에는 드래곤의 正體的 建設이 우리의 눈에 보일 것이다 ― 하고 「드래곤의 歷史」란 題下에 이러케 썻다.

― 드래곤은 무엇이냐? 上帝가 太古 人民들의 迷信的 奉戴를 바더 帝位에 올으던 第五年에 虛空中에서 誕生한 一胎雙生의 怪物이 잇섯던바 (一)은 드래곤 곳 그것이오 又 (一)은 곳 現今 天宮의 侍衛大將으로 東洋 總督을 兼한 有名한 미리니 미리나 드래곤이 漢字로는 다 '龍'이라 譯한다. 그 뒤에 미리는 늘 朝鮮, 印度, 中華 等國에서 長成하야 드대여 東洋의 龍이 되야 釋迦 孔子 等의 消極的 敎育을 바더 上帝의 忠臣이 되야 늘 服從을 天職으로 알므로 支配階級의 走狗인 宗敎家, 倫理家들이 모다 미리를 人世模範의 神으로 尊奉하야 왓으므로 朝鮮의 神話에나 中華의 儒經에나 印度의 佛經에 다 龍을 非常히 讚美하야 上帝에 配하얏다. 그래서 上帝에서 미리를 拔擢하야 東洋鎭守의 大任을 준 것이오. 드래곤은 늘 希臘 羅馬 等地에 滯在하야 드대여 西洋의 龍이 되야 늘 叛逆者, 革命者들과 交流하야 '革命', '破壞' 等 惡戱를 질기어 宗敎나 道德의 굴네를 밧지 안는 고로 西洋史에 매양 叛黨과 亂賊들을 드래곤이라 別命하야 왓섯다. 근세에 와서는 드래곤이 또 虛無主義에 深感하야 더욱 激烈한 革命 行爲를 가지더니 마참내 耶蘇 基督을 慘殺할 凶犯이 된 것이다― 하얏다. 이 新聞을 바든 天國의 君臣들이 비로소 미리와 드래곤의 本來 兄弟임을 알고 놀내지 안는 이 업섯다.(『선집』, 126~127면)

단재는 미리와 드래곤이 동생이물이지만, 미리는 민중의 적이 되었고, 드래곤은 민중의 동지가 되었다고 했다. 동양의 용과 서양의 용, 전자는 복종과 윤리를 미덕으로 삼고, 후자는 혁명과 파괴를 주의로 삼는다. 단재는 "드래곤의 '0'은 총도, 칼도, 불도, 베락도, 其他 모든 '테로'가 될 수 잇다. 今日에는 드래곤이 '0'으로 表現되지만 明日에는 드래곤의 對象의 敵이 '0'으로 消滅되야 帝國도 '0', 天國도 '0', 其他 모든 支配勢力이 '0'될 것"이라 설명했다. 오늘 드래곤은 0이지만 내일에는 드래곤의 적이 0이 된다는 것이다. 그래서 "모든 支配勢力이 '0'되는 쌔에는 드래곤의 正體的 建設이 우리의 눈에 보일 것"이라 했다. 여기에는 파괴가 곧 건설이요 혁명은 곧 해방이라는 단재의 논리가 들어 있다. "드래곤이 쏘 虛無主義에 深感하야 더욱 激烈한 革命行爲를 가지더니"에서는 드래곤이 무정부주의 혁명에 나섰음을 말해준다. 그러므로 무정부주의 혁명은 모든 지배 세력을 파괴하는 것, 거기에는 천국을 지배해온 상제(上帝)와 동양을 통치해온 미리와 같은 세력이 포함된다.

占筒을 흔드니 乾之遯卦가 나온다. 道士가 大驚하야

"아―어― 乾은 大이니 上帝요 遯은 逃亡이니 당신이 上典을 찾는 奴子가 안이라 逃亡한 上帝를 찾는 天使인가 봅니다"

天使가 이 말에 놀내지 안할 수 업다 그래서 두 무릅을 꿀고 공손이

"上帝의 게신 곳을 가라쳐 달나"

하니 道士가 풀어 갈오대

"乾卦初爻의 '子'가 遯卦初爻의 '辰'으로 變하고 '辰'이 回頭하야 '子'를 克하야슴니다 辰은 龍이오 子는 쥐니 上帝가 龍(드래곤)의 亂에 逃亡하야 쥐

구녕으로 들어갓슴니다. 古語에 '天開於子'라 하더니 오늘은 '天閉於子'올시다. 쥐구녁에 가서 上帝를 차지시오"(『선집』, 135면)

「룡과 룡의 대격전」의 주문은 "乾之遯卦"이다. 그것은 상제가 용의 난에 도망가는 것이다. 용의 난이란 무엇인가? 그는 이미 「예언가가 본 무진」에서 "진사성인출"이라 하지 않았던가. 무진년 성인, 곧 용(辰)의 반란으로 미리(총독)는 죽고, 상제(日皇)는 쥐구멍으로 달아나는 것, 그리하여 '천개어자'가 '천폐어자'로 바뀌는 것이다. 그것은 흔히 하는 말로 경천동지(驚天動地)의 변화인데, 달리 '조선의 성년'이 되는 것이다. 그것은 용의 난으로 천국이 무너지는 것, 곧 무진년 성인의 혁명으로 제국주의(천국)가 마침내 패망하는 것이 아닌가. 단재는 1928년을 경천동지의 혁명의 해로 인식했다. 그래서 무정부주의동방연맹의 혁명 활동에 적극 뛰어든 것이 아니겠는가?[87]

4) 「룡과 룡의 대격전」의 위상

「룡과 룡의 대격전」은 「신대한 창간사」에서 보여주는 파괴를 제1주의로 하는 혁명노선에 닿아 있다. 그때 파괴는 단순히 파괴를 위한 파괴가 아니라 건설을 위한 파괴, 파괴를 통한 건설에 초점이 있다. 그것

---

[87] 단재는 1880년 경진년 생이었다. 비록 그가 무진년의 용은 아니었지만, 그도 또한 용(辰)이었던 것이다. 그가 혁명에 직접 나선 것은 "무진년 조선 성인의 혁명"을 믿었고, 나아가 자신을 정여립과 같은 조선의 성인으로 여겼기 때문은 아닐까?

을 일목요연하게 정리한 선언서가 「조선혁명선언」이 아니던가. 당시 단재의 주의나 사상은 바로 그 선언서에 집약되어 있다. 이뿐만 아니라 이 작품에는 1927~1928년 무렵 창작된 것으로 보이는 「금전, 철포, 저주」의 정신을 담고 있다. 단재는 "一般 奴隸들이 각기 無力의 力을 盡하야 有力者의 金錢과 鐵砲를 對抗하는 方法을 案出하니 갈온바 '咀呪' 그것"이라고 강조했다.

> 金錢 鐵砲의 力이 大할사록 그를 對抗하는 咀呪의 力도 大하야 往往 仁人 志士들이 咀呪師로 現身하야 億兆의 民衆을 指導하야 敵을 咀呪할새 哲學으로 그 咀呪의 根據를 세우며 文學으로 그 咀呪의 現象을 그리여 그 結果에 咀呪의 불길이 雲宵를 衝하얏는데 『民約論』 『資本論』 等은 露骨的의 咀呪文字언이와 『海의 女』, 토쓰토이의 『안나 까레니나』 갓흔 것도 隱鋒的의 咀呪文字니라. (『선집』, 187면)[88]

단재는 루이 16세, 나폴레옹 1세·3세, 메테르니히, 윌리암 2세, 알렉산더 2세, 누르하치[愛新覺羅], 위안스카이[袁世凱] 등도 저주에 의해 망한 자들이라고 했다. 저주는 약자의 유일 무기라는 것이라. 「통과 통의 대격전」 역시 이러한 저주 문자이다. 단재는 "'왓다 왓다 드래곤이 왓다 인제는 天國의 末日이다' 하는 咀呪를 하는 소리", "'왓다 왓다 드래곤이 왓다 인제는 天國의 末日이다' 하는 咀呪"라고 하여 이 작품이 저주 문자임을 드러냈다. 그리고 그것은 1928년 무진년과 결부되어 혁

---

88 이 글에서 원문은 "適을 咀呪할새", "그 缺課"로 되었지만, 내용상 "敵을 咀呪할새", "그 結課"가 적합하여 수정하였다.

명의 성취, 혁명의 진언으로 「룡과 룡의 대격전」에 표현되어 있다.

또한 「룡과 룡의 대격전」은 「예언가가 본 무진」과 「선언」을 이어주는 역할을 하고 있다. 1928년 직전에 「예언가가 본 무진」이 나오고, 그리고 1928년 들어 「룡과 룡의 대격전」, 「선언」이 나온 것이다. 물론 이는 시간적인 거리가 별로 없이 나왔을 것이다. 무진년의 예언이 나오고 그것을 우의적으로 형상화한 것이 「룡과 룡의 대격전」이며, 그의 사상을 동방무정부주의연맹의 선언으로 확대한 것이 「선언」이다.

民衆의 造作으로서 얼마나 민중의 害를 끼처왔느냐? 上帝 自身만 호강하얏슬 샏 안이라 上帝의 祭物 貢物이라 핑게하고 民衆의 돈을 挾雜한 놈이 업섯더냐? 上帝의 命을 奉承하얏다 하며 世界 皇帝로 行惡한 놈이 업섯더냐? 最近 世界大戰에 多數한 民衆을 죽이어낸 各國 皇帝 元帥 總司令官 …… 들이 모다 上帝의 일흠으로써 하지 안하얏느냐? 남의 나라를 먹고 그 나라의 遺民의 쎠대귀를 녹이는 놈들도 쏘한 上帝의 쯧이라 하지 안하느냐? 오늘은 迷信이 쎄여지니 上帝도 쏘 쎄여젓다. 上帝에 附屬하얏던 네나 내가 안 쎄여질소냐? 億萬 民衆들은 고양이가 되고 過去 모든 勢力者는 쥐가 되얏다. 上帝를 차지랴거던 쥐구녁으로 가보아라 …(『선집』, 136면)

彼等의 經濟的 搾取와 政治的 壓迫이 全速力으로 前進하야 우리 民衆을 맷돌의 한 돌님에다 갈어 죽이랴는 판인즉 우리 東方民衆의 革命이 만일 急速度로 前進되지 안하면 東方民衆은 그 存在를 일허버릴 것이다. 그래도 存在한다면 이는 墳墓의 속(탈락)온 것이니 우리가 徹底히 否認하고 破壞하는 날이 곳 彼等이 그 存在를 일는 날이다.(『선집』, 193면)

단재는 「룡과 룡의 대격전」에서 "내나 네나 上帝가 모다 上古 民衆의 一時 迷信의 造作"이라고 하며, 그러한 조작을 무너뜨릴 것을 설유했다. 상제와 민중의 상하 봉명적 관계는 한낱 민중의 조작에 불과할 뿐이며, 그로 말미암아 민중이 해를 입고, 상제(황제, 원수, 총사령관 등)만 호강했다는 것이다. 그러나 그러한 미신을 깬즉 상제도 무너졌다. 고양이이던 상제가 쥐가 되고, 쥐이던 민중이 고양이가 되어 쥐를 쫓는 형국이 된 것이다. 그것은 「선언」에서 말한 동방 민중혁명의 날이다. 상제로 표현되는 제국 권력, 통치 권력을 '철저히 부인하고 파괴'함으로써, 민중은 그 존재를 얻을 수 있다는 것이다. 곧 저주 문자이자 혁명의 시작을 알리는 북소리인 것이다.

「룡과 룡의 대격전」은 단재의 마지막 소설로 비록 우의적인 작품이지만, 단재의 정신이나 사상이 잘 드러난 작품이다. 이 작품의 완결은 곧 단재 정신의 완결을 뜻한다. 단재는 1928년 동방무정부주의연맹 활동으로 체포된다. 그는 왜 뜬금없이 위체사건에 연루되었는가? 무엇보다 혁명을 위한 자금이 필요했다. 외부적으로 동방무정부주의연맹의 주의와 주장을 드러낼 잡지의 발간에 쓸 돈이 필요했겠지만, 내부적으로는 진사 성인을 통한 조선의 혁녕을 고앙할 시기가 도래했음을 확신하고 행동에 나섰을 것이다. 그래서 '천폐어자'로 쓰지 않았던가. 드디어 천황과 같은 일본 제국주의자가 쥐구멍으로 도망갈 혁명의 해, 단재는 그 혁명을 완수하기 위해 몸을 던졌던 것이다. 물론 그러한 것은 실패로 돌아갔지만, 그가 심어준 애국주의적 열정과 혁명에 대한 의지는 여전히 살아 있다.

5) 마무리

「룡과 룡의 대격전」은 창작된 시기에 비하면 너무나 늦게 알려졌다. 1928년 작인데, 지면에 소개된 것은 1964년이니 거의 36년만의 일이다. 그런데도 그것이 알려지자 커다란 파문을 일으켰음은 당대의 기사들을 통해서도 엿볼 수 있다. 단재의 소설 가운데 가장 온전한 형태로 남아 있는 「룡과 룡의 대격전」, 그래서 그것이 갖는 의미는 더욱 크다. 이 소설은 「금전, 철포, 저주」, 「예언가가 본 무진」과 더불어 1928년 당시 단재의 심사를 엿볼 수 있는 작품이다. 특히 「금전, 철포, 저주」에서 「선언」에 이르는 모든 작품들은 민중혁명을 거론하고 있다. 그것은 「조선혁명선언」의 부활이지 않은가. 단재는 이해부터 동방무정부주의 연맹에 적극적인 활동을 하였다. 그의 혁명 의지는 마침내 무진 기사년의 희망을 안고 불타올랐던 것이다.

단재는 1922년 말에 썼던 「조선혁명선언」의 주장처럼 자신이 직접 혁명가로 나선다. 서양의 드래곤처럼 혁명하지 않으면 굴종할 수밖에 없었으니, 굴종보다는 혁명을 꾀한 것이다. 그는 1925년경 쓴 「대흑호의 일석담」에서 "現實에서 逃避하는 者는 隱士이며, 屈伏하는 者는 奴隷이며, 格鬪하는 者는 戰士"(『선집』, 184면)라고 하지 않았던가. 단재는 「룡과 룡의 대격전」에서 마침내 전사로 나서는 혁명의 서사를 그려낸 것이다. 그것은 일제에 대한 저주의 문자이며, 혁명의 서막을 알리고 완성을 기원하는 굿풀이이기도 하다. 단재가 1928년 대만에서 위폐범으로 잡힌 사실은 여전히 풀리지 않은 수수께끼이다. 그러나 단재의 1928년 글을 보면 단재가 혁명가로 나서는 모습을 볼 수 있다. 더 이상

숨지 않는 것, 혁명의 용사로 나서는 것이다.

　단재는 동방무정부주의연맹이라는 연대를 통해서 세계 기운을 돌릴 수 있을 것으로 확신했다. 그러한 확신 앞에 단재는 과감히 몸을 던질 수 있었던 것이다. 그러나 단재는 자신이 이루려고 했던 혁명 과업이 사전에 발각되어 일제 경찰에 붙잡힌다. 1928년 동방무정부주의연맹의 선전을 위한 잡지를 발간하려고 국제 위체 사건에 관여했다가 발각된 것이다. 그는 10년 형기를 받고 수감되었던 중 모진 고문과 탄압에 따른 건강 악화로 1936년 옥사한다. 혈전 파괴를 통한 독립의 꿈을 이루지 못한 채 감옥에서 한 많은 삶을 마무리한 것이다. 그의 혁명은 결국 무위로 돌아갔다. 아니 미완으로 끝났다. 그는 감옥에서 옥사하는 바람에 자신이 꿈꾸던 제국의 붕괴를 보지 못했다. 그러나 그의 죽음 후 얼마 지나지 않아 일본 제국은 마침내 붕괴되었다. 일황은 쫓겨 쥐구멍으로 달아나고, 일본 제국은 패망한 것이다. 그러나 우리의 완전한 독립은 연기되었고, 그 마당에 남북은 분리되어 분단국가로 남아있다. 그의 혁명은 여전히 미완으로 남았다.

5. 단재 시문학의 의미

1) 시인과 혁명가

　단재는 시인이었다. 그가 남긴 시는 다양하다. 그는 애국계몽기 '11자가'도 지어보았다고 하였다.[89] 애국계몽기 그가 쓴 시는 한시와 가사 등이었다. 그러나 그가 1910년 망명 이후 지은 시를 보면 대단히 다양하다. 그는 특히 「꿈하늘」에서 매우 다양한 형식의 시를 선보였다. 이 장에서는 수많은 단재의 시 작품을 내용적인 측면에서 접근해 보기로 한다.

2) 나라 사랑과 민중 사랑

단재는 나라 사랑이 남달랐다. 그는 「한나라 생각」에서 다음과 같이 읊조렸다.

나는 네 사랑
너는 내 사랑
두 사랑 사이 칼로써 베면
고우나 고운 핏덩이가
줄줄줄 흘러내려 오리니
한 주먹 덥썩 그 피를 쥐어
한나라 땅에 고루 뿌리리
떨어지는 곳마다 꽃이 피어서
봄맞이 하리.[90]

---

89 "余도 일즉 某校 學生의 託을 爲ᄒ야 此十一字歌를 製給ᄒ바 追後에 此를 悔悟ᄒ엿스나 往事라 可追홀 빅 아니로다", 「천희당시화」, 『대한매일신보』, 1909.11.17, 문단란.
90 『개정판 단재신채호전집』 하, 형설출판사, 1977, 402면.

「한나라 생각」은 조국에 대한 열렬한 사랑을 담고 있다. 여기에서 한나라는 우리나라 '한국(韓國)'을 의미하기도 하고, 또 하나의 나라를 뜻할 수도 있다. 당시는 일제 강점으로 인해 조국이 침탈된 상황이었다. 그런데 한나라는 단군으로부터 면면히 이어져 내려온 나라, 비록 다른 나라의 압제하에서도 영원히 멸하지 않는 하나의 나라를 의미할 수 있다. 그러므로 「한나라 생각」은 곧 일편단심이며, 조국에 대한 뜨거운 사랑을 의미한다. '단재'라는 필명은 '일편단생(一片丹生)'에서 온 것이며, 그것은 '일편단심(一片丹心)'에서 유래했다. 단재가 최영이나 정몽주의 단심가를 높이 산 것도 오직 국가에 대한 충정에서 비롯된다.

나와 너의 사랑은 한민족으로 대변되는 민족애이다. 단재는 우리의 민족이 외부의 압제나 충격(칼)에 피를 흘리지만, 다시 꽃으로 피어 봄을 맞이하게 되리라 했다. 굳이 봄과 꽃이 해방을 의미한다고 이야기할 필요는 없다. 나라에 대한 사랑은 떼어놓을 수 없고, 오히려 떼려고 할수록 더욱 굳건해져 꽃이 피는 해방의 그날이 오리라는 것이다. 일제강점기 수많은 사람들이 피를 흘렸는데, 그것은 달리 꽃이 되어 봄을 부르게 되리라는 비장하지만 희망이 담긴 메시지를 전해주고 있다.

震壇의 뼈 진단의 피로 된 우리니
살아도 진단 죽어도 진단 우리 터
광명은 그대로 반만 년 진단 우에
둥그신 태양의 그 빛 변함 없건만
九變 진단의 陽九浩劫을 뵈인 날
님이여 결내결내를 한데 뭉쳐서

진단의 영원한 생명 품어 주소서[91]

이 내용은 「매암의 노래」 서사(序詞)에 나온 것이다. 우리에 대한 강렬한 인식과 더불어 조국에 대한 진정한 사랑과 민족적 결속을 노래하였다. '진단'은 우리의 땅이자 우리의 국가를 의미한다. 뼈와 피는 우리가 한 민족임을 드러내고, 그래서 살아도 죽어도 국가와 더불어 할 수밖에 없다는 것을 말해주고 있다. 그러니 한데 뭉쳐서 영원히 살아가자는 것이다.

한편 단재는 누구보다 민중을 사랑했다. 그가 '조선 민중', '이천만 민중'(「조선혁명선언」)이나 '무산자', '무산계급', '조선 민중'(「낭객의 신년만필」), '식민지 민중', '세계 민중', '망국 민중', '무산민중'(「룡과 룡의 대격전」), 그리고 '세계 무산민중', '식민지 무산민중', '혁명적 민중'(「선언」) 등에서 제시한 '민중'들은 제국주의 또는 강권자들에 의해 핍박받는 존재들이다. 그는 사회에서 약자, 소외자와 같은 소수자에게 많은 관심을 가졌다. 그것은 민중들을 노래한 시에 잘 드러난다.

동지 섣달 긴긴 밤에 자지 않는 과부의 등잔
우주의 冥想에 꺼먹이는 시인의 눈
만리 타향에 앉아 늙은 나그네의 머리털
산을 넘어 물을 넘어
홀로 가는 지사의 마음
우리 곧 아니면 동정할 이 누구냐?

91 신채호, 「매암의 노래」, 『룡과 룡의 대격전』, 조선문학예술총동맹출판사, 1966, 225면.

까막 …… 까막 ……

반짝 …… 반짝 ……[92]

　과부와 시인과 나그네와 지사, 이들은 소외받고 핍박받는 존재들이다. 단재는 그들에 대한 동정을 노래했다. 사실 이들은 단재 자신이기도 했다. 단재가 북경에서 신혼 생활을 한 것은 불과 2년 정도밖에 되지 않는다. 그 나머지는 이역에서 홀아비 아닌 홀아비로, 아내 박자혜는 국내에서 과부 아닌 과부의 삶을 살아야 했다. 만리 타향에서 나그네, 그리고 시인이자 지사로 산 그의 삶은 스스로 동정해야 할 대상이 아니고 무엇이겠는가. 그는 자신과 같은 소수자들을 동정해야 한다고 했다. 그들은 「새벽의 별」처럼 반짝이는 존재이며, 어둔 밤을 물리고 희망의 새벽을 맞이해야 하기 때문이다. 달리 「새벽의 별」은 어둡고 캄캄한 밤을 물리치고 새벽을 맞이하고픈 시인의 희원과 의지를 담고 있다.

3) 칼의 노래, 혁명의 노래

　단재는 1910년대 건설을 위한 파괴와 혁명의식을 고취하는 글들을 많이 썼다. 일제 치하로부터 벗어날 길은 바로 혁명에 있음을 강조한 것이다.

92　신채호, 「새벽의 별」, 위의 책, 228면.

내가 나니 뎌도 나고

뎨가 나니 나의 大敵이라

내가 살면 대젹이 죽고

대젹이 살면 내가 죽나니

그러기에 내 올 째에 칼 들고 왔다.

대젹아 대젹아

네 칼이 셰던가 내 칼이 션가 싸워를 보자

알타 죽은 넋은 짱 속으로 들어가고

싸우다 죽은 넉슨 하늘로 올나간다.

하늘이 멀다 마라

이 길로 가면 한 쌤뿐이니라

하늘이 갓갑다 마라

짱 길로 가면 萬里나 된다

아가 아가 한놈 둣놈

우리 아가 우리 대젹이 뎌긔 잇다.

해 너졋다 눕지 말며

밤 들엇다 자지 마라

이 칼이 成功하기 前에는

우리 너의 쉴 쌈이 업다.[93]

이 작품은 단독으로 발표된 시가 아니라 「꿈하늘」에 삽입된 시이다.

---

93 신채호, 「꿈하늘」 포함 시가, 김병민 편, 『신채호문학유고선집』, 연변대학출판사, 1994, 45면.

이 시에는 아와 비아의 투쟁이라는 역사관이 현저하게 드러난다. 역사는 투쟁으로 점철된다. 그것은 나와 대적의 싸움으로 나타난다. 그리고 투쟁의 도구는 '칼'이 된다. 칼은 혁명의 도구이며, 투쟁에서는 성공한 자만이 역사의 주인이 될 수 있다. 그래서 성공하기 전에는 쉴 짬이 없다. 역사에서는 승자만이 살아남기 때문이다.

> 열 해를 갈고 나니
> 칼날은 푸르다마는
> 쓸 곳을 모르겠다
> 춥다 한덜 봄추위니
> 그 추위가 며칠이랴
> 자지 않고 생각하면
> 긴 밤만 더 기니라
> 푸른 날이 쓸데없으니
> 칼아 나는 너를 위하여 우노라[94]

한편 단재는 해외 풍상 10년을 겪으면서 늘 혁명의 칼을 갈았다. 그래서 칼날은 푸르렀지만 제대로 쓰지 못했다. 이 시는 그것을 아쉬워하며 읊은 시이다. 김동리는 단재의 문장이 "悲憤慷慨한 志士的 氣熖이 濃厚"하였다고 했는데, 이 시에는 그러한 모습이 아주 여실히 드러난다.[95] 단재는 혁명을 위한 칼을 갈다가 1920년대 중반 무정부주의 활동에 참

---

94 신채호, 「1월 28일」, 『룡과 룡의 대격전』, 조선문학예술총동맹출판사, 1966, 229~230면.
95 김동리, 「野人春秋(2)」, 『조선중앙일보』, 1936.5.24, 3면.

여하면서 자신의 칼을 쓰기 시작한다.

　4) 국수 보전의 노래

　단재에게 국수란 "自國의 風俗이며 言語며 習慣이며 歷史이며 宗敎이며 政治며 風土며 氣候며 外地 온갓 것에 그 特有한 美點을 뽑아 일홈한 바"이다.[96] 단재는 이 가운데 특히 우리나라 언어를 강조했다. 그가 가갸거겨, 즉 한글 노래를 지은 것도 그러한 일환이다.

　　　가갸거겨 가자가자 하늘 쓸너 거름거름 나아가자
　　　고교구규 고되기는 고되지만 구든 마음 풀닐소냐
　　　그기고 그믄 밤에 달이 나고 기운 해 다시 쓰도록
　　　나냐너녀 나 죽거든 너가 하고 너 죽거든 나 또 하여
　　　노뇨누뉴 노지 안코 하고 보면 누구라서 막을소냐
　　　느니ㄴ 느진 길을 늦다 말고 니 악물고 주먹 쥐자
　　　다댜더뎌 다 달은들 칼 안이랴 더 갈수록 매운 마음
　　　도됴두듀 도령님의 넋을 받어 두려운 놈 배이없다
　　　드디드 드릴 곳 잇스리니 지경 딿어 서고지고
　　　라랴러려 라팔 불고 북도 첫다 러랴 말고 칼을 쌔자[97]

96 신채호, 「情育과 愛國」, 김병민 편, 『신채호문학유고선집』, 연변대출판사, 1994, 148면.
97 신채호, 「꿈하늘」, 위의 책, 63면.

이것은 한글 노래이자 혁명의 노래이다. 굳은 마음, 매운 마음은 국가에 대한 뜨거운 사랑을, 주먹과 칼은 혁명을 의미한다. 단재는 북도 치고 칼도 뽑는 혁명의 노래를 우리 한글 가사에 담았다. 한편으론 우리말에 대한 사랑이 듬뿍 담겨 있고, 또 한편으로는 민족 해방에 대한 염원이 담겨 있다. 단재의 우리말 사랑은 시가 작품 이외에 소설이나 논설 등에도 나타난다. 그리고 혁명 정신은 국수의 핵심이라고 할 수 있는 우리말을 통해 더욱 강화된다.

중국의 넓적 글

서양의 꼬부랑 글

우리글과 바꿀소냐 매암매암

마음 굳인 놀보의 타령

汪靡한 춘향 노래

우리 입에 올릴소냐 매암매암

예수쟁이 뒤를 따라

하느님을 찾을소냐 매암매암

시대 영웅의 본을 받아

입 애국을 부를소냐 매암매암[98]

단재의 국수주의적 정신은 우리글에 대한 사랑에서 나타난다. 중국의 넓적 글과 서양의 꼬부랑 글을 우리글과 바꾸지 않겠다는 것은 우리

98 신채호, 「매암의 노래」, 앞의 책, 226면.

글의 가치를 일깨우는 대목이다. 우리글의 중요성은 애국심과 직결되어 있다. 우리글에 대한 사랑으로 국수를 지키며, 애국하는 단재의 모습이 위 시에 여실하다. 이 시에서는 매미의 소리를 통해 우리글에 대한 사랑과 나라 사랑을 강조하고 있다. 우리글을 지키고 사랑하는 것이야말로 국수를 보전하는 것이며, 그것은 또한 애국의 방법이다.

5) 고난의 삶, 불우의 인생 노래

단재는 어려서도 가난했지만 망명지사로 떠돌면서 더욱 가난하고 어려운 삶을 살았다. 그의 시에는 그러한 가난하고 어려운 삶이 그대로 나타나 있다.

人生四十太支離	인생 사십 년 지리도 하다
貧病相隨暫不移	병과 가난 잠시도 안 떨어지네
最恨水窮山盡處	한스럽다 산도 물도 다한 곳에서
任情歌哭亦難爲	내 뜻대로 노래 통곡 그도 어렵네.
南來北走動經年	남북으로 오가며 세월만 가네
來亦然然去亦然	와도 그러려니 가도 그렇네
從知萬事須自斷	세상 만사 제 뜻대로 결단해야지
俯仰隨人最可憐	남 따라 다니는 것 가장 가엾네.[99]

위 시에는 인생살이의 고단함이 묻어나 있다. 40년 동안 병과 가난에서 벗어나지 못하고 심지어 국가를 잃고 나서 이역에 방황하는 몸으로 통곡조차 뜻대로 못하는 삶을 노래했다. 이것은 임정솔의(任情率意)의 시이다. 단재는 블라디보스토크, 만주, 상해, 북경 등지를 떠돌면서 세상사를 제멋대로 결단하기 어려운 삶의 역정을 그려냈다. 한편 이 시기에 쓴 「고원(故園)」에서는 "어찌타 10년이 가도 돌아가지 못하고서 이역 땅에 머물며 망향가만 부르는고" 하여 자신의 신세를 한탄했다. 특히 망명 시기에 쓴 시에 고향에 대한 그리움이 절실히 나타나 있다.

孤燈耿耿伴人愁	외로운 등불 가물가물 남의 시름 같이 하며
燒盡丹心不自由	일편단심 다 태울 제 내 맘대로 못할러라
未得天戈回赫日	창 들고 달려나가 나라 운명 못 돌리고
羞將禿筆畵靑丘	무질어진 붓을 들고 청구 역사 끄적이네
殊方十載霜侵鬢	이역 방랑 10년이라 수염에 서리 치고
病枕三更月入樓	병석에 누운 깊은 밤에 달만 누각에 비쳐드네
莫說江東鱸膾美	고국의 농어회 맛 하 좋다 이르지 마라
如今無地繫漁舟	오늘은 땅이 없거늘 어디다 배를 맬쇼.[100]

이 시는 임술년 가을 밤(1922)에 지은 작품이다. 1922년 가을이면 고국에 아내를 막 보냈던 시기가 아닐까 추측된다. 물론 그의 아내가 1922년 겨울에 귀국했다면 아직 아내와 함께 한 시기일 터인데 시의

99　신채호, 「白頭山途中」, 『개정판 단재신채호전집』 하, 형설출판사, 1977, 392~393면.
100　신채호, 「秋夜述懷」, 위의 책, 394면.

내용으로 보아 혼자 북경에 머물며 창작한 시로 보인다. 이 시기 단재는 역사 저술을 위해 북경대 도서관장 이대조에게 도서 열람을 요청하는 편지를 쓰기도 했다. 나라의 역사는 1919년 3·1운동에서 섬광을 보여주었지만, 역시 민중들의 응집력이나 조직력의 부재로 실패하게 된다. 그래서 그는 역사를 저술하고 있는 자신의 상황을 "무질어진 붓을 들고 청구 역사 끄적이네"라고 노래했다. 그것은 역사가로서의 강한 자의식을 내포한다. 그리고 나라를 빼앗겨 배 맬 곳조차 없는 현실을 노래했다.

> 서너 겹 옷을 입고 대웅전에 올라서니
> 옷 속의 群虱들은 조찬회를 하는고나
> 如來가 어질다더니 악형을 하십니다.[101]

단재는 1924년 마침내 생활고 및 경제적 궁핍으로 관음사에 들어가 승려로 생활하기에 이른다. 그때 쓴 시가 「61일 계단의 회고」이다. 이 시에서 그는 이떼[虱群]가 자신의 몸에 달려들어 물어대는 상황을 노래했다. 주식을 해결하고자 의탁한 절에 이떼가 몰려와 만찬을 즐기는 그야말로 서글픈 상황인 것이다. 그는 "표주박 손에 들고 빌어먹던 도연명아 네 참말 옛 선비로다"라고 했다. 자신도 그러한 처지였음을 노래한 것이다. 식민지 시기 망명 생활의 고단함과 서러움이 묻어나 있다.

---

101 신채호, 「륙십 일일 계단의 회고」, 『룡과 룡의 대격전』, 조선문학예술총동맹출판사, 1966, 230면.

6) 울분의 역사, 희망의 역사

단재의 저술 가운데 역사는 중요하고 무시할 수 없다. 단재는 논설이나 애국 전기를 집필하면서도, 소설을 쓰면서도 역사의식을 강하게 드러냈다. 시라 하여 예외가 아니다.

大風刮塵地滿天	바람 불어 티끌 먼지 가득 찼는데
匹馬蕭蕭東向旋	그대 홀로 쓸쓸히 동으로 가니
雪下荊卿論釖市	눈 내리면 형경이 진시황을 찌르던 이야기
春回王建種秫田	봄이 오면 왕건 태조 건국 이야기
殘燈共草壬辰史	등불 아래 임진 역사 같이 초할 제
野老爭傳甲午年	노인들은 갑오년을 이야기했지
一釖掃倭時事定	한 칼로 왜적을 쓸어 안정한 뒤엔
珉琴彈月臥林泉	달밤을 숲속에 누워 거문고 뜯세[102]

이 시는 「증별 기당 안태국(贈別期堂安泰國)」으로 안태국을 작별하며 준 시이다. 이 시에는 형경이나 왕건, 그리고 임진년 왜란과 갑오년 동학혁명에 대한 이야기가 제시된다. 그것은 한편으론 조국의 흥망에 대한 역사를 이야기하는 것이다. 왕건, 임진년, 갑오년에는 역사적 사건

---

[102] 신채호, 「贈別 期堂安泰國」, 『개정판 단재신채호전집』 하, 형설출판사, 1977, 395면. 양주동은 세 번째 구절을 "눈 내리면 칼을 들고 형경 이야기"로 번역하였지만, 심경호는 "눈 내리면 형경이 저자에서 검술 논하던 이야기"로 해석했다. 여기에서는 4행 해석과 균형을 맞춰 "눈 내리면 형경이 진시황을 찌르던 이야기"로 했다. 심경호, 「단재의 한시」, 『단재의 문학 단재의 정신』, 제7회 단재문화예술제전 학술대회 발표자료집, 2002.11.14, 40면.

들이 있었다. 그것은 불행과 희망이 점철된 역사였다. 단재는 "한 칼로 왜적을 쓸어 안정한 뒤엔 달밤을 숲속에 누워 거문고 뜯세"라고 마무리 하였다. 이미 안태국(安泰國)이라는 이름 속에는 국가의 안녕과 태평을 바라는 의미가 들어 있다. 단재는 안태국을 보내며, 나라의 안녕과 태평에 대한 기원을 실어 보낸 것이다. 그러므로 이 시에는 일본을 물리친 후 태평성대를 누려보고 싶은 소망과 희원이 들어 있다. 단재는 「독사(讀史)」에서도 형경에 대해 언급했다.

宋儒饒舌罵荊卿　　　형경을 비방하던 송나라 선비

千秋傷心盜刺名　　　천추의 애닯아라 '암살자'라니

不識當年南渡後　　　자기들은 남쪽으로 내려간 뒤에

誰將一矢向邊城　　　화살 하나 쏘아 본 일 없는 주제에.[103]

형경이 진시황을 죽이려다 실패하여 사형을 당했지만 단재는 그의 혁명성을 높이 평가했다. 그리고 송나라 주자가 형경을 '도자(盜刺)'라고 폄하한 것에 대해 비판했다. 단재가 역사에서 실패자로 낙인찍힌 묘청이나 정여립을 높이 산 것도 그들의 혁명성과 주체적 역사의식 때문이다. 그는 심지어 「술회2」에서 "오직 강한 권세가 있을 뿐인데[惟有强勸而已矣] / 부질없이 인의 외쳐 무엇하리오[空言仁義欲何爲] / 거적자리 道 이야기 옹졸한 선비[席門談道眞迂士] / 손으로 칼 휘두름 쾌남아라네[手釖斬人是快兒]"라고 말하기도 했다. 단재는 역사상 옹졸한 노예적 선비보

---

103 신채호, 「讀史」, 위의 책, 396면.

다 혁명 정신을 지닌 장부들을 높이 평가했다.

高麗營 지나가니 눈물이 가리워라
나는 書生이라 蓋蘇文을 그리랴만
가을 풀 우거진 곳에 옛 자취 설워하노라.[104]

金剛山 좋다 마라 栬楓만 피었더라
栬楓 잎새 잎새 秋色만 자랑터라
차라리 蒙古 大砂漠에 大風을 반기리라.[105]

　단재는 시조도 몇 편을 남기고 있다. 단재는 고려영을 보고 느낀 회
포를 「고려영」에 서술했다. 고려영이 연개소문의 주둔지였고, 원래 우
리의 주권이 미쳤던 곳인데, 옛 영화는 모두 사라지고 심지어 사람들에
게마저 잊혀져가는 것을 슬퍼했다. 그리고 「금강산」은 「꿈에 금강산을
보고」라는 이름으로 『독립신문』에 실렸던 작품이다. 이 작품에는 금강
산과 몽고사막이 서로 대비되어 있다. 단재는 「룡과 룡의 대격전」에서
"太牛洋 바다에는 물결이 진다, 蒙古의 沙漠에는 大風이 닌다, 太白山 쪽
대기에는 五色 구름이 모이여 든다"라고 했다.
　그렇다면 「금강산」은 무엇을 의미하는가? 단재는 "多數 農民의 西北
間島 移住가 現實이 안이냐 萬般 危急 現實이 鄭氏 一家의 難産症보다 더
하거늘 이를 바리고 文藝 속에서 金剛山을 차지랴 하니 쪼한 可憐하도

---

104 신채호, 「高麗營」, 위의 책, 404면.
105 신채호, 「金剛山」, 위의 책, 403면.

제4장 단재 문학유고의 의미　475

다"라고 비판했다.[106] 또한 "經濟壓迫이 아모리 甚하다 하나 餓鬼의 金
剛山 구경 가튼 文藝作品의 讀者는 없지 않"다고 했다.[107] 현실을 외면하
고 이상향을 찾는 문예를 그렇게 말한 것인데, 단재는 금강산을 찬양하
는 작품을 현실 도피의 문학으로 비판한 것이다. 금강산도 식후경이라
하였는데, 배고픈 사람에게 금강산 구경과 같은 문학은 맞지 않다는 것
이다. 그렇다면 왜 몽고사막인가?

이 곳이 무삼 곳이냐

피업슬음한 머리[大白頭山]의 얼이오

불고스음 고혼 아참[朝鮮]의 빗히로다

이 곳을 붓도두랴면

비도 말고 바람도 말고

피물만 쑤래주면 그 곳이 잘 잘하리

여날 우리 全盛할 째에

이 곳헤 구경가니 곳송이가 크기도 하더라

한 엽흔 黃海渤海를 건너 大陸을 덥고

쏘 한 엽흔 滿洲를 지나 우수리에 늘어젓더니

어이해 오날날은

곳이 이다지 여웻느냐

이 몸도 일즉 當年 薩水 平壤 모든 싸움에

---

106 신채호, 「文藝界 青年의 參考를 구함」, 김병민 편, 『신채호문학유고선집』, 연변대출판사,
   1994, 176면.
107 신채호, 「浪客의 新年漫筆」, 『동아일보』, 1925.1.1, 4면.

팔쑥으로 비짱 삼고 가삼이 방패되야

숏밧허 을 노릇해

西方의 들어운 물

震檀의 봄빗헤 물들지 못하도록

젓 먹은 힘써지 들이엇다

이 숏이 어이해

오날은 이 쓸이 되엿느냐

님이 이를 아시리니 물을 조곰[108]

    이 작품은 「꿈하늘」 속에 들어있는 일명 「무궁화가」라고 할 수 있는데, 여기에서 무궁화가 드리운 영역은 서남으로는 황해에서 발해에 이르는 대륙과 동북으로는 만주를 지나 우수리에 이르는 땅으로 우리의 고토를 의미한다. 이곳은 단군의 강역이자 동명성제, 광개토대왕, 을지문덕, 연개소문 등이 호령하던 땅이 아니던가? 단재는 '다물'이라고 표현하였는데, 그것은 고토 회복을 의미한다. 그러므로 "차라리 蒙古 大砂漠에 大風을 반기리라"는 구절에는 다물에의 의지와 희원이 담겨 있다. 단재는 이처럼 다양한 시 양식을 통해 자신의 서정과 조국에 대한 사랑, 혁명의식의 고취, 역사의식의 함양 등을 노래했다.

---

108 신채호, 「꿈하늘」 포함 시가, 앞의 책, 22~23면.

7) 마무리

단재는 혁명가였다. 혁명가는 시로 자신의 마음을 노래했다. 그 시에는 자신의 서정을 포함하여 조국과 민중에 대한 뜨거운 사랑이 묻어나 있다. 국수 보전을 외치고, 혁명을 구가하기도 했으며, 울분의 역사에 눈물짓고, 희망의 역사를 노래하기도 했다. 그리고 자신의 고난스런 현실과 불우한 삶을 읊었다. 그는 한시와 가사에서부터 민요, 시조, 그리고 자유시적 형태에 이르기까지 형식에 구애됨이 없이 시가를 창작했다.

단재의 시에는 끊임없이 국가와 민족의 장래를 걱정하는 애국심과 우국심이 자리하고 있으며, 외세 배척을 통해 단일 국가를 이루려는 독립의지가 들어있다. 단재는 "한 칼로 왜적을 쓸어 안전한 뒤엔 / 달밤을 숲속에 누워 거문고 뜯세"라고 하여 하루라도 빨리 일본을 물리치고 독립국가를 건설하길 간절히 기원했다. 칼 들고 외적을 쓸어버린 후 거문고를 뜯으며 태평가를 부를 수 있는 세상을 꿈꾼 것이다. 그렇지만 제국주의 강권 아래 벗어나지 못하고 "칼아 나는 너를 위하여 우노라"라고 안타까워했다.

단재는 단테를 혁명 시인으로 높이 평가하였는데, 그의 붓 아래 마치니, 카부르 등 수많은 민족주의자들이 나왔기 때문이다. 단재는 시나 소설로 민중을 각성시켰다. 아니 어쩌면 역사물, 애국 전기, 그리고 논설이 중심이었는지도 모른다. 그는 민족의 혼을 부르며, 민중을 각성하고, 혁명을 노래했다. 그의 시에서는 역사의식이 꽃 피었고, 민중문학이 일어났고, 민족문학이 뿌리내렸다. 단재는 죽어서도 자신의 사상과 정신을 수많은 사람들에게 각인시켰다.

단재의 언어예술관

1. 단재의 문학예술론

1) 단재와 문학예술론

문학예술에 관한 단재의 글은 적지 않다. 그러나 이제까지 그의 문학
예술론은 단편적으로 논의되었지 전체적으로 논의된 적이 없었다.[1] 논
자들은 작품 논의를 위한 전제로 단재의 문학론을 논의한 것이 대부분
이다. 물론 「천희당시화」에 대해서는 예외적이다.[2] 그러나 그것 역시

---

[1] 송재소, 「민족과 민중―「꿈하늘」과 「룡과 룡의 대격전」에 나타난 단재 사상의 변모」, 『단
　재 신채호 선생 탄신 100주년기념논집―단재신채호와 민족사관』, 형설출판사, 1980; 권
　영민, 「개화기 애국계몽운동과 민족문학의 인식」, 『근대문학연구 1―개화기문학의 재인
　식』, 지학사, 1987.
[2] 주요 논의로는 다음과 같은 것들이 있다. 임중빈, 「단재의 상황문학론」, 『한국문학』 5-9,
　1977.9; 이동순, 「단재 신채호의 「천희당시화」에 대하여」, 『개신어문연구』 1, 충북대 국

저자 문제로 논란이 컸으며, 그래서 다른 글들과 함께 논의되질 못했다. 그는 계몽주의적 문예관을 지녔으며, 문학에 대한 관심이 많았다. 그래서 망명 이후에도 국내 문단에 계속 관심을 가졌으며, 또한 실제 창작 및 비평 활동을 수행했다. 단재의 문학예술론 관련 주요한 글들은 아래와 같다.

「近今國文小說著者의 注意」(『대한매일신보』, 1908.7.8)
「論學校用歌」(『대한매일신보』, 1908.7.11)
「劇界改良論」(『대한매일신보』, 1908.7.12)
「天喜堂詩話」(『대한매일신보』, 1909.11.9～12.4)
「近日 小說家의 趨勢(『대한매일신보』, 1909.12.2)
「朝鮮 古來의 文字와 詩歌의 變遷」(『동아일보』, 1924.1.1)
「浪客의 新年漫筆」(『동아일보』, 1925.1.2)

이 글에서는 주로 윗글들을 중심으로 단재의 문학예술론을 살피고자 한다. 물론 이들 외에도 「문예계 청년의 참고를 구함」 등 몇몇 문학 관련 글들을 참고할 것이다. 이 글들을 통해 시, 소설, 극 등 장르론, 그리고 국문학 및 문학 일반론에 대해 살펴보기로 한다.

어교육학과, 1981; 임형택, 「'동국시계혁명'과 그 역사적 의의」, 『한국문학사의 시각』, 창작과비평사, 1984.

2) 시가론

단재는 「천희당시화」에서 시론을 전개했다. 그것은 시화이자 비평이며, 또한 시학이라고 할 만하다.

詩란 者는 國民言語의 精華라 故로 强武흔 國民은 其詩부터 强武ᄒ며 文弱흔 國民은 其詩부터 文弱ᄒ나니 一國의 盛衰治亂은 大抵 其國詩에셔 可驗홀지오 又 其國의 文弱을 回ᄒ야 强武에 入코ᄌ 홀진ᄃᆡ 不可不 其文弱흔 國詩부터 改良홀지라[3]

大凡 詩란 者는 卽 此歡呼, 憤叫, 凄涼灑泣, 呻吟狂啼 等의 情態로 結成흔 文言이니 詩를 廢코ᄌ ᄒ면 是는 國民의 喉를 閉ᄒ며 腦를 破흠이니 此ㅣ 엇지 可ᄒ며 此ㅣ 엇지 可ᄒ리오 故로 余는 甞言호ᄃᆡ "詩가 盛ᄒ면 國도 亦盛ᄒ며 詩가 衰ᄒ면 國도 亦衰ᄒ며 詩가 存ᄒ면 國도 亦存ᄒ며 詩가 亡ᄒ면 國도 亦亡흔다" ᄒ노라.[4]

이 글에는 시에 대한 정의 및 기능이 나타나 있다. 단재는 시를 국민언어의 정화라고 규정했다. 정화란 무엇인가. 그것은 어떤 것 속에 들어 있는 '아주 깨끗하고 순수한 부분', 곧 광채를 일컫는 것이 아닌가. 그것은 달리 정수(精粹)라고 할 수 있다. 언어를 갈고 닦아 만든 언어의 정수가 시란 것이다. 그것도 '국민언어'라고 규정함으로써 민족문학의

---

3 「天喜堂詩話」, 『대한매일신보』, 1909.11.11, 문단란.
4 「천희당시화」, 『대한매일신보』, 1909.11.23, 문단란.

가능성을 제시하였다. 그러므로 이것은 시의 언어예술적 측면과 민족
문학적 특성을 동시에 말해준다.

다음으로 "詩란 자는 即 此歡呼, 憤叫, 凄凉灑泣, 呻吟狂啼 等의 情態로
結成혼 文言"이라 했다. 시가 환호(歡呼), 분규(憤叫), 처량(凄凉), 쇄읍(灑
泣), 신음(呻吟), 광제(狂啼) 등 다양한 감정으로 만들어낸 글이라는 말이
다. 문학의 정서적 측면을 잘 묘파해낸 것이다. 그러므로 이것은 시학
이라 해도 무방하다. 여기에서 시란 장르로서의 시뿐만 아니라 문학 일
반을 의미하기도 한다.

> 歌란 者는 人을 感情을 刺ㅎ며 義氣를 鼓ㅎ야 興起奮發케 ㅎ는 者인즉 其
> 辭는 簡明易曉로 爲主ㅎ며 其意는 直切痛快로 爲務ㅎ여야 其歌를 隨ㅎ야 其
> 感奮이 빌홀지어날 今에 漢字를 多用하고 國字로 補助ㅎ며 俗語는 抹殺ㅎ고
> 雅語만 趨重하야 畢竟 其意가 晦甚홈에 至ㅎ니 此는 不察의 甚혼 者인져[5]

> 詩歌는 人의 感情을 陶融홈으로 目的ㅎ나니 宜乎 國字를 多用ㅎ고 國語로
> 成句ㅎ야 婦人幼兒도 一讀에 皆曉ㅎ도록 注意ㅎ여야 國民智識 普及에 效力
> 이 乃有홀지어날 近日에 各學校用歌를 聞혼즉 漢字를 雜用홈이 太多ㅎ야 唱
> ㅎ는 學童이 其趣味를 不悟ㅎ며 聽ㅎ는 行人이 其語意를 不知ㅎ니, 是가 何
> 等效益이 有ㅎ리오[6]

윗글은 학교 교가를 논의한 글인데 노래에 대한 정의를 보여주고 있

---

5 「論學校用歌」, 『대한매일신보』, 1908.7.11, 논설.
6 「천희당시화」, 『대한매일신보』, 1909.11.16, 문단.

다. 여기에서 '歌'란 노래 가사를 의미한다. 노래 가사는 리듬 내지 운율을 강조한다는 측면에서 시와 다르지 않다. 그리고 옛시들을 시가로 통칭하는 것은 그것이 시이지만, 노래로 불렸기 때문이다. 물론 노래라는 것은 곡을 붙여 부른다는 점에서 그 출발은 시와 다르다고 할 수 있다. 단재는 노래가 "感情을 刺ᄒ며 義氣를 鼓ᄒ야 興起 奮發케 ᄒᄂ 者"라고 했다. 감정을 자극하고 의기를 북돋워 고무 분발케 한다는 것이다. 그래서 가사를 간단 명료하게 해서 깨닫기 쉽게 해야 하고, 그 의미는 바르고 엄정하며 통쾌해야 한다고 했다.

한편 단재는 시가가 감정을 도융(陶融)함을 목적으로 삼는다고 했다. 도(陶)는 질그릇을 굽는 것이고, 융(融)은 쇠와 같은 것을 녹이는 것이다. 그는 다른 글에서 도주(陶鑄)라는 말을 쓰고 있는데, 도융(陶融)과 도주(陶鑄)는 같은 의미이다. 즉 문학이 감정을 빚어내는 것이라는 말이다. 그렇기 때문에 우리말 우리글로 써야 한다고 했다. 단재의 문학관은 전통적인 문학관과 별반 다르지 않다. 다만 그는 시의 기능적 측면, 효용가치의 극대화를 주장하였다. 단재는 미를 추구하는 순수 예술로서보다 도구적 가치를 중시하는 효용론적 시가관을 견지하고 있다.

英國詩ᄂ 英國詩의 音節이 自有ᄒ며 俄國詩ᄂ 俄國詩의 音節이 自有ᄒ며 其他 各國詩가 皆然ᄒ나니 萬一 甲國의 詩로 乙國의 音節을 效ᄒ면 是ᄂ 鶴膝을 鳧脚으로 換ᄒ며 狗尾를 黃貂로 續홈이니 其孰長孰短 孰善孰惡은 姑舍ᄒ고 狀態의 不類가 엇지 可笑치 아니리오 試ᄒ야 此國文七字詩를 一讀ᄒ라 其艱삽홈이 果然 何如ᄒ뇨 且堂堂獨립흔 國詩가 自有ᄒ거늘 何必 支那 律體를 依倣ᄒ야 龍鍾崎嶇의 態를 作ᄒ리오 又或 近日 各學校에서 日本 音節을

效호야 十一字歌를 製호는 者ㅣ 間有호니 此亦 國文七字詩를 製호는 類인져[7]

　그리고 단재는 우리 시에는 우리의 음절이 있으며, 그러므로 다른 나라의 음절을 모방해서 시를 써서는 안 된다고 했다. 그는 우리 시의 음절을 보여주는 것으로 아리랑, 영변가 등을 언급했는데, 우리 민요의 율격을 강조한 것이다. 그는 김만중이 『서포만필』에서 보여준 국시론의 전통을 이어받았다고 할 수 있다. 이것이 오늘날에 보면 조금 진부해 보이지만, 당시로 보면 매우 선진적인 견해이다. 단재는 문학의 독립도 강조하였는데, 민족 고유의 리듬을 통한 주체적 문학을 내세운 것이다.

　3) 소설론

　단재는 신문사 주필이자 문인이었기에 문학 전반에 대해 관심이 많았다. 그는 한편으론 당시 소설들을 읽고 비평을 하는가 하면, 다른 한편으로는 자신의 소설관을 적극 피력하기도 했다.

　人心轉移호는 能力을 具호 者는 小說이 是니 然則 小說을 是豈易視홀 빈인가 委靡淫蕩的 小說이 多호면 其國民도 此의 感化를 受홀지며 俠情慷慨的 小說이 多호면 其國民이 此의 感化를 受홀지니 西儒의 云호 바 '小說은 國民의 魂'이라 홈이 誠然호도다 韓國에 傳來호는 小說이 太半 桑間泊上의 淫談

7　「천희당시화」, 1909.11.17, 문단란.

과 崇佛乞福의 怪話라 此亦 人心風俗을 敗壞케 하는 壹端이니 各種 新小說을 著出하야 此를 一掃흠이 亦汲汲ᄒ다 云홀지로다[8]

嗚呼라 小說은 國民의 羅針盤이라 其說이 俚ᄒ고 其筆이 巧ᄒ야 目不識丁의 勞働者라도 小說을 能讀치 못홀 者ㅣ 無ᄒ며 又 嗜讀지 아니홀 者ㅣ 無흠으로 小說이 國民을 強ᄒ 데로 導ᄒ면 國民이 強ᄒ며 小說이 國民을 弱ᄒ 데로 導ᄒ면 國民이 弱ᄒ며 正ᄒ 데로 導ᄒ면 正ᄒ며 邪ᄒ 데로 導ᄒ면 邪ᄒ나니 小說家된 者ㅣ 맛당히 自愼홀 빅어날 近日 小說家들은 誨淫으로 主旨를 슴으니 이 社會가 쟝촛 엇지되리오.[9]

단재의 소설관은 하나의 경구로 제시된다. '소설은 국민의 혼'이라는 말과 '소설은 국민의 나침반'이라는 말이다. 소설이 국민의 혼이라는 말은 서구 학자의 말이다. 이것은 "英名士 某君曰 小說爲國民之魂"을 가져온 것이다.[10] 단재는 소설이 무엇보다 국민적 감화가 크지만, 한국의 전래 소설은 음담(淫談)과 괴화(怪話)라 오히려 인심 풍속을 무너뜨린다고 했다. 그가 소설을 국민의 나침반이라 한 것은 소설이 가리키는 데로 국민이 움직이게 된다는 것이다. 그런 만큼 소설이 중요하다는 말이다. 그러나 당시 소설이 음탕한 것[誨淫]을 주지로 삼고 있음을 한탄했다. 소설이 국민을 강하고 바른 곳으로 이끌지 못하고 있다는 것이다.

---

8 「近今國文小說著者의 注意」, 『대한매일신보』, 1908.7.8, 논설.
9 검심, 「近日 小說家의 趨勢」, 『대한매일신보』, 1909.12.2, 담총란.
10 梁啓超, 「譯印政治小說序」, 『飮氷室文集 三』, 上海中華書局, 1936, 34면. 이에 대해서는 한무희, 「단재 임공의 문학과 사상」(『우리문학연구』 2, 1977) 및 葉乾坤, 『양계초와 구한말 문학』(법전출판사, 1980) 등을 참조.

彼俚談俗語로 撰出혼 小說 冊子는 不然하야 壹切 婦孺走卒의 酷嗜ᄒᆞᄂᆞᆫ 빅
인딕 萬壹 其思潮가 稍奇ᄒᆞ며 筆力이 稍雄ᄒᆞ면 百人이 傍觀에 百人이 喝采
ᄒᆞ며 千人이 傍聽에 千人이 喝采ᄒᆞ되 甚至 其精神魂魄이 紙上에 移하야 悲悽
혼 事를 讀ᄒᆞᄆᆡ 淚의 滂沲를 不覺하며 壯快혼 事를 讀ᄒᆞᄆᆡ 氣의 噴湧을 不禁
ᄒᆞ고 其薰陶浸染의 旣久에 自然 其德性도 感化를 被ᄒᆞ리니 故로 曰 社會의
大趨向은 國文小說의 正ᄒᆞᄂᆞᆫ 빅라 홈이니라.[11]

　단재는 소설이 '薰陶浸染'의 영향을 준다고 지적했다.[12] 이 구절 역시
양계초의 문학론과 상관이 있다. 양계초는 「소설과 군치의 관계론[論小
說與群治之關係]」에서 소설이 지니는 4가지 힘을 薰浸刺提로 설명했다.[13]
단재의 '훈도침염'은 양계초의 훈침(薰浸)과 관계가 깊은 것으로 논의
되었다.[14] 물론 '훈도침염'은 훈침을 포함하고 있으며, 단재의 주장은
양계초의 주장과 크게 다르지는 않다. '훈도침염'을 양계초처럼 훈(薰)
도(陶) 침(浸) 염(染)의 합성어로 살필 수 있다. 그럴 때 훈(薰)은 교화의
공간적 확대라는 양계초의 설명과 다를 바 없다. 또한 단재는 도(陶)를
제시했는데, 그는 주로 도(陶)와 주(鑄)를 붙여 도주(陶鑄)로 썼다. 그것
은 완성된 형태를 만드는 것이다. 이는 문학을 통해 심리와 감정을 도

11　「近今國文小說著者의 注意」, 『대한매일신보』, 1908.7.8, 논설.
12　"薰陶浸染"이 『단재신채호전집 보유』(형설출판사, 1975)에 편입되면서 "薰陶凌染"으로
　　오식된 이후 『개정판 단재신채호전집』 하(형설출판사, 1977, 17면)와 『단재신채호전집
　　제6권 논설・사론』(독립기념관 한국독립운동사연구소, 2008, 639면)에도 여전히 그렇
　　게 오식되어 있다. 그래서 기존의 논자들은 이 구절을 "薰陶凌染"으로 옮기고, 그렇게 해
　　석하는 오류를 범하고 말았다.
13　梁啓超, 「論小說與群治之關係」, 『飮氷室文集 十』, 上海中華書局, 1936, 7～8면
14　葉乾坤, 『양계초와 구한말 문학』, 법전출판사, 1980, 164면; 우림걸, 『한국 개화기문학과
　　양계초』, 박이정, 2002, 142～148면.

야하는 것을 말한다. 침(浸)은 시간적인 것으로 스며들어서 녹는 것을 의미하는데 양계초의 설명과 다르지 않을 것이다. 그리고 염(染)은 색을 입히는 것, 바탕을 바꾸는 것으로 새로운 변화를 의미한다. 이를 다시 교화하여 훈육하는 '훈도'와 차츰차츰 물들게 하는 '침염'으로 설명할 수 있다. 그것은 교화하여 새로운 형태로 완성하고, 물들여서 바탕을 새롭게 한다는 의미를 띠고 있다. 양계초의 훈침자제가 교화와 자극이라는 과정을 중시했다면, 단재의 훈도침염은 자극을 통한 변화라는 결과를 중시한 것으로 보인다. 단재는 문학이 지니는 교화와 도야, 자극과 감화 등 소설의 영향력을 강조하였다는 점에서 계몽주의적 문학관을 보여주고 있다.

한편 단재는 애국계몽기부터 영웅전기뿐만 아니라 소설도 창작한다. 그는 「고구려삼걸전」의 서문을 남기고 있는데, 거기에 장르 의식을 보여주는 구절이 있다.

傳記는 當代의 一切 事實을 不系統的으로 收拾하여 利害得失를 客觀에 付하고 作者의 취미대로 혹은 事實을 부여하며 혹은 隱弊를 搜覓하야 前人 未發의 參考를 作하게 하며 또한 文理에 連鎖를 脫하여 東에서 取하고 西에서 拾하야 傳記의 定한 宗旨만을 單編으로 作成하는 者이며, 小說은 當代의 一件 事實을 目的物로 定하고 此를 穿鑿附演하며 搜羅溯明하야 事件의 主人을 主角으로 定하고 角本을 새로 맨다러 무대의 演出함이니 傳說, 神話, 俚諺, 童謠, 風俗 등 雜調를 마음대로 統用하며 山川景槪 人物善惡 是非 苦難 富貴 등 市景袞濱을 作者의 취미대로 文藝學術의 微妙를 極히 하야 讀者의 관심을 엇게 하는 者이라.[15]

그는 이 글에서 역사와 전기, 그리고 소설에 대한 자신의 견해를 밝혔다. 소설은 당대 사실을 목적물로 한다 하였는데, 리얼리즘 정신을 보여주고 있다. 그리고 '각본(角本)을 새로 맨다러 무대의 연출(演出)'이란 언급을 통해 서사 문학의 허구성, 재현성을 보여준다. 그것은 마치 극의 공연을 말하는 듯하지만, 작품이라는 무대에 올리는 것, 곧 재현을 그렇게 쓴 것으로 보인다. 마지막으로 "傳說, 神話, 俚諺, 童謠, 風俗 등 雜調를 마음대로 統用"한다는 것은 소설의 화젯거리가 매우 광범위함을 말한다. 그리고 "山川景槪 人物善惡 是非 苦難 富貴" 등은 소재 내지 주제적 특성을 말한다. 단재는 소설에 대해 폭넓게 인식했다. 그러나 당대를 핍진하게 그려내지는 못했다. 역사소설이나 역사로부터 취한 소설이 많은 것은 무엇보다 그의 주제적 신념이 강하게 작용하였기 때문이다. 「꿈하늘」, 「백세 노승의 미인담」, 「룡과 룡의 대격전」 등을 보면 현실에 대한 우의적 속성이 강하며, 나아가 작가의 주제의식이 강하게 투사되어 있다. 주제적 측면이 당대 현실의 재현이라는 방법론을 압도해버린 결과이다.

4) 연극론

단재와 연극의 관계는 제대로 논의된 바 없다. 필자에 의해 계몽기 여러 편의 연극 개량 논설이 단재의 글로 밝혀진 것을 제외하면 논의는

---

15 신채호, 「高句麗三傑傳서문」, 김병민 편, 『신채호문학유고선집』, 연변대학출판사, 1994, 248면.

전무하다 하겠다. 국시 내지 소설 개량 관련 논설들이 진작부터 단재의 글로 인식되어 단재전집(1977)에 실린 데 비해 연극 개량 관련 논설들은 전집에 포함되지 않았다. 궁극적으로 연극 관련 논설들은 저자 확정이 제대로 이뤄지지 못하는 바람에 단재 논의에 포함되지 못했다. 단재는 애국계몽기 여러 편의 연극 개량 관련 논설을 집필했다.

> 盖何如흔 演劇이 人心風俗에 有益흔 者인가 日昔者에 拿破崙이 恒常 劇場에 往ᄒ야 演劇을 觀ᄒ되 必也 悲劇이 아니면 不觀ᄒ며 且悲극의 功效를 贊道ᄒ야 云하되 人物을 陶鑄ᄒᄂ 能力이 歷史보다 突過혼다 ᄒ얏스니 彼悲劇이 人心風俗에 有益흠을 可想홀지로다
>
> 大抵 壹場에 悲극을 演ᄒ야 英雄豪傑의 淋漓壯快흔 往蹟을 觀ᄒ면 비록 庸夫儒兒라도 此에셔 感興홀지며 忠臣烈士의 凄凉貞烈흔 遺標를 觀ᄒ면 비록 蠢奴劣僕이라도 此에셔 奮起홀지니 歷史에 如何흔 偉人을 傳ᄒ던지 但只 其言行과 事實을 記錄ᄒ거니와 극에 至ᄒ야ᄂ 不然ᄒ야 千古以上의 人物이라도 其容顔을 接ᄒᄂ듯 咳唾를 聽ᄒᄂ 듯ᄒ야 十分 精神에 七分을 可得이라 今에 假令 成忠 階伯 朴提上 諸公을 演ᄒ면 其瑩潔흔 狀態가 腦에 印하며 崔瑩 尹관 鄭夢周 諸賢을 演ᄒ면 其忠壯흔 實跡이 眼에 照ᄒ야 畢竟 心往神移ᄒ야 高尙 純潔흔 心思가 自生홀지니 所以로 극을 可貴라 흠이어늘[16]

단재의 연극 개량 논설은 당시 사회적으로 논란이 되었던 협률사나 원각사의 연극 공연에 대한 비판으로부터 비롯되었다. 그는 이인직 등

---

16 「劇界改良論」,『대한매일신보』, 1908.7.12, 논설.

이 "其魔術이 愈長ᄒ야 益益히 其奇怪荒誕淫蕩的의 演劇으로 國民의 心志를 蕩ᄒ면 其害가 豈小ᄒ까"라고 우려했다. 연극은 인심 풍속에 지대한 영향을 미치는데, 그것은 "千古 以上의 人物이라도 其容顏을 接ᄒᄂ 듯 咳唾를 聽ᄒᄂ 듯"하기 때문이다. 실제 무대에서 연행이 되니 영향이 크다는 것이다. 그래서 그는 성충(成忠), 계백(階伯), 박제상(朴提上), 최영(崔瑩), 윤관(尹瓘), 정몽주(鄭夢周) 등의 실제 사적을 극으로 만들어 연행하길 바랐다. 그는 "英雄豪傑의 淋漓壯快ᄒ 往蹟", "忠臣烈士의 凄凉貞烈ᄒ 遺標" 등의 공연을 주장하였는데, 그의 연극론 역시 계몽주의적 성격을 강하게 지니고 있다. 단재는 연극을 국민을 위한 계몽의 도구로 인식했던 것이다.

5) 국문학론

단재는 국문학에 대한 주체적 견해를 갖고 있었다. 그는 국문학의 경계를 분명히 하였다.

> 我東의 漢詩鼻祖ᄂ 不得不 類利王 黃鳥詩로 推ᄒ지나 其詩旨가 自家 夫婦間 缺感을 叙述ᄒ에 不過ᄒ니 足히 稱道ᄒ 빈 無ᄒ고 其後에 乙支文德이 平壤城下 兵馬倥惚의 際에 五言 一首를 著ᄒ야 于仲文을 欺弄ᄒ엿스니 其臨陣閑雅의 풍도를 足히 想見ᄒ지나 將軍의 詩라 詩人의 詩가 아니며 又 一時誘敵의 語라 任情率意의 作이 아니니 足히 諷詠ᄒ 빈 無ᄒ고 其後에 許多 詩學士가 輩出ᄒ엿스나 皆 李 杜 韓 蘇의 唾餘를 拾ᄒ야 戰事를 悲觀ᄒ고 苟安을

謳歌ᄒ야 事大主義만 鼓吹ᄒᆯ 싄이오 能히 眼光을 大放ᄒ야 東國尙武的 精神을 發揮ᄒᆫ 者ㅣ 無ᄒ니 嗚乎라 外語 外文의 國魂을 移奪ᄒᆯ 魔力이 果然 如此ᄒᆫ지 余가 勝朝及 本朝 千餘年間 漢詩家 人物을 歷數ᄒᄆ 歆歆를 不堪ᄒᄂ 비로다[17]

余의 見ᄒᄂ바 國詩 中에 其流傳 最舊ᄒᆫ 者를 擧ᄒ면 高僧 了義가 國文을 始創ᄒ고 佛敎를 讚美ᄒᆫ 眞言이 是라 ᄒᆯ지나 然이나 此ᄂ 梵詩를 音譯ᄒᆫ 者라 國詩로 冒稱흠이 不可ᄒ고 其次ᄂ 崔都統 鄭圃隱의 단心歌가 될지라[18]

世宗大王의 正音字母는 吏讀에 比하면 그 音과 形이 完美할 쑌더러 그 學習이 더옥 便利하야 우리 文學의 勃興할 利器를 주엇스나 다만 漢文學의 征服을 바더 各種 글월을 모다 漢文으로 記하고 漢文만 文字로 알아 國文學 發達의 前路를 막엇섯스며 元昊 鄭澈 尹善道 諸公이 間或 時調의 名作이 잇스나 그러나 그 才力을 모다 漢詩의 著作에 팔아먹고 時調는 餘事로 作하얏슴으로 모다 作家라 稱하기 不足하며 小說은 諺文으로 著한 者가 만흐나 그러나 文學 名士들은 此等의 諺文小說을 著하지 안할 쑌 아니라 쏘한 讀하지도 안함으로 다만 無賴의 閑人이 이를 지며 冊肆의 商人이 이를 박이 閭巷의 農人에게나 閨中의 婦에게 팔아 幾分의 薄利를 어덧슬 쑌이라 그럼으로 發達이라 稱할 것이 업도다 일을터면 五百年來의 諺文小說 中 좀 나흔 作物을 春香傳 놀보傳 토기傳 等을 數하나 그러나 春香傳은 高句麗의 韓珠를 演述한 것이오 놀보傳은 新羅의 房色을 演述한 것이오 토기傳은 高句麗의 龜兎

17 「천희당시화」,『대한매일신보』, 1909.11.13, 문단란.
18 「천희당시화」, 1909.11.12, 문단란.

談을 演述한 것이니 다 創作 아님이 明白하며 만일 名文傑作을 차즈면 漢文
作家에는 或 幾篇이 잇다 하련이와 諺文에는 絶無하니 世宗大王의 制作한
恩德을 辜負함이 또한 甚하도다 아으.[19]

전자는 「천희당시화」로 한시와 국시에 대해 논한 부분이다. 먼저 한
시로 유리왕의 「황조가」, 을지문덕의 「유우중문시」를 거론하고 그것
이 국시의 비조가 될 수 없다고 했다. 전자는 "夫婦間 缺憾을 叙述"했을
따름이고, 후자는 "一時 誘敵의 語라 任情率意의 作이 아니"기 때문이
다. 그후 허다한 시인들이 "李 杜 韓 蘇의 唾餘를 拾ㅎ야", "外語 外文의
國魂을 移奪"했음을 비판했다. 그래서 "五百年來 文學家 案上에 但只 漢
詩만 堆積ㅎ야 馬上寒食途中暮春이 童孺의 初等小學이 되며, 洛城一別胡
騎長驅가 教塾의 專門教科가 되고, 國詩에 至ㅎ야는 笆籬邊에 閒棄흔지
幾百年이니 嗚呼라 此亦國粹衰落의 一原因인져"라고 탄식했다.[20] 우리
말로 된 「진언(眞言)」이 있었지만, 그것은 범시의 음역일 뿐 국시라 하
기 어렵다고 하였다. 한편 그는 최영과 정몽주의 시조를 국시로서 높이
평가했다. 그것은 우선 형식적인 측면에서 우리의 시조였기 때문이다.
그리고 내용적인 측면에서 나라에 대한 충정을 읊었기 때문이다.

단재는 우리 문학의 개념을 우리의 말과 문자로 된 글로 규정했다.
그는 "盖東國詩가 何오 ㅎ면 東國言, 東國文, 東國音으로 製흔 者가 是오"
라고 하며, 우리 문학이 우리의 말과 문자, 음성으로 이룩된 것이라고
강조했다. 그는 1920년대 들어 「조선 고래의 문자와 시가의 변천」에서

---

19 신채호, 「朝鮮 古來의 文字와 詩歌의 變遷」, 『동아일보』, 1924.1.1, 13면.
20 「천희당시화」, 1909.11.11, 문단란.

'국문학'의 개념을 더욱 분명히 했다. 세종대왕의 한글 창제가 우리 문학의 발흥 기회를 주었으나 실상 많은 식자들이 한문을 문자로 알고 쓰는 바람에 국문학의 발달을 막았다는 것이다. 그에게 국문학은 원호(元昊), 정철(鄭澈), 윤선도(尹善道) 제공(諸公)의 시조(時調)와『춘향전(春香傳)』,『놀보전(傳)』,『토끼전(傳)』등의 언문소설을 뜻한다. 그는 시조에 간혹 명작이 있지만 여사로 창작했고, 언문소설은 연술에 불과하고 창작이 아니니 제대로 된 국문학이 성립되지 못했다고 했다. 우리 시학사들이 사대주의를 고취하고, 한시 창작에만 몰두한 나머지 국문학이 쇠퇴하게 되었다는 것이다. 그는 '몽고의 흥함은 위구르 문자의 창조에 있었고, 여진의 번성은 여진의 문자로 시가를 지을 수 있는 자가 많았기 때문[蒙古之興畏兀兒之文字 創矣 女眞之盛 能以女眞字 作爲詩歌者朋興矣]'이라고 했는데,[21] 궁극적으로 나라의 흥망은 고유 언어의 유무, 그리고 그 언어를 통한 문학 창작에 있음을 강조한 것이다. 그는 우리의 언어가 창조되었지만 제대로 기능하지 못해 나라가 쇠락에 직면했다고 하는 등 언어민족주의적 모습을 보여준다.

> 最近에 와서 一般 朝鮮文法의 學者들이 우리글의 發達을 絶叫하나 그러나 各國 文學의 進步는 매양 多數한 作家가 나서 全社會를 鼓舞할만한 詩나 小說이나 劇本이나 其他 各種 文藝作品이 만하 이로써 울고 웃고 노래하고 춤추어 飢者의 粮이 되며 病者의 藥이 되야 自家文學의 獨立國을 建設할 만한 然後의 일이니 近日에 作家로 칠 作者가 몟치이냐? 아으[22]

---

21 철퇴, 「論日本之有罪惡而無功德」, 『천고』 1호, 천고사, 1921.1, 20면.
22 신채호, 「朝鮮 古來의 文字와 詩歌의 變遷」, 『동아일보』, 1924.1, 13면.

단재는 수많은 작가들이 나와 "全社會를 鼓舞할 만한 詩나 小說이나 劇本" 등이 많아질 때 문학의 독립국이 된다고 했다. 그것은 달리 작품들이 독자들과 더불어 존재할 때 국문학이 존재하기 때문이다. 그러므로 국문학은 곧 국어를 통한 주체적 문학의 탄생을 통해 이뤄지게 된다.

6) 문학일반론 기타

단재는 여러 차례 문학에 대한 자신의 견해를 피력했다. 그것은 문학의 기능과 역할 등 다양하다. 여기에서 문학 일반론에 대해 다음 세 가지 항목에 걸쳐 살피기로 한다.

(1) 예술 / 인도주의 문예관

단재는 1920년대 발표된 글에서 현실주의 문예, 민중 문예를 강조한다.

> 그러나 藝術도 高尚하여야 藝術이 될지어늘 紈袴浪子의 肉奴가 되랴는 自殺鬼의 康明花도 烈女되는 文藝가 무삼 藝術이냐 累百萬의 餓鬼를 겨테다 두고 一圓 乃至 五圓의 小說冊이나 팔아 一飽를 求하랴는 文藝家들이 무삼 藝術家이냐 (…중략…) 藝術主義의 文藝라 하면 現 朝鮮을 그리는 藝術이 되여야 할 것이며 人道主義의 文藝라 하면 朝鮮을 救하는 人道가 되여야 할 것이니 只今에 民衆에 關係가 업시 다만 間接의 害를 끼치는 社會의 모든 運動을 消滅하는 文藝는 우리의 取할 바가 안이다[23]

---

23 신채호, 「浪客의 新年漫筆」, 『동아일보』, 1925.1.1, 4면.

일터면 漢江의 鐵橋가 現實이 안이냐 仁川의 米豆가 現實이 안이냐 經濟의 恐慌이 現實이 안이냐 商工 各界의 蕭條가 現實이 안이냐 多數 農民의 西北間島 移住가 現實이 안이냐 萬般危急의 現實이 鄭氏 一家의 難産症보다 더하거늘 이를 바리고 俗文藝 속에서 金剛山을 차지랴 하니 쏘한 可憐하도다[24]

'藝術은 藝術을 爲하야 存在'라 하지만 쏘한 '高尙한 藝術이랄사록 社會에 조흔 影響을 씨친다'는 그 附論이 잇슴으로 그 말이 얼마큼 承認됨이니 만일 藝術이 人類에게 害가 되야 그 進步를 쌀아 人類의 幸福이 減少될진대 人類의 藝術을 憎惡하야 滅亡식히엿슬지니 엇지 存在의 餘地가 잇스리오[25]

예술을 위한 예술과 인도를 위한 예술은 예술을 이야기할 때 자주 언급된다. 단재는 두 가지 예술관 가운데서 후자에 무게를 두었다. 그는 한기악에게 보낸 서신에서 "예술은 예술로 존재"해야 한다는 원론은 맞지만, 현실은 그에 걸맞지 못하다고 했다. 그리고 「문예계 청년의 참고를 구함」이라는 글에서 "'藝術은 藝術을 爲하야 存在'한다 하지만, 쏘한 '高尙한 藝術이랄사록 社會에 조흔 影響을 씨친다'는 그 附論이 잇슴으로" 승인되는 것이라 했다. 순수예술은 "高尙한 藝術이랄사록 社會에 조흔 影響을 씨친다"는 전제 속에서 그 의미가 있다는 것이다. 그래서 그는 "藝術主義의 文藝라 하면 現 朝鮮을 그리는 藝術이 되여야 할 것이며 人道主義의 文藝라 하면 朝鮮을 救하는 人道가 되여야 할 것"이라고 못박았

---

24 신채호, 「文藝界 靑年의 參考를 구함」, 김병민 편, 『신채호문학유고선집』, 연변대학출판사, 1994, 176면.
25 위의 글, 176면.

다. 전자는 리얼리즘 문예가 될 것이고, 후자는 현실 참여 예술이 될 것이다. 그가 내세운 것은 민중문학인데, 그것은 조선의 현실을 그리는 예술이며, 조선을 구하는 예술인 것이다. 현실 참여의 목소리는 「천희당시화」에서도 그 면모를 살필 수 있다.[26] 단재는 문학의 자율성을 강조하면서도 현실 참여의 가능성을 담지한 도구론적 문예론을 내세웠다.

(2) 구안 / 혁명문예론

단재는 문학의 영향이나 효과를 강조했다. 문학의 나침반설을 이야기한 것은 바로 그러한 맥락이다. 그는 「천희당시화」에서 "詩가 人情을 感發홈에 如此히 不可思議의 能力이 有"하다고 하여 시의 지배력을 높이 평가했다. 그것은 양계초가 소설이 불가사의한 힘을 갖고 있다[小說 有不可思議之力]고 말한 것과 같은 맥락이다.

> 其詩가 武烈ᄒ면 全國이 武烈홀지며 其詩가 淫蕩ᄒ면 全國이 淫蕩홀지며 其詩가 雄建ᄒ면 全國이 雄建홀지며 其詩가 柔弱ᄒ면 全國이 柔弱홀지며 其他 勇悍猖狂 猛奮纖劣 或善 或惡 或美 或醜가 無非詩歌의 支配力을 受ᄒᄂ 바인듸 試思ᄒ라 我國에 流行ᄒᄂ 詩가 果然 何如ᄒ 詩이뇨[27]

단재는 앞에서도 보았듯이 "小說이 國民을 强ᄒ 데로 導ᄒ면 國民이 强ᄒ며 小說이 國民을 弱ᄒ 데로 導ᄒ면 國民이 弱ᄒ며 正ᄒ 데로 導ᄒ

---

26 임중빈은 「천희당시화」를 사르트르의 상황문학론보다 40년이나 앞서 나온 인도주의적 참여문학론이며, 문학사 전개의 소중한 이정표적 단서를 가진 것으로 규정했다. 임중빈, 「단재의 상황문학론」, 『한국문학』, 1977.9, 212면.
27 「천희당시화」, 『대한매일신보』, 1909.11.24, 문단란.

면 正ᄒ며 邪ᄒᆫ 데로 導ᄒ면 邪"해진다고 주장했다. 시도 마찬가지이다. 그것은 한 나라의 문학이 국민들에게 미치는 영향이 막대하다는 것이 다. 그래서 그는 문학인들이 혁명을 주창하기를 바랐다.

主唱文藝者 若但以人道正義自由博愛等 耳食難飽之新名詞 建設'空華的' 理想國於筆端舌端 而不思以鐵拳赤血 與敵博戰 則亡國 可以永滅而弱國無以再振也

문예를 주창하는 사람은 다만 인도 정의 자유 박애 등 그럴듯하지만 배부르지 않는 신명사로 '공허하고 화려한' 이상국을 붓끝 혀끝에서 건설하고 굳센 주먹과 붉은 피로 적과 맞붙어 싸우는 것을 생각지 않으면 곧 나라는 망하여 영원히 사라지고 약한 나라는 다시 일어설 수 없을 것이다.[28]

吾輩今日所當力闢而廓淸之者 只有一事 卽文藝運動之苟安論 是也 夫各國革命之起 無不有文藝家以爲之先鋒 如盧梭福祿特之於法國 但丁瑪志尼之於伊太利 皆其類也 現露西亞之大革命 亦賴其文學鼓吹之力者 爲多

오늘날 우리들이 마땅히 힘써 배척하고 숙청해야 할 일이 오로지 하나 있는데, 곧 문예운동의 구안론이 그것이다. 무릇 각국의 혁명이 일어남에 문예가가 선봉이 되지 않음이 없었는데, 프랑스에서 루소와 볼테르가, 이태리에서 단테와 마치니 같은 이가 다 그런 부류이며, 현재 러시아의 대혁명도 문학이 고취하는 힘에 의뢰하는 것이 많다.[29]

---

28 진공, 「韓漢兩族之宜加親結」, 『천고』 2호, 천고사, 1921.2, 6면.
29 대궁, 「第三回三一節普告同胞」, 『천고』 3호, 천고사, 1921.3, 4면.

이 글들은 1920년대에 나온 것이다. 여기에서 단재는 "굳센 주먹과 붉은 피로 적과 맞붙어 싸우는 것[以鐵拳赤血 與敵博戰]"을 외쳤다. 그리고 우리가 없애야 할 것으로 문예운동의 '구안론'을 내세웠다. 단재는 1909년에도 문예운동의 구안론에 대해 언급했다. 그는 「천희당시화」에서 이전 詩學士들이 "皆 李 杜 韓 蘇의 唾餘를 拾ᄒ야 戰事를 悲觀ᄒ고 苟安을 謳歌ᄒ야 事大主義만 鼓吹ᄒᆯ 쑨"이라고 아쉬워했다.[30] 조선조 문인들이 구안을 구가하여 사대주의를 고취했다는 것이다. 그는 문예 구안론자들을 피란꾼이라 비판했다.

그러나 內地의 文士社會를 도라 보아라 붓새를 들면 '쌔하야니' '쌔쌜가니' 하는 形容詞를 만히 석거 敵人의 눈에 거슬니지 아니할 만한 新詩나 지으며 단꿈이니 향내 나는 입살이니 하는 戀愛小說이나 짓고 警犬에게 물닐가 監獄所의 콩밥을 먹을가 겁냄인지 亡國哀痛의 눈물로 나오는 글줄은 하나도 업스니 이것이 避亂ㅅ군이 아니고 무엇이냐[31]

단재는 혁명운동을 내세웠는데, 문예가 그 주창자가 되기를 바랐다. 그것은 "近世 何國의 革命을 無論하고 반드시 그 思想을 鼓吹한 言論文字의 先導가 잇섯다"는 인식에서 비롯된다.[32] 그는 "칼이 되야 獨立軍의 뒤를 따라 仇敵을 掃滅치 못하고 붓이 되야 다만 理想으로 紙上에 그리게 됨"을 슬퍼했다.[33] 그는 애국계몽기에 문학이 상무적 정신을 발휘해야

---

30 「천희당시화」, 『대한매일신보』, 1909.11.13, 문단란.
31 진공, 「今日에 또 避亂할 十勝地를 찻는 사람들」, 『독립신문』, 1923.9.1, 1면.
32 「新大韓創刊辭」, 『신대한』, 1919.10.28, 논설.
33 위의 글.

한다고 하였으며, 1920년대 들어 마침내 혁명의 선봉이 되어야 한다고 강조했다. 그러한 인식에서 「조선혁명선언」이 나온 것이 아니겠는가.

(3) 재주 / 지성감발론

단재는 자신의 작품 창작에 관해 글을 쓰기도 했고, 또한 니콜라스의 작품에 대해 평가하기도 했다.

> 글을 짓는 사람들이 흔히 排鋪가 잇서 몬저 머리는 엇더케 내리리라 가온 대는 엇더케 버리리라 쇠리는 엇더케 마르리라는 大意를 잡은 뒤에 붓을 댄다지만 한놈의 이 글은 아모 排鋪업시 오직 붓곳 가는 대로 맥기여 붓곳치 하늘로 올라 가면 하늘로 쌀어 올나가며 쌍속으로 들어가면 쌍속으로 쌀어 들어가며 안지면 쌀어 안지며 셔면 쌀어 셔서 마듸마듸 나오는 대로 지은 글이니 讀者 여러분이시여 이 글을 볼 째에 압뒤가 맛지 안는다 위아래가 文體가 달다 그런 말은 말으소서[34]

> 그러나 그 시와 쟝문은 꼿이니 달이니를 두고 지은 바도 아니며 산이니 물이니를 두고 지은 바도 안이라 다만 국슈쥬의로 지은 글이러라 문쟝이라 ᄒ면 지조가 잇어 문쟝 되는 줄 아나 그러나 그러치 안하니라 다른 문쟝은 혹 지조로 되나 니꼴라쓰는 결코 그러ᄒᆫ 문쟝이 안이라 (…중략…) 니꼴 라쓰도 이와 갓치 지셩셔 나온 글이오 지조에서 나온 글이 안이라 지조로 지은 글은 사름을 웃기기난 ᄒ나 울니지는 못ᄒ매 즐겁게는 ᄒ나 늣기지는

---

34 신채호, 「꿈하늘」, 김병민 편, 『신채호문학유고선집』, 연변대학출판사, 1994, 18면.

못ᄒᆞᄂ니 니꼴라쓰의 글이 만일 직조로 지은 글이면 엇지 전국 국민을 몰아 함쯰 한 길로 나아가게 ᄒᆞᆯ 슈 잇스리오[35]

정인보는 단재의 글이 "構造에 用意하는 것 같지도 안코 또 我, 漢을 交用하는 가운데 닥치는 대로 집어 쓰는 것도 만하 逐條尋究하면 가다가 거친 듯한 句語도 없지 아니하되 再次 朗誦하야 보면 앗가 거친 듯하게 알던 그 句節의 所在를 어느덧 잊어바리게 되니 이는 그 一氣呵成의 聲節이 波濤같이 滔滔히 나려"오기 때문이라고 했다.[36] 단재는 작품의 구조에 신경을 쓰지 않았다. 그는 '붓ᄭᅳᆺ 가는 대로 맥기여' '마듸마듸 나오는 대로' 글을 지었지만, 그것은 '一氣呵成의 聲節이 波濤같이 滔滔히 나려'왔다는 것이다. 그는 "任情率意의 作"을 중시했는데, 자신 역시 그런 작품을 쓴 것이다. 그는 재주를 부려 글을 쓴 것이 아니라 지성이 감발한 글을 쓴 것이다.

단재는 몬테네그로의 니콜라스의 작품을 높이 평가했다. 그는 니콜라스의 글이 재주로 쓴 것이 아니라 지성에서 흘러나온 글이기 때문에 사람을 울리기도 하고 감명을 준다고 했다. 이처럼 단재는 지성이 감발하여 나온 글을 높이 평가했다. 그것은 재주에서 우러난 글보다 감명을 준다. 형식이나 짜임에 주의하기보다 한번 붓을 들면 도도하게 써내려가던 단재, 그것은 '임정솔의', 곧 지성의 감발로 이뤄진 글이었던 것이다. 그러한 글이 오히려 독자들에게 감명을 준다.

35 「몬데네크로 대왕 니꼴라쓰의 니야기」, 『권업신문』, 1913.1.26, 논설.
36 정인보, 「단재와 사학(하)」, 『동아일보』, 1936.2.28, 4면.

7) 마무리

단재는 시, 소설, 연극, 가사 등 모든 문학에 관심을 가졌다. 그것은 문학이 다른 어떤 장르보다 계몽에 적합한 장르라는 것을 인식했기 때문이다. 특히 그는 동국어, 즉 우리 언어에 대한 관심을 기울였고, 리듬감을 강조했다. 「아리랑」이나 「영변가」 등 전통 예술의 형식을 중시한 것도 우리 가락에 대한 관심 때문이다. 단재는 문학개혁론을 주창하였는데, 이는 시가 및 연극, 소설로 확대된다.

단재는 예술주의 문예든, 인도주의 문예든 조선의 현실을 중시하는 문예를 강조했다. 곧 문학의 계몽주의적 성격을 강조한 것으로 난국의 시대에 문학의 역할을 분명히 하였다. 그렇다고 하여 문학의 기능에서 미적 특성을 완전히 무시한 것은 결코 아니다. 「천희당시화」에서 보면 "시가는 인의 감정을 도용함을 목적"으로 하며, 또한 "환호, 분규, 처량 쇄읍, 신음, 광제 등 정태로 결성한 문언", 곧 "임정술의"의 작임을 분명히 했다. 그러나 소설에서는 무엇보다 조선의 현실을 그린 사실주의적 작품을 높이 평가했다. 그것은 문학의 역할을 현실과의 관계 속에서 규정한 것이다.

아울러 단재는 그러한 문학관에 입각하여 수많은 작품을 창작하였다. 애국계몽기부터 애국 전기, 정론, 시가에서 소설에 이르기까지 폭넓게 창작을 시도하였으며, 일제강점기 알레고리, 역사소설에서 역사 서술에 이르기까지 그의 창작범위는 넓다. 그의 창작은 한편으론 계몽을 위한 도구로서의 성격도 있지만, 한편으로는 자신의 문학관에 대한 실천적 의미도 크다. 그의 문학관은 애국계몽기 문학관을 대표할 정도로 그 의미가 충분하고 폭넓다. 특히 그는 1920년대 구안문학론을 배격하고 혁명 문학론을 외쳤다는 점이 눈에 띈다. 그가 「금전, 철포, 저주」에서 저주의 문자를 내세운 것도 문학을 통한 사회 변혁을 추구했기 때문이다.

2. 단재의 문체 및 번역론

1) 국한문체론

애국계몽기는 근대적 문체가 형성되던 시기였다. 단재는 비록 유생 이었지만 대단히 개방적이며 혁신적인 인물이었다. 그는 종래의 한문 문체에 대해 비판하였으며, 국문의 중요성을 적극 알리고 실천을 하였 다. 여기에서는 그의 국문론과 문체관을 살펴보려 한다.

> 旣曰 國文이라 ᄒ면 是ᄂᆫ 一般 韓人이 皆自國의 文으로 認ᄒᆯ 바며 旣曰 ᄒ 문이라 하면 是又 壹般 韓人이 皆他國의 문으로 認ᄒᆯ 바니 其文字의 孰簡孰 煩도 勿論ᄒ며 其학習의 孰易孰難도 勿問ᄒ고 但 國文兩字만 擧ᄒ야 途에 號ᄒ여 曰 此가 孰重고 ᄒ면 雖黃口小兒라도 皆曰 國문이 重ᄒ다 國文이 重 ᄒ다 ᄒᆯ지어늘[37]

단재는 한문을 타국의 문으로 간주하고 국문이 중요하다고 강조했 다. 당시 "國文은 漢문 附屬品에 不過ᄒ다고 大叫ᄒ 者도 有ᄒ며 或 雜誌

---

37 「國漢文의 輕重」, 『대한매일신보』, 1908.3.17, 논설.

文苑에 天下事는 惟漢文을 讀호 者가 能做호다고 放言호 者도 有ᄒ며 甚者는 國문으로 奴를 삼으며 漢문으로 主를 숨고 國文으로 臣을 숨으며 漢文으로 君을 숨"는 것이 대세였던 시기였는데, 단재는 그것을 "國文은 廢止ᄒ고 漢文만 崇尙ᄒ랴는 意思"로 간주했다. 그는 국문이 한문에 부속 내지 종속된 상황에서 벗어나지 못한 것을 강조하며, 국문을 중요하게 여겨야 한다고 강조했다. 근대에 있어서 민족주의의 형성은 자국 언어의 사용과 밀접한 관련을 지녔는데, 단재 역시 언어 민족주의적 사고를 지녔다.

> 自國의 言語로 自國의 文字를 編成ᄒ고 自國의 문자로 自國의 歷史地誌를 纂輯ᄒ야 全國人民이 捧讀傳誦ᄒ여야 其固有ᄒ 國精을 保持ᄒ며 純美ᄒ 愛國心을 鼓블 홀지어늘 (…중략…) 韓國의 國文이 晩出홈으로 其勢力을 漢文에 被奪ᄒ야 一般 학士들이 漢文으로 國문을 代ᄒ며 漢史로 國史를 代ᄒ야 國家思想을 剝滅ᄒ 所以라[38]

> 世宗大王의 正音 字母는 吏讀에 比하면 그 音과 形이 完美홀 쑨더러 그 學習이 더욱 便利하야 우리 文學의 勃興홀 利器를 주엇스나 다만 漢文學의 征服을 바더 各種 글월을 모다 漢文으로 記하고 漢文만 文字로 알아 國文學 發達의 前路를 막엇섯스며[39]

단재는 우리 역사에서 한문 숭상으로 인해 형성된 과오를 분명히 지

---

38 「국한문의 경중」, 『대한매일신보』, 1908.3.19, 논설.
39 신채호, 「朝鮮 古來의 文字와 詩歌의 變遷」, 『동아일보』, 1924.1.1, 13면.

적했다. 그것은 국가사상을 박탈했으며, 국문학의 발달을 저해했다는 것이다. 궁극적으로 그는 국어로 문자를 편성하고, 국어로 역사 지리지를 저술하여 국가의 정수를 유지 보존해야 한다고 했다. 애국계몽기 그는 국문체론을 내세웠으며, 국어로 저술할 것을 강조했다. 『가정잡지』, 『대한미일신보』의 글쓰기가 그러한 활동과 깊이 관련이 있다.

1910년 단재는 중국을 거쳐 러시아로 망명을 간다. 거기에서 『권업신문』 주필을 맡았다. 그런데 당시 국내에서는 일본의 강점으로 인해 친일파들이 득세하고 일본어가 강조된다. 단재는 그러한 상황에 우려감을 표현했다.

고국을 도라보니 쇼학교 아히들의 일어 비우는 소리뿐이오 외양을 나오니 한인의 학교는 쇼학교도 몃기가 못 되니 회라 무엇을 바라리오 바랄 것은 외국말 아는 이가 스스로 끼닷는 것뿐이로다[40]

아모 동리니 아모 촌이니 흐던 칭호를 틱반 일본의 명스로 곳쳐 명치뎡이라 쟝곡쳔뎡이라 흐며 리아모니 박아모니 흐던 사람이 왕왕 일인의 셩명을 딸어 아젼이라 아등이라 흐며 졋 밋헤 아히들은 아비 어미란 말을 몰으고 오도상 후도상을 불으며 학교의 학도들은 가나다라를 더지고 이로하니를 외와 산쳔인물이 모다 녯날의 면목을 일는 이때인즉[41]

국문이 이갓치 필요흔즉 셜령 국문이 어렵고 또 어렵더릭도 비워야 흘지

---

40 「외국말 비우는 이에게 고홈」, 『권업신문』, 1912.10.27, 논설.
41 「음력명결과 한인」, 『권업신문』, 1913.6.8, 논설.

어늘 이제 또 그러치 안ㅎ야 우리 사ᄅᆞᆷ에게 뎨일 쉬운 글은 국문이라 우리

말로 취음ᄒᆞ야 민든 글인 고로 아모리 미련ᄒᆞᆫ 쟈라도 가나다라 열네 줄만

외우고 밧침 여덟자만 비우면 곳 그 쓰ᄂᆞᆫ 법을 ᄭᆡ닷ᄂᆞᆫ 고로 녯적부터 국문

은 사흘글이란 말이 잇ᄂᆞ니 사람이고야 엇지 이갓치 쉽고 아름답고 필요ᄒᆞᆫ

글을 알랴고 안ᄒᆞ리오[42]

단재는 학교에서 일본어 배우는 소리가 커지고, 또한 우리의 어휘가

일어로 대체되는 상황을 목격했다. 그는 우리의 말이 그렇게 어려운 말

이 아니라는 것을 강조하면서 꼭 배울 것을 권유했다. 그는 국어(한글)

를 통해 국혼을 유지하고, 국수를 온전히 보존할 수 있다고 여겼다.

1910년대는 국한문의 관계보다도 시급했던 것이 한국말과 외국어

의 관계이다. 국권이 침탈되면서 상대적으로 자국에 대한 인식이 희박

해져 가고, 또한 해외에서 국어의 영향력은 급속도로 줄어든다. 게다가

외국에 유학을 다녀오는 사람들이 늘고 그들이 사회에 좋지 않은 영향

을 끼치면서 각종 문제들이 발생된 것이다.

이럼으로 외국말만 아ᄂᆞᆫ 날이면 한국 글은 빌어먹ᄂᆞᆫ 글이라 ᄒᆞ야 ᄌᆞ식이

잇고 손ᄌᆞ가 잇어도 한국말 한국 글 빅우ᄂᆞᆫ 학교에는 그림ᄌᆞ도 보이지 못케

ᄒᆞᄂᆞᆫ도다 이럼으로 외국말만 아ᄂᆞᆫ 날이면 한국 사ᄅᆞᆷ이 무엇을 ᄒᆞ리오 ᄒᆞ야

한가지 일도 한국 사ᄅᆞᆷ을 위ᄒᆞ야 ᄒᆞ지 안ᄒᆞ랴 ᄒᆞᄂᆞᆫ도다 이럼으로 외국말만

아ᄂᆞᆫ 날이면 잔약ᄒᆞᆫ 동포를 압졔하며 고단ᄒᆞᆫ 동포를 능멸ᄒᆞ야 주먹질과 발

---

42 「사ᄅᆞᆷ마다 국문은 알어야지」, 『권업신문』, 1913.6.15, 논설.

낄질을 능ᄉ로 삼아 제 동포의 범이 되ᄂ도다 이럼으로 외국말만 아ᄂ 날이
면 권리를 다투느라고 내 동포를 못쓸 곳에 잡아너으며 ᄉ분을 갑느라고
내 동포를 죽을 따에 몰아들여 내 나라의 마귀가 되ᄂ도다[43]

혹쟈ᄂ 말ᄒ기를 나ᄂ 서양글을 아ᄂ 사름이니 비록 대한 글을 몰나도 관
계치 안타 ᄒ나 이 엇지 어린 말이 안이뇨 잉글리 사름이 잉글리 글을 몰으
고 프란츠 글만 알지면 이ᄂ 잉글리 사름의 슈치며 이딸리 사름이 이딸리
글은 몰고 게르만 글만 알지면 이ᄂ 이딸리 사름의 슈치라 어듸 내 나라
글은 몰고 남의 글 아ᄂ 것으로 ᄌ족하ᄂ 쟈 잇으리오[44]

단재는 '내 나라글은 몰고 남의 글 아는 것'을 수치라고 했다. 당시
외국어를 배운 사람들이 통사나 부역 일을 하는가 하면, 서양글을 아는
자들이 자만해져 국어를 무시하는 일이 왕왕 있었다. 심지어 그들이 외
국 글을 알고 동포들을 업신여기며 심지어 동포의 적이 되고 마귀가 되
는 실태를 언급하였다. 단재는 외국말을 익히면 그 나라의 학문을 번역
전포하고 기예를 배워서 국내에 전하는 것이 무엇보다 중요하다고 했
다. 그리고 우리말, 우리글, 우리 역사와 지리를 잘 배우고 익힌 후에
다른 나라의 말을 배울 것을 주장했다. 아울러 교육의 종사하거나 단체
일을 하는 사람들에게 제일 먼저 국문 보급에 착수하라고 요청했다. 한
국 사람들은 모름지기 한글을 꼭 알아야 한다는 것이다.

---

43 「외국말 빅우는 이에게 고흠」, 『권업신문』, 1912.10.27, 논설.
44 「사람마다 국문은 알아야지」, 『권업신문』, 1913.6.15, 논설.

어린 아히들은 아모쪼록 내 나라 말 내 나라글 내 나라 력스를 잘 비우며 나이 만흔 이라도 불가불 가나다라 수십 줄은 닉히며 본국 력스 디지 두 칙은 읽은 후에야 다른 말을 비우던지 말던지 흘 것이니라[45]

유듸사름은 나라 망흔 지가 수천 년이 되엿으되 오히려 저의 말과 저의 글을 보젼흐고 저의 풍쇽습관을 보젼흐야 어듸를 가던지 나는 유듸사름이로라 흐야 국적(國籍)은 곳쳐도 마음은 곳치지 안는듸 하물며 수천 년 국가를 가지고 오던 민족으로 엇지 이갓치 비렬흐게 싱각흐리오[46]

단재는 강고한 국수주의를 지녔다. 주체적 입장을 확고히 하는 것, 거기에는 당연히 국어가 중요한 역할을 하게 된다. 비록 나라를 잃은 상황에서도 우리말을 익히고 우리의 역사와 지리를 배우는 등 국수를 잘 보전하면 국권을 회복할 희망이 있다. 그는 우리말과 우리 역사를 통해 민족 주체성을 함양함으로써 독립을 이룩하려 했다.

2) 언문일치론

언문일치체의 확립은 근대 민족국가 형성기 대단히 중요한 과제 중의 하나였다. 말과 글의 일치는 특히 근대 소설의 징표 내지 준거로 거론된다. 단재는 애국계몽기 다양한 창작을 하였는데, 언문일치에 대해

---

45 「외국말 비우는 이에게 고흠」, 『권업신문』, 1912.10.27, 논설.
46 「사름마다 국문은 알어야지」, 『권업신문』, 1913.6.15, 논설.

서도 남다른 관심을 갖고 있었다.

思想발表의 利器는 舌과 筆이 是인듸 一吐ᄒᆞ미 人으로 ᄒᆞ야금 心이 快ᄒᆞ
며 神이 爽ᄒᆞᄂᆞᆫ 者는 舌이 筆에 過ᄒᆞ나 遠地에 播ᄒᆞ며 後世에 傳ᄒᆞᄂᆞᆫ 者는
筆이오 舌이 아니라 故로 비록 哲理가 腦에 빈紛ᄒᆞ며 政見이 心에 盈溢ᄒᆞᆯ지
라도 此를 발表흠은 不得不筆을 待ᄒᆞᆯ지어늘 古代에는 國文을 輕히 ᄒᆞ고 漢
文만 尙흠으로 言文의 一致되지 못ᄒᆞᆫ 故로 心으로 能히 思ᄒᆞ며 口로 能히
言ᄒᆞ야도 幾十年 漢文에 用力ᄒᆞ야 著作을 能치 못ᄒᆞ면 到底히 此를 簡冊에
셔 ᄒᆞ야 後에 傳ᄒᆞᆯ 수 無ᄒᆞ고 且或 漢文에 能ᄒᆞ야 其思想을 能히 發表ᄒᆞᆯ지라
도 幾個 漢文學者 以外에는 能히 解讀ᄒᆞᄂᆞᆫ 者ㅣ 無ᄒᆞᆫ 故로 塵箱에 藏ᄒᆞ야 蠹
食에 供ᄒᆞᆯ 而已니 惜哉라 故로 國을 善爲ᄒᆞᄂᆞᆫ 者는 言文 一致의 道에 注重ᄒᆞ
나니라[47]

단재는 사상 발표의 도구로 글에 주의했다. 그런데 고대에는 국문을
가볍게 여기고 한문만 숭상함으로 언문일치가 되지 못했다고 했다. 말
따로, 글 따로였기 때문이다. 생각한 것을 말로는 잘 표현하여도 문장
으로 쓰지 못하면 후세에 전할 수 없었다. 게다가 비록 한문에 능해서
그 사상을 한문으로 잘 표현하였다 한들 몇몇 한문학자 이외에는 제대
로 해득할 사람이 없었다. 그래서 그는 표현에 애로가 있는 한문이 아
니라 국민 누구나 사용하고 있는 국문으로 글을 쓸 것을 주장했다. 곧
말과 글의 일치에 관심을 기울일 것을 강조한 것이다. 그것은 글을 쓰

---

47 검심, 「古人의 思想發表의 難」, 『대한매일신보』, 1909.12.15, 담총란.

는 사람이 자신의 사상을 제대로 표현할 수 있을 뿐만 아니라 나아가 조국 정신을 전하는 데도 한몫을 한다. 그리고 독자 역시 쉽게 읽을 수 있다.

> 본국말은 조국정신을 보젼ᄒᆞᆫᄃᆡ 데일 중요ᄒᆞᆫ 쟈이어늘 외국말의 셰력에 늘마다 핍박을 밧아 고리로 견ᄒᆞ던 말에 업셔진 말이 불지기수이며 본국글은 본국말로 조직ᄒᆞ야 본국사름이 알기 쉬우며 또 본국정신을 발휘ᄒᆞᄂᆞᆫ 것이어늘 그 일홈을 언문이라 ᄒᆞ야 쳔ᄃᆡᄒᆞ얏도다
>
> 팔도의 산쳔을 다녀볼지어다 까치ᄂᆡ니, 버드ᄂᆡ니, 뚝셤이니, ᄯᅡᆨ셤이니, 먹오뫼니, 꼿뫼니 ᄒᆞ야 본국말로 그 일홈을 가진 땅은 오직 젹은 물, 젹은 산, 젹은 셤 갓ᄒᆞᆫ 것뿐이라 한라산, 지리산, 한강, 압록강 갓ᄒᆞᆫ 큰 산 큰 물은 본국말로 ᄒᆞ던 일홈을 다 일헛으니[48]

단재는 '까치내니 버드내니 뚝섬이니 딱섬이니 먹오뫼니 꼿뫼니' 하는 우리말을 강조했다. 이러한 의식은 이미 애국계몽기 시가 개혁에도 드러난다. 그는 "吾子가 萬一 詩界革命者가 되고져 홀진ᄃᆡ 彼 阿羅郎 寧邊東臺 等 國歌界에 向ᄒᆞ야 其頑陋를 改革ᄒᆞ고 新思想을 輸入홀지어다"[49]라고 하며, 「아리랑」, 「영변가」 등 우리의 전통 가락을 중시하기도 했다. 그가 「천희당시화」 가운데 언급한 '독도(纛島)날탕패(牌)'도 우리의 언어와 가락을 가진 노래패였다.

---

48 「국슈쥬의와 ᄒᆡ외동포」, 『권업신문』, 1912.6.23, 논설.
49 「천희당시화」, 『대한매일신보』, 1909.11.21, 문단란.

詩歌는 人의 感情을 陶融홈으로 目的ㅎ나니 宜乎 國字를 多用ㅎ고 國語로
成句ㅎ야 婦人幼兒도 一讀에 皆曉ㅎ도록 注意ㅎ여야 國民智識 普及에 效力
이 乃有ㅎ지어늘 近日에 各學校用歌를 聞ㅎ즉 漢字를 雜用홈이 太多ㅎ야 唱
ㅎ는 學童이 其趣味를 不悟ㅎ며 聽ㅎ는 行人이 其語意를 不知ㅎ니 是가 何
等 效益이 有ㅎ리오 是亦 敎育界의 欠點이라 可云ㅎ지로다⁵⁰

社會 大趨向은 宗敎 政治 法律 又흔 大哲理 大학問으로 正ㅎ는 빗 아니라
諺文小說의 正ㅎ는 빗라 (…중략…) 彼 俚談 俗語로 選出흔 小說冊子는 不然
하야 一切 婦孺走卒의 酷嗜ㅎ는 빗인디⁵¹

언문일치에 대한 단재의 관심은 시평에서 더욱 여실하다. 단재는 중
국의 율체를 모방한 한시나 일본의 음절을 모방한 창가 모두 우리 시가
로는 적절치 않다고 했다. 우리 시에는 우리의 음절이 있다는 것이다.
그래서 「아리랑」, 「영변가」를 시 혁명의 기초로 삼을 것을 주장했다.
그것은 바로 부녀나 아이들이 쉽게 읊을 수 있는, 달리 언문일치가 완
벽히 구현된 양식이기 때문이다. 단재는 동국시를 "東國言, 東國文, 東
國音으로 製흔 者"로 규정했는데, 이는 우리의 말과 문자, 그리고 음절
을 강조한 것으로 시가에서의 언문일치를 강조한 셈이다. 그리고 각 학
교의 교가도 '漢文을 雜用'함을 비판하고 '국문을 많이 쓰고 국어로 구
절을 이룰 것'을 주장했다. "한자를 多用하고 國字를 補助하며 俗語는
말살하고 雅語만 趨重"하는 시가는 문제가 있게 마련이다. 그뿐만 아니

---

50 「천희당시화」, 『대한매일신보』, 1909.11.16, 문단란.
51 「近今國文小說著者의 注意」, 『대한매일신보』, 1908.7.8, 논설.

라 단재는 언문소설을 중시했다. 그것은 "俚談 俗語로 撰出"하기 때문에 부녀자 아이 할 것 없이 쉽게 읽을 수 있다. '속어(俗語)'론은 언문일치를 말한다. 단재는 문학에 있어서 언문일치를 주장하였는데, 특히 소설에서의 언문일치는 근대소설의 이념과도 잘 부합된다.

3) 번역론 기타

단재는 애국계몽기 『이태리건국삼걸전』을 번역하는가 하면 『월남망국사』, 『사파달소지』 등도 발췌 소개하였다. 그는 또한 당시 번역에 따른 전반적인 문제를 제시하였다.

① 第二, 無宗旨 無條理의 譯書니 凡書籍을 譯述홈에 其語意의 明快와 文字의 精潔만 要홀 쑨 아니라 必也 此書를 譯홈이 吾國에 利홀가 害홀가(壹) 此章을 譯홈이 吾國에 利홀가 害홀가(二) 此句를 譯홈이 吾國에 利홀가 害홀가(三) ᄒ야 精善完美케 選擇혼 然後에 可ᄒ거늘 噫라 今日 韓國의 譯者 는 只是字를 逐ᄒ며 句를 逐하야 譯出홀 而已라 彼가 其國情에만 愜게 혼 者도 直譯ᄒ며 彼가 其民性에만 符케 혼 者도 直譯ᄒ며 彼가 韓國에 不利케 혼 語句도 直譯ᄒ야 甚至於 韓國은 混合亂殖的 民族이란 語가 譯筆下에 累見 ᄒ며 又按 韓國內에 各語學者가 許多ᄒ지만은 譯書者는 只是 日文譯者만 有 ᄒ니 亦壹可歎[52]

---

52 「書籍界一評」, 『대한매일신보』, 1909.7.9, 논설.

②大抵 書籍의 爲物이 何時何地에 在ᄒ던지 恒常 人民의 耳目을 薰ᄒ며 心性을 陶ᄒᄂ 者이어니와 卽今 韓國은 又是 文明維新의 初發軔이라 其取舍 를 尤不可不審이오 其淘擇을 尤不可不精이니 凡諸著者譯者ᄂ 汗漫히 墨을 弄치 말지어다[53]

③羅賓孫漂流記와 如ᄒ 奇文을 譯ᄒ야 國民의 冒險心을 鼓발흠도 可ᄒ며 若 安貞德救國傳과 如ᄒ 壹小史를 著ᄒ야 國民의 愛國性을 鑄造흠도 可ᄒ거날[54]

①과 ②는 「서적계 일평」의 내용이다. ①에서 단재는 번역에 있어서 "語意의 明快와 文字의 精潔"을 강조했다. 그는 "今日 韓國의 譯者ᄂ 只 是 字를 逐ᄒ며 句를 逐하야 譯出흘 而已라"고 한탄했다. 그리고 번역의 대상이나 내용에 있어서 그것이 국가의 이익과 부합되는지를 따져보 고 선택할 것을 주문했다. 또한 그는 "彼가 其國情에만 愜케 흔 者도 直 譯ᄒ며 彼가 其民性에만 符케 흔 者도 直譯ᄒ며 彼가 韓國에 不利케 흔 語句도 直譯ᄒ야 甚至於 韓國은 混合亂殖的 民族이란 語가 譯筆下에 累 見"한다 하였는데, 그것은 달리 번역 내용 가운데 국익에 배치되는 것 은 과감히 삭제하는 것도 필요함을 역설한 것이다. 아울러 우리나라에 는 어학자가 많은데도 불구하고 일본어 저서 번역자만 많은 것을 안타 까워했다.

한편 서적이란 시대나 지역을 막론하고 "人民의 耳目을 薰ᄒ며 心性 을 陶ᄒᄂ 者"라고 했다. 그러므로 저술가와 번역가는 어떤 것을 취하

---

53 위의 글.
54 「演劇界之李人稙」, 『대한매일신보』, 1908.11.8, 논설.

고 버릴 것인지를 잘 살펴야 한다고 강조했다. ③에서는 번역 및 저술의 좋은 예로『로빈슨 표류기[羅賓孫漂流記]』,『잔 다르크 구국전[若安貞德救國傳]』을 내세웠다.『로빈슨 표류기』와 같은 모험소설, 잔 다르크 전기와 같은 영웅전기를 번역하거나 저술할 것을 주문한 것이다. 무엇보다 그러한 작품들은 국민 계몽에 도움이 되기 때문이다.

譬컨대 '學而時習之不亦悅乎' 壹句를 譯홈에 或曰 '學而時習之면 不亦悅乎아' 하니 此ᄂᆞᆫ 壹에 屬흔 者오 或曰 '學하야 此를 時習하면 不亦悅乎아' 하니 此ᄂᆞᆫ 二에 屬흔 者라. 同壹흔 事實 同壹흔 句語를 五人이 敍述홈에 五人이 不同하며 拾人이 敍述홈에 拾人이 不同하야 文法의 離奇홈이 名狀키 難하니[55]

第三, 譯書中 人名地名의 矛盾이니 萬壹 韓國의 敎育制度가 完全하면 外國人名地名의 譯出을 宜乎 統壹홀지나 今에 此ᄂᆞᆫ 可望홀 빅 아닌즉 此에 統壹홈을 謀하야 人의 腦를 不亂케 홈은 譯者 各個人의 責任이어날 乃者 人名地名은 姑舍하고 壹國名을 數人이 譯홈에 數人이 各異하고 又此뿐 아니라 甚至於 壹人壹地의 名을 壹人이 壹時에 譯홈에도 前章後章의 譯이 不同하며 上行下行의 譯이 不同하니(此ᄂᆞᆫ 苟責이 아니라 記者가 譯史中에 累累 目擊홈) 嗚乎라 此ᄂᆞᆫ 文明 事業에 假託하야 牟利的으로 人을 欺홈이 아닌가.[56]

다음으로 강조한 것은 통일성이다. 단재는 한문 번역에서 야기되는 문체의 혼란상을 역력히 보았다. '學而時習之不亦悅乎'란 한 문장을 두

---

55 신채호, 「文法을 宜統一」,『기호흥학회월보』5호, 1908.12.
56 「書籍界一平」,『대한매일신보』, 1909.7.9, 논설.

고도 사람마다 제각각의 번역을 했던 것이다. 물론 그것은 한 예에 지나지 않을 뿐이다. 당시 번역자들은 일정한 규범이 없이 번역을 하다 보니 같은 사실, 같은 구절을 두고도 서술이 달라 그 혼란이 더욱 가중되었다. 그래서 단재는 '문법을 마땅히 통일하여야 한다'고 강조했다. 그러한 것은 한문 번역뿐만 아니라 번역계 전반에 걸친 문제였다. 국명, 인명, 지명이 번역자에 따라 다르기도 했고, 심지어는 한 권의 책에서도 장마다 다르기도 했던 것이다. 「서적계 일평」에서는 역서 가운데 인명 지명의 혼란스러운 상황을 제시했다.

或又曰 壹切 人名地名의 譯은 各各 其國의 本音을 從홈이 可ᄒ다 ᄒ나 此實不然ᄒ니 今에 德國을 '쪄만'이라 譯ᄒ며 英國은 '쌕리텐'이라 譯ᄒ면 徒히 人의 腦만 煩亂케 홈이니 何等 實益이 有ᄒ리오 將來의 人名地名은 或 其國 本音을 從홈이 可ᄒ나 旣已廣行된 者야 何必如此ᄒ리오[57]

余가 向日에 一讀書室을 過ᄒ다가 國人의 日本書籍 翻譯한바 地誌 一卷을 睹ᄒ니 有曰 韓國延袤가 三百里라 ᄒ엿더라(韓國 十里가 日本 一리와 合ᄒᄂ 故로 韓國 三千里ᄂ 日本의 三百里가 됨이어ᄂ 譯者가 直譯ᄒ 바라) 悲夫라 此輩人은 可謂 筆로 其國을 抹削ᄒᄂ 者로다 國人이 日書 翻譯에 當ᄒ야 實로 注意홀 바인뎌[58]

단재는 "德國을 '쪄만'이라 譯ᄒ며, 英國은 '쌕리텐'이라 譯ᄒ"는 것은

---

57 위의 글.
58 검심, 「余가 向日에 一讀書室을 過ᄒ다가」, 『대한매일신보』, 1909.12.24, 담총란.

실익이 없다고 했다. 당시 독일은 'Deutschland'를 음가 '덕'(Deutsch)과 의미 '국'(land)으로, 영국 역시 'England'를 음가 '영'(Eng)과 의미 '국'(land)으로 번역하는 것이 일반적이었다. 독일을 'Germany'의 '쩌만'이라 한다거나 영국을 'Britain'의 '쑤리텐'이라 하는 것은 그 나라 본음에 가까운 번역이 될 것이다. 그러나 단재는 이미 "廣行된 者"의 경우 널리 알려진 것을 사용하는 것이 좋다고 했다. 다음으로 일본 서적의 번역에서 단위를 잘못 써서 전혀 다르게 해석되는 사례를 제시하며 주의를 당부했다. 일본에서 '1里'는 3.927km로, 한국의 10里(4km)에 가깝다. 동일한 단위[里]이지만, 우리와 일본에서 사용하는 '리'는 큰 차이가 있기 때문에 이를 고려하지 않으면 안 된다는 것이다.[59] 우리 독자들은 당연히 우리의 단위로 인식하기 때문에 잘못 이해할 수 있다. 그러므로 번역자는 그런 것들을 따져 제대로 해석해야 한다는 것이다.

4) 마무리

단재는 국한문체를 쓰면서도 국문론을 강조했다. 그는 『가정잡지』, 『대한미일신보』(국문판)에서는 실제 국문으로 글을 썼다. 그가 『제국신문』에 지대한 관심을 갖고, 국문소설을 강조한 것도 우리글의 중요성을 잘 알고 있었기 때문이다. 그의 언어 인식은 자국어를 통한 주체성

---

[59] 이러한 예로 억, 조 역시 잘못 번역되고 있다. 이전에 億은 十萬을, 兆는 百萬을 나타내는 수사였다. 김득신이 「독수기」에서 "伯夷傳 讀一億一萬三千番"이라 하였는데, 이를 곧이곧대로 번역하는 것은 문제이다. 그것은 정확히 말하자면 "『백이전』을 십일만 삼천 번 읽었다"는 내용이다.

의 확립으로 설명할 수 있다. 그는 또한 우리말의 중요성도 강조했다. 까치내, 버드내, 뚝섬, 딱섬 등 각종 이름에 들어 있는 우리말이 사라지는 것을 아쉬워했으며, 그러한 언어를 보존하기를 주장했다. 특히 외래어의 남발과 그로 말미암은 우리말의 쇠태를 누구보다 우려했다. 이처럼 단재는 주체적 언어관을 지녔다.

나아가 단재는 언문일치체를 강조하기도 했다. 언어가 사상 발표의 좋은 그릇이라는 인식 아래 우리의 사상을 우리글로 발표할 것을 강조한 것이다. 국문학을 우리글로 표현된 문학이라 한 것도 그러한 관점에서 비롯된다. 그가 시조나 「아리랑」, 「영변가」, 타령을 강조한 것도 우리의 언어와 가락의 중요성을 인식했기 때문이다. 그리고 소설에서도 '속어(俗語)' 사용을 강조하였는데, 그것은 소설의 언문일치를 말해주는 것이기도 하다. 그는 소설에서 4.4조를 비롯하여 판소리 사설, 심지어는 민중들의 비속어, 과장 등도 그대로 사용했는데, 이는 언문일치에 대한 단재의 관심을 여실히 드러낸다.

단재의 번역관은 '어의의 명쾌', '문자의 정결'로 표현된다. 그것은 '精善完美케 選擇'함을 바탕으로 한다. 국익에 도움이 되는 것을 선택하여 번역하라는 것이다. 그런데 자칫 국가의 이익을 앞세우다 보면 지나치게 국수주의적 성향을 띠기 쉽다. 그리고 계몽성을 강조하다 보면 원의와 멀어질 가능성이 있다. 또한 단재는 글자 하나하나를 좇아 그대로 해석하는 축자적 해석의 지양을 주장했다. 아울러 문법의 통일성을 강조하였는데 그것은 무엇보다 번역의 혼란상을 막아보자는 것이다. 외국의 인명 지명의 표기, 번역 문체의 통일을 강조한 것은 우리글의 체계와 규범을 확립하기 위함이었다. 이처럼 단재는 문법적 기능과 체계를 동시에 추구하는 실용주의적 언어관을 지녔다. 우리글의 표현에 있어서 기의라는 내용적 측면과 표현이라는 형식적 측면을 모두 소중히 여긴 것이다.

참고문헌

기초 자료

1. 신문 잡지

『皇城新聞』, 『大韓每日申報』, 『대한미일신보』, 『뎨국신문(帝國新聞)』, 『勸業新聞』, 『新大韓』, 『獨立新聞』, 『文學新聞』

『공립신보』, 『대동』, 『동아일보』, 『매일신보』, 『시대일보』, 『신한민보』, 『조선일보』, 『중앙』, 『중외일보』, 『친목』, 『혁신공보』

『가뎡잡지』, 『기호흥학회월보』, 『대한협회회보』, 『텬고』, 『신동방』

『대동』, 『대한자강회월보』, 『삼천리』, 『소년』, 『시천교월보』, 『신동아』, 『조광』, 『조선문학』, 『진단』, 『청춘』, 『태극학보』

『中華新報』, 『北京中華新報』, 『臺灣日日申報』, 『北京日報』, 『益世報』, 『中華日報』

2. 작품집

단재신채호전집간행위원회 편, 『단재신채호전집』(전4권), 형설출판사, 1977.

―――――――――――――, 『단재신채호전집』(전10권), 독립기념관 한국독립운동사연구, 2007~2008.

신채호, 『을지문덕』, 휘문관, 1908.

―――, 『조선사연구초』, 조선도서주식회사, 1929.

―――, 『조선상고사』, 종로서원, 1948.

―――, 『룡과 룡의 대격전』, 조선문학예술총동맹출판사, 1966.

신채호 역, 『이태리건국삼걸전』, 휘문관, 1908.

김병민 편, 『신채호문학유고선집』, 연변대학출판사, 1994.

김주현 편, 『백세 노승의 미인담(외)』, 범우사, 2004.

박정규 편, 『단재신채호시집』, 도서출판 한컴, 1999.

_____, 『단재신채호시전집』, 단재문화예술제전추진위원회, 2013.

박정규 외편, 『단재신채호』, 단재문화예술제전추진위원회, 2006.

정해렴 편, 『신채호 역사논설집』, 현대실학사, 1995.

참고 자료

1. 단행본

강명관·고미숙 편, 『근대계몽기시가자료집』(총3권), 성균관대 대동문화연구원, 2000.

고령신씨세보편찬위원회, 『고령신씨세보』(전8권), 농경출판사, 1995.

국사편찬위원회 편, 『통감부문서』(전11권), 국사편찬위원회, 1998~2000.

_____, 『매천야록』, 신지사, 1955.

_____, 『한국독립운동사』 2, 정음문화사, 1968.

국회도서관 편, 『한국민족운동사료-중국편』, 국회도서관, 1976.

_____, 『한국민족운동사료-3·1운동편 기3』, 국회도서관, 1979.

권영민, 『풍자 우화 그리고 계몽담론』, 서울대 출판부, 2008.

권오만, 『개화기시가연구』, 새문사, 1989.

김   구, 『백범일지』, 서문당, 1989.

김근수 편, 『한국개화기시가집』, 태학사, 1985.

김동수, 『일제 침략기 민족시가 연구』, 인문당, 1988.

김동욱 역, 『국역 청야담수』(전3권), 보고사, 2004.

김만중, 전규태 역, 『사씨남정기·서포만필』, 범우사, 2001.

김병민, 『신채호문학연구』, 아침, 1988.

김상옥·나석주 열사 기념사업회, 『김상옥 나석주 항일실록』, 삼경당, 1986.

김삼웅, 『구국언론 대한매일신보』, 대한매일신보사, 1998.

_____, 『단재신채호평전』, 시대의창, 2005.

김영민, 『한국의 근대신문과 근대소설』, 소명출판, 2006.

김영민 외편, 『근대계몽기 단형 서사문학 자료전집』, 소명출판, 2003.

김영준 역, 『완역 파수록 진담록』, 보고사, 2010.

김영진, 『충청도무가』, 형설출판사, 1982.

김영철, 『한국 개화기 시가 연구』, 새문사, 2004.

김윤식·정호웅, 『한국소설사』, 예하, 1993.

김일성, 『세기와 더불어-김일성저작집』 1, 조선로동당출판사, 1992.

김정규, 『용연 김정규 일기』(전3권), 독립기념관 한국독립운동사연구소, 1994.

김정명 편, 『조선독립운동 II-민족주의운동편』, 원서방, 1980.

김주현, 『신채호문학연구초』, 소명출판, 2012.

김중회, 『산운 장도빈』, 산운학술문화재단, 1985.

김지섭, 『추강일고』, 발행처 불명, 1984.

김천택, 정주동·유창균 교주, 『청구영언』, 신생문화사, 1957.

김태준, 『조선소설사』, 학예사, 1939.

김학동, 『한국 개화기 시가 연구』, 시문학사, 1981.

김학동 편, 『개화기시가집』(전4권), 새문사, 2009.

김현주, 『단재 신채호 소설 연구』, 소명출판, 2015.

김   휴, 『해동문헌총록』, 학문각, 1969.

김홍규, 『조선 후기 시경론과 시의식』, 고려대 민족문화연구소, 1982.

김희곤, 『대한민국임시정부 연구』, 지식산업사, 2004.

노명흠, 김동욱 역, 『국역 동패낙송』(전2권), 보고사, 2012.

단국대 동양학연구소 편, 『장지연전서』(전10권), 단국대 출판부, 1979.

단주류림기념사업회 편, 『단주 류림 자료집』 I, 백산인쇄공사, 1991.

도산안창호선생전집편찬위원회, 『도산안창호전집』(전14권), 동양인쇄주식회사, 2000.

류광렬, 『기자 반세기』, 서문당, 1968.

류자명, 『류자명 수기-한 혁명자의 회억록』, 독립기념관 한국독립운동사연구소, 1999.

민족문학사연구소 기초학문연구단, 『제도로서의 한국 근대문학과 탈식민성』, 소명출판, 2008.

민찬·장성남 편, 『대한매일신보의 시가』(전5권), 형설출판사, 2001.

박은식, 이장희 역, 『한국통사』, 박영사, 1996.

박을수, 『한국개화기저항시가연구』, 성문각, 1985.

박종원·최탁호·류만, 『조선문학사(19세기 말~1925)』, 과학백과사전출판사, 1980.

박지원, 신호열·김명호 역, 『국역 연암집』(전2권), 민족문화추진회, 2004.

박지원, 이상호 역, 『열하일기』(전3권), 보리, 2004.

박찬승, 『한국근대정치사상사연구』, 역사비평사, 1992.

박태원, 『약산과 의열단』, 백양당, 1947.

배용일, 『박은식과 신채호 사상의 비교 연구』, 경인문화사, 2002.

백암박은식선생전집간행위원회 편, 『백암박은식전집』(전6권), 동방미디어, 2002.

사회과학원 문학연구소,『조선문학사』5, 과학백과사전출판사, 1999.

산운학술문화재단 편,『산운 장도빈의 생애와 사상』, 산운학술문화재단, 1988.

서거정 외편,『동문선』(전12권), 민족문화추진회, 1982.

서거정, 권경상 역,『동인시화』, 다운샘, 2003.

성균관대 대동문화연구원 편,『국역 심산유고』, 국역심산유고간행위원회, 1979.

송남헌 외,『몸으로 쓴 통일독립운동사』, 한울, 2000.

송민호,『한국개화기 소설의 사적 연구』, 일지사, 1975.

송재소,『다산시연구』, 창작사, 1986.

柴貴善 외역,『고금소총』한국문화사, 1998.

신광하,『진택선생문집』(전2권), 경인문화사, 1994.

신규식, 민필호 편,『한국혼』, 보신각, 1971.

신용하,『신채호의 사회사상 연구』, 한길사, 1984.

_____,『증보 신채호의 사회사상 연구』, 나남출판, 2004.

신일철,『신채호의 역사사상 연구』, 고려대 출판부, 1981.

신재홍,『한국몽유소설연구』, 계명문화사, 1994.

신충우,『민족지성 신채호』, 한림원, 2006.

심경호,「단재의 한시」,『단재의 문학 단재의 정신』, 제7회 단재문화예술제전 학술대
        회 발표자료집, 2002.11.14.

심산사상연구회 편,『김창숙』, 한길사, 1981.

안자산,『조선문학사』, 한일서점, 1922.

안정복,『국역 동사강목』(전10권), 민족문화추진회, 1989.

안함광,『조선문학사』, 교육도서출판사, 1956.

언어문학연구소 문학연구실 편,『조선문학통사』(전2권), 과학원출판사, 1959.

오장환,『한국아나키즘운동사연구』, 국학자료원, 1998.

우강양기탁선생전집편찬위원회 편,『우강양기탁전집』(전4권), 동방미디어, 2002.

牛林杰,『한국개화기문학과 양계초』, 박이정, 2002.

육당전집편찬위원회 편,『육당최남선전집』(전15권), 현암사, 1973.

윤대원,『상해시기 대한민국임시정부 연구』, 서울대 출판부, 2006.

윤병석 편,『성재이동휘전집』(전2권), 독립기념관 한국독립운동연구소, 1988.

윤병석·윤경로 편,『안창호일대기』, 역민사, 1995.

이광수,『이광수전집』(전10권), 삼중당, 1972.

이규경, 『오유장전연문산고』(전5권), 민족문화추진회, 1981.

이규창, 『운명의 여진』, 보련각, 1992.

이남규, 『수당집』, 민족문화추진회, 1997.

이덕일, 『아나키스트 이회영과 젊은 그들』, 웅진닷컴, 2001.

이만열, 『주석 조선상고사』, 형설출판사, 1983.

_____, 『단재 신채호의 역사학연구』, 문학과지성사, 1990.

이만운 · 이덕무 편, 『기년아람』(전2권), 태학사, 1989.

이명재, 『통일시대 문학의 길찾기』, 새미, 2002.

이수광, 『지봉유설』, 경인문화사, 1970.

이우성 · 임형택, 『이조한문단편집(상)』, 일조각, 1976.

이은숙, 『가슴에 품은 뜻 하늘에 사무쳐』, 인물연구소, 1981.

이   익, 『국역 성호사설』(전12권), 민족문화추진회, 1979.

이재선, 『한국현대소설사』, 홍성사, 1984.

이정규, 『우관문존』, 삼화인쇄주식회사, 1974.

이정식 외, 『혁명가들의 항일회상』, 민음사, 2005.

이청원, 『한국민족문학사론』, 원광대 출판국, 1982.

이충구 · 김병헌 편역, 『화사 이관구 자료집(1) – 언행록』, 국학자료원, 2003.

이태복, 『도산안창호평전』, 동녘, 2006.

이현희, 『대한민국임시정부사』, 한국학술정보, 2002.

이호룡, 『한국의 아나키즘』, 지식산업사, 2001.

_____, 『신채호 다시 읽기』, 돌베개, 2013.

임중빈, 『선각자 단재 신채호』, 단재신채호선생추모사업회, 1986.

임형택, 『한국문학사의 시각』, 창작과비평사, 1984.

임   화, 『조선신문학사 – 현대문학사자료집성(1)』, 국학자료원, 1997.

장   유, 이상혁 역, 『국역 계곡집』(전6권), 민족문화추진회, 1994~2002.

장도빈, 『산운장도빈전집』(전2권), 산운기념사업회, 1982.

정명기, 『한국야담문학연구』, 보고사, 1996.

정명기 편, 『한국야담자료집』(전23권), 한미서적, 2002.

정약용, 김성진 편, 『여유당전서』(전20권), 여강출판사, 1995.

정원택, 홍순옥 역, 『지산외유일지』, 탐구당, 1983.

정인보, 정양완 역, 『담원문록』(전3권), 태학사, 2006.

정진석, 『대한매일신보와 배설』, 나남, 1987.

_____, 『역사와 언론인』, 커뮤니케이션북스, 2001.

정홍교·박종원, 『조선문학개관』(전2권), 도서출판백의, 1988.

조동일, 『한국문학통사』(전6권), 지식산업사, 1986.

조석하, 『민족주의문학에 대한 주체적 시각』, 문학예술종합, 1999,

조선무정부주의운동사편찬위원회 편, 『한국아나키즘운동사』, 형설출판사, 1978,

조소앙, 『소앙선생문집』(전2권), 삼균학회, 1979.

조성일 외, 『중국조선족문학사』, 연변인민출판사, 1990.

조종업 편, 『한국시화총편』, 태학사, 1996.

주요한, 『도산안창호전서』 상, 범양사출판부, 1990.

진단학회 편, 『동국이상국집』, 일조각, 2000.

최광식 역주, 『단재 신채호의 천고』, 아연출판부, 2004.

최남선, 『육당최남선전집』(전15권), 현암사, 1973~1975.

최범술, 『효당 최범술 문집』(전3권), 민족사, 2013.

최기영, 『식민지시기 민족지성과 문화운동』, 한울아카데미, 2003.

최상철, 『중국조선족언론사』, 경남대 출판부, 1996.

최영년, 김동욱 역, 『국역 실사총담』(전2권), 보고사, 2009.

최원식, 『한국근대소설사론』, 창작과비평사, 1986.

_____, 『한국계몽주의문학사론』, 소명출판, 2002.

최해청 편, 『대한매일신보발췌록』, 청구대 출판부, 1958.

최홍규, 『신채호의 민족주의 사상』, 형설출판사, 1983.

_____, 『신채호의 역사의식과 민족운동』, 일지사, 2005.

한국언론사연구회 편, 『대한매일신보연구』, 커뮤니케이션북스, 2004.

허 균, 『성소부부고』(전5권), 민족문화추진회, 1981.

현용순 외편, 『조선족 백년 사화』 I, 료녕인민출판사, 1985.

홍대용, 이상은 역, 『국역 담헌서』(전5권), 민족문화추진회, 1986.

홍만종, 이민수 역, 『순오지』, 을유문화사, 1971.

_____, 『홍만종전집』(전2권), 태학사, 1980.

홍만종, 허권수·윤호진 역, 『시화총림』 하, 까치, 1993.

홍양호, 『동국명장전』, 탑인사, 1907.

홍영도 편, 『한국독립운동사』, 애국동지원호회, 1956.

황　현, 『황현전집』(전2권), 아세아문화사, 1978.

梁啓超, 『飮氷室全集』, 臺北 : 文化圖書公司, 1981.
_____, 『飮氷室合集』(全12卷), 北京 : 中華書局, 2003.
_____, 『中國歷史硏究法』, 上海 : 上海古籍出版社, 2006.
司馬遷, 김진연 편역, 『史記』(全3卷), 서울 : 서해문집, 2002.
吳稚暉, 『吳稚暉先生全集』(全18卷), 臺北 : 中國國民黨中央委員會黨史史料編纂委員會, 1969.
李石曾, 『李石曾先生文集』(全2卷), 臺北 : 中國國民黨中央委員會黨史委員會, 1980.
張季鸞, 「季鸞文存」, 『中國學術叢書－第1編;98』, 서울 : 韓美書籍, 2002.
朱守亮, 『詩經評釋』(全2卷), 臺灣 : 學生書局, 1984.
陳紀瀅, 『報人張季鸞』, 臺北 : 文友出版社, 1957.

Barthes, Roland, 澤崎浩平 譯, 『舊修辭學』, 東京 : みすず書房, 1989.
_____, 김희영 역, 『텍스트의 즐거움』, 동문선, 1997.
Bernheim, Ernst, 박광순 역, 『역사학입문』, 범우사, 1992.
Ricoeur, Paul, 김윤성 역, 『해석이론』, 서광사, 1998.
Robinson, Douglas, 정혜욱 역, 『번역과 제국－포스트식민주의 이론』, 동문선, 2002.

2. 논문

강명관, 「해제」, 『근대계몽기시가자료집』 3, 성균관대 대동문화연구원, 2000.
강영주, 「한국근대역사소설연구」, 서울대 박사논문, 1986.
강현조, 「근대 초기 단편소설선집 『천리경(千里鏡)』연구」, 『어문론총』 62, 한국문학
　　　　언어학회, 2014.12.
강희철, 「무장투쟁노선 연구 귀중한 사료 평가」, 『한겨레』, 1996.3.1.
계　곤, 「한국개화기 소설에 미친 만청소설의 영향－양계초와 신채호의 문학을 중심
　　　　으로」, 『경남어문논집』 9·10, 경남대 국어국문학과, 1998.1.
곽동훈, 「단재 시론과 시의 값」, 『한국문학논총』 13, 한국문학회, 1992.10.
권영민, 「개화기 애국계몽운동과 민족문학의 인식」, 『개화기문학의 재인식』, 지학사, 1987.
김광식, 「卍黨과 효당 최범술」, 『민족불교의 이상과 현실』, 도피안사, 2007.
김병걸, 「단재의 문학관」, 김병민, 『신채호문학연구』, 아침, 1988.
김병민, 「신채호의 문학창작유고에 대한 자료적 고찰」, 『한길문학』, 1991.11.

＿＿＿, 「고전・설화・역사를 문학적으로 윤색한 도덕경—신채호의 「아방윤리경」」, 『문학사상』, 1992.5.

김삼웅, 「『천고』제2호 옌볜서 첫 발굴」, 『대한매일』, 2000.6.28.

김승환, 「한국 근대문학과 절대주의」, 『한국현대문학연구』 7, 한국현대문학회, 1999.12.

김영호, 「단재의 생애와 활동」, 『나라사랑』 3, 외솔회, 1971.7.

김윤식, 「단재 소설 및 문학사상의 문제점」, 『인문사회과학논문집』 5, 서울대학교, 1973.

＿＿＿, 「단재사상의 앞서감에 대하여」, 『신채호의 사상과 민족독립운동』, 형설출판사, 1986.

＿＿＿, 「신채호 문학관—서양문화의 수용의 한 양상」, 『한국어문학연구』 6, 한국외대 한국어교육학과, 1994.12.

김재명, 「류림 선생의 우국혼」, 『단주 류림』, 단주류림선생기념사업회, 1991.

김재석, 「개화기 연극개량론의 성격」, 『인문과학』 15, 경북대학교 인문과학연구소, 2001.12.

김종익, 「번역 『오하기문』 출간의 가치와 의의」, 『번역 오하기문』, 역사비평사, 1994.

김종학, 「단재 신채호의 아나키즘의 정치사상적 의미」, 서울대 석사논문, 2006.

김주현, 「국문 창제 요의설(了義說)을 통한 「천희당시화」의 저자 규명」, 『어문학』 87, 한국어문학회, 2005.3.

＿＿＿, 「「천희당시화」의 저자 문제」, 『우리말글』 33, 우리말글학회, 2005.4.

＿＿＿, 「「천희당시화」의 성격과 위상」, 『어문학』 91, 한국어문학회, 2006.3.

＿＿＿, 「신채호의 자료 발굴 및 원전 확정 연구—『천고』를 중심으로」, 『어문학』 93, 한국어문학회, 2006.9.

＿＿＿, 「상해판 『독립신문』 소재 신채호의 작품 발굴 및 그 의의」, 『어문학』 97, 한국어문학회, 2007.9.

＿＿＿, 「『황싱신문』 논실과 단새 신채호」, 『어문학』 101, 한국어문학회, 2008.9.

＿＿＿, 「계몽기 연극개량론과 단재 신채호」, 『어문학』 103, 한국어문학회, 2009.3.

＿＿＿, 「신채호의 『신대한』 발행과 독립운동」, 『한국독립운동사연구』 36, 독립기념관 한국독립운동사연구소, 2010.8.

＿＿＿, 「「디구셩미리몽」의 저자와 그 의미」, 『현대소설연구』 47, 한국현대소설학회, 2011.8.

＿＿＿, 「「백세 노승의 미인담」의 텍스트 형성에 관한 고찰」, 『현대소설연구』 53, 한국현대소설학회, 2013.8.

김진옥, 「신채호 문학 연구」, 서울대 석사논문, 1993.2.

김창수, 「산운 장도빈의 사학과 민족의식」, 『산운 장도빈의 생애와 사상』, 산운학술 문화재단, 1988.

김하명, 「「룡과 룡의 대격전」에 대하여」, 『조선문학』 204, 1968.4.

김학동, 「대한매일신보의 시가 유형에 관한 연구」, 『대한매일신보연구』, 서강대 출판부, 1986.

도상범, 「양계초의 사론에 관한 연구」, 충남대 박사논문, 1992.

류자명, 「조선 애국사학가 신채호」, 『세계사연구동태』, 중국사회과학원 세계역사연구소, 1981.2.

박 환, 「『권업신문』에 대한 일고찰」, 『사학연구』 46, 한국사학회, 1993.5.

박걸순, 「『단재 신채호 전집』편찬의 의의와 과제」, 『한국독립운동사연구』 30, 독립기념관 한국독립운동사연구소, 2008.6.

박경수, 「단재 신채호의 국시론과 애국시」, 『일하 이원기 선생 순국 50주년 추모논총』, 부산대 출판부, 1993.

박광용, 「대종교 관련문헌 위작 많다 2-『신단실기』, 『단기고사』의 성격에 대한 재검토」, 『역사비평』 18, 1992.2.

박상석, 「신채호 소설 「백세 노승의 미인담」의 근원설화와 변개양상」, 『국어국문학』 150, 국어국문학회, 2008.12.

박중렬, 「단재의 「꿈하늘」과 「룡과 룡의 대격전」재론」, 『한국문학이론과 비평』 33, 한국문학이론과 비평학회, 2006.12.

박정규, 「『대한매일신보』의 참여인물과 행동」, 한국언론사연구회 편, 『대한매일신보 연구』, 커뮤니케이션북스, 2004.

_____, 「국내에서의 신채호 연보와 쓴 글에 대한 고찰」, 『단재신채호연구의 재조명』, 단재문화예술추진위원회, 2006.

박중훈, 「자료소개 : 「의용실기」」, 『국학연구』 6, 국학연구소, 2001.12.

박태규, 「이인직의 연극개량 의지와 「은세계」에 미친 일본연극의 영향에 관한 연구」, 『일본학보』 47, 한국일본학회, 2001.6.

박 환, 「『권업신문』에 대한 일고찰」, 『사학연구』 46, 한국사학회, 1993.5.

박희병, 「신채호의 근대민족문학」, 『관악어문연구』 22, 서울대 국어국문학과, 1997.12.

변영만, 「신단재의 윤곽」, 『조선일보』, 1931.6.12.

서세충, 「단재의 천재와 礙滯 없는 성격」, 『신동아』 54, 1936.4.

서은경, 「근대서사 양식의 변모와 「디구셩미리몽」의 의미연구」, 『현대소설연구』 26,

한국현대소설학회, 2005.6.

성현자, 「허구적 인물의 역사적 해석(II)」, 『개신어문연구』 13, 개신어문학회, 1996.

손성준, 「국민국가와 영웅서사―『이태리건국삼걸전』의 서발동착(西發東着)과 그 의미」, 『사이』 3, 국제한국문학문화학회, 2007.11.

송엽휘, 「『월남망국사』의 번역 과정에 나타난 제문제」, 『어문연구』 34-4, 한국어문교육연구회, 2006.12.

송우혜, 「「대한독립선언서」(세칭 「무오독립선언서」)의 실체」, 『역사비평』 3호, 1988.6.

송재소, 「민족과 민중―「꿈하늘」과 「룡과 룡의 대격전」에 나타난 단재 사상의 변모」, 『단재 신채호 선생 탄신 100주년기념논집―단재신채호와 민족사관』, 형설출판사, 1980.

신백우, 「단재 신채호 약전」, 『단재신채호전집(9), 독립기념관 한국독립운동사연구, 2008.

신석우, 「단재와 '矣'자」, 『신동아』 54, 1936.4.

신영우, 「조선의 역사대가 단재 옥중회견기」, 『조선일보』, 1931.12.19~12.30.

신용하, 「신채호의 애국계몽운동(하)」, 『한국학보』 20, 일지사, 1980.9.

심경호, 「단재의 한시」, 『단재의 문학, 단재의 정신』, 제7회 단재문화예술제전 학술대회 발표자료집, 2002.11.

심   훈, 「단재와 우당」, 『동아일보』, 1936.3.12~3.13.

심재숙, 「근대계몽기 신작 고소설의 현실대응양상 연구」, 고려대 박사논문, 2000.8.

안재홍, 「오호 단재를 곡함」, 『조선일보』, 1936.2.27.

_____, 「申丹齋學說私觀」, 『조광』, 1936.4.

안종묵, 「황성신문의 애국계몽운동에 관한 연구」, 한국외대 박사논문, 1997.8.

안함광, 「신채호와 그의 문학」, 『조선문학』 210, 1965.2.

_____, '해제」, 『봉과 룡의 대격전』, 조선예술종동맹줄판사, 1966.

연시중, 『한국 정당정치실록 1권』, 지와사랑, 2001.

葉乾坤, 『양계초와 구한말 문학』, 법전출판사, 1980.

오세창, 「신채호의 해외언론활동」, 『신채호의 사상과 민족독립운동』, 형설출판사, 1986.

우남숙, 「양계초와 신채호의 자유론 비교―「신민설」과 「이십세기 신국민」을 중심으로」, 『동양정치사상사』, 6-1, 한국동양정치사상사학회, 2007.

牛林杰, 「양계초 역사 전기소설의 한국적 수용」, 『중한인문과학연구』 6, 중한인문과학연구회, 2001.6.

우수진, 「개화기 연극개량의 국민화를 위한 감화기제 연구」, 『한국극예술연구』 19,

한국극예술학회, 2004.4.

원세훈, 「단재 신채호」, 『삼천리』 72, 1936.4.

윤병석, 「권업회의 성립과 권업신문의 간행」, 『천관우선생환력기념 한국사학논총』, 정음문화사, 1984.

이광린, 「대한매일신보 간행에 대한 일고찰」, 『대한매일신보연구』, 서강대 출판부, 1986.

_____, 「황성신문연구」, 『동방학지』 53, 연세대 국학연구원, 1986.12.

이광수, 「탈출 도중의 단재 인상」, 『조광』 6, 1936.4.

이극로, 「서간도 시대의 선생」, 『조광』 6, 1936.4.

이가원, 「수당 이남규의 사상과 문학」, 『나라사랑』 28, 외솔회, 1977.

이기열, 「신채호 소설 연구」, 서울대 석사논문, 1984.2.

이동순, 「단재 신채호의 「천희당시화」에 대하여」, 『개신어문연구』 1, 충북대 국어교육학과, 1981.12.

_____, 「상해판 『독립신문』 수록 시작품 분석」, 『민족시의 정신사』, 창작과비평사, 1996.

이동언, 「김광제의 생애와 국권회복운동」, 『독립운동사연구』 12, 독립기념관 한국독립운동사연구소, 1998.12.

이상우, 「근대계몽기 연극개량론과 서사문학에 나타난 국민국가 인식」, 『어문논집』 54, 민족어문학회, 2006.10.

이선주, 「도산 안창호의 리버사이드 생활」, 『크리스천헤럴드』, 2001.8.30~2001.9.7.

이세현, 「성호사설에 나타난 이익의 문학론 연구」, 『동방한문학』 7, 1991.

이연복, 「대한민국임시정부와 사회문화활동」, 『사학연구』 37, 한국사학회, 1983.12.

이영신, 「단재 신채호의 문학 연구」, 성균관대 박사논문, 2000.2.

이윤재, 「북경 시대의 단재」, 『조광』, 1936.4.

이은상, 「간행사」, 『개정판 단재신채호전집』 별집, 형설출판사, 1977.

이장우, 「대한제국기 『가뎡잡지』에 대한 일 고찰－애국계몽운동의 일 단면」, 『서지학연구』 4, 서지학회, 1989.12

이종수, 「조선신문사, 사상변천을 중심으로」, 『동광』 28, 1931.12.

이현종, 「구한말 정치 학회 회사 언론단체 조사자료」, 『아세아학보』 2, 아세아학술연구회, 1966.10.

이호룡, 「신채호의 아나키즘」, 『역사학보』 177, 역사학회, 2003.3.

임상석, 「근대계몽기 신채호의 글쓰기 방식－한문의 그늘 아래 모색된 새로운 논리와 사상」, 고려대 석사논문, 2002.2.

_____, 「신채호 연구의 잃어버린 한 고리 –「대동제국사서언」의 발견」, 『민족문화연구』 38, 고려대 민족문화연구소, 2003.6.

임중빈, 「민중혁명문학의 근대적 형성」, 『단재신채호전집(별책)』, 형설출판사, 1977.

_____, 「단재의 상황문학론」, 『한국문학』, 1977.9.

_____, 「단재문학의 영웅상과 민중상」, 『단재신채호와 민족사관』, 형설출판사, 1980.

임중빈 평석, 「천희당시화」, 『한국문학』, 1977.9.

임형택, 「자료 소개 –항일민족시-상해 『독립신문』 소재」, 『대동문화연구』 14, 성균관대 대동문화연구원, 1981.6.

_____, 「'동국시계혁명'과 그 역사적 의의」, 『한국문학사의 시각』, 창작과비평사, 1984.

_____, 「'담총'의 사상과 그 작자」, 『신채호의 사상과 민족독립운동』, 형설출판사, 1986.

장도빈, 「암운 짙은 구한말」, 『사상계』, 1962.4.

장선화, 「진관사 칠성각 해체 과정서 '독립운동 사료' 발견」, 『서울경제』, 2009.8.10.

정선태, 「번역이 몰고 온 공포와 전율 –『월남망국사』의 번역과 말년 / 망국의 상상」, 『한국 근대문학의 수렴과 발산』, 소명출판, 2008.

정승철, 「순국문 『이태리건국삼걸전』(1908)에 대하여」, 『어문연구』 132, 어문교육연구회, 2006.12.

정인보, 「단재와 사학」, 『동아일보』, 1936.2.26~28.

정진석, 『인물한국언론사』, 나남출판, 1995.

정환국, 「근대계몽기 역사전기물 번역에 대하여 –『월남망국사』와 『이태리건국삼걸전』의 경우」, 『대동문화연구』 48, 성균관대 대동문화연구원, 2004.12.

조동걸, 「단재 신채호의 삶과 유훈」, 『한국사학사학보』 3, 한국사학사학회, 2001.3.

조두섭, 「1920년대 한국 민족주의시 연구1 –상해 독립신문파 시인을 중심으로」, 『어문학』 50, 한국어문학회. 1989.5.

조성남, 대전대 지역협력연구원 편, 언론인이 본 단재 신채호」, 『단재신채호의 현대적 조명』, 다운샘, 2003.

조철행, 「국민대표회의(1921~23) 연구 –개조파·창조파의 민족해방운동론을 중심으로」, 『사총』 44, 역사학연구회, 1995.

조항래, 「대한독립선언서 발표시기와 경위」, 『삼균주의연구논집』 13, 삼균학회, 1993.2.

주룡걸, 「탁월한 작가 신채호의 문학에 대하여 –최근에 발굴된 그의 창작 유고를 중심으로」, 『문학신문』, 1964.10.20.

주요한, 「거국가와 청년학우회가」, 『새벽』, 1955.12.

차상찬, 「조선신문발달사」, 『개벽』 4, 1935.3.

채 백, 「황성신문 경영 연구」, 『한국언론학보』 43-3, 한국언론학회, 1999.4.

천관우, 「언론인으로서의 단재, 한국언론사에서 본 단재의 위치」, 『나라사랑』 3, 1971.

최광식, 「『천고』 고고편에 보이는 신채호의 고대사 인식」, 『단재 신채호의 천고』, 아연출판부, 2004.

최기영, 「국역 『월남망국사』에 관한 일고찰」, 『동아연구』 6, 서강대 동아연구소, 1985.

_____, 「해제」, 『권업신문·대한인정교보·청구신문·한인신보』, 한림대학교 아시아문화연구소, 1995.

_____, 「상해판 독립신문의 발간과 운영」, 『대한민국임시정부 수립 80주년 기념논문집』 하, 국가보훈처, 1999.

_____, 「일제강점기 신채호의 언론활동」, 『식민지시기 민족지성과 문화운동』, 한울아카데미, 2003.

최남선, 「진실정신」, 『국민보』, 1955.7.6.

최박광, 「『월남망국사』와 동아시아 지식인들」, 『인문과학』, 36, 성균관대 인문과학연구소, 2005.8.

최수정, 「신채호의 「꿈하늘」, 「룡과 룡의 대격전」 연구」, 『한양어문』 19, 한양어문학회, 2001.

최옥산, 「문학자 단재 신채호론」, 인하대 박사논문, 2003.8.

_____, 「'신국민' 만들기와 문학─신채호와 양계초의 국민성 탐구」, 『한국학연구』 13, 인하대 한국학연구소, 2004.11.

최원식, 「아시아의 연대─『월남망국사』 소고」, 『한국문학의 현단계』, 창작과비평사, 1983.

최종운, 「환몽소설의 유형구조와 창작동인」, 대구대 박사논문, 2002.2.

표언복, 「단재의 문학과 형성에 미친 양계초의 영향」, 『목원어문학』 8, 목원대 국어국문학과, 1989.

허 원, 「피눈물 선연한 단재의 망명길 발자국 따라」, 『신대한뉴스』, 2013.1.2.

한계전, 「시학과 수사학」, 『현대시』 2, 1985.2.

한시준, 「신채호의 재중 독립운동」, 『한국사학사학보』 3, 한국사학사학회, 2001.3.

한영우, 「1910년대의 민족주의적 역사서술」, 『한국문화』 1, 서울대 규장각 한국학연구원, 1980.12.

한용운, 「조선 독립에 대한 감상의 대요」, 『독립신문』, 1919.11.4.

한준모, 「신채호의 문학의 기본 특징」, 『퇴계학과 한국문화』 35-2, 경북대 퇴계학연구소, 2004.

한형구, 「신채호 언설의 비평사적 의의와 특질」, 『단재신채호의 현대적 조명』, 다운
샘, 2003.

허룡구, 「걸출한 조선족 학자 신채호」, 『조선족 백년 사화』 1, 료녕인민출판사, 1985.

홍기문, 「조선역사학의 선구자인 신단재학설의 비판」, 『조선일보』, 1936.2.29~3.8.

홍명희, 「상해시대의 단재」, 『조광』 6, 1936.4.

황위주, 「취암문고 소장 한시문선집 자료에 대하여」, 『영남학』 3, 영남문화연구원, 2003.6.

황재문, 「신채호 문학론의 위상」, 『단재신채호의 현대적 조명』, 다운샘, 2003.

_____, 「애국계몽기 몽유록과 힘의 윤리」, 『규장각』 35, 서울대 규장각, 2009.12.